HEYNE <

Das Buch

Mexiko, Ende des 17. Jahrhunderts. Der spanische Priester Diego Delgado soll als Missionar die heilige Botschaft der katholischen Kirche in den unwegsamen Dschungel des Petén bringen. Doch bei seiner Ankunft im Hafen von San Benito findet er nur die grausam ermordeten und zugleich kunstvoll balsamierten Leichen der weißen Bewohner. Mit seinen Gefährten macht sich Diego in die Wildnis auf, um die unbekannten Täter zu finden. Je tiefer sie in das alte Reich der Maya eindringen, desto mysteriöser werden die Geschehnisse, und die Schlinge ihrer verborgenen Feinde zieht sich immer enger um die europäischen Eindringlinge. Die überirdisch schöne Maya-Priesterin Ixkukul weist ihnen den Weg nach Tayasal, der sagenumwobenen Hauptstadt der Maya, hinter deren bizarren Pyramiden sich ein Geheimnis verbirgt, dessen Lösung Diego vor die Herausforderung seines Lebens stellt.

Mit epischem Atem erzählt Andreas Gössling vom Untergang eines großen Volkes. Selten ist die geheimnisvolle Kultur der Maya spannender zum Leben erweckt worden als in diesem fulminanten Roman - mit all ihren grausamen Schrecken und Abgründen, ihrem Glanz und mythischem Wahn.

Der Autor

Andreas Gössling, geboren 1958, lebt und arbeitet als freier Autor in Coburg. Der promovierte Literatur- und Kommunikationswissenschafter beschäftigt sich seit vielen Jahren mit mythen- und kulturgeschichtlichen Themen, insbesondere mit der alten Maya-Kultur, mit Drachenmythen und der Voodoo-Religion. Neben Romanen für erwachsene und junge Leser hat er auch zahlreiche mythen- und kulturgeschichtliche Sachbücher publiziert.

Lieferbare Titel

Im Tempel des Regengottes

ANDREAS GÖSSLING

DIE MAYA-PRIESTERIN

Roman

WILHELM HEYNE VERLAG
MÜNCHEN

FSC
Mix
Produktgruppe aus vorbildlich bewirtschafteten Wäldern und anderen kontrollierten Herkünften
Zert.-Nr. SGS-COC-1940
www.fsc.org
© 1996 Forest Stewardship Council

Verlagsgruppe Random House FSC-DEU-0100
Das für dieses Buch verwendete FSC-zertifizierte Papier
München Super liefert Mochenwangen Papier

Vollständige Taschenbuchausgabe 12/2006

Printed in Germany 2006
Umschlagfoto: © Richard T. Nowitz / CORBIS
Umschlaggestaltung: Nele Schütz Design, München
Druck und Bindung: GGP Media GmbH, Pößneck
ISBN 10 : 3-453-47076-1
ISBN-13: 978-3-453-47076-7

www.heyne.de

PROLOG

Plötzlich stand sie vor ihm, in einer Gasse am Rand von San Pedro. Pater Tomas erkannte sie sofort. Nur ein einziges Mal hatte er sie gesehen, vor weit mehr als einem Jahrzehnt. Doch seither war kein Tag vergangen, an dem er nicht an sie gedacht hätte. Sie verwünscht oder herbeigesehnt. Sein Schicksal verflucht und den unerbittlichen Monsignore Batisto, der ihn vor so langer Zeit auf diesen Posten tief im Urwald beordert hatte. »Ganz einfach, mein Lieber.« Niemals würde er die Worte des vatikanischen Agenten vergessen. »Ich ernenne dich zum Nachfolger von Pater Diego. Du läßt dich in San Pedro nieder, weidest deine braunen Schäfchen und hältst im übrigen die Augen offen. Du wirst sehen, Tomas, über kurz oder lang taucht sie in deinem Sprengel auf.«

Das war noch vor der Jahrhundertwende gewesen, im Herbst 1696 A. D. Und nun stand sie tatsächlich vor ihm, nach beinahe vierzehn Jahren. Sie ist älter geworden, natürlich, dachte der Pater, aber sie ist immer noch schön.

Er starrte sie an, unfähig, seine Verwirrung zu verbergen. Soeben war sie aus dieser ärmlichen Hütte getreten, gewandet in die weiße Tunika des alten Volkes. Vor ihrer Tür lag allerlei Hausrat aufgehäuft. Offenbar hatte sie wahrhaftig beschlossen, sich in San Pedro niederzulassen. Nicht anders als Giovanni Batisto es damals vorausgesagt hatte. Pater Tomas mochte es kaum glauben. O gütiger Gott, dachte er, so wird sich doch alles noch zum Guten wenden.

Einen Moment lang erwiderte sie seinen Blick, mit unbewegter Miene. Dann wandte sie sich zu ihrer Behausung um. »Ixbalanqué, Huhnapú, wo bleibt ihr denn?« Ihre Stimme klang melodisch und ein wenig rauh.

Zwei Halbwüchsige traten aus der Hütte, Junge und Mädchen. Erstaunt sah Pater Tomas die beiden an. Natürlich, dachte er, damals war sie schwanger, das hatte er deutlich gesehen. Zumal sie dort am Kai von Tayasal vollkommen nackt gewesen war. Aber er hatte niemals in Betracht gezogen, daß sie Zwillinge zur Welt bringen könnte.

Der Junge bückte sich nach einem der unförmigen Bündel, die vor der Hütte am Boden lagen. Er war von knochigem Wuchs, seine Haut so hell wie Milchkakao. Das Mädchen dagegen hatte das dunkle Braun, die rundliche Anmut ihrer Mutter geerbt. Es warf dem weißen Mann in der knöchellangen Soutane einen neugierigen Blick zu, dann ergriff es einen Tonkrug und verschwand in der Hütte.

Pater Tomas blieb allein auf der Gasse zurück. Die Mittagssonne brannte herab. Huhnapú und Ixbalanqué, dachte er. Warum diese archaischen Namen? Und wieso kam sie nach so langer Zeit ausgerechnet hierher? War sie des Dschungels überdrüssig geworden? Oder glaubte sie, sich nicht länger verbergen zu müssen, fast vierzehn Jahre nach dem Fall von Tayasal?

Tief in Gedanken kehrte er zu seinem Kirchlein zurück, das er noch im Winter 1696 auf dem Hauptplatz von San Pedro hatte errichten lassen. Die plötzliche Begegnung mit der Frau, die sich Ixkukul nannte, verwirrte ihn mehr, als er sich eingestehen mochte. Ob sie ihn erkannt hatte? Sicherlich nicht, dachte er. Schließlich war er damals nur ein unbedeutender Gefolgsmann gewesen, inmitten einer ganzen kastilischen Armee. Wie sollte er nun vorgehen? Er mußte Monsignore Batisto benachrichtigen, zweifellos. Der Agent des Heiligen Vaters hatte niemals die Hoffnung aufgegeben, daß Ixkukul eines Tages in irgendeiner Siedlung des Petén auftauchen würde.

Pater Tomas stieß die Tür seines Kirchleins auf und eilte durch den dämmrigen Altarraum. Hier drinnen war es angenehm kühl, der Dschungel scheinbar fern. Unter dem Bildnis des Gekreuzigten sank er auf einen Schemel. Fast ein Drittel seines bisherigen Lebens hatte er auf diesem elenden Posten ausgeharrt, der gemeinhin Verbannten wie jenem Pater Diego vorbehalten war. Doch die Zeit seiner Prüfung neigte sich dem Ende zu. Wenn er nun keinen Fehler machte. Als erstes mußte er Ixkukuls Vertrauen gewinnen. Sie mußte ihm die ganze Wahrheit gestehen. Monsignore Batisto hatte ihn damals in das furchtbare Geheimnis eingeweiht. Und die Andeutungen des vatikanischen Agenten ließen nur einen Schluß zu. Jahrtausendelang hatten die Mayapriester einen Wissensschatz gehütet, den nur der Höllenfürst selbst ihnen offenbart haben konnte. Niedergelegt in dem uralten Buch, das jene Ixkukul aus Tayasal entwendet hatte – just an dem Tag, als Batisto und er mit einem halben Tausend kastilischer Soldaten in die letzte freie Mayastadt eingeritten waren. Wo sie zu ihrem Erstaunen keine kampfentschlossenen Verteidiger vorfanden, sondern Zehntausende von Totenschädeln. Und einen jungen Maya, der in reinstem Kastilisch behauptete, der Christenpater Diego Delgado zu sein.

Was für eine Geschichte, dachte Tomas. Als er aufsah, fiel sein Blick auf die vergoldete Statue der Mater Maria. Vor der Gottesmutter sank er auf die Knie: »Du Trostreiche, schenke mir Kraft und Zuversicht.« Wie matt ihm die vertraute Formel auf einmal schien, wie hohl sie in seinen eigenen Ohren klang. Pater Tomas hob den Blick empor. Doch wie lieblich Maria auch lächelte, ihre sonst so strahlenden Augen schienen ihm verdunkelt von Trauer und Hoffnungslosigkeit. »So ist es also wahr?« Er flüsterte es. »Wird der Satan über die Kirche Christi siegen?« Der Kopf sank ihm auf die Brust. »O mein Gott.« Grauen erfüllte ihn, und er wagte es nicht, den Blick noch einmal zu erheben, als fürchte er, daß auch das Lächeln der Gottesmutter über ihm erloschen sei.

Eins

1 Seit Stunden lagen sie schon vor Anker, eine Meile vor San Benito. Ohne den Fahrtwind war es unerträglich heiß, aber der Lotse, der ihre Karavelle in die Bucht dirigieren sollte, ließ auf sich warten.

Fray Diego Delgado saß achtern unter dem Sonnensegel und fächelte sich mit einem Brief Luft zu. Der Brief war ein Antwortschreiben seines alten Freundes Pedro Martínez, Abt des Klosters zum heiligen Franziskus, das etliche Meilen landeinwärts am Ufer des Rio Hondo lag. Pedro hatte versprochen, ihn in San Benito abzuholen und persönlich zur Missionsstation zu geleiten, drei Tagesmärsche tief im Regenwald. Fray Diego hatte den Brief gerade noch erhalten, ehe er sich vor drei Wochen, am 7. März 1696 A. D., mit Kurs auf Neuspanien einschiffte.

Der gute Pedro, dachte der Mönch, er hätte es dem Abt nicht einmal verübeln können, wenn der ihm die Freundschaft aufgekündigt hätte. Immerhin hatte das bischöfliche Kirchengericht zu Málaga ihn mit einem förmlichen Bannspruch belegt. Das Urteil ließ ihm nur die Wahl, den seit Monaten verwaisten Posten in der neuspanischen Missionsstation anzutreten oder sich für seine »schändlichen Vergehen« vor dem Heiligen Tribunal zu verantworten. Fray Diego war weder ein Held noch ein Märtyrer, also hatte er sich entschieden, die Nachfolge von Pater Ramón, Gott sei ihm gnädig, anzutreten. Der alte Priester hatte in der entlegenen Missionsstation jahrzehntelang aufopfernd gewirkt. Aber in der Einsamkeit war er schließlich schwermütig geworden und hatte sich, Gnade seiner Seele, am Glockenstrang seiner Buschkapelle erhängt.

Fray Diego schob den Brief in seine Kutte und erhob sich. Sein Diener Hernán lag auf einer Taurolle vor der Reling. Der Mönch trat neben ihn und lehnte sich an das Geländer. Auch hier regte sich nicht das schwächste Lüftchen, doch zumindest war die Sonne hinter einer Wolke verschwunden, die für einige Minuten Linderung versprach. Schon seit sie vor acht Tagen den Golf von Hispaniola passiert hatten, kreuzten sie durch karibische Gewässer. Aber an die feuchte Hitze der Tropen würde er sich nie gewöhnen, dachte der Mönch.

Hernán, der eigentlich Pío Hernández hieß, blinzelte träge in den Himmel. Er war ein junger Mestize, kaum zwanzig Jahre alt, und stammte aus der Gegend von San Benito. Fray Diego hatte ihn im Hafen von Málaga angeheuert und gleich mit an Bord der *Santa Magdalena* genommen. Als Missionar im Regenwald brauchte er zumindest einen Gehilfen, der sich mit Sprache und Gebräuchen der Eingeborenen auskannte.

Von San Benito, dem winzigen Hafen, war vom Schiff aus nur die kleine Bucht zu sehen, das Wasser jadegrün und unbewegt. Dahinter erhob sich die Gouvernementsverwaltung, ein weiß getünchter Flachbau, von Palmen gesäumt. Ein leerer Platz umgab das Gebäude, gerodet zum Schutz vor Überfällen, wie Fray Diego vermutete. Rings umher, soweit das Auge reichte, dehnte sich, flirrend grün und undurchdringlich, der Regenwald.

Die grüne Hölle. Wäre es nach ihm gegangen, er hätte niemals einen Fuß auf neuspanischen Boden gesetzt. Aber in der alten Welt war er untragbar geworden, geächtet, weil er einer Verfolgten in seiner Klause Zuflucht gewährt hatte. Als Bußmönch vom Orden des heiligen Franziskus und Priester der katholischen Kirche hatte er es für seine selbstverständliche Pflicht gehalten, Isabel de Cazorla vor ihren Häschern zu beschützen. Doch sein Mitleid war ihm übel vergolten worden.

Denn die Schergen, die Anfang Februar in seiner Klause erschienen waren, um Isabel de Cazorla abzuführen, standen in Diensten des Inquisitors von Málaga.

Vor einer halben Ewigkeit schon hatten sie die Flagge aufgezogen, die den Lotsen herbeirufen sollte. So jedenfalls der graubärtige Kapitän Veracruz, der sich auf das Achterdeck begeben hatte, um Pater Diego, dem einzigen zahlenden Passagier der *Santa Magdalena,* die Verzögerung zu erklären. Seltsamerweise dümpelte der Katamaran, mit dem der Lotse sonst auszulaufen pflegte, noch immer an der Hafenmauer von San Benito. Genaugenommen schien sich dort an Land überhaupt nichts zu regen. Außer den Möwen, die mit eintönigem Kreischen über dem Kai kreisten, und dem Klumpen schwarzer Geier, die sich neben dem Gouvernementsgebäude an einem Kadaver zu schaffen machten. Kapitän Veracruz stellte eigens sein Fernrohr scharf, damit Fray Diego das Boot und die Vögel in den Blick fassen konnte.

Die Bucht von San Benito sei für ihre Sandbänke berüchtigt, fuhr Veracruz fort. Ohne kundigen Führer dürfe man nicht wagen, in den Hafen einzulaufen. Andererseits könne er auch nicht länger auf den Lotsen warten, da die *Santa Magdalena* dringend in Hispaniola erwartet werde. »Mit Eurem Einverständnis, Frater, lassen wir das große Boot zu Wasser, und der Maat bringt Euch mitsamt Gepäck und Eurem Diener an Land.«

Der Pater zuckte nur mit den Schultern. Im Grunde war es ihm egal. San Benito oder Hispaniola, es war alles dieselbe verfluchte Hölle. Viel zu heiß, viel zu feucht. Von Dschungel überwuchert, von braunen Wilden bevölkert, die in primitiven Hütten hausten und barbarische Dialekte sprachen. Auch wenn gerade sein eigener Orden sich seit Jahrhunderten um die Missionierung der hiesigen Heiden bemühte, Neuspanien war allenfalls für Glücksritter und Goldgräber ein Gelobtes Land. Ansonsten zogen aus Kastilien bloß die Geächteten und Verbannten in die Neue Welt. Zu denen auch er gehörte, seit er es gewagt hatte, Isabel de Cazorla zu beschützen, die nach Ansicht des Inquisitors eine Satansbuhlin war.

Er konnte von Glück sagen, daß ihm das Schicksal der Señorita erspart geblieben war. Daß sie ihn nicht an den Pranger gestellt, mit Hohn und Kot übergossen hatten. Oder gar bei lebendigem Leib verbrannt, wie es in Spanien noch immer mit jenen Unseligen geschah, die der Häresie bezichtigt wurden.

»Dann sind wir uns also einig?« fragte Veracruz.

Fray Diego nickte. Flüchtig wunderte er sich über die Erleichterung in der Miene des Kapitäns. Veracruz schien froh, sie endlich vom Hals zu haben, vor allem den Mestizen Hernández, von dem die Matrosen während der gesamten Seereise gemunkelt hatten, daß er von Dämonen besessen sei. Ein Argwohn, den im übrigen auch der Pater nicht abwegig fand. Deshalb hatte er nur geringe Anstrengungen unternommen, diesen Verdacht vor dem Kapitän und der Mannschaft zu entkräften. »Pío Hernández ist ein getaufter Christ wie Ihr und ich.« Das war die Wahrheit und hatte doch niemanden überzeugt. Am wenigsten ihn selbst.

2

Von vier Matrosen gerudert, gelangte das Beiboot der *Santa Magdalena* rasch zum Kai. Der Maat ließ beidrehen und bot Fray Diego den Arm, um ihm an Land zu helfen. Schon hievten die Matrosen das Gepäck des Paters auf die Hafenmauer: zwei Koffer, die Kanten mit Eisen beschlagen, eine Seekiste, schmal und länglich wie ein Kindersarg. Als letzter tänzelte Hernán von Bord, seinen Seesack geschultert, in gebauschtem Hemd und engen schwarzen Hosen, mit rotem Halstuch und Hütchen nach kastilischer Art. Der junge Mestize war der eitelste Mensch, der Fray Diego je begegnet war. Dabei war er von schmächtiger Statur, und sein rundes Gesicht mit den pechschwarzen Augen hatte meist einen verschlagenen Ausdruck, der wenig anziehend war.

Der Maat hob die Hand zum Abschiedsgruß. Schon legte das Boot wieder ab und hielt auf die Karavelle zu, wo am Hauptmast bereits wieder Segel aufgezogen wurden. Eine

Eile, die Fray Diego unter anderen Umständen vielleicht verdächtig gefunden hätte. Nach drei Wochen auf rollender See aber war er vor allem erleichtert, Land unter den Füßen zu spüren. Auch wenn es das Land der Verbannten war. Die karibische Hölle, ein kastilischer Fiebertraum seit Generationen.

Er wies den Mestizen an, ihr Gepäck zu bewachen. Flüchtig kam ihm der Gedanke, daß Hernán seine Abwesenheit nutzen konnte, um mit seinen Habseligkeiten auf und davon zu gehen. Und wenn schon. Er wandte sich um und trottete auf das Gouvernementsgebäude zu. Ein halbes Hundert Schritte in gleißender Sonne, die längst wieder hinter den Wolken hervorgekommen war. Der Boden aus gestampftem Lehm, gespickt mit Pfützen und Vogelkot. Noch immer war auf dem ganzen weiten Platz keine Menschenseele zu sehen. Insbesondere nicht Abt Pedro, der doch versprochen hatte, ihn hier am Hafen abzuholen.

Allerdings hatte sich die *Santa Magdalena* wegen widriger Winde um einen Tag verspätet. Dringende Pflichten mochten Pedro gehindert haben, in San Benito auszuharren. Schließlich hatte der Abt eines Franziskanerklosters Besseres zu tun, als tagelang auf die Ankunft eines Geächteten zu warten. Und wäre der auch ein alter Freund aus Novizentagen, gemeinsam durchlitten im Kloster von Acarena. Damals hatte ihre Freundschaft oft für stille Heiterkeit gesorgt, denn äußerlich war Diego in allem Pedros Gegenteil: hager und hochgewachsen, raubvogelhafte Züge unter dichtem schwarzen Schopf. Mittlerweile waren sie über Dreißig – längst keine jungen Männer mehr. Falls Pedro nicht warten konnte, dachte Fray Diego, wird er zumindest eine Nachricht für mich hinterlassen haben.

Aus der Nähe wirkte der Verwaltungsbau abweisend wie eine Festung. Auf dem Dach die königliche Flagge, schlaff herabhängend, denn noch immer ging nicht der leiseste Wind. Die Fenster vergittert, schmal, das hohe Tor mit Eisen beschlagen. Und verschlossen und verriegelt, als er endlich davorstand. Er ließ den eisernen Klopfer niedersausen, ein

Drachenhaupt mit aufgerissenem Maul. Hinter dem Tor verbreitete sich ein hohles Dröhnen.

Fray Diego wartete. Keine Schritte, keine Rufe, nichts. Er ließ das Drachenmaul noch einmal niedersausen und sah jetzt erst, wen das eiserne Bildnis darunter darstellte: Drachentöter Georg mit gezücktem Schwert. Unruhe stieg in ihm auf. Das Dröhnen hinter dem Tor erstarb. Er legte sein Ohr an das Torholz und lauschte. Nichts. Nur das leise Brausen der Brandung in seinem Rücken, und hoch über seinem Kopf das Kreischen der Möwen, mißtönend und seit Wochen vertraut.

Die Geier fielen ihm ein, ein dunkler Klumpen, flatternd wie Lumpen über unförmigem Aas. Er spürte einen Schauder im Nacken und das Rückgrat hinab. Wie wenn ein Finger flaumweich über den Rücken fährt. Nie erlebt, oftmals heiß erträumt. Am sehnlichsten in jenen Nächten, die Isabel de Cazorla in seiner Klause verbrachte. Zum Greifen nah, doch er lag auf seiner Lagerstatt, wie in Fesseln geschlagen.

Er wandte sich nach rechts und folgte der Vorderfront des langgestreckten Baus. Längst lief ihm wieder Schweiß über die Stirn, in den struppigen Bart. Schon während er näherkam, stieg ihm Aasgeruch in die Nase. Er bog um die Ecke, und da hockten sie, sieben Geier, acht, und zerrten mit Schnäbeln und Krallen an einem Geschlinge aus Eingeweiden und Blut.

Sie sahen nicht einmal auf, als er neben den Kadaver trat. Gottlob nur ein totes Pferd, erkannte Fray Diego, allerdings gesattelt und gezäumt, als ob es im Kampf getötet worden wäre. Er trat noch einen Schritt näher, da ließen einige Geier von der Beute ab und wandten sich, die Flügel ausgebreitet, krächzend gegen ihn. »Schon gut«, murmelte er, »diese Mahlzeit neide ich euch nicht.«

Unmöglich, noch festzustellen, wie der Falbe umgekommen war. Aus Brust und Rücken sahen schon die Knochen hervor, der Kopf war nicht einmal angenagt. Still blickte er in die riesigen Augen, die hervorgequollen waren und gleich darauf im Tod erstarrt. Jedenfalls mußte das Pferd heute früh noch am Leben gewesen sein. Läge der Kadaver schon länger als einige Stunden hier, überlegte Fray Diego, so hätten die feuchte Hitze und die Totenvögel ihm noch viel ärger zugesetzt. Unter diesen Umständen konnte auch der Reiter, lebend oder tot, verwundet oder unversehrt, nicht weit gekommen sein.

Er kehrte zur Ecke des Verwaltungsgebäudes zurück und wollte Hernán durch ein Zeichen bedeuten, zu ihm zu stoßen. Aber der Mestize hockte auf der Hafenmauer und sah hinaus auf die weite See. Ob er seinen Entschluß schon bereute, in die Heimat zurückzukehren? Jedenfalls mußte der Pater weiter ohne ihn auskommen, denn nach ihm rufen wollte er nicht. Seit er das tote Pferd gesehen hatte, eigentlich schon, seit er gegen das Tor geklopft hatte, spürte er, daß sie in Gefahr waren.

Mörder, Krieger, Soldaten. Von wem genau die Gefahr ausging, wußte er natürlich nicht. Aber seit seiner frühen Kindheit besaß er einen Sinn für verborgene Bedrohungen. Nur dank dieser Gabe hatte er Isabel de Cazorla rechtzeitig verstecken können, einen Lidschlag, bevor die Schergen des Inquisitors an seine Tür geklopft hatten. Andererseits hatte der Sinn ihn nicht davor gewarnt, daß er seine priesterliche Existenz untergraben würde, wenn er Isabel Obdach gewährte.

Wieder wandte er sich um und folgte nun der Schmalseite des Gebäudes. Für einen Moment glaubte er den Gestank und die Hitze nicht länger zu ertragen. Dabei hatte er den Kadaver und die geflügelten Totengräber längst hinter sich gelassen. Aber der Leichengeruch wurde immer stärker, und im gleichen Maß stieg seine Nervosität.

Auf Zehenspitzen schlich er zum Ende der Schmalseite und bog um die hintere Ecke des Bauwerks. Der Anblick, der sich ihm bot, war noch ärger, als er befürchtet hatte. Eine mannshohe Mauer umgab den Platz hinter dem Gouvernementsgebäude. Im Hintergrund befanden sich Ställe und Schuppen, hinter einem halb geöffneten Tor waren Karren und Droschken zu sehen. Wenige Schritte vor ihm aber, aufgereiht vor der Rückfront des Hauptgebäudes, lagen sieben, elf, dreizehn Männer, alle weißhäutig, nackt, in mittleren

Jahren, alle auf die gleiche Weise verstümmelt und offenkundig tot.

Zweierlei fiel ihm auf, als er mit angehaltenem Atem nähertrat. Pedro war nicht unter den Toten, Gott sei Dank. Und die Körper waren mit Sicherheit nicht von Geiern verstümmelt worden. Dieser Hinterhof schien vielmehr ein karibisches Wunder zu sein: voller Leichen und doch kein Geier weit und breit.

3

Er schob die Tür auf und prallte zurück. Der Boden verklebt mit gestocktem Blut. Wie Nebel quoll ihm Aasgestank entgegen. Fray Diego drückte sich einen Ärmel seiner Kutte vor Mund und Nase. Dann zwang er sich, den Stall zu betreten.

Hinter der Schwelle blieb er stehen und lauschte. Kein Winseln, kein Atmen, Keuchen, nichts. Dämmerlicht, das aus Dachluken sickerte. Er stand in einem schmalen Gang. Hölzerne Verschläge zu beiden Seiten, davor Halbtüren, die ihm bis zum Gürtel reichten. Er trat näher und schaute in den ersten Verschlag. Selbst hinter seinem Ärmel wagte er kaum mehr zu atmen. Hustend eilte er den Gang entlang, links und rechts über die Bretter spähend. Dabei ahnte er längst, daß sich ihm überall der gleiche Anblick bieten würde. Zwölf Pferde zählte der Pater, alle auf die gleiche Weise verstümmelt und sicher seit vielen Stunden tot.

Länger waren der Gestank, das gestockte Grauen nicht zu ertragen. Er wandte sich um und hastete zurück zur Tür. Wer auch immer dieses Gemetzel angerichtet hatte, war längst in die Tiefen des Waldes entflohen. Er trat hinaus auf den Hof. Für einen Moment mußte er die Augen schließen. Behutsam atmete er ein und aus.

Gemetzel, dachte er, war nicht das richtige Wort. Eher etwas wie zeremonielle Schlachtung, wenn auch mit spürbarem Unterton: Rachegier, Haß. Als hätten die Täter gewisse Tötungsriten angewendet, vielleicht entlehnt von einem der hiesigen Götzenkulte, um persönliche Rechnungen zu begleichen. Was natürlich bedeuten würde, daß es sich um heidnische Eingeborene handelte, die laut Abt Pedro noch immer zuhauf im Dschungel lebten. Wo sie auf ihn, Fray Diego, warteten, damit er sie zum gekreuzigten Heiland bekehrte. Oder um ihn nach ihrer Art zu Tode zu bringen – indem sie ihm das Herz aus der Brust schnitten, wie es den dreizehn Männern dort drüben geschehen war.

Geschlachtet. Oder hingerichtet. Oder geopfert. In Gedanken probierte er verschiedene Wörter aus. Hatten sie noch gelebt, als ihnen die Klinge in die Brust fuhr? Fast noch mehr als die Ermordung der Männer erschreckte ihn, daß die Pferde auf die gleiche Weise getötet worden waren. Mit scharfen Schnitten in die Brust. Waagrecht und so lang, daß man sich unwillkürlich vorstellte, wie groß so ein Pferdeherz war. Sehr viel schwerer war es, sich die Denkweise von Menschen vorzustellen, die aus Haß oder Rachedurst Pferde töteten. Oder deren Kultus ihnen solches Blutvergießen befahl.

Als sich seine Augen wieder an die Sonne gewöhnt hatten, stand Hernán vor ihm. Der Mestize fletschte die Zähne und deutete mit dem Kopf nach links. Selbst das rote Hütchen saß links auf seinem Borstenkopf, wie ein stilles Signal. Fray Diego sah in die angegebene Richtung und zurück. Jetzt erst erkannte er, daß Hernán mit den Lippen stumme Worte formte: *Da – sind – sie.* Erschrocken sah er nochmals hin, zu dem Schuppen, der sich seitlich an die Ställe anschloß. Hinter dem halb geöffneten Tor hatte er vorhin, von der anderen Hofseite, mehrere Droschken gesehen. Dort drinnen hocken sie? Er fragte es mit den Augen. Hernán nickte. Im nächsten Moment wandte er sich um und eilte an der Wand entlang, auf das Schuppentor zu.

Nach mehr als dreißig Lebensjahren kannte Fray Diego seine Schwächen. Oft hatte er erfahren müssen, daß er auf körperliche Bedrohung feige reagierte. Verzagt und konfus. Heute aber empfand er keine Angst, allenfalls leise Beklemmung bei dem Gedanken, daß die Mörder sich dort im Schuppen verbergen mochten. Als ob durch seine Begegnung mit Isabel de Cazorla etwas in ihm verwandelt worden wäre. Oder als hätte er als Geächteter kein Recht mehr, um Leib und Leben zu bangen.

Spaltbreit stand das Schuppentor auf. Hernán schlüpfte hindurch, Fray Diego folgte ihm. Sein Herz begann nun doch schneller zu schlagen. Schweiß rann ihm über die Schläfen und brannte in seinen Augen. Er mußte blinzeln. Für einen Moment sah er gar nichts. Dann schälten sich die Konturen von Droschken, Kutschen, offenen Karren aus der Dunkelheit. Hinter dem Mestizen tapste er tiefer in den Schuppen hinein.

Was suchten sie hier? Vielleicht nur ihren Tod. Was für ein Leichtsinn, hier im Finstern herumzustolpern. Wenn sich wirklich die Mörder in diesem Schuppen verbergen, blasen sie auch uns das Licht aus, dachte Fray Diego. Im gleichen Moment prallte er gegen einen Körper, hörte Keuchen, spürte, wie Atem heiß über seinen Arm fuhr. Unversehens fand er sich in ein Handgemenge verwickelt. Eine Faust traf ihn in den Bauch. Er keuchte, doch er hielt seinen Gegner umklammert. Beide stürzten sie zu Boden. Der andere war von kleinerer Statur als er, aber behende und zäh. In Staub und Streu, zwischen Karren und Droschken rang Diego mit seinem Widersacher, erbittert wie niemals mehr seit seiner Knabenzeit. Nein, das stimmt nicht, dachte er plötzlich, vor wenigen Wochen erst hatte er genauso handgreiflich gekämpft. Mit Hernán. Allerdings im Traum. Dem beklemmendsten Traum, der ihn jemals heimgesucht hatte. Als er erwachte, hatte er den Mestizen zum Teufel jagen wollen. Um dann zu erkennen, daß er gerade durch den Traum an Hernán gekettet worden war.

Ein heftiger Schlag traf ihn an der Schläfe. Nur einen Moment unachtsam, durchfuhr es ihn, dann wurde es schwarz.

4 Er lag im Schatten einer Palme. Blinzelte in den Himmel und zählte die Kokosnüsse, die rot und prall unter dem Blätterschurz hervorsahen. In seinem Kopf klopfte ein Schmerz. Nur langsam wurde ihm bewußt, daß in seiner Nähe jemand stöhnte. Er richtete sich auf und stöhnte seinerseits, als ihm ein Stich durch die Schläfe fuhr. Drei Schritte neben ihm, unter einer weiteren Palme, lag Hernán.

Sein rechtes Auge war geschwollen, auf seinem Kinn klebte Blut. Das rote Hütchen lag neben ihm am Boden, zerdrückt. Seine Füße waren mit einem Seil gefesselt, seine Hände hinter dem Rücken verschnürt. Überdies hatten sie ihn geknebelt, mit einem Stoffetzen, den er vergeblich auszuspucken versuchte. Unablässig rollte er mit den Augen, bis Fray Diego verstand: Hernán bedeutete ihm, ihn loszubinden.

Der Pater sah an sich herab. Erstaunlicherweise war er selbst nicht gefesselt worden. Dabei schienen ihre Gegner, wer immer sie sein mochten, über einen makabren Ordnungssinn zu verfügen. Jedenfalls hatten sie ihn und Hernán vor den Kutschenschuppen verfrachtet und so sorgfältig unter die beiden Palmen gelegt, wie auf der anderen Hofseite die Leichname aufgereiht lagen. Aber wieso hatten sie es dann versäumt, auch ihn zu fesseln?

Fray Diego erhob sich und ging zu Hernán hinüber. Der Schmerz in seinem Kopf pochte stärker. Er kniete sich neben den Mestizen und wollte ihm eben die Fesseln aufnesteln, als über ihren Köpfen eine Stimme erklang: *»Wa'tal!«*

Was sollte das bedeuten? Und in welcher Sprache überhaupt? Fray Diego erhob sich wieder. Die Stimme war aus einem Fenster gedrungen, im Erdgeschoß des Gouvernementsgebäudes. Das Fenster war geöffnet, allerdings vergittert und durch die Palme halb verdeckt. Hinter den Gitterstäben stand ein Indio, eine stämmige Gestalt in weißer Tunika. Mit unbewegter Miene wiederholte er sein Kommando: *»Wa'tal!«*

Fray Diego verstand den Wortlaut noch immer nicht. Aber was der braune Krieger ihm bedeuten wollte, war dennoch klar. In der rechten Hand hielt er einen Speer, in Schulterhöhe erhoben. Die Spitze zielte auf Fray Diegos Herz.

»Ehrwürdiger Pater, was für eine Freude, Euch wieder bei Bewußtsein zu sehen.« Eine helle Stimme, die reinstes Spanisch sprach. Was sollte das nun wieder bedeuten? Fray Diego wandte sich um. Aus dem Schuppen trat ein junger Mönch, die schlanke Gestalt in brauner Kutte wie er selbst. Er mochte in Hernáns Alter sein, zwanzig Jahre oder wenig darüber. Aber so braun der Mestize war, so bleich war das Antlitz dieses jungen Mitbruders. Dessen Augen allerdings leuchteten – vor Frömmigkeit? Oder etwa vor Freude, dachte Diego, mich zu sehen?

Der kleine Mönch ergriff seine Hände und sank vor ihm auf die Knie. »Verzeiht, Pater Diego, es war ein Versehen. Ich dachte ... wir glaubten .... daß Ihr zu den Mördern ... um Himmels willen, verzeiht!«

»Ruhig, nur ruhig.« Behutsam richtete Fray Diego die bebende Gestalt auf. »Ist ja schon gut«, sagte er. »Woher kennst du mich? Wie ist dein Name, Frater?«

»Cristóbal Ná, ehrwürdiger Vater.« Seine junge Stimme klang auf einmal eifrig. »Der ehrwürdige Abt hat mir Euch beschrieben – Abt Pedro, der mich am letzten Geburtsfest unseres Herrn zum Taufpriester geweiht hat.« Noch immer leuchteten seine Augen, selbst hinter Tränen. Vertrauensvoll sah er zu Fray Diego auf.

»So ist das also.« Der Pater murmelte es, tief in Gedanken. Allmählich löste sich seine Verwirrung. Auf seinem Gesicht erschien ein abwesendes Lächeln. »Du hast mich also zu Boden geschlagen, Fray Cristo?« Der kleine Taufpriester errötete. Aufs neue wollte er zu stammeln beginnen, aber Diego schnitt ihm das Wort ab. »Ich trage es dir nicht nach. Und wenn mir nicht etwas dazwischengekommen wäre, glaube mir, ich hätte nicht gezögert, dich ebenso niederzuwerfen. Natürlich nur deshalb, weil auch ich nicht wußte, mit wem ich da handgreiflich geworden war.«

»Dazwischengekommen, Pater? Ich verstehe nicht ...«

»Oh, nur ein Traum«, sagte Fray Diego, weiterhin mit abwesendem Lächeln. Sein Blick fiel auf Hernán. »Oder war es doch mehr als ein Traumgespinst? Aber darum geht es im Moment nicht«, fuhr er fort, als er Cristóbals neuerliche Verwirrung spürte. »Das da sind doch deine Leute, Fray Cristo?« Er deutete zum Fenster. Dort standen inzwischen drei Indios, mit reglosen Mienen, auf ihre Speere gestützt.

»Unsere Leute«, erklärte der Taufpriester. »Abt Pedro hat sie mir mitgegeben, damit sie Euch und mir zur Seite stehen. Als Kutscher, Ruderer, Träger auf dem Weg zur Missionsstation.«

»Mir und dir? Soll das heißen, daß Don Pedro nicht nach San Benito gekommen ist? Daß er statt dessen dich geschickt hat, um mich in den Dschungel zu begleiten?«

»Bitte versteht doch«, flüsterte der kleine Mönch, schon wieder den Tränen nahe. »Der ehrwürdige Abt … dringende Pflichten halten ihn im Kloster fest … Es geht um …«

Seine Rede drohte gänzlich zu versiegen. Desto lauter stöhnte und knurrte hinter seinem Knebel Hernán.

»Laß meinen Diener losbinden«, befahl Fray Diego. »Und dann heraus mit der Sprache: Was wird hier gespielt?«

Der barsche Ton schien Cristóbal den letzten Mut zu rauben. »Verzeiht, daß ich Euren Diener binden ließ. Es war nur, weil … Er trat und schlug um sich, er biß und spuckte, als ob ein Dämon …«

»Unsinn! Er glaubte, genau wie ich, daß in dem Schuppen die Mörder dieser Männer lauerten.«

»Wie umgekehrt wir annahmen, daß Ihr …«

»Ich weiß!« fiel ihm der Pater wieder ins Wort. »Wir alle haben uns geirrt und voreilige Schlüsse gezogen.«

Aus einer Tür in der Hinterfront traten die drei Indios hervor. *Maya* nannten sie sich, fiel Fray Diego ein, was in ihrer Sprache einfach *Mensch* hieß. Nun, Menschen waren sicherlich auch sie. Einer von ihnen, der stämmige Krieger, der vorhin seinen Speer auf ihn gerichtet hatte, kniete sich neben Hernán und begann die Fesseln zu lösen. Den Knebel riß sich der Mestize selbst aus dem Mund. Dann sprang er auf, wie von einem Katapult geschnellt.

Seine Augen funkelten, seine ganze Gestalt schien zum Bersten angespannt. Er bohrte seinen Blick in Fray Cristos Augen. Nur allzu deutlich verriet sein Gesicht, daß er vor Zorn und Rachedurst brodelte. Fray Diego bedeutete ihm durch ein Zeichen, sich zu mäßigen. Da wandte sich der Mestize mit einer wütenden Gebärde ab und lief davon. Über den Hof, an den aufgereihten Toten vorbei, um die Ecke des Hauses, wo er ihren Blicken entschwand.

»Er wird sich wieder beruhigen«, sagte Fray Diego. »Aber nun zur Sache: Was läßt Don Pedro mir ausrichten? Welche Pflichten hindern ihn, mich persönlich zu empfangen?«

»Mein Rang ist gering, Pater.« Cristóbal senkte den Kopf. »Ich verstehe nur wenig von diesen Dingen. Aber soweit ich weiß, geht es um eine Verschwörung. Überall im Land, heißt es, kehren ganze Mayadörfer zu den alten Götzenkulten zurück. Mehrmals schon ist es zu Übergriffen gekommen – gegen die weißen Eindringlinge, wie es auf einmal wieder heißt. Auch zu Mordanschlägen und Massakern wie hier.« Seine Lippen bebten. »Stellt Euch das nur vor, Pater – als ob sie die Botschaft Christi nie vernommen hätten!«

»Oder als ob *er* uns seine Macht in Erinnerung rufen will.« Der Fürst dieser Welt. Er hatte tief in Gedanken gesprochen, fast tonlos. Aber das bestürzte Gesicht des Taufpriesters verriet, daß Cristóbal sehr wohl verstanden hatte.

Für einen Moment herrschte Schweigen.

»Die Verschwörung, von der du sprachst«, sagte der Pater dann, »erklärt vielleicht die blutigen Spuren, auf die wir hier gestoßen sind. Aber ich erkenne den Zusammenhang nicht: Inwiefern hindern diese Vorgänge Abt Pedro, sein Kloster zu verlassen?«

»Davon weiß ich nichts.« Der kleine Mönch sprach flüsternd. »Dazu kann ich nichts sagen …«

Fray Diego beugte sich hinab und lauschte. Aber das dünne Rinnsal der Rede war schon wieder versiegt. Er blickte in die Augen des jungen Mönches, die noch immer von Tränen verschleiert waren. Auf einmal fielen ihm die Toten wieder ein. Er sah über den Hof, wo sie aufgereiht lagen. Seltsam, immer noch zeigten die Geier kein Interesse an den Leichnamen. Und über dem Dutzend toter Pferde in den Ställen hatte nicht einmal eine Fliege gesurrt. Unheimlich, dachte der Pater. Zu den Tötungsriten mußte irgendein Kunstgriff gehören, der aasfressende Tiere vor den kalten Körpern zurückschrecken ließ. Eben wollte er den Mund öffnen, um Fray Cristo zu befragen, da sprach der kleine Mönch weiter:

»Letzte Woche traf eine hohe Gesandtschaft im Kloster ein. Aus dem Vatikan, wie man hört. Agenten des Heiligen Vaters. Beauftragt, die Verschwörung zu enthaupten ... vielleicht. Aber das ist Politik. Davon verstehe ich wirklich nichts. Nur daß der ehrwürdige Abt ... also, wie Don Pedro sagte ... Unter diesen Umständen sei es besser, Frater, wenn Ihr ...«

Mit ängstlicher Miene sah der Taufpriester zu Fray Diego auf. Er brachte kein Wort mehr heraus. Aber der Pater las in seinen Augen, was Cristóbal die Kehle verschnürte. Abt Pedro befürchtete offenbar, daß sein alter Freund Diego weiteres Ungemach heraufbeschwören würde, wenn er im Kloster mit den vatikanischen Agenten zusammenträfe. Eine verständliche Sorge, dachte der Pater. Unweigerlich würde auf Pedros Ansehen ein Schatten fallen, wenn er sich vor den Gesandten als Vertrauter eines verbannten Priesters zu erkennen gab. Also hatte der Abt beschlossen, ihn auf direktem Weg zur Missionsstation bringen zu lassen. Drei Tagesmärsche tief im Dschungel – »einer der harschesten Außenposten der Christenheit«, wie Pedro in seinem letzten Brief gescherzt hatte. Und so weit von aller Zivilisation entfernt, daß kein römischer Gesandter sich dorthin verirren würde.

»Ich will nicht weiter in dich dringen, Cristóbal«, sagte er. »Don Pedro hat sicher seine Gründe, die er mir bei Gelegenheit darlegen wird.« Er nickte dem jungen Mönch zu und wandte sich ab. Seine Gedanken waren bei dem Tötungsritual, in dem Grausamkeit und Kunstfertigkeit rätselhaft zusammenflossen.

5 Halsbrecherisch holperte ihre Kutsche über den Fahrweg, der San Benito mit dem Rio Hondo verband. Fünf Stunden landeinwärts bis zur Uferlände, dann die ganze Nacht stromab im klösterlichen Kajütboot. So jedenfalls Fray Cristóbal, der neben dem Pater in der Kutschkabine saß. Vor den Fenstern zogen die grünen Wände des Dschungels vorbei. Wuchernd, undurchdringlich, wohin Fray Diego seinen Blick auch schweifen ließ. Ein Wesen und Wimmeln, fieberbunt und sinnlos – Satanswelt, dachte er. Daran glaubte er wirklich. Vielleicht war es der einzige Glaube, der ihm geblieben war. Daß diese Welt des Teufels war.

Vorn auf dem Kutschbock hockten der untersetzte Indio und ein zweiter Maya, von hagerer Gestalt. Jorge und Miguel, wie Fray Cristo die beiden vorgestellt hatte, seit Jahren in Diensten des Klosters, als Ruderer und Lastenträger, Kutscher und Jäger gleichermaßen bewährt.

Jäger. Das gefiel dem Pater gar nicht. Gegen frisches Wildbret, von Jorge oder Miguel erlegt, war sicher nichts einzuwenden. Aber vorhin hatte Jorges Speer nicht auf Hirsch oder Hase, sondern auf seine Brust gezielt. Er wischte sich den Schweiß aus dem Nacken und warf Fray Cristo von der Seite einen Blick zu. Dann beschloß er, ihn lieber nicht zu fragen, ob Miguel und Jorge zu trauen war. Ganz zu schweigen von dem dritten Maya, der neben Hernán auf der Gepäckrampe saß. Raúl, ein schmaler Bursche, der sich katzengleich bewegte, unfaßbar rasch. Was um so unheimlicher wirkte, als diese Eingeborenen die meiste Zeit reglos dastanden oder am Boden kauerten. Mit unbewegten Mienen. Auf ihre Speere gestützt oder auf den Unterschenkeln hockend. Fray Diego fragte sich, ob die Zeit für sie vielleicht anders verging. Langsamer, oder in Sprüngen statt in stetem Strom.

Ihre Kutsche wurde von zwei Rappen gezogen. Vorhin in San Benito hatte Jorge den Zweispänner aus dem Schuppen geholt. Damit hatte Fray Diego überhaupt nicht gerechnet. Im Gegenteil, es kam ihm wie ein Trick vor, wie offenkundiger Betrug. Dreizehn tote Männer, dreizehn tote Pferde –

aber Cristóbal, seine Gehilfen und selbst ihre Kutschpferde waren unversehrt. Wie war das möglich? Hatten sie nicht seit gestern auf die Ankunft der *Santa Magdalena* gewartet? Mußten sie nicht längst in San Benito gewesen sein, als die Mörder die Gouvernementsverwaltung überfielen? Wo hatten sie sich verborgen? Doch sicher nicht im Schuppen neben den Ställen, wo die Kutschpferde sie beim Todeskampf ihrer Artgenossen durch unbändiges Wiehern verraten hätten.

»Verzeiht, Pater«, lautete Fray Cristos Antwort, »auch wir hatten uns verspätet und kamen erst heute zur Sext in San Benito an. Da hatten die Mörder ihr blutiges Werk schon verrichtet und waren wieder auf und davon. Aus Angst, daß sie zurückkehren würden, verbargen wir uns im Schuppen, mitsamt unserer Kutsche und den Pferden.«

So konnte es gewesen sein, natürlich. Warum verspätet? Er verbiß sich auch diese Frage. Schließlich konnte er froh sein, daß Pedro trotz aller Widrigkeiten, mit denen er selber kämpfen mußte, so umsichtig für seinen Empfang und seine Begleitung gesorgt hatte. Vielleicht hätte Fray Diego seinen Argwohn gleich wieder vergessen, wäre ihm nicht aufgefallen, daß die Maya verstohlene Blicke wechselten. Oder bildete er sich das nur ein? Sprachen die drei braunen Männer eigentlich auch Kastilisch? Ein paar Brocken, laut Fray Cristo, der seinerseits im Idiom der Maya nur wenige Wendungen beherrschte. Aber glücklicherweise hatte er ja Hernán, dachte der Mönch.

Die Mutter des Mestizen war eine Eingeborene aus einer Siedlung nahe San Benito. Seinen spanischen Vater hatte Hernán, als blinder Passagier tollkühn die Meere überquerend, von Málaga bis Marbella vergeblich gesucht. Daher sein Haß, seine innere Zerrissenheit, sagte sich Fray Diego.

Ehe sie San Benito verließen, hatte er den Toten die Augen geschlossen und ihre Seelen der himmlischen Gnade empfohlen. Er hatte sich mit Fray Cristo beraten: Am Rio Hondo sollte sich Raúl von ihnen trennen und mit einem Einbaum die wenigen Meilen stromauf bis zum Kloster rudern. Er würde dem Abt einen Brief überbringen, der die nötigen Erklärungen zu den Bluttaten in San Benito enthielt. Währenddessen würden sie mit dem klostereigenen Kajütboot *San Francisco XIII* stromabwärts fahren, die ganze Nacht hindurch. Falls Abt Pedro ihnen eine Antwort schicken wollte, konnte er sich Raúls als Boten bedienen. Anderenfalls mochte der Indio getrost im Kloster bleiben. Raúl war der unheimlichste von den dreien, dachte Fray Diego. Und falls einer von ihnen zu den Verschwörern gehörte, die zum Ruhm ihrer Götzen weiße Männer massakrierten, dann am ehesten der katzenhafte Raúl.

In zähem Trott zogen die Pferde ihre Droschke voran. Durch Schlammlöcher, über Wurzeln und Geröll. Immer wieder versperrten Kadaver den Fahrweg. Dann schnalzte Jorge mit der Peitsche, bis die Geier von ihrer Beute abließen. Die Schnäbel blutverschmiert, erhoben sie sich in die Luft und flogen auf die Wipfel der nächsten Bäume. Kaum war die Kutsche durch den Kadaver gefurcht, da stoben die Totenvögel wieder hinab, um aufs neue an dem blutigen Geschlinge zu zerren.

Der ganze Dschungel, schien es Fray Diego, war vom süßlichen Geruch der Verwesung erfüllt. Vielleicht war es noch nicht die wahrhaftige Hölle. Aber einer der Vorsäle der Verdammten war es zweifellos. Eine tropische Vorhölle namens Petén, laut Pedros stets lehrreichen Briefen.

Müdigkeit überkam ihn. Immer wieder wiegte die Kutsche ihn bis an den Rand des Schlafs. Jedesmal schreckte er wieder auf und zwang sich, die Augen offenzuhalten. Dem Urteil des kirchlichen Tribunals zu Málaga hatte er sich beugen müssen. Das hieß aber noch lange nicht, daß er sich in dieser faulig heißen Vorhölle von götzengläubigen Verschwörern abschlachten ließe. Fray Diego hatte nicht mehr viel zu verlieren. Und er war entschlossen, dieses Wenige zu verteidigen. Leib und Leben, fürs erste jedenfalls. Und seine unsterbliche Seele, der letzte Trumpf, der ihm auszuspielen blieb. Wenn man vorhatte, den Teufel zum Kampf zu stellen, dachte Diego, war der Petén eigentlich sogar ein angemessener Ort.

6 Erst auf der *San Francisco,* hinter verriegelter Kajütentür, wagte er die Augen zu schließen. Draußen war längst dunkle Nacht. Dennoch trieben sie in rascher Fahrt den Rio Hondo hinunter, dessen braune Fluten mit Urgewalt voranschossen. Am Steuerruder Miguel, der im Finstern mühelos zu sehen schien. Katzenaugen. Nicht nur Raúl, auch die beiden Maya, die bei ihnen geblieben waren, erinnerten ihn an große Katzen. Der sehnige Miguel an einen Jaguar, den die Wilden einst als Gottheit des Krieges verehrten. Jorge eher an einen Puma, der bei den Heiden als Todesgott gefürchtet war. So zumindest Fray Cristo, der in heiligen Eifer geraten konnte, wenn er auf die »Greuel heidnischen Aberglaubens« zu sprechen kam.

Kurz vor der Abenddämmerung hatten sie ihr Gepäck von der Kutsche auf das Boot umgeladen. Als die *San Francisco* ablegte, war der Pater noch für eine Weile auf Deck geblieben. Versunken in den Anblick des Urwalds, dessen düstere Pracht er hier zum ersten Mal empfand. Der Strom breiter als jedes fließende Gewässer, das er in der alten Welt kannte. Die himmelhohen Bäume an den Ufern, emporragend wie Säulen in Kathedralen. Die Strahlen der Sonne, in den Wipfeln flirrend, durch Löcher im Laubwerk brechend wie durch Kuppeln in gotischen Domen. Und dieser ganze Glanz, dachte Fray Diego, zur Verherrlichung des Fürsten dieser Welt. Des Engels der Schöpfung, dessen Tempel die geschaffene Natur war. Weshalb sich die Christenheit von dieser Natur tunlichst fernhalten sollte, von der eigenen, leiblichen wie von der äußeren Natur. Zu spät. Tief in seinem Innern verspürte er einen Schmerz.

Die Nacht war herabgefallen wie ein schwarzes Tuch. Mit Fray Cristo hatte er unter Deck eine bescheidene Vesper zu sich genommen, hartes Brot, das sich nur durch reichlich Madeirawein erweichen ließ. Hernán grollte offenbar noch immer – dem Taufpriester, der ihn hatte fesseln lassen, aber auch dem Pater, der Cristóbals Gesellschaft vorzuziehen schien. Dabei überlegte Fray Diego schon im stillen, unter welchem Vorwand er auch Cristóbal ins Kloster zurückschikken konnte. Die Nähe des jungen Mönches, dessen Augen beständig vor Frömmigkeit strahlten, war ihm wenig angenehm.

Ehe er sich zum Schlafen zurückzog, kletterte er noch einmal an Deck und rief den Mestizen zu sich. Hernán hockte auf dem Bug des Bootes, seit sie abgelegt hatten. Mit einer Schleuder hatte er stundenlang auf Krokodile gezielt, die zahlreich auf Sandbänken im Rio Hondo lagen. Einmal gelang es ihm, einen Stein genau in ein sich öffnendes Auge zu schießen. Der Schrei, den das Krokodil ausstieß, klang wie das Winseln einer viel kleineren Kreatur.

Als Fray Diego mit dem Mestizen unter Deck zurückkehrte, saß Fray Cristo noch im Vorraum, am abgedeckten Vespertisch. Sein Gesicht wurde noch bleicher, als er sah, daß Hernán in der Kajüte verschwand. Fray Diego wünschte ihm eine gute Nacht, dann verriegelte er hinter sich und dem Mestizen die Tür.

Wie Cristóbal erklärt hatte, war die Kajüte normalerweise dem Abt vorbehalten. Dennoch bot sie wenig Bequemlichkeit. In jede Längswand war eine Koje eingelassen, schmal wie ein Sarg. Wellen schwappten gegen das runde Fenster, dann wieder sah man, im Wasser gespiegelt, Sterne und den halben Mond. Sicherlich hatte Fray Cristo erwartet, in der zweiten Koje nächtigen zu dürfen. Aber Fray Diego mochte den kleinen Mönch nicht auch im Schlaf noch um sich haben. Vor wilden Tieren oder blutrünstigen Wilden bot Hernán ohnehin den besseren Schutz. Auch wenn, oder gerade weil, in seiner eigenen Seele noch einige Wildheit weiterlebte. Diego legte sich auf eine Lagerstatt und verschränkte die Hände hinter dem Kopf. Er sah eben noch, wie Hernán in die zweite Koje kroch, dann übermannte ihn der Schlaf.

Ihm träumte, er sei in die Serranía zurückgekehrt, nach Beja, in das winzige Bergbauerndorf hoch über Marbella, wo er fünf Jahre lang als Priester gewirkt hatte. Wie an jedem Sonntag sang sich die kleine Gemeinde mit schütteren Stimmen in die Vorsäle der Seligkeit. Wie jedesmal schwang er sich nach der Messe auf sein Maultier, das ihn in seine Klause zurücktrug, am Ende der Schlucht mehrere Meilen außerhalb von Beja. Kaum jemals war es geschehen, daß ihn dort ein Besucher aus seiner Kontemplation aufstörte. An jenem Tag im Januar 1696 A. D. aber, der in seinem Traum wieder lebendig wurde, pochte ein Engel an seine Hüttentür.

Er hatte kaum sein Maultier versorgt und die Tür hinter sich geschlossen, als er das Klopfen vernahm. Er zog die Tür wieder auf und blinzelte ins Mittagslicht. Noch ehe sein Verstand begriffen hatte, begann sein Herz schneller zu schlagen. Sie war von zierlicher Gestalt, großäugig und zart. In weitem, weißem Kleid stand sie vor ihm, ähnlich den Engelhemden auf alten Gemälden. Das Licht, das sie umgab, schien von ihr selbst auszugehen. Er bat sie in seine Klause, wortlos. So rasch verriegelte er die Tür, als ließe ein Engel, von wem auch immer gesandt, sich hinter Holz und Eisen bannen. Dabei war sie es, deren Bann ihn getroffen hatte. Im Halbdunkel seiner Hütte starrte er sie an, verzaubert von ihrem Duft, der schwarzen Glut ihrer Augen, der Flut ihres dunklen Haars.

Sie heiße Isabel de Cazorla, sagte sie. Ihre Stimme klang wie Vogelzwitschern. Während sie sprach, fragte sich Fray Diego, ob sie ein Mädchen war oder eine erwachsene Frau. Ihre Gestalt war zierlich, jedoch nicht ohne Üppigkeit, soweit er dies einschätzen konnte. Natürlich fehlte es ihm an Erfahrung, und das unförmige Engelhemd verfälschte überdies ihre Statur. Doch gerade in ihrer Vieldeutigkeit, Engel oder Mensch, Kind oder Frau, Verheißung oder Versuchung, verkörperte sie alles, was er sich immer erträumt hatte. Selbst ihre Worte klangen wie Echos aus seinen verborgensten Träumen.

»Ich bin die Tochter einer ehrbaren Kaufmannsfamilie aus Málaga«, sagte Isabel de Cazorla. »Dort hat mich die Horde des Machuca im letzten Herbst am hellichten Tag auf dem Marktplatz entführt. Monatelang haben sie mich in ihrem Räuberlager gefangengehalten, in einer unwegsamen Schlucht bei Ronda. Von meinen Eltern forderten sie zweitausend Golddublonen für meine Freiheit. Aber wir sind nicht reich, nicht einmal wohlhabend. Alle Versuche meines Vaters, diese für uns ungeheure Summe aufzubringen, haben kläglich versagt. Darauf hat der Unhold Machuca ihnen eine letzte Frist gesetzt und seine Forderung sogar noch gesteigert: dreitausend Golddublonen bis kommenden Sonntag, andernfalls ...«

Ihre Stimme erstarb in krampfhaftem Schluchzen. Unheilvoll und erregend hallten ihre Worte in Fray Diego nach. Während er noch darüber nachsann, sank die Señorita vor ihm auf die Knie. »Letzte Nacht konnte ich fliehen. Bitte, Frater – Ihr müßt mich in Eurer Eremitage verbergen! Versprecht mir, daß Ihr mich vor dem Satan Machuca beschützen wollt!«

Erhebt Euch, Señorita, Ihr habt nichts zu befürchten. Die Kirche gewährt allen Bedürftigen Hilfe und Schutz! So wollte er ihr antworten, da spürte er auf einmal die Zeichen, mit denen sein innerer Sinn ihn zu warnen pflegte. Ein Brausen in den Ohren. In seinem Geist erhob sich eine Stimme, die ihm zurief: *Gefahr!*

»Kommt, rasch«, sagte Diego und zog Isabel de Cazorla zu sich empor. »Ich verspreche Euch, dort, wo ich Euch hinbringe, seid Ihr in Sicherheit.« Er hatte noch nicht zu Ende gesprochen, da erschallten Rufe und Peitschenhiebe draußen in der Schlucht.

»Um Gottes willen, das ist er – Machuca«, wisperte die Señorita. »So helft mir doch, Pater! Wenn er mich findet, bringt er mich um!«

Mit einem Blick vergewisserte er sich, daß die Tür zu seiner Klause verriegelt war. Dann zog er die Señorita zur hinteren Hüttenwand, wo sich ein steinerner Altar erhob. Erst kürzlich hatte er den Mechanismus entdeckt, der uralt sein mochte. In rohem Relief stellte das Altarbild drei nackte Engel dar, schwebend über der Mater Maria, auf deren Schoß der tote Gottessohn lag. Fray Diego schob zwei Finger in die Augenhöhlen des mittleren Engels. Als sich daraufhin in der Wand ein Riegel löste, kippte er den liegenden Jesus kopfüber wie eine Türklinke. Der Altar schwenkte zur Seite und gab eine kleine Felskammer frei.

Vorn an die Tür wurde schon mit Fäusten geschlagen, als der Pater seinen fleischgewordenen Engel in die Kammer hinter dem Altar schob. Flüsternd erklärte er ihr, welchen Handgriff sie von innen ausführen mußte, damit sich der Altar zurückschwenken ließ. Ihr ungläubiger Blick, ihr Lächeln, unter dem ihr Gesicht erstrahlte. Mit den Lippen formte sie das unerhörte Wort. Fray Diego nickte. Sein Mund war auf einmal wie verdorrt. Das Blut pulste ihm in den Schläfen.

Dann war sie gänzlich hinter dem Altar verschwunden. Offenbar hatte sie die blasphemische Öffnung gefunden, in die sie einen Finger schieben sollte. Jedenfalls hörte er, wie der geheime Riegel in der Wand wieder einrastete. Im selben Moment erschallte vor der Tür ein Befehl, der den Pater erstarren ließ: »Öffnet, Frater Diego – im Namen der Heiligen Inquisition!« …

Er erwachte aus seinem Traum, ehe er die Tür geöffnet hatte. Der Traum suchte ihn häufig heim, doch über diese Szene kam er selten hinaus. Beinahe so, als wollte der Traum ungeschehen machen, was in Wirklichkeit geschehen war: Er hatte die Tür geöffnet und den Schergen des Inquisitors ins Gesicht gelogen. Nein, er kenne keine Isabel de Cazorla. Niemand sei heute bei ihm vorstellig geworden. Wie denn auch? Schließlich sei er in diesem Augenblick aus Beja zurückgekehrt.

Auch wenn er fast immer erwachte, ohne die Tür geöffnet zu haben, einen Unterschied gab es. Manchmal spürte er noch lange nachher die Angst, die er durchgestanden hatte, als die Soldaten des Inquisitors ihn verhörten. An anderen Tagen erwachte er, vor seinem geistigen Auge das ungläubige Lächeln der Señorita. So erging es ihm auch diesmal. Als er in der Düsterkeit der Kajüte erwachte, sah er das Lächeln in ihren Augen vor sich und ihre Lippen, die lautlos die blasphemischen Silben formten. *En-gel-arsch.*

7 In der Morgendämmerung legten sie an einer flachen Uferstelle an. Ein schmaler Streifen Sand, aus dem Grasbüschel wuchsen. Dahinter erhob sich, himmelhoch und nebelverhangen, der Regenwald. Zum Lobpreis der Schöpfung, so Fray Cristo, jubilierten die Vögel des Dschungels aus Millionen Kehlen, wie an jedem Morgen, den Gott ihnen gab. Eine Kakophonie, dachte dagegen Diego – Schreie der Angst, Sehnsucht, Begierden, überwältigend dissonant. Er behielt auch diesen Eindruck für sich.

Jorge und Miguel hievten ihr Gepäck ans Ufer, dann verbargen sie das Boot unter einem Busch. Fray Diego fragte sich, wen sie durch dieses Versteck zu täuschen hofften – die hier draußen hausenden Maya sicher nicht. Zweifellos bemerkten die Waldbewohner jede Spur der Veränderung. Er fühlte sich unbeholfen, umgeben von Zeichen, die er nicht zu lesen verstand.

Dabei war es lebenswichtig, daß er dieses Buch der Natur zu entziffern lernte. Das war ihm schlagartig bewußt geworden, als er von den Decksplanken der *San Francisco* ans Ufer trat. Sein Fuß mit der flachen Sandale schwebte noch Handbreit über dem Boden, da packte ihn der Mestize und riß ihn zur Seite. Der Pater verlor das Gleichgewicht und landete im Ufersand. Erschrocken sah er zu dem kleinen Sandhügel, auf den er eben hatte treten wollen. Ein Skorpion hockte dort, schwarz gepanzert und dreimal so groß wie die Skorpione, die er von Marbella kannte. Mein erster Schritt in den Dschungel, dachte Fray Diego, und fast auch mein letzter. Er erhob sich und trat zu Hernán, um dem Mestizen für seine Wachsamkeit zu danken.

Hernán schien der Zwischenfall stärker mitgenommen zu haben als ihn selbst. Der Mestize murmelte unverständliche Worte und grimassierte wie im Krampf. Der Pater führte ihn einige Schritte beiseite, hinter einen lohend roten Busch. Die ganze kleine Gestalt des Mestizen zitterte und bebte. Noch immer murmelte er in sonderbarem Singsang, monoton wie eine Beschwörung. Als ob er mit einer unsichtbaren Macht spräche, dachte der Pater, oder als ob diese Macht in unbegreiflicher Sprache aus seinem Mund redete. Hernáns Verwandlung erschreckte ihn mehr als der Zwischenfall mit dem Skorpion. Er packte den Mestizen bei den Schultern und schüttelte ihn. Leise, in eindringlichem Ton, sprach er ihn an. Nannte ihn bei seinem vollen Namen, Pío Hernández, und rief ihm in Erinnerung, wer er selbst war und wo sie sich befanden.

So plötzlich, wie die Absenz ihn gepackt hatte, kam Hernán wieder zu sich. Sein Gesicht, eben noch im Krampf verzerrt, entspannte sich. Wie eine Tafel, dachte der Pater, auf der wirre Zeichen erschienen und urplötzlich wieder erloschen. Das runde Gesicht auf einmal grau und leer. Seine Augen wie schwarze Schächte ins Nichts. Fray Diego sah ihn an und wußte nichts mehr zu sagen. Stumm nickte er seinem Diener zu, dann kehrten sie zurück zu Cristóbal.

Der junge Mönch hatte sein priesterliches Ornat angelegt, eine purpurne Robe mit gesticktem goldenen Rand. Fray Diego musterte ihn erstaunt, sagte aber nichts dazu. Eben erst stieg die Sonne über dem Rio Hondo empor, und schon war es wieder unerträglich heiß. Er wischte sich den Schweiß aus dem Kragen und warf Fray Cristo noch einen verstohlenen Blick zu. Über seinem Ornat trug der Taufpriester einen breiten Gürtel. Daran baumelte an seiner linken Seite ein kleines Bündel, das zweifellos seine Habseligkeiten enthielt. An seiner rechten Seite hing eine lederne Scheide herab, darin steckte eine Machete.

Hernán warf sich seinen Seesack über die Schulter. Sein Gesicht hatte wieder den gewöhnlichen Ausdruck der Tücke angenommen. Unter die Gepäckstücke des Paters gebeugt, standen auch Jorge und Miguel zum Abmarsch bereit. Wieder fragte sich Fray Diego, ob den beiden Maya zu trauen sei. Mit unbewegten Mienen sahen sie ihn an, dann wechselten sie schnelle Blicke. Er würde auf der Hut sein, dachte der Pater. Vor Skorpionen ebenso wie vor braunhäutigen Verschwörern, in denen das Blut ihrer Ahnen wieder zu singen begann.

Hinter Cristóbal schritt er auf die grüne Wand des Regenwaldes zu. Der Taufpriester hatte seine Machete gezückt. Mit geübten Hieben verbreiterte er eine Bresche zwischen zwei Bäumen und schlüpfte hindurch. Fray Diego folgte ihm. Dicht hinter ihm gingen Miguel und Jorge, in einigem Abstand folgte Hernán. Als der Pater sich einmal umdrehte, sah er das rote Hütchen, weit hinter ihnen im Nebel schwebend.

Wie Fray Cristo erklärte, folgten sie den Überresten des Fußpfades, der früher von der Uferstelle zur Missionsstation geführt hatte. Seit zwei Mönche des Klosters vor einem halben Jahr Pater Ramón, Gnade seiner Seele, vom Glockenstrang geschnitten hatten, war niemand mehr auf diesem Weg gegangen. Seither hatte der Dschungel den Pfad wieder überwuchert, so dicht, daß er mit ungeübtem Auge kaum mehr zu erkennen war. Aber durch die frische Wucherung ließ sich leichter eine neue Schneise schlagen als durch das Dickicht zu beiden Seiten des Pfades. Ein Geschlinge aus Ästen, fleischigem Blattwerk und Lianen so dick wie Männerarme.

Der ganze Wald dampfte vor Hitze und Feuchtigkeit. Jeder Zoll Baumrinde, jeder Stein auf dem Boden war mit jadegrünem Moos bedeckt. Selbst wenn sie einmal eine Rast einlegten, troff Fray Diego aus allen Poren der Schweiß. Miguel und Jorge dagegen trugen ihre Lasten, mit bunten Bändern an Stirn und Schenkel gebunden, scheinbar ohne zu ermüden. Nach stundenlangem Marsch waren ihre Tuniken noch blütenweiß und von keinem Tropfen Schweiß befleckt.

Von den Strapazen ihrer Wanderung erschöpft, befahl der Pater am Nachmittag, das Nachtlager aufzuschlagen. Aus Ästen und Zweigen errichteten der Mestize und die beiden Maya eine Rundhütte am Rand einer Lichtung. Doch so müde Fray Diego war, in dieser Nacht fand er keinen Schlaf. Mit offenen Augen lag er in seiner Hängematte und lauschte auf die Laute des Dschungels, von dem ihn nur ein Geflecht aus Blättern und Zweigen trennte. Immer wieder glaubte er die Silhouette einer Raubkatze zu sehen, die im Mondlicht über die Lichtung strich. Dann wieder meinte er Trappeln im

Unterholz zu hören oder das Zischeln einer Schlange über ihm im Laub.

Stunde um Stunde lag der Pater im Dunkeln, hellwach. Im Eingang der Hütte ruhten Jorge und Miguel. Schliefen sie, oder stellten sie sich nur schlafend? Zu seinen Seiten wälzten sich Cristóbal und Hernán in ihren Hängematten, offenbar beide in schweren Träumen. Weniger als sie, dachte Fray Diego, konnten sich zwei Menschen kaum ähneln. Er stellte sich vor, daß Cristóbal Ná im Traum gegen dämonische Versucher kämpfte, während Pío Hernández denselben kleinen Teufeln Treue schwor.

Endlich wäre er fast doch noch eingeschlafen. Da begann Donner zu grollen, Blitze zuckten über den Wipfeln. Kurz darauf toste Regen herab. Aber zu seinem Erstaunen hielt das geflochtene Blätterdach stand. Während draußen die Wasser mit Urgewalt niederrauschten, drang kaum ein Tropfen zu ihnen herein.

Am nächsten Morgen war ihre Lichtung ein Tümpel, in dem sich grunzend schwarze Schweine wälzten. Sie sammelten ihre Habseligkeiten aus Schlamm und Pfützen, dann marschierten sie weiter, noch ehe die Sonne in die Wipfel gestiegen war. Der Regen hatte die Luft erfrischt. Auch Fray Diego fand die Witterung erträglicher und schöpfte neue Zuversicht. Aber zwischen Non und Vesper gelangten sie an den Rand einer Schlucht. Der Abgrund mochte dreißig Fuß breit und hundert tief sein und zog sich von West nach Ost scheinbar endlos durch den Wald.

»Ich verstehe das nicht«, rief Fray Cristo aus, »früher führte hier eine Brücke über die Schlucht!«

Tatsächlich hingen drüben einige Überreste der alten Hängebrücke in den Abgrund hinab. Ein Gewirr aus Hölzern und Seilen, zersplittert und zerfetzt. Erst als Hernán ihm die zerstückten Seile zeigte, die auf ihrer Seite der Schlucht im Unterholz lagen, verstand der Pater. Jemand hatte die Taue mit scharfer Klinge gekappt.

Fray Diego wich vom Rand der Schlucht zurück. Auch das war ein Zeichen, dachte er. Allerdings nicht rätselhaft, sondern erschreckend klar. Die Brücke war mit Bedacht zerstört worden. Man teilte ihnen mit, daß sie dort drüben unerwünscht waren.

8 Es war mehr als nur ein Zeichen, es war eine erste Prüfung. Der Teufel legte ihm eine kalte Hand aufs Herz und fragte, wie ernst es ihm mit seiner Herausforderung sei. Denn kaum etwas in der geschaffenen Welt flößte Fray Diego solche Angst ein wie Klippen, Schluchten, hoch aufgeschwungene Emporen. Zu gewissen Zeiten war er außerstande gewesen, auch nur zu der Kanzel in seinem Kirchlein zu Beja emporzusteigen. Und auch das schien ihm weit mehr als eine beliebige Schwäche zu sein. Es war ein Zeichen seiner Himmelsferne.

Lange hockte Fray Diego abseits der Schlucht unter einem jener hohen Bäume, die bei den Maya Zapote hießen, und ging mit sich zu Rate. Währenddessen spürte er, wie der Mestize und der junge Mönch ihn unverwandt fixierten. Einmal sprang er auf, als hätte er sich entschieden, und gürtete den Strick über seinen Hüften. Dann aber sank er wieder auf die Baumwurzel, stützte den Kopf in eine Hand und versank neuerlich in Grübelei.

Zum ersten Mal fragte er sich, ob Pater Ramón tatsächlich von eigener Hand gestorben war. Und wenn ja, wer oder was ihn in Wahrheit dazu gebracht hatte, sich das Leben zu nehmen. Die zerstörte Brücke war eine klare Warnung. Wer auch immer dort drüben hauste, war der Ansicht, daß kein neuer Missionar in die Station einziehen sollte. Wenn er, Fray Diego, diese Warnung überging, mußte er auf einen Kampf ohne Gnade gefaßt sein. Und er war keineswegs sicher, ob er tollkühn oder lebensmüde genug war, sich diesem Kampf zu stellen. Andererseits …

Auf dem Marktplatz von Marbella hatte er mitansehen müssen, wie Isabel de Cazorla erniedrigt worden war. *Wie dreckige Hände ihr das Hemd vom Leib fetzten. Wie sie über den Marktplatz taumelte, schreiend, die Augen weit aufgerissen, die Arme emporgeworfen. Wie der Pöbel hinter ihr her rannte, johlend, herzlose Zoten grölend ...* Spätestens seit damals wußte er, daß er den Kampf nun endlich aufnehmen mußte, wollte er nicht ebenso schändlich untergehen. Seinen Kampf mit dem Herrn dieser Welt. Und bei Gott, dachte Fray Diego, es war der einzige Feind, mit dem zu ringen sich lohnte.

Ohnehin, sagte er sich dann, blieb ihm kaum eine andere Wahl. Wenn er gegen das Urteil des Kirchengerichtes verstieß und seinen Verbannungsort nicht aufsuchte, lieferte er sich selbst auf Gnade oder Ungnade der Heiligen Inquisition aus. Im Grunde hatte das kirchliche Gericht ihn zu der Strafe verurteilt, die er selbst sich in seinem Innern zugemessen hatte. *Stell dich dem Kampf.*

Fray Diego erhob sich und kam unter dem Zapotebaum hervor. »Wir bauen eine neue Brücke«, befahl er. »Fangt auf der Stelle an. Noch bleiben uns zwei Stunden, bis es dunkel wird.«

Um eine dauerhafte Brücke zu errichten, hätten sie schweres Werkzeug und schenkeldicke Taue benötigt. Da sie weder das eine noch das andere mit sich führten, mußten sie sich mit einem provisorischen Übergang begnügen. Der Mestize beriet sich mit Miguel und Jorge, die sich umschauten und gleich auf zwei schlanke Palmen wiesen. Diego verstand, ehe Hernán ihm den Plan erläutert hatte. Die beiden Palmen standen eng beieinander vor der Schlucht, über deren Rand sie sich ein wenig neigten. Fällte man sie mit geschickten Schlägen, so senkten sich die Stämme wie Schranken über den Abgrund und kamen mit den Kronen auf dem jenseitigen Rand der Kluft zu ruhen. Mit einem Kopfnicken erklärte er sein Einverständnis. Die beiden Maya zogen ihre Äxte aus den Gürtelschlaufen und machten sich mit wuchtigen Schlägen über die Palmen her.

Fray Diego aber wich neuerlich vom Rand der Schlucht zurück. Sein Herz klopfte, wenn er an den Abgrund vor ihnen auch nur dachte. Das Blut pulste ihm in den Ohren. Schwer sackte er auf die Seekiste, die einige seiner liebsten Bücher und Spielwerke enthielt. Die *Schedel'sche Weltchronik.*

Dantes *Inferno.* Ein Schachspiel aus altägyptischen Gebeinen. Langsam wurde ihm wieder wohler.

Währenddessen hatten Jorge und Miguel die beiden Bäume gefällt und führten synchron den letzten Hieb aus. Ächzend neigten sich die Stimme über die Schlucht. Noch während sie sich herabsenkten, schwang Hernán eine Liane, deren Ende er zu einer weiten Schlinge gewunden hatte. Er schleuderte sie so geschickt, daß die Schlinge sich im Flug um die Kronen beider Palmen legte. Mit einem Ruck zurrte er sie fest, stemmte die Füße in den Boden und lenkte die Palmwipfel nebeneinander auf den jenseitigen Schluchtrand. Dann ließ er das straff gespannte Ende fallen, dem er aus dem Handgelenk noch einen Drall gab. Die Liane wirbelte um die Stämme herum, wieder und wieder, bis beide von oben bis unten umschnürt waren. Hernán beugte sich hinab und zurrte das Ende fest. »Fertig, Herr.« Seine schwarzen Augen funkelten.

»Bravo, Hernán«, sagte Fray Diego, »deine Kunstfertigkeit erstaunt mich immer mehr.«

Jorge und Miguel schoben ihre Äxte zurück in die Gürtelschlaufen und luden sich ihre Lasten auf. Auch der Pater mußte sich erheben, damit Miguel die Kiste mit seinen Habseligkeiten wieder schultern konnte. Noch immer vermied er es, sich dem Rand der Schlucht zu nähern. Übelkeit stieg in ihm auf, wenn er an den schwankenden Steg dachte. Eine Strecke von gut dreißig Fuß, unter sich nur die dünnen Stämmchen und das Lianengewirr als einziger Tritt über klaftertiefem Tod.

Fray Cristóbal hatte einige Schritte abseits gestanden und stumm zugesehen, wie Hernán das Problem des Übergangs löste. Schon mehrfach hatte er beklagt, daß der verehrungswürdige Pater den »von Dämonen besessenen« Mestizen viel zu nachsichtig behandle. Als er nun hörte, wie der Pater den Mestizen lobte, verzerrte sich sein Gesicht. Er schwang seine Machete durch die Luft und marschierte geradewegs auf die Brücke zu.

Der Pater hielt unwillkürlich die Luft an, als Cristóbal auf den Steg trat. Die Stämme ächzten und bogen sich sogar ein wenig durch. Die Liane knirschte unter Fray Cristos Stiefeln, die unter seinem purpurnen Ornat hervorsahen. Doch die Brücke hielt stand. Hoch aufgerichtet, die Machete wie eine Monstranz vor sich hertragend, wandelte der kleine Mönch über die Kluft und gelangte drüben unversehrt auf festen Grund.

Angespannt beobachtete Fray Diego, wie sich Jorge und Miguel unter ihre Bürden duckten und nacheinander über die Brücke gingen. Die ganze Konstruktion knirschte unter ihrem Gewicht. Doch auch die beiden Maya erreichten wohlbehalten die andere Seite. Drüben setzten sie ihre Lasten ab und kauerten sich auf den Boden, ohne den Steg noch eines Blickes zu würdigen. Und schon tänzelte auch der Mestize über den Abgrund, mit geraffter Tunika, das Hütchen schräger auf dem Kopf als je zuvor.

Der Pater blieb allein zurück. Rasch sank die Sonne hinter den Bäumen tiefer. So fahl wurde das Abendlicht, daß der jenseitige Rand der Schlucht und selbst die Brücke vor ihm nur noch vage zu erkennen waren.

Stell dich dem Kampf. Jetzt oder nie.

Wie der Henkersknecht sie bei den Haaren packte und auf die Knie zwang im Namen der Liebe. Wie der zweite Häscher den Kübel über ihren Kopf hob. Wie die Menge erstarrte, japsend, die Augen verdreht vor Wollust. Wie sich der bernsteingoldene Strom über ihr Haupt, ihren Hals, ihre Schultern verspritzte. Wie die Masse aus hundert Mäulern schrie und seufzte, als wären sie es, ihre Säfte, die sich dort verströmten. Wie der eine Häscher sie an den Haaren emporriß, bis sie aufgerichtet dastand, den Nacken weit zurückgebogen, in gänzlicher Nacktheit. Wie der zweite Henkersknecht einen weiteren Schwall Honig über sie ergoß, mitten in ihr Antlitz. Wie ihre Augen überquollen. Wie die goldenen Ströme über ihre Stirn, ihre Wangen flossen, hinab auf ihre Brüste troffen, über Bauch und Scham und Schenkel sich ergossen. Wie die Sonne in jenem Moment noch heller strahlte, der Himmel noch blauer leuchtete. Wie Isabel seinen Blick suchte. Wie sie den Mund öffnete, ihn zu rufen, daß er sie errette im Namen der Liebe … Die schmachvollen Bilder wie für immer vor Augen, ging Diego auf die Brücke zu. Auf der anderen Seite des Abgrundes bemerkte er jetzt Fray Cristo und den Mestizen, die ihn vielleicht seit längerem beobachteten. Ganz nah beieinander standen sie, der eine bleich, im purpurnen Ornat, der andere mit brauner Haut und leuchtend weißer Tunika. Seltsamerweise empfand er kaum mehr Angst. Dabei hatte er den Sog, der von der Tiefe ausging, vielleicht nie stärker empfunden.

Er setzte einen Fuß auf das Gewirr aus Palmen und Liane. *Wie der eine Häscher einen Sack voll Federn über sie schüttete. Wie die Menge kreischend nach den Federn haschte, Fäuste voll Gefieder auf die Nackte warf, die jetzt wieder losgelassen wurde, davonlaufen wollte, doch überall waren Mäuler, die schrien, Fäuste, die geschüttelt wurden, Federn, die durch die Luft stoben.* Er zog den zweiten Fuß nach und schritt aus, ohne innezuhalten oder nach unten zu sehen. Die Brücke ächzte leise. Weitaus lauter tosten das Blut in seinen Ohren und die Gesänge der Vögel rings umher im Wald.

Er hatte die Mitte der Brücke beinahe erreicht, als sich der Boden unter seinen Füßen öffnete. Die Liane löste sich, wie Schenkel spreizten sich die Palmen auseinander. Zwischen den Stämmen hindurch glitt Fray Diego in die Tiefe. Zu seinem Erstaunen schrie er nicht auf und machte keine unbeherrschten Bewegungen. *Er sah, wie sie taumelte und sich wieder fing und weiterlief. Wie die Meute hinter ihr hechelte, sie umkreiste. Wie der Ring sich immer enger um sie zog. Wie hundert harte Hände nach ihr griffen. Wie sie fiel und hundert Füße nach ihr stießen, bis die ganze zauberhafte Señorita sich in einen Brei aus Honig, Blut, Gefieder aufzulösen schien …* Im Fallen drehte er sich zur Seite und umklammerte mit beiden Händen einen Stamm. Das Holz fühlte sich glatt an, hart und kühl. Dann erst packte ihn die Angst. Er sah nach unten, in den Abgrund hundert Fuß tief unter ihm.

Von beiden rettenden Rändern war er etwa gleich weit entfernt, fünfzehn Fuß voran oder zurück. Er spürte, daß seine Kräfte schwanden. Weit gebieterischer fühlte er die Gewißheit, daß er nicht in diesen Abgrund stürzen, nicht dort unten auf nacktem Fels zerschellen würde. Er würde diesen Abgrund überwinden, oder er wäre die Handvoll Dreck nicht wert, aus der er geschaffen war.

Mit gleichmäßigen Bewegungen hangelte er sich an dem Baumstamm entlang. Er spürte, wie sein ganzer Körper zu schwingen begann, wie ein Klöppel in der Glocke, hin und her. Seine linke Hand folgte der rechten, wieder und wieder. Gleichmäßig, kraftvoll, gedankenlos. Durch seine schwingenden Bewegungen war der Baumstamm ins Rutschen geraten. Vage hörte er die Rufe vom Rand der Schlucht her. Doch er nahm kaum wahr, daß Fray Cristo und der Mestize, Jorge und Miguel mit vereinter Kraft die Palme bei der Krone packten und in der Waagerechten hielten, bis er sich zur Klippe vorgehangelt hatte. Starke Hände packten ihn bei den Armen und zogen ihn über den Felsrand. Der Stamm, an dem er gehangen hatte, fiel in die Schlucht.

Atemlos wälzte sich Fray Diego auf den Rücken und blinzelte ins letzte Abendlicht. Die Bilder von Isabel de Cazorla, dachte er, wie sie stürzte und liegenblieb, hatten ihn über den Abgrund getragen. Wie auf Engelsflügeln.

9

Am Mittag des dritten Tages erreichten sie einen weiten, zerklüfteten Platz. Kalksteinfelsen türmten sich wie riesige Terrassen um einen runden Schacht, der von Rand zu Rand dreißig Schritte maß. Eine düstere Atmosphäre herrschte an diesem Ort.

Sie folgten einem Pfad, der zwischen den Felsen zum Rand des gewaltigen Brunnens führte. Tief unten trieben Äste, Blätter, Blüten auf grünem Wasser im Kreis. Ein natürliches Staubecken, folgerte der Pater, das über verborgene Zu- und Abflüsse verfügen mußte. Ströme wie der Rio Hondo, die unsichtbar unter ihnen dahintosten und nur dort zum Vorschein kamen, wo wie hier der Boden eingebrochen war.

Er setzte sich auf eine der Terrassen, die um den Schacht aufgeschichtet waren. Aus Spalten in den Felsen wuchsen Zapote und Cobalbäume. Hoch über dem Becken neigten sich die Wipfel einander entgegen, ein Gewölbe bildend, in dem flimmerndes Dämmerlicht herrschte.

»Ein Cenote.« Unbemerkt war Fray Cristo neben ihn getreten. »In alter Zeit haben die Maya diese Wasserstelle als heiligen Ort verehrt, wie Abt Pedro mir in seiner Großmut erklärt hat. Auch Pater Ramón, Gott sei ihm gnädig, hat mir einiges von diesem Ort erzählt. In heidnischer Zeit brachten die Maya hier ihre Opfer dar, weil sie glaubten, das Wasserloch sei ein direkter Zugang zur Unterwelt ihrer teuflischen Götter.« Mit einem Seufzer sank der kleine Mönch zu Diegos Füßen nieder. »Wir sind unserem Ziel nahe, ehrwürdiger Pater. Heute zur Vesper erreichen wir die Missionsstation.«

»Wohl getan.« Fray Diego tätschelte ihm die Schulter. Aber seine Gedanken waren weit von Cristóbal entfernt. »Opfer? Du meinst, daß sie *Menschen* in das Wasserloch gestoßen haben, um ihre Götzen gnädig zu stimmen?«

»Ich … davon weiß ich nichts.« Erschrocken sah Cristóbal zu ihm auf. Als ob ich ihn bei einer Sünde ertappt hätte, dachte Fray Diego. Dabei war ich es, der bei dem Wort *Opfer* an Menschenschlachtung dachte. Was allerdings nicht erstaunlich war, nach den Greueln, die sie in San Benito gesehen hatten.

Das Wasser in der Tiefe sah kühl und köstlich aus. Wie wundervoll wäre es, dachte er, sich durch ein Bad in diesem See zu erfrischen. Aber die Vorstellung löste auch Unbehagen in ihm aus. Der Cenote war die heilige Stätte eines Götzenkultes, der urplötzlich wieder zum Leben erwacht schien. Oder der hier draußen im Urwald vielleicht immer noch praktiziert wurde, wie seit Jahrhunderten. So oder so war es nicht ratsam, die im Dschungel hausenden Maya durch ein Bad in ihrem heiligen See zu beleidigen. Eine solche Tat würde ihm seine Aufgabe als Missionar nur erschweren. Und den Haß all jener aufstacheln, die ohnehin danach lechzten, zum Ruhm ihrer Götzen »weiße Eindringlinge« zu massakrieren. Sie würden also keinesfalls in diesem Cenote baden, beschloß er und erhob sich.

Aber zu spät. Unten im grünen Rund schwamm der Mestize. Fray Diego hatte den Mund schon geöffnet, um Hernán zurückzubeordern, da spürte er die vertrauten Zeichen. In seinen Ohren erhob sich ein Rauschen. Die Stimme in seinem Kopf zischte: *Gefahr!* Er wandte sich zu Fray Cristo und legte einen Finger auf die Lippen. Der Taufpriester riß die Augen auf, nichts begreifend. Stumm wies der Pater ihn an, ihm nach unten zu folgen, zum Grund des gewaltigen Bassins.

An der Nordseite des Cenote führte eine Treppe hinunter. Roh aus dem Fels gehauene Stufen, verwittert und entsetzlich steil. Als er auf die oberste Stufe trat, spürte er, wie ihn wieder Schwindel befallen wollte. Aber er zwang sich, Stufe um Stufe hinabzusteigen. Sein Herz klopfte wild. Hier und da klammerte er sich an Gestrüpp fest, das aus der lotrechten Wand wuchs. Hinter sich hörte er Fray Cristo, das leise Klappern seiner Sohlen auf dem Stein. Tief unter ihnen schwamm der Mestize. Der Pater mahnte sich, immer nur auf die nächste Stufe zu sehen.

Endlich hatten sie den Fuß der Treppe erreicht. Hier unten war die eigentümliche Atmosphäre des Ortes noch deutlicher zu spüren. Weißgrünes Dämmerlicht, in dem die Grenze zwischen Luft und Wasser, Licht und Dunkelheit verschwamm. Hernáns Tunika lag neben der Treppe, daneben sein törichtes Hütchen. Und noch immer rief die Stimme in Fray Diegos Innerem: *Gefahr!*

Er machte dem Mestizen Zeichen. Legte einen Finger auf den Mund und winkte ihn mit der anderen Hand energisch zu sich her. Ungewiß, ob Hernán ihn überhaupt gesehen hatte. Er befand sich jetzt in der Mitte des Sees, wenigstens fünfzehn Schritte von ihnen entfernt. Für einen Moment schien er in ihre Richtung zu schauen. Dann hob er die Arme und sackte in die Tiefe.

Die beiden Mönche wechselten ungläubige Blicke. Wo eben noch Hernáns Kopf mit dem schwarzen Borstenschopf getänzelt hatte, waren nur noch einige Kreise im Wasser zu sehen. Die Stimme in Fray Diegos Innerem wurde lauter, dringlicher. Von dem Mestizen noch immer keine Spur.

Fray Diego warf einen raschen Blick nach oben. An den knöchern weißen Wänden empor, die scheinbar bis zum Himmel ragten, hoch oben vom grünen Dach des Urwalds überwölbt. Was hatte er zu sehen erwartet? Teufelspriester, die sich über den kreisrunden Rand des Cenote beugten? Oder die ein gefesseltes Opfer in den Abgrund stießen? Er wußte es nicht. Wußte nur, daß er nicht länger warten durfte. Die Stimme *schrie* jetzt. Hernán war in tödlicher Gefahr. Mit fliegenden Fingern streifte er Sandalen und Kutte ab und stürzte sich in leinenem Unterzeug in den See.

Die Kreisströmung, die er von oben gesehen hatte, teilte den Cenote in zwei Bereiche. Einen äußeren Kreis flacheren Wassers und die stille Mitte des Sees. Der Wirbel dazwischen riß Äste, Zweige, Blütenblätter mit sich im Kreis. Fray Diego wartete, bis ein knorriges Aststück an ihm vorbeigewirbelt war, dann warf er sich in die Strömung. Mit unerwarteter Gewalt riß der Wirbel ihn mit sich fort. Nur durch einige kräftige Schwimmzüge gelang es ihm, sich zu befreien. Dann ließ die Strömung ihn ebenso plötzlich los, wie sie ihn ergriffen hatte. Er war im Zentrum des Cenote.

Fieberhaft sah sich Fray Diego um. Von Hernán war nach wie vor nichts zu sehen. Merklich kühler als am Rand war das Wasser hier. Und so tief, daß man kaum bis zum Grund sehen konnte. Er holte Luft und tauchte unter.

Wie dunkelgrüner Nebel umschloß ihn der Cenote. Wild blickte er um sich, mit Armen und Beinen paddelnd. Da sah er tief unten, am Grund des Sees, eine dunkle Gestalt – Hernán! In der trüben Flut war nur ein Umriß zu erkennen, der schmale Körper, auf dem Boden kauernd, seltsam verkrümmt. Mit einem Arm machte ihm Hernán Zeichen. Jetzt erkannte der Pater, was passiert war: Hernáns rechte Hand wurde durch irgend etwas am Grund des Sees festgehalten. Mit der linken winkte er ihm zu, kraftlos, wie es schien.

Keuchend tauchte Fray Diego wieder auf. Seine Brust schmerzte, das Herz hämmerte ihm bis zum Hals. Aber er zwang sich, seine Lungen sofort wieder vollzupumpen. Dann riß er die Arme empor und ließ sich wie ein Stein nach unten sacken, zum Grund des Sees.

Die Silhouette des Mestizen war noch tiefer zusammengesunken. Mit kraftvollen Zügen schwamm Fray Diego auf ihn zu. Nie war ihm eine Bewegung qualvoller, langsamer erschienen. Endlich war er bei Hernán.

Aus einem Felsspalt wuchs ein Gewirr aus Schlingpflanzen. Darin hatte sich die Hand des Mestizen verfangen. Der Pater sah sofort, daß ihm keine Zeit blieb, die Ranken zu entwirren. Mit beiden Händen packte er den Strunk, der aus dem Spalt hervorwuchs. Er stemmte seine Füße in den modrig weichen Boden und schickte ein Stoßgebet gen Himmel. Dann riß er den Strunk mit einem Ruck aus dem Felsspalt heraus.

Mit seiner allerletzten Atemluft tauchte Fray Diego empor. Beide Hände an die Schlingpflanze geklammert, zog er den Mestizen mit sich nach oben. Als sein Kopf endlich über Wasser war, atmete er keuchend aus und ein. Sein Herz raste, seine Lungen brannten wie Feuer. Neben ihm keuchte und hustete Hernán. Die Augen des Mestizen waren blutunterlaufen. Unersättlich saugte er Atemluft ein. Noch immer umschlang das Gewirr der Schlingpflanzen seine rechte Hand. Gleich würden sie die Ranken mit Cristóbals Machete durchtrennen, dachte Fray Diego. Was mochte der Mestize dort unten überhaupt gesucht haben? Fragend sah er Hernán an. Später, dachte er dann. Immer noch waren sie viel zu atemlos, um zu sprechen.

Und so benommen, daß der Pater jetzt erst die Mayakrieger bemerkte. Hoch über ihnen standen sie am Rand des Cenote. In gleichmäßigen Abständen über den ganzen weiten Kreis verteilt. Fünfzig Augenpaare sahen auf sie hinab, aufmerksam und kalt. Fünfzig Speere, in Schulterhöhe erhoben, zielten auf die beiden Schwimmer im See.

10 *»Ko'ten! Kotene'ex!«*

Reglos saß der Anführer auf einem Steinsockel hoch über dem Cenote. Ein stämmiger Bursche mit kakaobrauner Haut und muskelbepackten Armen. Brust und Bauch mit dem lodernd roten Abbild eines rüsselnasigen Götzen bemalt. Keine Faser bewegte sich in seinem Gesicht. In seiner Starre ähnelte er selbst einem Götzen aus Stein.

»Ko'ten! Ko'tene'ex!« Nicht der Anführer bellte diesen Befehl, sondern ein hagerer Krieger, der neben ihm stand. Wie Hernán flüsternd übersetzte, bedeuteten seine Worte: »Herkommen! Kommt alle her!«

Aber der Befehl war ohnehin nicht mißzuverstehen. Faustschläge trommelten ihnen auf Rücken und Schultern. Sie stolperten vorwärts, bis sie gegen den Steinsockel stießen. Der Pater und der Taufpriester, der Mestize, Jorge und Miguel. Zusammengedrängt in einem Halbkreis bemalter Krieger, deren Speere auf ihre Herzen zielten.

Der Anführer thronte drei Fuß über ihnen. Er schien ihre Überrumpelung zu genießen. Die demütigende Lage, in der sich seine Gefangenen befanden. Diego und Hernán noch tropfnaß von ihrem Bad im See. Sie hatten ihnen nicht einmal gestattet, sich wieder anzuziehen. Ein halbes Dutzend Krieger hatten unten am Rand des Sees gewartet. Und sie mit Tritten und Schlägen die Treppe emporgejagt, sowie sie aus dem Wasser gestiegen waren. Der Mestize war noch nackter als die Mayakrieger, die zu ihrem Schamtuch zumindest bunte Farben am Leib trugen. Fray Diego trug lediglich sein leinenes Unterzeug. Seine Kutte, Hernáns Hut und Tunika lagen auf dem Steinsockel, neben dem Anführer, der sie als seinen Besitz zu betrachten schien.

»Kaampoj saantoj.« Der Anführer hatte das Wort ergriffen. In der langen Rede, die er mit grollender Stimme hervorstieß, kehrten diese beiden Wörter immer wieder. Weit stärker als Jorge oder Miguel ähnelte er einer Raubkatze. Seine muskulöse Gestalt, kompakt und wie zum Sprung gespannt. Seine Zähne, die nadelspitz zugefeilt waren. Sein aufmerksamer Blick, kalt und unbewegt. *»Kaampoi saantoj.«*

Heiliger Boden. Hernán dolmetschte. Sie hatten eine heilige Stätte der Maya entweiht. Eine Opferstätte seit uralter Zeit.

»*Cenote saantoj*.« Das verstand Fray Diego sogar ohne Hernán. *Heiliges Wasserloch*. Aber wenn es nach dem Anführer ging, blieb ihm nicht mehr viel Zeit, sein neu erworbenes Wissen anzuwenden.

Der Mestize übersetzte weiter. Was einmal in den Cenote gelangt war, Mensch oder Tier, absichtlich oder nicht, gehörte den Göttern von *Bolon-ti-ku*. Der neunfaltigen Unterwelt. Hernáns Stimme bebte. Fray Diego und er waren in den Cenote eingetaucht. Also gehörten sie den Göttern. Der Anführer hatte beschlossen, sie den Götzen der Unterwelt zu opfern.

Der Anführer erhob sich. Breit und massig ragte er über ihnen auf. Dabei mußte er, ohne seinen Sockel, mindestens einen Kopf kleiner als der Pater sein. Der nun in einer Mischung aus Furcht und Erstaunen auf den Lendenschurz des Anführers sah. Unter der Götzenfratze, die Brust und Bauch des Häuptlings zierte, prangte ein hirschgestaltiger Dämon mit üppigem Geweih.

»*Ko'ten!*« Der Anführer deutete auf den Pater und den Mestizen. Mit herrischen Gebärden winkte er sie zu sich herauf.

Fray Diego nickte Hernán zu. Der Mestize zuckte mit den Schultern, dann kletterten sie auf den Sockel hinauf. Hinter dem Anführer und dem dürren Krieger standen ein halbes Dutzend weiterer Muskelmänner, alle mit abscheulichen Götzenbildern bemalt. Unerbittliche Hände ergriffen den Pater und Hernán und bogen ihnen die Arme auf den Rücken.

»Schnell, Hernán, sag ihnen ...« Fray Diego keuchte. Ein Seil schlang sich um seine Handgelenke, so eng, daß es ihm ins Fleisch schnitt. »*Seid ohne Argwohn, denn ich bringe euch den Frieden und die Liebe*.« Zum ersten Mal sprach er die rituelle Formel. Es war derselbe Satz, den einhundertfünfzig Jahre vor ihm Diego de Landa gesprochen hatte, erster Missionar der Franziskaner in Yucatán. Aber de Landa hatte die Formel sicher nicht unter derart bedrängenden Umständen psalmodiert.

Hernán übersetzte. Aus seinem Mund, in der barbarischen Sprache dieser Heiden, klang der Spruch so sinnleer, daß der Pater sich zwingen mußte weiterzusprechen.

»Im Namen Jesu Christi, unseres Heilands, der auch für euch gestorben und wiederauferstanden ist …«

Der Krieger, der ihm die Hände gefesselt hatte, versetzte ihm einen Stoß in den Rücken. Fray Diego verlor das Gleichgewicht und schlug mit der Schulter hart auf dem Steinsockel auf. Er stöhnte. Ein nackter brauner Fuß trat auf seine Brust und stieß ihn vollends um, so daß er schmerzhaft auf seine gefesselten Arme zu liegen kam. Der Fuß blieb auf seiner Brust.

Der Pater atmete möglichst flach aus und ein, um den Fuß nicht zu weiteren Tritten herauszufordern. Ohne den Kopf zu bewegen, verdrehte er die Augen und sah, daß der Anführer auf Hernáns rechte Hand starrte. Noch immer war die Hand in ein Gewirr bleicher Schlingpflanzen verstrickt.

Zum ersten Mal veränderte sich die Miene des Anführers. Sie wurde noch düsterer. Sein Blick bohrte sich in die Augen des Mestizen. *»Kuchiiyoi!«* Der dürre Krieger an seiner Seite zückte ein Messer und reichte es ihm. *»Xontal!«* Dieser Befehl galt Hernán, der augenblicklich auf die Knie fiel. Flehentlich sah er zu dem Anführer auf.

Fray Diego hielt den Atem an. Für einen Moment befürchtete er das gleiche wie offenbar Hernán. Aber der Anführer stach den Mestizen nicht einfach nieder. Er schob die Klinge unter das Gewirr der Ranken, die sich um Hernáns Hand geflochten hatten. Ein Ruck, und die Schlingen fielen zu Boden. Die Hand des Mestizen war zur Faust geballt, als versuche er noch immer, die Ranken zu sprengen.

Ein ähnlicher Hieb, dachte der Pater, mochte auch die Seile der Hängebrücke durchschlagen haben. Eine sonderbare Ruhe überkam ihn. Noch sind wir nicht verloren, sagte er sich. Wenn es mir nur gelingt, mit dem Anführer zu reden. Ihm klarzumachen, daß ich selbst ein Priester bin. Ihn notfalls einzuschüchtern mit der Macht meines Gottes.

In diesem Moment stieß Hernán einen Schrei aus. Blut quoll aus seiner Faust. Der Anführer hatte die Klinge hineingestoßen. Seitlich, in die Spirale des gekrümmten Zeigefingers von Hernán. Unbegreiflich langsam ging die kleine braune Faust auf. Widerwillig. Wie eine Muschel. Noch immer tropfte Blut hervor. Dann sah der Pater, wie auf der blutüberströmten Handfläche etwas funkelte. Golden, eine Kugel von der Größe eines Menschenauges.

Der Anführer beugte sich vor und nahm das glitzernde Ding mit spitzen Fingern von Hernáns Hand. Er führte die Kugel dicht vor sein Gesicht und glotzte sie an. Seine Miene wirkte jetzt eher verstört als zornig, als gehe von der Kugel eine zermalmende Macht aus. Vorsichtig reichte er sie weiter an den hageren Krieger, der sie mit sichtbarem Widerstreben entgegennahm.

In diesem Augenblick, in dem die Kugel weitergereicht wurde, erkannte Fray Diego, um was es sich handelte. Entsetzen durchfuhr ihn. Die kleine Kugel wies hervorquellende Augen und eine rüsselförmige Nase auf. Nicht anders als das Abbild auf dem Rumpf des Anführers. Es war das Idol eines Götzen, den die Mayakrieger verehrten. Den sie wahrscheinlich sogar mehr als alle anderen Gottheiten fürchteten. Schließlich hatte der Anführer selbst sich mit seinem Abbild geschmückt.

Und Hernán hatte das goldene Idol gestohlen. Er mußte den Götterkopf auf dem Grund des Sees gefunden haben, dachte der Pater. Das erklärte wohl auch, warum der Mestize überhaupt in den Cenote hinabgetaucht war. Sicherlich wußte er, daß die Maya in ihre heiligen Seen Opfergaben zu werfen pflegten, darunter auch kostbare Gegenstände aus Gold.

Ein halbes Dutzend Maya umstanden jetzt den hageren Krieger und starrten den Götterkopf auf seiner Handfläche an. Angst malte sich in ihren Zügen. Mit scheuen Blicken sahen sie zum Grund des Cenote hinab, dann wieder auf das funkelnde Idol.

Er mußte das Wort ergreifen, sofort, beschwor sich Fray Diego. Er versuchte sich aufzurichten. Der Fuß auf seiner

Brust wich zurück. Aber nur eben genug, um auszuholen. Dann spürte er einen harten Schlag an seiner rechten Schläfe. Ich bin Priester, wollte er noch ausrufen. Da wurde es schwarz um ihn …

Als er wieder zu sich kam, lag er noch immer auf dem Steinsockel. Über ihm im Wipfel einer Ceiba flimmerte das schräge Licht des Nachmittags. In seinem Kopf hämmerte ein Schmerz. Erst nach einem Moment der Benommenheit fiel ihm ein, was geschehen war: Der goldene Götze. Sein Versuch, das Wort zu ergreifen. Der Fuß des Kriegers. Dunkelheit.

Behutsam drehte er sich zur Seite und sah um sich. Neben ihm auf dem Sockel lagen Fray Cristo, Jorge und Miguel. Sie alle mit hinter dem Rücken gefesselten Armen wie er selbst. Neben ihnen standen zwei Wächter, an die Felswand gelehnt. Mit unbewegten Mienen sahen Jorge und Miguel an Fray Diego vorbei. Cristóbal erwiderte seinen Blick, aber er wirkte apathisch. Sein Gesicht noch bleicher als sonst, seine Augen geschwollen, als ob er geweint hätte.

Langsam, um nicht den Argwohn der Wächter zu erregen, wandte sich der Pater um. Direkt unter ihm, am Fuß des Sockels, standen drei braune Männer. Über ein unkenntliches Etwas gebeugt, das ihre Köpfe und Schultern verdeckten. Auf den Häuptern trugen sie schwarze Hauben, deren Form an Axtklingen erinnerte. Diese drei waren anscheinend keine Krieger, dachte der Pater. Vielleicht waren es Götzenpriester. Mehrere Dutzend Krieger standen im Halbkreis um sie herum. Niemand sprach ein Wort. Spannung lag in der Luft, fast mit Händen zu greifen. Blutdurst, Mordlust, dachte er. Auf einmal richtete sich der mittlere Götzenpriester auf. Fray Diego stockte der Atem. Direkt unter ihm lag Hernán.

Er lag auf einem Stein, der zwei Fuß hoch und so schmal war, daß nur sein Rücken darauf ruhte. Sie hatten ihm auch sein Schamtuch genommen, so daß er gänzlich nackt war. Auf der einen Seite hingen sein Kopf und seine Schultern, auf der anderen seine Beine über den Stein. Der Pater verstand jetzt, warum sich die beiden anderen Götzenpriester über ihn beugten. Kniend hielten sie seine Hände und Füße am Boden fest, so daß sein Brustkorb gewaltsam emporgewölbt wurde.

Mitleid durchströmte Diego und ohnmächtiger Zorn. Hernáns Augen waren geschlossen. Offenbar hatte er das Bewußtsein verloren. Was bin ich für ein kläglicher Beschützer, dachte er. Tatenlos hatte er mitangesehen, wie Isabel de Cazorla erniedrigt wurde. Mit Schmutz übergossen, am Boden zerstört. Und nun traf es den Mestizen, der sich seiner Obhut gleichfalls anvertraut hatte. Als ob ein Fluch auf mir läge, dachte er.

Der dritte Götzenpriester, offenbar der wichtigste des Trios, hielt nun ein Messer in der Hand. Er hob es hoch empor, die Klinge lang und funkelnd schwarz. Die Krieger im Halbkreis antworteten mit einem Keuchen aus fünfzig Kehlen.

Wenn er sich jetzt wieder hinabbeugt, dachte der Pater, wird er Hernán das Herz aus der Brust schneiden. Es war offenbar ihre bevorzugte Greueltat. Fieberhaft überlegte er, wie er die Schlächter von ihrem Opfer ablenken könnte. Doch es fiel ihm nichts ein. Wir alle werden hier zu Tode kommen, dachte er. Dem rüsselnasigen Götzen geopfert als Strafe für ein Bad in seinem See. Und für den Diebstahl eines Goldklümpchens, das gleichfalls eine Rüsselnase hat, so abstoßend wie die des Götzen selbst.

Wie erstarrt stand der Opferpriester inmitten der Menge. Alle Blicke hafteten auf der schwarzen Klinge, die er noch immer hoch erhoben hielt.

Tatsächlich, dachte Diego, hatte das bischöfliche Gericht zu Málaga ihn nicht einfach verbannt. Er war zum Tode verurteilt worden, damals schon. Warum ging ihm das jetzt erst auf? Verbannung in den Dschungel Neuspaniens, ohne Schutz durch Klostermauern, kam offenkundig einem Todesurteil gleich. Nur daß die christlichen Richter es vorzogen, ihr Urteil nicht mit eigener Hand zu vollstrecken.

Nun beugte sich der Götzenpriester zu Hernán hinab. Ganz langsam senkte er die Hand mit der schwarzen Klinge. Die Spitze zeigte genau auf Hernáns Herz. Der Mestize war zu sich gekommen. Die Augen weit aufgerissen, starrte er auf das Messer. Dann suchte er Fray Diegos Blick. Sein Gesicht zerfloß vor Todesangst.

»Bitte wartet!« Der Pater richtete sich auf, so weit seine Fesseln es erlaubten. »Schont sein Leben, ich flehe euch an. Tötet statt dessen mich!«

Weder die Götzenpriester noch der Anführer hatten seine Worte verstehen können. Drohende Blicke richteten sich auf ihn. In den Augenwinkeln sah er, wie einer der Wächter auf ihn zukam. Der Opferpriester hatte nur flüchtig aufgesehen. Schon senkte er die Klinge wieder über Hernán.

Das letzte, was Fray Diego sah, war die Messerspitze, die sich in Hernáns Brust bohrte. Das letzte, was er hörte, war eine gebieterische Frauenstimme, die unverständliche Befehle schrie. *»Ti-k'ab'a Ixquic!«* Ein Schatten sauste heran und traf ihn wuchtig an der Schläfe. Wieder wurde es schwarz um ihn.

Zwei

1 »Sie trug ein Gewand, schimmernd wie der Mond. Auf ihrem Kopf eine silberne Haube. So flog sie vom Himmel herab. Das ist die Wahrheit, Herr.«

Nie zuvor hatte Fray Diego den Mestizen derart aufgeregt gesehen. Ergriffen. Als wäre er Zeuge eines wirklichen Wunders geworden.

Sie hockten im Kreis um das Feuer, das Jorge eben entfacht hatte. Der Abend dämmerte. Auch der Pater konnte noch kaum glauben, daß sie der Gewalt der Krieger und ihrer Teufelspriester tatsächlich entronnen waren. Vor wenigen Stunden erst und buchstäblich im letzten Moment. Er selbst hatte das Bewußtsein noch nicht wiedererlangt, als sich das angebliche Wunder ereignete. Es mißfiel ihm, daß er auf die Schilderungen seiner Begleiter angewiesen war. Denn so, wie Hernán ihre Befreiung darstellte, konnte es nicht gewesen sein.

»Kopfüber flog sie vom Himmel herab. Die ganze Gestalt im Sonnenlicht gleißend wie ein Komet. Sie war es, die jene Worte rief, die unser Leben retteten: *Ti-k'ab'a' Ixquic!*« Hernán legte die rechte Hand auf sein Herz, das beinahe geopfert worden wäre. Im Schein der Flammen zuckte der Schatten seines Armes riesenhaft über die Lichtung, an deren Rand sie saßen. »So und nicht anders war es, Herr. Ich schwöre es. Sie rief: *Im Namen der Mondgöttin, laßt diese*

Männer frei! Dann war sie vorbei und flog hinab in den Cenote.«

Was für ein Unsinn, dachte Diego. So entstanden erbauliche Legenden. Oder auch, so wurde der Blick durch abergläubische Erwartung verzerrt. Nur eines stand bisher fest für ihn: Ein unerwarteter Zwischenfall hatte die Mayakrieger in die Flucht geschlagen. Er hatte Hernán wieder und wieder befragt. Je öfter der Mestize schilderte, was sich vorhin am Rand des Cenote ereignet hatte, desto mysteriöser wurde das Geschehen. Nur zu gern hätte er geglaubt, daß Hernán Traum und Wirklichkeit vermischte. Doch Fray Cristo hatte seine Schilderung im wesentlichen bestätigt. Mit dem Unterschied allerdings, daß die »silberne Frau« laut Cristóbal nicht vom Himmel herabgeflogen war. »Sie sprang vom Wipfel der Ceiba hoch über dem Cenote.«

Das klang kaum weniger wundersam. Der Pater sah den Baumriesen mit dem gewaltigen silbrigen Stamm vor sich. Das Blattwerk wie grünes Gefieder, flirrend im Sonnenlicht. Der Wipfel ragte fünfzig Fuß über den Schachtrand des Cenote. Und von dort bis zum Wasserspiegel hinab war es wenigstens noch einmal so tief. Fray Diego schauderte. Ein Sprung aus hundert Fuß Höhe, kopfüber in den See? Die Frau mußte eine Selbstmörderin gewesen sein. Oder ein weiteres Opfer der blutrünstigen Teufelspriester. Aus dem Wipfel der Ceiba gestürzt, um die Gelüste ihrer Götzen auf noch raffiniertere, noch grausamere Weise zu befriedigen.

Aber warum hatte die Frau dann jenen rätselhaften Satz gerufen, während sie ihrem Tod entgegenflog? Und viel sonderbarer noch, warum hatten die Priester und der Anführer sich ihrem Befehl gebeugt? »Im Namen der Mondgöttin …« Zum Teufel, was für einer Mondgöttin denn?

Tatsache war, daß der Opferpriester und der Anführer vor Schreck erstarrt waren. So jedenfalls Hernán, dem noch immer die Stimme brach, wenn er auf ihre Rettung zu sprechen kam. *»Ti-k'ab'a' Ixquic.«* Die Spitze des Messers hatte sich schon in seine Brust gebohrt, als diese Worte buchstäblich aus heiterem Himmel erschallten. Der Opferpriester verrenkte sich den Hals nach der silbernen Gestalt hoch über ihnen. Aber das Messer drückte er immer noch auf Hernáns Brust. Der Mestize wagte kaum zu atmen. Aus der Wunde über seinem Herzen floß in dünnem Rinnsal Blut. Behutsam drehte er seinen Kopf, der hinter dem Opferstein herabhing. Eben noch sah er, wie die fliegende Frau lotrecht auf den Cenote zuschoß. Den Kopf mit der schimmernden Haube voran, die Arme ein wenig abgewinkelt, ähnelte sie einem silbernen Pfeil. Dann verschwand sie im Schacht des Cenote. Kurz darauf hörte er, wie sie unten in den See eintauchte. Ein Klatschen, laut wie ein Schuß, das von den Wänden des Cenote widerhallte.

Die Krieger waren allesamt an den Rand des Schachtes getreten und starrten zum See hinab. Auch die Priester ließen nun von ihrem Opfer ab, widerwillig, wie es Hernán schien. Der Opferpriester schob sein Messer mit der schwarzen Klinge in den Gürtel zurück. Seine Gehilfen ließen Hernáns Hände und Füße los und richteten sich auf. Für einen langen Moment herrschte Schweigen. Als sich die Krieger wieder umwandten, las Hernán in ihren Gesichtern: Die silberne Frau war aus dem Spiegel des Cenote nicht wieder aufgetaucht. Der Anführer bellte einen Befehl. Ohne ihren Gefangenen noch einen Blick zu schenken, ergriff die ganze Horde ihre Speere und war binnen eines Lidschlags hinter den Felsen verschwunden.

»Ein Wunder.« Im Schein des Feuers breitete Hernán die Arme aus, und sein riesenhafter Schatten auf der Lichtung tat es ihm nach. »Ein wirkliches Wunder, Herr.« Jedesmal beschloß er seine Schilderung mit diesen Worten. Wobei ungewiß blieb, dachte der Pater, welchen übernatürlichen Mächten der Mestize das Mirakel zuschrieb.

Mit Hernáns Hilfe hatte er auch die beiden getauften Maya befragt. Doch aus Jorge und Miguel war nichts Vernünftiges herauszubringen. Hatten sie die silberne Gestalt gesehen? Schulterzucken. Nebel und Sonnenlicht, so Jorge, riefen hier im Dschungel häufig Sinnestäuschungen hervor. Gab es eine Mondgöttin im alten Götzenkult der Maya?

Kann sein, kann nicht sein, sagte Miguel. Die Maya glaubten an so viele Götter, wer kannte sich da schon aus. Unbewegt, mit ausdruckslosen Mienen hatten sie seinen Blick erwidert. Bis der Pater seinerseits die Schultern zuckte und sich abwandte.

Zumindest das restliche Geschehen am Cenote hatte er mit eigenen Sinnen erlebt. Wenn auch benommen und mit greulich schmerzendem Kopf. Er war eben wieder zu sich gekommen, als Hernán auf den Sockel geklettert kam. Aus einer Wunde in der Brust blutend und am ganzen Leib zitternd. Er beugte sich über den Pater, um seine Fesseln zu lösen. Stammelnd schilderte er das Wunder ihrer Errettung. Fray Diego nahm an, daß Hernán vor Todesangst von Sinnen sei. Jedenfalls glaubte er ihm anfangs kein Wort. Er befahl dem Mestizen, auch die anderen von ihren Fesseln zu befreien. Was auch immer die Krieger erschreckt haben mochte, dachte er, sie konnten jeden Moment zurückkehren. Er riß einen Streifen von seinem Leinenhemd ab und legte Hernán einen behelfsmäßigen Verband an. Dann warfen sie ihre Kleider über, schulterten ihre Lasten und machten, daß sie davonkamen.

Vorher hatte Fray Diego rasch noch einen Blick über den Schachtrand geworfen. Tief unter ihm der Spiegel des Cenote, grün und unbewegt. Von einer »silbernen Frau«, schwimmend oder fliegend, natürlich keine Spur.

Ein Wunder? Der Pater ergriff einen Ast und stocherte in der Glut ihres Lagerfeuers, das ihnen dürftigen Schutz gegen Mücken und Jaguar bot. Falls eine himmlische Gewalt tatsächlich ihre Hände über sie hielt, dachte er, konnte sie es bei diesem einen Wunder jedenfalls nicht bewenden lassen. Vor zwei Stunden waren sie hier bei der Missionsstation eingetroffen. Genauer gesagt, bei den rauchgeschwärzten Trümmern und Ruinen, die von der Station übriggeblieben waren. Irgend jemand schien um jeden Preis verhindern zu wollen, daß Pater Ramón einen Nachfolger bekam.

Inzwischen war die Nacht herabgesunken, schwarz und sternenklar. Fast gleichzeitig erhoben sich Cristóbal und der

Mestize, um schlafen zu gehen. Die beiden waren so ungleich und einander doch in vielem so ähnlich, dachte der Pater. Jetzt verband sie auch noch die Erinnerung an ihre Errettung durch die »fliegende Frau«. Seite an Seite gingen sie über die Lichtung, und ihre Schatten tanzten, ins Titanische vergrößert, über die Vorderfront der Kapelle, die sich auf der anderen Seite der Lichtung erhob.

Von der Kapelle waren kaum mehr als die Grundmauern stehengeblieben. Das einstige Holzhaus daneben ein Haufen schwarzer Bretter, überwuchert von frischem Grün. Höllengrün, dachte der Pater. Noch hatte er nicht die Kraft aufgebracht, in der Asche und den Trümmern zu stochern. Nach Hinweisen auf die Brandstifter oder zumindest nach brauchbaren Überresten. Wie es aussah, besaßen sie nicht einmal ein Kruzifix, vor dem die Gemeinde beten konnte. Falls es eine solche Gemeinde hier draußen gab. Oder jemals geben würde. Sollten sie überhaupt die Mühsal auf sich nehmen, die Kapelle wiederaufzubauen und ein neues Holzhaus zu errichten? Nichts erschien ihm in diesem Augenblick widersinniger, als diesen götzengläubigen Wilden die Botschaft des Gekreuzigten zu predigen. Zum Dank würden sie ihm das Fleisch von den Knochen schaben und in kleinen Stücken an ihre rüsselnasigen Götzen verfüttern.

Nein, es war mehr als unwahrscheinlich, daß heute am Cenote die Mächte des Himmels eingegriffen hatten. Und doch war die »silberne Frau« eigens vom Himmel herabgeflogen, um sie aus der Gewalt ihrer Peiniger zu befreien. Oder jedenfalls vom Wipfel der himmelhohen Ceiba, die, laut Cristóbal, bei den Maya seit jeher als heilig galt.

Che' saantoj. Heiliger Baum. Zumindest seine Kenntnisse der hiesigen Sprache wuchsen. Allerdings hätte sich Fray Diego andere Lehrer gewünscht als den Anführer der Mayakrieger, seine Teufelspriester oder eine vom Himmel fallende Silberfrau.

Ti-k'ab'a' Ixquic … Noch im Einschlafen, in der Rundhütte, die Jorge und Miguel neben der Ruine errichtet hatten, grübelte er über dem Mysterium ihrer Rettung. In unruhigen Träumen versuchte er die ganze Nacht hindurch, in das Gesicht der silbernen Frau zu sehen. Doch ihre Züge blieben hinter einem schimmernden Schleier verborgen. »Im Namen der Mondgöttin ...« Mit silberheller Stimme lachte sie ihn aus.

Er erwachte in der Morgendämmerung. Der ganze Urwald war erfüllt vom tausendstimmigen Konzert der Vögel. Diego glitt aus seiner Hängematte und trat auf die Lichtung hinaus. Auf einmal durchströmte ihn ein Glücksgefühl, so unerwartet und kraftvoll, daß sein Herz zu klopfen begann. Tränen traten in seine Augen – verrückt, dachte er, ich weine wahrhaftig vor Glück. Noch niemals hatte er Derartiges erlebt. Im Morgenlicht glitzerte Tau auf Gräsern und Blüten. Ein bittersüßer Duft schwebte über der Lichtung. Zwischen den Bäumen flirrten die ersten Sonnenstrahlen. Der Gesang der Vögel klang wie ein einziger inbrünstiger Schrei.

Für einen Moment glaubte er den Verstand zu verlieren. Wieso Glück? Noch nie in seinem Leben hatte er derart im Dreck gesteckt. Er würde hier verrecken, in der wuchernden Hölle, von Speeren niedergestreckt oder von teuflischen Priestern geschlachtet. Aber sein Herz hörte einfach nicht auf, vor Glücksgefühl zu rasen. Er wischte sich die Tränen aus den Augen. »Im Namen der Mondgöttin ...« Auf einmal mußte er lachen. Und hörte zugleich die silberhelle Stimme der fliegenden Frau. In seinem Innern oder irgendwo draußen im Wald. In diesem Moment schien ihm beides eins zu sein.

2

Eine Hängematte als Lagerstatt, dazu seine Seekiste, die als Schrank und Stuhl in einem diente. Und als behelfsmäßiger Altar, vor dem er niederkniete zum Gebet. Mönchisch karg. Es gefiel ihm sogar. Durch Ritzen in der Bretterwand sickerte Licht ein. Es gab eine Fensterluke mit Verschlag, den er aufstoßen konnte, um die Sonne hereinzulassen. Was allerdings wenig ratsam war. Draußen lauerten auch die Hitze des Dschungels und die Feuchtigkeit, die alles mit grünem Schleim überzog. Die Fliegen und der ewige Aasgestank. Von Giftschlangen und Raubkatzen ganz zu schweigen. Und von lautlosen Kriegern, deren Götzen nach Opferfleisch gierten.

Die Luke blieb besser geschlossen, sagte sich Diego. Obwohl die Wände seiner Kammer, alle Bretter und Balken, aus denen sie das Holzhaus errichtet hatten, noch immer nach Rauch und Asche rochen. Das ganze Haus war schwarz, von innen und außen. Wie ein Totenhaus. Oder wie die Klause eines Schwarzkünstlers. Geradezu gleißend hob sich das kleine Kruzifix aus Elfenbein, das er über der Seekiste aufgehängt hatte, von dem höllenschwarzen Hintergrund ab.

In der zurückliegenden Woche hatten sie hart gearbeitet. Auch der Pater selbst hatte nach Kräften mit angepackt. Bäume gefällt und Bretter zersägt. Nägel in Balken geschlagen und Binsen gesammelt. Aus denen Jorge und Miguel nachher ein Strohdach flochten, rund und tief herabgezogen wie ein Hut.

Das törichte Glücksgefühl jener Morgenstunde war längst verflogen. Wiedergekehrt war seine Einsicht, daß ihm nur eine Wahl blieb: Er konnte sich selbst zu Tode bringen wie Pater Ramón. Oder versuchen, in dieser widrigen Umgebung irgendwie zu überleben. Die Alte Welt war ihm für immer versperrt. Nicht einmal in Pedros Kloster, fünf Tagesreisen von hier, konnte er Zuflucht suchen.

Wie der Geruch nach Asche und schalem Rauch verriet, war die Missionsstation erst, kurz bevor sie hier eingetroffen waren, in Brand gesetzt worden. Es war beklemmend sich vorzustellen, daß verborgene Augen jeden ihrer Schritte beobachteten. Sicher wurden sie auch jetzt, während sie an der neuen Missionsstation bauten, von unsichtbaren Spähern überwacht.

Wieder und wieder hatte der Pater seine Leute angetrieben. Jorge und Miguel. Hernán und Cristóbal. Sie sollten sich sputen. Und bei aller Eile wachsam bleiben. Was auch immer es mit dem mysteriösen Zwischenfall am Cenote auf sich hatte, früher oder später würden die Mayakrieger nochmals versuchen, ihnen den Garaus zu machen. Also hatte Diego entschieden, zuerst das Holzhaus zu errichten. Die Kapelle mußte warten.

Ein Gutes hatte die allgegenwärtige Feuchtigkeit: Die frühere Station war durch den Brand nicht völlig zerstört worden. Die Flammen mußten erloschen sein, ehe die Bretter und Balken des alten Holzhauses und der Dachstuhl der Kapelle gänzlich zu Asche zerfallen waren. Ungewiß, wie lange die rußigen Bohlen der Belastung noch standhalten würden. Aber besseres Holz war auf die Schnelle nicht aufzutreiben. Und fürs erste würde es mit den alten Brettern gehen.

Man schrieb den 8. April 1696 A. D. Heute mittag war das Holzhaus fertig geworden. Eine quadratische Hütte, fünf mal fünf Schritte, in drei Kammern unterteilt. Jetzt hatten sie zumindest ein Dach über dem Kopf. Und Wände um sich herum, die notfalls auch Speer oder Pfeilen standhielten.

In seiner rauchgeschwärzten Kammer kniete Diego nieder zum Gebet. Er reckte die gefalteten Hände zum Kruzifix empor. Seine Stirn sank auf die Seekiste. Morgen würden sie mit der Kapelle beginnen. Er fühlte sich unsäglich verlassen.

In dieser Nacht schlief er unruhig. Wie eigentlich in jeder Nacht, seit er verbannt worden war. Im Traum kehrte er noch einmal nach Beja zurück, in seine Klause. Auch dort war es Nacht, und vor seinem Fenster stand der volle Mond. Er lag auf seiner Lagerstatt, einer Strohmatte auf bloßem Stein. Neben ihm lag Isabel de Cazorla.

Das Herz pochte ihm bis zum Hals. Er war außerstande, seine Sehnsucht noch länger zu verbergen. Vor ihr und vor sich selbst. Das Mondlicht schien direkt auf ihr Lager. Er beugte sich über sie und wollte in ihr Gesicht sehen, dessen liebliches Lächeln ihn so verzaubert hatte.

Zu seinem Erstaunen war ihr Gesicht hinter einem Schleier verborgen. Mit der Hand faßte er hin, um den Schleier zu lüften. Da erklang ein silberhelles Lachen. Lippen bewegten sich hinter dem schimmernden Tuch und formten lautlos die Silben *Ti-k'ab'a' Ixquic* …

Er fuhr aus dem Schlaf. Sein Herz raste. Jetzt erst wurde ihm bewußt, wo er war. In seiner rußschwarzen Kammer. Was für ein Spuk, dachte er. Der Traum hatte Isabel de Cazorla mit der »fliegenden Frau« vermischt. Oder verwechselt. Oder die eine in die andere verwandelt.

Noch lange lag er mit offenen Augen in der Dunkelheit. Isabel – tatsächlich hatte sie damals zwei Nächte in seiner Klause verbracht. Aber sie hatte niemals, nicht für eine Minute, sein Lager geteilt. Die erste Nacht hatte sie in der Felskammer hinter dem Altar geschlafen. Auf einer Strohmatte, allein. Wobei sie fast erstickt wäre, denn wie sich zeigte, gab es in der Felskammer nicht genügend Atemluft. Also hatten sie den geheimen Mechanismus in der zweiten Nacht unverriegelt gelassen. Der Altar blieb in den Raum geschwenkt wie eine offene Tür. In der Nacht hörte er sie atmen. Sie seufzte und murmelte im Traum. Das Blut pulste ihm im ganzen Leib. Er malte sich aus, daß sie hinter dem Altar auf ihn wartete. Daß sie ihn mit jenem strahlenden Lächeln empfangen würde. Wenn er jetzt aufstände und zu ihr käme. Aber er blieb auf seiner Matte liegen. Wie in Fesseln geschlagen.

Am nächsten Morgen in aller Frühe waren die Soldaten des Inquisitors wieder da. Diesmal verrieten sie sich nicht durch Rufe oder Peitschenknallen. Erst als sie die Tür zertrümmert hatten und schon in seiner Klause standen, fuhr er aus dem Schlaf. Der Altar. Die Kammer. Isabel de Cazorla, die sich benommen die Augen rieb. Es gab nichts zu leugnen. Die Häscher Christi packten ihn und Isabel und brachten sie noch am gleichen Tag nach Málaga, in den Palast der Inquisition …

Er lag in seiner Hängematte und atmete den Geruch von kaltem Rauch. Noch immer bestürzte es ihn, daß Isabel de Cazorla in seinem Traum ohne Antlitz gewesen war. Als hätte sie durch ihn ihr Gesicht verloren. Durch seine Feigheit. Sein Versagen.

Sie hatten sie der Hurerei bezichtigt. Ein verdorbenes Frauenzimmer sei sie, so der Inquisitor von Málaga. Eine Satansbuhlin, nicht Opfer des Machuca, sondern die Geliebte des teuflischen Räubers seit Jahr und Tag. Diego hatte nie herausgefunden, ob dieser Vorwurf zutraf oder nicht. Wahrscheinlich konnte man nur aus der Distanz des Inquisitionspalastes eine solche Grenzlinie ziehen: Geisel oder Geliebte. Umkommen oder mittun. An seiner eigenen Schmach änderte all das nichts.

Sie hatten ihn gezwungen, bei ihrer Bestrafung zuzusehen. Pranger. *Puestas en dolce.* Entblößt, erniedrigt. Mit Honig übergossen. Gefedert und gejagt. Mit Füßen getreten, als sie endlich am Boden lag.

Sie hatte seinen Blick gesucht, flehentlich. Er hatte weggesehen. Das war im Grunde alles. Sein Verrat, durch den er sich ein mildes Urteil erkauft hatte. Ächtung. Verbannung. Alles, alles hätte er in Kauf genommen, wenn sie ihn nur vor der Folter verschonten.

Draußen die Laute des nächtlichen Dschungels, gedämpft durch die Holzwand und fast schon vertraut. Rascheln im Unterholz. Das leise Trommeln von Tatzen und Pfoten. Ein Fiepen und Winseln, das mit dem Knacken von Knochen endlich erstarb.

Tatsächlich, dachte er, weiß ich nichts von Isabel de Cazorla, sowenig wie von der »fliegenden Frau«. Außer, daß ich die eine verraten habe im Namen Christi. Und die andere mich gerettet hat. *Ti-k'ab'a' Ixquic.*

3

In der Kapelle hatten die Flammen weniger Nahrung gefunden als im Holzhaus. Das Gotteshäuschen war winzig gewesen, aber immerhin aus Stein. Ein schmales Rechteck, drei auf sechs Schritte, daneben ein gemauerter Glockenturm. An dessen Strang Pater Ramón sein Leben verröchelt hatte.

Bei einem ersten Rundgang kam Fray Diego zu dem Schluß, daß die Grundmauern der Kapelle unversehrt waren. Schwarz wie die Hölle zwar auch sie. Aber frische Tünche würde sich zu gegebener Zeit beschaffen lassen. Seine Zuversicht wuchs. Die Kapelle instand setzen, dachte er, alles andere danach. Mit der Hilfe des Herrn.

Der Dachstuhl war vollständig eingestürzt. Rußgeschwärzte Dachbalken lagen in wüstem Durcheinander vor dem Eingang zur Kapelle. Als er die Verwüstungen im Inneren sah, wollte sein Mut wieder sinken. Auf ihrem Marsch durch den Dschungel hatte der Taufpriester ihm von dem Altar erzählt, den Pater Ramón vor Jahren eigenhändig gezimmert hatte. Ein massiver Kasten, versehen mit sinnreichen Laden für alle Requisiten, die der kirchliche Ritus erforderte. Nun standen sie vor den Trümmern dieses Altars. Er war nicht nur ein Opfer des Feuers geworden. Vorher mußten sie mit Äxten über ihn hergefallen sein. Wo laut Cristóbal der Altar gestanden hatte, befand sich nur noch ein Haufen Kleinholz. Dazwischen verbeulte Kelche, Glasscherben, Fetzen von Roben, Talaren, Weihrauchwedeln.

Fassungslos stand er zwischen halb verbrannten Bänken und den chaotischen Überresten des Altars. Währenddessen streunte Hernán durch die Kapelle, anscheinend ungerührt. Hob hier einen verkohlten Balken an, fuhr dort mit dem Ärmel über ein Mauerstück, um eine unter Ruß verborgene Inschrift zu lesen.

Auf einmal kam die Sonne zwischen den Wolken hervor. Zwischen den zersplitterten Resten des Dachstuhls hindurch strömte Mittagslicht in die Ruine. Hinter den Trümmern des Altars begann ein großer Gegenstand golden zu gleißen.

Hernán hatte den Widerschein sofort bemerkt. Mit wenigen Schritten war er hinter dem Altar. »Cristóbal. Sieh doch mal, was ich gefunden habe.«

Sein Tonfall, tückische Sanftheit, verhieß wenig Gutes. Diego wollte dem Taufpriester einen warnenden Blick zuwerfen, aber Fray Cristo achtete nicht auf ihn. Mit banger Miene hastete auch er hinter die Trümmer des einstigen Altars.

Der Pater hörte einen Schrei. »Mutter …« Cristóbals Stimme, tränenerstickt.

»Mit einem Beil, o weh.« Das war der Mestize, in mitfühlendem Ton.

Der Pater eilte zu ihnen. Stolperte über einen Holzbrocken und stieß gegen einen verkohlten Betschemel. Cristóbal schluchzte. Endlich war Diego um den Trümmerhaufen herum. Und riß die Augen auf.

Hernán hielt eine lebensgroße weibliche Gestalt im Arm. Wie eine Geliebte. Sie trug ein goldenes Gewand, weit und knöchellang, das im Sonnenlicht erstrahlte. Ihre Arme waren ausgebreitet zu der typischen Gebärde beschützender Liebe. Mater Maria.

Verstört starrte der kleine Taufpriester auf die Muttergottes in Hernáns Arm. Er liebte sie mit der ganzen Inbrunst seines jungen Herzens. Nun schien er einer Ohnmacht nahe. Sein Gesicht war leichenfahl.

Die Gottesmutter war enthauptet worden. Und nicht nur das. Auf den hölzernen Hals hatten die blasphemischen Missetäter einen Tierkopf aufgepfropft. Diego brauchte einen Moment, um ihn einzuordnen. Zumal die Verwesung schon weit fortgeschritten war. Spitze Schnauze. Schmaler Schädel. Struppiges graues Fell.

»Ein Dachs.« Er war eben rechtzeitig neben Fray Cristo, um ihn aufzufangen. Behutsam ließ er den kleinen Mönch zu Boden gleiten. Zog eine angeschmorte Priesterrobe unter einem Dachbalken hervor und bettete den Ohnmächtigen darauf. Seine Gedanken aber waren weit von Cristóbal entfernt.

Mit verschlagener Miene hockte Hernán auf den Altartrümmern. Neben ihm die Muttergottes, in goldenem Gewand. Hohläugig glotzte der Dachsschädel ihn an, Stirn- und Wangenknochen teilweise schon freigelegt durch Verwesung. Wer auch immer dieses Zerstörungswerk angerichtet hatte, dachte Fray Diego, beherrschte dieselbe Technik wie die Schlächter von San Benito. Irgendeinen Kunstgriff, der aasfressende Tiere von dem Kadaver abhielt. Tagelang hatte der Dachsschädel in der offenen Ruine gelegen, den Naturgewalten preisgegeben. Und doch hatten kein Geier, nicht einmal Fliegen oder Würmer sich über das Aas hergemacht.

Unheimlich, dachte Diego wieder. Natürlich hatte das makabre Arrangement auch ihn anfangs erschreckt. Beunruhigender war die Mischung aus Raffinesse und Barbarei, Kunstfertigkeit und Zerstörungswut. Offenkundig waren hier dieselben Täter wie in San Benito am Werk gewesen. Auch wenn ihrem Vernichtungsdrang diesmal nur eine Heiligenfigur und ein Dachs zum Opfer gefallen waren. Wieso eigentlich ein Dachs? überlegte er. Sollte die Christenheit statt der Mater Maria vielleicht lieber einen Dachsgott anbeten? Mittlerweile traute er diesen Wilden fast jeden Aberglauben zu. Während er noch darüber grübelte, stieg Unruhe in ihm auf. Ein Dachs und eine Heiligenfigur? Unwahrscheinlich, daß sie sich mit diesen symbolischen Tötungsakten begnügt hatten.

Er wies den Mestizen an, bei Fray Cristo zu wachen, bis der kleine Mönch wieder zu sich gekommen war. Verbot ihm streng, Cristóbal mit seinen Teufeleien zu quälen. Und wußte doch, daß die Ermahnung vergeblich war. Noch einmal schaute er sich in der ganzen Kapelle um. In einer Ecke fand er morschen Plunder aufgehäuft. Formlose Brocken, deren einstiger Zweck sich nicht einmal mehr erraten ließ. Um so auffälliger, daß die Trümmerstücke so sorgsam gestapelt waren. Mit einem Balkensplitter begann er zu stochern. Nichts. Nur Ruß und Asche, aus dem Unrat stäubend, daß er husten und keuchen mußte. Aber er wühlte weiter.

Am Grund der Halde wurde er fündig. Ein großes Kruzifix. Rußgeschwärzt wie jedes Holzstück weit und breit. Sicherlich, dachte er, hing es über dem Altar, als Pater Ramón hier noch predigte. Gnade ihm. Zuerst glaubte er, das Kruzifix lehne an der Wand. Er bückte sich und wollte es aufnehmen. Aber es ließ sich nicht von der Stelle bewegen. Er kniete sich auf den Lehmboden und sah, daß das Kreuz im Boden steckte. Zur Seite geneigt wie in einem alten Grab. Der Messias auf der Hinterseite des Kreuzes, so daß er nicht zur Gemeinde, sondern gegen die Mauer sah. Erst jetzt erkannte der Pater, daß das Kreuz auch falsch herum in den Boden eingelassen war. Der Heiland kopfüber angenagelt, so daß sein Dornenhaupt in Richtung Hölle zeigte. Da packte er das Kruzifix und riß es heraus.

Im Boden der Kapelle wurde ein Loch sichtbar, das sich rasch vergrößerte. Der Lehm ringsum bekam Risse. Ein Krater entstand. Der so schnell breiter wurde, daß der Pater mit einem Satz zurückwich. Der Untergrund der Kapelle, dachte er, mußte vollkommen porös sein. Vielleicht von Grundwasser unterspült. Noch während er dies dachte, glitt eine Schlange aus dem Bodenloch. Eine zweite, dritte Schlange folgte, dann eine vierte, fünfte, siebte, so lautlos und rasch wie im Traum.

Aber es war kein Traum. Es war eine Falle. Rückwärts wich Fray Diego von dem Schlangenloch zurück. Versuchte die Schlangen allesamt im Auge zu behalten. Was sich nach wenigen Schritten als unmöglich erwies. Nur daumendick, dabei länger als eine Männerelle, verschwanden die Schlangen zwischen den Trümmern, blaugrün schillernd und unfaßbar schnell.

Fray Diego entschloß sich zu fliehen. Schlangen flößten ihm abgründige Angst ein, fast ärger noch als seine Furcht vor großen Höhen. Mit wehender Kutte rannte er zur Tür. Stolperte über Holzbrocken und lief taumelnd weiter. Im Laufen stieß er warnende Rufe aus. Hernán und Cristóbal. Sie mußten die Kapelle verlassen, sofort. Seine Stimme klang in seinen eigenen Ohren schrill.

Endlich war er draußen, auf der Lichtung. Hatten die beiden seine Rufe überhaupt gehört? Und was sollte er tun, falls Fray Cristo noch immer ohnmächtig war? Erbärmliche Feigheit, dachte er. Und wußte doch, er würde es nicht über sich bringen, in die Kapelle zurückzukehren.

Sein Herz raste. Endlich tauchten Cristo und Hernán in dem Türloch auf. Da erst wurde ihm bewußt, wie sehr er die beiden brauchte. Hernán ohnehin. Aber auch den oft allzu frommen Cristóbal.

»Schnell. Kommt her.« Er winkte die beiden zu sich, auf die gerodete Fläche in der Mitte der Lichtung. Hier konnten sich ihnen die Schlangen zumindest nicht unbemerkt nähern.

»Die Ruine ist mit Schlangen verseucht.« In kurzen Worten schilderte er ihnen die Falle, in die er gelockt worden war. Die Trümmer. Das Kruzifix. Die Schlangengrube, die er aufgebrochen hatte, als er das Kreuz herauszuziehen versuchte. Ein Gleichnis von satanischem Hintersinn. Er hütete sich, diesen Gedanken vor den beiden zu erwähnen. Ohnehin hatte er Mühe, sich auf seine Worte zu konzentrieren. Unablässig suchten seine Augen den Boden ab. Seine Widersacher waren ihm nicht mehr nur unheimlich. Sie flößten ihm Angst ein. Und beinahe etwas wie Respekt. Die Schlangengrube war eine Falle von teuflischer Schläue. So gefährlich wie geistreich. Wenn auch reich nur an verabscheuenswertem, ins Dämonische abgeirrtem Geist. Aber er war gewarnt. Wenn ihm sein Leben lieb war, durfte er seine Gegner nicht länger unterschätzen. Wer auch immer sie sein mochten, und was auch immer ihre Beweggründe waren.

»Aber was wird nun mit der Kapelle?« fragte Cristóbal.

Ich weiß es nicht, wollte Diego zugeben.

Hernán kam ihm zuvor. »Ganz einfach«, sagte er munter. »Ich gehe mit Jorge Kräuter sammeln, Herr. Ein uraltes Urwaldrezept. Wir kochen einen Sud, vor dessen Geruch jede Schlange im Umkreis von einer Meile die Flucht ergreift.«

Das klang so einfach wie einleuchtend. Erfreut nickte Fray Diego. Der in diesem Moment eine Eingebung hatte. »Geruch?« vergewisserte er sich. »Riecht dieser Sud auch für menschliche Nasen übel?«

Der Mestize lachte. »Ich schwöre, Herr, daß kein Gestank Eure Nase beleidigen wird.«

4

Die ganze Ruine dampfte. Schwefelgelber Nebel, der zwischen den rußigen Mauern aufstieg. Höher und höher schwebten die Schwaden. Wanden sich durch Mauerritzen. Waberten durch die Sparren des zerstörten Dachstuhls. Wie Drachenatem.

Hernán hatte recht behalten. Der Schlangensud roch nach überhaupt nichts. Daß er die Lichtung in gelbe Schwaden hüllen würde, hatte der Mestize allerdings nicht gesagt. Die halbe Nacht hindurch hatten sie sich draußen zu schaffen gemacht. Jorge, Miguel und Hernán. Am hoch lodernden Feuer, über dem ein klobiger Bottich hing. Sie hatten Kräuter gekocht und Pilze gehäckselt. Hände voller Samen aus Früchten geklaubt. Das alles warfen sie in den Bottich, in dem es gurgelte und brodelte, Stunde um Stunde. Zuletzt wurde sogar ein schwarzes Schwein geschlachtet. Sie brauchten seine Gallenblase.

Auch für den Pater war es wieder eine unruhige Nacht geworden. Die murmelnden Stimmen auf der Lichtung, das prasselnde Feuer und das Brodeln im Bottich schreckten ihn immer wieder auf. Als zu Matutin auch noch das schwarze Schwein quiekte, verlor er für diese Nacht jede Hoffnung auf Schlaf. Dennoch blieb er in seiner Hängematte liegen, mit offenen Augen. Einige Schlangen konnten leicht von der Ruine herübergekrochen sein. Bis hierher in seine Kammer, wo sie im Dunkeln lauern mochten, zwei Fuß unter ihm. Er würde in seiner Hängematte bleiben, beschloß der Pater, bis Hernán die Schlangen vertrieben hatte. Oder zumindest, bis das helle Morgenlicht in seine Kammer schien. Denn nicht einmal Gott dem Herrn war es gelungen, die Schlange zu vertreiben. Er hatte sie lediglich verflucht. Und statt ihrer die Menschen verjagt.

Einen Tag lang mußte der Absud eindicken und ziehen. So jedenfalls Hernán, der den ganzen Vormittag verschlief. Zur Non schleppten er und Jorge den Bottich zur Ruine. Diego sah ihnen zu, aus sicherer Distanz. Durch die Fensterluke seiner Kammer konnte er genau in das Türloch der Kapelle spähen.

Im Kirchlein stellten Hernán und Jorge den Bottich zwischen verkohlte Balken und Bänke. Für einen Moment verschwand der Mestize aus seinem Blickfeld. Dann kehrte er zurück, in der Hand zwei schadhafte Weihrauchwedel. Was um Himmels willen, dachte Diego. Hernán tauchte einen Wedel in den Bottich. Zog ihn wieder hervor und schüttelte ihn, daß die Tropfen sprühten. Sofort stiegen gelbe Nebelschwaden auf.

Jorge nahm den zweiten Wedel und tat es Hernán nach. So zogen sie durch die Ruine, zwei absonderliche Weihpriester, beide braunhäutig, barfuß, in weißer Tunika. Der eine stämmig, der andere schmaler, seine Haut heller, in der Farbe von Milchkaffee. Und auf dem borstenkurzen Schopf sein törichter Hut. Wieder und wieder tunkten sie ihre Wedel in den Sud und schüttelten sie überall in der Ruine aus, bis alle Trümmerstücke, jeder Zoll Boden mit dem Sud getränkt war. Zuletzt schleppten sie den Bottich zu der Stelle, wo Diego gestern das Kruzifix herausgezogen hatte. Kopfüber stülpten sie den Bottich auf das Bodenloch. So daß der grützendicke Rest des Absuds in die Schlangengrube floß.

Als sie zurück auf die Lichtung traten, krochen die schwefelgelben Schwaden längst aus allen Ritzen der Ruine. Waberten durch Tür- und Fensterlöcher und schwebten oben aus dem zerstörten Dach hervor. Verhängten den Himmel. Wickelten sich um die Wipfel der Bäume. Sanken über der Lichtung wieder hinab. Hüllten auch das Holzhaus wie in schwefelgelbe Tücher ein.

Zwielicht. Der Pater stand hinter seiner Luke und spähte hinaus. Die Schlangen mochte der Dampf vertrieben haben, dachte er. Aber denselben Nebel konnten andere nutzen, um sich unbemerkt anzuschleichen. Raubkatzen. Oder die Horde des Anführers, dessen schlauchnasiger Götze ohne Zweifel noch immer nach Opfern lechzte. Angestrengt sah er auf die Lichtung hinaus. Es war kaum etwas zu erkennen. Alle Umrisse wurden ungewiß. Die Dinge verloren ihre Bedeutungen. Und nahmen neue Bedeutungen an. Flüchtig wie ferne Erinnerungen.

Die Ruine ein gewaltiger Drachenkopf, die Schnauze zum Himmel gereckt. Die Bäume verdammte Seelen, in hölzerne Leiber gepfercht. Ihre Arme erhoben oder ausgebreitet. Erstarrt in drohenden oder furchtsamen Gebärden.

Der Nebel wurde immer dichter. Diego blinzelte. Für einen Moment schloß er die Augen. Als er sie wieder öffnete, stand vor ihm im gelben Dämmerlicht eine junge Frau.

Sie stand mitten auf der Lichtung. In weißer Tunika. Was wollte sie von ihm? Eine Mayafrau. Barfuß. Reglos. Wie eine Figur aus Stein. Argwöhnisch sah er sie durch seine Luke an. Bereit, bei dem kleinsten verdächtigen Anzeichen in Dekkung zu gehen. Suchte sie seinen Beistand als Priester? Oder hatte sie etwa den Auftrag, ihm das Herz aus der Brust zu schneiden?

Langsam kam sie näher. Trat aus dem gelben Nebel wie aus einer fremden Welt. Erst als sie vor ihm stand, erkannte er, wie hochgewachsen sie war. Schlank und groß. Beinahe auf seiner Augenhöhe. Das war höchst ungewöhnlich. Bisher hatte er noch keinen Maya getroffen, der nicht zumindest einen Kopf kleiner war als er. Und dabei war sie eine Frau.

Jetzt lächelte sie. Er sah die winzigen Fältchen um ihre Augen. Ein Duft ging von ihr aus, leicht und herb. Er hätte durch die Luke greifen und sie berühren können, so nah stand sie vor ihm. Sonderbarerweise spürte er den Impuls, genau das zu tun. Ihr über das Haar zu streichen, ihren dichten schwarzen Schopf. Was um Himmels willen war los mit ihm? Sie war eine Wilde, ein braunes Heidenweib. Er lächelte. Ohne im geringsten zu ahnen, warum.

Die junge Frau griff oben in ihre Tunika und nestelte ein Kreuz hervor. Grob geschnitzt, an einem Lederband befestigt, das sie um den Hals trug. Sie reckte ihm das Kreuz entgegen, mit fragendem Blick. »Gewährt Ihr mir Obdach, Señor? Bitte sehr, für eine Nacht?«

Ihr Spanisch klang weich und guttural. Sie sprach langsam, mit bizarrer Betonung. Als hätte sie nur diesen einen Spruch auswendig gelernt. In einer Sprache, von der sie kein weiteres Wort verstand.

Eine Falle, dachte er. Jetzt versuchen sie es auf diese Art. Anlaß zum Argwohn bot sie jedenfalls genug. Vielleicht war sie beauftragt, im Schutz der Nacht die blutige Tat zu vollenden, bei der die Opferpriester neulich am Cenote gestört worden waren.

Aber sie war eine einzelne Frau. Wie sollte sie ihnen gefährlich werden? Und schließlich war er ein christlicher

Priester. Verpflichtet, den Bedürftigen zu helfen. Zumindest mußte er in Erfahrung bringen, ob sie in Not war und warum sie ein Obdach brauchte. Dann würde er entscheiden. Mit der Hilfe des Herrn.

Er nickte ihr zu. Als er zur Haustür ging, wurde ihm bewußt, daß er immer noch lächelte. Verwirrt öffnete er die Tür.

Die schwefelgelben Nebel hatten sich gelichtet. Im Schein der Abendsonne stand sie vor ihm. Doch ihr Gesicht wirkte plötzlich verdüstert. Forschend sah sie ihn an, mit großem, unbegreiflichem Ernst. In ihren Augen auf einmal Zweifel, Hoffnungslosigkeit.

Er trat zur Seite, mit einladender Gebärde. Stumm ging sie an ihm vorbei ins Haus.

5

Die mittlere Kammer des Holzhauses sollte ihnen fortan als Refektorium dienen. Zwei Bänke standen darin, ein langer Tisch. Alles grob gezimmert aus den Überresten des Haushalts von Pater Ramón.

Mit einer Handbewegung bat er die Besucherin Platz zu nehmen. Er selbst ließ sich auf der Bank ihr gegenüber nieder. »Versteht Ihr meine Worte, Señorita? Was führt Euch hierher?«

Sie verneinte mit den Augen. Es war nicht anders, als er vermutet hatte: Außer ihrer eingelernten Bitte verstand sie kein kastilisches Wort. Für einen Moment schien sie geradezu bestürzt, daß er spanisch mit ihr sprach. Was hatte sie erwartet?

Schweigend sah sie ihn an. Wie dunkel ihre Augen waren, funkelnde Schwärze. Er erwiderte ihren Blick und verspürte einen jähen Sog. Sehnsucht und Entsetzen. Fetzen eines Traums fielen ihm ein, seit Jahren immer wieder geträumt. Er stand hoch oben auf einer Klippe. Auf einmal sah er, daß es der Rand des Weltraums war. Ein Sog erfaßte ihn, dann verlor er das Gleichgewicht und stürzte in den kosmischen Abgrund hinab …

Traumspuk! Gewaltsam riß er seinen Blick von ihren Augen los. Unheimlich war diese Frau, das wilde Weib, wie er sie im stillen nannte. Dabei saß sie ganz ruhig vor ihm und sah ihn unverwandt an. Ein junges Gesicht, glatt und unbewegt. Aber er spürte, daß sie sich mit äußerster Kraft beherrschte. Innerlich aufgepeitscht wie eine stürmische See. Und wie seine eigene Seele. Um Himmels willen, fragte er sich wieder, was ist nur los mit mir?

»Hernán, wo bleibst du denn!« Schon zum zweiten Mal rief er nach dem Mestizen. Er gestikulierte zur Tür hin. »Mein Dolmetscher. Gleich.«

Auf einmal öffnete sie den Mund und begann ihn mit Worten zu überschütten. Ihre Stimme war hell und ein wenig heiser. Anmutig klang ihre Rede, eindringlich und melodisch. Nur verstand er leider kein einziges Wort. Er schüttelte den Kopf und hob die Schultern. Zum ersten Mal bedauerte er, daß er die Sprache der Maya nicht beherrschte. Und wieder war ihm, als könne sie für einen Augenblick ihre Bestürzung nicht verbergen. Bestürzung worüber? Daß er, ein kastilischer Priester, ihren Dialekt nicht verstand?

»Hernán!« Noch während er rief, ging die Tür auf, und der Mestize erschien. »Endlich! Du mußt uns dolmetschen.«

Der Mestize tat einen zögernden Schritt über die Schwelle. Sein Blick haftete auf der Besucherin. Hinter ihm glitt eine schmale Gestalt in die Kammer, mit katzenhafter Geschmeidigkeit. Raúl! Ein Schrecken durchfuhr Diego, dann erst sah er das Kuvert in Raúls Hand. Ein Brief von Pedro? Er erhob sich und war mit drei Schritten bei dem Boten.

Während er das Siegel erbrach, wurde ihm die Stille bewußt, die auf einmal in der Kammer herrschte. Hernán und Raúl starrten die Mayafrau an. Deren Blick haftete immer noch auf ihm. Unverwandt, als ob sie etwas von ihm erwarte. Was nur? Wieder wandte er sich ab, mit einem Mal so durcheinander, daß seine Finger zitterten. Erst beim zweiten Versuch gelang es ihm, das klösterliche Siegel zu erbrechen.

Kloster San Francisco,
am 6. April 1696 A. D.

Mein lieber Frater,
indem ich mich in Gedanken in das behagliche Holzhaus versetze, auf dessen Veranda ich mit Pater Ramón, Gott sei seiner Seele gnädig, so manchen Kelch Madeira leerte, hoffe ich zuversichtlich, daß Du Dich in Dein neues Leben als Dschungelmissionar schon ein wenig eingewöhnt hast. Wie gern hätte ich Dich persönlich aufgesucht, um Dich in meine Arme zu schließen. Um wieviel lieber hätte ich hier im Kloster noch einige Tage bei Gespräch und gastlichem Mahl mit Dir verbracht. Aber sei gewiß, alter Freund, das alles holen wir in Bälde nach.

Daß ich Dir diese Zeilen durch Raúl überbringen lasse, hat einen dringlichen Grund: Gib auf Dich acht, Frater! In San Benito mußtest Du mit eigenen Augen sehen, zu welchen Greueln die verblendeten Rebellen imstande sind. Mittlerweile hat die königliche Kavallerie jedes Dorf, jede Siedlung im Umkreis von dreißig Meilen um San Benito durchforstet. Bisher vergeblich! Noch sind die Mörder und Aufrührer auf freiem Fuß.

Es sind nur wenige an der Zahl, ein klägliches Dutzend, darunter angeblich auch einige Frauen. Im ganzen Land versuchen sie seit Monaten Unruhe zu stiften. Sie alle sollen getaufte Maya sein, die sich von unserem Glauben wieder losgesagt haben. Man nimmt an, daß sie vor den Soldaten tief in den Dschungel geflohen sind. So können sie vorerst in den Städten keine Blutbäder mehr anrichten und in den Dörfern der getauften Maya auch keinen Aufruhr mehr schüren.

Aber um so mehr bist nun Du gefährdet, Fray Diego! Ihr Zorn auf uns Christenmenschen soll unstillbar sein. Angeblich versetzt der bloße Anblick weißer Haut sie in einen Blutrausch. Und in ihrem Haß auf Priester unserer Kirche, heißt es, kennen sie weder Erbarmen noch Maß.

O besäße ich doch die Macht, Dich aus der Wildnis hierherzuholen, in die Sicherheit unserer Klostermauern! Aber meine Stimme hat kaum mehr Gewicht, seit gewisse Veränderungen vorgegangen sind, über die ich leider Stillschweigen bewahren muß.

Nimm Dich in acht, alter Gefährte! Sei argwöhnisch gegenüber jenen, die Dich um Obdach bitten. Bleibe fürs erste in der Station, die Dir und den Deinen zumindest einen gewissen Schutz gewährt. Sei auf der Hut vor jedem, der Dich, unter welchem Vorwand auch immer, tiefer in die Wildnis locken will!

Ich schließe Dich in meine Arme, Frater. Ich segne Dich und bete für Dich Tag für Tag.

Als Fray Diego wieder aufsah, war auch Cristóbal in die Kammer getreten. »Ein Brief aus dem Kloster? Darf ich erfahren, was der ehrwürdige Abt schreibt?« Gierig haftete sein Blick an dem Schreiben in Diegos Hand.

»Oh, nichts ... was nicht bis später Zeit hätte.« Der Pater faltete das Blatt zusammen und schob es in seine Kutte. Ich bin verloren, dachte er, wir alle sind sozusagen schon tot! Zorn und Selbstmitleid stiegen in ihm auf, eine Mischung so bitter wie Galle. Sie haben uns aufgegeben, dachte er, mich und Hernán und sogar den frommen kleinen Cristóbal. *Sie* sind es, die uns zum Opfer bringen – die Kirchenfürsten und Klosterväter Christi! Mögen die Rebellen hier draußen im Dschungel ruhig unser Blut vergießen – Hauptsache, die Städte und Klöster bleiben verschont! O Pedro, dachte er, stand es wirklich nicht in deiner Macht, für unsere Sicherheit zu sorgen? Zumindest für ein paar Tage oder Wochen, bis die Rebellen gefaßt und eingekerkert sind?

Jetzt erst wurde ihm bewußt, daß alle Anwesenden ihn ansahen. Cristóbal sorgenvoll. Hernán lauernd. Raúl undurchdringlich wie stets. Weitaus stärker als alle anderen spürte er den Blick der Fremden. Brennend. Bedrängend. So intensiv, als ob sie ihn mit der Hand berührte. Er verschränkte die Arme vor der Brust. »Hernán, danke Raúl für seinen Botendienst. Und schicke ihn hinaus zu Jorge und Miguel.«

Der Mestize übersetzte. Aus schmalen Augen warf Raúl dem Pater einen Blick zu, dann schlüpfte er aus der Kammer. Hernán schloß hinter ihm die Tür.

»Frage sie, wie sie heißt.« Mit dem Kinn deutete Fray Diego zu der Fremden, die noch immer auf der Bank saß, den Rücken gegen die schwarze Wand gelehnt. »Ich will ihren Namen wissen. Wo sie herkommt, wo sie hin will. Warum sie gerade hier übernachten will. Und nicht bei ihresgleichen draußen im Wald.«

Auch er setzte sich nun wieder auf die Bank ihr gegenüber. Noch immer vermied er ihren Blick. Warum war er Cristóbals Frage ausgewichen? Weshalb hatte er nicht offen erwidert, daß Abt Pedro den Verdacht bestätigte, der ihm selbst vorhin schon gekommen war? Natürlich bestand die Möglichkeit, daß die Frau sich verstellte. Falls sie doch genügend Spanisch sprach, um seine Worte zu verstehen, war es nicht ratsam, in ihrer Gegenwart offen zu sprechen. Aber das war nicht der wahre Grund.

Tatsächlich hatte er sogar mehrere Gründe, Pedros Warnung fürs erste zu verschweigen. Es war besser, wenn seine Schützlinge nicht erfuhren, in welcher Gefahr sie schwebten. Dieses Wissen würde nur ihren Lebensmut lähmen, anstatt ihre Aufmerksamkeit zu schärfen. Oder sie zu unbedachten Reaktionen gegenüber der Fremden verleiten, die ihn noch immer unverwandt ansah. Alles sprach dafür, daß sie zu den geflohenen Mördern von San Benito gehörte. Bei diesem Gedanken empfand er einen fast unerträglichen Schmerz.

Der Mestize war neben der Mayafrau auf die Bank geglitten und stellte ihr Fragen. Sie antwortete mit murmelnder Stimme, auf einmal wortkarg und weiterhin, ohne ihren Blick von Diego zu lösen.

»Ihr Name ist Ixkukul.« Hernán faßte zusammen. »Das heißt ›Frau Welle‹. Sie hat im Norden Verwandte besucht. Nun ist sie auf dem Heimweg in Richtung Süden. In dieser Gegend hier kennt sie niemanden. Daher bittet sie, in der Station übernachten zu dürfen.«

Sei argwöhnisch gegenüber jenen, die dich um Obdach bitten. Ohne Zweifel war Pedros Mahnung berechtigt. *In ihrem Haß auf Priester unserer Kirche kennen sie weder Erbarmen noch Maß.* Es war nur allzu wahrscheinlich, daß diese »Frau Welle« mit der hellen, ein wenig heiseren Stimme zu den Rebellen gehörte, die in San Benito und anderswo rituelle Massaker verübt hatten. Daß sie die Missionsstation unter einem Vorwand ausspähen sollte, um ihren Kumpanen den Weg zu ebnen für ihr mörderisches Werk. Oder hatte sie den Auftrag, den weißen Priester eigenhändig zu überwältigen, indem sie in tiefer Nacht in seine Kammer schlich?

Diese Vorstellung stieg so plötzlich in ihm auf, daß seine Stirn sich rötete. Er mußte schlucken. Seine Handflächen wurden feucht. Ja, so würde es kommen. So würde *sie* kommen, zu ihm, in schwarzer Nacht. *Ixkukul.* Lautlos formte er die Silben. *Isch-ku-kúl.* Was für ein Name. Wie ein Sukkubus.

Er mußte sich zwingen, den Kopf zu heben und sie aufs neue anzusehen. Nicht, weil ihr Anblick ihm plötzlich mißfallen hätte. Eher im Gegenteil. Ihre Augen, ein wenig schräg geschnitten. Ihre hohen Wangenknochen, die zierliche Nase. Ihre Lippen, voll und überaus rot. Die sich auf einmal wieder öffneten. Abermals erklang ihre Stimme, sanft und ein wenig heiser. Der Pater starrte auf ihre Zunge, die in der Höhle ihres Mundes umherglitt. Wie eine Schlange, dachte er.

»Ixkukul sagt, daß sie die Gastfreundschaft des weißen Priesters gern noch länger genießen würde. Aber sie hat dringende Pflichten zu erfüllen. Morgen in aller Frühe muß sie sich wieder auf den Weg machen.«

Fray Diego leckte sich über die Lippen. Sein Mund war so trocken, als hätte er Sand geschluckt. Mit seinem Bart kam er sich auf einmal struppig vor, bepelzt wie ein Tier. »Die Kirche Christi weist niemanden ab, der in Not ist.« Er hoffte, daß nur ihm selbst auffiel, wie belegt seine Stimme klang. »Denn es ist die Kirche der Liebe. Selbstverständlich kann sie die Nacht über in der Station bleiben. Übersetze das, Hernán. Miguel soll ihr etwas zu essen bringen. Sie kann hier im Refektorium schlafen. Jorge soll ihr eine Hängematte und eine Decke geben.«

Er nickte Ixkukul zu. »Wir haben später noch Gelegenheit, miteinander zu sprechen.« Wieder übersetzte Hernán. Und diesmal war es Diego, als ob Ixkukul gelächelt hätte. Er erhob sich. Sein Herz klopfte wild. Sein Gesicht fühlte sich heiß an. Stumm bedeutete er Cristóbal und dem Mestizen, ihm nach draußen zu folgen.

»Du und Jorge wechselt euch heute nacht mit der Wache ab«, sagte er zu Hernán. »Seid noch wachsamer als sonst.« Er wollte sich schon abwenden, da hielt ihn Fray Cristo am Ärmel fest, die Augen geweitet vor Angst. »Kein Grund zur Sorge«, sagte der Pater. »Abt Pedro schreibt, daß die Mörder von San Benito noch auf freiem Fuß sind. Aber wenn wir die Augen offen halten, wird nichts Arges passieren.«

Er trat in seine Kammer und schloß die Tür, ohne den Riegel vorzulegen. Sofort kehrte er zu der Vorstellung zurück, die eben seine Stirn so erhitzt hatte. Und nicht nur seine Stirn.

Ixkukul ... Niemals hätte er es für möglich gehalten, daß ausgerechnet ein braunes Heidenweib in ihm solche Stürme entfachen könnte. Im Gegenteil hatte er sich, seit der Bannspruch ergangen war, damit getröstet, daß er im Land der Wilden wenigstens vor fleischlichen Gelüsten gefeit sein würde. Und nun das. Sein ganzer Leib stand in Flammen. Und seine Seele brannte lichterloh.

6

Längst war es in der Missionsstation still geworden. Draußen im Dunkeln mochte Jorge hocken oder Hernán, bis der andere ihn zur Mitte der Nacht ablösen würde. Dabei lauerte die Gefahr längst hier drinnen, dachte er. Bittersüße Gefahr. Er löschte die Kerze und legte sich in seine Hängematte.

Nicht einen Moment bezweifelte er, daß alles so kommen würde, wie er es vorausgesehen hatte. Warum sonst hätten sie eine Frau vorschicken sollen? Sie würde warten, bis alle schliefen. Dann würde sie durch den dunklen Gang in seine Kammer schleichen. Es war eine seit biblischen Zeiten bewährte List. Und er war bereit, nur allzu bereit, sich in Ixkukuls Listen zu verstricken.

Gemessen an der Sünde, die seine eigene Kirche an ihm beging, war die Sünde der Unzucht nur ein läßliches Vergehen. Wenn er schon zum Tode verurteilt war, wollte er einmal, ein einziges Mal von der köstlichsten Frucht kosten, die es auf Erden zu pflücken gab. Und wenn er schon sterben mußte, dann tausendmal lieber in den Armen von Frau Welle verröcheln als unter dem Messer des Teufelspriesters. Wobei er allerdings dafür sorgen würde, daß niemand ihn wirklich töten könnte, zumindest nicht in dieser Nacht. Schließlich war er gewarnt. Er hatte ihre List vorausgesehen. Ixkukul würde nicht der erste Sukkubus sein, den er in dunkler Nacht umarmte. Aber die erste Liebesteufelin aus Fleisch und Blut, mit der er das Lager teilte.

Noch immer roch er den frischen, ein wenig herben Geruch ihrer Haut. Wie Feuer spürte er ihren Blick auf seinem Gesicht. Wie sie vorhin gelächelt hatte. Plötzlich erstrahlend vor Zärtlichkeit. *Frau Welle.* Er war sicher, daß sie kommen würde. Im nächsten Augenblick. Oder in Stunden erst. Sie würde durch die Tür schlüpfen, neben ihm auf sein Lager gleiten. Sie würde die Härte seines Leibes, die Fesseln seines Lebens lösen. So oder so.

In diesen Momenten einsamer Ekstase war er bereit, alles, alles aufzugeben. Nicht nur für diese Nacht, sondern für sein restliches Erdenleben. Selbst wenn er dafür mit ewiger Verdammnis büßen müßte. Niemals hatte er verzehrendere Sehnsucht empfunden. Eine Welle, in ihm emportosend. Die sich mit ihr vereinigen, ihn mit davonreißen würde. Verwandlung oder Untergang, dachte er.

Endlich fiel er in unruhigen Halbschlaf. Im Traum war ihm, als liege sie nun bei ihm, eng an ihn geschmiegt. Er spürte die Wärme ihres Leibes. Die Hitze ihrer Hände, die ihn liebkosten. Die Weichheit ihrer Lippen, die sich endlich dem Drängen seiner schlängelnden Zunge ergaben.

Beim ersten Tageslicht erwachte er, wie immer allein. Er stürzte aus seiner Kammer. Im Refektorium kauerten Miguel und Hernán vor der Feuerstelle und backten Tortillas. Der hagere Maya sah ihn ausdruckslos an. Hernán übersetzte seine Worte:

»Ixkukul dankt Euch für seine Gastfreundschaft, Pater. Sie glaubte, daß Ihr noch einmal kommen und mit Ihr sprechen wolltet. Sie hat die halbe Nacht auf Euch gewartet. Länger konnte sie zu ihrem großen Bedauern nicht bleiben. In aller Frühe ist sie weitergezogen, wie sie es angekündigt hatte.«

Tatsächlich brachte er es fertig, ihnen gleichmütig zuzunicken. Er war innerlich zermalmt. Aber er hatte es sich immer schon zur Pflicht gemacht, seine Gefühle zu verbergen. Ohne ein Wort kehrte er in seine Kammer zurück. Diesmal legte er den Riegel vor. Dann sank er vor der Seekiste nieder.

Er faltete die Hände und wollte sie zu dem Gekreuzigten emporheben. Seine Arme erstarrten in der Bewegung. Ungläubig fixierte er die schwarze Wand über seinem behelfsmäßigen Altar. Wo das Kruzifix gehangen hatte, steckte nur noch der Nagel, den er eigenhändig eingeschlagen hatte.

Nein.

Noch immer kniend, löste er seine gefalteten Hände voneinander. An dem Nagel hing nun etwas anderes. Glitzernd in den ersten Sonnenstrahlen. Gebogen zu einem halben Kreis. So dünn, daß es erst auf den zweiten Blick zu bemerken war. Mit einem Finger fuhr er über die zarten Fäden.

Silberfäden, sieben, elf, dreizehn an der Zahl. Fein und weich wie Frauenhaar. Sie hatte den Gekreuzigten mit sich genommen und ihm statt dessen diese Silbersträhne über den Altar gehängt. Warum? Erwartete sie etwa, daß er anstelle des Erlösers eine Handvoll Silber anbetete?

Rein und hell wie Mondlicht glitzerten die Fäden an der Wand. Da erst verstand er. Es traf ihn wie ein Hieb. Er stöhnte und biß die Zähne zusammen, um nicht laut aufzuschreien.

Ixkukul. Die fliegende Frau. Sie mußte es sein. Warum hatte er das nicht sofort gespürt? Wie hatte er sie für eine Mörderin halten können? Die silberne Frau. Die sein Leben gerettet hatte. Im Namen der Mondgöttin. Sie war es, kein Zweifel, nun spürte er es. Mit untrüglicher Gewißheit. Aber zu spät.

Ti-k'ab'a'Ixquic …

Er nahm die Silberhaare vom Nagel und legte sie in seine flache Hand. Mit den Lippen berührte er die Fäden, als wäre es eine Strähne von Ixkukuls duftendem Haar. Aber die funkelnden Fäden schmeckten metallisch, kalt und tot.

DREI

1

Fray Diego folgte dem Pfad, der um eine Gruppe verstrüppter Bäume herumführte. Dahinter endete der Weg vor einer Felswand. Verblüfft sah er an der Wand empor. In steiler Schräge ragte sie vor ihm auf, mindestens siebzig Fuß hoch. Gräser, Büsche und sogar kleine Bäume wuchsen daraus hervor. Massives Gestein, dachte er, überzogen mit Schlamm und Erde.

In Höhe seiner Schulter sah eine Reihe gezackter Steine zwischen Lehm und Moos hervor. Mit dem Finger fuhr er darüber. Sonderbar. Die Steine bildeten eine exakte waagerechte Reihe. Offenbar waren sie nur grob behauen oder stark verwittert. Doch ebenso offenkundig schien ihm, daß sie von Menschenhand bearbeitet und angeordnet worden waren.

Unmöglich, sagte sich der Pater. Eine Täuschung, was sonst? Schließlich befanden sie sich tief im Dschungel, fernab von aller Zivilisation. Seit grauester Vorzeit hatten hier nur barbarische Heiden gehaust. In Rundhütten aus Stroh und Holz. Ein kulturloses Volk, das keine bleibenden Spuren hinterließ. Niemand von ihnen war in der Lage, eine solche Mauer zu errichten.

Prüfend trat er einen Schritt zurück. Die Länge der Wand ließ sich von hier aus kaum abschätzen. Himmelhohes Dikkicht versperrte links wie rechts nach wenigen Schritten den Blick. Rätselhaft. Dahinter mußte das Hüttendorf liegen, das erklärte Ziel ihres mühevollen Marsches. Irrtum ausgeschlossen. Schließlich waren sie tagelang immerzu dem Pfad gefolgt, der zu der Siedlung führen sollte. Wer um alles in der Welt legte einen Pfad an, der vor einer fast senkrechten Bergwand endete?

Der Pater wandte sich um und wartete, bis die anderen herangekommen waren. Mit dem Ärmel wischte er sich über Stirn und Nacken, was allerdings wenig half. Die grüne Hölle. Seit drei Tagen waren sie wieder unterwegs. Und diese Wand war das Erstaunlichste, was er seitdem zu sehen bekommen hatte. Abgesehen von dem Anblick, den ihre kleine Marschkolonne bot.

Soeben bog Fray Cristo um die Baumgruppe, im purpurnen Habit wie stets. Sein sonst so bleiches Gesicht war stark gerötet. Mit beiden Armen drückte er das eiserne Taufbecken an seine Brust. Ihm auf dem Fuß folgte der Mestize, schwankend unter dem wuchtigen Kreuz, das er geschultert trug. Als letzter kam Jorge zum Vorschein, auf dem Rücken einen Seesack, in der Rechten zwei zerknickte Weihrauchwedel.

Das Fieberbild einer Osterprozession, dachte der Pater. Oder deren satanische Parodie. Die Wand in seinem Rücken aber war kein Teufelsspuk. Sondern ein Gebilde aus massivem Stein.

Schweratmend trat Fray Cristo zu ihm. Er war offenbar zu erschöpft, um sich über eine siebzig Fuß hohe Steinwand mitten im Dschungel zu wundern. Nur flüchtig sah er das Hindernis an. Dann ließ er das Taufbecken zu Boden gleiten und hockte sich daneben. Er selbst hatte darauf bestanden, das eiserne Requisit mitzuschleppen. Drei Tagesmärsche weit bis San Pedro, dessen Bewohner im letzten Jahr von Pater Ramón noch bekehrt worden waren. Der kleine Taufpriester lechzte danach, dem Gekreuzigten Täuflinge zu weihen.

Neben ihm wuchtete Hernán das Kreuz ins Gras und kauerte sich darüber. Es war dasselbe rußschwarze Kruzifix, das Fray Diego vor fünf Tagen aus der Schlangengrube gezogen hatte. Hernán war nicht entgangen, daß der elfenbeinerne Heiland über der Seekiste auf einmal verschwunden war. Ein Priester ohne Kreuz, wie sollte man da seiner Botschaft trauen? Es klang nicht gerade schmeichelhaft, fand Diego. Aber wahrscheinlich hatte Hernán recht. Die Wilden waren an aufgepflanzte Götterbilder gewöhnt. Also hatte er dem Mestizen erlaubt, das Kreuz aus der Kapelle mitzunehmen.

»Frag ihn, was es mit dieser Wand auf sich hat.« Mit dem Kinn deutete Fray Diego auf Jorge.

Der stämmige Maya ließ sich mit seiner Antwort Zeit. Er lehnte die beiden Weihrauchwedel gegen einen Baumstamm. Bedächtig löste er die bunten Bänder an Stirn und Schenkeln und ließ den Seesack zu Boden gleiten. *»Torej saantoj.«* Mit scheuem Blick streifte er die Wand und sah gleich wieder weg. Ein Strom unverständlicher Worte entquoll seinem Mund. Sein sonst so ausdrucksloses Gesicht sah auf einmal ehrfürchtig aus.

»Er sagt, ein heiliger Turm«, dolmetschte der Mestize. »Vor langer Zeit erbaut. Von den alten Göttern.«

Empörung stieg in Fray Diego auf. Heiliger Turm? Was wollten diese Wilden denn noch alles zum Heiligtum erklären? Und wieso eigentlich ein Turm? Diese Wand schien weitaus breiter als hoch. Sie erinnerte eher an einen Festungswall. In einem hatte Jorge allerdings recht: Das Gebilde mußte uralt sein. Älter als jedes Menschenwerk. Nicht von teuflischen Mayagötzen errichtet, sondern erschaffen von Gott dem Herrn.

»Du gehst nach links«, wies er den Mestizen an, »Jorge nach rechts. Folgt dem Verlauf dieses heiligen Turms. Ich will wissen, wie wir ihn umgehen können.«

Hernán und Jorge machten sich auf den Weg. Auch der Pater hockte sich nun ins Gras. Cristóbal holte eine Kürbisflasche aus dem Taufbecken. Er reichte sie Fray Diego, der mit gierigen Schlucken trank. Das restliche Wasser schüttete sich Cristóbal über den Kopf, der immer noch glühte. Weder der Pater noch der Taufpriester sprachen ein Wort. Fray Diego war sich bewußt, daß er Cristóbal in den letzten Tagen ausgewichen war. Sein Verhalten nach dem Verschwinden von Ixkukul mußte dem kleinen Mönch nach wie vor rätselhaft sein. So rätselhaft wie diese Wand mitten im Wald.

Der Pater zog das angeschmorte Büchlein hervor, das Hernán nach der Schlangenvertreibung in der Ruine entdeckt hatte. Erbauliche Aufzeichnungen von Pater Ramón. Die im letzten Drittel des Heftchens entschieden blasphemischen Charakter annahmen. Gnade seiner Seele. Immerhin ging aus den Notizen hervor, welche Dschungeldörfer Ramón missioniert hatte. Und welche Siedlungen seinen Bemühungen getrotzt hatten.

Behutsam wendete Fray Diego die Seiten. *San Pedro. Für Christus gewonnen im November 1695 A. D.* Einen »heiligen Turm« vor dieser Siedlung hatte Pater Ramón nicht erwähnt. Allerdings waren auf manchen der rußgeschwärzten Seiten nur noch wenige Zeilen zu entziffern. Zwischen sachlichen Beobachtungen und metaphysischen Spekulationen hatte der alte Pater immer wieder Weisheiten aus der Heiligen Schrift notiert. »*Viele Tausende Krieger fürchte ich nicht, auch wenn sie mich ringsum belagern.* Psalmen Davids.« Seit er begonnen hatte, in dem Büchlein zu lesen, empfand Fray Diego eine gewisse Seelenverwandtschaft mit seinem Vorgänger. »*Viele gibt es, die von mir sagen: ›Er findet keine Hilfe bei Gott.‹*«

Vorsichtig klappte er das Büchlein wieder zu. Auf seiner rechten Schläfe spürte er den Blick des Taufpriesters. Erwartungsvoll. Auf eine Erklärung hoffend. Aber er selbst hatte bis heute keine Erklärung gefunden. Jedenfalls keine, die ihm akzeptabel schien.

Nach Ixkukuls Verschwinden hatte er sich in seine Kammer eingeschlossen. Anfangs ließ er nicht einmal Hernán zu sich. Er haderte mit sich und seinem Schicksal. Seiner Feigheit. Seinem Kleinmut. Seiner Gott- und Menschenferne. Mehrfach war er nahe daran, seinem Leben ein Ende zu machen wie Pater Ramón. Dann wieder wollte er hinaus in die Wildnis stürzen, um sie aufs Geratewohl zu suchen. Frau Welle. Die silberne Frau. Stundenlang betrachtete er die Silberfäden. Liebkoste sie mit den Fingern. Verlor sich in törichten Phantasien. Um dann wieder in Haß und Selbstmitleid zu versinken. Haß auf seine Oberen, die ihn verraten hatten. Aber Haß mehr noch auf sich selbst. Abscheu, Selbstverachtung. Wie war es möglich, daß dieses braune Heidenweib solche Macht über ihn besaß? Daß er im Wachen wie im Träumen immer nur an sie denken mußte wie ein liebestoller Idiot?

Am dritten Tag seiner Kasteiungen brachte ihm Hernán das Büchlein von Pater Ramón. »*Meinem Recht zuwider soll ich lügen? Unheilbar traf mich ohne Schuld der Pfeil.* Buch Hiob.« Ihm verdankte er seine allmähliche Erlösung aus Verzweiflung und Apathie. Vor allem aber den Entschluß, zu einer Rundreise durch die missionierten Dörfer aufzubrechen. Zu Cristóbal sagte er, auf dieses Zeichen Gottes habe er gewartet. Und zu Hernán, allerdings nur in Gedanken, es sei die bestmögliche Tarnung seiner Suche nach der silbernen Frau.

Miguel und Raúl waren an der Missionsstation zurückgeblieben. Mit der Anweisung, einen neuen Dachstuhl für die Kapelle zu zimmern und im übrigen die Augen offenzuhalten. Angeblich hatte Miguel in Pedros Kloster die Zimmermannskunst erlernt. Als Fray Diego mit den anderen losmarschierte, fragte er sich, ob sie den hageren Miguel und den katzenhaften Raúl je wiedersehen würden. Oder ob sie überhaupt jemals zur Missionsstation zurückkehren würden.

Ihm war nur allzu bewußt, daß er den Teufel herausforderte. Es grenzte an Selbstmord, auch noch den dürftigen Schutz des Holzhauses preiszugeben. Um ausgerechnet jetzt in die Wildnis hinauszuziehen, wo laut Abt Pedro die mordlüsternen Rebellen lauerten. Aber davon wußten weder Fray Cristo noch der Mestize. Sowenig wie sie die wahren Gründe für seine plötzliche Rastlosigkeit kannten. Seit drei Tagen trieb er sie unerbittlich voran. Bisher hatte es keinerlei Zwischenfälle gegeben. Den Brief des Abtes hatte er noch am selben Tag verbrannt, an dem Ixkukul verschwunden war. Oder entflohen. Auf leuchtender Silberspur. Zumindest in seinen Träumen.

2 Hernán und Jorge kehrten fast gleichzeitig zurück, beide mit derselben Auskunft. Der heilige Turm erstreckte sich über eine Breite von etwa sechzig Fuß. Links wie rechts grenzte er an eine Schlucht. Seine Flanken schlossen direkt mit dem Abgrund ab, der viele hundert Fuß tief war. Unmöglich, dort vorbeizukommen.

An der linken Flanke des heiligen Turmes, ergänzte Hernán, gab es allerdings eine Treppe. Ein schmaler Felsgrat führte an der Seite des Berges entlang bis zur untersten Stufe. Von dort aus ging es sechzig, siebzig Stufen in steiler Schräge empor. Bis zum First des heiligen Turmes. Vielmehr zur Spitze des Berges, wie Hernán nach einem Blick in Fray Diegos Gesicht korrigierte.

Der Pater schwankte zwischen Empörung und Verzagen. Abermals sollte er einen Abgrund überwinden? Auf verwitterten Stufen bis in schwindelnde Höhen steigen? Er unterdrückte einen Seufzer. Wohlan, auch diese Prüfung würde er bestehen. Um der Liebe willen.

Hernán nahm das Kreuz auf und wuchtete es auf seine Schulter. Jorge band sich den Seesack auf den Rücken und ergriff die Weihrauchwedel. Cristóbal erhob sich, taumelnd vor Erschöpfung, und hievte das Taufbecken empor. Sie alle folgten dem Mestizen zur linken Flanke des heiligen Turmes.

Hinter Bäumen und Dickicht verborgen, führte ein Trampelpfad an der steinernen Wand entlang. Fußspuren und zerknickte Zweige bewiesen, daß er häufig begangen wurde. Der Pater schöpfte wieder ein wenig Mut. Wenn dies der allgemeine Weg nach San Pedro war, würde auch er ihn meistern.

Der Trampelpfad endete am Abgrund. Wie Hernán es beschrieben hatte, führte ein in den Felsen geschlagener Grat an der Bergflanke entlang. Der Grat war so schmal, daß man nicht zwei Füße nebeneinander setzen konnte. Nach wenigen Schritten ging er in die erste Stufe der Treppe über. Die Schlucht darunter war tiefer als die Abgründe in Diegos abscheulichsten Alpträumen.

In seinen Ohren begann es zu tosen. Er wollte zurückweichen und stieß gegen das Taufbecken, das Cristóbal umklammert hielt. Ihm war, als sauge der Abgrund ihn an, als ziehe die Schlucht ihn mit tausend Händen zu sich hinab. Er zwang sich, gleichmäßig aus- und einzuatmen. Behutsam beugte er sich zur Seite und sah an der Flanke des heiligen Turms empor. In schwindelnder Schräge ragte sie über dem Abgrund auf. Wie hatte er auch nur für einen Augenblick annehmen können, daß dieser Steinbrocken von Menschen geschaffen sei? Eine Felswand, mit Schlamm und Moos bedeckt. Bäume und Gestrüpp, aus Steinritzen wachsend. Wurzeln, dick wie Männerarme, wirr ineinander verstrickt. Von Menschen geschaffen, sagte sich der Pater, waren nur diese Stufen. Mit Hacken in den Stein geschlagen. Sechzig, siebzig primitive Tritte in der nahezu senkrechten Wand. Jadegrün und glitschig. Verwittert und ausgetreten. Stellenweise überwachsen von Wurzeln und anderem Geschlinge. Und jede einzelne Stufe so haarsträubend schmal, daß man allenfalls seitlich darauf treten konnte. Zumindest mit den Füßen eines ausgewachsenen Europäers.

»Bringen wir's hinter uns«, sagte er zu Hernán.

Der Mestize packte das Kreuz auf seiner Schulter fester und schob sein Hütchen aus der Stirn. So unbekümmert, als wandele er durch die Gassen von Marbella, trat er auf den Grat und spazierte am Abgrund entlang. Feixend sah er sich zu den anderen um. Dann begann er die Treppe emporzuspringen, indem er immer drei Stufen auf einmal nahm.

Hinter Diego warteten Cristóbal und Jorge. Aber er kümmerte sich nicht um sie. Er vergaß, daß es auf dieser Welt überhaupt etwas anderes gab als Grate, die es zu überwinden galt. Abgründe, in die man nicht stürzen durfte. Himmelhohe Wände mit Stufen für Zwergenfüße, schlüpfrig und schimmelgrün. Der Pater kroch. Auf allen vieren wie ein Tier. Ein großer brauner, unbeholfener Käfer. Murmelnd krauchte er Stufe um Stufe empor. *»Herrschaft und Schrecken sind bei Ihm, der Frieden schafft in Seinen Höhen.«* Nur ganz am Rande nahm er wahr, daß ihn Cristóbal, das Taufbecken vor der Brust umklammernd, schnaufend überholte. Daß nackte braune Füße neben ihm innehielten und Jorge ihm eine kleine harte Hand entgegenstreckte. Diego schüttelte den Kopf, daß die Schweißtropfen flogen. Krauchte weiter. *»Darum fürchten wir uns nicht, wenn die Erde auch wankt. Wenn Berge stürzen in die Tiefe des Meeres.«*

Auf einmal war er oben. Seine Hand, die nach der nächsten Stufe tastete, griff ins Leere. Keuchend hob er den Kopf und spähte über den Treppenrand. Ein Bergplateau, so flach wie das Dach einer spanischen Hazienda. Ächzend zog er sich über den Rand und rappelte sich auf.

Er fand sich auf einem Geviert von vielleicht fünfzehn auf fünfzehn Schritten. Verwitterter Stein und nahezu kahl. Der Himmel darüber wolkenlos, unwirklich nah. Die Sonne brannte herab, doch hier oben ging ein unerwartet starker Wind. Fray Diego tat einige vorsichtige Schritte, bis zur Mitte des Plateaus. Der Ausblick war atemberaubend. Die grüne Masse des Dschungels, nebelverhangen und bis zu allen Horizonten aufgetürmt.

Wie gebannt ging er auf den jenseitigen Rand des Plateaus zu. Am Fuß des Berges öffnete sich der Wald zu einer Lichtung von der Form eines Ovals. Auch auf dieser Seite gab es eine Treppe, grob in den Stein geschlagen. Doch er nahm die Stufen kaum wahr. In diesem Moment dachte er auch nicht an den Abstieg, der ihnen noch bevorstand.

Eine breite Schlucht zog sich U-förmig um die Lichtung. In der Öffnung des U saß wie ein gewaltiger Riegel der Berg. Eine ideale natürliche Festung, dachte er. Leicht zu verteidigen, kaum zu überrennen. Jedenfalls solange die Angreifer nicht über Feuerwaffen verfügten.

Zwei Dutzend Rundhütten standen unten auf der Lichtung, lächerlich klein aus dieser Höhe. San Pedro. Die missionierte Mayasiedlung. In der Mitte des Dorfes standen zwei langgestreckte Holzhäuser, deren Strohdächer in der Sonne leuchteten. Winzige Gestalten gingen zwischen den Häuschen umher. Auf einmal empfand er eine Sehnsucht, die ihm die Kehle zuschnürte. Sehnsucht nach Ixkukul. Ihrem Lächeln, ihrem Duft. Und zugleich nach so viel mehr. Nach einem Leben, schien ihm plötzlich, das er schon einmal geführt hatte, vor langer Zeit. Bis er von dort vertrieben worden war. Wie die Sünder aus Eden.

Dumpfe Rufe rissen ihn aus seinen Träumereien. Er fuhr herum. Hernán, Cristóbal und Jorge hatten sich am östlichen Rand des Plateaus versammelt, gegenüber der Seite, an der sie aufgestiegen waren. Dort standen einige windgebeugte Bäume, die einzigen auf dem Gipfel des Berges. Rasch ging der Pater zu ihnen hinüber. Erst jetzt fiel ihm auf, daß ihre Lasten überall verstreut lagen, als hätten sie sich ihrer hastig entledigt. Das rußschwarze Kruzifix. Der Seesack mit Jorges bunten Tragbändern, flatternd im Wind. Die Weihrauchwedel, in eine Steinritze geweht. Beinahe stolperte er über einen großen Leguan, der in der Sonne dämmerte. Neben der Echse lag das eiserne Taufbecken, kopfüber umgestülpt.

Der Pater beschleunigte seine Schritte. Der Wind pfiff ihm um die Ohren. Als er unter die Bäume trat, fing er einen Blick von Jorge auf. Sprühend vor Haß, wie ihm schien. Aber weshalb? Sicher nur eine Täuschung, dachte er, wie vorhin, als ich die Bergwand für Mauerwerk hielt. Dann traten Hernán und Cristo beiseite und gaben den Blick auf das Gebilde frei, das inmitten der Bäume stand. Dem Pater stockte der Atem.

Ein mannshohes Kreuz. Aus zwei schlanken Baumstämmen grob gefertigt. Und falsch herum in einer Felsritze verkeilt. Ein Mann hing an diesem Kreuz. Braunhäutig. Ein Maya, noch jung an Jahren, nackt. Kopfüber ans Kreuz geschlagen wie einst Petrus in Rom.

Ohne Zweifel war dieser Gekreuzigte tot. Die Haut sah wächsern aus und seltsam gewellt. Die Augen starr wie Murmeln, als Fray Diego neben dem Toten niederkniete. Er war sicher, daß dieser Mann schon vor Tagen sein Leben ausgehaucht hatte. Aber er hätte nicht sagen können, woher er diese Sicherheit nahm. Denn der Leichnam wies keinerlei Zeichen der Verwesung auf. Im Gegenteil. Ein frischer, würziger Geruch ging von ihm aus.

Sein Gesicht aber war vor Entsetzen verzerrt. Die Augen weit aufgerissen, der Mund geöffnet zu einem stummen Schrei. Als stürze er geradewegs der Verdammnis entgegen.

3

»*Winik saantoj*. Die Obersten von San Pedro grüßen Euch voller Ehrfurcht.« Zum wiederholten Mal warf sich der Kazike vor Fray Diego zu Boden.

Hernán übersetzte. Einige Brocken des melodischen Dialektes verstand der Pater mittlerweile auch so. Insbesondere das unvermeidliche *saantoj*. Das diesmal auf ihn selbst angewendet wurde. Heiliger Mann.

Schwerfällig erhob sich der Kazike und setzte zu neuen Formeln der Demut an. Ein erstaunlich beleibter Mann, dachte der Pater. Mit einem Rumpf wie ein Ölfaß und winzigen Äuglein, die zwischen den Fettwülsten fast versanken. Und einem stolzen Namen. Pablo.

Von vier Dutzend Maya umringt, standen er und der Kazike sich auf dem Dorfplatz gegenüber. Im schütteren Schatten der Kokospalmen, die vor der Sonne nur wenig Schutz boten. Zwischen den strohgedeckten Langhäusern, deren Leuchten ihn vorhin so berührt hatte. Doch seine wehmütige Stimmung war spätestens verflogen, als Pablo und seine Krieger sie am Fuß des heiligen Turmes empfangen hatten. Oder auch umzingelt. Unter lautstarker Beteuerung einer ziemlich bedrohlich wirkenden Gastfreundlichkeit.

Auf einer Ceiba, ein wenig abseits zwischen den Hütten, hockte ein großer schwarzer Vogel. Er war dem Pater sofort aufgefallen, als der Kazike sie durch das Dorf geleitet hatte. In ungewissen Abständen stieß der Vogel immer wieder den gleichen Triller aus. Gefolgt von einem Klappern, das seltsam nachhallte. Als ob der Vogel sein eigenes Echo erzeugte.

Fray Diego warf Hernán einen Blick zu. Der Mestize stand neben ihm und dolmetschte mit monotoner Stimme. Ein Zeichen von ihm, und Hernán würde Pablo seinen Dolch an die Kehle setzen. So hatten sie es vereinbart, während sie von dem Plateau abgestiegen waren. Es war ihre einzige Chance, falls sich herausstellte, daß San Pedro vom christlichen Glauben wieder abgefallen war. Und falls die grimmige Freundlichkeit des Kaziken auf einmal in offene Feindseligkeit umschlagen sollte. Mindestens ein Drittel der Maya, die sie umringten, waren Krieger. Muskulöse Männer mit Dolchen im Gürtel, die Speere vor sich aufgepflanzt.

»So lange Zeit ist vergangen«, führ der Kazike fort, »seit Pater Ramón uns die Botschaft des weißen Todesgottes gebracht hat. Auf unsere Weise haben wir versucht, Jesus Christus weiterhin zu dienen. Und der großen Göttin Mutter Maria.«

Fray Diego zuckte zusammen. Todesgott Christus? Große Göttin Maria? Der Vogel auf der Ceiba stieß einen Triller aus. Für Irrlehren wie diese, dachte der Pater, waren in der Alten Welt Tausende auf dem Scheiterhaufen gestorben. Doch er mahnte sich zur Nachsicht. Pater Ramón hatte mit der Missionierung hierorts gerade erst begonnen. Geduldig würde er diesen Wilden die frohe Botschaft nochmals nahebringen. Offenbar waren nicht alle Elemente des christlichen Glaubens bis in ihre Herzen gelangt.

»Wir haben eigens eine Kapelle errichtet, dort drüben.« Pablo deutete auf eine Rundhütte im Hintergrund. Aus dem kuppelförmigem Strohdach ragte wahrhaftig ein grob geschnitztes Kreuz. »Pater Ramón versprach uns, an jedem vierten Sonntag in San Pedro die Messe zu lesen. Bitte sagt mir, *winik saantoj*, warum ist er niemals mehr gekommen? Haben wir ihn enttäuscht? Oder ist ihm etwas widerfahren?«

Die Tunika spannte sich über dem gewaltigen Bauch des Kaziken. Aufs neue schickte er sich an, vor Fray Diego in den Staub zu sinken. Da machte der Pater einen raschen Schritt und hielt ihn an der Schulter fest. Allmählich verlor er die Geduld.

»Pater Ramón wurde unerwartet abberufen. Übersetze das, Hernán. Wortwörtlich.« So war es zumindest keine direkte Lüge. Schließlich konnte er diesen Wilden nicht erzählen, daß ihr Priester von eigener Hand gestorben war, wenige Wochen, nachdem er ihnen die frohe Botschaft überbracht hatte. Geschweige denn, was er kurz vor seinem Tod notiert hatte. *Himmel und Hölle sind eins.*

Er wartete, bis Hernán fertig war. Auch der Kazike schwieg jetzt. Erwartungsvoll sah er Fray Diego an. Der sich auf einmal bezwingen mußte, um seinen Widerwillen vor diesem feisten Häuptling zu verbergen. Vor ihm und seinen vierzig oder fünfundvierzig Untertanen, die schweigend im Kreis standen, mit ausdruckslosen Mienen und unbewegtem Blick. Selbst kleine Jungen von vier oder sechs Jahren verstanden sich hierzulande schon darauf, wie versteinert dreinzuschauen.

»Der Tote dort oben. Frag ihn, wer das ist. Und warum sie ihn auf so abscheuliche Weise umgebracht haben.«

Diese Fragen stürzten den Kaziken in beträchtliche Aufregung. Mit aufgerissenen Augen hörte er sich an, was Hernán übersetzte. Immer wieder schielte er zu einem älteren Krieger hin, der eine bizarre Kopfbedeckung trug. Eine Art Haube mit Lederbommeln. Die sich bei näherem Hinsehen als winzige Nachbildungen von Schrumpfköpfen erwiesen.

Für einen Moment schien es dem Pater, als wollte der Kazike das Signal zum Angriff geben. Die Krieger strafften sich. Ihre Mienen wurden noch finsterer. Der Vogel trillerte. Scharf faßte Fray Diego den Kaziken ins Auge.

Auf einmal begann Pablo ihn mit Worten zu überschütten. So schnell entströmte die Rede seinem Mund, daß Hernán mit dem Übersetzen kaum nachkam. Früher, als sie noch an die alten Götter glaubten, erklärte der Kazike, hieß ihre Siedlung *Zac Ceh*. Weißer Hirsch. Aber Pater Ramón hatte sie alle bekehrt und getauft. Und ihr Dorf *San Pedro* geweiht, dem Begründer der Kirche Roms. Seitdem brachten sie ihre Feinde nicht mehr den alten Göttern zum Opfer. Anders als früher, da sie die Todgeweihten vom Dach des heiligen Turmes stießen.

Der Pater schauderte. Mit Mühe unterdrückte er den Drang, sich zu dem himmelhohen Plateau in seinem Rücken umzuwenden. Vorhin bei ihrem Abstieg zum Dorf hatte er seine Arme um Hernáns und Jorges Schultern geschlungen und so die Treppe erstaunlich gut gemeistert. Bei ähnlichen Hürden würde er sich auch künftig auf die beiden stützen. Wie auf zwei Krücken, die man sich unter die Achseln schob.

Schließlich waren sie jetzt getaufte Christen, fuhr der Kazike fort. Seitdem opferten sie ihre Feinde nicht mehr dem alten Totengott Ahpuch oder Kukulkán, der göttlichen Himmelsschlange. Sondern einzig dem weißen Todesgott Jesus Christus, von dessen Macht und Herrlichkeit Pater Ramón sie überzeugt hatte. Ihm brachten sie ihre Opfer dar, nicht anders als schon der heilige Petrus sich dem Erlöser opfern ließ: kopfüber ans Kreuz geschlagen. Wie konnte es auf einmal falsch sein, ihrem Namenspatron nachzueifern?

Nach dieser Frage verstummte Pablo so abrupt, wie sein Redestrom eingesetzt hatte. Das Murmeln der Krieger im Kreis klang nach einhelliger Zustimmung. Voll Erstaunen musterte Fray Diego den Kaziken. Da hatten diese eifernden Neuchristen aber einiges mißverstanden, dachte er. In einem mußte er dem Kaziken allerdings recht geben. Der Überlieferung nach war Petrus in der Tat kopfüber gekreuzigt worden. Auf eigenen Wunsch, da er sich nicht würdig fand, wie Jesus aufrecht am Kreuz zu sterben.

Fray Diego sah in das feiste Gesicht des Kaziken und fragte sich, warum Pater Ramón ihnen ausgerechnet diese Geschichte nahegebracht hatte. Ihm selbst flößte sie seit jeher Unbehagen ein. Denn das Kreuz Christi war wie ein Pfeil, mit dem der Erlöser zurück in den Himmel geflogen war. Während der Bogen, in den das Kreuz Petri gespannt war, den Begründer der römischen Kirche geradewegs in die Hölle katapultierte.

»Ich mache Euch keinen Vorwurf«, sagte er endlich. Es war die Wahrheit. Wenn irgendwem etwas vorzuwerfen war, dann allenfalls Pater Ramón. Oder der heiligen Kirche, die ihm mehr und mehr wie eine sterbenskranke Greisin erschien. Wann immer sie den Mund auftat, um das ewige Leben zu verheißen, schwappte eine Woge schwarzes Blut hervor. Auf einmal fühlte sich der Pater unsäglich müde. »Frage ihn, wer der Tote ist«, befahl er Hernán. »Wann sie ihn ans Kreuz geschlagen haben. Und warum er sterben mußte.«

Die Gestalt des Kaziken schien sich zu straffen. »Ein Feind der weißen Götter«, erklärte er. »Vor drei Tagen kamen sie in unser Dorf. Zehn Männer und drei Frauen. Sie drohten uns mit dem Zorn der Götter, falls wir uns weigerten, eine Versammlung einzuberufen. Dort sollten wir alle uns von Jesus und Maria lossagen. Um wieder die alten Götter anzubeten. Als wir uns weigerten, drohten sie, den Unterweltgöttern neun unserer Kinder zu opfern, wie es früher der Brauch war. Da befahl ich meinen Kriegern, zu den Waffen zu greifen. Den Eindringlingen gelang es zu fliehen. Bis auf einen von ihnen. Er strauchelte auf der Treppe des heiligen Turms. Wir überwältigten ihn und brachten ihn als Opfer dar. Zum Dank und Ruhm der weißen Götter, die mächtiger als die alten Götter sind.«

Damit wäre zumindest geklärt, welcher Seite Pablo und seine Leute angehören, dachte der Pater. Seine Anspannung ließ nach. An der christlichen Lehre mochten sie einiges mißverstanden haben. Aber sie gehörten nicht zu den Aufrührern, die in San Benito und anderswo rituelle Morde begangen hatten. Vielmehr hatten die Rebellen vergeblich versucht, hier in San Pedro neue Anhänger zu rekrutieren. Zehn Männer und drei Frauen. Das paßte zu den Angaben in Abt Pedros Brief. Woraus des weiteren folgte, daß der Kazike nicht die Absicht hatte, den neuen Priester und sein Gefolge den alten Göttern zu opfern.

Pablo und alle Maya, die im Kreis standen, schwiegen jetzt und sahen ihn an. Auch der schwarze Vogel war verstummt. Eben erhob er sich aus der silbrigen Ceiba und flog mit trägem Flügelschlag davon.

Fray Diego zögerte noch einen Moment, dann nickte er dem Kaziken zu. »Ich danke Euch. Ihr habt recht gehandelt.« Er rang sich ein Lächeln ab. Zu seiner Verblüffung grinste der Kazike zurück. »Bringt mich jetzt zur Kapelle. Versammelt dort die Gemeinde zum Gebet.«

Neben dem emsig watschelnden Kaziken schritt er auf die Kapelle zu. Die gesamte Gemeinde folgte ihnen. Auch Jorge und Cristóbal wurden von der Menge mitgezogen. Der stämmige Maya ging tief unter das Kreuz gebeugt. Cristóbal, noch immer erhitzten Gesichtes, bemühte sich, zu Fray Diego aufschließen. Doch immer wieder versuchte eine junge Mutter, ihr Neugeborenes in das Taufbecken zu setzen, das er vor seiner Brust umklammert hielt. Schließlich geriet er aus dem Blickfeld des Paters.

Ohnehin waren Diegos Gedanken weit von Cristóbal entfernt. Unvermittelt blieb er stehen und faßte sich an die Stirn. Als hätte ihn ein Engel berührt. »Nach der Messe«, sagte er zu Pablo, »müßt Ihr mir erklären, womit Ihr den Leichnam dort oben einbalsamiert habt.«

Hernán übersetzte. Nur am Rande nahm der Pater wahr, daß Pablos Miene sich wieder verfinsterte. Er würde darauf dringen, in dieses Geheimnis eingeweiht zu werden. Es war das einzige, was er bisher über die Aufrührer wußte: daß auch sie solche Balsamierungskünste beherrschten. Die Spur dieses Balsams würde ihn zu den Aufrührern führen. Er würde sie finden und den königlichen Häschern preisgeben. Unter der Bedingung, daß er begnadigt wurde. Es war seine einzige Chance, jemals wieder aus dieser grünen Hölle herauszukommen.

Was aber, wenn er herausfinden würde, daß Ixkukul zu den Aufrührern gehörte? Sein Herz setzte für einen Schlag aus. Dann schüttelte er den Gedanken ab und betrat die Kapelle von San Pedro.

4

Gegorener Kakao. Trunk der Gottessöhne, wie Pablo das Gebräu nannte. Jetzt verstand der Pater auch, warum der Kazike dermaßen fett war. Und er selbst so betrunken, daß ihm die Bilder vor Augen verschwammen. Zu schweigen von seinen Gedanken, die in seinem Geist umhertaumelten wie Boote auf stürmischer See.

Macht nichts, dachte Diego. Macht überhaupt nichts. Seit er in San Benito eingetroffen war, hatte er in unablässiger Anspannung gelebt. Seit geschlagenen sechs Wochen. Heute konnte er sich einmal erlauben, etwas nachzulassen. Zumindest für diesen Abend, für eine Nacht. Schließlich war man unter Freunden. Pablo und seine Krieger würden dafür sorgen, daß niemand in feindlicher Absicht nach San Pedro gelangte.

Seit Stunden hockte er schon hier im Langhaus des Kaziken, auf der Matte des Ehrengastes. Er nahm den Becher, der vor ihm auf dem Boden stand, und führte ihn zum Mund. Wobei seine Hand Schlangenlinien in der Luft beschrieb. Ein kleiner Schwall des braunen Gebräus schwappte heraus und tropfte ihm auf den Ärmel. Jemand mußte unbemerkt nachgefüllt haben, jedenfalls war der Becher wieder randvoll. Zum zehnten oder fünfzehnten Mal – egal.

Ein sonderbares Halbdunkel herrschte in diesem Raum. Obwohl irgendwo weiter hinten sogar ein Feuer brannte. Die Frauen des Kaziken kochten für den Abend. Unterhielten sich leise. Ihre Stimmen wie Vogelzwitschern. Einmal kicherte ein Mädchen. Es klang, als fiele eine Handvoll Perlen in eine Schale aus Glas.

Ihm gegenüber thronte der Kazike. Die Beine gekreuzt, der faßrunde Rumpf pendelte sanft hin und her. Ohne Zweifel, dachte der Pater, war Pablo noch betrunkener als er. Aber auch das machte überhaupt nichts. Sein oberster Krieger würde für die Sicherheit des Dorfes sorgen. Todeskralle. Unter diesem Namen war er bei seinen Männern geehrt und seinen Feinden verhaßt. Don Ramón aber hatte ihn auf den Namen Sebastián getauft. Seltsamer Humor, dachte Diego. Schließlich war der heilige Sebastian von Pfeilen durchbohrt worden. Kein guter Name für einen obersten Krieger. Der aber seinen alten Namen ohnehin vorzuziehen schien. Todeskralle. Nach der Messe hatte er dem Pater versichert, daß die winzigen Schrumpfköpfe an seiner Kopfbedeckung allesamt »echt« seien. Wirkliche Schädel, durch Zauberkunst auf Bommelgröße reduziert. Aber vielleicht hatte er sich da auch verhört. Oder Hernán hatte falsch übersetzt. Obwohl der Mestize nicht einen Tropfen von dem Kakaoschnaps angerührt hatte.

Noch immer kauerte Hernán neben ihm auf dem Boden. Er schien zu erwarten, daß seine Dolmetscherdienste heute noch einmal benötigt würden. Was der Pater allerdings bezweifelte. Schon am Nachmittag, ehe er die Messe las, hatte er einen ersten Becher voll Göttertrunk hinuntergestürzt. Und beinahe wieder ausgespien. Das Zeug schmeckte grauenvoll. Zugleich übersüß und ranzig schal. Allerdings nur im ersten Moment. Dann verlor sich der widrige Geschmack, und zurück blieb ein wohliges Gefühl in Kopf und Gliedern. Bereits als er sich zu dem kleinen Altar begab, sah er alles wie durch bräunlichen Nebel.

Die Kapelle war im üblichen primitiven Stil errichtet. Deutlich größer zwar als die Rundhütten, in denen die Maya zu hausen pflegten. Aber genauso düster, da die Rundhütten stets fensterlos waren. Die Wände aus knorrigen Ästen und dünnen Baumstämmen, nebeneinander in den Boden gerammt. Darüber ein kuppelförmiges Dach aus Stroh. Nur durch die Ritzen zwischen den Ästen und durch das Türloch sickerte Licht ein.

Soweit der Pater dies erkennen konnte, war die Kapelle voll mit Gläubigen. Sie hockten auf dem Boden, lehnten an den Wänden, knieten sogar auf Betschemeln. Falls seine Augen ihn nicht trogen. Der Kakaoschnaps toste in seinem Kopf. Er hielt sich an dem Altartischchen fest, wie ein Steuermann auf wilder See sein Ruder umklammert. Ein ganzes Netz voll Christenfische, dachte er, hatte Pater Ramón da aus dem Satansmeer gefischt. Ehe er selbst sich dem Teufel in die Arme warf. Sonderbar.

Irgend jemand schüttelte ein Glöckchen, was ein dünnes Bimmeln hervorrief. Fray Diego räusperte sich. Er wandte sich um und sah auf das Altarbild. Blinzelte. Rieb sich die Augen. Sah noch einmal hin. Genauer. Um Nüchternheit bemüht.

Das Altarbild selbst war ein großflächiges Gemälde in primitivem Stil. Durchaus eindrucksvoll. Hoch oben im Himmel thronte Gottvater, mit gütigem Lächeln und dem unvermeidlichen weißen Bart. Unten auf Erden ergingen sich die

Menschen und sprangen die sonstigen unschuldigen Kreaturen umher. Schafe, Lämmer et cetera. Weder Schlange noch Jaguar. So weit war also alles in Ordnung. Vor diesem Altarbild aber standen zwei hölzerne Figuren. Die Mater Maria. Und der Heiland am Kreuz. Auch das war insoweit in Ordnung. Wenn man davon absah, daß die heilige Maria von den Füßen bis zum Hals in ein Dachsfell eingenäht war. Nur ihr Kopf mit dem lieblich lächelnden Gesicht sah aus dem grauen Pelz hervor. Noch weitaus gotteslästerlicher war die Figur des Heilands verunstaltet worden. Die Lenden des Gekreuzigten mit Maisblättern geschmückt. Anstelle der Dornenkrone trug er einen Kranz, gleichfalls aus Maisblättern. Oben aus seinem Kopf wuchs anscheinend ein Maiskolben hervor. Und ein weiterer Kolben hing zwischen seinen Schenkeln, übergroß und prall wie ein Satansglied.

Behutsam setzte der Pater seinen Becher ab. Er verspürte das Bedürfnis, sich zu erleichtern. Aber er bezweifelte, daß es ihm gelingen würde, sich auch nur aufzurichten. Geschweige denn, durch den düsteren Raum ins Freie zu taumeln, ohne über das erstbeste Hindernis zu stürzen. Macht nichts, dachte er wieder. Schließlich hatte er sich lebenslänglich in der Unterdrückung seiner körperlichen Bedürfnisse geübt. Oder zumindest in deren Verschiebung.

Wahrscheinlich verdankte er es einzig dem Kakaoschnaps, daß er noch am Leben war. Normalerweise hätte er vor Empörung über die teuflischen Blasphemien getobt. Der heiligen Mutter das Dachswams vom Leib gerissen. Ihrem Sohn den Maisschurz von den Lenden gefetzt. Spätestens da hätte Todeskralle seinen Kriegern ein Zeichen gegeben. Und sie hätten den rasenden Priester gepackt und auf ihren heiligen Turm geschleift. Im Namen Christi.

Doch der Trunk der Gottessöhne stimmte den Pater milde. Ummäntelte ihn zumindest mit Benommenheit. So daß er sich nur schwerfällig wieder umwandte und längere Zeit stumm auf die Gemeinde sah. Die ihn ihrerseits in stiller Erwartung fixierte. Wieder bimmelte das Glöckchen, zumindest in seiner Erinnerung. Ein schütterer, unsäglich dürftiger Ton.

Jemand hatte ihm einen zweiten Becher auf den Altar gestellt. Er nahm ihn und leerte ihn vor den Augen der Gemeinde. Dann begann er zu singen. Wenn er sich recht erinnerte. Das Avemaria. Oder war es *Gestorben, mein Gott, für uns?* In seinem Kopf toste der Trunk der Heidengötter. In seinem Rücken lächelte Maria mit dem Dachsleib. Und der Erlöser hing an seinem Kreuz, als hätte ihn nur eine vorübergehende Schwäche befallen. Gleich würde er sich wieder aufrichten, voll teuflischer Lüsternheit.

Dann zog feierlich ihre kleine Prozession in die Kapelle ein. Oder bildete er sich das in seinem trunkenen Geist nur ein? Vorneweg der kleine Taufpriester, das Taufbecken an sich gepreßt wie einen übergewichtigen Säugling. Dann Jorge, der in jeder Faust einen zerknickten Weihrauchwedel trug. Als letztes erschien der Mestize, auf seinem Kopf das rote Hütchen, den Rücken unter das Kruzifix gebeugt. Das ebensogut in der Station hätte bleiben können. Schließlich verfügten sie hier in San Pedro über ein eigenes Kreuz. Wenn es auch ein höchst eigenartiges war.

Der Pater predigte. Psalmodierte. Rezitierte aus der Heiligen Schrift. Ihm selbst schien es, als ob seine Stimme recht verwaschen klinge. Aber das machte nichts. Mit desto klarerer Stimme übersetzte Hernán. Der Teufelsbursche, dachte Diego. Hatte er nicht damals, noch in Beja, im Traum die Vision empfangen, daß Pío Hernández eine Kreatur des Satans sei? O ja, und diese Vision hatte sich in San Benito bestätigt, nach dem Gesetz der Analogie. Denselben Kampf, den er im Traum mit Hernán ausgefochten hatte, kämpfte er dort im Schuppen mit Cristóbal Ná. Teufel und Engel. Meine beiden Begleiter, dachte er, einer links, einer rechts. Auch in der Kapelle von San Pedro, wo er schwerzüngig die Messe zelebrierte. Zu seiner Linken Fray Cristo, in zerschlissenem Ornat, doch mit strahlendem Lächeln, in Erwartung der Täuflinge, die er mit dem geweihten Wasser aus seinem Taufbecken besprengen würde. Und zu seiner Rechten, tatsächlich noch immer das dreiste Hütchen auf dem Kopf, stand Hernán. Und übersetzte. Falls der melodische Sermon, der seinem Mund entströmte, wirklich die Predigt seines Meisters wiedergab.

Es folgte die endlose Zeremonie der Taufen. Scharen von Müttern, schreiende, tropfende Bündel im Arm. Die Beute des Taufpriesters. Er besprengte sie so energisch, als ob er mit den Seelen zugleich die Leiber reinigen wollte. Währenddessen stand Fray Diego hinter dem Altar, und in seinem Kopf brauste der Göttertrunk. Nachher, nahm er sich vor, würde er mit dem Kaziken sprechen. Cristóbal beugte sich über einen weiteren Täufling und sprach die vorgeschriebene Formel. *In nomine patris.* Sein Gesicht war wieder bleich wie beinahe stets. Seine wasserhellen Augen strahlten vor Frömmigkeit. Das geweihte Wasser klatschte in das Gesicht des Säuglings, der voller Empörung aufschrie. Fray Cristo lächelte und strahlte.

Pablo erklären, dachte der Pater, daß es eine Sünde ist, Maria und Jesus derart heidnisch zu vermummen. Oder sagen wir, ein Mißverständnis. Was bildeten sich diese Kerle ein, die Gottesmutter in ein Dachsfell zu stecken? Obwohl doch gerade Maria den Triumph über die Tierheit verkörperte. Und den Erlöser mit einem solchen goldenen Kolben auszustatten? Obwohl doch gerade er gekommen war, die Menschen aus dem Bann des Fleisches zu erlösen. O mein Gott. Würde der Kazike diese theologischen Gedankengänge verstehen? Wahrscheinlich nicht, dachte der Pater. Unmerklich seufzend, während Fray Cristo dem letzten Täufling die Sakramente erteilte.

Er hatte darauf verzichtet, den Gläubigen die Beichte abzunehmen. Wie sollten sie ihm auch ihre Sünden zuflüstern – mit Hernán als Dolmetscher? Nein, das ging wirklich zu weit. Daher sah er sich auch außerstande, das Wunder der Wandlung zu zelebrieren. Brot zu Fleisch … Niemand schien die heilige Kommunion zu vermissen. Schon bimmelte wieder das dürftige Glöckchen. Mit kaum weniger dünner Stimme begann Cristóbal den Schlußchoral zu intonieren. Der Pater mußte sich einen Moment besinnen. Dann stimmte er dröhnend ein.

Sein Schädel brummte, als er wieder draußen war, auf dem sonnenüberfluteten Platz. Unter ausgesuchten Schmeicheleien bat der Kazike die beiden Patres in sein Langhaus. Cristóbal war nicht lange geblieben. Den Trunk der Gottessöhne hatte er sowenig angerührt wie Hernán. Ganz im Gegensatz zu Fray Diego. Der in diesem Moment erkennen mußte, daß selbst ein Mönch sich den Bedürfnissen des Leibes irgendwann beugen muß.

Ächzend rappelte er sich auf. Als erstes stieß er seinen Becher um. Dann trat er mit dem Fuß gegen einen Körper. Natürlich, dort hockte Hernán. Aber der Körper hatte sich seltsam weich angefühlt. Der Pater rang um sein Gleichgewicht und blinzelte ins Halbdunkel zu seinen Füßen. Eine kleine schmale Gestalt. Mit brauner Haut. Schwarzem Haar. In weißer Tunika. Nur ohne das berüchtigte Hütchen. Seltsam. Aber heute erschien ihm vieles seltsam. Und war ihm zugleich egal. Wenigstens für den Moment. Entschlossen torkelte er auf das Türloch zu.

Draußen stellte er fest, daß es bereits stockfinster war. Der Trunk der Gottessöhne wirkte sich anscheinend auch auf das Zeitempfinden aus. Oder auf den Zeitfluß selbst, dachte Fray Diego. Dem jetzt erst bewußt wurde, daß irgendwer ihn am Arm genommen hatte und sanft, aber entschieden durch die Dunkelheit führte. »Hernán?« Er vernahm ein Summen, das bejahend klang. Und im weitesten Sinne vertraut.

Vor einem Baum verharrte er. Stark schwankend. Zumal die hilfreiche Hand zurückgewichen war. Bei dem Versuch, seine Kutte zu raffen, stürzte er beinahe hintüber. Endlich hörte er, tief erleichtert, das Rauschen des Wasserstrahls. Und in seinem Rücken ein leises Kichern. Wie wenn eine Handvoll Perlen in eine gläserne Schale fällt.

Als er sich umwandte, stand dort lediglich Hernán. In gemessenem Abstand auf ihn wartend. Wer auch sonst. Wo hatte er nur sein dummes Hütchen gelassen? Egal. Dankbar spürte er, daß sich die stützende Hand wieder unter seinen Arm schob. Und ihn mit sanfter Entschiedenheit weiter durch die Dunkelheit führte. Das ganze Dorf schien schon zu schlafen. Wahrscheinlich träumten sie alle von der dachsleibigen Gottesmutter und ihrem kolbengeschmückten Sohn.

Was hatte der Kazike vorhin gesagt? Auf den Vorhalt nämlich, daß es nicht angehe, Maria derart tierisch zu vermummen. »Die Gottesmutter – das ist für uns ganz einfach unsere Urgöttin *Mam*. Die Vielgestaltige. Die große Weberin. Göttin der Tiefe. Der Meere, der Flut.« Da sprach auch Pablo schon mit schwerer Zunge. Aber der Mestize übersetzte. Fehlerlos. Gnadenlos. »Daher auch das Dachsfell. Der Dachs ist das Geisttier der Göttin.«

»Geisttier?« Das verstand er nicht. Entweder Geist. Oder Tier. Beides zusammen geht nicht.

»Wenn die Göttin sich in unserer Welt verkörpert. Frau Fünf der Urflut. Wenn sie zu uns kommt. In die zehnte oder vierzehnte Welt. Je nach dem.«

Frau Fünf? Je nach dem? Der Kazike setzte zu neuen Erklärungen an. Lallend. Der Mestize übersetzte abermals. Seine Stimme erbarmungslos klar. Bis Diego abwinkte. Für heute war es genug. Oder nur eines noch. »Was hat der Heiland mit Mais zu tun?«

Pablos Antwort war ellenlang und verworren. Sie schien um eine Figur zu kreisen, die der Kazike »junger Maisgott« nannte. Und dann wieder, vollkommen unbegreiflicherweise, »Herr Acht der göttlichen Fruchtbarkeit«. Wieso »Acht«? Neue Erklärungen. Noch mehr Verwirrung. Für die Maya jedenfalls, soviel wurde dem Pater deutlich, waren Jesus Christus und Herr Acht der göttlichen Fruchtbarkeit eins. Weil sie beide starben und wiederauferstanden. Herr Acht allerdings in etwas derberer Manier. Handfest und kolbenselig.

Offenbar waren sie am Ziel ihrer nächtlichen Wanderung angelangt. Die hilfreiche Hand geleitete ihn durch ein Türloch. In eine Rundhütte, in der er zweifellos nächtigen sollte. Hatte der Kazike vorhin nicht etwas von einem üppigen Mahl gesagt? Oder hatten sie das bereits verspeist? Einen Moment dachte er darüber nach. Allen Ernstes. Und vollkommen ergebnislos. Da lag er bereits in einer Hängematte.

Ohne die blasseste Ahnung, wie er dort hineingeraten war. *Mujanek,* dachte er. Nicht vergessen, auf gar keinen Fall. *Schwarzer Adler.* Die Augen fielen ihm zu. Name des alten Zauberers, der den Balsam herzustellen verstand. Einzig er im ganzen Petén kannte die Rezeptur. Wer den Balsam brauchte, mußte zu ihm gehen. *Mujanek.* In einer Siedlung sieben Tage tief im Regenwald. Die wiederum *K'ak'as-'ich* hieß. Übler Name, üble Leute. So zumindest der Kazike. Niemand ging freiwillig dorthin. Niemand sei jemals lebend von dort zurückgekommen. Aber da waren sie beide schon stockbetrunken. Prosteten sich mit ihren Bechern zu und brachten Trinksprüche in verschiedenen Sprachen aus. Der Pater auf lateinisch. Pablo natürlich in seinem wilden Dialekt. *K'ak'as-ich.* Das war allerdings kein Trinkspruch. Sondern der Name des unheimlichen Dorfs. *Böser Blick.* Niemand kehrt von dort zurück …

Er drehte sich auf die Seite. Eine schlanke Gestalt schlüpfte zu ihm in die Hängematte, die bedrohlich zu schwanken begann. Sie schlang ihre Arme um ihn. Fray Diego schlief. Hitzig drückte sie ihre Brüste gegen ihn. Der Pater schnarchte. Eine Hand fuhr unter seine Kutte, über seine Brust tastend, wo er die Silberkette trug. Diego seufzte in tiefem Schlaf. Eine Weile bemühte sich das Mädchen noch um den Ehrengast von San Pedro. Dann glitt sie wieder aus der Hängematte und verschwand im Dunkel der Nacht.

5

Diesmal sah er sie sofort. Vier, sieben, neun Silberschnüre. Über ihm schwebend wie Nebelfäden. So nah, daß er sie mit Händen greifen konnte, ohne sich in seiner Hängematte zu erheben.

Sie hingen an einem Ast, der sich ihm aus dem Dach entgegenreckte. Behutsam zog er daran. Überraschend schwer glitten sie in seine Hand. Ein kleiner Halbmond hing an den funkelnden Fäden. Reines Silber, gleißend wie eine Verheißung. Und so massiv, als wäre die Erfüllung nicht mehr fern. Frau Welle. Kein Zweifel, sie war hier. In San Pedro.

Sein Herz klopfte, als er aus der Hängematte sprang. Ixkukul! Er mußte sie finden. Sie sehen. Mit ihr sprechen. Sofort. Sein Schädel allerdings dröhnte. Der vermaledeite Göttertrunk. Er trat aus der Hütte. Wie mit Dolchen stach ihm die Sonne in die Augen. Stöhnend preßte er die Fäuste auf seine Schläfen.

Die Sonne stand schon hoch am Himmel. Sext, dachte er, wenn nicht später. Im Dorf herrschte emsiges Leben. Vor den Hütten saßen Frauen, zu dreien oder vieren. Unter leisem Schwatzen und Lachen schälten sie Maiskolben oder lasen Maiskörner in tönerne Schalen. Mais, wohin man sah. Prunkende Kolben. Goldene Ströme. Das verschandelte Kruzifix fiel ihm ein. Mater Maria als Dächsin. O mein Gott.

Er begann zwischen den Hütten herumzuirren. Das Dorf war weitaus größer, als er gestern angenommen hatte. Ganze Alleen mit Orangenbäumen. Hütten, die im Kreis angeordnet waren. Immer neue Plätze und Wege taten sich vor ihm auf. Vor jeder Hütte saßen kleine braune Frauen und schälten oder lasen Mais. Niemals mehr, dachte Diego, würde er ein Kruzifix ansehen können, ohne an Maiskolben zu denken.

Von dem Langhaus des Kaziken war weit und breit nichts zu sehen. Er stellte sich auf die Zehenspitzen, um über das Durcheinander der Hütten hinwegzuschauen. Dort drüben ragte er empor. Der heilige Turm. Ein wuchtiger Steintrumm, sonderbar regelmäßig geformt. Auf allen Seiten schien er sich nach oben hin gleichmäßig zu verjüngen. Wie die Pyramiden auf dem Kupferstich in der *Schedel'schen Weltchronik.* Aber das hier war nicht Ägypten. Es war das Land der wilden Barbaren. Die grüne Hölle. Wo man im übrigen einen abscheulichen Schnaps ausschenkte. Sein Kopf dröhnte, als ob darin eine ganze königliche Militärkapelle auf Trommeln und Tambourine schlüge.

Seufzend wandte er sich nach links. Wenn er immer auf den heiligen Turm zuging, mußte er früher oder später zum zentralen Dorfplatz mit Pablos Langhaus gelangen. Vor allen Hütten hockten Frauen. Keine, die Ixkukul auch nur ähnlich sah. Sie alle starrten ihn an. Den hochaufgeschossenen Mann mit der hellen Haut und dem struppigen Bart. Der silberne Schnüre um sein Handgelenk geschlungen trug. Und daran baumelnd einen halben Mond.

Kleine Hunde tollten herum. Scharlachrote Papageien zankten sich um bleiche Fetzen von Kokosnüssen. Zwischen Maissäcken spielten nackte Kinder im Staub. Nur von den männlichen Bewohnern San Pedros war nichts zu sehen. Vielleicht waren sie auf der Jagd. Oder sie überfielen gerade ein benachbartes Dorf. Unter der Führung von Todeskralle, der seinen Vorrat an Schrumpfköpfen auffrischen wollte.

Er versuchte nachzudenken. Unglücklicherweise konnte er sich nicht im mindesten erinnern, wie er gestern in seine Hängematte gelangt war. Aber die Silberschnüre mit dem Halbmond konnten zu diesem Zeitpunkt noch nicht über seinem Lager gehangen haben. Sonst hätte er sie, als er auf die Matte kletterte, unweigerlich heruntergerissen. Oder wäre mit dem Kopf gegen den Mond gestoßen. Also mußte in der Nacht jemand in seine Hütte geschlichen sein. Während er schlief.

Jemand? Ixkukul. Wer sonst. Alles andere ergab keinen Sinn für ihn. Beinahe wäre er über ein Huhn gestolpert, das mitten auf dem Weg hockte. Gackernd flatterte es beiseite und riß ihn aus seinen Träumereien. Als er um sich blickte, stand er am Rand des großen Platzes. Die Strohdächer der beiden Langhäuser leuchteten in der Sonne. Die Palmen warfen scharf gegliederte Schatten. Wie von Händen, deren Finger sich spreizten.

Vor der Tür des Kaziken standen zwei Bewaffnete. Er nickte ihnen zu und wollten zwischen ihnen hindurch ins Haus gehen. Ohne die Mienen zu verziehen, kreuzten sie vor dem Türloch ihre Speere. *»Wa'tal!«*

Halt. Das verstand er auch ohne Hernán. Begütigend hob er die Hände. In seinem Kopf donnerten die Schmerzen. Sein Mund war wie ausgetrocknet. Das hohle Gefühl in seinem Magen kam sicher daher, daß er seit mindestens vierundzwanzig Stunden nichts gegessen hatte. Und aus dem Haus des Kaziken drang der Duft gebratenen Kaninchenfleischs.

»Pablo?« Hinter den gekreuzten Speeren sah er die kugelrunde Gestalt des Kaziken. Der nun einen Befehl zu seinen Wachen knurrte. Sie ließen die Speere sinken und traten zur Seite.

»D'yos-b'o'tik.« Holprig formten seine Lippen das ungewohnte Wort. Es war das erste Mal, daß er selbst sich in der Sprache der Maya versuchte. *Danke.* Oder vielmehr ... Er fuhr zusammen, als ihm der Wortlaut bewußt wurde. *Mögen die Götter es dir vergelten.*

Der jüngere der beiden Wächter lächelte. Blickte auf das Silber an Diegos Hand und murmelte etwas. Dann wurde seine Miene wieder ausdruckslos.

Verblüfft sah der Pater ihn an. Noch während er in die Düsterkeit des Hauses trat, rätselte er, was der Wächter zu ihm gesagt hatte. *Möge die junge Mondgöttin dich erleuchten.* Vielleicht hatte er ihn auch falsch verstanden.

Aber sein Herz begann wieder rascher zu klopfen. Beinahe so hämmernd wie der Schmerz in seiner Stirn. Er erduldete die Umarmung des Kaziken, der ihn ungefähr in Höhe der Hüften umschlang. Schnaufend trat Pablo einen Schritt zurück. Dann nötigte er seinen Ehrengast, neuerlich auf den Matten Platz zu nehmen.

»Ixkukul? Wo?« Mit der rechten Hand wedelte er vor dem Gesicht des Kaziken hin und her, daß der Halbmond schaukelte. Pablo grinste. Vertraulich, wie es dem Pater schien. Dann machte er eine beschwichtigende Geste. Einen Moment, deutete Diego, sie kommt sofort. Pablo verschwand im Hintergrund des Raumes. Erteilte mit gedämpfter Stimme Anweisungen. Mehrere Frauenstimmen antworteten. Ein zwitscherndes Durcheinander. Dann ein Kichern, wie wenn Perlen in eine gläserne Schale rollen.

Als der Kazike zurückkehrte, führte er eine ganze Kolonne von Frauen an. Frauen jeden Alters, alle braunhäutig, kleinwüchsig, ihre Mienen ausdruckslos. Ixkukul war nicht dabei. Sie alle beugten sich vor ihm nieder und bauten Platten, Töpfe, Schalen, Teller, Krüge, Becher vor ihm auf. Knuspriges Hühnerfleisch. Zarte Kaninchenschlegel. Aufgetürmte Maisfladen. Berge von gedünstetem Mais. Und eine Art Bier, schäumend, zweifellos aus Mais gebraut.

Ein Mißverständnis, schon wieder, dachte Diego. Obwohl er auch Hunger hatte, durchaus. Aber hier ging es um mehr als Fladen und Schlegel. »Ixkukul. Die Frau, die letzte Nacht ...« Er verschluckte den Rest seines Satzes. Nicht nur, weil der Kazike ihn verständnislos ansah. Sondern mehr noch aus Scham.

Mittlerweile thronte Pablo ihm gegenüber auf einer Matte. Wie gestern abend. Und was der Kazike da in der Hand hielt, war anscheinend schon wieder ein Becher Kakaoschnaps. Er versuchte es von neuem. »Hernán. Mein Diener. Wo?« Er gestikulierte. Pablo hob die Schultern. Und seinen Becher gleich dazu. Da verlor der Pater die Geduld. *»Tech nup'ik Hernán!«*

Er selbst war noch verblüffter als der Kazike. Der für einen Moment das Gesicht verzog. Schmerzlich, wie es Diego schien. Kein Wunder, er mußte furchtbar geradebrecht haben. *Du finden Hernán!* Aber anscheinend hatte Pablo jetzt verstanden. Er erhob sich und trat zu seinen Wachen. Nur Sekunden später stob der jüngere Wächter quer über den Dorfplatz davon.

Na also. Diego konnte es kaum erwarten, bis der Mestize endlich erschien. Er nickte Pablo seinen Dank zu, dann nippte er an dem Maisbier. Bitter. Aber erfrischend. Er leerte den Becher. Schon fühlte er sich etwas besser. Gleich würde er Ixkukul sehen.

Wieder hatte der Kazike ihm gegenüber Platz genommen. Sie beide griffen nun zu den Speisen. Der Pater staunte, mit welcher Geschwindigkeit Pablo ganze Kaninchen, halbe Hühner, gestapelte Tortillas in seinem Mund verschwinden ließ. Er selbst pickte nur hier und dort von Tellern und Schalen. Aufgeregt wie ein Novize.

Endlich erschien Hernán. Mit glühendem Blick, als ahnte er, was man von ihm erwartete. Der Pater wies ihn an, sich neben ihn zu setzen. »Sieh hier, diese Kette. Heute beim Erwachen fand ich sie in meiner Hütte. Frage Pablo, wer sie in der Nacht dorthin gebracht hat.« Er wunderte sich, wie wenig

Scham er vor dem Mestizen empfand. Als ob Hernán ein Teil seiner selbst wäre.

Der Mestize verzog keine Miene. Nur seine Augen schienen noch tückischer zu glühen, als er sich zu Pablo umwandte. Ein rascher Wortwechsel. Abermals erhob sich Pablo. Verschwand neuerlich im Hintergrund des Raumes. Als er zurückkam, zog er eine junge Frau hinter sich her. Schob sie in den Lichtfleck, der durch das Türloch fiel.

»Was soll das?« Empört musterte Diego die dürftige Gestalt. Jung, klein, unscheinbar. Ein Mädchen, fast noch ein Kind. Verlegen wand sie sich im Griff des Kaziken. Der flüsterte ihr etwas ins Ohr. Sie gab murmelnd Antwort. Leises Kichern perlte aus ihrem Mund. »Was sagt sie? Warum hat er die Kleine hierher gezerrt?«

»Sie war heute nacht in Eurer Hütte, Herr. Sie hat die Kette über Eurem Kopf aufgehängt. Während Ihr schlieft.«

»Dieses Kind? Aber warum sie?« Er sprang auf. Was für ein Spiel trieben sie mit ihm? Das ließ er sich nicht bieten! »Wo ist Ixkukul?« Er brüllte es. Machte einen Schritt auf den Kaziken zu. Ohne es recht zu bemerken, hob er eine Hand.

Pablo knurrte einen Befehl. Der ältere Wächter stürzte in den Raum und packte den Pater bei den Armen. Auch Hernán war aufgesprungen. Aber er war schlau genug, seinem Herrn nicht gegen die Bewaffneten zu Hilfe zu eilen. Sie hätten ihn mit einem Hieb erledigt.

Der Wächter drehte ihm die Arme auf den Rücken. Der Kazike stand vor ihm, so dicht, daß Diego das Kinn auf die Brust pressen mußte, um Pablo ins Gesicht zu sehen.

»Ich bin bestürzt«, sagte Pablo, »daß Ihr die Pflichten eines Gastes so schamlos mißachtet, heiliger Mann. Ich meinerseits will dennoch das Versprechen erfüllen, das ich der Priesterin Ixquics gab. Vor fünf Tagen war sie unser Gast. Sie sagte voraus, daß ein bärtiger Mann uns aufsuchen werde. Ein Priester des weißen Totengottes. Sie beauftragte meine Tochter Magdalena, sich zu vergewissern, daß der weiße Mann dreizehn Silberschnüre mit sich führe. Wenn ja, sollte sie ihm das Schmuckstück zukommen lassen, das Ihr an Eurem Handgelenk tragt. Das Zeichen der Mondgöttin. So geschah es. Nach dem Willen der Priesterin, die uns noch am gleichen Tag wieder verließ.«

»Wohin ging sie?« Diego ächzte die Frage, so schmerzhaft verdrehte der Wächter ihm den Arm. »Hat sie nichts darüber gesagt?«

»Nein. Sie hat ihr Ziel nicht erwähnt. Das ist das Recht des Gastes. Und unsere Pflicht war es, ihr Schweigen zu respektieren. Aber als Priesterin Ixquics konnte sie nur ein Ziel haben.«

»Welches? So redet doch, Pablo, ich flehe Euch an!«

»Die Mitte des Dschungels«, sagte der Kazike. »Die Seele des alten Volkes. Das letzte Königreich der Maya. Tayasal.«

Vier

1

Einige Schritte weit schien sich der Pfad in einem Geröllfeld zu verlieren. Dahinter stieg er unvermittelt noch steiler an. Fray Diego blieb stehen und stemmte die Fäuste in die Seiten. Sein Atem ging keuchend. In hellen Strömen lief ihm der Schweiß in den verwilderten Bart. Seit Stunden schon führte der Pfad beständig bergauf. Er war am Ende seiner Kräfte.

Dennoch zwang er sich weiterzugehen, ehe Hernán und Cristóbal ihn eingeholt hatten. Die beiden mochten hundert Schritte oder mehr hinter ihm sein. Bei jeder Gelegenheit bettelte Fray Cristo um eine Pause. Aber der Pater hatte sie auch heute erbarmungslos vorangetrieben. Auf keinen Fall wollte er jetzt noch eine Rast einlegen. Ihr Ziel mußte ganz in der Nähe sein. K'ak'as-'ich. Das Dorf, in dem angeblich der balsamkundige Zauberer hauste.

Der Abend nahte schon. Es war der siebte Tag ihres neuerlichen Marsches. Erst dieses Mal hatte der Urwald ihnen sein wahres Gesicht gezeigt. Die wuchernde Wildnis. Wie eine Meereswoge war sie über ihnen zusammengeschlagen. Verschlingend. Schier undurchdringlich. Dampfend vor feuchter Hitze. Ein höllengrünes Delirium.

Wenige Meilen hinter San Pedro hatte sich ihr Pfad im Unterholz verloren. Zwei Tage lang mußten sie sich mit der Machete einen Weg durchs Dickicht bahnen. In ständiger Angst vor Schlangen und Skorpionen. Verspottet von spindeldürren kleinen Affen, die sie mit Kaskaden von Nüssen bewarfen. Gejagt von schwarzen Keilern, die urplötzlich aus dem Unterholz brachen. Von wilden Hunden verbellt. Von Brüllaffen ohrenbetäubend verhöhnt. Über Tierskelette stolpernd oder strauchelnd auf schimmelgrünem Moos. Aus Angst vor Jaguaren sammelten sie abends mühselig Feuerholz. Das sie nachher nicht anzuzünden wagten, aus Angst vor Kriegern oder Rebellen, die überall im Dschungel lauern konnten. Tatsächlich sahen sie in all den Tagen keine Menschenseele. Aber die grüne Hölle flößte ihnen auch so genügend Schrecken ein. Zumindest den beiden Fratres. Einmal hockten sie sieben Stunden unter einem Busch, während ringsum ein furchtbares Unwetter tobte. Einmal wollten sie abends in eine Höhle kriechen, aus der plötzlich eine riesige Echse hervorschoß, fauchend, mit geblähtem Halssack und schillerndem Schuppenleib. Aber nun konnte ihr Ziel nicht mehr weit sein.

Schritt um Schritt schleppte sich der Pater den steilen Pfad hinauf. Geröll und Wurzeln erschwerten zusätzlich den Aufstieg. Er taumelte vor Erschöpfung, als er die Anhöhe endlich erklommen hatte. Mit dem Ärmel wischte er sich über das schweißnasse Gesicht. Erst als er den Arm wieder sinken ließ, sah er die Augen, die ihn unverwandt anstarrten.

Riesige Augen, reglos und schwarz. Kein Zweifel, dies mußte K'ak'as-'ich sein. Böser Blick.

Ein Geröllfeld von gewaltiger Ausdehnung. In seiner Mitte ragte eine weiße Felswand auf, hundert Fuß hoch und wenigstens dreimal so breit. Zwei Dutzend gigantischer Steingesichter, im Halbrelief aus der Wand gemeißelt, glotzten ihn mit vernichtender Feindseligkeit an. Wäre ich ein kleiner brauner Heide, dachte der Pater, würde ich mich bei diesem Anblick ohne Zweifel krümmen vor Angst. Selbst ihm flößten die Fratzen Grauen ein.

Langsam bahnte er sich einen Weg zu der monumentalen Steinwand. Die Maya schienen sich mit Vorliebe hinter solchen natürlichen Wällen zu verschanzen. Das bedeutete wohl, daß sie auch diesen Koloß überklettern mußten. Dahinter lag höchstwahrscheinlich K'ak'as'ich. Zum Glück schien der Steintrumm höchstens halb so hoch wie der heilige Turm von San Pedro. Was er allerdings durch seine übermäßige Breite mehr als wettmachte.

Die steinernen Gesichter waren in zwei Reihen übereinander angeordnet. Dreizehn Fratzen in der oberen Reihe. Lediglich neun in der Reihe darunter. Alle zweiundzwanzig Gesichter glotzten riesenäugig und so finster wie möglich auf ihn herab. Sicherlich Götzenbilder, dachte er.

Einige Schritte vor der Wand blieb er stehen und sah an der Götzengalerie empor. Holla, was war das? Zwischen den Gesichterreihen zog sich ein waagerechtes steinernes Band entlang. Ein gemeißeltes Relief wie die Götzenbilder selbst. Aber es stellte kein Gesicht dar, sondern verwirrenderweise ein Krokodil. Jedenfalls eine Echse, dachte der Pater und bog den Nacken zurück, um die Bestie schärfer ins Auge zu fassen. Ein gepanzertes Reptil, riesenhaft in die Länge gezogen. Mit gezacktem Schweif und gewundenem Leib. Der Kopf mit der langen Schnauze dem Betrachter zugewandt. Der Rachen aufgerissen, so daß man die Reihen steinerner Zähne sah. Warum auch nicht, dachte der Pater. Wer Dachse und Maiskolben anbetete, mochte getrost auch Alligatoren verehren. Die Verkörperung der Hölle auf Erden.

Er trat einen Schritt zurück und stieß gegen einen großen schwarzen Stein. Der Stein hatte die Umrisse eines niedrigen Tisches. Seine Oberfläche war glatt und stark nach oben gewölbt. Im Licht der sinkenden Sonne funkelte er wie eine sternenklare Nacht. Obsidian, dachte Diego. Von den Maya als Stein der Götter verehrt seit ältester Zeit. So sagte zumindest Hernán.

Nur allmählich beruhigte sich sein Atem. Er blickte über die Schulter. Von Hernán und Cristóbal war noch nichts zu sehen. Einmal mehr fragte er sich, ob er richtig gehandelt hatte, als er Jorge zur Missionsstation zurückschickte. Wie jedesmal kam er zu dem Schluß, daß ihm keine Wahl geblieben war. Der Haß in Jorges Augen, als sie auf dem heiligen Turm den Gekreuzigten fanden. Spätestens da war ihm klar geworden, mit wem ihr schweigsamer Begleiter sympathisierte.

Außerdem brauchte er einen Boten für seinen Brief, in dem er Abt Pedro über seine weiteren Absichten unterrichtete. Also hatte er Jorge befohlen, den Brief zur Station zu bringen und dort bei Miguel zu bleiben, bis sie zurückkehren würden. Raúl sollte das Schreiben zum Kloster weiterbefördern. Bis er dort eintraf, war es für Pedro und seine vatikanischen Besucher jedenfalls zu spät, ihn noch zurückzubeordern. Der neue Missionar Pater Diego Delgado, furchtlos auf dem Weg ins letzte Heidenreich.

Unter diesen Gedanken ging er auf den linken Rand der Götzengalerie zu. Immer wieder stieß er gegen Geröllbrokken, die sich in riesigen Mengen auf der weiten Lichtung häuften. Als wäre hier ein Berg explodiert. Der sonst allgegenwärtige Dschungel zurückgedrängt bis an die Ränder des Trümmerfeldes. Nur hier und dort wuchsen kümmerliche Bäume oder Gestrüpp zwischen den Steinbrocken hervor. Vielleicht war hier tatsächlich einmal ein Vulkan ausgebrochen, dachte Fray Diego, vor langer Zeit. Die Gesichter jedenfalls mußten uralt sein. Nicht nur, weil sie schartig und verwittert aussahen. Mehr noch wegen der Stimmung urzeitlicher Düsterkeit, die von ihnen ausging. Menschenfresserfratzen. Voll archaischem Ingrimm.

Aber warum dreizehn Götzen in der oberen Reihe? Und in der unteren gerade neun? Die Zahlen erinnerten ihn an irgend etwas, das er vor kurzem gehört oder gesehen hatte. Woran nur? Hatte nicht Pablo diese Zahlen erwähnt? Und zwar im Zusammenhang mit der dachsleibigen Göttin? Die trug, wenn er sich recht erinnerte, den unbegreiflichen Namen »Frau Fünf der Urflut«. Und der Maisgötze hieß »Herr Acht der göttlichen Fruchtbarkeit«. Sollte das vielleicht bedeuten, daß die Maya ihre Götter durchnumerierten? Beinahe hätte er laut aufgelacht. *Gott dreizehn, ich bitte dich …*

Abrupt blieb er stehen. Fünf und acht ergaben dreizehn. Ebenso viele Göttergesichter prangten in der oberen Reihe der Galerie. Zufall? Zahlenmagie? Geistesabwesend erwiderte er den Blick eines mondgesichtigen Götzen, der ihn aus tellergroßen Augenhöhlen anstarrte. Nein, er kam nicht darauf.

Dabei spürte er, daß er die Lösung fast schon in Händen hielt. Er schüttelte den Kopf. Später würde es ihm schon einfallen. Gerade dann, wenn er an etwas anderes dachte.

Am Ende der Götzengalerie bog er um die Ecke. Er hatte gehofft, an der linken Flanke des Berges eine Treppe vorzufinden, wie beim heiligen Turm von San Pedro. Aber seine Erwartung wurde enttäuscht. Nach wenigen Schritten versperrte hoch aufgehäuftes Geröll den Weg. Unabsehbar weit zog sich linker Hand das Trümmerfeld dahin. Felsbrocken von drei- oder vierfacher Mannshöhe. Sonnengebleichte Knochen ragten überall zwischen den Trümmern hervor. Geier kreisten über dem Geröllfeld. Nicht weit von ihm lag der Kadaver eines großen Affen, von Felsbrocken zermalmt. Offenbar war es nicht ratsam, sich in dieses Trümmerfeld zu wagen. Eine natürliche Falle, dachte er.

Prüfend sah er noch einmal an der Flanke des Berges empor. Keine Stufen, keinerlei Vertiefungen, die als Tritte dienen könnten. Sonderbar. Hatte er sich also geirrt? Nein, die Siedlung K'ak'as-'ich mußte hier ganz in der Nähe sein. Mit Sicherheit verdankte sie ihren Namen den boshaft stierenden Götzen. Aber vielleicht lag das Dorf nicht direkt hinter dieser Wand. Möglich, daß ihn die scheinbare Analogie zu San Pedro getäuscht hatte. Oder der Aufstieg befand sich an der rechten Bergflanke.

Er wandte sich um und ging zurück. Als er wieder um die Ecke bog, sah er, daß auch Hernán und Cristóbal die Anhöhe erklommen hatten. Zwischen bizarr geformten Felsbrocken ging der Mestize auf die Götzengalerie zu, das Hütchen aus der Stirn geschoben, mit ehrfürchtiger Miene. Der Taufpriester dagegen hatte sich zu Boden fallen lassen, offenbar vollkommen erschöpft. Er lag seitlich auf einer großen Gesteinsplatte, ein wenig nach innen gekrümmt zu der Form eines Halbmondes. Der allerdings in liturgischem Purpur leuchtete statt heidnisch weiß.

Der Halbmond, natürlich! Fray Diego schlug sich mit der Hand gegen die Stirn. Die Zahlen Dreizehn und Neun. Warum hatte er nicht gleich daran gedacht? Dreizehn Silberschnüre hatte Ixkukul in der Missionsstation hinterlassen. Nicht mehr und nicht weniger. An dem Nagel, an dem vorher das Kruzifix hing, Neun weitere Silberschnüre hatte sie ihm in San Pedro zukommen lassen. An dem silbernen Halbmond befestigt, dem Zeichen der Mondgöttin.

Prüfend wandte er sich noch einmal zu den steinernen Fratzen um. Dreizehn Götzen, weitere neun darunter und dazwischen ein Krokodil. Das machte zusammen dreiundzwanzig. Auch der silberne Halbmond von Ixkukul wies dreiundzwanzig kleine Durchbohrungen auf. In den neun unteren waren die Silberschnüre aus San Pedro verknotet. In den letzten Tagen hatte er immer wieder überlegt, ob er auch die dreizehn Schnüre aus der Missionsstation in den Halbmond einfädeln sollte. Aber bisher hatte er sich gescheut, da er nicht wußte, welche Durchbohrung er freilassen sollte.

Jetzt kannte er zumindest diese Antwort. Dreizehn oben. Neun unten. Das dreiundzwanzigste Loch dazwischen blieb frei. Wenigstens fürs erste. Bis er Frau Welle wiedersah. Bei der Vorstellung, daß sie selbst ihm den dreiundzwanzigsten Silberfaden überreichen würde, machte sein Herz einen kleinen Sprung. Am liebsten hätte er den Halbmond gleich wieder aus der Tasche gezogen und sich in seinen Anblick versenkt. Genauer gesagt, in die Träumereien, zu denen das Silber ihn zu beflügeln pflegte.

Aber es war ein unpassender Moment. Eben trat Hernán neben ihn. Unverwandt sah er zu der Götzengalerie empor. Und riß auf einmal die Augen auf.

Fray Diego fuhr herum. Die zweiundzwanzig Götzen glotzten auf sie herab. Aus blutunterlaufenen Augen, wie es dem Pater plötzlich schien. Langsam rollten einige der blutroten Augäpfel hin und her. Da erst verstand er. Aus jeder steinernen Augenhöhle sah ein rot bemaltes Antlitz hervor. Die zweiundzwanzig Götzen glotzten auf sie herab. Aus achtundachtzig Menschenaugen.

K'ak'as-'ich. Jetzt erst begriff er wirklich, woher der Name kam. Alle vierundvierzig Krieger in den Augenhöhlen hielten ihre Blasrohre auf sie gerichtet. *Böser Blick.* Keiner kehrt von hier zurück.

Aus dem steinernen Krokodilsrachen traten zwei weitere Krieger. Hünen, auch nach kastilischem Maß. Nackt bis auf Schamtuch und Stirnband, die mit Jaguarflecken gemustert waren. Entgeistert starrte der Pater sie an. Die beiden mußten Zwillinge sein. Oder mehr noch, der eine des anderen Spiegel. Ihre kraftvollen Gestalten, die Gesichter mit den fliehenden Stirnen, den katzenhaften Augen, alles ununterscheidbar gleich. Auch ihre Bewegungen, als sie auf dem Unterkiefer des steinernen Reptils voranschritten bis zum vorderen Rand. Nun standen sie genau über den Köpfen von Fray Diego und Hernán, die ein Stück zurücktreten mußten, um die kriegerischen Zwillinge nicht aus den Augen zu verlieren.

Der schwarze Stein drückte sich in Diegos Kniekehlen. Weiter zurück ging es nicht. Jetzt erkannte er auch, was die Jaguarzwillinge in Händen hielten. Aber zu spät. Im Flug entfaltete es sich, ein riesiges Netz. Es fiel auf Diego und den Mestizen und riß sie zu Boden. Ehe sie sich wieder aufrappeln konnten, waren die Zwillinge herabgesprungen und schlugen mit hölzernen Prügeln auf sie ein. Im Augenwinkel sah der Pater noch, wie Hernán unter einem Schlag zusammenbrach. Dann traf ihn selbst ein Prügel auf die Stirn, und es wurde schwarz um ihn.

2

»Cha'ac, wir rufen dich an! K'ik! Du Göttlicher, Gebieter des Regens, erhöre unser Flehen! K'ik! Cha'ac, sieh doch, wir bringen dir ein Opfer dar. K'ik!«

Anscheinend hatten sich alle Bewohner von K'ak'as-'ich dort unten versammelt. Aus hundert Kehlen trillerte immer wieder der nadelspitze Schrei. *K'ik!* Am liebsten hätte sich Fray Diego die Ohren zugehalten. Aber das ging nicht. Er war nahe daran, wieder ohnmächtig zu werden. Doch er wußte, wenn er jetzt das Bewußtsein verlor, war es endgültig um ihn geschehen. Um ihn und um Hernán.

»Cha'ac, wir rufen dich an! K'ik! Du Herrscher der kosmischen Fluten, erhöre unser Flehen! K'ik! Cha'ac, Donnerer der Höhen, sieh doch, wir bringen dir ein Opfer dar. K'ik!«

Die Krieger tanzten um den schwarzen Stein. Vierzig, fünfzig muskelstarrende Gestalten. In blutroter Bemalung, nackt bis auf das Schamtuch im selben grellen Rot. Am Kopf des Opfersteins schlugen drei Halbwüchsige auf hohe schlanke Trommeln ein. Anscheinend in Trance.

Längst war die Nacht herabgesunken. Doch ein weiter Kreis lodernder Fackeln erhellte die Szenerie. Drei Opferpriester beugten sich über den Altar. Auf dem funkelnd schwarzen Stein lag eine helle Gestalt, reglos und schmal. Auf dem Rücken, die Brust emporgewölbt. Diego konnte nicht genau sehen, wer es war. Die Opferpriester, ihre ausladenden, axtförmigen Kopfbedeckungen, versperrten ihm den Blick. Aber glücklicherweise konnte das gefesselte Opfer dort unten nicht Cristóbal sein. Der kleine Taufpriester stand in der Menge, die jenseits der Fackeln einen weiteren Kreis bildete. Dort war es so dunkel, daß der Pater Cristos Gesicht nicht erkennen konnte. Um so deutlicher sah er das purpurne Leuchten seines Ornats. Vielleicht empfanden sie ja vor seiner Priesterrobe Ehrfurcht. Oder warum sonst hatten sie ihn verschont? Als ob es darauf jetzt ankäme. Wichtig war nur, daß nicht Cristóbal dort unten auf dem schwarzen Altar lag.

Dort unten. Dreißig Fuß unter ihnen, wenn nicht mehr. Vor wenigen Augenblicken erst war Diego wieder zu sich gekommen. Da waren er und Hernán noch immer in dem Netz gefangen, das die Jaguarzwillinge auf sie geworfen hatten. Aber sie lagen nicht mehr auf dem Geröllfeld unterhalb der Götzengalerie. Sondern schwebten in der Luft, vor den Götterfratzen. Unter dem Rachen des steinernen Krokodils. An dessen Unterkiefer ihr Netz mit einem einzigen Seil befestigt war. Einem kurzen, äußerst dünnen Seil. Bei der geringsten Bewegung gab es ein unheilvolles Ächzen von sich. Einzelne Fasern waren bereits gerissen. Zweifellos war es mit Bedacht beschädigt worden, damit es zu einem vorbestimmten Zeitpunkt riß. Aus diesem Grund konnte der Pater sich auch nicht die Ohren zuhalten. Oder seine Hände zu irgend etwas anderem verwenden. Sowenig wie Hernán. Sie beide hatten ihre Arme durch die Maschen des Netzes hindurch zu dem Krokodil emporgereckt. Und klammerten sich, jeder an einer Seite, am Unterkiefer der Bestie fest.

»Cha'ac, wir rufen dich an! K'ik! Du Ungestümer, ewig Wandelbarer, erhöre unser Flehen! K'ik! Cha'ac, sieh doch, wir bringen dir ein Opfer dar. K'ik!«

Dreißig Fuß unter ihnen tanzten die Krieger um den Opferstein. Die Trommeln wummerten, dunkel und schnell wie der Pulsschlag des Dschungels. Das Ende, dachte der Pater. Seine Arme schmerzten. Seine Hände begannen sich zu verkrampfen. Lange konnte er sich nicht mehr halten. Er begann zu beten, stumm, doch seine Lippen formten die Worte nach. »Herr, ich bitte dich, laß Gnade walten. Ich befehle meine Seele in deine ...«

Der Atem stockte ihm. Er vergaß sogar, sein Gebet zu beenden. Die Opferpriester unter ihm hatten sich aufgerichtet. So konnte er genau auf den schwarzen Altar sehen. Cristóbal.

Wie war das möglich? Wild sah er um sich. Die Gestalt dort hinten, im purpurnen Ornat. Eben trat sie in den Lichtkreis der Fackeln. Eine Frau. Offenbar genoß sie die bewundernden Blicke der Umstehenden. O mein Gott, dachte Diego. Sie hatten die Beute schon aufgeteilt. Fray Cristo. Kein Zweifel, dort unten lag er. Gefesselt, auf dem schwarzen Altar. Auf der einen Seite hingen seine Beine herab, auf der anderen die zurückgebogenen Arme und sein Kopf.

Anscheinend war Cristóbal bei Bewußtsein. Mit weit aufgerissenen Augen starrte er zu ihnen empor. Seine schmale Gestalt, bleich und rührend schmächtig, zumal aus dieser Höhe. Er war vollkommen nackt. Auf seine linke Brust war ein blutrotes Zeichen gekrakelt. Von der Form eines kleinen Vogels mit angewinkelten Flügeln. Um seine Hüften, unterhalb des Nabels, war ein Band geschlungen, schmal und geradezu blendend weiß. Fray Diego starrte auf den Opferstein hinab. Was hatte es mit diesem Band auf sich? Seine Arme überlief ein Zittern. Er suchte Hernáns Blick. Bat ihn stumm um Vergebung. Was für ein erbärmlicher Beschützer ich bin, dachte er wieder. Um meinetwillen ist der Mestize mit in den Dschungel gezogen. Durch meine Schwäche werden wir hier zusammen verrecken. Gleich. Wenn er losließ. In seinen Fingern war schon kein Gefühl mehr. Er würde es überhaupt nicht merken, wenn seine Hände sich lösten, dachte Diego. Der auf einmal spürte, wie sich etwas an seiner Kutte zu schaffen machte. In Höhe seiner Brust. Ein Tier, dachte er. Eine Tarantel. Oder ein Skorpion. Doch als er den Blick senkte, war es ein kleiner brauner Fuß. Hernán.

Der Mestize hing ihm gegenüber am Unterkiefer des Krokodils. Genau wie er selbst mit den Händen angeklammert. Sein rechtes Bein aber war erhoben wie zu einem Sprung. Sein Fuß drückte sich leicht gegen Diegos Brust. Dann schlüpfte er unter die Kutte des Paters. Wo seine Zehen zu tasten begannen.

Fray Diego verstand. Der silberne Halbmond. Das Zeichen Ixquics. Hernán hatte recht. Es war ihre einzige, ihre allerletzte Chance. Falls er lange genug durchhielt. Falls seine Hände nicht gleich nachgaben und sie beide mitsamt dem verfluchten Netz in die Tiefe stürzten. Und falls diese Wilden überhaupt an eine Mondgöttin glaubten.

Er versuchte sich ein wenig vorzubeugen, damit Hernáns Fuß leichter in die Tasche schlüpfen konnte. Die Tasche war ein einfacher Stoffsack, innen an seine Kutte genäht. Direkt über dem Herzen. Er fühlte, wie Hernáns Zehen den Halbmond packten und zollweise emporzogen. Seine Arme brannten mittlerweile wie Feuer. Er schloß die Augen. Unter ihnen wummerten die Trommeln. Die Krieger tanzten. Die Priester riefen ihre Teufelsgötter an. *»Cha'ac, Schleuderer der Blitze, erhöre unser Flehen!«* Hundert Kehlen antworteten mit dem trillernden Schrei. *»K'ik!«* Diego hatte das Wort vorher nie gehört. Aber was es bedeutete, war nur allzu klar. *Blut.*

Als er die Augen wieder öffnete, glitt eben Hernáns Fuß aus seiner Kutte. Diego senkte den Blick und sah den Halbmond, im Schein der Fackeln funkelnd. Einige Silberfäden waren um Hernáns Zehen geschlungen. Den Fuß zusammengekrampft, daß es beinahe wie eine Faust aussah, zog der Mestize sein Bein unendlich langsam zurück. Meine Hände, dachte Diego. Länger geht es wirklich nicht mehr. Er wagte kaum mehr zu atmen. Starr sah er zu, wie Hernáns Fuß mit dem schaukelnden Halbmond sich senkte. Zu dem Netz hinab, dann in eine Masche hinein. Eine Silberschnur verwikkelte sich in der Masche. Der Mestize keuchte. Zog den Fuß ein wenig zurück. Und schob ihn behutsam noch einmal durch das Netz. Diesmal glitt er mitsamt dem Halbmond hindurch.

Unter ihnen verstummten die Trommeln. Die Krieger beendeten ihren Tanz und blieben stehen, wie versteinert, ihre Leiber glitzernd vor Schweiß. Der mittlere Opferpriester richtete sich auf und hob sein schwarzes Messer in die Luft. Die Menge japste. Cristóbal starrte zu ihnen empor, sein Gesicht leichenfahl und wie zerfallen vor Angst.

In diesem Moment löste Hernán den Griff seiner Zehen. Der Halbmond fiel herab. »Im Namen der Mondgöttin«, rief der Mestize, »laßt uns augenblicklich frei! Wir stehen unter Ixquics Schutz!«

Der Halbmond trudelte herab, glänzend und funkelnd, hinter sich einen glitzernden Silberschweif. Er fiel auf Cristóbals Brust und blieb auf dem gekrakelten roten Zeichen liegen.

Der Opferpriester starrte auf den Halbmond. Ein qualvoll langer Moment verging. Diego spürte, wie ihm die Sinne schwanden. Er biß sich auf die Zunge, um seine letzten Lebenskräfte anzufachen.

Endlich knurrte der Opferpriester einen Befehl. Im selben Moment wurde ihr Netz emporgezogen, in den Rachen des Krokodils. Diego sah eben noch, wie einer der Jaguarzwillinge sich über ihn beugte. Aus dieser Nähe sah der Hüne ehrfurchtgebietend und erhaben aus. Ein Gott, dachte der Pater. Und fiel hinab in den schwarzen Schacht des Schlafs.

3 »Mujanek! Ich verlange euren Zauberer zu sprechen!« Der Pater stemmte die Fäuste in die Hüften. »Verstehst du nicht, was ich zu dir sage?«

Der Wächter glotzte ihn nur an. Grimmig und starr wie die steinernen Fratzen unten an der Wand. Dabei hatte er sich sehr wohl verständlich ausgedrückt, dachte Diego. Schließlich übte er sich seit Tagen fast unablässig im hiesigen Dialekt. Mit Hernán als seinem Lehrer.

»Wie lange wollt ihr uns denn noch hier einsperren?«

Breitbeinig stand der Wächter im Türloch ihrer Rundhütte. Nun fletschte er die Zähne und verschränkte die Arme vor der Brust. Diego sah an ihm vorbei nach draußen, auf den Dorfplatz, wo das übliche Treiben herrschte. Mittagszeit nahte. Frauen saßen schwatzend vor ihren Hütten und lasen Maiskörner oder rupften ein schwarzes Huhn. Kleine Kinder spielten nackt auf dem Lehmboden. Purpurrote Papageien, gravitätisch wie Bischöfe, watschelten zwischen den Hütten umher. Ein schwarzes Schwein wurde über den Platz getrieben. Von einer Palme fiel eine Kokosnuß und platzte krachend auf einem Steinblock auf. Offenbar war der Himmel bewölkt, dort draußen. Aber dieses Draußen war unerreichbar weit entfernt.

Der stämmige Wächter weigerte sich, sie aus ihrer Tür zu lassen. Dabei war keineswegs klar, ob sie als Gefangene angesehen wurden. Oder vielleicht nur als unerwünschte Gäste, die man ein wenig abseits hielt. Bis die Zeremonien beendet waren. Oder der Götterdienst. Die Opferhandlungen. Wie immer man ihre barbarischen Rituale nennen wollte. Der Wächter jedenfalls beschränkte sich darauf, ihre Tür zu blockieren. Ansonsten ließ er keinerlei Feindseligkeit erkennen. Allerdings auch keine Sympathie. Das konnte aber auch Täuschung sein, so oder so. Noch immer hatte Diego Mühe, die Gesten und Grimassen dieser Wilden zu deuten.

Warum beispielsweise starrte der Wächter ihn seit mehreren Minuten mit gefletschten Zähnen an? Grinste er? Oder wollte er ihm vielleicht mit seinem Gebiß imponieren? Nach hiesigem Brauch waren seine Zähne nadelspitz zugefeilt. Die steil zurückweichende Stirn verlieh ihm das Aussehen einer Raubkatze. Seine schwarzen Augen musterten Diego, aufmerksam und kalt.

Schließlich wandte der Pater sich wieder ab und ging zurück in den Hintergrund der Hütte. Aufs neue ließ er sich in seiner Hängematte nieder. Links von ihm schaukelte der Mestize. In der Matte zu seiner Rechten dämmerte Cristóbal.

So ging das nun schon seit drei Tagen. Abends begingen die Bewohner von K'ak'as-'ich ihre satanischen Zeremonien. Die sich bis tief in die Nacht hinzogen, mit donnernden Trommeln und trunkenem Geschrei. Tagsüber dämmerte das Dorf dann anscheinend dahin, betäubt von den Ausschweifungen der Nacht. Denen man sich am nächsten Abend unweigerlich wieder hingab. Mit schrillen Schreien und zweifellos wieder mit blutigem Ritual.

Sonderbarerweise schien das Dorf K'ak'as-'ich *auf* dem Steinkoloß zu liegen, dessen Front mit den Götzenreliefs bedeckt war. Und nicht etwa hinter der monumentalen Wand, wie er anfangs vermutet hatte. Durch das Türloch konnte Diego zwar nur einen begrenzten Ausschnitt ihrer Umgebung sehen. Aber es war offenkundig, daß sich das Dorf auf einem Plateau befand. Der Dschungel schien von hier aus weit zurückgedrängt. Und überdies in die Tiefe gedrückt. Wie ein unterworfener Feind.

Offenbar fanden die Zeremonien allesamt am Fuß des Plateaus statt. Vor der Götzengalerie, im Umkreis des schwarzen Altars. So daß er nicht einen Blick mehr auf das teuflische Treiben werfen konnte, seit die Jaguarzwillinge ihn und Hernán in den Rachen des Krokodils gezogen hatten. Nicht, daß es ihn gelüstet hätte, an weiteren Opferritualen teilzunehmen. Aber seit er in dieser Hütte wieder zu sich gekommen war, brütete er über einer Frage, auf die er einfach keine Antwort fand. Es war verwunderlich genug, daß es diesen Barbaren gelungen war, derart riesenhafte Fratzen in die Wand zu meißeln. Aber das ließ sich zur Not auch mit primitivem Werkzeug bewältigen, wenn man nur genügend

Zeit und Arbeiter besaß. Vollkommen rätselhaft erschien dem Pater dagegen, was sich *hinter* den Götzengesichtern befand. Immerhin waren vierundvierzig Krieger in den Augenhöhlen der Götzen erschienen. Ganz zu schweigen von den Jaguarzwillingen, die aus dem Rachen des Krokodils marschiert waren. Weshalb Fray Diego seit drei Tagen über der Frage grübelte, ob der Steinkoloß, in den die Götzen eingemeißelt waren, möglicherweise *hohl* war. Und wenn ja, wie sich dies erklärte. Noch nie in seinem Leben hatte er von einem hohlen Berg gehört. Dessen Gipfel vollkommen eben war, so daß man ein ganzes Dorf darauf errichten konnte. Je länger er darüber nachdachte, desto spukhafter kam ihm das Ganze vor.

Noch immer stockte ihm der Atem, wenn er daran dachte, wie er und Hernán in dem Netz gefangen waren. Dreißig Fuß unter ihnen der Opferpriester, der sich anschickte, Fray Cristo zu schlachten. Als er nachher hier in der Hütte zu sich kam, war nur Hernán bei ihm. Wenig später brachten sie auch Cristóbal. Ein ledernes Band um seinen Hals geschlungen, wie bei einem Hund. So trieben zwei Wächter ihn mit Tritten vor sich her. Der Taufpriester war noch immer vollkommen nackt. Auf seiner Brust das blutrote Zeichen, ein hingekrakelter Vogel. Seine Hände hinter dem Rücken gefesselt. Und um den Unterleib trug er immer noch dieses seltsame weiße Band. Sie stießen ihn in die Hütte. Auf Hernáns Frage nach seiner Kleidung, der purpurnen Kutte, zuckten sie nur die Schultern. Und zeigten ihre nadelspitzen Zähne.

Fray Cristo war zu Boden gesunken, besinnungslos. Sie nahmen ihn auf und hoben ihn behutsam in die Hängematte. Durch die Ritzen in den Hüttenwänden sickerte ein wenig Licht ein. Der Pater musterte das Band um Cristóbals Unterleib. Empörung stieg in ihm auf. Und Mitleid mit dem kleinen Taufpriester, der so viel gelitten hatte. Rasch löste er das Band. Hernán streifte sich seine Tunika über den Kopf. Und zog sie dem Bewußtlosen über.

Wozu dieses entwürdigende Band? Teuflisch, dachte der Pater. Und auf unheimliche Weise rätselhaft.

»Seltsam«, sagte auf einmal der Mestize, »ich erinnere mich an einen Vorfall – im Dorf meiner Mutter, Herr ...«

Noch nie hatte er von seiner Kindheit gesprochen. Im traditionellen Schurz stand er da, in der Düsternis ihrer primitiven Hütte. Sein Gesicht war verzerrt – vor Schmerz, wie es dem Pater schien. Aufmerksam sah er den Mestizen an.

»Unser Dorf hieß Santa Veronica. Die weißen Patres gingen in der ganzen Siedlung aus und ein. Wir alle waren getaufte Christen, Herr. Ohne Erinnerung an die Götter unserer Ahnen. Bis eines Tages ein Mayapriester in unserem Dorf erschien. Er sagte ...«

Hernán zögerte. Seine Rechte ruhte auf dem Rand der Hängematte, in der Fray Cristo lag, noch immer besinnungslos. »... sagte, daß er ein Priester eines alten Gottes namens Cha'ac sei. Er selbst war schon ein alter Mann. Seine Gestalt fleischlos, das Gesicht eingefallen. Sein Gott aber, so erklärte er, sei noch unendlich viel älter. Älter auch als alle Götter der weißen Eindringlinge. Und mächtiger. Cha'ac. Der Donner- und Regengott.«

Während Hernán sprach, wiegte er Cristóbals Hängematte hin und her. Wie bei einem kleinen Kind. Und offenbar ohne zu bemerken, was er da tat. Er wirkte benommen. Der Pater fragte sich, ob er gleich wieder eine seiner Absenzen erleiden werde. Aber er ließ ihn gewähren.

Der alte Priester, so Hernán weiter, beteuerte, er sei gekommen, um den Bewohnern von Santa Veronica beizustehen. Cha'ac um Regen anzuflehen, nachdem es seit Monaten nicht mehr geregnet hatte. Die Maisernte war in Gefahr. Eine Hungersnot drohte. Und die weißen Priester wußten offenbar keinen Rat. Ihre Götter waren machtlos. Cha'ac aber würde es regnen lassen. Wenn man ihn nur richtig bat. Und die vorgeschriebenen Opfer brachte.

»Als erstes verlangte er, daß alle kleinen Kinder auf einem umzäunten Platz zusammengetrieben wurden. Von dort konnte niemand fliehen, als er sich unter sie mischte – unter uns. Dann begann er uns zu schlagen. Wahllos. Jeden, den er gerade zu fassen bekam. Nicht lange, und wir alle weinten.

Aber der alte Priester war es noch nicht zufrieden, Herr. Er stieß uns seine knochige Faust in den Bauch. Er versetzte uns Ohrfeigen. Wir winselten und flehten. Die Tränen liefen uns über das Gesicht. Der Priester keuchte. Endlich ließ er von uns ab. Mit einem großen, modrig stinkenden Lappen wischte er jedem von uns über das Gesicht. Dann krochen wir nach Hause, zu unseren Müttern. Der Priester aber entzündete ein Feuer. Auf dem Platz, der mit unseren Tränen getränkt war. Unter die Holzscheite schob er den Lappen, der von unseren Tränen troff.«

Der Mestize versetzte Cristóbals Hängematte einen abschließenden Stoß. Dann wandte er sich um und trat vor die Hüttenwand. Mit dem Rücken zu Fray Diego sprach er weiter, so leise, daß der Pater seine Worte kaum verstand.

»Eine Stunde später bedeckte sich der Himmel, Herr. Alle Bewohner von Santa Veronica versammelten sich um das Feuer. Das Tränenopfer hat Cha'ac gefallen, sagte der alte Priester. Dann schrie er Zauberformeln. Ächzte Beschwörungen. Das Feuer dampfte von unseren Tränen. Aber es wollte einfach nicht regnen. Cha'ac verlangt weitere Opfer, sagte der Priester. Er ließ seinen Blick über die Menge gleiten. Dann deutete er auf vier kleine Jungen, die bei ihren Müttern standen. Der vierfaltige Cha'ac fordert Blut, sagte er.«

Und einer von diesen vier warst du? Der Pater wagte nicht zu fragen. Hernáns Schultern bebten.

»Er befahl den Müttern der vier Jungen, ihre Kinder festzuhalten. Damit sie nicht fliehen konnten. Schreiend wanden sie sich im Griff ihrer Peiniger. Eine Art Bann hatte das ganze Dorf befallen. Alle sahen zu, niemand griff ein. Der Priester befahl, den Unterleib der Opfer zu entblößen. Er ließ sie fesseln und rücklings auf den Boden legen. Unter den Augen des ganzen Dorfes zog er vier weiße Bänder aus der Tasche, genau solche, wie vorhin Cristóbal eines trug. Er kniete neben den kleinen Jungen nieder. Schlang jedem ein Band um die Hüften, mit dem er ihnen das Schamglied auf dem Bauch fixierte. Dann zog er einen Dolch aus seinem Gürtel. Schwarz.

Mit einer Klinge aus Obsidian. Das Opfermesser des alten Volkes, Herr.«

Der Pater spürte, wie Übelkeit in ihm aufstieg. Derart blutigen Geschichten waren seine Nerven nicht gewachsen. Zumal er immer noch befürchtete, daß Hernán sich als eines der kleinen Opfer erweisen würde. Hör auf damit, wollte er sagen. Ich kann mir schon denken, wie es weitergeht. Aber da wandte sich der Mestize wieder um und sah ihn an. Seine Augen glühend vor Hohn.

»Der Priester sagte, daß die Götter es liebten, wenn man ihnen gerade auf diese Weise opfere. Mit raschen Schnitten zeigte er, wie es den Göttern wohlgefällig war. Blut troff aus der Wunde des ersten Opfers und färbte das Band um seinen Leib. So also war es den Göttern angenehm? Die Bewohner von Santa Veronica standen wie erstarrt im Kreis. Grauen in den Gesichtern. Und sahen zu, wie der Priester sich über das nächste Opfer beugte. Mit raschen Schnitten, und wieder tropfte Blut. Das dritte weiße Band färbte sich blutrot.

Dann das vierte. Plötzlich kam Wind auf. Die Opfer winselten. Es begann zu donnern. Der Priester heulte Beschwörungen. Das Blut tropfte von den zerfetzten Vorhäuten und färbte die weißen Bänder leuchtend rot. Für jede der vier Winde und Himmelsrichtungen eins. Wie der Priester neben seinem Geheule und Geächze erklärte. Die Opfer wanden sich und flehten. Auf einmal verfinsterte sich der Himmel. Schwarze Wolken zogen auf. Der Donner wurde lauter. Voller Erstaunen sahen alle in die Höhe. Und dann …«

Aus glühenden Augen starrte Hernán den Pater an. Sein Mund zuckte. Ungewiß, ob vor Rührung oder Hohn. Cristóbal seufzte leise im Traum. Der Wächter vor ihrer Hütte unterhielt sich halblaut mit einem anderen Bewaffneten. Wachablösung.

»Dann sprengte eine Hundertschaft königlicher Soldaten ins Dorf. Der Teufelspriester. Sie waren ihm seit Wochen auf der Spur. Diesmal hatten sie ihn ertappt. In seiner Hand noch das blutige Messer. Zu seinen Füßen die wehrlosen Opfer. Mißhandelt und verstümmelt. Auf eine Weise, die nur ein teuflischer Geist ersinnen kann.

Der Priester heulte noch immer Beschwörungen, als sie ihn packten, Herr. Er wurde in den Kerker von San Benito geschleift. Der Inquisitor von Merida, hieß es, sei bereits unterwegs. Aber es dauerte Monate, bis der alte Priester wegen Zauberei und Teufelsbuhlschaft angeklagt wurde. Monate, in denen es unablässig regnete. Noch an dem Tag, als der Priester verhaftet wurde, hatte der Regen eingesetzt. Wahre Sturzfluten ergossen sich auf die ausgedorrte Erde. Der Inquisitor saß irgendwo im Dschungel fest. Alle Pfade waren in Gießbäche verwandelt. Er mußte warten, bis der Regen nachließ.«

Hernán fletschte die Zähne. Ein äußerst grimmiges Grinsen, wenn überhaupt. Noch niemals hatte der Pater ihn so lange sprechen hören. Und derart bewegt.

»Sogar die Hinrichtung des alten Priesters mußte mehrfach verschoben werden. Endlich gelang es, den Scheiterhaufen in Brand zu setzen. Auf dem Platz am Hafen von San Benito, Herr. Es tröpfelte noch vom Himmel, als der alte Priester in Flammen aufging. Wieder heulte er Beschwörungen, aber diesmal ließ sein Gott ihn im Stich. Der große Regen endete am selben Tag, an dem der Priester des Regengottes verbrannte.«

Hernán verstummte. Unverwandt sah er den Pater an. Zweifellos erwartete er eine Antwort. Aber auch Fray Diego schwieg. Was konnte er schon zu dieser Geschichte sagen? Was bewies sie? Daß der Christengott mächtiger als die alten Götzen war? Vielleicht. Auch wenn es dem Mayapriester anscheinend gelungen war, seinen Götzen zu erweichen. Aber mit welch abscheulichen Mitteln. Die alten Götter waren Dämonen der Hölle, das zumindest zeigte die Geschichte mit krasser Deutlichkeit. Nur der Teufel kam auf die Idee, seine Anhänger auf solche Weise zu entwürdigen. Sich an ihrer Demütigung zu weiden. Ihren Tränen, ihrer Scham und ihrem Blut.

»Eine furchtbare Geschichte.« Er betete darum, daß Hernán nicht zu den vier kleinen Opfern gehört hatte. Aber noch immer wagte er nicht, ihn danach zu fragen. Was für ein blutiger Unfug, dachte er. Nur der Satan konnte Menschen derart verblenden. Die Geschichte verwirrte ihn mehr, als er eingestehen mochte.

Erleichtert stellte er fest, daß der Taufpriester in seiner Hängematte zu sich kam. Er beugte sich über ihn. Eben schlug Cristóbal die Augen auf.

Draußen begann es zu regnen.

4

»Ko'ten!« Mit seinem Speer deutete der stämmige Wächter auf Fray Diego. Auch der Mestize wollte aus seiner Hängematte springen, aber der Wächter schüttelte den Kopf.

Diego erhob sich. Im Türloch wandte er sich noch einmal zu Hernán und Fray Cristo um. Mit den Augen machte er ihnen Zeichen. Keine Sorge. Dann folgte er dem Wächter nach draußen.

Vor der Hütte blieb er für einen Moment stehen. Endlich wieder frei. Er wußte, daß es eine trügerische Freiheit war. Aber der Eindruck war überwältigend, nach all den Tagen in Enge und Düsterkeit.

Der Dorfplatz, kreisrund, gestampfter Lehm. Umgeben von Rundhütten, vor denen Frauen saßen, über häusliche Arbeiten gebeugt. Scharen kleiner Kinder, die zu ihren Füßen spielten. Ein halbes Dutzend schwarzer Hühner, die arglos über den Platz stolzierten, nach Körnern pickend. Helles Kinderlachen, vermischt mit dem Gackern des Federviehs. Wie fern der Dschungel von hier aus schien. Ein Bild wie aus dem Paradies. Sofern man außer acht ließ, daß auch in dieser Nacht wieder die Trommeln gedröhnt und die Priester ihre Beschwörungen geschrien hatten.

Vesperzeit nahte. Im schrägen Licht der Nachmittagssonne ging Diego über den Platz. Der Wächter war ihm ein Dutzend Schritte voraus. Warum wartete er nicht auf ihn? Hatte er keine Sorge, daß sein Gefangener entfliehen könnte? Diegos Blick blieb an der Gestalt einer jungen Frau haften. Sie lehnte an einer Hütte, den Kopf gesenkt. Ixkukul? Er spürte einen Stich in der Brust. Dann blickte sie auf, und ihr Gesicht war gräßlich entstellt. O mein Gott. Er stöhnte auf. Ein Labyrinth aus Narben und Geschwüren. Die Haare sträubten sich ihm. Noch immer starrte er sie an. Es war nicht Ixkukul, sie durfte es einfach nicht sein. Aber was war mit dieser jungen Frau geschehen? Verstümmelt bei einem Opferritual?

Endlich gelang es ihm, seinen Blick von ihr loszureißen. Der Wächter war verschwunden. Zahlreiche Pfade zweigten zwischen den Hütten ab. Er sah sich nach allen Seiten um. Wieder blieb sein Blick an der jungen Frau haften. Diesmal schien sie zu bemerken, daß er sie ansah. Sie löste sich von der Hüttenwand und kam mit raschen Schritten auf ihn zu.

Ein Alptraum, dachte der Pater. Wild sah er sich abermals um. Von dem Wächter noch immer keine Spur. Unaufhaltsam kam die junge Frau näher. Fiebrig rot leuchteten die Geschwüre in ihrem Gesicht. Die Narben verliefen kreuz und quer über ihre Wangen. Auch ihre Arme, ihre Beine, die aus der Tunika hervorsahen, waren mit Narben und entzündeten Wunden übersät. Dann stand sie vor ihm. Fassungslos sah er auf den Stummel ihrer Zunge, der sich wie ein Klöppel in ihrem Mund bewegte. Gurgelnde Laute drangen hervor. Die Narben auf ihren Wangen zuckten.

Da wandte er sich um und stürzte davon, zwischen Hütten und Palmen, aufflatternden Hühnern und kleinen Hunden, die winselnd an ihm emporsprangen. Hinter sich hörte er die Laute aus dem Mund der jungen Frau. Dann ein helles, sirrendes Geräusch in der Luft. Er spürte einen Ruck an seiner Kehle. Eine Schlinge. Der Pater stürzte zu Boden.

Diesmal verlor er nicht das Bewußtsein. Dabei hätte er sich in diesem Moment nichts sehnlicher gewünscht. Die junge Frau mit dem entstellten Gesicht beugte sich über ihn. Im Ausschnitt ihrer Tunika sah er ihren schlanken Leib, übersät mit Wunden und Narben. Und den silbernen Halbmond, der an neun, dreizehn, zweiundzwanzig Silberschnüren zwischen ihren Brüsten schaukelte.

Jemand reichte ihr einen Becher. Sie kniete sich neben Diego und schob eine Hand unter seinen Kopf. Der Pater wollte sich sträuben, doch sein Widerstand brach sofort. Zu seinen Füßen stand der Wächter, den Speer in Schulterhöhe erhoben. Diego hob seinen Kopf. Die junge Frau führte den Becher an seine Lippen. Ein würziger Geruch stieg ihm in die Nase. Waldgeruch, Pilze, dachte er. Dann rann ihm der Trunk in den Mund. Er schluckte und rang um Luft. Verspürte einen jähen Brechreiz. Das Zeug schmeckte widerlich. Wie aus Moder und Schimmel angerührt. Er verschluckte sich und hustete. Sein Blick irrte über das Gesicht der jungen Frau. *Ixkukul?* Er fragte es mit den Augen. Keine Antwort. Unerbittlich zwang sie seinen Mund auf und goß ihm den Höllentrunk in den Rachen. Bis der Becher endlich leer war.

So leer wie sein Kopf.

Er sah um sich. Dunkelheit. Versuchte sich zu erinnern, wie er hierher geraten war. Nichts. Alles um ihn still und schwarz. Mit den Händen tastete er durch die Luft. Über den Boden. Er lag auf einem steinernen Untergrund. Es war erstaunlich kühl. Zum ersten Mal seit langen Wochen fröstelte er.

Die entstellte Frau fiel ihm ein. O Herr im Himmel, betete er, mach, daß es nicht Ixkukul war. Er schloß die Augen. Auf einmal sah er vor sich einen Wirbel leuchtender Farben. Der Becher, dachte er, der Trunk. Ein Rauschmittel, damit er auf ihren faulen Zauber hereinfiel. Aber er würde es ihnen zeigen. Doch als er die Augen wieder öffnete, sah er weiterhin vor sich den leuchtend bunten Mahlstrom. Einen Schacht, dessen fieberfarbene Wände sich mit irrwitziger Geschwindigkeit drehten. Wie mit tausend leuchtenden Spiralen sogen sie ihn in sich hinein. Steil abwärts, in schwindelerregende Tiefe.

Ganz tief unten, am Ende des Schachtes, sah er eine schattenhafte Gestalt, *»Mujanek!«* Er hatte es schreien wollen. Doch kein klarer Laut drang an sein Ohr. Nur ein schriller, in die Länge gezogener Schrei. Jetzt erst begriff er, daß er selbst diesen Schrei ausstieß. Er fiel. Kopfüber stürzte er in den Schacht hinein. Wie die silberne Frau von der Ceiba gesprungen war, hundert Fuß tief in den Cenote. Die farbigen Spiralen wirbelten über die Wände. Die anscheinend aus spiegelndem Glas bestanden. In allen Farben warfen sie sein Bild zurück. Wie er kopfüber in die Tiefe stürzte, mit wehenden Haaren und gesträubtem Bart. Die Arme ein wenig abgespreizt, seine Kutte im Flug emporgerutscht bis über die Knie.

Er spürte eine würgende Angst. Dabei wußte er, in einem Winkel seines Geistes, daß er nicht wirklich zur Hölle fuhr. Noch nicht, genauer gesagt. Sein Sturz war Illusion. Hervorgerufen durch das Rauschmittel, das sie ihm eingeflößt hatten. Und durch sonstige Kunstgriffe, die diese Satanspriester zweifellos beherrschten. Aber es ist nicht die wirkliche Hölle, dachte der Pater. Der in diesem Moment auf etwas Weiches, Fleischiges, dabei unangenehm Kaltes prallte. Unwillkürlich klammerte er sich daran fest.

Die leuchtenden Farben waren erloschen. Wieder umgab ihn Dunkelheit. Behutsam tastete er umher. Jetzt erst erkannte er, worauf er lag. Bäuchlings. Auf einem Körper. Der nackt war. Zweifellos weiblich. Und ebenso zweifellos tot.

Mit fahrigen Bewegungen erhob sich der Pater. Im selben Moment flammten um ihn herum vier, sieben, neun Fackeln auf. Blinzelnd sah er um sich. Und hätte beinahe aufgeschrien. Leichen, wohin er auch blickte. Frauen, Männer, Kinder. Sorgsam nebeneinander auf den Boden gebettet. Allesamt nackt. Viele von ihnen so gräßlich verstümmelt wie die junge Frau, die ihm den Trunk eingeflößt hatte. Dennoch wirkten sie seltsam friedlich. Fast so, als ob sie lediglich schliefen. Benommen ließ er seinen Blick über die Leichen schweifen. Zwei Dutzend Tote, wenn nicht mehr. Und nicht einer von ihnen wies die typischen Merkmale auf. Kein Verwesungsgeruch. Keine dunklen Flecken auf der Haut. Entweder, dachte der Pater, auch diese Toten waren bloße Illusion, hervorgerufen durch den Trunk. Oder sie alle waren mit dem Balsam des Zauberers Mujanek bestrichen worden.

Er wagte es nicht, die Augen zu schließen, aus Angst, daß ihn der leuchtende Farbwirbel abermals ergreifen würde. Rasch ging er zwischen den Toten hindurch, auf einem Pfad, der aus dem Kreis der Fackeln hinausführte. *»Mujanek!«* Diesmal kam ihm seine Stimme völlig klar vor.

Niemand antwortete ihm. Er ließ den Kreis der Fackeln und der Toten hinter sich. Mit jedem Schritt wurde es wieder düsterer. Doch in weiter Ferne sah er eine Reihe heller Flecken, wie unregelmäßig geformte Fenster in einer Wand. Auf diese lichten Flecken ging er zu. Er wunderte sich, wie klar sein Geist auf einmal wieder arbeitete. War die Wirkung des Rauschtrunks bereits verflogen? Seine Schritte hallten. Anscheinend befand er sich in einem ausgedehnten Gewölbe. Aber das war …

Er blieb stehen und faßte sich an die Stirn. Doch, es paßte zusammen. Auch sein Sturz in die Tiefe war anscheinend nicht nur Illusion gewesen. Zwar durch allerlei Täuschungen verfremdet und untermalt. Aber wenn er nicht sehr irrte, mußten sie ihn oben auf dem Dorfplatz tatsächlich in einen Schacht geworfen haben. Der in das Innere des Berges führte. Was bedeutete, daß der Berg tatsächlich hohl war. Und die hellen Flecken dort vorn waren die Augenhöhlen der Götzen, kreisrunde Riesenlöcher in der Vorderfront des hohlen Berges.

Mit tastenden Schritten ging er weiter. Auf einmal war ihm, als greife im Dunkeln etwas nach seinem Fuß. Oder jemand. Unwillkürlich sprang er zur Seite. Und spürte deutlich, wie er auf etwas Weiches trat. Eine Hand, dachte er, oder ein nackter Fuß. Vom Boden her drang leises Stöhnen zu ihm. Er bezwang das Grauen, das in ihm aufsteigen wollte, und beugte sich hinab. Mit bebenden Händen zog er einen Kerzenstummel aus seiner Kutte. Endlich fand er auch ein Schwefelhölzchen und zündete die Kerze an.

Tatsächlich, dort lag jemand. Ein Gesicht zeichnete sich ab. Die Augen weit aufgerissen, auch der Mund geöffnet, doch kein Laut drang hervor. Der Pater kniete neben der Gestalt nieder. Ein Mann, braunhäutig, noch jung an Jahren. Er lag auf seiner linken Seite, die Rechte reckte er zu Diego empor. Seine Füße scharrten auf dem Boden, als versuchte er sich voranzuschlängeln. Aber er kam keinen Zollbreit vom Fleck.

Der Pater ergriff die ausgestreckte Hand, um den Mann emporzuziehen. Voller Entsetzen ließ er sie gleich wieder fahren. Die Hand war eiskalt. So kalt wie der Leichnam, auf den er vorhin gefallen war. Aber wie war das möglich? Dieser Mann hier war offenkundig noch am Leben! Wenn auch so nackt wie die Toten dort hinten beim Schacht. Er zwang sich, die Kerze näher an den Mann heranzuführen. Dieser hier wies zumindest keine Narben oder sonstige Entstellungen auf. Wieder reckte er die Rechte zu ihm empor. Doch der Pater konnte sein Grauen nicht länger bezwingen. Er beschirmte seine Kerze mit bebender Hand und hastete weiter.

Endlich gelangte er in den vorderen Teil des riesenhaften Gewölbes. Durch die Augenhöhlen der Götzen drang Sonnenlicht ein und malte runde Lichtflecken auf den Boden. Hier war es auch erheblich wärmer als hinten in der Finsternis des Berges. Der Pater löschte seine Kerze. Auf einmal begann sein Herz heftig zu klopfen. In seinen Ohren erhob sich ein Tosen. Eine Stimme in seinem Inneren zischte: *Gefahr!*

Mit zögernden Schritten ging er weiter auf die Bergwand zu. Das Zentrum der kreisrunden Durchbrüche bildete ein schmaleres Loch, durch das ein gezacktes Lichtmuster auf den Boden fiel. Das Profil eines Krokodilkopfes, den Rachen weit aufgerissen. Im Halbschatten dahinter ein unförmiger Thron. Darauf hockte die schemenhafte Gestalt, die er vorhin schon am Boden des Schachtes gesehen hatte.

»Mujanek.« Er flüsterte den Namen. Der Schemen auf dem Thron blieb regungslos. »Mujanek!« Diesmal schrie er. Seine Stimme widerhallte in dem gewaltigen Gewölbe. Doch die Gestalt über ihm bewegte sich nicht.

Da vernahm er eine Stimme an seinem Ohr. »In den Staub! Wenn dich sein Blick trifft, bist du tot!«

Es war mehr ein Würgen und Gurgeln als menschliche Laute. Er spähte zur Seite und sah in das verstümmelte Gesicht jener jungen Frau. Wieder fuhr er zusammen. Dann spürte er ihre Hand auf seiner Schulter. Mit erstaunlicher Kraft drückte sie ihn zu Boden. Schulter an Schulter lagen sie vor dem Thron des Zauberers im Staub.

»Die Priesterin Ixquics hat mich gebeten, dein Leben zu schonen, weißer Wurm. So sei es.« Mujaneks Stimme klang überraschend dünn. Schütter und greisenhaft. »Aber ich werde deinem Leben zugleich eine neue Richtung geben. Ich befehle dir, krieche nach Tayasal und berichte dem Canek, was du in K'akas-'ich gesehen hast. Wie mächtig Mujanek ist. Mein magischer Balsam hält die Fäulnis von den Toten fern. Meine Zauberkraft erweckt selbst Leichname wieder zum Leben! Was vermag dagegen der Lahkin, sein Hohepriester?« Seine Stimme überschlug sich. Sekundenlang war nur ein heiseres Hüsteln zu hören.

Der Pater versuchte zu dem Thron emporzuspähen. Doch das Mädchen neben ihm hatte die Bewegung gespürt und drückte seinen Kopf zu Boden. Mit einer Hand so kalt wie Stein.

»Kann auch der Lahkin das Fleisch der Toten öffnen«, fuhr Mujanek fort, »und die Keime der Fäulnis herausziehen? Kann er die Wunden wieder schließen und magisch balsamieren – worauf der Leichnam zu neuem Leben erwacht? Krieche nach Tayasal, weißer Wurm. Berichte dem König, was du gesehen hast. Und nun fort mit dir!«

»Habt tausend Dank, mächtiger Mujanek.« Diegos Stimme klang in seinen eigenen Ohren dumpf. Noch immer drückte die junge Frau seinen Kopf auf den Boden. »Gern will ich in Tayasal verkünden, was Ihr mir aufgetragen habt. Aber so kann ich nicht gehen.« Gegen den Widerstand der kalten Hand erhob er sich auf die Knie. Nur seinen Kopf hielt er vorsichtshalber gesenkt. »Bitte beantwortet mir vorher noch eine Frage. Ich flehe Euch an.«

Keine Antwort. Die Hand war auf seine Schulter gerutscht. Durch den groben Stoff seiner Kutte hindurch spürte er ihre Kälte. Das Herz pochte ihm bis zum Hals. Aber ihm blieb keine Wahl. Er war gekommen, um seine Frage an Mujanek zu richten. Erhielt er keine Antwort, so war seine Hoffnung ohnehin zunichte. Seine letzte Chance, jemals wieder dieser grünen Hölle zu entrinnen.

»Das ganze Land ist aufgeschreckt, mächtiger Mujanek.« Er sprach langsam, unbeholfen. Aber er hatte sich seine Rede seit Tagen zurechtgelegt. Mit der Hilfe Hernáns. »An verschiedenen Orten hat es Morde und Massaker gegeben im Namen der alten Götter. Die Leichen der Opfer verwesten wie jeder gewöhnliche Leichnam. Dennoch wurden sie von allen aasfressenden Tieren verschmäht. Eine Wirkung, die, wie man mir sagte, allein Euer Balsam zu erzielen vermag. Daher meine Vermutung, glanzvoller Zauberer, daß Ihr die Betreffenden kennt. Ich bitte Euch unterwürfig, mir zu sagen, wie sie heißen und wo ich sie finden kann.«

Ohne die Gefahr zu bedenken, hob er seinen Kopf. Hoch über ihm thronte der Zauberer, ein dürftiges Männchen mit grauem Haar. Doch eine große Kraft ging von Mujanek aus. Der Blick seiner Augen war durchdringend. Wie eine Klinge aus Obsidian.

»Soll ich dich doch noch den Göttern schenken, unverschämter Wurm?« Der Zauberer schnaubte. »Leichname, die mit meinem Balsam präpariert wurden, sind nicht nur vor aasfressenden Tieren gefeit. Sondern auch vor Fäulnis und Verwesung. Gewiß, deine Verschwörer waren hier in K'ak'as-'ich. Aber sie haben vergeblich um Beistand gebettelt. Solange der Canek nicht anerkennt, daß Mujanek mächtiger ist als sein Lahkin, wird ihnen keine Hilfe zuteil. Auch nicht im Kampf gegen unseren gemeinsamen Feind. Ihre Namen willst du wissen? Ich kenne sie nicht. Außer Ixkukul ...«

Außer Ixkukul. Wie Donner hallten die Worte in ihm nach.

Mujanek ließ ein meckerndes Lachen ertönen. »Du fragst, wo du diese Leute finden kannst? Du flehst mich an, dieses Geheimnis zu lüften? Haben die Götter allen weißen Würmern so wenig Geisteskraft geschenkt wie dir? Kriech nach Tayasal, dort findest du alles, was du suchst!«

Der Zauberer schwieg. Fieberhaft dachte Diego über seine Worte nach. Die Verstümmelte neben ihm war nicht Ixkukul,

Gott sei Dank. Frau Welle war in Sicherheit. Und die Verschwörer kamen also aus Tayasal, dem sogenannten letzten Königreich der Maya. Dorthin hatten sie sich zurückgezogen, vor der Verfolgung durch die königliche Armee. Wenn er sie ausfindig machte und dem Gouverneur von Yucatán auslieferte, mußten die kastilischen und vatikanischen Behörden ihn zum Ausgleich begnadigen. Soweit der gute Teil der Botschaft Mujaneks, dachte Diego. Aber Ixkukul gehörte zu den Verschwörern! Wie konnte er ihr da nach Tayasal folgen? Einer Priesterin der alten Teufelsgötzen, die sicher ebenso mit Blut besudelt war wie ihre Mitverschwörer? Und zwar vor allem mit dem Blut von »weißen Würmern« wie ihm selbst. Sie lockt mich nach Tayasal, dachte er, um mich dort im Tempel ihrer Mondgöttin zu opfern.

Im Augenwinkel nahm er wahr, wie neben ihm etwas aufblitzte. Rasch wandte er den Kopf. Und sah eben noch, wie die entstellte junge Frau ihre Hand mit einem funkelnden Etwas darin erhob. Eine Pfeilspitze, dachte er. Die Hand fuhr herab. Ein stechender Schmerz breitete sich in seinem Arm aus.

»Krieche nach Tayasal, weißer Wurm!« Die Stimme des Zauberers hallte. Da taumelte Diego bereits wieder durch den Schacht, im rasenden Wirbel fieberbunter Farben. Die ihn diesmal aufwärts zogen, zurück in die Oberwelt.

Fünf

1 Schon seit den Morgenstunden hörten sie das Brausen und Rauschen. Mit jeder Meile, die sie vorankamen, schwoll es lauter an. Der Wasserfall. Ihr Ziel konnte nicht mehr weit sein. Lange würde er die Tortur auch nicht mehr ertragen, dachte Fray Diego.

Seit Stunden lag er auf dem Bauch, mit beiden Händen an den Ast geklammert, der links und rechts aus der Trage ragte. Hernán hatte sie aus Ästen und Lianen geflochten, noch in Sichtweite der Götzengalerie. Der Pater unterdrückte ein Stöhnen. Bei jedem Schritt seiner beiden Träger versetzte das Traggestell ihm einen Stoß. Jeder Knochen in seinem Leib schmerzte.

Hernán und Cristóbal, dachte er, mußten zu Tode erschöpft sein. Seit drei Tagen schleppten sie ihn durch den Dschungel. Auf labyrinthischen Pfaden, die sich immer wieder in Sumpf und Dickicht verloren. Zum hundertsten Mal fragte er sich, warum er nicht einfach aufgab. Er war am Ende, seit langem schon. Warum gestand er es nicht endlich vor sich selber ein? Aus dieser wuchernden Verdammnis würde er nicht mehr entkommen. Selbst seine eigenen Beine versagten ihm den Dienst.

Vor ihm trottete der Mestize, behäbig wie ein Maultier. Fray Diego hob den Kopf und spähte an Hernáns schaukelndem Rücken vorbei. Fünfzig Fuß voraus verschwand der Pfad hinter einem Felsbrocken. Von der Siedlung Ixchel war noch immer nichts zu sehen. Doch mit jedem Schritt seiner Träger wurde das Tosen des Wasserfalls lauter.

Ixchel. Frau Regenbogen. Ein seltsamer Name für ein Dschungeldorf. Aber schließlich war in dieser grünen Hölle alles verrückt und verdreht. Er schloß die Augen und versuchte sich den Wasserfall vorzustellen. Vom Himmel stürzend, hundert Schritte tief. Und das Hüttendorf daneben, am Rand der herabtosenden Flut. »Die Stätte der Weiber.« Der Wächter in K'ak'as-'ich hatte Hernán den Ort beschrieben. Ehe er sie wie streunende Hunde aus Mujaneks Dorf vertrieb.

Kriech, weißer Wurm! Eine leere Schmähung, hatte Diego geglaubt. Bis er nach seiner Begegnung mit Mujanek wieder zu sich kam, unter dem Trümmerfeld von K'ak'as-'ich. Im hüfthohen Gras liegend, zu seinen Seiten Hernán und Cristóbal. Vergeblich hatte er sich zu erheben versucht. Mit Beinen, die wie Gallert unter ihm nachgaben. Mujaneks Zauber. *Krieche, ueißer Wurm, nach Tayasal!*

Hinter dem Felsbrocken schwoll das Brausen zu ohrenbetäubendem Donnern an. Hernán blieb unvermittelt stehen. Die beiden setzten die Trage ab. Diego richtete sich auf, soweit seine Beine es ihm erlaubten. Sie alle drei starrten auf das Wasser, das keine zwanzig Fuß vor ihnen in die Tiefe schoß.

Eine flüssige Wand, so himmelhoch, als donnere die Flut direkt aus den Höhen des Herrn herab. Auf einer Breite von wenigstens dreißig Schritten toste sie in die Tiefe. Die Schlucht zu ihren Füßen mochte noch einmal so tief sein wie der Berg vor ihnen hoch. Es war überwältigend. Das Wasser *brüllte.* Die Luft über den Kaskaden war mit Tropfen gesättigt. Nebel schwebten über dem Abgrund und den Bäumen am Rand der Schlucht. Felsen und Erde, Rinde und Steine, alles war mit leuchtend grünem Moos bedeckt. Und über das Wasser wölbte sich ein Regenbogen, von der Schlucht bis in den Himmel hinauf. Umschwebt von Gischt und Nebeln. In der Sonne gleißend. Wie eine Verheißung, dachte Diego.

Kein Zweifel, hier ganz in der Nähe mußte Ixchel sein. Frau Regenbogen.

Er wies Cristóbal und den Mestizen an, seine Trage wieder aufzunehmen. Mit einem Seufzer streckte er sich abermals auf dem vermaledeiten Gestell aus. Diesmal übernahm der kleine Taufpriester die Führung. Fray Diego sah, wie sein schmaler Rücken erbebte, als er hinter sich griff und die Trage packte. Er schien völlig entkräftet. In der weißen Tunika, die Hernán von dem Wächter in K'ak'as-'ich erbettelt hatte, sah er noch bleicher als gewöhnlich aus. Sein Priesterhabit war in Mujaneks Dorf zurückgeblieben. Ebenso wie der Halbmond mit den zweiundzwanzig Silberfäden. Sie hatten buchstäblich nur ihr nacktes Leben gerettet. Und die Lumpen, die sie am Leibe trugen.

Nach wenigen weiteren Schritten endete der Pfad am Abgrund. Schmale Stufen, glitschig und verwittert, führten in die Tiefe, direkt neben der donnernden Wasserwand. Behutsam spähte der Pater in die Schlucht. Die Haare sträubten sich ihm. Alles in ihm bäumte sich auf.

»Bindet mich an der Trage fest.« Er schloß die Augen. Für einen Moment spürte er einen würgenden Brechreiz. »Und dann bringen wir's hinter uns.« Den Abstieg. Das Erdenleben. Oder was auch immer.

Der Mestize löste eine Liane von dem Traggestell. Fray Diego wälzte sich auf den Rücken. Mit raschen Handgriffen schnürte Hernán ihn von der Brust bis zu den Hüften fest. Wieder überlief Diego ein Schauer. Wenn den beiden ihre Last entglitt, würde er mit seinem Höllenfloß hinabrasen auf dem reißenden Wasser bis in die Tiefen der Satanswelt.

Glücklicherweise war diese Treppe nicht annähernd so steil wie der Aufstieg auf den heiligen Turm von San Pedro. Mit gemächlichem Gefälle führte sie in die Schlucht hinab. Die Stufen aber waren schmal und tückisch grün. Von Moos und Flechten bedeckt, die mit Wasser vollgesogen waren. Zuweilen, wenn Hernáns oder Cristos Fuß auf ein Moosstück trat, erklang ein glucksender Laut.

Der Pater klammerte sich an seine Trage und wagte kaum zu atmen. Seine beiden Träger keuchten. Cristóbal ging wieder voraus. Jedesmal, wenn er auf die nächste Stufe trat, kippte der Fußteil der Trage steil nach unten. So daß der Pater für einen Moment fast senkrecht zu stehen kam. In der Luft über dem Abgrund. Direkt neben dem Wasserfall, der von rechts oben herabdonnerte, zum Greifen nah. Dann trat hinter ihm auch der Mestize auf die nächste Stufe, und die Trage senkte sich beinahe in die Waagrechte zurück.

Mit jedem Schritt, den sie hinabstiegen, wurde es düsterer und kühler. Nach etwa hundert Stufen endete die Treppe über einem Felssims. Anscheinend zog es sich nach beiden Seiten an der Schluchtwand entlang. Doch nach wenigen Schritten verlor sich das schmale Felsband hier wie dort im Nebel.

Der Pater deutete nach rechts. Erst als er den Arm ausstreckte, merkte er, daß er am ganzen Leib zitterte. Zu sprechen war unmöglich. Das Brüllen des Wassers widerhallte in der Schlucht. Und in seinem Kopf, so betäubend, daß er Mühe hatte, einen klaren Gedanken zu fassen.

Wieder setzten sich Hernán und Cristóbal in Bewegung. Der Felssims führte seitlich am Wasserfall vorbei. Hier war der Nebel so dicht, daß sie keine drei Schritte weit sehen konnten. Gischt und Tropfen sprühten. Dunkelgrüner Schleim bedeckte die Felsen. Sofort waren sie alle drei bis auf die Haut durchnäßt.

Nach kaum zwei Dutzend Schritten schwenkte das Felsband nach links und verbreiterte sich zu einem kleinen Plateau. Fray Diego blinzelte. Für einen Moment glaubte er zu träumen. Einen durchaus lustvollen Traum. Sie befanden sich *unter* dem Wasserfall. An einem Ort, der einer Höhle ähnelte. Oder einer Grotte. Deren Wände und Decke allerdings überwiegend aus herabstürzendem Wasser bestanden. Dreißig Fuß über ihnen wich die Bergwand in jähem Winkel zurück. So daß das Wasser zu ihrer Linken in freiem Fall hinabtoste.

Die Mitte dieser seltsamen Grotte bildete ein kleiner, kreisrunder See. Mit taumelnden Schritten bewegten sich Hernán und Cristóbal darauf zu. Gischt und Tropfen sprühten von dem donnernden Gewölbe hinab. Ein Dunstschleier schwebte über dem Wasser. Stückweise leuchtete ein Regenbogen im Nebel. Jetzt erst bemerkte der Pater die vielen Gestalten draußen im See. Dutzende Köpfe auf dem Wasser. Schwimmende Schemen. Nahe dem Ufer saßen sie ruhig im Wasser. Oder räkelten sich behaglich in der kristallklaren Flut.

Diego spürte, wie seine Stirn sich rötete. Es war wirklich wie in einem lüsternen Traum. Ein ganzer See voll nackter Frauen. Schimmernde Haut, wohin man auch sah. Dreißig, vierzig Augenpaare blickten ihn aus Dunst und Nebel an. Lächelnd, wie ihm auf einmal schien. Verheißungsvoll.

Ohne recht zu bemerken, was er tat, löste er die Liane, die ihn von der Brust abwärts umschnürte. Unverwandt sah er auf den See hinaus, und für einen Moment schien ihm das Wunder möglich. In den See kriechen und genesen, dachte er. In diese Höhle aus Wasser. Die schimmernde Flut. Jede Welle ein Weib. Jede Berührung Zärtlichkeit. Die nicht nur seine verwunschenen Beine gesunden ließe. Sondern ihn an Leib und Seele heilte.

Er hatte eben den Knoten in der Liane gelöst, als aus dem Nebel ein halbes Dutzend kantiger Gestalten traten. Die Gesichter in grellem Rot bemalt. Sechs Speere richteten sich auf den Pater und seine Gefährten. Sechs Augenpaare starrten sie an, finster und ausdruckslos.

»Ko'ten!«

Der Wasserfall über ihnen donnerte. Diego sah nur die Bewegung der Lippen. Aber er verstand das allzu vertraute Kommando sofort. Augenblicklich hatten die sechs Gestalten sie umringt.

»Ko'tene'ex!« fauchte die Anführerin.

Blutrote Dämonen prangten auf dem Schurz, den alle sechs Kriegerinnen um die Lenden trugen. Mit dem gleichen leuchtenden Rot waren Schenkel und Arme bemalt. Um so nackter wirkten ihre Oberkörper, die im natürlichen Kakaobraun schimmerten. Kampfgewohnte Leiber, dachte Diego. Bar jeder tröstlichen Rundung, sehnig und hart. Leiber, die keine Liebe spendeten noch empfingen. Die Stätte der Weiber. So also hatte Mujaneks Wächter seine Worte gemeint.

Alle mitkommen. Wieder nahmen Hernán und Cristóbal die Trage auf. Schweigend gingen sie am Ufer entlang. Umringt von den Kriegerinnen, betäubt vom Donnern des Wasserfalls und von der neuerlichen Wendung des Geschehens. Der Nebel über dem See war noch dichter geworden. Von den Schwimmerinnen war nichts mehr zu sehen.

2

»Mujanek. Ihr kennt ihn doch bestimmt. Den Zauberer aus K'ak'as'ich. Er hat meine Beine durch ein Gift gelähmt.«

Aufmerksam sah die Heilerin ihn an. Eine junge Frau noch, von schlanker Gestalt. Wenn auch kleinwüchsig wie alle Mayafrauen, die er bisher gesehen hatte. Mit einer Ausnahme. O mein Gott. Wenn er auch nur von fern an Ixkukul dachte, durchfuhr ihn ein schneidender Schmerz. Als ob er sie für immer verloren hätte.

»Wie ist das passiert?« Ihre Stimme paßte zu ihren Augen. Sanft und durchdringend zugleich. »Hat der Zauberer Euch einen Trunk verabreicht? Oder ist das Gift durch einen Stich in Euren Leib gelangt?«

»Beides.« Er selbst erschrak über seine Antwort. Aber es stimmte. Sinnlos, sich etwas vorzumachen. Mujanek hatte ihn gleich zweimal verzaubert. Oder vergiftet. Erst durch den Trunk, den die Entstellte ihm einflößte. Später hatte sie ihm die Pfeilspitze in den Arm gebohrt. Dort unten, im hohlen Berg. Im Gewölbe des Zauberers. Wie immer man die unheimliche Stätte nennen wollte. Er hoffte, daß die Heilerin ihn nicht fragen würde, wo er mit Mujanek zusammengetroffen war. Wann immer er an die Toten im hohlen Berg dachte, überlief ihn ein Schauder. Natürlich glaubte er nicht im Ernst, daß Mujanek Tote wiedererwecken konnte. Vieles, fast alles, was er dort gesehen hatte, war Täuschung gewesen, erzeugt durch den berauschenden Trunk. Gleichwohl fröstelte ihn, wenn er an die Toten dort unten dachte. Ganz zu schweigen von dem kriechenden Leichnam, dessen eiskalte Hand er mit seiner Hand umschlossen hatte.

Er zeigte ihr die Stelle in seinem rechten Arm. Der Einstich war noch immer zu sehen. Für einen Moment war er versucht, die Entstellte zu erwähnen. Hatte die Heilerin je davon gehört, daß Mujanek Tote zu neuem Leben erweckte? Nachdem er »ihr Fleisch geöffnet und die Keime der Fäulnis herausgezogen« hatte? Er verbiß sich auch diese Fragen. Statt dessen bat er sie um ihren Namen.

»Ixtz'ak.«

»Diego Delgado, Priester der Kirche Christi.« Hölzern bewegte sich sein Mund. Noch immer fiel es ihm schwer, die fremden Laute auszusprechen. Jetzt erst bemerkte er, daß sie nicht ihren Namen genannt hatte. Sondern eine Art Titel. *Frau, die heilt.* Er beließ es dabei.

Minutenlang besah sie die kleine Wunde in seinem Arm. Vor einer halben Stunde noch hatte es eher so ausgesehen, als wollten die Kriegerinnen ihm weitere, erheblich größere Wunden beibringen. Mit Mühe war es ihm und Hernán gelungen, sie von ihrer Friedfertigkeit zu überzeugen. Und von der eigentlich unübersehbaren Tatsache, daß er krank war. Verzaubert oder vergiftet. Jedenfalls von den Füßen bis zum Gürtel lahm. Drei Frauen waren vorausgegangen, drei hinter ihnen. So waren sie in das kleine Dorf geführt worden. Das im Wald auf der anderen Schluchtseite lag, einige hundert Schritte abseits von Wasserfall und See. Ixchel. Drei Langhäuser auf einer Lichtung, umgeben von einem kargen Dutzend Rundhütten. Das Donnern des herabstürzenden Wassers war hier zu einem Brausen gedämpft.

Die Kriegerinnen hatten ihn in das kleinste der Langhäuser gebracht. Das Heilhaus der Männer. Ein halbes Dutzend Hängematten hingen nebeneinander unter dem Strohdach. Hernán und Cristo hatten ihn in die erste Matte gehievt, gleich neben dem Türloch. Offenbar war er der einzige männliche Patient. Während nebenan ein buntes Durcheinander zu herrschen schien. Die beiden viel größeren Gebäude dienten als Heil- und Gebärhäuser der Frauen. Von nah und fern strömten die Maya herbei, um sich von den Heilerinnen in Ixchel behandeln zu lassen. Oder um hier ihre Kinder zur Welt zu bringen. So hatte es zumindest die Kriegerin behauptet. Und das Konzert der Schmerzenslaute, die aus den benachbarten Häusern drangen, erlaubte keinen Zweifel an ihren Worten.

Immer noch untersuchte Ixtz'ak die Wunde in seinem Oberarm. In dem Langhaus war es mindestens so düster wie in der Behausung des Kaziken von San Pedro. Aber sie hatte offenbar Katzenaugen. Wie alle Maya.

Endlich ließ sie seinen Arm los und richtete sich auf. »Die Wunde ist von einem roten Ring mit weißen Bläschen umgeben. Ein wichtiger Hinweis.« Sie sprach nüchtern wie ein kastilischer Arzt. Nannte eine Reihe einheimischer Pflanzen, die der Pater nicht kannte. Allem Anschein nach seien diese Stoffe dem Zauber beigemischt.

Seine Hoffnung wuchs. Vielleicht fand sie tatsächlich heraus, mit weichem Gift Mujanek ihn gelähmt hatte. Vielleicht kannte sie sogar ein Gegenmittel, das den Zauber aufhob. Er traute es ihr zu. Gegen seinen Willen empfand er beinahe Respekt vor ihr.

»Jetzt zu Euren Beinen.«

Das hatte er vorausgesehen. Und mehr als alles andere gefürchtet. Noch niemals hatte eine Frau seinen Leib berührt. Ach, Isabel de Cazorla, nicht einmal sie. Die Señorita hatte seine Seele und sein Herz berührt, nicht seine Haut. Nein, keine Frau, zeit seines Lebens. Abgesehen von seiner Mutter, als er ein kleines Kind war. Wie würde sein Körper reagieren, wenn sich auf einmal eine Frau ausgiebig mit seinen Beinen beschäftigte? Wenn sie mit kundigen Händen seine Schenkel hinunter- und vor allem hinauffuhr? Seine unteren Gliedmaßen, dachte der Pater, hatte Mujanek gelähmt. Der satanischste Teil seines Leibes aber war unversehrt. Voll höllischer Erwartung. Bereit, wie ein Sprungfederteufel hervorzuschnellen, sowie sich die Gelegenheit bot.

War es möglich, daß sie sich über seine Pein amüsierte? Seine verkrampfte Haltung war kaum zu übersehen. Aber als er sie scharf in den Blick faßte, wirkte sie nur geschäftig und konzentriert. Mit einer Hand schob sie ihm die Kutte bis weit über die Knie. Fray Diego hielt die Luft an. Mit der anderen Hand fuhr sie prüfend über sein linkes Bein. Nebenan begann eine Gebärende wie in Ekstase zu stöhnen.

»Könnt Ihr etwas spüren?« Er verneinte. Die Gebärende hechelte. Ixtz'aks Hand fuhr höher. »Und jetzt?«

»Mix toj.«

Überrascht schaute sie ihn an. Hatte er da ein Blitzen in ihren Augen gesehen? Sein Gesicht überzog sich mit flammender Röte. Zumal die Frau im benachbarten Gebärhaus nun im Stakkato die immergleichen Silben schrie: *»Ko'ten! Ko'ten! Ko'ten!«*

»Ma.« Er würgte es hervor, mit belegter Stimme. *Nein.* Im Unterschied zu der Floskel, die er zuerst gebraucht hatte. *Noch nicht.* Ein Irrtum, dachte er, leicht zu erklären. Schließlich war er noch ein Schüler in der Sprache der Maya. Trotzdem wollte die Hitze nicht aus seinen Schläfen weichen.

Zu seiner Erleichterung schloß Ixtz'ak ihre Untersuchung gleich darauf ab. »Ein mächtiger Zauber«, sagte sie. »Stark und lange Zeit wirkend. Wer diesem Zauber einmal erlegen ist, kann sich meist nicht mehr befreien. Er bleibt ein Leben lang gelähmt.«

Starr sah der Pater sie an. Ihre Worte waren vernichtend. Warum huschte dennoch ein Lächeln über ihr Gesicht?

»Wenn man diesen Zauber jedoch kennt«, fuhr sie fort, »ist er leicht wieder zu lösen. Sagt mir, weißer Mann, wußte Mujanek, wohin Ihr Euch begeben wolltet?«

»Er selbst hat mich nach Tayasal geschickt. Und sein Wächter hat meine Begleiter angewiesen, diesen Weg zu nehmen, der über Ixchel führt.«

»Tayasal? Woher wißt Ihr von diesem Ort?« Ihre Miene wurde wachsam. Schweigend sah sie ihn an. Doch Diego überging ihre Frage. »Wie auch immer«, fuhr sie nach einem Moment des Wartens fort, »als unser Gast seid Ihr mir keine Auskunft schuldig. Ich verstehe es selbst nicht, aber mir kommt es vor, als *wollte* Mujanek, daß Ihr hier in Ixchel von dem lähmenden Zauber befreit werdet.«

Lange Zeit sah er sie einfach nur an. Erleichterung durchströmte ihn. In all den Tagen, seit er mit lahmen Beinen zu sich gekommen war, hatten in seinem Inneren Schmerz und Entsetzen gelauert. Aber er hatte sich verboten, diesen Gefühlen auch nur einen Augenblick nachzugeben. Was wäre, wenn er für immer gelähmt bliebe? Er hatte sich untersagt, auch nur von ferne über diese grauenvolle Möglichkeit nachzudenken. Der Zauber würde weichen, das Gift würde sich verflüchtigen, und damit würde auch die Lähmung verschwinden wie ein Spuk. Aber je länger der Bann anhielt, desto weniger hatte er selbst noch an diese Wendung geglaubt.

»Heilt mich, ich bitte Euch von ganzem Herzen«, sagte er. »Wenn ich wieder auf eigenen Füßen stehen kann, werde ich Euch erzählen, woher ich von Tayasal weiß. Und warum es mich dorthin zieht.«

Wieder lächelte sie. Wissend, wie ihm nun schien. Was wußte dagegen er von Tayasal? So gut wie gar nichts. Kaum mehr, als er einer bizarren Notiz in Pater Ramóns Aufzeichnungen entnehmen konnte. Bei der es im übrigen auch um einen Fall von Lähmung ging. Er hatte sie so oft gelesen, daß er den Wortlaut auswendig kannte.

»Schon 1524 A. D. hat Hernán Cortés dem sagenhaften Tayasal einen Besuch abgestattet. In einem zeitgenössischen Bericht heißt es: ›Die Indianer von Tayasal glauben, daß ihr König, den sie Canek, *Schwarze Schlange, nennen, unsterblich sei und sich im jeweiligen Herrscher wiederverkörpere. Einer der Begleiter von Cortés ließ bei ihnen ein lahmes Pferd zurück. Cortés versprach ihrem Hohepriester, der bei ihnen* Lahkin, Ende Sonne, *heißt, den Gaul so bald wie möglich wieder abzuholen. Ein launiges Versprechen, das der Konquistador, durch die Eroberung bedeutenderer Landstriche beansprucht, niemals eingelöst hat.‹«*

Nun, inzwischen war es dafür ohnehin zu spät, dachte Diego. Immerhin waren seit damals einhundertzweiundsiebzig Jahre vergangen. Das gesamte Land war von Küste zu Küste längst in christlicher Hand. Das sogenannte letzte Königreich der Maya konnte also nichts Bedeutenderes mehr darstellen als einige Dutzend Buschhütten. Regiert von einem verfetteten Häuptling, der sich für einen wiedergeborenen Götzenkönig hielt.

Ein wütender Babyschrei riß ihn aus seinen Gedanken. Das Gebärhaus. Ein neues Menschlein war geboren worden. Unwillkürlich erwiderte er Ixtz'aks Lächeln. Sie anzusehen tröstete ihn mehr, als er sich eingestehen wollte. Noch ehe der Schrei verklungen war, stimmte mit dünnerer Stimme ein zweiter Säugling ein. »*Lot*«, sagte Ixtz'ak gedämpft. Es klang ehrfürchtig. Er verstand nicht. Fragend sah er sie an. »Zwillinge«, erklärte sie. »Seit ältester Zeit verehren die Maya alle Zwillingspaare als Verkörperung von *lot b'alum*. Den göttlichen Jaguarzwillingen, die vor vielen Zeitaltern die Todesgötter in die Schranken wiesen.«

»Jaguarzwillinge?« Diesmal war es Diego, der aufhorchte. In K'ak'as-'ich waren die Jaguarzwillinge aus dem Rachen des steinernen Krokodils gesprungen. In den Händen ein riesiges Netz, in dem er und seine Gefährten sich verfangen hatten. Schon dort hatte er überlegt, ob sich hinter dem sonderbaren Schauspiel eine heidnische Überlieferung verbarg. »Und wie haben die beiden das angestellt – die Todesgötter in die Schranken zu weisen?«

Die Zwillinge hinter der Hüttenwand schrien sich die Lungen aus den Leibern. Mit allem hätte er gerechnet, nur nicht mit der Antwort, die er nun erhielt.

»Durch ein Ballspiel. Die Jaguarzwillinge sind gegen die Todesgötter angetreten.« Noch immer lächelte sie. Spottfunken glommen in ihren Augen. Sie versuchte nicht einmal mehr zu verbergen, daß seine Verwirrung sie amüsierte. »Die *lot b'alum* haben gesiegt«, fuhr sie fort. »Wenn auch nur mit der Hilfe eines Kaninchens. Seit ihrem Sieg kann jeder Maya wiedergeboren werden. Je nach seinen Verdiensten. In einer der zweiundzwanzig Götterwelten. Oder noch einmal hier in *Mayab*. In der Menschenwelt.«

3 Ein Geruch nach feuchtem Holz und Moos. Zögernd führte er den Becher an seinen Mund. Was hatte er zu verlieren? Nur die Lähmung seiner Glieder. Den Zauber Mujaneks. Außerdem vertraute er dieser Frau. Sie erinnerte ihn an Ixkukul. Ihr kühles, meist so ernstes Gesicht. In dem zuweilen, um so überraschender, ein Lächeln erstrahlte. Wie wenn der Mond aufgeht in schwarzer Nacht.

Er hob den Kopf an und trank. Ein würziger Geschmack, erdig und schwer. Beinahe wie alter Rotwein. Der Trunk rann in seine Kehle. In seinem Inneren breitete sich Wärme aus.

»Ihr werdet jetzt schlafen, weißer Mann. Eine Nacht und einen Tag.« Sie lächelte mit den Augen, über ihn gebeugt. »Und wenn Ihr wieder zu Euch kommt ...«

Was dann? Den Rest ihres Satzes bekam er nicht mit. Aber das machte nichts. Er fühlte sich behaglich wie seit Monaten nicht mehr. Wohlig und geborgen. Eine wunderbare Frau, dachte er. Ixtz'ak würde ihn heilen. Schon ihre bloße Gegenwart tat ihm wohl.

Er versuchte die Augen zu öffnen. Um sie noch einmal anzusehen, ehe er in den Schlaf sank. Aber seine Lider waren zu schwer. Und er spürte ja, daß sie noch immer neben seiner Matte saß. Der Abend konnte nicht mehr fern sein. Den ganzen Tag hatte sie hier bei ihm im Heilhaus verbracht. Und ihm von den Anschauungen ihres Volkes erzählt. Während in den Hütten nebenan die Schreie der Kranken und der Gebärenden, der Sterbenden und der Neugeborenen erklangen.

Zweiundzwanzig Götterwelten. Immer wieder kehrten seine Gedanken zu dieser Zahl zurück. Sie hatte es ihm erklärt. Zu erklären versucht. Ein verwirrender Irrglaube, wie er fand. Mit einem Himmel, der aus dreizehn überirdischen Götterwelten bestand. Und einer Hölle, die sich in neun Unterwelten fächerte. Aber damit nicht genug. In ihrem Himmel regierten keineswegs nur gute Gewalten. Sowenig wie die Unterwelten einfach von bösen Mächten beherrscht wurden. Über seine Frage hatte Ixtz'ak gelächelt. Für einen

Moment war er sich wie ein törichter Schüler vorgekommen. Gut und böse? Eine untaugliche Unterscheidung, laut Ixtz'ak. Die Götter waren launisch. Mächtig, aber wankelmütig. Und vor allem undurchschaubar. Kein Sterblicher hatte je ihr Wollen und Wirken enträtselt.

Natürlich hatte er protestiert. Es gab nur einen Gott. Nicht deren dreizehn. Den Herrn im Himmel, der allmächtig war und gut. Und seinen Widersacher in den Abgründen. Satan, gestürzter Engel, Inbegriff des Bösen.

Er hatte Mühe, ihr seinen Glauben zu erklären. Nicht nur, weil er ihre Sprache nur unzulänglich beherrschte. Sondern mehr noch, weil er selbst seit langem an den Verheißungen Christi zweifelte. Ixtz'ak hatte ihn nur angesehen, mit ihrem schwermütigen Lächeln. Ein Moment des Schweigens, seltsam vertraut. Dann war sie zu den verwobenen Götterwelten ihres Volkes zurückgekehrt.

Dreizehn und neun, dachte er nun, schon am Rand des Schlafs. Zumindest wußte er jetzt, warum die Götzengalerie in K'ak'as-'ich neun Riesengesichter in der unteren und dreizehn in der oberen Reihe aufwies. Das Krokodil dazwischen verkörperte die dreiundzwanzigste Welt. Genannt *Mayab* oder Menschenwelt. So zumindest Ixtz'ak. Mit schwermütigem Lächeln.

Überall in seinem Inneren spürte er die Wärme ihres Trunks. Ihm war, als sinke er tiefer und tiefer in seine Hängematte ein. In den weichen Untergrund des Traums. Die Erde als Krokodil, dachte er. Kein Wunder, daß alle Maya, die er bisher kennengelernt hatte, so düster dreinschauten. Ein Glaube ohne Trost. Oder nicht? Leben hieß, immer laut Ixtz'ak, auf dem Rücken des großen Krokodils umherzutaumeln. Sich an einer Schuppe im Panzer der Riesenechse anzuklammern. Bis man früher oder später dennoch herunterfiel. Und was geschah dann? Während er noch über diese Frage nachsann, schlief er vollends ein.

Im Traum kehrte er nach Xibalbá zurück, in die schreckliche Unterwasserwelt, von der Ixtz'ak ihm vorhin erzählt hatte. Er selbst war Huhnapú, der ältere der göttlichen Zwillingsbrüder. Noch einmal forderte er die Todesgötter zum Kampf heraus. An seiner Seite Ixbalanqué, sein Bruder. *Großer Herr* und *Kleiner Jaguar.* Zwei heldenhafte Jünglinge. Angetan mit Schurz und Stirnband im Muster des gefleckten Todes. Gewappnet nur mit wachem Geist und unbeirrtem Heldenmut. Und mit der magischen Kraft, über die sie als Enkel der Urgöttin Ixmucané verfügten. So schritten sie hinab ins Todesreich.

Die Todesgötter hatten sie zum Ballspiel herausgefordert. Sosehr dieser Gedanke ihn im Wachen verwirrte, so vertraut schien er im Traum. Sie würden mit den Göttern um die Wette Bälle werfen. Verloren sie, so würden die Götter sie töten.

Höhnisch wurden sie von den Todesgöttern begrüßt. Einstod und Siebentod hießen die grauenvollen Herren, Blutflügel und Knochenbrecher, Schädelzertrümmerer und Blutklaue, und sie alle sahen unsagbar gräßlich aus. Kein Sterblicher konnte diesen Anblick ertragen. Er aber erschauerte nur ein wenig, als er vor ihnen stand. Ebenso wie sein Zwillingsbruder. Ihr Blick blieb fest.

Im Haus der Fledermäuse sollten sie nächtigen. Dem furchtbarsten Marterort von Xibalbá. »Kilitz, kilitz«, zirpten die Fledermäuse. Das ganze Haus war voll von ihnen. Aber nicht von den Fledermäusen ging die Gefahr aus. Zu spät erkannten sie die Täuschung. Es war der Palast von Tzotz, dem großen Todessauger. Schon verdunkelten seine Schwingen den Himmel. Durch ein Loch im Dach schwang er sich herein. Sein Gebiß tödlich wie Klingen aus Obsidian. Verloren war jeder, der zwischen seine Klauen geriet.

Huhnapú hob sein Blasrohr, aber zu spät. Noch im Traum spürte er den furchtbaren Schmerz. Die Todesfledermaus riß ihm den Kopf vom Hals. »Kilitz, kilitz!« Er hörte das Zirpen der Fledermäuse. »Huhnapú! Was ist mit dir?« Er hörte auch die Rufe seines Bruders. Aber er konnte nicht antworten. Er war buchstäblich zerrissen vor Schmerz. Sein Rumpf lag neben Ixbalanqué auf dem Boden. Sein Kopf aber flog mit Tzotz zum Dach empor.

Draußen lag der Ballspielplatz in der Morgendämmerung. Die Herren von Xibalbá pflanzten einen Stock auf die Wiese und steckten seinen Kopf darauf. Der Schmerz, als der Stock in seinen Hals drang, war schrecklicher als alles, was er je erlebt hatte. Im Schlaf knirschte er mit den Zähnen. Aus der Tiefe seines Traumes spürte er, wie sich eine Hand auf seine Schulter legte. Fest und sanft zugleich.

Er wurde emporgehoben. Von Ixbalanqué. Mit starker Hand lud sich der Bruder seinen kopflosen Rumpf auf die Schultern. Und ging hinaus in den dämmernden Morgen. Einzigartiges Grauen: Wie er sich selbst, seinen Leib, aus dem Haus der Fledermäuse kommen sah. Wie er auf sich selbst zukam, seinen abgeschlagenen Kopf, der mitten in der Wiese auf dem Stock steckte. Bewacht von grimmigen Wächtern.

Er sah, wie sich Ixbalanqué im Dunkel am Waldrand verbarg. Sacht ließ er den Rumpf ins Gras gleiten. Dann murmelte er beschwörende Formeln. Aus dem Wald eilte ein Dachs herbei. Mit der Schnauze rollte er einen Kürbis vor sich her. Ixbalanqué kniete neben dem Dachs nieder. Rasch schnitt er zwei Augen in den Kürbis hinein. Murmelte weitere Formeln. Von seinem Stock aus sah Huhnapú, wie der Kürbis seine eigenen Züge annahm. Rund und schön. Umrahmt von strahlend hellem Haar. Diesen Kopf setzte Ixbalanqué seinem Rumpf auf.

Auf einmal wandte sich einer der Wächter zu ihm. Da erst erkannte er, daß es Einstod war, der oberste Todesgott. Die Sinne schwanden ihm. Sein Geist floh in seine andere Hälfte, den Rumpf. Gleich kam er wieder zu sich. Spürte seinen Körper. Und konnte doch auch wieder sehen, riechen, hören. Vorsichtig drehte er seinen Kopf. Darauf gefaßt, daß er vom Rumpf fallen würde. Seltsam fühlte es sich an, als er mit den Fingern über eine Wange fuhr. Weiches Fruchtfleisch, nur zusammengehalten durch die straffe Kürbishaut.

»Alles wieder gut?« fragte er zaghaft.

»Noch nicht ganz«, sagte Ixbalanqué. »Du wirst nicht spielen, Bruder. Du mußt dich schonen. Ich werde es allein tun.«

Er nickte behutsam. Noch immer spürte er den Schmerz. Dort, wo der große Todesvampir zugebissen hatte. Und wo der Stock in seinen Hals gefahren war. Er hockte sich auf die Wiese. Weiterhin herrschte fahles Morgenlicht. Die Nacht wollte nicht weichen. Der Tag nicht beginnen. Alles schien stillzustehen. Jetzt erst sah er das Kaninchen, das neben seinem Bruder im Gras kauerte.

»Geh dort drüben hin, zu der Eiche auf der anderen Seite des Ballfeldes.« Ixbalanqué zeigte dem Kaninchen, welche Stelle er meinte. »Dort verbirg dich. Wenn ich den Ball in deine Richtung spiele, springst du los. In den Wald hinein, so schnell du kannst.«

Das Kaninchen zitterte vor Angst. Seine Ohren, seine Nase, der ganze kleine Leib. Doch gehorsam sprang es los. Hinter dem Rücken von Einstod, der den Kopf bewachte, lief es zu der Eiche auf der anderen Seite.

Keinen Augenblick zu früh. Schon füllte sich das Feld mit den Todesherren. Alle mit Halsschutz und ledernem Prellschutz an Armen und Hüften angetan. Ixbalanqué erhob sich und ging ihnen entgegen, nackt bis auf Stirnband und Schurz. »Ihr habt recht, die Wucht meiner Würfe zu fürchten!« höhnte er.

»Ihr seid jetzt schon besiegt!« erwiderte Knochenbrecher.

»Überwunden seid ihr!« pflichtete Blutzahn bei.

»Gebt am besten gleich auf!« spottete Eiterspeier.

Mehr Todesherren, als die Zwillinge je gesehen hatten, waren auf dem Spielfeld erschienen. Für einen Moment wollte ihm doch der Mut sinken. Zumal sein Bruder allein antreten mußte gegen zwei Dutzend Herren von Xibalbá. Aber er faßte sich und rief. »Legt nur Euren Ball beiseite, Ihr Herren. Nehmt statt dessen meinen Kopf. Ich spüre schon keinen Schmerz mehr.«

Das ließ sich Einstod nicht zweimal sagen. Gleich zog er den Kopf mitsamt Stock aus der Wiese. Stock und Ball flogen an den Rand des Feldes. Das Spiel begann. Die Herren des Todes schleuderten den Kopf. Hart prallte er gegen Ixbalanqué. Der Zwilling versetzte ihm einen Drall, so daß Huhnapús Haupt auf die Eiche zuflog, wo das Kaninchen wartete. Am Waldrand stürzte es zu Boden. Kollerte ins Dickicht. Das Kaninchen machte einen Satz und sprang davon. Lärmend und schreiend rannten alle Todesherren hinterher.

Da lief Ixbalanqué zur Eiche und holte aus dem Unterholz das Haupt seines Bruders hervor. Geschwind setzte er ihm den Kopf wieder auf. Und Huhnapú schlug die Augen auf. Lächelnd. Er selbst spürte, tief im Traum, wie es hell um ihn wurde. Strahlend. Überirdisch schön. Den Kürbis legte er auf das Spielfeld. Murmelte eine Beschwörung. So daß der Kürbis aussah wie ein Ball.

Endlich kehrten die Herren zurück. »Wir haben den Ball nicht gefunden«, murrten sie.

»Kein Wunder, hier ist er doch.« Er deutete auf den Kürbis, immer noch mit strahlendem Lächeln.

»Was geschieht da vor unseren Augen?« fragte Einstod. Ratlos blickten die Herren einander an. Sie verstanden es nicht.

Er nahm den Kürbis vom Spielfeld auf und schmetterte ihn vor ihre Füße. Überall hin verstreuten sich die Samenkerne.

»Was habt ihr da gemacht? Wer hat das gebracht?« riefen Siebentod und Blutklaue, Knochenbrecher und Schädelzertrümmerer und all die anderen durcheinander. »Wir sind besiegt! Dieses Spiel haben wir verloren.«

Da begann er vor ihnen zu tanzen, zusammen mit seinem Bruder. Großer Herr und Kleiner Jaguar. Sie tanzten den Jaguartanz, den Fledermaustanz und den Tanz der Schnitter. Herrlich waren sie anzusehen, ihre nackten, geschmeidigen Körper, ihre lachenden Gesichter, das helle, glänzende Haar. Vor den Augen der Todesherren griff er in die Brust seines Bruders. Zog ihm das Herz heraus und reckte es triefend, auf flacher Hand, den Herren entgegen. Wie sie ihn anstarrten. Wie er lachen mußte. Übermütig und stark. Schon schob er das Herz in Ixbalanqués Brust zurück. Fuhr ihm mit der Hand über die Haut, und die Wunde schloß sich. Strich ihm mit dem Finger über die Lider, und die Augen gingen auf.

Kleiner Jaguar. Sie beide lachten jetzt. Und tanzten und rissen sich die Glieder und die Köpfe ab und öffneten einer des anderen Fleisch. So daß die Arme und Beine wirbelten und die Köpfe und die Herzen, und dann setzten sie alles wieder an seinen Ort. Und lachten.

Ihre Begeisterung sprang auf die Herren von Xibalbá über. Es sah so leicht aus, sterben, wieder erwachen, als wäre gar nichts dabei. »Tut es auch bei uns!« forderte Einstod. »Öffnet unsere Brust!« baten Siebentod und all die anderen.

»Wie Ihr wollt«, sagte er und spürte den Schauder des nahen Sieges. »Und danach sollt Ihr wieder erstehen. Wie denn sonst? Gibt es denn Tod für Euch, die Ihr Herren des Todes seid?«

Dann packten sie Einstod, den obersten Herrn von Xibalbá. Sie rissen ihm das Herz heraus. Ebenso erging es Siebentod, seinem mächtigen Vertreter. Und dann tanzten sie den Jaguartanz und zerstampften die Herzen der beiden Herren. Im Traum spürte er unter seinen bloßen Füßen das Herz. Wie es zuckte. Zerplatzte. Ein blutiger Brei. Niemals würden Einstod und Siebentod erweckt werden.

Die anderen aber, die geringeren Todesgötter, warfen sich vor den Zwillingen zu Boden. Um Gnade flehend.

»Euer Leben wollen wir schonen«, sagte er. Im Traum schien es ganz normal, so zu sprechen. »Aber die Zeiten Eurer Macht und Eures Glanzes sind vorbei. Nur die Geschöpfe des Dickichts und der Wüste sollen Euch künftig noch gehören. Kein reines Blut sollt Ihr bekommen, nur ein wenig Saft von den Bäumen soll Euren Durst fortan lindern. Die Töchter des Lichtes und die Söhne des Lichtes werden niemals mehr Euer sein.«

Nach diesen Worten ergriff er die Hände seines Bruders. Schon schwebten sie empor. Erhoben sich über die Köpfe der geschlagenen Herren von Xibalbá. Mitten herauf ins Licht stiegen sie, in die Höhen des Himmels. Zum Mond wurde Ixbalanqué, zur Sonne er selbst, Huhnapú. Gleißendes Licht verströmte er, eine Wärme, die ihn selbst bis in sein Innerstes durchdrang. Kraftvolle Strahlen gingen von ihm aus, in alle

Richtungen des Himmels und der Erde. Die Strahlen spreizten sich von ihm ab, er spürte es im Traum.

Da hörte er ein leises Lachen. Hell wie Vogelzwitschern, neben seinem rechten Ohr. Mühsam öffnete er die Augen. Noch immer umfing ihn der Traum. Langsam nur dämmerte ihm, wo er war.

Er lag in seiner Hängematte, im Heilhaus der Männer. Die Arme seitlich emporgereckt. Auch seine Beine waren lang ausgestreckt. Und so weit wie möglich gespreizt.

Das Lachen neben ihm wurde lauter. Rasch legte er seine Beine übereinander und verschränkte die Arme. Er hatte geschlafen und geträumt. Was gab es da zu lachen? Er wandte den Kopf zur Seite und sah in Ixtz'aks Gesicht.

Sie lachte noch immer. Aber sie blickte ihn überhaupt nicht an. Sondern sah an ihm vorbei, zum Fußende seiner Matte.

Verwirrt folgte er ihrem Blick. Jetzt erst begriff er. Seine Beine. Er hatte sie bewegt, gespreizt. Im Traum war er die Sonne gewesen. Noch immer fühlte er ihre mächtige Wärme. Auch in seinen Beinen. Prüfend zog er sie an. Streckte sie wieder aus. Da spürte er ein schmerzhaftes Kribbeln, ein Stechen wie mit tausend Nadeln, von den Füßen bis zu den Hüften hinauf.

»Gut geträumt ist halb geheilt«, sagte Ixtz'ak. »Aber noch seid Ihr nicht gesund, weißer Mann. Bis Ihr wieder auf Euren Beinen stehen könnt, werden die göttlichen Jaguarzwillinge noch einige Male durch Xibalbá reisen.«

Sie beugte sich vor und legte eine Hand auf sein Bein. Ihr Lächeln war erloschen. Wieder wirkte sie geschäftig und konzentriert. Prüfend fuhr ihre Hand an seinem Schenkel hinauf. Er hielt den Atem an. Im Traum mochte er Huhnapú gewesen sein, der nachmalige Sonnengott der Maya. Aber nun schien es Diego, als hätte *sie* ihm diese Kraft eingeflößt.

»Könnt Ihr jetzt etwas spüren?«

»Eure Hand ...« Er mußte sich räuspern. »Ihr habt die Kraft der Sonne in Euren Fingern, Ixtz'ak.«

»Wie wenig Ihr versteht, weißer Mann.« Wieder blitzte ihr spöttisches Lächeln auf. »Meine Heilkraft kommt allein von der Göttin des Mondes. Von Ixquic, der ich auf meine Art ebenso wie meine Schwester diene.«

»Eure Schwester?« Sein Mund wurde trocken. Unvermittelt begann sein Herz zu rasen. »Wollt Ihr sagen …«

»Ich dachte, Ihr hättet es längst erraten. Ixkukul ist meine Schwester.« Sie erhob sich. »Jetzt werde ich dafür sorgen, daß Ihr etwas zu essen bekommt. Und dann werdet Ihr nochmals schlafen.«

Am Ausgang blieb sie noch einen Augenblick stehen, ein Schattenriß im helleren Rechteck der Tür. Eben ging über der Lichtung die Sonne unter. Aus den Heil- und Gebärhäusern drangen leise Klagelaute. Weitaus lauter erschallte das millionenstimmige Konzert der Vögel. Es war ihre Stunde. Der ganze Wald war von ihrem Gesang erfüllt. Melodien der Hoffnung und Begierde. Voller Trauer und Schmerz.

»Sie wartet auf Euch, weißer Mann«, sagte Ixtz'ak. »Seit vielen Jahren schon.«

4

Seit Stunden lag er im Dunkeln, mit weit geöffneten Augen. Ixtz'ak, ihre Erzählungen und sein Traum von den Todesherren – es ließ ihn einfach nicht mehr los. Sie hatte ihn gleich an Ixkukul erinnert. Daß sie tatsächlich Schwestern waren, beglückte ihn wie ein Versprechen. Oder wie ein unanfechtbarer Beweis. Ixkukul liebte ihn. Sie wartete auf ihn. »Seit vielen Jahren«, hatte Ixtz'ak hinzugefügt. Eine Übertreibung, dachte er, bedeutungslos. Aber gerade diese Übertreibung beschäftigte ihn mehr, als er sich eingestehen wollte. *Seit vielen Jahren.* Als hätten sie einander schon einmal gekannt und geliebt.

Unsinn! Er schalt sich selbst für seine verworrenen Gedanken. Für das Durcheinander der Gefühle, das in seiner Seele toste, lärmend wie draußen der Wasserfall. Wann immer er an den Traum dachte, war er über sich selbst befremdet. Schließlich war er ein christlicher Priester. Aus Acarena stammend, Sohn einer landadeligen Familie. Die Delgados mochten seit Generationen verarmt sein. Dennoch waren er selbst und sein Bruder Juan in reinstem katholisch-kastilischen Geiste erzogen worden. Wie also war es möglich, daß er im Traum in die Rolle jenes Sonnenhelden geschlüpft war? So glatt, wie eine Hand in den Handschuh fuhr. Alles, was die Jaguarzwillinge verkörperten, war seinem Geist zuwider und fremd. Und schien doch seiner Seele so nah und vertraut, als ginge sie seit jeher in jenem Todesreich aus und ein.

Minutenlang lag er einfach in seiner Matte. Spannte Muskeln und Sehnen seiner Beine an und lauschte nach draußen. Außer dem leisen Tappen von Schritten war nichts zu hören. Die Wächterinnen. Immer zu zweien zogen sie Stunde um Stunde ihre Bahn. Er mußte lächeln. In diesem Dorf der Frauen fühlte er sich behütet wie einst als kleines Kind. In den allerersten Lebensjahren. Jenem paradiesischen Zeitalter, da man noch glaubte, unter der Obhut der Mutter könne einem nichts Schlimmes widerfahren. Der Mutter und der Tanten, der Großmütter und Großtanten – auch seine Kindheit war voller beschützender Frauen gewesen. Eine »Stätte der Weiber«. Wann hatte er den Kinderglauben an ihren unerschütterlichen Schutz verloren? Sicher nicht erst, als der Vater ihn ins Kloster von Acarena gab. Aber damals war vollends etwas zerbrochen in ihm. Ein Vertrauen, das vorher schon schadhaft war. Damals war er zwölf, fast ein Kind noch. Sein Bruder, ein Jahr älter, sollte die Juristerei erlernen. So war es üblich, anders nicht möglich. Für mehr als einen reichten die Einkünfte nicht, die der Vater aus ihren letzten Pfründen zog. Dann also das Kloster. Der Saal der Novizen. Die strengen Regeln. Frost der Einsamkeit. Damals hatte er auch Pedro kennengelernt. War in Pedros Obhut geflüchtet und in den Glauben, den die Mönche befahlen. Bei Strafe des Fastens. Der einsamen Exerzitien. Auch der Prügel, mit dem Riemen auf nackter Haut. Bis der Glaube der Mönche in ihn eingegangen war.

Er lag in seiner Hängematte, im Dorf der Frauen, in schwarzer Nacht. Seine Augen brannten. Verrücktes Glücksgefühl. Als hätten *sie* ihn wiederaufgenommen. Als wäre er wirklich zurückgekehrt.

Wieder schweiften seine Gedanken zu dem Traum, in dem er Huhnapú gewesen war. *Großer Herr.* Besonders zwei Szenen beschäftigten ihn wieder und wieder. Wie er, entzwei gerissen, sich aus zweierlei Blickwinkeln gesehen hatte, als gepfählten Schädel und umhergeschleppten Rumpf. Und wie er und sein Traumbruder vor den Todesherren getanzt hatten, wie sie einander das Herz herausgerissen und wieder eingesetzt hatten, als wäre nichts dabei. Sein wacher Geist verwarf diese Traumbilder als teuflisches Wahngespinst. Tief in seinem Innern aber riefen sie ein Echo hervor. Beständig und rätselhaft. Als ob diese Bilder ihn an irgend etwas erinnerten. Was ganz und gar unmöglich war. Wie sollte er sich an etwas so Aberwitziges wie seine eigene Enthauptung erinnern? Geschweige denn, an das einzigartige Gefühl, wenn der eigene abgetrennte Kopf wieder auf den Rumpf aufgepfropft wurde?

Fieberphantasien, dachte er. Vielleicht durch Ixtz'aks Heiltrunk geschürt. Oder die Rauschmittel, die Mujanek ihm verabreicht hatte, wirkten noch immer in seiner Seele nach. Wobei allerdings jeder Gedanke an Mujanek das Unbehagen nur verstärkte, das ihm die Geschichte von den Jaguarzwillingen einflößte. Die entstellte junge Frau in K'ak'as-'ich, dachte er. Ihr Gesicht, ihr gesamter Leib war mit Narben und Geschwüren übersät. Hatte Mujanek sich nicht gerühmt, das Fleisch der Toten öffnen und die Leichname zu neuem Leben erwecken zu können? Waren nicht bei den Opferzeremonien zwei seiner Krieger als Jaguarzwillinge aufgetreten? Und was um Himmels willen sollte man aus alledem folgern – wenn nicht, daß Mujanek die magische Tat der göttlichen Zwillinge nachzuahmen versuchte?

Endlos zog sich die Nacht hin. Totenstille herrschte in Ixchel. Nur das Brausen des Wasserfalls, fern und gedämpft, war um diese schwarze Stunde zu hören. Wieder mußte er an den kriechenden Leichnam denken. Im Gewölbe des Zauberers hatte der Tote einen Arm zu ihm emporgereckt. Und er – er hatte die eiskalte Hand ergriffen. Und gleich wieder losgelassen, furchtbar erschrocken. Das Entsetzen war noch lebendig in ihm. Und für einen winzigen Moment schien ihm das Gräßliche möglich. Daß Mujanek einen Zipfel des Geheimnisses erhascht hatte. Daß er tatsächlich wußte, wie man Tote wieder …

Schluß jetzt! Er verwies sich die teuflische Spekulation. Nur Gott der Herr konnte einen toten Lehmbrocken nehmen und ihm Leben einhauchen. Und der Teufel konnte äffen und verwirren und seine Jünger mit allerlei Lügen und Täuschungen in die Irre führen, bis ihrer aller Geist vollends verdunkelt war. Aber eines konnte er nicht, dachte Diego. Zumindest nach den Überzeugungen der Kirche, deren Priester er immer noch war. Nach göttlichem Vorbild den Staub zu beseelen war selbst dem Satan versagt.

Erst gegen Morgen fiel er in unruhigen Schlaf. Noch in seinen Träumen grübelte er über den Geheimnissen von Mujanek und Xibalbá. Auch Ixtz'ak erschien ihm im Traum. »Ixkukul wartet auf Euch«, sagte sie, schwermütig lächelnd. »Sputet Euch, weißer Mann. Eilt nach Tayasal!« Ihre Stimme klang gebieterisch. Er mühte sich, ihrem Befehl nachzukommen. Aber seine Beine waren wieder gänzlich lahm. Er lag auf dem Bauch im Staub und wand sich wie ein Wurm. Am Horizont, in weiter Ferne, war eine seltsam gezackte Silhouette zu sehen. »Nun kriech schon«, sagte Ixtz'ak mit der Stimme des Zauberers Mujanek. »Krieche, weißer Wurm, nach Tayasal!«

Qualvoll krümmte er sich auf dem Boden. Aber er kam nicht einen Schritt voran.

5

Über ihm donnerte der Wasserfall. Fontänen von Gischt und Tropfen sprühten auf ihn herab. Mit ruhigen Stößen schwamm er auf den See hinaus. Den *Spiegel des Mondes,* wie er laut Ixtz'ak seit alter Zeit hieß. Ihm war, als ob er immer noch träume. Der See war wärmer als jedes Gewässer, in dem er jemals geschwommen war. Das Wasser schmiegte sich an die Haut, so weich und sanft, als wäre es ein riesiger Leib, der ihn umwölbte. Oder als ob er selbst Teil dieses Riesenleibes wäre, Welle unter Wellen, nicht länger versprengt und allein. Er hätte jubeln mögen. Jauchzen und singen. Weiter und weiter schwamm er in den See hinaus. Nebel schwebten über dem Wasser. Irgendwo erklang Frauenlachen. Stimmen wie Vogelzwitschern. Stücke von Regenbögen tanzten im Dunst. Über ihm toste der Wasserfall. Weiter draußen sah er das Gesicht einer Schwimmerin. Ein zweites. Lächelnd. Schimmernd in den Wellen ihre nackte Haut.

Seine Beine wurden müde. Ein paar Minuten würde er noch aushalten. Es war wundervoll zu spüren, daß seine Beine ihm gehorchten. Ihn trugen, voranbewegten. Zumindest hier im See. Bis zum Ufer hatten sie ihn auf einer Trage geschleppt. Nicht Hernán und Cristóbal. Sondern zwei hagere Kriegerinnen, mit angewiderten Mienen. Seine beiden Gehilfen mußten im Dorf bleiben. In einer Hütte eingesperrt, von Kriegerinnen bewacht. »Junge Burschen verlieren leicht die Beherrschung«, wie Ixtz'ak erklärte. »Zu viele Mädchen und junge Frauen wohnen hier in Ixchel. Unsere Kriegerinnen haben den Auftrag, sie zu beschützen.«

Diego protestierte. Für Fray Cristo verbürge er sich. Ein Mönch, zur Keuschheit verpflichtet, glühend vor Frömmigkeit. Und der Mestize …

Lächelnd wartete Ixtz'ak.

»Na, vielleicht habt Ihr recht.« Er zuckte mit den Schultern. Ohnehin war es schwer zu argumentieren, wenn man aus Leibeskräften schreien mußte. Und wenn man am Ufer dieses wundersamen Sees kauerte, neben Ixkukuls Schwester, überdies halbnackt. Er hatte darauf bestanden, sein leinenes Unterzeug anzubehalten. Sie hatte die Nase gerümpft, nur ein wenig. Er war ins Wasser geglitten, und o Wunder, seine Beine gehorchten ihm. Seit mindestens einer Viertelstunde schwamm er in der Grotte hin und her. Jetzt allerdings wurden seine Beine immer schwerer. Wieder begann es in seinen Schenkeln zu prickeln, als ob ihn tausend Nadeln stächen. Er biß die Zähne zusammen. Sein morgendlicher Traum fiel ihm ein. Wie er sich auf dem Boden gekrümmt hatte. Krieche, weißer Wurm. Eben noch hatte das Wasser ihn wie auf Händen getragen. Jetzt kämpfte er sich mühevoll zum Ufer voran.

Tatsächlich mußte er sich mit Ixtz'aks Hilfe ans Ufer ziehen. Seine Beine fühlten sich wie Säulen aus Feuer an. Er knirschte mit den Zähnen, als die beiden Kriegerinnen ihn auf die Trage hievten. Rasch trugen sie ihn durch den Wald zurück nach Ixchel.

Neben ihm ging Ixtz'ak. »Keine Sorge«, sagte sie, »genauso mußte es kommen. Ich habe es vorausgesehen. Das Feuer in Euren Beinen, weißer Mann. Mujaneks Zauber hatte Euch mitten entzweigeschnitten. Bald seid Ihr wieder eins.«

Wieder, dachte Diego. Oder zum ersten Mal. Ihm blieb keine Zeit, über diese Eingebung nachzudenken. Eben erreichten sie das Heilhaus der Männer. Die beiden Kriegerinnen hievten ihn in seine Matte, triefnaß, wie er war. Er wollte sich bei ihnen bedanken, aber sie verzogen nur die Gesichter. Ehe er etwas sagen konnte, wandten sie sich um und schritten durch das Türloch davon.

»Eure Kriegerinnen – sie mögen wohl keine weißen Männer?« Er versuchte es scherzhaft klingen zu lassen. Aber er fühlte sich verletzt. Sie hatten ihm deutlich gezeigt, wie sehr er ihnen zuwider war.

»Ihre Nasen sind empfindlich.« Ixtz'ak lächelte. »Vielleicht baden wir Maya öfter als ihr weißen Leute. Und vielleicht wechseln wir häufiger unsere Kleidung.«

Verwundert sah er an sich herab. Was er erblickte, sah in der Tat wenig ansehnlich aus. Verfleckt und zerlumpt. Aber er besaß nichts anderes. Alles, was ihm gehörte, war in der Missionsstation zurückgeblieben.

Sie zeigte auf den Schemel neben seiner Hängematte. »Eine Tunika und ein Schamtuch. Beides müßte Euch passen. Die Sachen stammen von Chacbalam, meinem Bruder. Er ist von ähnlicher Gestalt wie Ihr. Er hat sie vor einiger Zeit hier vergessen, als er mich einmal besuchte. Wenn Ihr mögt, gebt ihm beides in Tayasal zurück.«

Auch sie bemühte sich um einen beiläufigen Tonfall. Auf einmal wurde ihm klar, wie sehr dies alles abgekartet war. Die angewiderten Mienen der Kriegerinnen. Die Kleidung des Bruders, zufällig vor kurzem vergessen, ebenso zufällig passend für seine Statur. Und nicht nur das, Ixtz'ak hatte Tunika und Schurz sogar schon hier für ihn bereitgelegt. Aber wozu das alles?

Sie beugte sich über ihn und führte ihren Mund dicht an sein Ohr. »Ixkukul hat mir von dem Halbmond erzählt. Wenn Ihr die Kleidung unseres Bruders angelegt habt, sollt ihr das Zeichen der Mondgöttin sichtbar über der Tunika tragen. Anders kommt Ihr nicht nach Tayasal hinein. Ärger noch, die Krieger des Canek würden Euch schon weit vor der Hauptstadt abfangen. Und dann gnade Euch, wenn Ihr ...«

Sie unterbrach sich, als sie seine erschrockene Miene sah. »Ixkukuls Zeichen«, sagte er, »ich habe es nicht mehr. Als ich es zuletzt sah, trug es Mujaneks Gehilfin um den Hals.« Auch diesmal wagte er nicht, ihr von der Entstellten zu erzählen.

»Das ist schlimm«, sagte sie. Ihr Gesicht war fahl geworden. »Laßt mich überlegen. Ich werde etwas finden.« Mit gerunzelter Stirn stand sie vor ihm. Sie schien fieberhaft nachzudenken. Ihr Blick ging an ihm vorbei. »Und Ihr, weißer Mann, solltet die Zeit nutzen, um Euch aus Euren Lumpen zu schälen. Falls Ihr Beistand beim Knüpfen des Schamtuchs benötigt ...«

Schon funkelte wieder Spott in ihren Augen. Ehe Diego etwas erwidern konnte, wandte sie sich um und eilte aus der Tür.

6

»Schwarzer Vogel ... fliegt! Der himmlischen Schlange entgegen ... ahhh!«

Ein polternder Schlag. Die Stimme verstummte. Wie seltsam sie gedröhnt hatte. Wie aus den Tiefen der Erde heraus. Doch jetzt war wieder alles still. Totenstill, dachte Diego. Ich muß geträumt haben. Schließlich war er allein im Heilhaus.

Es sei denn, sie hatten einen weiteren Patienten hier einquartiert. Während er schlief.

Er lag in seiner Hängematte. Wie seit ungezählten Tagen. Es war schwarze Nacht. Doch er verspürte einen gewaltigen Hunger. Als hätte er seit vielen Tagen nichts gegessen. Wie lange mochte er diesmal geschlafen haben? Ixtz'aks Trunk. Er erinnerte sich, daß sie ihm einen weiteren Becher voll eingeflößt hatte. Wieder der Geschmack von Erde und Moos. Tiefer Schlaf und Sonnenträume. Behutsam bewegte er seine Beine.

Auf einmal hörte er ein Stöhnen. Ganz in seiner Nähe. Seltsamerweise von unten. Als ob unter seiner Hängematte jemand am Boden läge. Erneutes Seufzen und Stöhnen. Dann erdröhnte abermals jene Stimme:

»Goldene Kugel ... rollt! Der gefiederten Schlange entgegen! Schlange kommt hinab ... schillernder Regenbogen!«

Im Finstern tastete Diego nach dem Schemel. Darauf lagen seine Schwefelhölzer, buchstäblich der einzige Besitz, der ihm geblieben war. Abgesehen von dem halb verkohlten Büchlein mit den Aufzeichnungen von Don Ramón. Rasch zündete er ein Schwefelholz an. Abermals erstarb die Stimme unter ihm. Die kleine Flamme loderte auf und erlosch gleich wieder. Ein unförmiges Bündel am Boden. Mehr hatte er nicht erkannt. Und auch das Bündel hatte er mehr erahnt als wirklich gesehen in der Dunkelheit.

Eine Fackel, dachte er. An der Wand neben dem Türloch gab es eine Halterung, eine lederne Schlaufe. Darin steckten etliche verpichte Stöcke, unbenutzt, seit er in diesem Heilhaus lag. Er richtete sich auf und schwang seine Beine aus der Hängematte. Sein Fuß stieß gegen etwas Weiches, Warmes. Das unter der Berührung erneut zu stöhnen begann. Ein massiger Körper, nackte Haut. Ein Mensch, anscheinend bewußtlos. Vielleicht im Schlaf aus seiner Hängematte gefallen, dachte er.

Wieder tastete er mit dem Fuß umher. Endlich fand er eine freie Stelle auf dem Boden. Er setzte beide Füße auf und erhob sich. Erst als er die Anspannung seiner Beinmuskeln spürte, wurde ihm bewußt, was er getan hatte. Er stand. Und was geschehen war. Ein Wunder. Seine Beine trugen ihn wieder. Wenn auch mit Mühe.

Zittrig stakste er durch die Dunkelheit. Beide Arme nach vorn gestreckt, um nicht gegen ein unsichtbares Hindernis zu stoßen. Der Mann hinter ihm am Boden stöhnte lauter. Unvermittelt begann er mit den Zähnen zu knirschen. So laut und malmend, daß es Diego fröstelte. Von draußen war kein menschlicher Laut zu vernehmen. Nur der Wasserfall brauste. Wo waren die Wächterinnen? Mußten sie die dröhnenden Rufe nicht auch gehört haben?

Er tastete über die Wand neben dem Türloch. Endlich bekam er eine Fackel zu fassen. Kehrte zu seiner Matte zurück und fühlte nach den Schwefelhölzern. Der Mann am Boden gab gurgelnde Laute von sich. Als hätte ihn jemand bei der Kehle gepackt. Dazu klatschende Geräusche. Wie wenn Fleisch auf Stein prallt. Endlich hatte er ein neues Hölzchen entzündet. Die Fackel loderte auf.

Im selben Moment wurden seine Fußknöchel umklammert. Mit eisenhartem Griff. Der Kranke schrie unverständliche Worte. Riß und rüttelte an seinen Füßen. Diego schwankte. Die Fackel in seiner Hand fauchte. Ins Riesenhafte vergrößert, zuckte sein eigener Schatten über die Wände. »Laß das sein!« Auch er schrie jetzt, so laut er konnte. »Laß mich los!« Aber der andere schien ihn nicht zu hören.

Diegos Beine begannen zu zittern. Vergeblich versuchte er seine Füße zu befreien. Nicht mehr lange, und der andere würde ihn zu Boden reißen. Wenn er die Fackel fallen ließe, würde das Haus in Flammen aufgehen. Holz und Stroh. Das ganze Dorf würde verbrennen.

»He, Junge!« Diesmal bemühte er sich um einen sanften Ton. Der Kranke schien in einer Art Trance zu sein. Seine Augen waren weit geöffnet. Die Augäpfel so stark verdreht, daß man nur das Weiße sah. »Hörst du mich?«

Mit einer Hand klammerte sich der Pater an seine Hängematte. In der anderen hielt er die blakende Fackel. Warum mußte dieser Bursche nur so stark sein? Er war sicher nicht älter als Hernán oder Cristóbal, doch von kräftiger Gestalt. Nur mit einem Schamtuch angetan, wie es bei den Kriegern und den Jägern üblich war. Auf der Seite lag er am Boden, eingekrümmt zu der Form eines Halbmondes. Aber sein Hals war krampfhaft verdreht, sein Gesicht zu Diego emporgewandt. Dessen Füße er noch immer mit beiden Händen umklammert hielt.

Unvermittelt begann er wieder mit den Zähnen zu knirschen. Schaum quoll zwischen seinen zusammengepreßten Lippen hervor. Ohne Diegos Fußknöchel loszulassen, warf er sich auf den Rücken. Da verlor der Pater den Halt. Es riß ihn förmlich von den Füßen. Im Fallen sah er noch, wie der Kranke aus seiner liegenden Haltung emporschnellte. Als wäre eine Riesenfaust aus dem Boden gestoßen. Sie beide schrien jetzt. Die Fackel wirbelte durch die Luft und fiel weiter hinten zu Boden. Hart prallte Diego auf. Ein Durcheinander aus Gliedmaßen, gestampftem Lehm und aufgeschüttetem Stroh.

»Vogel der Nacht ... Jagt durch den Tag!« dröhnte der Kranke.

Fallsüchtig, dachte Diego. Über ihren Köpfen fuhren die Hängematten durch die Luft. Harte Arme schlangen sich um ihn. Ein schwerer Körper wälzte sich auf seine Brust. Wie ein Alp. Oder wie er selbst, in seinem Traum, als er mit dem Mestizen kämpfte. Er keuchte und schlug blindlings auf den anderen ein. Im Augenwinkel sah er, wie weiter hinten eine Hängematte Feuer fing. »Hilfe!« schrie er. Versuchte es zu schreien. Der Kranke lag auf ihm wie ein Berg. Visionen dröhnend. Wortfetzen speiend. Speichel und Silbenbrei. Mitten in Diegos Gesicht. Seine Augen weiße Bälle. Sein Gesicht gräßlich verzerrt. Als säße ein Dämon in seinem Schädel. Der ihm die Knochen verbog, an Haut und Sehnen zerrte. Der ganze schwere Körper zuckte. Krümmte sich auf Diego zusammen. Spannte sich wieder an, als wollte er wie ein Fisch davonschnellen.

Mit letzter Kraft packte er den Kerl endlich bei der Kehle. Drückte zu, und die massige Gestalt erschlaffte. Noch schwerer lag sie nun auf ihm und quetschte ihm die Luft ab. Da endlich stürzten die beiden Wächterinnen durch die Tür. Die eine sprang nach hinten und packte die Fackel. Die zweite half ihm, den Burschen von seiner Brust zu wälzen. Keuchend blieb Diego liegen. Viel zu atemlos, um ein Wort zu sagen. Geschweige denn, sich zu erheben.

Weiter hinten im Heilhaus schlug die Kriegerin mit einer Decke auf die brennende Matte ein. Ärgeren Schaden schienen die Flammen nicht angerichtet zu haben. Glücklicherweise, dachte Diego. Draußen erklangen nun erregte Rufe. Schritte, Befehle, leiser Tumult. Das ganze Dorf schien auf den Beinen zu sein.

Schon wälzte sich auch der Kranke neben Diego wieder auf den Rücken. Aufs neue begann er zu schreien. Mit einer Stimme wie aus den Tiefen der Erde heraus. *»Silberne Sichel … schneidet! Himmlische Schlange … blutet … k'ik!«*

Zu Diegos Verblüffung warfen sich die beiden Kriegerinnen vor dem Kranken zu Boden. »Die Götter sprechen aus ihm.« Weiter und weiter schrie er mit dröhnender Stimme. Während sich das Heilhaus der Männer mit Frauen füllte. Heilerinnen. Hochschwangeren. Hageren Kriegerinnen. Sie alle drängten durch die Tür. Knieten vor dem Kranken nieder. Drückten die Stirn auf den Lehmboden. Während dem Mund des jungen Maya unablässig weitere Worte entquollen. »Heilige Worte.« Eine verkündete es der anderen. Mit Gesichtern voller Ehrfurcht. Und abgrundtiefer Angst.

Längst hatte sich Diego erhoben, um den Hereindrängenden Platz zu schaffen. Auch Ixtz'ak war endlich erschienen. Ebenso wie die anderen hatte sie sich vor dem Kranken in den Staub geworfen. Aber nur für einen Moment. Pflichtschuldig, wie es dem Pater schien. Doch das mochte Täuschung sein. Geboren aus der Hoffnung, daß zumindest sie in dem jungen Maya dasselbe sah wie er. Einen Fallsüchtigen. Einen bedauernswerten Idioten, wie es sie auch in der Alten Welt zu Tausenden gab. Noch immer wand sich der Kranke vor ihnen am Boden. In der Zange des Krampfes schnellte er haltlos hin und her. Jeder Muskel seines Leibes zuckte. Unablässig schrie er mit donnernder Stimme. »Cha'ac«, hörte der Pater eine Kriegerin flüstern, »Cha'ac spricht aus seinem Mund.«

Auch der Pater hielt es für denkbar, daß aus dem jungen Maya eine übernatürliche Gewalt sprach. Aber gewiß kein Gott, dachte er. Sondern die Dämonen der Hölle. Sendboten des Satans, ausgeschickt, um diese braunen Heiden noch ärger zu verwirren. Zu demütigen und in Angst und Schrecken zu stürzen, wie es dem Teufel so überaus wohl gefiel.

Ixtz'ak lehnte neben ihm an der Wand. »Freut Ihr Euch nicht, weißer Mann?« Diego mußte sich zu ihr herunterbeugen, um unter all dem Dröhnen und Murmeln ihre geflüsterten Worte zu verstehen.

»Mehr als ich sagen kann«, antwortete er. »Mujaneks Zauber ist gebrochen. Ich kann wieder gehen. Dafür werde ich Euch auf immer dankbar sein.«

»Das meine ich nicht.« Düster lächelte sie zu ihm empor.

»Nicht?« Er war wirklich erstaunt.

Der Fallsüchtige schrie und zuckte zu ihren Füßen. Er kriecht über den Boden, dachte Diego, wie ich selbst nach dem Willen Mujaneks nach Tayasal kriechen sollte. Wie eine Verkörperung meiner eigenen Hinfälligkeit, überwunden durch Ixtz'aks Kunst.

»Dieser junge Fallensteller heißt Yaxtun.« Sie deutete auf die Gestalt, die sich vor ihnen am Boden wand. Keuchend und gurgelnd. Schimmernd vor Schweiß. »Er kommt aus einem Dorf in der Nähe von Tayasal. Yaxtun kennt den Weg. Er wird Euch führen.«

Diego wollte protestieren. Aber es war ein unpassender Moment. Der Fallsüchtige kam zu sich. Sein Gesicht auf einmal fahl und leichenstarr. In raschen Stößen hob und senkte sich seine Brust. Das Dröhnen war verstummt. Nur ein leises Keuchen drang aus seinem Mund. Wirren Blickes sah er zu den Umstehenden empor.

Plötzlich richteten sich seine Augen auf Diego. Entsetzen malte sich in seinen Zügen. Er hob die Rechte und deutete auf den Pater. »Ein bärtiger weißer Mann … wird kommen …« Er sprach abgehackt, im Stakkato seines keuchenden Atems. »Mit seinem Erscheinen … beginnen Verrat und … Täuschung … ein Meer von Blut … das Ende von … Tayasal …«

Die letzten Worte hatte er nur noch gemurmelt. Sein Kopf sank zur Seite. Sein Atem wurde flach. Yaxtun schlief bereits, ehe seine Augen ganz geschlossen waren.

Sechs

1 Ein helles Band, breit und anscheinend aus Stein. Im Nachmittagslicht durch Laub und Dickicht schimmernd, keine fünfzig Schritte fern. Was mochte das sein? Mitten auf dem Pfad blieb Fray Diego stehen und starrte ins Unterholz. Ein Trugbild, dachte er, teuflische Täuschung. Was er zu sehen glaubte, rechter Hand in der Wildnis, konnte unmöglich dort sein. Nicht im tiefsten Regenwald, sieben Tagesmärsche südlich von Ixchel.

Dennoch wandte er sich nach rechts, dem schimmernden Band zu. Und verharrte abermals. Ein Gewirr aus Wurzeln und Lianen, aus fleischigen Pflanzen und fieberbunten Blüten säumte den Pfad. Langsam hob er den Fuß, um hineinzutreten. Dann ließ er ihn wieder sinken. Noch immer graute ihm vor all dem Gewimmel und Geringel im Unterholz. Weitaus stärker war sein Unbehagen, wenn er an das Band hinter dem Dickicht dachte. Steinern, breit, eben. Nicht einmal in Kastilien, dachte er, selbst in den großen Städten. Ja, nicht einmal im heiligen Rom. Und dann aber hier, im Herzen der grünen Hölle? Unmöglich.

Tatsächlich waren sie schon wieder eine ganze Woche unterwegs. Auf winzigen Pfaden hatte Yaxtun sie durch das grüne Geschlinge geführt. Der junge Jäger. Der fallsüchtige Fallensteller, dessen Name *Blaugrüner Stein* bedeutete. Oder auch *Stein der Mitte*, rätselhafterweise. Mit jeder Meile war der Wald noch dichter, die Hitze noch stickiger geworden.

Der ganze Dschungel war in Dampf gehüllt. Aasgestank machte jeden Atemzug zur Qual. Jeder Ast, jeder Stein überzogen mit leuchtendem Grün. Immer wieder ringelten Schlangen, dick wie Männerarme, sich vor ihnen über den Pfad. Scharen von Mücken, die über sie herfielen. Rudel von Affen, schwarz befellte Riesen, deren Stimmen durch den Dschungel dröhnten. Und deren Gebaren die Wangen der Fratres erglühen ließ.

In all den Tagen waren sie keiner Menschenseele begegnet. Selbst die Maya schienen diese verfluchte Gegend zu meiden. Das Herz des Petén. Keine noch so kümmerliche Siedlung weit und breit. Ganz zu schweigen vom »letzten Königreich des alten Volkes«.

Niemals würden sie dieses Tayasal erreichen, dachte Diego. Seit Tagen pochte in seinem Kopf der Argwohn, immer stärker, wie ein wachsender Schmerz. Hatte Ixtz'ak sie in die Irre geführt? Im Auftrag der Verschwörer? Deren Kreis mochte auch sie selbst angehören – warum nur hatte er in Ixchel nie daran gedacht? Und wieso hatte er sich überreden lassen, ihre Expedition diesem Yaxtun anzuvertrauen? Wußte der Fallsüchtige überhaupt, wohin er sie führte?

Am Morgen, ehe sie aufgebrochen waren, hatte Ixtz'ak ihm eine unglaubliche Geschichte erzählt. Die zu beweisen schien, daß gerade ein von »heiliger Raserei« Ergriffener ihnen die Tore von Tayasal öffnen würde. Was aber, wenn diese Geschichte erlogen war? Einzig ersonnen, um ihn und seine Begleiter in den Tod zu führen?

Er wischte sich den Schweiß aus dem Kragen. Das steinerne Band im Dickicht. Noch immer haftete sein Blick darauf. Er versuchte die Breite abzuschätzen. Vielleicht drei Kutschen breit, wenn nicht mehr. Wie weit es sich in die Länge erstreckte, war nicht einmal zu erahnen. Büsche und Laubwerk versperrten links wie rechts den Blick. Unmöglich, dachte er wieder. Teuflisches Blendwerk. Das seine Verwirrung nur noch steigerte, zu schierer Konfusion.

Rasch warf er einen Blick nach links. Ihr Pfad machte nach wenigen Schritten eine scharfe Biegung und verlor sich im

Dickicht. Von Yaxtun war nichts mehr zu sehen. Anscheinend hatte er gar nicht bemerkt, daß sie alle weit zurückgefallen waren. Fray Cristo und Hernán ohnehin. Seit gestern konnte der kleine Taufpriester nur noch humpeln. Seine Füße waren mit Blasen übersät. Aber mehr noch, dachte Diego, litt Cristóbals Seele unter der Ungewißheit ihres Ziels. Auch Hernáns Fürsorge schien ihn kaum zu trösten. Was allerdings kein Wunder war. Ohne zu murren, stützte und geleitete ihn der Mestize. Nur Hernáns Augen funkelten. Es war offensichtlich, wie sehr er die Seelenqual des kleinen Mönches genoß.

Wie würde Cristo erst reagieren, wenn er dieses silbrig glänzende Band hinter Bäumen und Unterholz entdeckte? Diego sah nach rechts. Eben kam der Taufpriester hinter einer Biegung hervor, erbärmlich humpelnd. Nach den Strapazen ihres Marsches war seine Tunika zerfetzt und mit Flecken übersät. Einen Arm hatte er um die Schultern des Mestizen geschlungen. Trotz seiner Last bewegte sich Hernán mit tänzelnden Schritten voran. Auf seinem Schopf das unvermeidliche Hütchen, das er – der Teufel wußte, wie – aus K'ak'as'ich gerettet hatte.

Im Augenwinkel erkannte der Pater, daß auch zu seiner Linken jemand nahte. Yaxtun. Offenbar hatte er doch bemerkt, daß seine Begleiter abhanden gekommen waren. Die geschmeidigen Bewegungen des jungen Jägers erstaunten Diego stets aufs neue. Sie paßten so wenig zu seiner stämmigen Gestalt. Noch weniger allerdings zu dem zuckenden Bündel, in das sich Yaxtun während seiner Anfälle verwandelte. Selbst in seinen besten Augenblicken war ihr Führer nur ein täppischer Fallensteller. In seinen schlechtesten ein Idiot, der in der Zange seiner Fallsucht zappelte und widrige Satzfetzen dröhnte. Wie es allein in den sieben Tagen ihres gemeinsamen Marsches dreimal geschehen war. Warum sollten die Maya von Tayasal ausgerechnet Rasende wie ihn zu Göttern erheben?

Unglaublich, dachte der Pater wieder. Wenn auch weit glaubhafter als das steinerne Band mitten im Urwald. »Was ist das dort?« Er deutete auf die schüttere Stelle im Dickicht.

Yaxtun war neben ihn getreten. Schwerfällig sah er erst den Pater an. Dann wandte er sich zur Seite und sah in die Richtung, die Fray Diego wies. »*Saccabé*.« Er flüsterte. »Heiliger Weg. Kommt weiter, Herr.«

»Weitergehen? Durch Busch und Sumpf auf diesem Stolperpfad?« Unwillkürlich hatte er die Stimme erhoben. »Während direkt neben uns eine Straße verläuft?«

Jetzt war es heraus. Die ganze Zeit hatte er sich geweigert, das Wort auch nur zu denken. Straße. Weil es unmöglich war. Undenkbar. Wer um Himmels willen sollte eine solche Prachtallee mitten durch den Busch bauen? Diese braunen Wilden etwa?

Der Fallsüchtige starrte ihn an. Die Augen weit aufgerissen. Seine Kiefer malmten, als stünde ein neuer Anfall bevor. Die Muskeln auf seinen Armen, seiner Brust zuckten. Wie Schlangen unter brauner Haut. »Nicht hinsehen, nicht hingehen. Verboten, Herr.« Er hob eine Hand. Dann ließ er sie wieder sinken. Sein Kehlkopf zuckte. Als würge er etwas herunter. Einen Klumpen purer Furcht.

Besessen, dachte Diego. Von den Dämonen des Teufels, der auch dieses Blendwerk erzeugt hat. Wieder starrte er auf die Stelle im Dickicht, wo hinter Laub und Lianen das steinerne Band schimmerte. Auf einmal war ihm, als hätte sich dort etwas bewegt.

Auch Hernán und Fray Cristo waren herangekommen. Keuchend sank der Taufpriester neben ihm zu Boden. »Frater, siehst du nicht?« Auch Diego flüsterte jetzt. Unbehagen verengte ihm die Kehle. Für einen Moment fürchtete er den Verstand zu verlieren. Oder war er bereits wahnsinnig geworden? Teuflisches Delirium. War das die Erklärung für Pater Ramóns frevlerische Tat? Gnade ihm. »Diese Straße dort – eine gepflasterte Allee durch den Wald?« Er kniete sich neben Cristóbal auf den Boden. Deutete mit ausgestrecktem Arm auf die Stelle im Dickicht, wo die Straße hindurchschimmerte. Hell, breit, glänzend im Gegenlicht.

Fray Cristo keuchte noch immer. Seine schmale Brust hob und senkte sich. Rote Flecken leuchteten in seinem Gesicht, über das Schweiß in Strömen lief. Offenbar war er mit seinen Kräften am Ende. Stumpf sah er in die Richtung, die der Pater ihm zeigte. »Eine Straße, ja ...« Er murmelte es, anscheinend ohne zu begreifen.

»Hernán!« Noch immer kniete Diego. Wie flehend sah er zu ihm auf. »Siehst du nicht?«

Der Mestize fächelte sich mit seinem Hütchen Luft zu. Das höhnische Funkeln in seinen Augen. Als hätte Hernán es immer schon gewußt. Was gewußt? Daß er, sein Herr, von Täuschungen verblendet war? Aber was war hier Täuschung, was Wirklichkeit? Er mußte es herausfinden, sofort. Er sprang auf. Der Mestize feixte. Oder bildete er sich das nur ein?

Wieder hob Yaxtun eine Hand. »Nicht, Herr.«

Der Pater stieß ihn beiseite. »Zur Hölle mit dir!« Der Fallensteller heulte auf. Immer wieder hatte Diego ihm während ihres Marsches mit der Hölle gedroht. Falls er sich nicht zum Erlöser bekehrte. Mehrfach hatte er versucht, die Dämonen zu exorzieren, die nach seiner Überzeugung im Leib des jungen Maya hausten. Und seine Seele ebenso verdunkelten wie seinen spärlichen Geist. Bisher hatten die Teufel ihm widerstanden. Aber nicht mehr lange, dachte Diego und trat entschlossen in das Gewirr aus Blüten und Kriechpflanzen abseits des Pfades. Sein Herz pochte. Das Blut toste ihm in den Ohren. Die Stimme in seinem Innern *schrie.* Aber er hörte nicht auf sie. Sowenig wie auf Yaxtun, der hinter ihm winselte. »Nicht hingehen, nicht hinsehen, Herr.«

O doch. Genau das würde er tun. Er raffte seine Tunika und stapfte durchs Unterholz. Zweige knackten unter seinen Tritten. Namenlose Kreaturen huschten unter Blättern und Steinen hervor. Er zwang sich, sie nicht zur Kenntnis zu nehmen. Unverwandt starrte er auf die schüttere Stelle im Busch. Hinter der sich immer deutlicher das steinerne Band abzeichnete. *Saccabé.* Heiliger Weg. Er hob einen Arm. Bog Äste beiseite und schob sich zwischen Büschen und Ranken hindurch, an den Rand des schimmernden Satanswerkes.

Unglaublich. Er bückte sich sogar, um die Fläche mit der Hand zu berühren. Stein. Zumindest hart und glatt wie Stein.

Immer noch schrie die Stimme in seinem Kopf. *Gefahr!* Wieder fragte er sich, ob sein Geist sich zu verwirren begann. Sein Herz klopfte wie rasend. Mühsam richtete er sich auf.

Eine Straße, so breit und prachtvoll, daß sie in der Alten Welt nicht ihresgleichen fand. Nach beiden Seiten schnurgerade verlaufend, mitten durch den Dschungel, unabsehbar weit. So breit, daß nicht drei, sondern fünf kastilische Kutschen nebeneinander Platz fänden. Am unglaublichsten aber schien ihm, daß diese Allee nicht grob gepflastert war wie europäische Straßen. Sondern mit einer Decke überzogen, glatt und glänzend wie Porzellan. Einem massiven Überzug, der weißlich schimmerte wie Gips. Und dennoch keinerlei Risse aufwies, eine glatte, makellose Ebene, wohin man auch sah.

Zögernd trat Diego auf die Straße. Darauf gefaßt, daß sein Fuß ihn Lügen strafen würde. Aber was er unter seiner Sohle spürte, war eine harte Fläche, unnachgiebig wie Stein. Vielleicht war dies einfach der natürliche Untergrund des Urwalds, dachte er. Die Maya mochten ihn unter Schlamm und Busch hervorgekratzt und mit irgendwelchen primitiven Mitteln geglättet haben. Er wußte, daß es so nicht sein konnte. Er spürte, wie in ihm etwas nachgab. Saccabé. Eine Straße im Herzen des Petén, schimmernd und makellos. Die sich, dreißig Schritte breit, Meile um Meile durch den Urwald zog. Woher? Wohin?

Die grüne Wand des Dschungels auf der anderen Straßenseite schien undurchdringlich. Auf einmal sah er, daß sich dort drüben Blätter bewegten. Er wandte sich um und tauchte mit einem Sprung ins Dickicht zurück. Sicher nur ein Tier, dachte er. Unheimlich, wie menschenleer diese Straße war. Wozu um Himmels willen mochte sie dienen? Wer hatte sie erbaut? Und wie? Er zermarterte sich den Kopf. Aber auf all diese Fragen gab es einfach keine Antworten. Nichts, was sich mit seinen bisherigen Gewißheiten vertrug.

Er stapfte durch das Unterholz zurück zu ihrem Pfad. »Yaxtun hat recht«, sagte er, um einen beiläufigen Ton bemüht. »Wir sollten diesen Weg besser meiden. Zu gefährlich. Wer dort entlangläuft, ist von weitem zu sehen.« Es klang für ihn selbst widersinnig. Auf teuflische Weise verdreht. Er zwang sich, nicht länger darüber nachzudenken. »Wie lange brauchen wir noch bis zum See?« fragte er Yaxtun.

»Ehe der Abend dämmert, Herr, sind wir dort. Am Ufer des *Haltuna*.«

Bewohntes Wasser. So nannten die Maya den großen See. An dessen Gestaden sich angeblich ihr »Königreich« erstreckte.

Der Pater befahl allen, dicht beisammen zu bleiben und noch wachsamer als gewöhnlich zu sein. Den See würden sie an einem unwegsamen Uferstück erreichen, das nicht besiedelt war. Und wo auch keine Krieger des Canek Wache hielten. So zumindest Yaxtun, der nach eigenem Eingeständnis noch nie in Tayasal gewesen war. Der »heiligen Hauptstadt«, wie er sie nannte, auf einer Insel mitten im See.

Ohne ein weiteres Wort machten sie sich wieder auf den Weg.

2

»Tu'ux ... ajsäk winik?«
»... K'u-naj Lahkin.«

Wellen klatschten gegen den Rumpf des Bootes. Von dem Wortwechsel der Krieger bekam der Pater nur wenige Fetzen mit. Genug, um seinen Mut noch tiefer sinken zu lassen.

Anscheinend debattierten sie, wohin sie ihre Gefangenen bringen sollten. Zum Tempel des Hohepriesters, hatte der hagere Krieger entschieden. Offenbar war er der Wortführer. Wenn er nicht gerade seinen Knüppel schwang. Den armen Cristo hatte er mit einem krachenden Hieb niedergestreckt.

Der Taufpriester lag neben ihm im Heck des Bootes. Allerdings andersherum, mit den Füßen neben dem Kopf des Paters. Die Hände auf dem Rücken gefesselt wie er selbst. Anscheinend war Cristóbal noch nicht wieder bei Bewußtsein. Wenn Diego den Kopf ein wenig hob, konnte er das Gesicht des kleinen Mönches sehen. Cristos Oberkörper ragte in den Bug des Bootes hinein. Sein Kopf lag direkt zwischen zwei nackten braunen Füßen. Die gehörten zu dem bulligen Krieger, der ihm vorhin die Spitze seines Speers zwischen die Schultern gedrückt hatte.

»Ajsäk winik … ajsäk kax.«

Erst glaubte Diego, er hätte sich verhört. Dann brachen die beiden Krieger in Gelächter aus. Der Hagere durchbohrte ihn mit seinem Blick. Ohne seine Augen abzuwenden, spuckte er ins Wasser. *Weißer Mann … weißes Huhn.* Was immer es bedeuten mochte, dachte der Pater. Es war alles andere als ermutigend.

Er hob den Kopf noch weiter an und spannte seine Rükkenmuskeln. Schmerzhaft spürte er die Stelle, wo sich die Speerspitze in seinen Rücken gedrückt hatte. Über Cristóbals bleiche Stirn und den Bootsrand hinweg sah er auf die weite Fläche des Sees.

Die Ausdehnung des Gewässers erstaunte ihn immer noch. Haltuna. Bewohntes Wasser. In weiter Ferne, beinahe mit dem Horizont verschmolzen, erhob sich die Insel aus dem blaugrünen Spiegel. Ein Gefüge steil aufragender Berge, seltsam regelmäßig gezackt. Yaxtun hatte ihm die Insel gezeigt. Vorhin, als sie am Ufer des Haltuna eingetroffen waren. Tatsächlich noch vor der Abenddämmerung, wie von dem jungen Jäger vorausgesagt. »Tayasal, Herr. Der Hof des Canek. Die heilige Stadt.«

Yaxtun hatte kaum zu Ende gesprochen, als sich aus dem Gras ringsum ein Dutzend Krieger erhoben. Muskulöse Gestalten, jadegrün bemalt. Um die Lenden trug jeder ein Tuch, auf dem ein Bildnis der Sonne prangte. Oder wohl eher ihres Sonnengottes. Ein rundes Gesicht, umgeben von Strahlen, doch mit gefletschten Zähnen und unsagbar finsterem Blick. Die Hälfte von ihnen hielten ihre Speere in Schulterhöhe. Die anderen wiegten wuchtige Knüppel in der Faust. Der Pater hob die Hände. Entschlossen, einige begütigende Worte zu sagen. *Denn siehe, ich bringe euch den Frieden und die Liebe.* Immerhin beherrschte er nun ihre Sprache. Wenn auch noch immer unzulänglich. Aber als er dann den Mund öffnete, drang nur ein Schmerzenslaut hervor. Der bullige Krieger hatte ihm seine Speerspitze in den Rücken gebohrt. Im selben Moment krachten Knüppel auf die Stirnen von Hernán und Cristóbal. Auch Yaxtun ging unter einem Hieb zu Boden. Ehe der Pater sich versah, waren sie alle vier gefesselt und verschnürt. Ihn selbst stießen sie in das eine Boot, in dem bereits der Taufpriester rücklings auf dem Boden lag. Hernán und Yaxtun wurden in ein zweites Langboot verfrachtet. Je zwei Krieger nahmen im Bug der Boote Platz. Zwei weitere Männer hockten im Heck und stemmten sich in die Ruder. Schon jagten die Boote über das Wasser, auf die Insel mit den gezackten Bergen zu.

»... alle vier geschlachtet ... Ehren der Götter.«

»Besonders die beiden Weißen ... Mann und das Huhn.«

Wieder lachten die beiden Krieger auf. Es klang hart und freudlos. Als wäre ihr eigenes Schicksal kaum milder als die Schmach, die sie für ihre Gefangenen voraussahen. Aber warum bezeichneten sie Cristóbal andauernd als *Huhn*? Entwürdigend, dachte Fray Diego. Das Band fiel ihm wieder ein, das die Teufelspriester in K'ak'as-'ich um Cristos Unterleib gebunden hatten. Er schauderte. Kein Grund zur Sorge, mahnte er sich. Was immer der Lahkin, der Hohepriester von Tayasal, gemeinhin mit seinen Opfern anzustellen pflegte – ihre Leben mußte er verschonen. Schließlich konnte er, Fray Diego, gleich zwei Bürgen vorweisen. Ixkukul, die Priesterin Ixquics, um derentwillen er in wochenlangen Märschen bis hierher vorgedrungen war. Ihre Macht hatte ihnen schon mehrfach das Leben gerettet. Allerdings war er sich längst nicht mehr sicher, ob Ixkukul sich auch in Tayasal für sie verwenden würde. Sein zweiter Trumpf aber würde auf jeden Fall stechen, dachte er. Yaxtun. Der fallsüchtige Fallensteller. So aberwitzig es in seinen eigenen Ohren noch immer klang, gerade die »heilige Raserei« erhob Yaxtun für die Maya von Tayasal zu einer Art Gottheit.

Falls Ixtz'ak mich nicht belogen hat, dachte er. Sonst gnade uns allen. Er ließ seinen Kopf sinken und schloß die Augen. Hinter ihm keuchten die Ruderer. Die Wellen klatschten gegen den Bootsrumpf. Weiter hinten auf dem See hörte er die Geräusche des zweiten Bootes. Riemen, die ins Wasser getaucht wurden. Murmelnde Stimmen. Näher bei ihm stöhnte der kleine Taufpriester. Fray Cristo, dachte er, bitte halte durch. Nur ein wenig noch. Bis wir vor diesem Lahkin stehen. Bald sind wir wieder frei. Dann kommst du auch wieder zu Kräften, ich verspreche es dir. Diese Wilden werden uns zu Füßen liegen. Sie weisen uns ihre schönste Hütte an und schlachten ihre fettesten Kaninchen, warte nur.

Tatsächlich hatte er nicht die blasseste Ahnung, was sie in Tayasal erwarten würde. Immer wieder mußte er an die Straße denken, das makellose Band im Wald. Sie paßte mit nichts zusammen, was er bis heute gesehen und geglaubt hatte. Und ebensowenig mit dem Aberglauben, dem die Maya von Tayasal angeblich huldigten. Jedenfalls laut Ixtz'ak. Die ihm zu verstehen gegeben hatte, daß er sich auch deshalb Yaxtuns Führung anvertrauen sollte. Denn die Maya von Tayasal trauerten. Vor einigen Wochen war ihr König gestorben, der bei ihnen Canek hieß. Schwarze Schlange. Nach ihrer Überzeugung herrschte über sie seit jeher ein unsterblicher Gottkönig, der sich im jeweiligen König wiederverkörperte. Ausgerechnet die »heilige Raserei«, die einen Jüngling aus dem Volk befiel, galt ihnen als Zeichen, daß die Seele des Canek in den Leib des Betreffenden gefahren sei. Yaxtun war ohne Zweifel ein fallsüchtiger Idiot. Und gerade deshalb ein erstrangiger Anwärter auf den Häuptlingsthron von Tayasal. Wo sie ihn, Fray Diego, mit allen Ehren empfangen würden, wenn sie erst erkannt hatten, daß er durch Busch und Sumpf ihren »Gottkönig« herbeigeschleppt hatte.

Falls Ixtz'aks haarsträubende Geschichte nicht erlogen war. Es fiel ihm schwer, sich Ixtz'ak als Lügnerin vorzustellen. Schwerer sogar als bei Ixkukul. Die für ihn noch immer in Mysterien gehüllt war, in geheimnisvollen Glanz, als wäre sie ein überirdisches Wesen, den Götzen der Maya ähnlich. Mächtig und launenhaft. Und vor allem undurchschaubar. Anders dagegen Ixtz'ak, ihre kleine Schwester. Sie schien ihm ehrlich und geradlinig zu sein. Beinahe eine Vertraute. Näher hatte er sich niemandem gefühlt, seit er verbannt worden war.

Wieder stöhnte Cristóbal. Der Pater öffnete die Augen. Abermals hob er im Liegen den Kopf. Cristóbals Augen waren geschlossen. Er stöhnte und seufzte im Schlaf. Das Boot schaukelte. Jetzt erst wurde ihm bewußt, wo sie sich befanden. Er riß die Augen auf.

Ein Hafenbecken. In langsamer Fahrt glitten sie auf eine leuchtend grüne Kaimauer zu. Der Pater zwinkerte. Fast alles hatte er inzwischen für möglich gehalten. Aber das hier. Es übertraf selbst die kühnsten, die furchtbarsten …

Die heilige Stadt. Vor ihm ragte sie aus dem See. Tayasal. Unfaßbar. Er stemmte sich höher, um besser zu sehen.

Am Kai ein weiter Platz, gesäumt von blühenden Bäumen. Menschen, die geschäftig ihres Weges gingen. Dahinter Bauwerke, bis zum Himmel ragend. In Reihen gestaffelt scheinbar bis zum Horizont. Eine Stadt von solcher Pracht, wie er noch keine gesehen hatte. Es war unwirklich, unbegreiflich. Und doch greifbare Wirklichkeit.

»Aufstehen.« Von hoch oben sah der bullige Krieger auf ihn herab.

Wie im Traum erhob sich Diego. Auch Cristóbal war zu sich gekommen. Der Pater half ihm, sich aufzurappeln. Sie stützten sich gegenseitig, so gut es gehen mochte, als sie hinter dem bulligen Krieger auf die Kaimauer traten.

Auch hier war die Straße eben und glatt, wie das schimmernde Band draußen im Urwald. Der von hier aus sehr fern schien. Zurückgedrängt und besiegt. Überall, so weit man sehen konnte, war der Boden mit dem hellen, steinharten Material bedeckt. Zu schwindelnder Höhe türmten sich die Bauten auf. Tayasal, dachte der Pater. Die Seele des alten Volkes.

Sein Kopf war auf einmal gänzlich leer. Seine Beine begannen zu zittern. Der bullige Krieger warf ihm eine Schlinge über den Kopf. Ein Halsband. Mit einer Leine daran. An der nun heftig gezogen wurde. Ergeben setzte sich Diego in Bewegung. Wie ein Hund, dachte er. Etwas in ihm zerfiel zu Staub.

3 Dunkelheit. Alles umfließend, alles umschließend. Finsternis und Totenstille. Wenn man von dem Fiepen der Ratten absah. Und den leisen Seufzern Cristóbals im Schlaf. Es war ihre dritte Nacht im Verlies des Lahkin. Falls zumindest auf sein Zeitgefühl noch Verlaß war. Nicht einmal dessen, dachte Fray Diego, konnte er sich mehr sicher sein.

Er hatte zwei furchtbare Tage hinter sich. Reglos in einer Ecke ihres Kerkers kauernd. Die Augen geschlossen, als wünschte er, von noch tieferer Nacht umgeben zu sein. In der man überhaupt nichts mehr sah. Aber sein inneres Auge sah in der Schwärze nur noch schärfer.

Wie vier Hunde hatte man sie durch die Stadt getrieben. Lederne Leinen um die Hälse geschlungen, die Hände auf dem Rücken verschnürt. So stießen die Krieger ihre Gefangenen vor sich her. Tritte und Hiebe, die auf ihre Rücken hagelten. Mit gesenkten Köpfen stolperten sie über den weiten Platz am Kai. Auf ein wuchtiges Bauwerk zu, breit und hoch wie ein ganzer Berg. Aber es war kein Berg. Eine maisfarbene Fassade, aus tausend Fensterlöchern äugend, golden erstrahlend im Abendlicht. Götterfratzen, die über Tür- und Fenstersturzen prangten, düster und unheilvoll. Er spürte ein Würgen in der Kehle. Hätte ihn jemand angesprochen, er wäre in Tränen ausgebrochen wie ein Kind.

Torbögen durchbrachen die goldene Fassade, hoch geschwungen und unfaßbar weit. Ein Ebenmaß der Formen, eine Genauigkeit und Kühnheit, dachte er, im ganzen Abendland unerreicht. Die Krieger stießen sie durch den mittleren Torbogen. Hier war der Boden mit Mosaiken ausgelegt. Phantastische Vögel. Rüsselnasige Wolken. Eine Federschlange, die durch den Himmel flog. Sie taumelten durch das Torhaus. Dahinter führte eine Straße steil bergan. Mit Tritten und Hieben jagten die Wächter sie hinauf.

Zweistöckige Häuser säumten die Straße. Langgezogene Bauten, gleichförmig, schmucklos. Wie Klöster, dachte Diego. Oder wie Kasernen. Junge Gesichter in den Fenstern. Mönchskrieger. Mit Raubkatzenköpfen. Unverwandt beobachteten sie den kleinen Troß der Gefangenen. Ihre dunklen Augen, aufmerksam und unbewegt.

Diego taumelte voran wie im Traum. Aber es war kein Traum. Sondern das Herz der grünen Hölle, genannt Tayasal. Neben ihm stürzte Yaxtun zu Boden. Der bullige Krieger fluchte. Yaxtun winselte. Vergeblich versuchte er sich zu erheben. Peitschenhiebe klatschten auf seinen nackten Rücken. Er versuchte voranzukriechen. Die Hände auf dem Rücken gefesselt. Zuckend wie ein Wurm. Endlich gelang es ihm, sich wieder aufzurappeln. Sein Gesicht wie zerfallen vor Angst und Scham. Hunderte Augen in den Fensterhöhlen, die sie unverwandt beobachteten. In vollkommener Stille. Niemand sprach ein Wort. Niemand sang oder lachte. Nicht einmal Tierlaute waren zu hören. Nur Yaxtuns keuchender Atem. Die Hiebe der Krieger. Und ihre Tritte auf der makellosen Straße von Tayasal.

Gut zweihundert Schritte führte die Straße steil bergauf. Dann mündete sie in einen weiten, vollkommen ebenen Platz. Nein, dachte Diego, das kann nicht sein. Wieder begannen seine Beine zu zittern. Es *mußte* eine Täuschung sein. Blendwerk. Ein Spiegeltrick. Was auch immer. Aber es war die Wirklichkeit.

Der Platz ein strenges Rechteck, drei-, fünfmal so groß wie der Petersplatz zu Rom. Gesäumt von Tempeln, Palästen, Pyramiden. Bauwerke, so kunstvoll und majestätisch, so himmelhoch und gewaltig, daß ihm jeder Bau der Alten Welt dagegen ärmlich schien. Gemessen an der düsteren Anmut, der schieren Ausdehnung und kunstvollsten Ausformung des heiligen Platzes zu Tayasal.

Fray Diego spürte den Drang, auf die Knie zu sinken. Innerlich zerschmettert. Dabei nahm er kaum mehr Einzelheiten wahr. Sein Geist verweigerte sich. Seine Seele verschloß sich. Aus Furcht, von der schieren Wucht und Pracht vollends erdrückt zu werden.

Die Fäuste ihrer Wächter stießen sie voran. Über den endlos weiten Platz. Auf eine Pyramide zu, deren Hunderte bunter Stufen geradewegs in den Himmel zu führen schienen. O mein Gott, dachte der Pater, hoffentlich müssen wir nicht dort hinauf. Wieder traf ihn ein Hieb in den Rücken. Er stöhnte auf und stolperte rascher voran. Neben ihm keuchte Cristóbal, Schulter an Schulter taumelnd mit Hernán.

Vor den Bauten verlief ein breiter Wandelgang, gesäumt von blühenden Bäumen. Eine Allee, die sich um den ganzen Platz zog. Im Abendlicht schritten Männer unter den Bäumen einher. Einzeln oder in kleinen Gruppen. Jünglinge und ältere Männer. Schweigend oder in ernstem Gespräch. Sie alle trugen weite, lange Gewänder in leuchtenden Farben. Sonnengelbe Kutten unterschied er, himmelblaue und ochsenblutrote Tuniken. Eine feierliche Stimmung ging von diesen Männern aus, wie von kastilischen Mönchen. Lange sah er zu ihnen hin. Jetzt erst bemerkte er, was viele von ihnen in Händen hielten.

Er knirschte mit den Zähnen. Nein. Es durfte nicht sein. Von weitem erkannte er fremdartige Zeichen, in leuchtenden Farben ausgeführt. O mein Gott, bitte mach, daß sie nicht auch dies noch haben.

Bücher.

Sie hielten sie aufgeschlagen in den Händen oder trugen sie zugeklappt unter dem Arm. Lasen im Gehen darin oder lehnten an Mauern und Bäumen, in ihre Schriften vertieft. O Gott im Himmel, dachte er.

Unwillkürlich war er stehengeblieben, dreißig Schritte vor der schwindelnd hohen Pyramide. Der bullige Krieger zerrte an der Leine um seinen Hals. Wieder stolperte er vorwärts. Die Wächter stießen sie an der Pyramide vorbei, zu dem Bauwerk linker Hand, das kaum weniger hoch in den Himmel ragte. Weit oben auf einer Plattform erstreckte sich eine Halle, auf Hunderte Steinsäulen gestützt. Endlos türmten sich vor ihnen die Stufen auf. In jede von ihnen war das Zeichen des Sonnengottes eingemeißelt. Ein rundes Gesicht, von Strahlen umrahmt. Doch mit finsterer Miene und einem Blick von vernichtender Feindseligkeit.

»Der Tempel des Lahkin.« Der hagere Krieger murmelte es. Grauen im Blick, als schaudere selbst ihn vor dem Schicksal, dem er seine Gefangenen zuführte.

Zwischen den blühenden Bäumen hindurch traten sie in die Allee. Eine Gruppe jüngerer Männer in sonnengelben Kutten wich zur Seite. Sie alle hielten Bücher in den Händen, gefaltete und gebundene Blätter, mit leuchtenden Zeichen bedeckt. Die Gefangenen stolperten vorüber, Köpfe und Rükken gesenkt. Diego brachte nicht einmal mehr die Kraft auf, aus der Nähe in eines der Bücher zu spähen. Die Kraft oder den Mut. Seine Seele wie eingeäschert. Sein Geist stumpf und leer. Er fühlte nur noch Erschöpfung. Und tief in seinem Innern einen fast unerträglichen Schmerz. Wie ein verwundetes Tier, das bloß noch einen dunklen Ort sucht. Wo es ungestört verrecken kann.

Tatsächlich brachten die Wächter sie an einen solchen Ort. Eine Tür in der Seitenwand des Tempels. Dahinter eine enge Stiege, die sich unter die Erde wand. Der bullige Krieger prügelte sie hinab. Unten ein gemauertes Loch in der Erde. Das Verlies des Lahkin. Zweimal mannshoch und vier auf vier Schritte groß. Die Wächter stießen sie hinein. Alle vier. Wuchteten ein hölzernes Gitter über das Loch. Jeder von ihnen kroch in eine Ecke. Vertrieb Ratten mit Tritten. Zerdrückte Spinnen und Käfer mit bloßer Faust. Schweigend. Nur der Fallsüchtige murmelte unverständliche Worte. Dann schwieg auch er.

Dunkelheit. Alles umfließend, alles umschließend. Finsternis und Totenstille. Diego hockte in seiner Ecke, wie seit zwei Tagen schon. Vor seinem inneren Auge die immer gleichen Bilder. Tayasal. Makellose Bauten und Straßen. Himmelhohe Tempel und Pyramiden. Klöster für Mönchssoldaten. Schriftgelehrte, in ihre Bücher vertieft. Die heilige Stadt der Heiden. Ihre düstere Anmut. Ihre altertümliche Schönheit. Nichts in der Alten Welt kam ihr gleich. Und nichts von dem, was Diego Delgado bisher geglaubt hatte, entsprach der Wirklichkeit.

4 Der dritte Tag. Kaum sickerte Morgenlicht in ihr Verlies, da begann Yaxtun zu stöhnen. Er knirschte mit den Zähnen. Im fahlen Dämmer sah Diego, wie sich sein Gesicht verzerrte. Seine Kiefer malmten. Zwischen seinen Lippen quoll Schaum hervor.

»Habe ich dich nicht gewarnt, Yaxtun?« Der Pater sprach leise, doch in scharfem Ton. Eine Eingebung. Er wußte selbst noch nicht, worauf er hinauswollte. Aber er spürte den Unternehmungsgeist, der ihn plötzlich wieder beflügelte. Nach Tagen und Nächten schierer Apathie. »Warum hörst du nicht auf mich?«

Der junge Fallensteller winselte. Noch schien er bei Bewußtsein. Diego erhob sich aus seiner Ecke. Zum ersten Mal seit vielen Stunden. Seine Glieder schmerzten, als er zu dem Fallsüchtigen hinüberging. Neben Yaxtun kauerte er sich auf den Steinboden.

»Ich habe dich gewarnt, Yaxtun. Du bist vom Teufel besessen. Seine Dämonen verdunkeln deinen Geist. Schwöre dem Satan ab, oder er wird dich zu sich holen. In die Hölle. Für alle Ewigkeit.«

Der Fallsüchtige heulte auf. Seine Wangenmuskeln zuckten. Wie ein Klumpen Furcht hob und senkte sich der Kehlkopf an seinem Hals.

»Grauenvolle Martern wird er dir bereiten.« Der Pater dämpfte seine Stimme noch mehr. Er wollte nicht, daß Hernán und Cristóbal ihn hörten. Der Mestize würde triumphieren. Und vor dem Taufpriester empfand er eine Art Scham. Obwohl er diesen armen Idioten nur aus einem Grund traktierte. Um ihrer aller Leben zu retten. »Hörst du mich, Yaxtun? Die Dämonen des Teufels. Die schwarzen Engel. Sie zwacken dich mit glühenden Zangen. Sie durchbohren dich mit brennenden Stöcken. Sie kochen dich in siedendem Öl. Du wirst tausendfältige Qualen erleiden. Tausendmal täglich wirst du dir wünschen, endlich tot zu sein. Aber vergeblich. Jeden Zoll deines Leibes werden sie foltern, Tag für Tag. Niemand wird dich mehr retten können. Deshalb kehre um, Yaxtun. Auf der Stelle. Denn noch ist es nicht zu spät.«

Der Fallensteller wimmerte. Sein Körper begann sich zu verkrampfen. Wie Schlangen zuckten die Muskeln an seinen Armen, seiner Brust. Unvermittelt kippte er um und blieb auf dem Rücken liegen. Seine Gliedmaßen bebten. Sein ganzer Körper war mit Schweiß bedeckt. Er stöhnte und winselte. Die Augen aufgerissen und gräßlich verdreht. Weiße Bälle, aus den Höhlen quellend, als versuche er den Pater im Blick zu behalten, während er in die Abgründe seiner Fallsucht stürzte.

»Hörst du mich, Yaxtun?« Ein Winseln, das bejahend klang. »Willst du, daß ich dich rette? Vor den Folterschergen des Satans? Willst du das, Yaxtun?« Der Fallsüchtige jaulte und heulte. Es klang zum Gotterbarmen. Diego mußte sich zwingen, seine herzlose Rolle durchzuhalten. »Dann sprich mir klar und deutlich diese Worte nach. *Weiche von mir, Satan!*«

Yaxtun gurgelte. Sein ganzer Leib zuckte nun in der Zange der Fallsucht. Er warf sich auf dem Boden hin und her. So krampfhaft, daß Diego mehrfach ausweichen mußte, um nicht von einem Fuß, einer Faust getroffen zu werden. Yaxtuns Finger krallten sich in sein eigenes Fleisch. Er kratzte sich die Brust blutig, die Schenkel, den Bauch. Er zerriß sein Schamtuch. Schrie und winselte. Schnellte auf dem kotigen Boden umher, nackt, schimmernd vor Blut und Schweiß.

»Sprich es mir nach, Yaxtun. *Weiche von mir, Satan!* Hörst du mich? Sprich mir nach: *Weiche von mir, Satan!*«

Unverwandt wiederholte der Pater die rituelle Formel. Auf einmal schien der Fallsüchtige innezuhalten. Er erstarrte förmlich, in lauernder Haltung.

»Sprich es mir nach, Yaxtun. *Weiche von mir, Satan!* Sprich es mir nach. *Denn meine Seele ist des Herrn.*«

»Wei ... von ... mi ... Sattán!« Es klang mehr wie Gurgeln und Schnauben. Aber er sprach tatsächlich die Formel nach. *»... vo ... mi ... Satta«*, wiederholte er, *»mei ... Seelses ... Herrn!«* Im selben Moment wich der Krampf, der ihn unbarmherzig umher geschleudert hatte. Yaxtun sackte in sich

zusammen. Reglos lag er da. Auf der Seite, ein wenig eingekrümmt zu der Form eines Halbmondes.

Rührend sah er aus. Sein kräftiger Leib, in der Haltung eines kleinen Kindes. Das sich im Schlaf an seine Mutter schmiegt. Es brach dem Pater fast das Herz. Aber er durfte dem Fallensteller noch keine Ruhe gönnen. Um ihrer aller Leben willen.

»Du hast es falsch nachgesprochen«, sagte er in scharfem Ton. »So kann ich den Satan nicht aus deinem Leib vertreiben, Yaxtun. Wenn du meine Worte so schlecht nachsprichst. Hörst du, Yaxtun? Länger kann ich dich nicht halten. *So fahre denn zur Hölle hinab!*«

Kaum hatte er *Hölle* gesagt, da schnappte die Zange wieder zu. Die Fallsucht warf Yaxtun auf den Rücken. Wieder begann sich sein Gesicht zu verzerren. Seine Augen weiße Bälle, gräßlich anzusehen. Wild zuckten seine Arme und Beine umher.

»Und jetzt sprich es mir nach, Yaxtun. *Weiche von mir, Satan!* Sprich es mir nach. *Denn meine Seele ist des Herrn.*«

»Wei … von … mi … Sattán!« Er heulte es hervor. Schaum troff von seinen Lippen. *»Denn mein … Seelses … Herrn!«* Im selben Augenblick sprang die Zange des Krampfes wieder auf. Abermals kippte Yaxtun zur Seite und krümmte sich zur Form eines Halbmondes ein.

Mit schmerzlichem Lächeln sah Diego auf den Fallensteller hinab. Leises Schnarchen verriet, daß Yaxtun bereits tief und fest schlief. Eine Stunde Ruhe würde er ihm gönnen. Mehr nicht. Sie hatten schon zuviel Zeit vergeudet, dachte der Pater. Vielleicht würde man sie bereits morgen vor den Lahkin führen.

Bis dahin mußte der Fallsüchtige funktionieren wie ein Pascal'scher Automat. Auf ein lautloses Zeichen hin mußte die Zange seiner »heiligen Raserei« zuschnappen. Und ebenso wieder aufspringen, wenn er, Fray Diego, es befahl. Um ihrer aller Leben willen. Und mit der Hilfe des Herrn.

5

»Auf die Knie!« Der bullige Krieger trat hinter ihn und zerrte an der Schlinge um Diegos Hals.

Der Pater ließ sich zu Boden sinken. Ein Greis, dachte er erstaunt. Mit allem hätte er gerechnet, selbst mit einem leibhaftigen Jaguar auf dem Thron des Sonnengottpriesters. Aber dieser Lahkin war ein alter Mann. Der in seinem riesigen Tempel um so dürftiger wirkte. Hinfällig und schwach.

Fray Diego spürte, wie neuer Mut in ihm aufstieg. Doch zugleich wuchs seine Verwirrung. Bislang hatte er geglaubt, daß der Lahkin der mächtigste Mann Tayasals sei. Mächtiger noch als der Canek, über dessen Anerkennung er als oberster Hüter des Kultes entschied. Aber wie war zu erklären, daß soviel Macht in derart schwachen Händen ruhte?

Hoch über ihnen thronte der Lahkin, auf einer mannshohen Plattform aus schwarzem Stein. Sein Sessel war mit Schnitzereien und goldenen Intarsien verziert. Aber er lag so kraftlos darin, als könne er sich nur mit Mühe aufrecht halten. Aus schmalen Augen spähte er zu ihnen hinab. Alles an ihm wirkte schmal und ausgezehrt. Seine Augen, die blutleeren Lippen. Die fleischlosen Wangen, die ganze magere Gestalt. Seine sonnengelbe Tunika schien ihm zu groß, als hätte er kürzlich viel Gewicht verloren. Oder als hätte er das Priesteramt von einem Riesen geerbt.

Ohne den Kopf zu bewegen, sah Diego um sich. Dieser Tempel war die gewaltigste Säulenhalle, die er jemals gesehen hatte. Tausende Säulen, wuchtig wie der Stamm der heiligen Ceiba und von makellosem Ebenmaß. Ein gigantischer steinerner Wald. Errichtet auf einer Plattform, die ihn hoch über die Stadt erhob. Mit einer künstlichen Lichtung darin, kreisrund und wenigstens dreißig Schritte weit. Auf der sie nun alle vier knieten, die beiden Fratres, der Fallsüchtige und Hernán. Aufgereiht zu Füßen ihrer Wächter, die sie wie Hunde bei den Halsbändern hielten.

Schmerzhaft drückten sich die steinernen Platten gegen Diegos Knie. Dennoch zwang er sich, reglos zu verharren. Der Lahkin war ein schwacher Mann. Das spürte er. Nicht nur körperlich geschwächt, durch Alter und vielleicht durch Krankheit. Auch um die seelischen Kräfte des Hohepriesters schien es schlecht bestellt zu sein. Er wirkte mutlos. Zermürbt von unstillbarer Furcht. Aber Furcht wovor?

Endlich ergriff der Lahkin das Wort. Seine Rede war ein Murmeln, tonlos und kaum zu verstehen. »Aufgegriffen am Haltuna. Warum?« Ungewiß, ob er mit seinen Besuchern sprach oder mit sich selbst. »Weiße Männer, kein gutes Zeichen. Was befiehlst du, Ahau?« Und er richtete seinen Blick in die Kuppel hoch über ihnen.

Unwillkürlich folgte Diego seinem Blick. Wieder überlief ihn ein Schauder. Schon vorhin, bei ihrem Eintreten, hatte er sich gefragt, wie die Baumeister diese überirdische Illusion zu erzeugen vermochten. Ein Himmel aus Stein. Steinerne Wolken, die sich am Firmament kräuselten. Unendlich schien sich das Himmelsgewölbe zu dehnen, durchscheinend und leuchtend blau. So echt wirkte die Täuschung, daß man selbst auf den zweiten Blick kaum erkannte, wo der gemalte Himmel endete und das wirkliche Firmament begann.

Der Lahkin hatte seinen Blick in die Höhe offenbar wohl berechnet. Soeben erschien über ihm in der Kuppel die Mittagssonne. Ihre Strahlen fluteten in den Tempel, eine Säule aus reinem Licht, die den Priester mitsamt seinem Thron umschloß.

Zugleich begann es im ganzen Tempel sonnengelb zu leuchten. Goldener Schimmer überglänzte jede Säule. Allerorten erhob sich ein Funkeln, als werde der steinerne Wald von tausend Sternen bestrahlt. Soweit der Blick reichte, traten sonnengelb gewandete Priester hinter den Säulen hervor. Geschmeidige Gestalten, junge Gesichter, die Mienen unbewegt und ausdruckslos. So schritten sie von allen Seiten auf die Lichtung zu. Der ganze Tempel funkelte und glänzte.

Was für ein Theater, dachte Diego. Gegen seinen Willen war er beeindruckt. Der Lahkin demonstrierte seine Macht. Mönchssoldaten. Zweihundert, vielleicht mehr. Muskulöse Leiber, kraftvoll und kampferprobt. Am Rand der Lichtung nahmen sie Aufstellung. Hintereinander gestaffelt, ein massiver sonnengelber Ring. Dessen Zentrum bildete der Lahkin, umschlossen von der Säule aus Licht.

»Sprich, weißer Mann, was suchst du in Tayasal?« Gebieterisch klang seine Stimme nun, als spräche aus ihm die Kraft der Sonne.

»Ehrwürdiger Lahkin. Der König von Tayasal ist tot. Euer ganzes Königreich trauert.« Tage- und nächtelang hatte Diego seine Rede vorbereitet. Und nicht nur seine Rede. »Aber ich bitte Euch, schöpft neuen Mut.«

Er unterbrach sich, für einen kurzen Moment. Am Rande nahm er wahr, daß der Lahkin sich auf seinem Thron aufgerichtet hatte. Die Augen weit geöffnet, sogar der Mund klaffte ein wenig auf. Vor freudiger Erwartung, wie es Diego schien. Rasch machte er Yaxtun ein Zeichen. Das umgekehrte Kreuz, mit der Spitze zur Hölle weisend. Seit Tagen hatte er den Fallsüchtigen präpariert.

Yaxtun glotzte ihn an. Schon verdrehten sich seine Augen. Er knirschte mit den Zähnen. In seiner Brust bildete sich ein Schrei. Ein Heulen, wie aus den Tiefen der Verdammnis. Seine Lippen begannen zu zittern, seine Schultern bebten.

Mit einem Lächeln wandte sich Fray Diego aufs neue dem Lahkin zu. Noch immer thronte der Hohepriester in der Säule aus goldenem Licht. Wie erstarrt standen die jungen Sonnengottpriester im Kreis. »Schöpft neuen Mut«, wiederholte der Pater. »Denn seht nur, ich bringe Euch – Euren Canek!«

Diese letzten Worte stieß er mit erhobener Stimme hervor. Im selben Moment heulte der Fallsüchtige auf. Schon zuckte sein ganzer Leib in furchtbaren Krämpfen. Er schnellte nach vorn, so gewaltsam, daß dem Wächter die Schlinge um Yaxtuns Hals entglitt. Seine Gliedmaßen wanden sich wie Schlangen. Seine Stirn, seine Brust schlugen auf den Steinboden auf, wieder und wieder. Seine Stimme wurde dröhnend.

»Schwarzer Vogel fliegt – der Himmelsschlange entgegen!« So begann es fast jedesmal. Yaxtun schrie und brüllte, als ob ganze Heerscharen von Teufelsgötzen sich in seinem Inneren drängten. Sein kräftiger Leib zuckte auf dem Boden umher. Seine Finger bildeten Krallen. Schaudernd hörte der Pater, wie seine Fingernägel über die Steinplatten schabten. Dann schlug er sich die Krallen ins eigene Fleisch. Kratzte seine Schenkel blutig. Riß sich Striemen in Arme und Schulter. Zerfetzte sein Schamtuch und kroch nackt auf die Plattform des Sonnengottpriesters zu. Dabei dröhnte er unablässig Visionen, von denen Diego nur hoffen konnte, daß der Lahkin sie für Botschaften seiner Teufelsgötzen hielt.

Der Hohepriester hatte sich erhoben. Wie gebannt stand er in seinem Turm aus Licht. Die Arme ausgebreitet, als wolle er den Fallsüchtigen an seine Brust ziehen. Jetzt erst bemerkte Diego das Entsetzen, das sich in den Zügen des Hohepriesters malte. Entsetzen wovor? Auch die Mienen der goldenen Mönchssoldaten waren wie versteinert vor namenlosem Schreck. Was nur flößte ihnen solches Grauen ein?

»Rote Strahlen, schwarze Zacken – *Cit Cac Coh*. Schwarze Flecken, rote Male – *Chac Zac Ceh*.« Der Fallsüchtige wälzte sich auf den Rücken, schimmernd vor Schweiß. Seine Brust ein Blasebalg. Seine Augen weiße Bälle. Schaum quoll aus seinem Mund, durchzogen von leuchtend roten Fäden.

Diego erschrak. Über die Entstellung des Rasenden. Aber mehr noch über die jähe Bewegung des Lahkin, der beide Arme hochriß.

»Runter mit euch! Hunde!« Die Wächter stießen ihnen die Prügel in den Rücken. Im Augenwinkel sah der Pater eben noch, wie sich auf der anderen Seite der Lichtung der goldene Kreis öffnete. Ein Hüne trat zwischen den Säulen hervor. Mit einer fließenden Bewegung sanken die Sonnengottpriester zu Boden. Ein Wächter drückte Diegos Kopf nach unten. Zwischen Hernán und Cristóbal kam er bäuchlings im Staub zu liegen. Vor ihnen wand sich der Fallsüchtige am Boden. Heulend und winselnd. Zuckend in der Zange seiner Raserei.

»Der Canek!« Der bullige Krieger flüsterte es, seinerseits hinter Diego auf die Knie sinkend.

Auch ohne die Worte des Wächters hatte der Pater verstanden. O Verdammnis, dachte er. Zu spät. Sie hatten ihren neuen König schon gekürt.

Behutsam hob er den Kopf. Neben die Plattform des Lahkin war ein hochgewachsener Mann getreten. Kaum älter als die jungen Mönchssoldaten, braunhäutig wie sie, doch von riesenhafter Gestalt. In eine Tunika gewandet, schwarz und schillernd, die aus Schlangenhaut gefertigt schien. Canek. Schwarze Schlange. Der wiedergeborene Gottkönig. Das schwarze Haar floß ihm bis auf die Schultern. Sein Gesicht mit den fleischigen Lippen, der fliehenden Stirn war dem Fallsüchtigen zugewandt. Seine Augen unter den schweren Lidern verschleiert wie in Trance. Die ganze Erscheinung wirkte bedrohlich, wie ein Raubtier in Menschengestalt. Anmutig. Unbewußt. Mordbereit.

Doch Grauen malte sich auch in den Zügen des jungen Canek. Er hob einen Arm, und seine ganze Gestalt erbebte. Aber er ist der Herrscher! dachte Diego. Der Gottkönig von Tayasal! Wovor zum Teufel fürchtet er sich?

»In den Kerker mit ihnen!« kreischte der Lahkin. Selbst der Fallsüchtige hielt für einen Moment inne in seiner Raserei. »In einem Uinal begehen wir die Wiederkehr unseres göttlichen Canek. Dann sollen die Eindringlinge zu Ehren Ahaus geopfert werden!«

Ein Murmeln lief durch die Menge der knienden Sonnengottpriester. Eine Lücke öffnete sich in ihrem goldenen Ring. Die Wächter packten die Schlingen um die Hälse ihrer Gefangenen und zerrten sie hinter sich her. Zurück in ihr Verlies. Zwischen Hunderten steinerner Säulen, wuchtig wie die Stämme der heiligen Ceiba und von unfaßbarem Ebenmaß. Ächzend schleppten Hernán und Cristóbal den schweren Leib des Fallenstellers, der nach seiner Raserei in Schlaf gesunken war.

Am Anfang des steinernen Waldes wandte sich Diego noch einmal um, In der Ferne, am Rand der Lichtung, knieten noch immer die jungen Mönchssoldaten. Ein goldener Kreis, durch die Hunderte gesenkter Köpfe schwarz getupft. Doch die Sonne war hinter Wolken verschwunden. Ihrer Kraft beraubt, saß der Lahkin wieder zusammengesunken auf seinem Thron. Zu seinen Füßen hockte der Canek auf der Plattform, und sie beide starrten ihren Gefangenen noch immer voller Grauen nach.

Der bullige Wächter zerrte an seinem Halsband. Ergeben wandte sich Diego um und stolperte weiter. Aus dem Tempel hinaus und die himmelhohe Treppe hinab. Vor ihm, unter ihnen, soweit das Auge reichte, türmte sich die gewaltige steinerne Masse von Tayasal. Ein Uinal, dachte er. Zwanzig Tage, nach dem Zeitmaß der Maya. Wenn er bis dahin herausfand, was den beiden mächtigsten Männern Tayasals derartiges Entsetzen einflößte, blieb ihnen vielleicht noch eine letzte Chance. Wie aber sollte er dieses Geheimnis enträtseln, während er im Kerker des Lahkin saß?

Das Ende, dachte er. Nichts habe ich verstanden, wie Tiere werden wir hier alle sterben, von unbegreiflichen Mächten zermalmt. Denn nur eines stand noch fest für ihn. Wenn dieses Heidenreich ein Werk des Teufels war, dann war Er unendlich mächtiger, als die Christenheit sich je erträumen ließ. Der Fürst dieser Welt.

6

Die Trommeln. Schon seit dem Morgengrauen dröhnten sie. Gleichmäßig, träge. Ein dunkles Wummern, der Puls eines riesenhaften Tieres, das allmählich erwacht.

Bereits beim ersten Ton der Trommeln hatte sich Hernán tiefer in seinen Winkel zurückgezogen. Nur seine Zähne schimmerten ab und an im Dunkeln. Mehrfach hatte Fray Diego ihn angesprochen. Doch der Mestize gab keine Antwort. Nicht mit Worten. Er keuchte wie jemand, der mit seinen Kräften am Ende war.

Fray Cristo dagegen betete. Hockte in seiner Ecke, die Beine angezogen, die Hände auf den Knien verschränkt. Murmelnd und psalmodierend, Stunde um Stunde, monoton wie die Trommeln draußen auf dem Platz. Während der Fallensteller, wenn er nicht gerade in der Zange seines Krampfes zappelte, Trommeln und Todesangst, Gebet und Verzweiflung einfach verschlief.

Mittlerweile mochte die Mittagszeit nahen. Tatsächlich war es ihr zwanzigster Tag im Kerker des Lahkin. Gerechnet von dem Tag an, als sich der Fallsüchtige vor dem Thron des obersten Sonnengottpriesters gewälzt hatte. Zwanzig Tage in ununterbrochener Finsternis. In einem gemauerten Loch, das schon seit den ersten Stunden einer Kloake glich. Von pestilenzischem Gestank erfüllt. Von Kot und anderem Schmutz. Auch wenn die Wächter ab und an einen Wasserstrom durch ihr Verlies leiteten, der mehr Unrat herbeischwemmte, als er mit sich nahm.

Niemals hätte Fray Diego gedacht, daß ihn Schmutz und Gestank derart zermürben könnten. Beinahe mehr noch als Angst und Hoffnungslosigkeit. In dieser schwarzen Kloake hockend, begann man über kurz oder lang zu hoffen, daß es endlich vorbei sein möge. Vorbei mit den fiependen Ratten. Den Krämpfen in den Eingeweiden. Vorbei auch mit Cristóbals leisem Weinen im Schlaf. Das seine wache Zuversicht, die zur Schau getragene Glaubensstärke immer wieder Lügen strafte.

Zweimal pro Tag schütteten die Wächter einen Kübel voll Küchenabfälle zu ihnen hinab. Abgenagte Knochen, Gemüseschalen, undefinierbaren Brei. Auf den sie sich alle vier stürzten, auch wenn es ihnen die Kehle zuschnürte. Mit den Händen im Unrat wühlend, Moder zum Munde führend, ohne zu wissen, war es Nahrung oder Kot. Und dann wieder, Stunde um Stunde, allein mit den immer gleichen Gedanken. Die unablässig im Leeren kreisten. Um die eine Frage, auf die es keine Antwort gab. Um den einen Ausweg, den er nicht fand, niemals finden würde. Wie er sich den Kopf auch zermarterte. Weil es diesen Ausweg nicht gab. Der Hohepriester von Tayasal würde sie opfern. In siebzehn, elf, sieben Tagen. Der Greis in der schlotternden goldgelben Tunika. Die Zeit verrann. Qualvoll langsam und doch bestürzend schnell. Die letzten Tropfen ihrer Lebenszeit. Der Lahkin würde ihr Leben nicht schonen. Zu Ehren seiner Teufelsgötzen würde er sie schlachten lassen, am selben Tag, an dem der neue Gottkönig von Tayasal seinen Thron bestieg.

Die Trommeln dröhnten, wie seit Stunden schon. Nicht mehr lange, dachte Diego, dann werden sie uns holen. Er versuchte sich vorzustellen, welchen Ort der Lahkin für ihren Tod bestimmt hatte. Die Mitte des weiten Platzes? Seinen Tempel in der Höhe, den gigantischen steinernen Wald? Oder den First der riesenhaften Pyramide, deren bunte Stufen geradewegs in den Himmel führten? Und welche Todesart mochte für sie vorgesehen sein? Die schwarze Axt, die ihnen das Herz aus dem Brustkorb biß? Schaudernd dachte er an die Opferpriester am Cenote und in K'ak'as-'ich. Zweimal waren sie durch Ixkukul gerettet worden. *Ti-k'aba' Ixquic.* Doch ein drittes Mal würde dieses Wunder nicht geschehen. Nicht hier in Tayasal, wo zwar Ixquics Tempel stand, doch das Wort ihrer Priesterin wenig galt. Es war die einzige Auskunft, die er von ihren schweigsamen Wärtern jemals erhalten hatte. Und der Hieb, der seine letzte Hoffnung zerstörte.

»Ixquic?« Nie würde er das Lachen vergessen, das den bulligen Wächter bei diesem Namen überkam. Ein verachtungsvolles Lachen, wenn auch eine Spur erregt. »Eine Göttin für die Weiber. Für Begierde und Brunst.« Seine Stimme hallte. Vier Schritte über ihnen hockte er, eine gedrungene Silhouette, am Rand des Gitters über ihrem Verlies. »Früher einmal, heißt es, soll auch die Mondgöttin mächtig gewesen sein. Aber seit langem herrschen nur noch die männlichen Götter über Tayasal. So hat auch die Priesterin Ixquics im Rat der obersten Priester wenig Gewicht. Und gegen das Wort des Lahkin wagt ohnehin niemand die Stimme zu erheben. Nicht einmal die Priester der mächtigsten Kriegsgötter. Geschweige denn die Priesterin einer niederen Göttin wie Ixquic!« Wieder stieß er sein seltsames Lachen aus, Verachtung mit einer Prise Lüsternheit.

Ixkukul ... Wenn er ihren Namen auch nur dachte, lautlos im Dunkeln flüsterte, begann sein Herz immer noch wie rasend zu schlagen. Er sah ihr Lächeln vor sich, damals, als sie auf der Lichtung vor der Missionsstation stand. Im Dunkeln lächelte er zurück und roch den frischen, ein wenig herben Duft ihres Haars. Die silberne Frau. Der mondhelle Schleier vor ihrem Gesicht. Ihr silbriges Lachen. »Im Namen der Mondgöttin ...« Niemals, niemals hatte er je wieder ein solches Glücksgefühl verspürt wie damals, nach jenem Traum. Auch diese Momente hatte er nie mehr vergessen können. Wie er im Morgengrauen erwachte, der ganze Urwald vom Konzert der Vögel erfüllt. Wie er auf die Lichtung hinaustrat und sein Herz auf einmal zu klopfen begann. Tränen, die in seine Augen schossen – verrückt, dachte er, ich weine wahrhaftig vor Glück. Es war, als nähme er die Welt mit nie gekannten Sinnen wahr. Tau, der im Morgenlicht auf Gräsern und Blüten glänzte. Die Luft erfüllt von bittersüßem Duft. Wie die ersten Sonnenstrahlen zwischen den Bäumen flirrten. Der Gesang der Vögel, jubilierend wie ein einziger inbrünstiger Schrei ...

Die Erinnerung verblaßte. Der Duft wich dem Gestank des Kerkers. Der Gesang der Vögel wurde übertäubt vom Wummern der Trommeln. Von den gemurmelten Gebeten des Taufpriesters und vom elenden Keuchen Hernáns. Der Fallsüchtige in seinem Winkel knirschte mit den Zähnen. Ein neuer Anfall, dachte der Pater. Eine Weile lauschte er angespannt ins Dunkel. Doch Yaxtun heulte nur einmal leise auf und sank aufs neue in Schlaf.

Noch einmal kehrten seine Gedanken zu Ixkukul zurück. Er würde seinen Nacken unter der Axt des Opferpriesters beugen, ohne Ixkukuls Namen zu erwähnen. Wenn sich herausstellte, daß die weißen Männer ihretwegen nach Tayasal gekommen waren, würde der Lahkin am Ende auch Ixkukuls Tod befehlen. Der bullige Wächter hatte zweifellos recht. Der Lahkin hatte ihre Opferung beschlossen, und niemand konnte sie retten. Am allerwenigsten eine Frau, die Priesterin einer Gottheit von minderem Rang.

Schritte auf der Treppe rissen Diego aus seinen Gedanken. Fray Cristos Gemurmel verstummte. Der Mestize hörte auf zu keuchen. Sie alle hielten den Atem an und lauschten angespannt in die Dunkelheit. Nur der Fallensteller seufzte weiterhin leise im Schlaf. Während über ihnen das Gitter beiseite gerissen wurde. Fackeln loderten auf. Eine Strickleiter wurde hinuntergeworfen. Barsche Kommandos. *»Ko'ten!«*

Auf einmal wurde Fray Diego ganz ruhig. Kühl und gefaßt. Er erhob sich. Trat zu Cristóbal und half ihm auf die Füße. Der kleine Taufpriester hatte wieder zu beten begonnen. Im flakkernden Schein der Fackeln stand er da, bis zu den Knöcheln im Unrat, und rief die heilige Mutter Maria an. Seine ehemals weiße Tunika war verkrustet mit Schmutz und Kot. Wirr stand ihm das Haar vom Kopf ab, und sein Antlitz war bleicher denn je. Fray Cristos Augen aber strahlten vor Frömmigkeit.

Für einen Moment konnte der Pater seinen Widerwillen kaum verbergen. Hör auf, dich selbst zu belügen! wollte er Cristóbal anherrschen. Doch er bezwang sich. Im Leben hatte er dem kleinen Mönch keinen Weg weisen können. Mochte Fray Cristo also über die Schattenbrücke wandeln, wie es ihm gefiel. Er wandte sich um und wollte auch Hernán die Hand bieten. Aber der Mestize hatte seinen Winkel bereits verlassen. Er kniete neben Yaxtun und rüttelte den Fallensteller aus dem Schlaf.

»Wird's bald!« Über ihnen ließ der bullige Wächter wieder sein Lachen ertönen. Verachtungsvoll, zugleich eine Spur erregt. »Die Götter dürsten nach eurem Blut.«

»Ich gehe als erster.« Diego nickte seinen Gefährten zu. Hoch über ihnen, auf dem weiten Platz, dröhnten die Trommeln. Schneller jetzt, hämmernd, erregt. Er umklammerte die Seile und kletterte auf der schwankenden Strickleiter nach oben.

7

»Los, weiter! Wirst du wohl schneller laufen, weißer Hund!« Faustschläge prasselten auf ihre Schultern und Köpfe. Dabei taumelten sie bereits, so rasch sie konnten, auf der speckigen Wendeltreppe nach oben. Der Pater voran, gefolgt von Hernán und Cristóbal. Hinterdrein trottete der Fallsüchtige, der wohl kaum erst begriffen hatte, wohin die Wächter sie trieben.

Endlich hatten sie die Erdlinie erreicht. Fray Diego stolperte über die Schwelle nach draußen. Die Hitze traf ihn wie ein Hieb. Der Atem stockte ihm. Seine Lunge sträubte sich, die glühende Luft einzuatmen. Noch schlimmer war die Helligkeit. Wie Dolche stachen ihm die Sonnenstrahlen in die Augen. Nach drei Wochen in fast völliger Schwärze. Aber die Wächter ließen ihnen keine Zeit. Im Gegenteil. Noch heftiger zerrten sie an den Halsbändern, noch brutaler schlugen sie auf ihre Gefangenen ein.

Die blühenden Bäume der Allee. Kaum erkannte Diego sie wieder. Ernste Mönche in bunten Gewändern waren zwischen den Bäumen einher geschritten, damals, als sie hier eingetroffen waren. Wie weit weg ihm dieser Tag nun schien. Und wie sehr sich diese Stätte seither verändert hatte. Blinzelnd sah er um sich. Der ganze riesenhafte Platz war schwarz vor Menschen. Dicht gedrängt standen sie da, zwischen himmelhohen Tempeln und Pyramiden. Reihe um Reihe, zu gleichförmigen Gruppen geordnet, Tausende Menschen, Zehntausende vielleicht. Und doch herrschte vollkommenes Schweigen, kaum daß man hier und dort ein Husten oder Murmeln vernahm. Auch die Trommeln waren verstummt, seit die Gefangenen erschienen waren. Atemlose Stille herrschte auf dem Platz.

»Dort entlang! Los!« Eine schmale Gasse in der Menschenmenge. Schnurgerade zog sie sich über den ganzen Platz. Bis zu der Pyramide auf der anderen Seite, deren riesenhafte Stufen geradewegs in den Himmel zu führen schienen. Wieder Fäuste, die auf seine Schultern trommelten. Ergeben trottete Diego auf die Gasse zu. Hunderte Augenpaare, die ihnen entgegensahen. Nur ein blutrotes Seil zu beiden Seiten hielt die Menge zurück. Die auf einmal tausend Hände hob. Aus tausend Mäulern zu brüllen begann. Hunderte Gesichter verzerrten sich zu Fratzen voller Hohn und Haß.

Fäuste klatschten auf ihre Haut. Stöcke pfiffen durch die Luft. Lippen spitzten sich und spien sie an. »Opfer«, schrie die Menge, »Tod, Verwandlung!« Und immer wieder, wie in Trance: »Opfer, Tod, Verwandlung! O ihr Götter!« Diego und seine Gefährten taumelten voran. Hundeleinen um die Hälse, die Hände auf dem Rücken gefesselt, in schmachvoller Nacktheit. Noch auf der Treppe hatten die Wächter ihnen die Lumpen von den Leibern gerissen. Besonders die weiße Haut der Fratres reizte die Spottlust der Menge. Und ihre Blutgier. Das Verlangen, Schmerzen zu bereiten. Das Opfer schreien zu hören, sich krümmen zu sehen. Wieder und wieder schlugen Hände zu. Stöcke und Peitschen. Auf ihre Köpfe und Schultern. In den ungeschützten Bauch. Speichel spritzte Diego in die Augen. »Opfer, Tod, Verwandlung!« Flüche dröhnten ihm in den Ohren. Hohnworte, explodierend in seinem Gehirn. »Zerfetzt den weißen Hund! O ihr Götter!« Aus tausend Mäulern, hechelnd vor Begierde. Aus tausend Fratzen, zerfließend vor Haß.

Endlich hatten sie die Gasse hinter sich, übergossen mit Speichel, Blut und Schweiß. Himmelhoch ragte vor Diego die Pyramide auf. Wohl an die hundert Stufen, jede von ihnen hoch wie ein Altar. Götterfratzen, in den Stein gemeißelt, die ihnen entgegenstierten. Sonnengelb gefleckte Jaguare. Rüsselnasige Götzen in leuchtendem Rot. Schwarze Adler. Ein jadegrünes Krokodil.

Auf einmal wieder Stille auf dem ganzen weiten Platz. Nur ihr eigenes Keuchen war zu hören, der stoßweise Atem. Abermals zerrten die Wächter an ihren Halsbändern. Halb besinnungslos vor Angst und Schmerzen mühten sie sich, die erste Stufe zu erklimmen. Einen hüfthohen Steinkoloß. Während ihre Hände auf den Rücken gefesselt waren.

Unmöglich, dachte Diego. Das schaffe ich nicht. Er hob ein Knie auf die erste Stufe und wälzte sich mit dem Oberkörper hinterher. Über ihm kletterten Cristóbal, Hernán und der Fallensteller, schon drei, fünf, sieben Stufen voraus. So eilig zu sterben? Er versuchte zu lächeln, zumindest in Gedanken. Doch er vernahm nur eine Art Schluchzen in seinem Kopf. Lebensgierig bis zum letzten Augenblick. Er nahm die nächste Stufe in Angriff. Wälzte sich darauf und blieb atemlos liegen. Da traf ihn ein Peitschenhieb, brennend wie Feuer auf Brust und Bauch. »Krieche weiter, weißer Wurm!«

Ergeben schleppte er sich weiter. Die elfte, fünfzehnte, neunundzwanzigste Stufe. Schließlich hörte er auf zu zählen. Das Blut toste in seinen Ohren. Schweiß lief ihm in hellen Strömen über die Wangen, in den schaurig verwilderten Bart. Selbst jetzt noch litt er unter Schwindelgefühl. Wagte es nicht, sich umzuwenden und in die Tiefe zu sehen. Auf den weiten Platz, wo die tausendäugige Menge zusah, wie sie Stufe um Stufe nach oben krochen. Auf der Treppe der Schmerzen und der Schmach. Dem Tod entgegen.

Er war vollkommen entkräftet, als er endlich über die oberste Stufe kroch. Am Rand der Erschöpfung und doch bei klarem Bewußtsein. Das erstaunte ihn. Und erfüllte ihn beinahe mit Stolz.

Eine Plattform, weit wie die Ebene auf dem heiligen Turm in San Pedro. Er erhob sich und machte mehrere taumelnde Schritte zur Mitte hin. Dort standen schon Fray Cristo und die anderen, von den Wächtern eng zusammengedrängt. Seine Brust hob und senkte sich in schmerzhaften Stößen. Schweiß spritzte ihm aus Bart und Haar. Mitten auf der Plattform, durch eine weitere Stufe noch höher erhoben, saßen der Lahkin und der junge König auf Thronen. Die feierliche Krönung des Canek, dachte Diego, hatte also bereits stattgefunden. Nun wollte man sichergehen, daß die Götzen dem neuen König ihren Segen gaben. Also brachte man ihnen zum Abschluß der Zeremonie noch ein paar Menschenopfer dar. Er dachte es ganz mechanisch. Erst als er neben Fray Cristo trat, sah er den schwarzen Altar, direkt unter der Stufe mit den Thronen.

Die drei Opferpriester. Er beobachtete, wie sie sich für die Zeremonie vorbereiteten. Ihre Kopfbedeckungen richteten, schwarze, glänzende Hauben, die wie Beilklingen geformt waren. Dann begannen sie Messer und Äxte zu sortieren, über den Altar gebeugt. Er betrachtete ihre stämmigen Leiber, die kräftigen Hände, mit Axt und Dolch vertraut. Noch immer fühlte er sich seltsam gelassen. Emotionslos und kühl. Als ob er mit den Schlächtern nichts zu schaffen hätte. Ein zufälliger Augenzeuge seines eigenen Todes. Offenbar, dachte er, hatten sie heute schon weitere Opfer geschlachtet. Zumindest das Schamtuch des Größten der drei war mit Blutflecken übersät. Seine Arme blutverkrustet, von den Handgelenken bis über die Ellenbogen. Mit Blut verschmiert auch sein Haar, das er hüftlang trug. Vielleicht war es den Opferpriestern verboten, sich den kostbaren Saft von der Haut und aus den Haaren zu waschen.

Sein Verstand arbeitete so klar wie seit Wochen nicht mehr. Befreit von Hoffnung und Angst. Er stand im Kreis seiner Gefährten, nackt und zerschunden, die Hände auf dem Rücken verschnürt. Doch er berauschte sich förmlich an der Klarheit seines Geistes. An seiner Gefaßtheit, die ihm selbst bewundernswert erschien. Bis er den Blick des Lahkin spürte.

Der greise Hohepriester saß über ihm, auf seinem Thron. Diego mußte den Kopf in den Nacken legen, um den Blick des Lahkin zu erwidern. Mit beinahe allem hatte er gerechnet, mit Genugtuung ebenso wie Hohn. Doch was er statt dessen in den Zügen des Priesters entzifferte, war blanke Angst. Jenes Grauen, maßlos und unerklärlich, das er schon damals in der Miene des Lahkin entdeckt hatte, als sich der Fallsüchtige vor ihm am Boden wand. Und wieder fragte sich der Pater: Grauen wovor?

Er würde es nicht mehr herausfinden. Hände packten ihn bei den Schultern und zerrten ihn fort. Noch haftete sein Blick an den schreckverzerrten Zügen des Lahkin. Da lag er bereits auf dem schwarzen Altar. Die Brust emporgewölbt, die Gliedmaßen herabhängend. Ihm zu Kopf und Füßen knieten die beiden kleineren Opferpriester und hielten seine Hände und Füße fest. Sein Herz setzte für mehrere Schläge aus, als ein Zeichen auf seine linke Brust gekrakelt wurde.

Der rote Vogel. Er erinnerte sich an das Zeichen, das die Priester von K'ak'as-'ich auf Cristos Brust gemalt hatten. Plötzlich setzten die Trommeln wieder ein, träge wie der Puls eines schläfrigen Tiers. Er spürte, wie der dritte Priester ihm etwas unter den Rücken schob. Ein Band, mit scharfem Ruck zog er es unter ihm hindurch. Diego hob den Kopf.

O mein Gott. Das weiße Band. Nicht auch noch diese Demütigung, dachte er. Der Priester, der seine Hände hielt, schlug ihm heftig auf die Stirn. Sein Kopf sank zurück. Für einen Moment wirbelten Lichter vor seinen Augen. Aber die Gnade einer Ohnmacht blieb ihm versagt. Er spürte, wie der Opferpriester das Band um seinen Unterleib schlang. Schaudernd erinnerte er sich, was Hernán erzählt hatte. Wie der alte Regengottpriester den Phallus seiner Opfer zerfetzte, weil dies dem Regengott Cha'ac wohlgefällig war. Eine Hand ergriff sein Schamglied und fixierte es unter dem Band. Da durchfuhr ihn eine Eingebung. Teuflische Verdrehung, dachte er. Warum schlitzten die Satanspriester ihre männlichen Opfer ausgerechnet dort unten auf? Als ob sie den Weibern ihr Monatsblut neideten! Oder als ob sie versuchten, mit der Opferklinge das Mysterium des Mondblutes nachzuahmen.

Opferklinge, hallte es in ihm nach. Blutiges Ritual. Daher auch das Massaker von San Benito, dachte er. Eine Assoziation. Unlogisch, das spürte er sofort. Denn die Mörder von San Benito hatten nicht die Scham ihrer Opfer aufgeschlitzt. Sondern deren Brust. Außerdem waren die Hälfte der dortigen Opfer weder Weiber … Sein Atem stockte. Weder Weiber. Noch Männer. Sondern …

Immer rascher, immer härter wummerten die Trommeln. Fordernd klang ihr Rhythmus, fiebrig und mitleidlos. Nun setzten auch noch Flöten ein, ein Gewinsel aus Knochenpfeifen und Muscheltönen. Mondblut, dachte Diego wieder. Nicht von Weibern. Nicht von Männern. Sondern … Sein Herz begann wie wild zu schlagen. Jagender selbst als die Töne der Trommeln. Ixkukul, dachte er. Vielleicht bekommen wir doch noch eine Chance.

Wieder hob er den Kopf. Hochaufgerichtet stand der Opferpriester über ihm und schwang sein schwarzes Messer in der Luft. Da riß Diego mit einem Ruck seine Hände los und richtete sich auf. »Wartet, hört mich an!«

Der Opferpriester erstarrte in der Bewegung. Diego legte seinen Kopf in den Nacken. Der Lahkin hatte sich bereits von seinem Thron erhoben und starrte zu ihm herab. Während die Trommeln immer rascher, immer härter donnerten, wie das Herz eines Riesen, der nach langem Schlaf erwacht.

Endlich hob der Hohepriester eine Hand. Das Wummern der Trommeln erstarb. Das Winseln der Flöten verebbte. Diego stieß den Priester zu seinen Füßen beiseite und sprang auf den Altar. »Hört mich an!« wiederholte er.

Für einen Moment stand er einfach schweigend da. Plötzlich fühlte er wieder den Schwindel. Wie hoch oben sie hier waren. Auf dieser titanischen Teufelspyramide. Ein heißer Wind pfiff über die Plattform. Noch brennender waren die Blicke der beiden Männer, die vor ihren Thronen standen, nun beinahe in einer Höhe mit ihm. Der greise Lahkin und der junge König.

»Ich bin gekommen ...« Laut schallte seine Stimme über den weiten Platz. Mit einer Hand riß er das Band von seinem Unterleib, fast ohne es zu bemerken. Zu seinen Füßen, vertrauensvoll aufblickend, kauerten Fray Cristo, der Fallensteller und Hernán. »... gekommen, um endlich das Versprechen einzulösen, das wir Euch vor vielen Jahren gegeben haben.«

Der Lahkin starrte ihn an. Entsetzen in den Augen, seine schmalen Lippen geöffnet zu einem stummen Schrei.

»Welches Versprechen?« Zum ersten Mal hörte er die Stimme des Canek. Dunkel, volltönend. Ein wenig verhangen, als spreche er aus den Tiefen des Traums.

»Damals, edler Canek, haben wir an Eurem Hofe ein Pferd zurückgelassen ...«

Der Canek erbleichte. Nie hätte Diego es für möglich gehalten, daß ein Mensch von so dunkler Hautfarbe sich derart entfärbte. Noch einmal wollte er das Wort ergreifen. Doch da war der Lahkin bereits von der Stufe der Throne herabgesprungen und warf sich vor ihm in den Staub.

Die Menge unten begann zu raunen. »Er ist gekommen ... Er wird uns erlösen ... O ihr Götter!«

Abermals hob Diego seinen Blick. Selbst der Canek beugte vor ihm das Haupt. Lachhaft, dachte der Pater. Da stehe ich nackt und zerschunden auf dieser kolossalen Pyramide. Beinahe hätten die Teufelsjünger mir das Herz aus dem Leib geschnitten. Um nur des Herzens zu gedenken in diesem gehetzten Moment. Und was geschieht jetzt?

Lauter und lauter wurden die Rufe aus der Menge. Bis auch Diego verstand. »... endlich gekommen ... wird uns erlösen ... der Priester des Pferdegottes!«

Sieben

1

Das Becken war kreisrund und in den Boden eingelassen. Er lag darin, seit Stunden schon. Von den Zehen bis zu den Schultern in angenehm temperiertem Wasser, das mit aromatischen Essenzen angereichert war. Schaumflocken trieben auf der Oberfläche. Mosaiken zierten Wände und Boden des Bassins. Mit dem Rücken lehnte er an dem baumstammdicken Leib einer Wasserschlange aus Grünstein. Mit Beinen und Gesäß ruhte er auf der Schnauze eines gewaltigen Jadekrokodils. Aber diese Bestien flößten ihm keine Furcht ein.

Am Beckenrand hatten dienstbare Geister allerlei Teller und Schüsseln, Becher und Krüge aufgereiht. Sogar eine Schale mit Zigarren stand bereit, nebst Schwefelhölzern zu bequemem Gebrauch. Wenn man bedachte, daß er erst vor wenigen Stunden dem Schnitter von der Klinge gesprungen war …

Er grunzte vor Behagen. Nie zuvor hatte er ein Bad wie dieses hier gesehen. Geschweige denn, sich in eigener Person darin geräkelt. Das Bassin war so geräumig, daß zumindest die Phantasie leicht auf Abwege geriet. Wie vielen Personen mochte es Platz bieten? Fünf, sieben, neun? Und was zum Teufel hatte die Baumeister veranlaßt, ausgerechnet das Schlafgemach eines Priesters mit diesem Sündenzuber zu versehen?

Des obersten Pferdegottpriesters, um genau zu sein. Er schüttelte ein wenig Schaum von seiner Hand und nahm einen Krug vom Beckenrand. Gegorener Kakao. Das Zeug schmeckte so schaurig wie in San Pedro. Dennoch schenkte er sich den Becher randvoll, sicher schon zum vierten, fünften Mal. Wie oft kam es schließlich vor, daß man unter dem Henkersbeil begnadigt wurde? Er schwenkte den Becher durch die Luft. »Prosit, Pablo.« Auch dem Kaziken mußte er Abbitte leisten. Wie so vielen seines Volkes. Er hatte ihnen allen Unrecht getan. Sie gröblich unterschätzt. Vor allem aber den Teufel, ihren Herrn, der sie in erstaunlichen Künsten unterwiesen hatte.

Noch immer konnte er es kaum fassen, daß er am Leben war. In diesem Bad ruhend, statt verscharrt in einem Grab. Wie sich der Lahkin vor ihm in den Staub geworfen hatte! Unglaublich, dachte er. Ein Traum. Noch jetzt war er keineswegs sicher, ob er dies alles nicht einfach träumte. Es war zu unwirklich. Abgründig und bizarr. Schon als er auf den schwarzen Altar gesprungen war, hatte er sich gefühlt wie im Traum. Schwebend, ein wenig fiebrig. Als wäre er im Begriff, eine äußerste Grenze zu überschreiten. Zumal er vollkommen nackt war, im Kreis würdevoll dreinblickender Herren. Seine Blöße verstärkte den Eindruck von Unwirklichkeit. Der allerdings auch nachher nicht weichen wollte, als er längst wieder in eine Tunika gewandet war.

Noch während er vor ihm am Boden lag, hatte der Lahkin mehrere Befehle erteilt. Die Robe des obersten Pferdegottpriesters herbeizuholen. Dessen Gefährten von ihren Handfesseln zu befreien. Den Rat der obersten Priester zusammenzurufen, für den morgigen Tag. Ein halbes Dutzend Sonnengottpriester stürzten davon. Rannten auf verschiedenen Seiten die Stufen der himmelhohen Pyramide hinab, während unten auf dem Platz noch immer die Menge stand. Zehntausende, in erwartungsvollem Schweigen.

Kurz darauf kehrte der erste der Ausgesandten zurück. Ein junger Mönchssoldat in goldener Tunika, auf seinen Armen ausgebreitet die schwarze Kutte. Diego warf sie sich über. Beinahe hätte er laut aufgelacht. Es kam ihm wie ein Trick vor, wie offenkundiger Betrug. Eine rappenschwarze Kutte, fast ebenso geschnitten wie seine alte Robe, die er einst in Beja trug. Als Priester der heiligen Kirche Roms. Allerdings war ihm diese Tunika entschieden zu klein. Sie zwackte unter den Armen. Der Saum reichte kaum bis zu den Knien. Vorsichtig sprang er von dem Opferaltar herab, auf den First der Pyramide. Sein Schwindelgefühl wuchs. Das Kostüm eines Teufelspriesters, dachte er. Ein obszönes Röckchen, unter dem er nichts als seine nackte Haut trug.

Scharf beobachtete er den Lahkin. Und wenn sie ihn verhöhnt hatten? Der greise Hohepriester hatte sich wieder erhoben. Er stand im Kreis seiner sonnengelb gewandeten Priester, mit denen er sich tuschelnd beriet. Auf einmal schien es ihm möglich, daß der Lahkin sich verstellt hatte. Ebenso wie der junge König. Ein Pferdegottpriester? Wieso eigentlich Pferdegott? Lächerlich! Wild sah er um sich. Zu seinen Füßen kauerten noch immer seine Gefährten. In schlichte weiße Tuniken gewandet, die man ihnen soeben zugeteilt hatte. Über ihren Köpfen, auf der höchsten Stufe, saß der Canek wieder auf seinem Thron. Die schweren Lider halb gesenkt, seine Augen verschleiert, als schaue er geradewegs in eine andere Welt.

Nun wandte sich der Hohepriester um und kam mit düsterer Miene auf ihn zu. Was würde er sagen? Was befehlen? Daß der weiße Mann neuerlich auf den Opferstein zu werfen sei? Weil sich herausgestellt habe, daß er doch kein Pferdegottpriester war? »Habt die Gnade, mir zu folgen, Bruder Pferd.« Die Anrede verblüffte ihn so sehr, daß er lediglich die Augen aufriß. »Noch einmal bitte ich Euch, verzeiht unseren Irrtum. Daß wir Euch opfern wollten. Alle Schuld liegt bei mir. Ich hätte erkennen müssen, wer Ihr seid, Bruder Pferd.«

Diesmal schaffte er es zumindest zu nicken. Die Augen noch immer weit aufgerissen, sein Gesicht in krampfhaftem Grinsen verzerrt.

»Die Gottheit.« Der Lahkin senkte den Kopf. Eine Schuld schien auf ihm zu lasten. Seine Lippen bewegten sich. Offenbar rang er um Worte. »Bei der heiligen Himmelsschlange«, stieß er endlich hervor. »Euer Gott ist tot!«

»Gott.« Er wiederholte es, ohne zu begreifen. »Tot.« Stumpfsinnig wie das Echo in den Schluchten von Beja.

»Es war im Katun Vier Zotz, Bruder Pferd. Präzise gesprochen, am Kin Sieben Ahau Acht Mac, regiert vom sechsten Herrn der Nacht.« Nun brachen die Worte nur so aus dem Hohepriester hervor. Seine Augen begannen zu leuchten. Sonderbar exakte Gesten untermalten seine Rede, die jedoch unverständlich war. »So schrieb es das Volk. Die Bauern und die einfachen Krieger. Nach der Zählung, die wir Edelleute seit jeher bevorzugen, war es im elften Baktun, fünfzehnten Katun, vierten Tun und dritten Uinal der nullte Tag.«

Der nullte Tag. Nur zu gern hätte er gewußt, wovon dieser kleine alte Mann überhaupt redete. Auf den Fersen wippend stand er vor ihm, auf dem Dach dieser ungeheuerlichen Pyramide, und ein Strom von Zahlen entquoll seinem Mund.

»Sieben weiße Männer suchten an jenem Tag den Canek auf. Unseren unsterblichen Gottkönig, dessen zwölfte Wiederverkörperung damals über Tayasal herrschte.« Er deutete eine Verbeugung an, in Richtung des Throns. »Das ehrwürdige Pferd befand sich in ihrer Begleitung. Niemals hatten unsere Vorfahren ein Wesen wie dieses gesehen. Von mächtiger Gestalt, mit glänzend schwarzem Fell. Großäugig zum Zeichen, daß dieser Gottheit nichts entging. Nicht die geringsten Regungen der Sterblichen. Doch der Pferdegott war nicht bei vollen Kräften. Sein rechter Vorderfuß lahmte. Und so baten die weißen Männer unseren Canek um Erlaubnis, den Pferdegott in Tayasal lassen zu dürfen, bis er wieder genesen sei. Nicht lange, und sie würden zurückkehren und ihn wieder abholen.«

Allmählich gewann Diego seine Fassung zurück. Bis hierher stimmte die Geschichte des Hohepriesters mit Don Ramóns Aufzeichnungen überein. Allerdings mit einem Unterschied. Vor 172 Jahren hatte der Eroberer Cortés in Tayasal ein lahmes Roß zurückgelassen. Für die Heiden aber schien der Gaul ein veritabler Gott zu sein.

»Die weißen Männer zogen davon. Die Edlen von Tayasal aber führten das Pferd mit allen Ehren in das Haus, das eigens für die Gottheit errichtet worden war. Dort häuften unsere Priester die kostbarsten Opfer vor ihm auf, die wir besaßen. Silber und Honig. Gold und Weihrauch. Quetzalfedern und Kakao. Der Pferdegott aber war offenbar schon zu geschwächt. Er verschmähte alle Opfer und verschied am dritten Tag.«

Wieder senkte der Lahkin den Kopf. Er stieß sogar einen leisen Seufzer aus. Falls Diego sich nicht verhört hatte. Immerhin pfiff hier oben ein kräftiger Wind über den First. Weißt du nicht, wer der weiße Mann war, der euch das Pferd damals brachte? Er fragte es nicht. Weißt du nicht, daß er im Anschluß eure gesamte Welt erobert hat – ausgenommen diesen erstaunlichen Winkel namens Tayasal? Er unterdrückte auch diese Frage. Doch sein Schwindelgefühl wuchs und wuchs.

»Stellt Euch die Verzweiflung vor, die unsere Ahnen befiel, Bruder Pferd!« Der Hohepriester breitete die Arme aus. »Ganz Tayasal trauerte. Man fürchtete den Zorn der Götter. Sie hatten uns einen der ihren anvertraut. Unsere Priesterschaft aber hatte schmählich versagt.«

Vorsichtig nickte Diego ihm zu. Mittlerweile war ihm so schwindlig, daß er die ganze Pyramide unter sich schwanken fühlte. Er streckte eine Hand vor, um sich abzustützen. Sogleich sprang Hernán auf, und Diego schlang einen Arm um seine Schultern.

»Nicht lange danach«, fuhr der Lahkin fort, »hatte unser Canek eine Vision. Die Götter befahlen, für den Pferdegott einen Tempel zu errichten. In ferner Zukunft, so sagten sie voraus, würde ein weißer Mann nach Tayasal kommen. Wie es auch die bärtigen Begleiter des Pferdegottes angekündigt hatten. Der weiße Mann aber, dessen Ankunft die Götter prophezeiten, würde der oberste Priester des Pferdegottes sein. Ein mächtiger Magier, ein Kenner der dreizehn Himmel ebenso wie der neunfaltigen Unterwelt.«

Wieder sank der Lahkin zu Boden. So überraschend, daß Diego befürchtete, er sei aus Schwäche gestürzt. Aber er kniete aus Demut. Verehrungsvoll. Nun hob er den Kopf und reckte die gefalteten Hände zum Himmel empor.

»Endlich, endlich seid Ihr gekommen, Bruder Pferd. Wie die Götter es prophezeit haben. Wie die Edlen von Tayasal es erwarten, mit brennenden Herzen, seit einem halben Baktun. O ihr Götter, ich wußte, daß ihr uns nicht im Stich lassen würdet! In der Zeit unserer größten Not schickt ihr uns einen mächtigen Helfer. Den Retter von Tayasal. Den Erlöser der Itzaj Maya. Den Priester des Pferdegottes!«

Der Lahkin keuchte. Seine Augen strahlten. Schweigend sah der Pater zu ihm herab. Unfähig, ein Wort zu erwidern. Sein Kopf war leer. Nur der Schwindel brauste darin. Ab und an wehten einzelne Worte durch seinen Geist. Unbegreifliche Worte. Erlöser der Maya. Mächtiger Magier. Pferdegott.

»Gestattet, daß wir Euch nun zu Eurem Tempel geleiten, Bruder Pferd.« Der Lahkin erhob sich. Ein Wink von ihm, und zwanzig Mönchssoldaten stellten sich im Spalier auf.

Diego taumelte hindurch, auf den Mestizen gestützt. Zu seiner Linken schritt der Lahkin. Gelöst und geradezu beschwingt, wie es dem Pater schien.

»Ihr habt uns alle gerettet, Herr.« Hernán raunte es, so leise, daß Diego seine Worte mehr ahnte als verstand. Vertrauensvoll drückte sich der Mestize gegen ihn. Reine, tiefe Dankbarkeit, dachte Diego. Es verwirrte ihn noch mehr. Was hatte er erwartet? Daß Hernán ihn tadeln würde für seine Blasphemie? Bruder Pferd! Wieder mußte er sich bezwingen, um nicht laut herauszulachen. Es war vollkommen verrückt.

In diesem Moment erst wurde ihm bewußt, was geschehen war. Der Schmerz schnürte ihm die Brust ab. Unsere Leben habe ich gerettet, aber um welchen Preis. Behutsam atmete er ein und aus. Er war dem Teufel in die Falle gegangen. Der Priester des Pferdegottes. Sie alle vier würden nur so lange am Leben bleiben, wie er die Rolle des Satanspriesters spielte. Und mit jeder Sekunde, in der er dieser Rolle treu blieb, würde er seine unsterbliche Seele noch ärger besudeln. Mit den Todsünden der Teufelsanbetung und blankesten Blasphemie.

Er lag im Bad, umnebelt von Aromen und gegorenem Kakao. Zum Teufel auch, dachte er, was hätte ich denn machen sollen? Dabei kannte er die Antwort nur zu genau. Bekennen und widerstehen. Doch ebenso war ihm bewußt, daß ihm zum Märtyrer alles fehlte. Mut, Glaubensstärke, Lebensekel. Und folglich hatte er sich in seine Rolle gefügt. Der Priester des Pferdegottes.

Im Triumphzug wurde er von der Pyramide hinabgeleitet. Auf der Westseite des Bauwerks, wo es eine ganz bequeme Treppe gab. Mit Stufen für Menschen statt für Riesen. Und sogar mit einem Geländer aus geschnitztem Holz.

Unter ihnen dehnte sich die riesige Stadt, von der Sonne überglänzt. Bis zu den Horizonten spannte sich die blaugrüne Fläche des Sees. Einmal wandte sich Diego um. Da sah er Fray Cristo, umringt von jungen Mönchssoldaten in goldenen Gewändern. Anscheinend versuchten sie ihn in ein Gespräch zu ziehen. Doch der kleine Taufpriester gab keine Antwort. In seinem bleichen Gesicht malte sich eine Verzweiflung, die dem Pater den Atem nahm. Kein Zweifel, Cristóbal war sich bewußt, wohin sie geraten waren. Und er schien wenig Hoffnung zu hegen, daß sie in diesem Satansreich bestehen könnten, ohne Schaden an ihrer Seele zu nehmen.

Der heilige Platz von Tayasal. Noch immer harrten die Menschen zu Tausenden, ja Zehntausenden aus. Wieder mußten sie die enge Gasse quer über den Platz durchschreiten. Wieder verzerrten sich Gesichter, diesmal jedoch vor Ergriffenheit. Wieder wurden Hände gehoben, aber keine Fäuste. Er taumelte durch die Gasse der dampfenden Leiber. Die Menschen versuchten ihn zu berühren. Den heiligen weißen Mann. Den Pferdepriester. Sie tätschelten seine Schultern. Strichen ihm über Brust und Rücken. Viele Weiber weinten. Anscheinend außer sich. In Ekstase. Kaum mehr wissend, was sie taten oder wo sie waren. Sie streckten die Hände nach ihm aus. Eine junge Frau warf sich vor ihm in die Gasse.

»Aus dem Weg!« Er stieß sie zur Seite. Stützte sich noch schwerer auf den Mestizen und stieg mit hölzernen Bewegungen über die Frau hinweg. Die am Boden liegen blieb, schreiend und zuckend wie der Fallensteller in der Zange seiner Raserei.

Endlich erreichten sie die andere Seite des Platzes. Schaudernd musterte er den Tempel des Lahkin. Die eingemeißelten Götterfratzen in der endlosen Treppe. Den engen Einlaß an der Seite, der unter die Erde führte, hinab in das lichtlose Verlies. Er würde es nicht ertragen, noch einmal dort unten zu schmachten, in Schwärze und Schlamm. Er war zu feige. Sinnlos, es zu leugnen. Unfähig, sich für seinen Gott zu opfern. Zu sterben mit der Wahrheit auf den Lippen. Im Namen dieser Wahrheit oder dessen, was man in Rom und Marbella dafür hielt.

Sie ließen den Tempel des Sonnengottes linker Hand liegen. Endlos dehnte sich der heilige Platz. Glücklicherweise war der Wandelgang entlang der Gebäude geräumt worden. So kamen sie rasch und unbehelligt voran.

»Seht, Herr. Der Tempel dort vorn.« Mit dem Kinn deutete Hernán auf ein pechschwarzes Gebäude an der Stirnseite des Platzes.

Es stand auf einer kleinen Plattform. Sieben Stufen führten hinauf. Diego faßte das Gebäude schärfer in den Blick. Wieder war ihm, als wandele er durch einen Traum. In der Wirklichkeit kamen solche Bauten nicht vor. Oder doch? Ein flaches Gebäude, schmal, vielleicht vier auf fünfzehn Schritte messend. Es schien über dem Boden zu schweben, wie schwerelos. Aus seiner Vorderfront wuchs ein steiler Vorbau, geformt wie ein langer Hals mit gesenktem Pferdeschädel. Jetzt erst erkannte er, daß das Gebäude auf Säulen ruhte. Je eine Säule unter jeder Ecke des Baus. Schlank wie die Läufe von Pferden. Ein Tempel in Roßform, dachte er. Rappenschwarz. Grotesk und kunstvoll zugleich.

Mit ehrenvollen Gesten geleitete der Lahkin ihn in den Tempel. Durch das geöffnete Pferdemaul trat man ein. Dann ging es steil aufwärts durch den steinernen Hals. Dahinter ein weiter Saal, von Dämmerlicht erfüllt. Nach der Helligkeit draußen sah man im ersten Moment überhaupt nichts. Er blinzelte. Das göttliche Roß! Beinahe hätte er laut aufgeschrien.

»Bereits damals, im Katun Vier Zotz«, sagte der Lahkin gedämpft, »wurde dieser Tempel errichtet. Das Haus des Gottes und sein verehrungswürdiges Abbild. Seht nur, Bruder Pferd.«

Aber er sah ja schon. Starrte es an und konnte es nicht fassen. Ein riesiger Gaul aus glänzendem schwarzen Stein. So kunstvoll gearbeitet, daß es wirklich ein Wunder schien. Es sah aus, als bräche der Rappe in wildem Lauf durch die Tempelwand. Hals und Kopf, Vorderläufe und der halbe Rumpf ragten in den Saal hinein. Besonders der Schädel war meisterlich gearbeitet. Hoch hatte der Pferdegott sein Haupt erhoben. Aus wenigstens sieben Metern Höhe sah er auf die Menschen herab. Seine großen, hervorquellenden Augen waren furchteinflößend. Ebenso die geweiteten Nüstern, das zum Äußersten gefletschte Gebiß.

Gegen seinen Willen war Diego beeindruckt. Noch als er sich umwandte, spürte er in seinem Rücken die Präsenz des vergöttlichten Pferdes. Mit beiden Händen stützte er sich auf den Altar. Ein langgestreckter Tisch, gleichfalls aus schwarzem Stein. Er trennte den göttlichen Bezirk von dem Bereich der Gemeinde ab. Dreizehn Reihen mit Sesseln und Schemeln zählte der Pater. Sein Kirchlein in Beja war weitaus kleiner gewesen.

Glücklicherweise erwarteten der Lahkin und sein Gefolge nicht von ihm, daß er sogleich eine Messe zu Ehren des Pferdegottes zelebrierte. Sie hatten ihn in eine Art Sakristei geführt, in einem Winkel neben der Roßskulptur. Von dort ging es weiter, in die Privatgemächer des Pferdegottpriesters. Eine Zimmerflucht von verwirrender Ausdehnung und verschwenderischer Pracht. Im hintersten Raum hatte er das üppige Mahl vorgefunden, dessen Reste noch immer am Rand des Bassins aufgereiht waren. Außerdem das vorbereitete Bad, duftend und knisternd vor Schaum.

Wieder wedelte er ein wenig Schaum von seiner Hand und beugte sich zum Beckenrand. Eine Zigarre. Der Lahkin hatte ihm versichert, daß bei den Maya selbst die Götter Zigarren rauchten. Er nahm sich eine Tabakrolle aus der Schale und roch daran. Würzig und herb. O ihr himmlischen Mächte. Was treibt euch nur, daß ihr mich erst verhöhnt und dann wieder derart verwöhnt?

Er klemmte die Zigarre zwischen die Lippen und steckte sie an. Zumindest für diesen Abend war Diego Delgado mit seinem Schicksal versöhnt.

2

Scharrende Schritte. Der Geruch von Weihrauch. Scheues Murmeln. Was hatte das zu bedeuten? Diego öffnete die Augen. Sein Schädel dröhnte. Er zwinkerte. Träumte er etwa noch?

Benommen sah er um sich. Ein weiter Raum, ausgestattet mit verschwenderischer Pracht. Durch hohe Fenster fiel Sonnenlicht ein. Allein seine Lagerstatt war größer als das Verlies, in dem er die letzten Wochen verbracht hatte. Eine wahre Burg aus Kissen und Decken, Matten und Fellen von Jaguar und Hirsch. Webtapeten spannten sich über die Wände. Sessel und Tische mit kunstvollen Schnitzereien luden zum Verweilen ein. Dahinter klaffte das gewaltige Bassin. Mosaiken bedeckten den ganzen Boden. Geflügelte Pferde, die sich schnaubend in die Luft erhoben. Roßengel, dachte er. Ein fliegender Gaul bot dem Betrachter seine Hinterpartie dar. *Engelarsch*. Er mußte lächeln. Langsam kehrte seine Erinnerung zurück.

Bruder Pferd. Das war er. Der oberste Priester des Pferdegottes. Nur deshalb war er noch am Leben. Zur Feier seiner Rettung hatte er gestern abend dem Kakaoschnaps zugesprochen. Und möglicherweise einen Krug zuviel geleert. Daher das Pochen hinter seiner Stirn.

Ächzend richtete er sich auf. Wieder hörte er Schritte und Gemurmel. In einiger Entfernung, doch offenkundig in diesem Haus. Was hatte das zu bedeuten? Schließlich waren dies hier die Privatgemächer des Pferdegottpriesters. Niemand durfte ohne seine Genehmigung hier eindringen. Oder etwa doch? Er schwenkte seine Beine über den Bettrand und erhob sich. Der

Schmerz in seinem Kopf wurde stärker. Zwischen geflügelten Rössern schlurfte er zum Türloch und spähte hinaus.

Ein weiterer Raum, ebenso ausgedehnt wie sein Schlafgemach. Sonnendurchflutet, doch gänzlich leer. Als warte er darauf, daß sein neuer Bewohner ihn in Besitz nahm. Aber ich bin mit leeren Händen gekommen, dachte Diego. Sogar die Seekiste mit seinen paar Habseligkeiten war in der Station zurückgeblieben. Die *Schedel'sche Weltchronik*. Nur zu gern hätte er gewußt, was dieses Werk über eine satanische Hochkultur im tiefsten Dschungel des Petén zu berichten wußte. Oder dem geneigten Leser verschwieg.

Er durchquerte den zweiten Raum, auf die fernen Laute lauschend. Ein fremdartiger Belag bedeckte hier den Boden. Grün und weißlich schillernd. Vielleicht eine Mischung aus Seide und Vogelfedern. Oder auch von Schlangenhaut. Er schauderte.

An den Füßen fühlte sich der Teppich durchaus angenehm an, Schmeichlerisch weich. Jetzt erst wurde ihm bewußt, daß er barfuß war. Er blieb stehen, mitten im Raum. Legte eine Hand auf seine Stirn und versuchte nachzudenken. Wie war er gestern abend von dem Bassin in sein Bett gelangt? Und bei welcher Gelegenheit hatte er seine neue rappenschwarze Robe übergeworfen, in der er soeben erwacht war? Vergebens zermarterte er sein Gedächtnis. Noch gestern abend hatte er dem Mestizen befohlen, ihm aus mehreren Tuniken eine Robe in angemessener Größe zu nähen. Bis zu den Waden wallend und um Brust und Schultern erträglich weit. Hernán hatte ihm die Robe neben dem Bassin bereitgelegt. Zumindest daran erinnerte er sich. Aber was war dann geschehen?

Er schüttelte den Kopf. Der Schmerz donnerte gegen seine Schläfen. Dieser gegorene Kakao war ein teuflisches Getränk. Der Geschmack widrig, die Folgen fürchterlich. Wieder setzte er sich in Bewegung. Die »Sakristei«. Er erinnerte sich. Eine Kammer, die den Tempelraum mit seinen Privatgemächern verband. Er durchquerte sie mit raschen Schritten. An der Schwelle zum Tempelraum blieb er stehen. Und riß die Augen auf.

Auf den Bänken im Gemeindebereich drängten sich die Menschen. Allesamt Priester, dem Anschein nach. Ernste Gesichter, junge und alte, in leise Gespräche vertieft. Sie alle trugen Tuniken in leuchtenden Farben. Sonnengelb und dschungelgrün, blutrot und himmelblau. Offenbar waren sie begierig, den Pferdegottpriester predigen zu sehen. Oder was sonst wurde hierzulande von einem Priester erwartet? Vielleicht nahmen sie an, daß er das kolossale Roß durch einige Zaubersprüche zum Leben erwecken würde?

Wenn nur sein Kopf weniger geschmerzt hätte. Mit gespreizten Fingern fuhr er sich durchs Haar. Dann wollte er auf gleiche Weise seinen Bart striegeln. Doch seine Finger griffen ins Leere. Unerwartet, desto erschreckender. Als krümme er die Finger zu Krallen. Er griff sich ans Kinn. Sein Vollbart – wer hatte ihn geschoren? Bis zur Brust hatte ihm der Bart schon gereicht, schwarzer Filz mit silbergrauen Strähnen. Er fuhr sich über die Wangen, den Hals hinab. Knäbische Glätte. Jetzt erst spürte er, daß er beobachtet wurde. Hernán.

Der Mestize stand hinter dem Altar. Ohne seinen Herrn aus dem Blick zu lassen, machte er sich an den Requisiten zu schaffen, die dort aufgereiht standen. Ein Weihrauchkessel. Ein silberner Becher. Eine Schale. Daneben lag sogar ein dickes Buch, der Einband beschädigt. Der Mestize nahm den Kessel auf und schwenkte ihn über dem Altar. Rauch wallte hervor. Ein fremdartiger Geruch, schwerer als Weihrauch, betäubend und süß.

Langsam trat der Pater näher. Inzwischen hatten auch die Besucher in den Bänken bemerkt, daß der Pferdegottpriester erschienen war. Das Gemurmel verstummte. Aller Blicke hefteten sich auf ihn. Fünfzig, sechzig Augenpaare, aufmerksam und starr. Diego trat hinter den schwarzen Altar. Das Tosen in seinem Kopf war kaum zu ertragen. Mit beiden Händen stützte er sich auf den Altartisch.

Neben ihm stand Hernán. Befremdet sah Diego, daß auch der Mestize eine schwarze Tunika trug. Eine Robe ähnlich seiner, doch so knapp geschneidert, wie es Hernáns Eitelkeit entsprach. »Alles bereit, Herr.« Wieder raunte er so leise, daß seine Worte kaum zu erahnen waren.

Diego wollte auffahren, den Mestizen anherrschen für seine Eigenmächtigkeit. Doch er bezwang sich. Noch immer konnte er sich nicht erinnern, was gestern abend geschehen war. War der Lahkin noch einmal erschienen und hatte ihn aufgefordert, zu Ehren des Pferdegottes heute eine Messe zu zelebrieren? Hatte er selbst daraufhin den Mestizen mit den Vorbereitungen beauftragt? Und Hernán womöglich auch angewiesen, ihm den Bart zu scheren? Aber warum nur? Und weshalb hatte er nicht die mindeste Erinnerung an all diese Geschehnisse?

Er klammerte sich an den Altar und schaute im Tempel umher. Von Fray Cristo war weit und breit nichts zu sehen. Statt dessen kauerte der Fallensteller nahe dem Eingang. Seltsamerweise trug auch er eine rappenschwarze Tunika. Für einen Moment schloß Diego die Augen. Konnte es sein, daß ihm die Dinge entglitten? Als er die Lider wieder hob, fiel sein Blick auf das Buch.

Es lag genau vor ihm, auf der glänzenden Fläche des Altars. Gebunden in braunes Leder, das stark beschädigt war. An den Rändern zerfasert, der Rücken zerbrochen. Und mitten darauf prangte ein goldenes Kreuz.

Eine Bibel. Vollkommen unmöglich, dachte er. Mehrfach öffnete und schloß er die Augen. Jedesmal lag die Bibel unverändert vor ihm. Endlich tastete er hin. Schlug das Buch an einer zufälligen Stelle auf und las: *Das Gleichnis vom verlorenen Fohlen …*

Unsinn, teuflische Einflüsterung! Noch während er sich empörte, formte sich in seinem Geist ein ungeheuerlicher Plan. Er würde …

Eilige Schritte rissen ihn aus seinen Gedanken. Weitere Besucher traten in den Tempel. Ein wenig außer Atem nach dem steilen Aufstieg durch den Pferdehals. Nun erst wurde Diego bewußt, daß sie sich im Brustkorb des steinernen Pferdes befanden. Während seine Privatgemächer im Unterleib des hohlen Rosses lagen. Er räusperte sich. Die verspäteten

Besucher drängten sich in die hinterste Bank. Als wollten sie sich vor dem Blick des Pferdegottpriesters verbergen. Drei Männer in nebelfahlen Tuniken. Einer von kräftiger Gestalt, mit grauen Haaren. Seinem Gebaren nach befehlsgewohnt, ein mächtiger Herr. Unterwürfig hockten seine Begleiter neben ihm. Jünglinge noch, die scheu um sich sahen. Während ihr Herr die Arme vor der Brust verschränkte und sich weit zurücklehnte. Mit einer Miene, die dem Pater höhnisch schien. Wissend und unheilvoll.

Wieder fiel sein Blick auf die Bibel. Aufgeschlagen lag sie vor ihm, und seine Hand ruhte neben der Passage, wo er sich vorhin verlesen hatte. *Das Gleichnis vom verlorenen* ... Abermals räusperte er sich. Dann breitete er beide Arme aus und begann mit dröhnender Stimme zu singen. *Großes Pferd, wir ehren dich.* Die Verse strömten über seine Lippen. Ohne darüber nachzudenken, änderte er den vertrauten Text ab, wo es erforderlich war. Paßte ihn den Gegebenheiten an. Sang *Pferd* und *Fohlen* statt *Herr* und *Sohn.* Auch den Heiligen Geist tauschte er gegen eine Erheblichkeit aus, die hierzulande höher geschätzt wurde.

Er sang und predigte. Schwenkte seinerseits den Weihrauchkessel und faltete die Hände zum Gebet. *Im Namen des Rappen, des Fohlens und des heiligen Maises. Amen.* In seinem Schädel klopfte es. Schmerz oder Schuld, wo war da der Unterschied. Dann begann er neuerlich zu singen. *O süßes Pferd, wir rühmen dich.* Die Herren in den Bänken starrten ihn an. Aus dunklen Augen, reglos und schräg. Katzenaugen. Ab und an fletschte jemand die Zähne. Die spitz zugeschliffen waren, die Zwischenräume mit Gold oder Jade verziert.

Währenddessen spürte er unablässig die Präsenz des riesigen Pferdes in seinem Rücken. Eine Skulptur aus massivem Stein, sechs oder sieben Schritte hoch. Sie mußte mehrere Tonnen wiegen. Heerscharen von Bildhauern mußten monatelang gearbeitet haben, bis das Roß göttergleich durch die Tempelwand brach. Eine überwältigende Illusion. Er hob die Hände und wandte sich um. Aus überlegener Höhe starrte das Pferd zu ihm hinab. Auf einmal war ihm, als rollte es mit einem Auge. Er hielt den Atem an. Legte den Kopf weit zurück und faßte das Roß schärfer in den Blick. Unsinn! Natürlich hatte sich das Auge nicht bewegt. Oder doch?

Es dauerte einen Moment, bis er seine Fassung wiedergewann. Mit dem Rücken zur Gemeinde stand er da, die Arme noch immer erhoben, und starrte zu dem äugenden Roß empor. Als er sich wieder umwandte, hatten sich die Priester allesamt erhoben. Eben trat der Lahkin aus der vordersten Bank und näherte sich dem Altar.

»Die Macht Eures Gottes hat uns alle sehr beeindruckt.« Argwöhnisch sah Diego ihn an. Doch er konnte keinen Spott in der Miene des alten Mannes erkennen. »Im Namen der Priesterschaft von Tayasal lade ich Euch ein, Bruder Pferd. Kommt heute abend zur Stunde der Eule in die Kalenderpyramide. Dort sollt Ihr in den Rat der obersten Priester aufgenommen werden. Der Canek hat es geweissagt, Bruder Pferd. Ihr seid der Retter von Tayasal.«

Mechanisch erwiderte Diego seine Verbeugung. Der Retter? Was nur erwarteten sie von ihm? Unruhe stieg in ihm auf und vermischte sich mit dem Schmerz in seinem Kopf. Und mit dem Schuldgefühl, das um so stärker wurde, je heftiger er es zu verleugnen versuchte. *Im Namen des Pferdes, des Fohlens und des heiligen Maises* ... Hatte er tatsächlich so gebetet? Und bei diesen Worten seine gefalteten Hände zu dem Riesenroß erhoben? In der Tat. Sinnlos, es zu leugnen. Wie mit Flammenschrift hatten sich die blasphemischen Formeln seinem Gedächtnis eingebrannt. Dagegen konnte er sich noch immer nicht erinnern, was gestern abend geschehen war. Wann und mit wem er vereinbart hatte, heute eine Messe zu zelebrieren. Geschweige denn, wie ihm sein Bart abhanden gekommen war.

Er stand hinter dem Altar und sah zu, wie die Priesterschaft von Tayasal aus dem Tempel strömte. Ihnen voran der Lahkin, greisenhaft langsam, auf zwei junge Priester in goldenen Gewändern gestützt. Den Schluß des Zuges bildeten die drei Priester in nebelgrauen Roben. Mit gesenkten Köpfen strebten sie dem Ausgang zu. Diesmal war sich Diego sicher, daß sie etwas zu verbergen suchten. Hohn und Haß. Einen Plan, der sich vielleicht sogar gegen ihn richtete, den Priester des Pferdegottes.

Noch lange stand er hinter seinem Altar und sah zum Ausgang, wo die Priester in den grauen Roben verschwunden waren. Warum sollten sie gerade gegen ihn etwas im Schilde führen? Vielleicht fürchteten sie, an Einfluß zu verlieren. Ein neuer Priester, ein neuer Kult konnten sicherlich eine Gefahr bedeuten. Aber das allein war es nicht. Mit den Fäusten rieb er sich über die Schläfen. Die Bibel, dachte er. Irgendwer mußte die Heilige Schrift in seinen Tempel praktiziert haben. Zum Zeichen, daß er durchschaut wurde, der falsche Pferdegottpriester. Zum Zeichen, daß man wußte, welchem Gott er in Wahrheit diente. Oder entlaufen war.

Er winkte den Mestizen zu sich. Nein, Herr, sagte Hernán, niemand habe sich unbefugt im Tempel zu schaffen gemacht. Soweit er wisse, jedenfalls. Die Bibel habe schon gestern auf dem Altar gelegen, als der Lahkin sie in den Tempel führte.

Der Pater zuckte mit den Schultern. Einen Moment lang erwog er, das Gespräch auf jene Punkte zu lenken, über die sein Gedächtnis so hartnäckig schwieg. Dann beschloß er, es zu verschieben. Sein Kopf schmerzte. Er fühlte sich erschöpft. Was nun wahrlich kein Wunder war, nach den Strapazen der letzten Wochen. So nickte er dem Mestizen nur zu und befahl ihm, die Augen offenzuhalten. Dann zog er sich wieder auf seine Lagerstatt zurück und schlief binnen kurzem abermals ein.

3

Zur bezeichneten Stunde trat der Pater aus seinem Tempel. Vom Abendlicht geblendet, verharrte er auf der Schwelle, zwischen den Lefzen des pferdegestaltigen Baus. Soeben versank die Sonne im Haltuna, ein riesiger orangeroter Ball. In ihrem Schein wirkte der heilige Platz noch weniger wirklich als bei Tag. Eine steinerne Phantasie, dachte Fray Diego, ein Traumplateau von übermenschlicher Weite und ebensolchem Ebenmaß. Wie gigantische Zähne ragten Pyramiden und Tempel an seinen Rändern auf. Ein porzellanener Schimmer, gleichfalls an Zähne gemahnend, ging von Platz und Bauten aus. Die unfaßbare Glätte dieses Überzugs, der den Boden und alle Fassaden bedeckte. Keine Stadt in der Alten Welt, dachte er wieder, kam Tayasal gleich.

Jetzt erst bemerkte er die beiden jungen Priester, die ihn am Fuß der Treppe erwarteten. Er raffte seine Robe und schritt die sieben Stufen hinab.

»Ajxoka'nal, der oberste Kalenderpriester, hat uns geschickt.« Der Sprecher verneigte sich, ein schlanker Jüngling in jadegrüner Tunika. Seine Stimme klang hell und ein wenig rauh. Als er sich wieder aufrichtete, sah Diego, daß seine Augen leuchteten. Vor Begeisterung, daß er den Pferdegottpriester abholen durfte?

Der Pater erwiderte seinen Blick. Große Augen, von beinahe europäischem Schnitt. Erwartung las er darin, ja brennende Gier. Und eine unerwartete Sympathie. Überraschend waren auch seine weiteren Worte.

»Ich bin Julkin, ein Gehilfe des obersten Bücherpriesters. Und dies ist Kasasak, die rechte Hand von Ajxoka'nal.« Er deutete auf seinen Begleiter.

Auch Kasasak verneigte sich. Er mochte Mitte Zwanzig sein, wenig älter als der Bücherpriester. Ein stämmiger Mönchssoldat, gewandet in eine Robe von leuchtendem Himmelblau. Seine Miene jedoch, als er sich wieder aufrichtete, war säuerlich. »Der oberste Kalenderpriester bittet Euch um die Ehre Eures Besuchs. Und ich muß Euch um Nachsicht mit diesem Knaben bitten. Niemand hat ihn ermächtigt, mich zu begleiten.« Er warf Julkin einen scheelen Blick zu. »Geschweige denn, das Wort an Euch zu richten, ehrwürdiger …«

»Schon gut. Ich habe ihm bereits verziehen.« Diego lächelte dem jungen Bücherpriester zu. Nur nebenher bemerkte er, daß Kasasak bei seinen Worten erstarrte. Die Eifersucht zwischen den beiden war fast mit Händen zu greifen. Aber was hatte er mit solchen Streitereien zu schaffen?

Sie machten sich auf den Weg. Nahezu verlassen lag die ungeheure Fläche des heiligen Platzes da. Nur hier und dort sah man Priester durch die Allee wandeln. Sie alle trugen Bücher mit sich, in denen sie noch in der Dämmerung lasen.

Im Gehen musterte Diego neuerlich den jungen Bücherpriester. Julkin schritt zu seiner Linken. Ein außergewöhnlicher Name, dachte der Pater. Sonnenpfeil. Poetisch und kühn. Julkin wandte ihm den Blick zu. Wieder spürte er seine lodernde Erwartung. Was mochte der Bücherpriester in ihm sehen? Einen »Erlöser«, wie der Lahkin ihn genannt hatte? Den »Retter von Tayasal«?

Die Kalenderpyramide. Auf der anderen Seite des Platzes ragte sie in den Abendhimmel. Ein wuchtiges Gebäude, wenngleich weniger kolossal als die Pyramide linker Hand, auf der man sie gestern fast geopfert hätte. Auch hier führte an der Westseite eine bequeme Treppe nach oben. Mit Stufen nach menschlichem Maß und einem Geländer aus Zapote. Doch in der herabsinkenden Dunkelheit barg auch dieser Aufstieg genügend Gefahren.

Mit schnellen Schritten stapfte Kasasak voran. Diego nahm den Arm, den Julkin ihm als Stütze bot. Auch bei dieser Treppe war die Vorderfront jeder Stufe mit Flachreliefs bedeckt. Finster dreinblickende Götzengesichter, aus dem Stein gehauen und bunt bemalt. Aber Einzelheiten waren kaum zu erkennen. Die Stunde der Eule. Schon wenige Schritte höher versank die Treppe in der Nacht.

Einundneunzig Stufen zählte der Pater. Dann hatten sie den First der Kalenderpyramide erreicht. Einen Augenblick mußte er stehen bleiben. Sein Atem ging keuchend. Schwer stützte er sich auf Julkins Arm.

Das Dach der Pyramide war vollkommen flach, ein Plateau von vielleicht sechzig auf sechzig Fuß. In seiner Mitte ragte ein wuchtiger Bau auf, rund wie ein Festungsturm in der Alten Welt.

Ohne sich zu ihnen umzuwenden, strebte Kasasak auf den Turm zu. Eine Tür wurde geöffnet. Mattes Licht drang nach draußen. Diego hörte leise Stimmen, vermischt mit Lauten aus dem Innern des Turms. Knarren von Holz und Seilen. Dazu ein Knirschen und Malmen, wie von Stein auf Stein.

Auf der Schwelle verharrte Kasasak, eine gedrungene Silhouette im hellen Rechteck der Tür. Diego wollte ihm folgen, doch Julkin hielt seinen Arm fest.

»Wenn Ihr einmal die Bücherpyramide ansehen wollt.« Er sprach in gedämpftem Ton. Als unterbreite er ein Angebot, das nur für Diegos Ohren bestimmt war. »Ich meine, die Bücher und Schriftrollen, die im Innern der Pyramide aufbewahrt werden ...«

Etwas in seiner Stimme ließ den Pater aufhorchen. Standen ihm als einem der obersten Priester nicht ohnehin alle Türen offen? Er fand es nicht ratsam zu fragen. »Meine Pflichten sind zahlreich. Aber vielleicht ergibt sich einmal die Gelegenheit. Jedenfalls danke ich Euch für Euer Angebot.« Schließlich war der Bücherpriester ein Fremder für ihn. Ungewiß, was Julkin überhaupt zu ihm zog. »Ebenso danke ich für Eure Hilfe beim Aufstieg.« Er befreite seinen Arm. »Kommt Ihr nicht mit hinein?« Julkin schüttelte nur den Kopf. »Dann auf bald.«

Mit wenigen Schritten war er bei Kasasak. Sie traten in den Kalendertempel. Verwirrt sah Diego um sich. Ein kreisrunder Raum. In der Mitte erhob sich ein gewaltiger Quader, glänzend schwarz und zehn Fuß hoch. Fackeln loderten in Mauernischen. Die Wände bedeckte ein Gewirr aus Gerüsten und Seilen, in dem sich der Blick verlor.

Aus einem Verschlag neben der Tür trat ein älterer Priester. »Ich bin Ajxoka'nal. Der oberste Kalenderpriester.« Er raffte seine himmelblaue Tunika und deutete eine Verneigung an. »Bruder Zahl, wie man mich gemeinhin nennt. Seid mir gegrüßt, Bruder Pferd. Ich schätze mich glücklich, Euch in meinem Tempel zu sehen.«

Gleichmäßig strömte seine Rede. Auch Diego verneigte sich. Ajxoka'nal, dachte er. *Höchster Könner der Rechenkunst,* wenn seine Sprachkenntnis ihn nicht trog. Er musterte den Kalenderpriester. Ajxoka'nal mochte kaum älter als er selbst sein. Doch sein Haar war bereits grau, sein Gesicht hager und zerfurcht. Glanzlos war sein Blick, als hätte ihn über Jahre eine Sorge zermürbt.

»Zahlreich sind die Götter«, fuhr Ajxoka'nal fort. »Wie Ihr zweifellos wißt, Bruder Pferd, herrschen Dutzende von Gottheiten über jeden einzelnen Tag. Sie alle fordern unsere Dienste. Verehrung und Opfer. Anrufungen und Blut. Und die immerwährende Zeremonie des Kalenderdienstes.«

Der Pater lauschte Ajxoka'nals Rede. Zugleich beobachtete er, was hoch über ihren Köpfen geschah. Der Kalenderturm mochte fünfzig Schritte in der Höhe messen. Ein Durcheinander aus Gerüsten und Seilen bedeckte die Wände bis zum Dach hinauf. Unablässig stiegen Hunderte junger Priester auf Leitern und Gerüsten an den Wänden auf und ab. Sie alle waren himmelblau gewandet wie Ajxoka'nal oder Kasasak. In den angewinkelten Armen trug jeder von ihnen eine steinerne Kugel, von der Größe eines Männerschädels und leuchtend bunt bemalt. Was um Himmels willen hatte das zu bedeuten?

Wieder und wieder sah er um sich. Hier balancierten Priester in halsbrecherischer Höhe auf den Gerüsten entlang. Dort schwangen sich andere an Seilen hinauf oder hinab. Anscheinend bewegten sich alle nach einem vorbestimmten Plan. Die einen eilten zu entfernten Stellen im Gemäuer, wo sie ihre steinerne Kugel in eine Mulde schoben. Andere knieten vor Nischen im Gemäuer nieder, um diesen weitere Kugeln zu entnehmen. Sorgsam trugen sie ihre Schätze zu wieder anderen Mauermulden, denen sie die Kugeln neuerlich anvertrauten. Verrückt, dachte Diego. Ein Stück aus dem Tollhaus, sinnlos und in sich perfekt.

»Kriegs- und Todesgötter«, sagte Ajxoka'nal. »Wind- und Wassergötter. Götter der Liebe und des Lichtes. Der Farben und der Töne.« Seine Stimme klang eintönig. »Götter des Regens und Donners. Der Krankheiten und Gebrechen. Der Leidenschaften und Vernunft. Götter der dreizehn Himmel und der neun Unterwelten. Sternengötter. Planetengötter. Gottheiten des Inneren der Erde. Der trockenen Hohlräume. Der hitzigen Unterwasserwelt. Um nur diese zu nennen, Bruder Pferd. Wie Ihr sicherlich wißt, regieren sie alle jeden einzelnen Tag. Als Tages- und Wochengötter. Als Götter der Monate und Jahre, der Zeitkreise und Weltzeitalter. Durch ihre Präsenz oder ihre Abwesenheit. Ihre Macht und Absichten, Bündnisse und Konstellationen. Ihre Pläne und Launen, Erfahrungen und Erinnerungen, ihre Geduld und ihren Zorn.«

Fray Diego brummte der Kopf. Ihm war schwindlig, nicht allein wegen der großen Höhe. Vor seinen Augen toste das Tohuwabohu der Götter. Unablässig sprach der Kalenderpriester weiter, mit einer Stimme, die vor Erschöpfung brüchig klang.

»Wer da weiß, welche Götter einen Tag beherrschen, vermag auch zu sagen, was der Tag bescheren wird. Wofür er günstig ist und wofür auf keinen Fall. Was zu befürchten ist und was zu erhoffen. Für Könige und Krieger. Bauern und Handwerker. Liebende und Gebrechliche. Um nur diese zu nennen, Bruder Pferd.«

In den Lücken zwischen den Gerüsten bemerkte Diego nun vielfältige Kreise und Spiralen. Ein Labyrinth verschlungener Zeichen in leuchtenden Farben, alle Wände bedeckend, das die Tausende Mulden in den Mauern miteinander verband. Auf einmal begriff er, was er vor sich sah.

Einen Kalender aus Stein. Eine steinerne Maschine zur Messung der Zeit. Ihres Verlaufs und der spezifischen Tönung eines jeden Tages. Mit Tausenden steinerner Götzenköpfe, deren Kombination sich an jedem einzelnen Tag von allen anderen Tagen unterschied. Jetzt sah er auch, daß die steinernen Kugeln allesamt Gesichter trugen. Hervorquellende Augen. Wulstige Lippen. Rüsselnasige Fratzen von niederdrückender Feindseligkeit. Jeder Tag wies seine eigene Mischung göttlicher Gesichter auf. Und nicht eine von ihnen bot Anlaß zu Hoffnung, gar zu Freude oder Zuversicht.

»Zahlreich sind die Götter.« Schon strömte die Rede des Kalenderpriesters weiter. »Und besonders in den Zahlen und Konstellationen manifestiert sich ihre Macht.« Um die Absichten der Kalendergötter zu ergründen, fuhr er fort, sei dieser Kalendertempel erbaut worden, vor fast vierhundert Jahren. Seitdem seien vierhundert niedere Kalenderpriester Tag und Nacht damit beschäftigt, den Götterkalender zu pflegen. Unablässig wandelten sie auf den Gerüsten hin und her, um die Idole der Kalendergötter in die richtigen Tagesmulden zu überführen. »Unter meiner obersten Führung überwachen vierzig höhere Kalenderpriester die Arbeit der Novizen, damit nicht der kleinste Fehler unterlaufen kann. Einen meiner Aufseher habt Ihr bereits kennengelernt. Kasasak.«

Der oberste Kalenderpriester verstummte. Mit sorgenvoller Miene sah er um sich. Beinahe hätte Diego aufgelacht, doch er bezwang sich. Endlich, endlich, dachte er, fange ich an, wirklich zu verstehen. Die Ursache jenes Grauens, das ich gleich zu Anfang in den Gesichtern des Canek und des Lahkin sah. Sie fürchten den Zorn ihrer Götter. Die nicht nur tyrannisch und anspruchsvoll sind, sondern überdies so zahlreich, daß die Dienste zu ihren Ehren alle Kräfte verzehren.

Die Arme vor der Brust verschränkt, stand Ajxoka'nal neben ihm und sah zu seinem Schwarm himmelblauer Gehilfen hinauf. Verschiedenartige Laute erfüllten den Turm. Die steinernen Kugeln knirschten. Die Fackeln in den Wandnischen fauchten. Die hölzernen Gerüste knarrten, ebenso die Seile, an denen sich die verwegeneren Priester auf- und abwärts schwangen. Ab und an erklang ein malmendes Geräusch. Wie wenn Stein auf Stein rieb, doch lauter als die anderen Klänge, dumpf und unheilvoll.

So zahlreich die Kalendergötter seien, fuhr Ajxoka'nal fort, noch weitaus zahlreicher seien ihre Konstellationen. Unerschöpflich die Fülle möglicher Kombinationen von Zahlen- und Richtungsgöttern, Tages- und Wochengöttern, Monats- und Jahresgöttern. Dennoch kehre jede dieser Konstellationen in gewissen Abständen wieder. Diese Wiederkehr vorauszuberechnen sei eine der wichtigsten Pflichten seiner Priesterschaft. »Zahlreich sind die überlieferten Warnungen. Schon geringfügige Unregelmäßigkeiten bei den Götterdiensten können furchtbare Strafen nach sich ziehen. Überflutungen oder Dürre, Erdstöße oder Massensterben, um nur diese zu nennen, Bruder Pferd.«

Wieder schwieg er, offenbar erschüttert durch die Bilder, die er selbst heraufbeschworen hatte. Diego sah ihn an. Der hagere Priester tat ihm leid. »Aber was würde denn geschehen«, fragte er, »wenn Eure Priester den Dienst am Kalender für einen einzigen Tag ruhen ließen?«

Der oberste Kalenderpriester riß die Augen auf. Sein Kehlkopf zuckte. Der bloße Gedanke schien ihm den Atem abzuschnüren. »Unausdenkbar«, brachte er endlich hervor. »Die Folge eines solches Vergehens wäre der Untergang von Tayasal!«

Für einen Moment war Diego versucht, sein Gegenüber anzuherrschen. Narr! Doch er bezwang sich. Nicht um den Kalenderpriester zu schonen, sondern um seines eigenen Überlebens willen. Was für ein Tollhaus, dachte er wieder. Seit vierhundert Jahren wurde in diesem Kalendertempel ein und dasselbe Schauspiel aufgeführt. Tag für Tag. Angstvoll und perfekt. Farbenprächtig und virtuos. Und dabei so sinnlos und entwürdigend, wie nur der Teufel selbst es erdenken konnte.

»Bitte folgt mir dort hinauf, Bruder Pferd.« Ajxoka'nal deutete auf den schwarzen Quader von zweifacher Mannshöhe, der sich inmitten des Raumes erhob. Sieben, elf, dreizehn Stufen. Neben dem Kalenderpriester schritt Diego hinauf.

Oben waren Hunderte steinerner Säulen in die Plattform eingelassen. Mannshohe Stelen, wie er nähertretend erkannte, allesamt mit Glyphen übersät. Offenbar bildeten die Stelen einen vollkommenen Kreis. Nur direkt vor ihnen war der Zirkel noch unvollständig. Zwei letzte Säulen mochten fehlen, um den Kreis zu schließen.

»Jahressteine«, sagte Ajxoka'nal. »Wie Ihr sicher wißt, haben wir für *Jahr* und *Stein* ein und dasselbe Wort. *Tun*. Zum Ende eines jeden Jahres setzen wir einen Tun in diesen Kreis. Zwanzig Tun bilden ein Katun. Zwanzig Katun ergeben ein Baktun, den Kreis von vierhundert Tun. Seht nur, er ist fast vollendet. In weniger als einem Uinal werden wir den dreihundertneunundneunzigsten Jahresstein setzen. Nur noch ein gutes Jahr, Bruder Pferd, dann beginnt das Neue Reich.«

Das Neue Reich? Diego horchte auf. Es klang wie die Verheißung Jesu. Nur daß dieser hinzugefügt hatte: *Mein Reich ist nicht von dieser Welt.* Hinter Ajxoka'nal trat er in den Steinkreis. Flüchtig spürte er, wie eng die verbliebene Lücke war. Nur zwei Jahressteine noch. Doch seine Aufmerksamkeit wurde gleich wieder abgelenkt.

Im Innern des Kreises waren die obersten Priester versammelt. Zwei Dutzend würdevoller Gestalten, angetan mit Roben in allen Farben des Regenbogens. Der Lahkin, klein und greisenhaft, in goldener Tunika. Der oberste Bücherpriester, eine beleibte Gestalt, kenntlich an seinem jadegrünen Habit. Auf einem Thron, als einziger sitzend, lehnte der Canek. Gehüllt in eine schillernde Schlangenrobe, sein Blick schläfrig wie stets. Auch jener bullige Priester mit den grauen Haaren und der nebelfahlen Robe war zugegen, der sich am Vormittag bei der Pferdegottmesse verspätet hatte. Außerdem weitere oberste Priester, ausnahmslos Männer in mittleren oder späteren Jahren. Doch sie alle nahm der Pater in diesem Moment überhaupt nicht wahr.

Er verharrte nahe der Lücke im Steinkreis. So reglos, als wäre er seinerseits zum Jahresstein erstarrt. Neben dem Canek stand eine junge Frau. Nur sie sah er, zu ihrem Bild verdichtete sich ihm die Welt.

Sie war hochgewachsen, von schlanker Gestalt. Ihre Haut wie heller Kakao, schimmernd unter der silberfarbenen Tunika. Die Augen ein wenig schräg, die Lippen voll und überaus rot. Ein silberner Halbmond zierte ihr Haar, darauf ein Kaninchen, silbrig wie das Gestirn, auf dem es ritt. Silberne Fäden strömten von der Mondsichel, wie Lichtstrahlen, dreiundzwanzig an der Zahl. Er starrte sie an. Die silberne Frau. Ixkukul.

Irgendwo im Kalendertempel ertönte aufs neue jenes malmende Geräusch. Dumpf und unheilvoll. Er nahm es kaum wahr.

In seinem Innern erklang ein helles Lachen. *Ti-k'ab'a' Ixquic.* Endlich hatte er sie gefunden. Er verschlang sie mit seinen Blicken. Frau Welle. Sie sah überwältigend aus. Noch weitaus zauberhafter als in seiner Erinnerung. Und sie gehörte zum Kreis der mächtigen obersten Priester wie er selbst. Nichts konnte sie nun noch trennen.

Aber was war das? Ixkukul sah ihn an wie einen Fremden. Gleichmütig, ausdruckslos. Auf einmal klopfte ihm das Herz bis in die Schläfen. Hölzern trat er näher. Erst als er neben dem Lahkin stand, erkannte er, wie angespannt sie aussah. Ihr Gesicht bleicher, als er es je für möglich gehalten hätte. Ihre Hände krampften sich ineinander. Ihre Augen sahen ins Leere. Er versuchte ihren Blick festzuhalten. Da bemerkte er, daß sie ihm mit den Augen Zeichen machte.

Verstohlen folgte er ihrem Blick. Wandte sich zur Seite, und da sprang es ihn regelrecht an. Feindseligkeit. Maßloser Haß. Sprühend aus Augen, die nebelgrau waren wie der Haarschopf, der sie umrahmte. Und wie die Tunika des bulligen Mannes, der nun das Wort ergriff.

»Der da soll unser Retter sein, Bruder Sonne? Der weiße Mann?« Mit einer raschen Drehung wandte er Diego den Rücken zu. Sperrte den weißen Mann aus dem Kreis der obersten Priester aus. Seine Stimme schwoll zu einem Dröhnen. »Wißt Ihr nicht, daß seit vielen Katunen eine Prophezeiung besteht, die das genaue Gegenteil besagt?« Er legte eine Pause ein. Bedeutungsschwer sah er im Kreis umher. Die anderen obersten Priester schwiegen. Anscheinend unschlüssig, auf wessen Seite sie sich schlagen sollten. »Seit acht Katunen«, fuhr er fort, »haben unsere Propheten wieder und wieder ihre Voraussage bekräftigt. Ein weißer Mann wird erscheinen. Und nicht lange danach wird Tayasal untergehen.«

Ob Zufall oder Fügung, wer mochte es ergründen. Noch während er *untergehen* sagte, erklang abermals jener malmende Laut. Lauter denn je. Ein unheilvolles Grollen. Der ganze Tempel erbebte, für die Dauer eines Lidschlags, als ob ein Schauer das Gemäuer überliefe. Dann löste sich hoch oben, nahe der Decke, ein gewaltiger Götterkopf. »Cha'ac!« Mehrere Kalenderpriester auf den Gerüsten schrien auf. »Cha'ac!« Die steinerne Kugel stürzte herab, ein wolkengrauer Ball, bemalt mit rüsselnasigen Fratzen.

Starr standen die obersten Priester im Kreis der Jahressteine. Sie alle sahen zur Decke empor. Der Götterkopf raste auf sie zu. Finster glotzend, mit blutrotem Rüssel über dem Lippenwulst. Wie versteinert stand Diego neben ihnen. Cha'ac, dachte er. Die heranrasende Kugel, ein Idol des Donner- und Regengottes. Wolkengrau wie der Habit des zornigen Priesters. Der folglich der oberste Priester Cha'acs war.

Im letzten Moment gelang es Diego, sich aus der Erstarrung zu lösen. Er sah, wo die Kugel aufprallen würde. Noch immer wandte ihm der Priester im wolkengrauen Habit den Rücken zu. Mit einem Sprung warf er sich auf ihn. Umklammerte seine Schultern und riß ihn seitlich zu Boden.

Nur einen Lidschlag später schlug der Götterkopf auf der Plattform auf. Genau dort, wo eben noch der oberste Priester Cha'acs gestanden hatte. Die Kugel zerstob zu Tausenden grauer Splitter. Risse taten sich im Boden auf, ein Gewirr wie von Blitzen am schwarzen Firmament.

4

»Die Götter senden uns nicht nur viele Pflichten. Sie tragen auch Sorge, daß wir imstande sind, ihre Gebote zu erfüllen. So war es, seit das dritte Weltzeitalter begann. Und so wird es sein bis zum letzten Tag.«

Der Lahkin sprach mit leiser Stimme. Er schien noch unter dem Eindruck des eben Erlebten zu stehen. Ein direkter Eingriff der Götter, darin waren sich die Versammelten einig. Ein unmißverständliches Zeichen. Cha'ac selbst hatte seinen obersten Priester gestraft. Und den Pferdegottpriester als Retter gekennzeichnet.

Auch Diego fühlte sich benommen. Was war in ihn gefahren, als er sich mit einem Sprung auf den Regengottpriester warf? Beinahe schien es ihm selbst, als hätten die Götter ihn als ihr Werkzeug gebraucht. Um dem Rat der obersten Priester zu bedeuten, daß er von ihnen gesandt worden sei. Der Priester des Pferdegottes. Ausersehen als Retter Tayasals.

Der Lahkin schien es ebenso zu deuten. Sie alle standen im Kreis um den kleinwüchsigen Hohepriester. In altertümlichem Itzaj Maya führte er aus, wie die Götter das Schicksal Tayasals und des Pferdegottpriesters verknüpft hatten. Diego verstand nicht jedes seiner Worte. Zumal er sich immer wieder bezwingen mußte, um Ixkukul nicht allzu auffällig anzusehen. Sie stand ihm gegenüber im Kreis, zwischen dem fetten Bücherpriester und einem stockdürren Mann in blutrotem Habit. Dem obersten Priester des Kriegsgottes Cit Cac Coh. Falls er sich recht entsann. Vorhin waren ihm sämtliche Mitglieder des obersten Rates vorgestellt worden. Zu viele Götter, zu viele Priester. Er hatte sich nur wenige Namen gemerkt. Der oberste Priester Cha'acs nannte sich *B'ok-d'aantoj. Zorniger Tapir.*

Seit langem, erklärte der Lahkin, mehrten sich die Vorzeichen, daß die Weissagung eintreffen und der Priester des Pferdegottes erscheinen werde. Das sei nun geschehen. Ein weiteres Zeichen, daß die Götter ihnen wohlgesonnen seien. »Erst am gestrigen Tag konnten wir die Inthronisierung der sechzehnten Reinkarnation unseres Canek feiern. Heute bereits dürfen wir den Pferdegottpriester im Rat der obersten Priester begrüßen. Unter ihrer beider kraftvoller Führung werden wir das Neue Reich begründen, wie es die Götter zu Anbeginn der Zeiten befohlen haben.«

Unablässig sprach der Lahkin weiter. Mit murmelnder Stimme, in feierlichen Wendungen. Während Diego seine Lider niederschlug, um Ixkukul nicht mit Blicken zu verschlingen. Sie in meine Arme schließen, endlich, dachte er. Ihm war, als müsse er zerspringen vor Sehnsucht. Doch uferlos strömte die Rede des Hohepriesters.

»Manch einer hat schon begonnen, an der Gunst der Götter zu zweifeln. Mir ist zu Ohren gekommen, daß Verschiedene sich gegen die Götter empörten. Diese Aufgabe sei nicht zu erfüllen, hieß es. Unmöglich, auch das Neue Reich noch zu begründen. Da bereits unsere Pflichten im hiesigen, alten Reich allzu drückend seien. Doch nun müssen auch die Kleinmütigen erkennen, daß die Götter nur verlangen, was recht und billig ist. Zu jeder Pflicht, die sie uns auferlegen, senden sie uns auch die Mittel, ihre Gebote zu erfüllen. Unseren neuen Gottkönig. Und den verehrten Pferdegottpriester, der nach allen Prophezeiungen über gottähnliche Zauberkräfte verfügt.«

Die Augen aller Anwesenden richteten sich auf Diego. Unruhe stieg in ihm auf. Was um Himmels willen erwarteten sie von ihm? Wieder suchte er Ixkukuls Blick. Mit den Augen machte sie ihm Zeichen, flehentliche Abwehr, wie ihm schien. Warum nur wollte sie unbedingt verheimlichen, daß sie einander kannten?

»Es ist wahr«, sprach unterdessen der Lahkin, »daß wir allein dieses größte Gebot der Götter nicht erfüllen könnten. Nicht ohne Eure Hilfe, Bruder Pferd. Dabei zählen die Maya von Tayasal viele zehntausend Seelen. Priester und Krieger. Handwerker und Bauern. Eine gewaltige Heerschar, versammelt zum Ruhm der Götter, unverwandt tätig, damit die vorgeschriebenen Götter- und Opferdienste ausgeführt werden können. Hunderte von Priestern in unserer heiligen Stadt erforschen die Pläne der Götter. Tausende Bauern und Pflanzer im ganzen Königreich bauen die heiligen Pflanzen an, Kakao, Mais und Copál. Ihnen, den Göttern, gehören die meisten unserer Felder. Ihnen opfern wir den größten Teil unserer Ernte, wie die uralten Gesetze es befehlen. Tausende von Steinmetzen und Zimmerleuten sind ständig damit beschäftigt, die Tempel und Pyramiden zu erhalten, die zur Verehrung der Götter vorgeschrieben sind.«

Wie verstört der Sonnengottpriester auf einmal aussah, dachte Diego. Und wie stolz gleichwohl seine Stimme klang, wenn er die maßlosen Leistungen zu Ehren der Götter pries. Wieder verlor sich seine Aufmerksamkeit in einem Schwall hitziger Phantasien. Er stellte sich vor, wie er mit Ixkukul in jenem Bassin badete. Ihr nackter Leib, von Wasser und Schaum umspielt. Seine Stirn rötete sich. Gewaltsam schlug er seinen Blick nieder. Und zwang sich, seine Konzentration neuerlich auf die Worte des Lahkin zu lenken.

»Die Kleinmütigen haben unrecht. Das Gebot, unser Neues Reich zu begründen, ist nicht etwa ein Fluch der Götter. Sondern ein Gebot, das die Götter zu unserem eigenen Wohl erlassen haben.«

Was sollte dieses Gerede von einem »Neuen Reich« bedeuten? Es irritierte ihn mehr und mehr. Wollten die Maya von Tayasal vielleicht zu Eroberungszügen aufbrechen? Mit ihm, dem Pferdegottpriester, als ihrem Feldherrn? Um Himmels willen, dachte er. Jedenfalls schienen sie unter dem »Neuen Reich« etwas durchaus Handfestes zu verstehen. Aber was nur?

»Unser Baktun«, fuhr der Lahkin fort, »nähert sich dem Ende, Hoher Rat. Und damit auch die Zeit Tayasals. Um die Gebote der Götter aus eigener Anstrengung zu erfüllen, hätten wir vor langen Jahren mit der Gründung des Neuen Reiches beginnen müssen. So schienen es die Götter zu gebieten. Doch hierfür reichten unsere Kräfte nicht, es ist wahr. Spätestens vor einem Katun hätten wir hinaus in den Dschungel ziehen müssen, um die Stätte des Neuen Reichs urbar zu machen. Tempel und Pyramiden hätten wir dort errichten müssen, mit der Kraft unserer Hände, prachtvoller noch als hier in Tayasal. Die Edelsten unserer Baumeister, die Besten unserer Handwerker hätten ein ganzes Katun lang unablässig an der neuen heiligen Stadt arbeiten müssen. Dafür ist es seit langem zu spät. Wie ihr wißt, konnten wir keinen Baumeister, keinen Zimmermann entbehren. Unsere Kräfte reichten nicht aus, um das Neue Reich zu errichten und zugleich das alte zu erhalten, bis sich der Zeitkreis vollendet hat.«

Er legte eine Pause ein und sah verschiedene Ratsmitglieder an. Den Bücherpriester, der zustimmend nickte. Ajxoka'nal, den Kalenderpriester, der bekümmerter denn je dreinsah. B'ok-d'aantoj, doch der bullige Priester Cha'acs schüttelte den Kopf. Sein Gesicht verzerrte sich, seine Augen funkelten vor Haß. Vorhin hatte er nicht einmal für die Rettung seines Lebens gedankt.

Der Lahkin betrachtete ihn, scheinbar ungerührt. Ohne seinen Blick loszulassen, sprach er weiter. »Mit jedem Tun, das ungenutzt verstrich, versanken die Kleinmütigen tiefer in Angst und Verzweiflung. Aber wie sich nun erwiesen hat, Hoher Rat, haben die Götter nie verlangt, das Neue Reich mit der Kraft unserer Hände zu errichten. Denn sie haben uns den Pferdegottpriester gesandt, damit er dieses Werk vollbringt. Binnen eines Jahres. Nicht mit menschlicher Kraft, sondern mit der göttlichen Macht der Magie.«

Wieder richteten sich alle Blicke auf Diego. Voll maßloser Zuversicht, wie ihm schien. Was hatte das zu bedeuten? Selbst der Canek auf seinem Thron sah ihn an, mit verschleiertem Blick. Nur der oberste Priester Cha'acs stand abseits. Zwischen zwei Jahressteinen spähte er in den Kalenderturm hinaus, wo die niederen Kalenderpriester längst wieder auf Gerüsten und Seilen auf- und abstiegen. Götterschädel in den Händen, die sie zu den Mauermulden trugen. Bohlen und Seile knarrten. Die Fackeln fauchten in ihren Nischen. Die Priester verständigten sich durch leise Rufe. Götterköpfe knirschten, Stein auf Stein.

Zwei Dutzend oberste Priester (und eine oberste Priesterin) sahen Diego voller Erwartung an. Er erwiderte ihren Blick und versuchte zu begreifen. Ihre Teufelsgötzen hatten den Maya befohlen, ein neues Königreich zu errichten. Seit Jahren und Jahrzehnten mißachteten sie dieses Gebot. Daher ihre Angst, dachte er, das Grauen in den Gesichtern der Priester. Nur ein Jahr blieb ihnen noch, um das teuflische Gebot zu erfüllen. Ein einziges, lachhaft kurzes Jahr, um eine neue heilige Stadt irgendwo draußen im Dschungel zu errichten. Pyramiden und Paläste, Tempel und Türme für Dutzende gieriger Götter. Während ihre Kräfte schon jetzt kaum mehr ausreichten für den maßlosen Götterkult.

Wie die Priester ihn ansahen. Immer mulmiger wurde ihm. Wie einen leibhaftigen Erlöser! Aber warum? Nur langsam sank die ganze Wahrheit in ihn ein. Er, Diego Delgado, war der Priester des Pferdegottes. Die Götter hatten *ihn* gesandt, damit er mit seiner magischen Kraft gleichsam über Nacht eine neue heilige Stadt aus dem Urwald zauberte. O gütiger Gott.

Sie alle sahen ihn an. Ihre Augen strahlten vor Zuversicht. Er würde es ihnen richten. Er, Bruder Pferd, würde Pyramiden aus dem Ärmel schütteln, so viele sie sich wünschten. Er verspürte den Drang, zu schreien, in Tränen auszubrechen oder in Höllengelächter. Doch er bezwang sich. Wenn diese wahnsinnigen Satansdiener ihren Irrtum erkannten, war sein Leben endgültig verwirkt.

Er räusperte sich. Sein Mund war wie verdorrt. Doch es gelang ihm, dem Rat der obersten Priester für den ehrenvollen Empfang zu danken. In einigermaßen flüssigem Idiom, wenn auch in krächzendem Tonfall. »Weiser Lahkin«, sagte er, »Ihr habt sogleich erkannt, in welcher Absicht mich die Götter hierher gesandt haben. Ich gelobe mit Freuden, meine Kräfte in den Dienst der großen Aufgabe zu stellen. Gemeinsam mit dem jungen König, als geringer Diener des göttlichen Canek, will ich helfen, das Gebot zu erfüllen und das Neue Reich zu errichten, wie die Götter es befohlen haben.«

Er verstummte. Was hatte er da versprochen? Das Schwindelgefühl kehrte zurück, brausender denn je. Ixkukul lächelte. Spöttisch, wie ihm schien. Aber was sollte ich denn sonst machen? Er fragte es mit den Augen. Fast unmerklich schüttelte sie den Kopf.

»Wir danken Euch von Herzen, Bruder Pferd. Ihr habt eine furchtbare Last von uns genommen.« Der Lahkin verbeugte sich vor ihm. Die anderen obersten Priester taten es ihm nach. Selbst B'ok-d'aantoj im nebelgrauen Habit neigte kurz den Kopf.

Von den Gerüsten ringsum erklang ein Raunen. Der Canek erhob sich von seinem Thron. Offenbar war die Ratsversammlung beendet. Ebenso wie die anderen obersten Priester warf sich Diego in den Staub. Der Canek hatte nicht ein Wort gesprochen. Im Grunde, dachte Diego, hatte allein der Lahkin das Wort geführt. Der greise Hohepriester. Ihn galt es zu gewinnen. In seinen schwachen Händen, sagte er sich wieder, ruht die Macht über Tayasal.

Zwischen den am Boden liegenden Priestern schritt der Canek davon. Was soll ich nur tun? überlegte Diego. Versuchen zu fliehen? Nein, das ging nicht. Er würde nicht weit kommen. Und jetzt fliehen hieße, Ixkukul niemals wiedersehen.

Jetzt erst bemerkte er, daß die anderen Priester längst gegangen waren. Er sprang auf und lief hinter ihnen her. Als er aus dem Steinkreis trat, empfand er wieder, wie verzweifelt eng die verbliebene Lücke war.

In tiefen Gedanken kehrte er zu seinem Tempel zurück. Julkin wartete auf ihn, am Fuß der Pyramide, doch Diego nahm ihn kaum wahr. Verlassen lag der Platz vor ihnen. Die Fackel in der Hand des jungen Bücherpriesters flackerte. Zwischen Pyramiden und Palästen ballte sich die Dunkelheit.

Endlich trat er in seinen Tempel. Allein. Er zündete Fakkeln und Kerzen an. Dann sank er vor dem Pferdegott in die Knie. Das Roß sah auf ihn hinab. Die Augen hervorquellend, die Nüstern gebläht. Diego Delgado faltete die Hände und reckte sie in die Höhe. Er begann zu beten. Keuchend und atemlos, da ihn im gleichen Moment ein Lachkrampf ergriff.

Acht

1 In der Mitte des heiligen Platzes ragte der Scheiterhaufen empor. Eine hölzerne Pyramide, dreißig Fuß hoch und duftend nach Harz. An ihren vier Ecken schlossen sich niedere Wälle an. Aus Ästen und Scheiten geschichtet, jeder von ihnen dreißig Schritte lang. Das Gebilde sah aus wie ein riesiger Stern. Mit gewaltigen Strahlen, die in die vier Himmelsrichtungen wiesen.

Zu Hunderten liefen die Sonnenpriester auf dem weiten Platz umher. In goldenen Gewändern, geleitet vom Lahkin, der auf der höchsten Stufe vor seinem Tempel thronte. Mit Gesten und Rufen wies er seine Priester an. Es war ihr Tag. Neujahr. Oder vielmehr *Null Pop,* wie das Datum nach dem Kalender der Maya hieß. Der Tag des Herrn. Eines himmlischen Gebieters, der sich nach ihrem Glauben in der Sonne verkörperte.

Kinich Ahau. Herr Sonnengesicht. Dutzendfach glotzte seine gemeißelte Fratze vom Tempel des Lahkin herab. Grimmiger hatte wohl selten ein Sonnengott dreingesehen. Erfüllt von düsteren Gelüsten. Blutdurst, Opfergier. Die Sonnenpriester sputeten sich, seine Begierden zu befriedigen.

Vom Dach seines Tempels aus sah ihnen der Pferdegottpriester zu. Der Scheiterhaufen beunruhigte ihn. Offenbar waren zur Neujahrsfeier maßlose Opfer vorgesehen. Was für ein verfluchtes Land, dachte er.

Mittagszeit nahte. Schon wieder war der Himmel mit schwarzen Wolken übersät, unförmig wie die Bäuche trächtiger Kühe. Seit einer Woche wurde es heißer und heißer. Zugleich entluden sich immer wieder gewaltige Gewitter. Regengüsse stürzten nieder, tosend wie der Wasserfall von Ixchel. Dann erbebten Himmel und Erde unter Donnerschlägen, die metallisch klangen, als schlage ein Regiment von Riesen auf einen ungeheuren Gong.

Es war der Anfang der Regenzeit. Sengende Hitze und die Luft so feucht, daß man die feinen Tröpfchen im Sonnenlicht glitzern sah. Zum ungezählten Mal wischte sich Fray Diego über Hals und Stirn. Sinnlos. Der Schweiß troff ihm aus allen Poren. Dabei hockte er unter einem Sonnensegel. Hernán hatte es gestern auf dem Dach des Tempels ausgespannt. Ein weißes Leintuch, das heute bereits nach Schimmel roch.

Neujahr. Alles war in dieser Satanswelt auf den Kopf gestellt. Nach christlicher Zählung schrieb man den 19. Juni 1696 A. D. Falls er sich nicht verrechnet hatte. Mehr und mehr versank in ihm die Alte Welt. Selbst Erinnerungen verblaßten. Wühlwerk des Teufels, dachte er. Er schwächt meinen Widerstand, indem er mein Gedächtnis untergräbt.

Es erschreckte ihn, diese subtilen Strategien des Satans zu beobachten. Und die Zerrüttungen, die sie bewirkten. Auf verstörende Weise schienen sie mit dem Opferfest verbunden, das die Sonnenpriester des Lahkin vorbereiteten. Wenn die Sonne im Zenit stand, sollte die Feier beginnen, in einer Stunde vielleicht. Mit einer Nachbildung des Sonnenfeuers, so maßlos und prachtvoll, wie es Gier und Eitelkeit des Sonnengötzen entsprach. Und mit Strömen von Opfergaben, die soeben herbeigetragen wurden.

Von der Straße, die vom Hafen heraufführte, bewegte sich ein Zug beladener Träger auf den Scheiterhaufen zu. Ein halbes Hundert kraftvoller Gestalten, gebeugt unter Säcke und Kisten, ihre Leiber schimmernd vor Schweiß. Die Sonnenpriester zeigten ihnen, wo sie ihre Lasten abstellen sollten. Aus Kisten und Gattern drangen tierische Laute hervor. Schweine quiekten, Hühner gackerten. Weitere Käfige wurden herbeigeschleppt. Spinnaffen hockten darin. Von Zeit zu Zeit rüttelten sie an den hölzernen Stäben und stießen gellende Schreie aus. Leinensäcke, gefüllt zum Bersten, wurden von Rücken und Schultern gewuchtet. Manche von ihnen zerplatzten, und die hervorströmenden Gerüche wehten bis zum Tempel des Pferdegottes. Der bittersüße Duft von Kakao. Der betäubende Geruch von Copál, dem schwarzen Baumharz, das die Maya als Rauchwerk gebrauchten.

Als letztes schleppten vier hünenhafte Träger noch einen großen Käfig herbei. Der Pater sprang auf und trat sogar unter seinem Sonnendach hervor. Vergeblich. Aus der Entfernung von mehreren hundert Schritten war nicht genau zu erkennen, welche Fracht das schwankende Gefängnis barg. Aber er glaubte hinter den Stäben menschliche Haut schimmern zu sehen. Hell wie die Farbe von Milchkakao.

In den zurückliegenden Tagen hatte er reichlich Zeit zum Nachdenken gehabt. Über die Macht des Teufels und die Ohnmacht der Menschen von Tayasal. Über Angst und Schrecken, auf denen seine Herrschaft fußte. Weshalb der Satan den Maya einen Kalender beschert hatte, in dem sich die Schreckensdaten nur so jagten. Ein wahres Räderwerk des Grauens. Eine Maschinerie aus drei oder sogar vier Kalendern, die jeden einzelnen Tag des Jahres mit Blutfeiern, Opferfesten, Schreckensriten belegte.

Natürlich hatte sich Ajxoka'nal so nicht ausgedrückt. Am Tag nach seiner Aufnahme in den Rat der obersten Priester hatte Diego den Kalendergelehrten noch einmal aufgesucht. Lange hatte er Ajxoka'nal zugehört. Beeindruckt vom Wissen des kummervollen Priesters, mehr noch von dem monumentalen Kalender der Maya, der das Verstreichen der Zeit seit beinahe fünftausend Jahren maß. Unbegreiflicherweise. Mit einem Schauder hatte er das Urdatum der Maya entziffert, eingemeißelt im Kalenderturm von Tayasal. 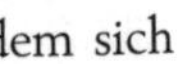 *0.0.0.0.0.* Der Beginn des ersten Baktun. So oft er auch nachrechnete, es entsprach dem 13. August 3113 vorchristlicher Zeit. Einem Datum, zu dem nach apostolischer Lehre die Gotteswelt noch gar nicht erschaffen war.

Und die Satanswelt? Noch immer erschrak er, wenn ihm Fragen wie diese in den Sinn kamen. Es war Sünde. Teuflische Abirrung. Selbst wenn man es sich nur in Gedanken fragte.

Unglücklicherweise hatte er sein Gespräch mit dem Kalenderpriester bisher nicht fortsetzen können. Der Götterkalender selbst verbot es. Er hieß die Menschen zu schweigen, ab dem folgenden Tag. Jeglicher Tätigkeit zu entsagen, und zwar fünf volle Tage lang. *Uayeb.* So hieß laut Ajxoka'nal das Schlußstück ihres Sonnenjahres. Die fünf gottlosen Tage, an denen nicht einer ihrer Götzen über die Menschenwelt wachte. Weshalb es für sie überhaupt keine Tage waren, sondern Klumpen purer Zeit. Namenlos und chaotisch. Jeder Berechnung entzogen. Ein Abgrund zwischen den Jahren. Eine Phase unsagbar großer Gefahren. Die man nur auf eine Art überstehen konnte. Indem man erstarrte, in vollkommener Tatenlosigkeit.

Tatsächlich war ganz Tayasal für fünf Tage in Schlaf versunken. Die Straßen verwaist. Alle Arbeit ruhte. Untätig saß man in dunklen Kammern. Auszugehen war verboten, Feuer zu machen untersagt. Von jeglicher Tätigkeit drohte Unheil. Jede Regung machten sich die Dämonen des Uayeb zunutze. Die Geister des Chaos. Sie hefteten sich selbst an Gedanken. An Gefühle und Leidenschaften ohnehin. Noch leichter an Begierden und Träume. Die Priester meditierten, bis ihre Seelen nur noch schwingende Leere waren. Das einfache Volk übte sich zumindest in Enthaltsamkeit. Besonders von geschlechtlichen Träumen ging Unheil aus. Man behalf sich mit Elixieren, die traumlosen Schlaf bescherten. Denn zu Uayeb bedeutete jede Tat den Tod. Wer mit anderen in Streit geriet, hatte sein Leben verwirkt. Desgleichen Geliebte, die sich zu Uayeb heimlich trafen. Oder Kinder, die zu Uayeb geboren wurden. Sie alle gehörten den Göttern des neuen Jahres.

Eine Regelung von diabolischem Hintersinn, dachte Diego. Sie sorgte dafür, daß zum Neujahrsfest genügend menschliche Opfer zur Verfügung standen. Abermals wandte er sich um und sah auf den weiten Platz hinab. Beschirmte seine Augen mit der Hand, und der Anblick traf ihn wie ein Hieb.

Der große Käfig. Hände, die sich an Gitterstäbe klammerten. Wie viele mochten es sein? Nicht zu sagen, aus dieser Ferne. Ein Durcheinander brauner Leiber, schwarzen Haars. Mais und Kakao, dachte der Pater, Hühner und Schweine mochten genügen, um den Hunger des Sonnengötzen zu befriedigen. Ahau Kinichs Durst aber stillte einzig Menschenblut.

Er trat zurück unter das Sonnensegel. Es war sein siebter Tag als oberster Priester des Pferdegottes. Und bis heute war es ihm nicht gelungen, Ixkukul zu treffen. Allein oder mit Gefolge. In ihrem Tempel oder in seinem. Er wußte nicht einmal genau, wo sich der Tempel der Mondgöttin befand. Unterhalb des heiligen Platzes, in Richtung des Hafens, soviel hatte er Ajxoka'nal entlockt. Er war entschlossen gewesen, sie aufzusuchen, unter einem geistlichen Vorwand. Doch als er am folgenden Tag seinen Tempel verlassen wollte, traten ihm ein halbes Dutzend Sonnenpriester in den Weg. Uayeb. Niemand durfte in dieser Zeit seine Gemächer verlassen. Auch der Pferdegottpriester nicht.

Während Uayeb hatte er vor allem über eine Frage nachgedacht. Natürlich würden die obersten Priester über kurz oder lang bemerken, daß er keinerlei magische Macht besaß. Folglich mußte er sie von dem Irrglauben abbringen, daß ihre Götter überhaupt die Errichtung eines Neuen Reichs geboten. So weit, so klar. Wie aber sollte er das anstellen? Wenn er auf diese Frage nicht bald eine Antwort fand, würde der Lahkin ihn neuerlich auf den Opfertisch werfen lassen. Und diesmal würden die Nacoms, die Opferpriester, nicht ruhen, bis sie sein zuckendes Herz in Händen hielten.

Fünf Tage lang hatte er sich den Kopf zermartert. In dem Bassin liegend oder auf seiner Lagerstatt. Unter Cristóbals vorwurfsvollen Blicken oder den funkelnden Augen Hernáns. Aber er hatte keine Antwort gefunden. Und je länger er grübelte, desto lauter pochte in ihm der Argwohn, daß es auf diese Frage keine überzeugende Antwort gab. Seit Jahrtausenden lebten die Maya in dem Glauben, daß sie zum Ende eines jeden Baktuns ihr altes Reich verlassen und ein neues errichten mußten. Die Götter geboten es so. Und die Menschen gehorchten, seit Anbeginn der Welt. Prachtvolle Metropolen hatten sie in alter Zeit aufgegeben, mit Namen wie Chichén Itzá oder Uxmal. So zumindest der Lahkin, in seiner Rede vor dem obersten Rat. Wie um Himmels willen sollte er, der falsche Pferdegottpriester, die Scharen ihrer Teufelsgötzen widerlegen? Wie die Maya davon überzeugen, daß sie gleichwohl in Tayasal bleiben konnten, allen Visionen des Canek, allen Geboten Satans zum Trotz?

Der Lahkin. Diego machte seine Augen schmal, um besser zu sehen. Soeben setzte sich der Hohepriester in Gang. Gemessen schritt er die Treppe vor seinem Tempel hinab. Mit Bewegungen, die seine Würde ausdrückten, doch ebenso seine Gebrechlichkeit. Die Vorbereitungen des Neujahrsfestes schienen nahezu beendet. Die Träger hatten den Platz bereits wieder verlassen. Hinter dem Lahkin strömten weitere Sonnenpriester aus seinem Tempel hervor. Ein halbes Hundert junger Mönchssoldaten, golden gewandet. Viele von ihnen schleppten Trommeln, bespannt mit Jaguarfellen. Andere trugen Muschelflöten, Knochenpfeifen, die in der Sonne beinern glänzten. Zuletzt traten dreizehn weitere Sonnenpriester aus dem steinernen Wald hervor. Eigentümliche Instrumente in den Händen, die aus der Ferne an Lauten oder Mandolinen gemahnten.

Diegos Unbehagen wurde stärker. Er faßte die Instrumente in den Blick. Bauchige Geräte, mit Hälsen, lang und schlank wie bei Mandolinen. Am Fuß des Sonnengottempels stellten sich die Musiker auf. Die Trommler hockten sich auf die Stufen. Flötentöne erklangen, dünn und hoch. Einige Trommeln setzten ein. Doch der Lahkin hob die Hand, und das Orchester verstummte. Diego fuhr sich mit der Hand über das Gesicht. Etwas Unheilvolles würde heute geschehen, das spürte er.

Inzwischen hatte auch der Lahkin den Fuß der Tempeltreppe erreicht. Soeben trat er auf die Allee am Rand des heiligen Platzes. Diego konnte gerade noch sehen, wie er einigen Priestern Anweisungen gab. Dann verschwand seine kleinwüchsige Gestalt in dem goldenen Schwarm. Zugleich begann sich der Platz mit Menschen zu füllen. Von allen Seiten, aus allen Straßen strömten sie herbei. Einfaches Volk, in feierlichen Gewändern, still und erwartungsvoll. Die Priester des Lahkin wiesen ihnen Plätze an. Sternförmig schritt ein halbes Hundert Sonnenpriester auf das hölzerne Gebilde in der Mitte des Platzes zu. Fackeln in den Händen, die sie sogleich entzünden würden. Die Sonne stand beinahe im Zenit. In wenigen Augenblicken würde das Opferfest beginnen. Uayeb war überwunden, der Abgrund der Gottlosigkeit. Man brauchte kein Prophet zu sein, dachte Diego, um das Weitere vorauszusehen. Exzesse und Ekstase. Orgiastische Ausschweifungen nach den Tagen innerer Anspannung und äußerlicher Reglosigkeit.

Abermals begannen die Trommeln zu wummern. Träge und stetig, wie wenn ein riesenhaftes Wesen aus dem Schlaf erwacht. Mit schrillem Schleifton setzten die Flöten ein. Sonderbare Klänge kamen hinzu. Dunkel und sanft. Die bauchigen Lauten, dachte Diego. Sein Unbehagen wuchs. Aber es half nichts. Das Neujahrsfest begann. Im Kreis der obersten Priester mußte er an den Zeremonien teilnehmen.

Er ging zurück zu der Luke, die auf das Dach des Pferdegottempels führte. Unten in seinen Gemächern warteten die Gefährten. Der Mestize. Der Fallensteller. Fray Cristo. Sie alle drei in rappenschwarzen Tuniken. Zum Zeichen, daß sie dem Pferdegottpriester angehörten. Die drei würden auf eigene Faust am Neujahrsfest teilnehmen. Sich unter das einfache Volk mischen, das sich am Rand des heiligen Platzes drängte. Während er selbst sich auf die Tribüne des Adels und der hohen Priesterschaft begeben mußte, die vor dem Palast des Canek errichtet worden war.

Stumm nickte er Hernán zu. Auf dem Kopf des Mestizen thronte das unvermeidliche Hütchen, schräger denn je. Sein Blick glitt zu Yaxtun. Die Tunika des Fallenstellers war frisch gewaschen und zusammengeflickt. Bald schon wieder würde er sie zerreißen und besudeln, wenn ein neuer Anfall ihn zu Boden warf. Diego wandte sich Cristóbal zu. Der Blick des kleinen Taufpriesters verfolgte ihn. Vorwurf und Verzweiflung malten sich in seiner Miene. Ich weiß ja, Cristo, dachte der Pater, wir müssen miteinander reden. Morgen.

Auf dem heiligen Platz donnerten die Trommeln. Fordernd, in rasendem Takt. Er wandte sich um und eilte hinaus. Seine innere Stimme wisperte. *Gefahr.* Etwas Furchtbares würde heute geschehen. Ixkukul? Auf einmal schlug ihm das Herz bis zum Hals.

2

Ein Schrei aus dreihundertsechzig Kehlen. Mit Stimmen, die sich überschlugen, in gellendem Diskant. Noch immer hatte der Lahkin die Hand erhoben. Hoch aufgerichtet stand er auf der Tribüne, vor seinem goldenen Thron. Auf sein Zeichen hin hatten alle dreihundertsechzig Sonnenpriester gleichzeitig aufgeschrien. Wie erstarrt standen sie auf dem Platz, die Arme emporgereckt. Noch immer waren ihre Münder geöffnet. Ihr Schrei gellte und gellte. So hell und durchdringend, daß es in den Ohren zu vibrieren begann.

Fray Diego spürte den Drang, seine Hände auf die Ohren zu legen. Ein furchtbarer Schrei. Doch er bezwang sich. Er stand im Kreis der obersten Priester, eingezwängt zwischen dem wohlbeleibten Bücherpriester und Ajxoka'nal. Die Tribüne, auf zwanzig Fuß hohen Pfählen errichtet, gewährte freien Blick über den heiligen Platz. Einige Schritte hinter ihm stand Ixkukul. Doch er wagte es nicht, sich zu ihr umzudrehen. Sie stand in den Reihen der Priester, die weniger angesehenen Gottheiten dienten. Götzen unterworfener Völker oder halb vergessener Kulte, deren Bedeutung sich im Lauf der Zeit verdunkelt hatte.

Er spürte ihre Präsenz, wie einen Strahl reiner Energie. Vorhin, als er auf die Tribüne geeilt war, hatte er einen Blick von ihr erhascht. Ein Lächeln. Nicht spöttisch, eher bestärkend. So als ob sie mit ihm zufrieden wäre. Aber bestärkend worin? Und zufrieden weshalb? Bisher hatte er nichts ausgerichtet. Im Grunde wußte er nicht einmal, was Ixkukul von ihm erwartete. Weshalb sie ihn hierher gelockt hatte, ins

Herz des Satansreichs. Hatte sie ihn überhaupt geleitet, oder war er seinem eigenen Wunschtraum erlegen? Hoffte sie, daß er auf irgendeine Weise nützlich sein würde? Ihr und den Aufrührern, deren Kreis sie laut Mujanek angehörte. Als er an den Zauberer dachte, setzte für einen Moment sein Herz aus. K'ak'as-'ich. Das Massaker von San Benito. Was hatte Ixkukul mit derlei Greueln zu tun? Gütiger Gott, dachte er, bitte mach, daß kein Blut an ihren Fingern klebt. Ein mechanisches Gebet. Mit weit weniger Inbrunst hervorgebracht, als die Sonnenpriester auf ihren Schrei verwandten.

Noch immer standen die dreihundertsechzig goldenen Gestalten wie versteinert da. Die Arme erhoben, verteilt über den weiten Platz. Einige von ihnen, in der Nähe des Scheiterhaufens, reckten Fackeln empor. Immer noch schrien sie. Hell und durchdringend. Ein Klang, wie eine Klinge so scharf. Da endlich riß über ihnen die Wolkendecke auf.

Die Sonne erschien. Ihre Strahlen übergossen den heiligen Platz. Der Schrei der Sonnenpriester verebbte. Dreihundertsechzig goldene Gestalten warfen sich zu Boden. Zu Ehren von Ahau Kinich, dem Sonnengötzen, der endlich gekommen war. Abermals setzten die Trommeln ein. Rasch und drängend. Untermalt von den Flöten, ihrem dünnen Pfeifen, und den Klängen jener Instrumente, für die Diego keinen Namen fand. Und die ihn stärker beunruhigten, als er sich eingestand. Ihr trauriger Klang. Dazu ihre Form, schlank wie Mandolinen und rundlich wie … Er kam einfach nicht darauf. Es spielte auch keine Rolle. Oder doch?

Er lenkte seine Aufmerksamkeit auf den Platz zurück. Mittlerweile loderten die Fackeln aller Sonnenpriester, die im Kreis um den Scheiterhaufen standen. Weitere Priester des Lahkin schritten auf die hölzerne Pyramide zu. Bottiche auf den Schultern, deren Inhalt sie auf den Scheiterhaufen schütteten. Goldene Ströme ergossen sich aus den Kübeln. Übelkeit stieg in Diego auf. *Puestas en dolce.* Auf einmal sah er es wieder vor sich. Isabel de Cazorla. Wie die Häscher sie auf dem Marktplatz von Marbella mit Honig übergossen. Ihren nackten Leib, im Namen der Liebe. Wie der Pöbel sie über den Platz jagte, wie sie seinen Blick suchte, flehentlich. Er aber hatte sich abgewandt.

Weitere Sonnenpriester näherten sich den hölzernen Wällen, die von den Ecken des Scheiterhaufens ausgingen wie Strahlen. Auch sie trugen Kübel auf den Schultern. Sämige Ströme in leuchtenden Farben tränkten Äste und Scheite. Ein weiteres Zeichen des Lahkin. Die Trommeln setzten aus wie ein zersprungenes Herz. Die Sonnenpriester senkten ihre Fakkeln und stießen sie in den hölzernen Stern. Augenblicklich ging das ganze Gebilde in Flammen auf.

Ein Raunen lief über den Platz. Auch Diego riß die Augen auf. Goldene Flammen stiegen aus dem Scheiterhaufen, umwirbelt von goldenem Rauch. Blutrot loderte der östliche Strahl auf. Pechschwarze Schwaden entquollen dem westlichen Strahl. Weißlich wie Nebel qualmte der dritte, gen Norden weisende Strahl. Milchig weiß waren selbst die Flammen, die aus seinen Scheiten stiegen. Während über dem südlichen Strahl gelbe Flammen tanzten, gehüllt in Rauch vom gleichen hellen Zitruston.

Ein überwältigendes Schauspiel. Die Augen der Menge glänzten. Ihre Münder waren geöffnet. Die Mienen drückten Ehrfurcht und Entzücken aus. Der Tanz der Farben. Diego erinnerte sich, was Ajxoka'nal ihm erzählt hatte. Neben vielen anderen Gottheiten verehrten die Maya auch sogenannte Richtungsgötter, die Bacabes. Jedem Bacab war eine Himmelsrichtung zugeordnet, der wiederum eine bestimmte Farbe entsprach.

Der Menge entrang sich ein Stöhnen. »Tod und Verwandlung. O ihr Götter!« Golden loderte die Sonne auf dem Platz von Tayasal. Ihre Strahlen leuchteten in den vier Farben der Bacabes. Weitere Sonnenpriester näherten sich dem Feuer, pralle Säcke auf den Schultern. In den Scheiterhaufen ergoß sich Mais in goldenen Strömen. Opfer für Ahau Kinich. Bottiche voller Copál erhielt der Schwarze Bacab des Westens. Während dem Bacab des Südens Kübel voll gelber Früchte geopfert wurden, jedem Gott opferten die Priester entsprechend der Farbe, die ihm eigen war. Zentnerweise schütteten sie Früchte und Pflanzen, Samen und Essenzen in die Flammen, die immer höher aufloderten, bis zum Himmel hinauf. Zu Ehren des Sonnengötzen und seiner vergöttlichten Strahlen, der vier Bacabes.

O ihr Götter, dachte Diego. Die Ernte eines ganzen Volkes, eines ganzen arbeitsamen Jahres ging in Flammen auf. Die Götzen der Maya mußten fett wie Ottern sein. Während sich das einfache Volk anscheinend von Brosamen nährte.

Weiter hinten auf der Tribüne saß der Canek auf seinem Schlangenthron. Ein Podest erhob ihn noch über die obersten Priester, selbst über den Lahkin. Schon als unten auf dem Platz der Scheiterhaufen entfacht wurde, hatte der junge Gottkönig einen gurgelnden Laut ausgestoßen. Die bunten Flammen, die Ströme von Opfern schienen auch seine seherischen Kräfte anzufachen. Zuweilen sah Diego verstohlen zu ihm hinauf. Die schweren Lider des Canek senkten sich noch tiefer. Seine Züge zerflossen. Zusammengesunken saß er auf seinem Thron, eine massige Gestalt in schillernder Schlangenrobe. Immer wieder, immer lauter entrangen sich gurgelnde Laute seiner Brust. Unten auf dem Platz wurden die ersten Käfige geöffnet. Vier schwarze Hähne zogen die Sonnenpriester aus ihrem Verschlag. Packten sie bei den Hälsen und schleuderten sie in den westlichen Strahl. Schwarze Flammen schossen aus den Scheiten hervor. Höllenschwarze Schwaden umhüllten die Vögel, deren Gackern für einen Moment alle anderen Laute übertönte. Dann setzten neuerlich die Trommeln ein, tosender denn je. Die beinernen Flöten winselten. Die bauchigen Lauten weinten. Der Pater verspürte ein Brennen in der Kehle, ohne die leiseste Ahnung, warum. Doch sein Unbehagen wuchs und wuchs.

Während unten auf dem Platz ekstatische Schreie erschallten. »Bacab ohne Sünde! Wir lieben dich!« Das galt dem Gelben Richtungsgott des Südens, der laut erbaulicher Legenden als einziger Bacab niemals gegen die höchsten Götter gefehlt hatte. So hatte zumindest Ajxoka'nal erzählt. Scharen von Sonnenpriestern näherten sich dem in hellem Gelb brennenden Strahl. Zwei von ihnen schleppten große, gelb befellte

Hunde, deren Läufe gefesselt waren. »Tod und Verwandlung. O ihr Götter!« Sie schleuderten die Hunde in die Flammen. Die Tiere jaulten auf. Gestank von schmorendem Fell stieg empor, von schmurgelndem Fleisch und kochendem Darm.

Dem Pater begannen die Knie zu zittern. Er glaubte, es nicht mehr lange zu ertragen. Die Opfergreuel. Die Hitze von Sonne und Feuer, sengend und feucht zugleich. Die keuchende Masse dort unten. Den Gestank brennender Tiere. Und noch immer drang schauriges Jaulen aus den Flammen hervor. Dazu das Orchester der Trommeln und Knochenflöten, der Muschelpfeifen und absonderlichen Mandolinen. Ihre bauchige Form. Zeichneten sich auf den Leibern der Instrumente nicht einzelne Rippenbögen ab? Diego schloß die Augen. Nur für einen Moment. Behutsam hob er die Lider. Und wünschte sogleich, er hätte es nicht getan.

Vier kleine rotbraune Affen, an Händen und Füßen gebunden, schleuderten die Sonnenpriester in den östlichen Strahl. Wie die Flammen loderten, leuchtend rot wie frisches Blut. Wie kläglich die Tiere schrien. Ihre kleinen Gesichter, zwischen den Flammen tanzend. Ein letzter Schrei. Wie von einem Kind. O ihr Götter. Unerbittlich schritt das Satansfest voran. Weiße Katzen für den weißen Bacab des Nordens. Milchig züngelten die Flammen. Die Schmerzensschreie der brennenden Tiere. Schriller noch als der Schrei, mit dem die Sonnenpriester ihren Götzen riefen.

Während droben der Canek auf seinem Thron gurgelte. Oder vielmehr, Stimmen der Götter grollten seiner Brust. So zumindest Ajxoka'nal, in das Ohr des Pferdegottpriesters flüsternd. Auf einmal erhob sich der König. Schwankend stand er auf seinem Podest. Die Augen fast geschlossen. Mit der Rechten griff er nach einer Dornenschnur neben seinem Thron. Er öffnete den Mund, als wollte er das Wort an seine Untertanen richten. Doch die Trommeln donnerten. Die Flöten winselten. Nahe dem Scheiterhaufen schritten vier hünenhafte Sonnenpriester auf den größten Käfig zu. Die Menge hielt den Atem an. Der Canek hob die Dornenschnur. Bunte Bänder hingen daran, in den Farben der Bacabes. Die

Sonnenpriester öffneten das Gatter. Die Menge seufzte. Der König streckte seine Zunge hervor, einen verstümmelten Wulst. Die vier Sonnenpriester zerrten die Opfer aus dem Käfig. Die Menge stöhnte vor Inbrunst. Der Canek schob die Dornenschnur durch ein Loch in seiner Zunge. Die Sonnenpriester stießen ihre nackten Opfer auf den Scheiterhaufen zu. Zwei Jünglinge, zwei junge Frauen, die an Uayeb gefehlt haben mochten. Golden loderten die Flammen. Die Opfer bäumten sich auf. Der Canek zog die Dornenschnur in seiner Zunge hin und her. Blut troff aus seinem Mund. Die Sonnenpriester hieben auf ihre Opfer ein. Der Canek gurgelte und stöhnte. Blut quoll aus seinem Mund und rann an den Bändern hinab, in eine goldene Schale. Der erste Sonnenpriester stieß sein Opfer ins Feuer. Goldener Rauch quoll aus dem Scheiterhaufen. Das Opfer schrie. Der Pater verspürte Brechreiz. Zwischen den goldenen Schwaden sah er Schultern, an denen Flammen leckten. Einen Kopf, aus dem Flammen brachen. Das nächste Opfer taumelte auf den Scheiterhaufen. Gestank von schmorendem Fleisch stieg auf, von kochendem Knorpel. Der dritte Sonnenpriester stieß sein Opfer in die Glut. Die Menge schrie. Diego sah schreiende Münder, aus denen Feuer züngelte. Brennende Schöpfe. Einen dampfenden Rumpf. Die Menge brüllte jetzt, atemlos, aus tausend Mäulern, als wären sie es, ihre Säfte, die sich dort verströmten. Der Canek taumelte. In fingerdickem Strahl schoß das Blut aus seinem Mund und füllte die Schale. Das vierte Opfer wankte ins Verderben. Die Arme auf dem Rücken gefesselt. Schreiend. Goldene Flammen leckten über seinen Leib. Streichelten seine Brust, und die Haut hing in Fetzen. Küßten seinen Rücken, und rotes Fleisch sah hervor. Liebkosten seine Schenkel, bis er in die Knie brach, und goldene Flammen stoben aus seinen Augen.

Auf einmal sank der Canek auf seinen Thron zurück. Der Lahkin hob die Hand. Die Menge verstummte. Ebenso die Trommeln, die Flöten, die bauchigen Lauten. Rippenbögen, kein Zweifel, dachte Diego. Teufelsgeigen, gefertigt aus Menschenknochen, Menschenhaut. Der Schweiß rann ihm in die

Augen. Gleich falle ich um, dachte er. Totenstille herrschte nun auf dem heiligen Platz. Die Opfer hatten ihren letzten Atem verröchelt. Nur die Flammen prasselten noch. Und der König stammelte in Trance. Er knirschte mit den Zähnen. Seine Augen verdrehten sich. Weiße Bälle, die aus ihren Höhlen quollen. Plötzlich wurde der Leib des Canek schlaff und rutschte von seinem Thron. Rücklings lag er auf dem Boden, allen Blicken preisgegeben. Wie er für einen langen Moment reglos dalag, scheinbar in tiefem Schlaf.

Dann spannte sich sein Leib auf einmal an. Als wäre eine übernatürliche Macht in ihn gefahren, wie eine Faust in einen Handschuh fährt. Starr lag er vor seinem Thron, nur Hals und Kopf krampfhaft angehoben, das Gesicht gräßlich verzerrt. So starrte er hinüber in die Geisterwelt. *»Fluch und Untergang unseren Widersachern.«* Schwerfällig bewegten sich seine Lippen. Er sprach mit unnatürlich dunkler Stimme, die aus klaftertiefen Gewölben hervorzudröhnen schien. Einer Stimme, die mit der gewöhnlichen, viel helleren des jungen Königs keine Ähnlichkeit besaß. *»Schmerz und Siechtum, Dürre und Plagen, Marter und Mißernte jenen, die unsere Gebote zu mißachten wagen!«*

Entgeistert beobachtete Diego ihn. Von Dämonen besessen, kein Zweifel, dachte er. Wenn nicht sogar vom Satan selbst.

Der Canek warf den Kopf hin und her. Wieder knirschte er mit den Zähnen. Sein Atem ging stoßweise. Dann begann er am ganzen Leib zu zucken, als ob sich die Dämonen jeder Faser seines Leibes bemächtigt hätten. Er zog die Beine an und streckte sie gewaltsam wieder aus. Warf die Arme hin und her. Murmelte unverständliche Worte. Seine Hände krallten sich in seine Schlangenrobe und rissen sie in Fetzen von seinem Leib.

Dann dröhnte die Stimme weiter. *»Siehst du die Stätte, die wir dir zu zeigen geruhen?«*

Schaum quoll aus dem Mund des jungen Königs. Nahezu nackt lag er auf dem Podest vor seinem Thron. Auf seinem Gesicht jagten sich Grimassen, wie Gewitterwolken bei

Nacht. Desto unerwarteter war es, als er auf einmal mit seiner eigenen, gewöhnlichen Stimme sprach. »Ja, höchste Herren, ich sehe …«

»Dann merke dir, was du geschaut hast!« dröhnte wieder die Dämonenstimme. *»Dies ist der Ort, den ihr wählen und weihen sollt als Stätte des Neuen Reichs!«*

Diego erschauerte. Unverwandt starrte er auf den König, der sich weiterhin am Boden wand. Auf der Brust des Canek bemerkte er eine Wunde, klaffend wie ein zweiter Mund. Sie sah entzündet aus und fiebrig rot, als ob sie künstlich offen gehalten würde. Der Satan selbst, dachte Diego, war in den Canek gefahren. Warum aber zögerte er, sich wieder aus dem Leib des Herrschers zu entfernen? Schließlich hatte er seine Botschaft übermittelt. Doch offenbar wollte er noch etwas demonstrieren. Wieder überlief Diego ein Schauder. Der Fürst dieser Welt, dachte er. Wann immer es Ihm gefällt, kann er mich durch den Mund des Canek entlarven. Als entlaufenen Christenpater, der in Wahrheit über keinerlei magische Kräfte verfügt.

»Sucht die Stätte des Neuen Reichs!« Unvermittelt dröhnte abermals die Götterstimme. *»Wählt und weiht ihr sie nicht bis Eins Ahau, so brecht ihr das Gebot der Götter und müßt untergehen!«*

Diego warf Ajxoka'nal einen Blick zu. Weniger fragend als flehentlich. Der oberste Kalenderpriester machte ihm ein Zeichen. Viermal beide Hände vorgestreckt, dann beide Daumen erhoben. Zweiundvierzig Tage, dachte Diego. O mein Gott.

Den Canek überlief ein letztes Zittern. Sein Kopf sank zurück. Augenblicklich fiel er in tiefen Schlaf. Sonnenpriester eilten herbei und hüllten ihn in eine goldene Robe. Sie hoben ihn auf eine Trage und sahen den Lahkin an.

Mit offensichtlicher Mühe erhob sich der greise Hohepriester von seinem Thron. Die Götter hatten die Opfer angenommen und die Bitten der Priester erhört. Doch der Lahkin schien nicht zufrieden. Er wirkte bedrückter denn je. Sein Blick irrte über die Reihe der obersten Priester. Endlich blieb er an Diego haften. Der oberste Pferdegottpriester straffte sich. Er versuchte zuversichtlich zu wirken. Dabei hatte er sich kaum jemals mutloser gefühlt. Er nickte dem Lahkin zu. Im selben Moment hob der Hohepriester beide Hände. Ein Trommelschlag, dann wieder Stille.

»Maya von Tayasal!« Seine dünne Stimme hallte über den Platz. »Die Götter sind uns gnädig, ihr selbst habt es gehört. Sie haben unserem Canek die Stätte gezeigt, wo wir das Neue Reich errichten werden. Mit der magischen Hilfe des Pferdegottpriesters, den die Götter uns gleichfalls gesandt haben.«

Alle Blicke richteten sich auf Diego. Er mußte sich bezwingen, um sich nicht abzuwenden. Und bei Ajxoka'nal Schutz und Stütze zu suchen wie ein verängstigtes Kind.

»Maya von Tayasal!« Die Stimme des Lahkin hallte. »Morgen bei Tagesanbruch, wenn Ahau Kinich zu uns zurückkehrt, wird der Rat der obersten Priester den neuen Jahresstein setzen. Dann wird uns der Canek auch berichten, wie die Stätte des Neuen Reiches beschaffen ist. Es ist mein Wille, daß ihr alle bis dahin feiert. Unbekümmert und leichten Herzens nach den bangen Tagen des Uayeb. Seid ohne Sorge, Maya von Tayasal. Denn die Götter sind uns günstig gesinnt.«

3

Dort vorne mußte sie sein. In der Gruppe eilender Frauen. Er hastete hinterher, auf der abschüssigen Straße zum Hafen. Atemlos, mit weichen Knien. Wenn er an die Opfergreuel dachte, stieg immer noch Übelkeit in ihm auf. Schluß jetzt, mahnte er sich. Nicht daran denken.

Zweistöckige Häuser säumten die Straße. Aus den Fenstern drangen Rufe und Lachen. Was für ein Gegensatz, dachte Diego, zu der mönchischen Stille damals. Es war dieselbe Straße, durch die sie von den Kriegern getrieben worden waren. Und doch kaum wiederzuerkennen. Heute war sie schwarz vor Menschen. Ganz Tayasal schien auf den Beinen zu sein. Um das neue Jahr und die Gunst der Götter zu feiern, wie der Lahkin es befohlen hatte.

Er sputete sich, um Ixkukul nicht neuerlich aus den Augen zu verlieren. Murmelte Entschuldigungen und bahnte sich zwischen Marktweibern und Handwerksburschen seinen Weg. Der Abend dämmerte schon. Vor allem das einfache Volk schien die Gelegenheit zum Vergnügen zu nutzen. Müßig streiften sie durch Straßen und Gassen, Becher mit Schnaps oder Maisbier in der Hand. An Straßenecken wurde aus Krügen ausgeschenkt. Verkäufer boten Tücher und Schnitzwerk, Tortillas und Fleischstücke feil. Bei dem Geruch gebratener Hühnchenschlegel wurde ihm neuerlich übel. Er preßte eine Hand vor sein Gesicht und machte, daß er weiterkam.

Die Gruppe um Ixkukul war keine zwanzig Schritte vor ihm. Schweigend eilten sie voran, ohne einen Blick für das bunte Treiben. Sie alle trugen silberfarbene Tuniken. Drei, fünf, acht Gestalten zählte er. Priesterinnen Ixquics. Allesamt jünger und deutlich kleiner als die neunte, ihre Führerin. Sein Herz machte einen Sprung. Plötzlich stolperten ihm zwei betrunkene Burschen vor die Füße. Wälzten sich auf der Straße und versperrten ihm den Weg. Aus einer Tür taumelten weitere Trunkenbolde. Einer suchte Halt an seiner Schulter. Der Pater stieß ihn zur Seite. Stieg über die beiden hinweg, die noch immer am Boden lagen.

Wild sah er um sich. Von Ixkukul keine Spur. »Zum Satan!« Er stieß es zwischen den Zähnen hervor. Hinter ihm lachten die Betrunkenen. Er fuhr herum. Scharf faßte er die Burschen in den Blick. War ihre Trunkenheit nur gespielt? Es sah nicht so aus. Junge Kerle, denen Schnaps und Bier zu Kopf gestiegen waren. Einer kauerte auf der Straße und erbrach sich. Die anderen taumelten durcheinander, mit glasigen Augen.

Er wandte sich wieder um. Warum sollte irgendwer verhindern wollen, daß er mit Ixkukul zusammentraf? Das ergab keinen Sinn. Oder doch? Nur ruhig. Seine Seele war aufgepeitscht, kein Wunder nach dem heutigen Schauspiel. Abermals sah er um sich. Er befand sich immer noch auf der abschüssigen Straße. Leicht sah er über aller Köpfe hinweg, bis hinab zum Hafen, der im letzten Abendlicht lag. Doch von Ixkukul und ihren Gefährtinnen war nichts zu sehen.

Wieder stieg Argwohn in ihm auf. Schon einmal hatte er sie heute aus den Augen verloren, direkt nach dem Ende des Opferfestes. Noch auf der Tribüne hatte er sich ihr genähert. Mit den Augen machte sie ihm Zeichen. Er solle ihr folgen, verstand er, zu einem Ort, wo niemand sie stören konnte. Er tat wie geheißen. Hinter Ajxoka'nal stieg er auf der schmalen Treppe von der Tribüne hinab. Ixkukul war höchstens fünf Schritte vor ihm. In der Luft hing der Geruch der verbrannten Opfer. Das Feuer fauchte. Während am Himmel neuerlich Wolken aufzogen, schwarz und regenprall. Auf einmal blieb Ajxoka'nal stehen. So unvermittelt, daß Diego gegen seinen Rücken stieß. Sie beide murmelten Entschuldigungen. Da erst erkannte der Pater, warum der Kalenderpriester nicht weiterging. B'ok-d'aantoj. Der bullige Mann mit dem grauen Haar. In wolkenfahler Robe stand er auf der Treppe, ins Gespräch mit dem dicken Bücherpriester vertieft. Diego bat sie, den Weg freizugeben. Der oberste Priester Cha'acs wandte sich um zu ihm. So langsam als möglich und mit höhnischem Grinsen, wie ihm schien. Endlich ging er weiter, wortlos. Diego hätte sich am liebsten an ihm vorbeigedrängt. Aber er scheute das neuerliche Aufsehen. Als er die Treppe hinter sich hatte, war Ixkukul schon am anderen Ende des Platzes. Eine halbe Stunde lang mußte er nach ihr suchen, in Straßen und Gassen. Bis er sie endlich wiedergefunden hatte. Und nun das. Die trunkenen Tölpel. Vielleicht waren sie doch angestiftet worden, ihm den Weg zu verstellen. Aber von wem?

Es begann zu donnern. Wind kam auf. Ein Regenguß wäre wunderbar, dachte Diego. Obwohl die Erfrischung nur von kurzer Dauer wäre. Und um so drückender die Schwüle danach. Doch die Straße, ihr steinartiger Überzug, schien förmlich zu glühen. Zwischen den Häusern lasteten Hitze und Feuchtigkeit.

Er ging weiter hügelab, auf den Hafen zu. Unschlüssig, wo er nun noch suchen sollte. Zu Hunderten schoben sich die

Menschen voran. Immer wieder zweigten schmale Gassen ab. Was war das? Ein silberner Schimmer, am Eingang einer Gasse, dreißig Schritte hügelab. Wieder dröhnte ein Donnerschlag. Er begann zu rennen. Rempelte Passanten beiseite und bog keuchend in die Gasse ein. Wie düster es hier war. Und so eng, daß die Dächer über ihm fast zusammenstießen. Nur ein schmaler Streifen Himmel war zu sehen. Gewitterschwarz. Er stolperte über Scherben. Ein zerbrochener Krug. Wieder zerdrückte er einen Fluch zwischen den Zähnen. Dann sah er ihn abermals. Weit hinten in der Gasse. Den silbrigen Schimmer.

Wieder begann er zu laufen. Immer schmaler wurde die Gasse. Und immer düsterer, so daß man die Hand kaum mehr vor Augen sah. Ein Irrtum, dachte er. Dieser Weg führt nirgendwohin. Da hörte er hinter sich Schritte. Er fuhr herum. Drei Männer standen vor ihm, mit drohenden Mienen. Gewandet in nebelgraue Kutten, schien ihm, doch im Halbdunkel war es nicht genau zu sehen. Fäuste wurden gehoben, ein Knüppel schwang durch die Luft.

»Ich bin der Priester …« Welchen Gottes? Der Knüppel sauste herab. –

Als er zu sich kam, regnete es in Strömen. Das Wasser toste hernieder. Donner erschallte. Sonderbar war nur, daß er nicht naß wurde. Mit der Hand fuhr er sich übers Gesicht. Sein Schädel schmerzte. Eine Beule auf seiner Stirn. Woher? Nun fiel ihm ein, was passiert war. Die Männer. Der Knüppel. Finsternis.

Benommen richtete er sich auf. Er blinzelte. Nur langsam gewöhnten sich seine Augen an die Düsterkeit. Er befand sich in einem Haus. Zu ebener Erde. Unter einem Fenster hokkend, vor dem der Regen rauschte. Draußen war es Nacht. Wie lange mochte er ohnmächtig gewesen sein? Wie war er überhaupt hierher gelangt?

Ein kleiner Raum, länglich und kahl. An den Stirnseiten Türen. Die eine führte wohl nach draußen, die andere tiefer ins Haus. Von dort waren Geräusche zu hören. Gemurmel. Leises Lachen, silberhell. Falls er sich nicht irrte. Der Regen übertönte fast jeden Laut. Er erhob sich, mit dröhnendem Schädel. Verfluchte Graukutten, dachte er. Gehilfen von B'ok-d'aantoj, kein Zweifel, auch wenn er sie nicht genau gesehen hatte. Aber was wollte der oberste Priester Cha'acs nur von ihm? Mit diesem Götzen hatten sie von Anfang an Ärger. Schon der Anführer am heiligen Cenote hätte sie fast geopfert zu Ehren Cha'acs.

Er taumelte auf die innere Tür zu. Seine Beine fühlten sich wie Gallert an. Der Scheiterhaufen fiel ihm ein. Die Dornenschnur in der verstümmelten Zunge des Königs. Einen Moment glaubte er sich erbrechen zu müssen. Vor der geschlossenen Tür blieb er stehen. Behutsam atmete er ein und aus. Dann packte er den ledernen Griff.

Lautlos glitt die Tür auf. Er verharrte auf der Schwelle. Weit geöffnete Fenster. Ohrenbetäubend toste der Regen. Düsterkeit auch hier, nur von ein paar Kerzen aufgehellt. Anscheinend hatte niemand ihn bemerkt. Er schlüpfte hinein und drückte sich in eine Nische neben der Tür. Darin gab es eine Bank, weich gepolstert. Er setzte sich darauf. Nun erst sah er sich um. Und rieb sich die Augen. Was er erblickte, war unfaßbar. Ganz und gar unmöglich, dachte er. Sein Herz begann zu rasen.

Ein schmaler, langgezogener Raum. In die Wände waren Nischen eingelassen, eine neben der anderen, nur durch Zwischenwände getrennt. Darin befanden sich Bänke, breit und dick gepolstert. Mit beiden Händen tastete er umher. Er selbst hockte in einer solchen Nische. Auf einer Matte, die gewöhnlich anderen Zwecken diente. Wie die Bänke und Matten in den Nischen vis-à-vis. Unverwandt starrte er hinüber. Fünf Nischen, und in jeder befand sich ein Paar. Mehr oder minder nackt. Die Glieder ineinander verschlungen. Küssend und kosend. In selbstvergessenem Liebesspiel.

Dirnen, dachte er. Die es ihren Freiern besorgen, nach allen Regeln ihrer Teufelskunst. Er wagte nicht, sich zu rühren. Schwankend zwischen Empörung und Lüsternheit. Jetzt erst sah er, daß es Priesterinnen Ixquics waren. Junge Frauen wie jene, die Ixkukul vorhin begleitet hatten. Nackt zwar, doch ihr Schmuck bewies, daß sie zum Kult der Mondgöttin gehörten. Silberschnüre um ihre Hüften und Handgelenke. Silberne Mondsicheln im strömenden Haar. Auf einmal fiel ihm ein, was der Wächter im Kerker des Lahkin gesagt hatte. Eine Göttin der Weiber sei Ixquic. Für Begierde und Brunst.

Er starrte in die Nischen gegenüber. Die Priesterinnen liebkosten ihre Gefährten. Er sah Brüste, über Stirn und Wangen gleitend. Hände, die mit dem Geschlecht eines Mannes spielten. Lippen, die an einem Phallus saugten. Zuckende Leiber. Schenkel, die sich um Hüften schlangen. Lachende Gesichter, die auf einmal in Ekstase zerflossen. Der Regen donnerte herab. Jetzt erst bemerkte er, daß in jeder Nische ein steinerner Phallus aus der Mauer ragte. Riesenhaft, die Eichel prall und leuchtend rot.

Gewaltsam riß er seinen Blick von dem Teufelstreiben los. Schlüpfte aus seiner Nische und zurück zur Tür. Sein Atem ging keuchend. Er taumelte durch den kahlen Vorraum. Eben wollte er in die Nacht entfliehen, da glitt die Tür zur Straße auf.

Ixkukul. Sie stand vor ihm, auf der Schwelle, offenbar ebenso erschrocken wie er. Tropfen rannen über ihr Gesicht und aus ihrem Haar. Auch ihre silberne Tunika war durchnäßt. Die Konturen ihres Leibes zeichneten sich ab. Die Rundung der Hüften. Ihre vollen Brüste, deren Spitzen aufgerichtet waren.

Er starrte sie an. Öffnete den Mund und machte ihn wieder zu. Sie war unfaßbar schön. Wenn ich sie jetzt berühre, dachte er, gehen wir beide in Flammen auf. Eine unpassende Metapher. Dennoch mußte er lächeln. Ein Wirrwarr von Bildern schoß ihm durch den Kopf. Isabel de Cazorla, in der Kammer hinter seinem Altar. Er selbst auf seinem Lager, wie in Fesseln gelegt. Die brennenden Opfer, ihre Schreie im Feuer. Die ekstatischen Priesterinnen, ihre Schreie der Lust. Beide lautlos, von Feuer oder Regen übertönt. Ixkukul, damals, wie sie aus dem gelben Nebel der Lichtung trat. Die Bilder verblaßten. Immer noch stand sie vor ihm, mit flehendem Blick. Er hob eine Hand, um sie an sich zu ziehen. Ihr Gesicht erstarrte. Was hatte das zu bedeuten?

»Was ist los?« Es war wie ein Echo seiner eigenen Gedanken. Aber die Stimme erklang draußen, in der Gasse, nicht in seinem Kopf. »Warum bleibst du auf der Schwelle stehen, Schwester Mond?«

Das Blut schoß ihm in die Schläfen. Er schob Ixkukul zur Seite und war mit einem Sprung vor der Tür. Die ganze Zeit über hatte er es geahnt. Und doch nicht wahrhaben wollen, was so offensichtlich war.

B'ok-d'aantoj. Der bullige Regengottpriester stand vor ihm, tropfnaß wie Ixkukul. Die beiden sind verbündet, dachte Diego. Hätten die Gehilfen des grauen Priesters ihn sonst gerade hierher gebracht? In den Tempel der Mondgöttin, der aufs Haar einem Freudenhaus glich? Wahrscheinlich waren die beiden sogar Geliebte. Bruder Wolke und Schwester Mond. Warum sonst hätten sie zusammen im Regen gestanden, bis sie beide triefend naß waren? Sicher nicht nur, um miteinander zu reden, in den tosenden Gewalten Cha'acs. Zorn auf B'ok-d'aantoj stieg in ihm auf. Doch weit stärker war der Schmerz über Ixkukuls Verrat.

Breitbeinig stand der oberste Priester Cha'acs da und sah ihn an. Aufmerksam und unverwandt, als versuchte er zu erkennen, wie sehr der weiße Priester getroffen war. Was bin ich für ein Narr, dachte Diego. Er wandte sich ab und ging davon.

»Wartet doch, ich bitte Euch, Bruder Pferd!« Ixkukuls Stimme. Doch er sah sich nicht einmal um nach ihr. Der Regen hatte die Gasse in einen Gießbach verwandelt. Gurgelnd strömte das Wasser hügelab, Laub und Unrat mit sich führend. Ihm war, als reiße die Flut auch seine letzte Hoffnung mit sich fort.

4 Der Tempel des Pferdegottes. Ein Ort der Zuflucht, zumindest in dieser Nacht. Kerzen und Fackeln erhellten den weiten Raum. Die Zähne gefletscht, mit hervorquellenden Augen, glotzte der Rappe in den Altarraum hinab. Der Priester wandte ihm den Rücken zu. Er blätterte in der schadhaften Bibel. Auch von den heiligen Texten der Christenheit waren seine Gedanken weit entfernt.

Warum war er vorhin davongelaufen? Er hatte Ixkukul den Rücken gekehrt, ohne ein Wort. Ein arger Fehler, dachte er nun. Begangen aus seelischer Schwäche. Er hätte B'ok-d'aantoj nicht einfach das Feld überlassen dürfen.

Noch immer fühlte er sich innerlich aufgepeitscht. Die Opfer und die Freier. Unablässig sprang sein Geist zwischen beiden hin und her. Ahau Kinich und Ixquic. Die goldenen Priester und die silbernen Priesterinnen. Die Sterbenden und die Liebenden. Die Flammen des Todes und der Leidenschaft. Beides war Teufelstreiben. Und hing auf vertrackte Weise miteinander zusammen. Todesqual und Liebeslust. Satanische Ekstasen, eines wie das andere, in den Augen der Christenheit.

Die Fackeln warfen flackernde Schatten auf seinen Altar. Er blätterte in der Bibel. Doch er nahm die heiligen Offenbarungen nicht mit Bewußtsein wahr. Verblendet von Zorn und Eifersucht, hatte er vorhin geglaubt, daß Ixkukul ihn verraten habe. Nun war er sich längst nicht mehr sicher. Ihrer Liebe nicht, noch weniger ihres Verrats. Wieder erinnerte er sich, wie er sie zum ersten Mal gesehen hatte. Ihr fragender Blick, als sie den eingelernten Spruch zu ihm sagte. »Gewährt Ihr mir Obdach, Señor? Bitte sehr, für eine Nacht?« Er hatte sofort geargwöhnt, daß sie zu den Aufrührern gehörte, die in San Benito und anderswo Massaker verübt hatten. Und nun vor den kastilischen Behörden flohen, tief in den Wald. Dennoch hatte sie ihn bezaubert, schon im ersten Augenblick, als sie aus den gelben Nebeln trat. Mit diesem Lächeln und dem würzigen Geruch, den ihr Haar verströmte.

Vor einer Frage war er bis heute zurückgeschreckt. War es überhaupt möglich, daß auch sie ihn liebte? Oder, behutsamer gesprochen, daß sie irgend etwas Anziehendes an ihm fand? Über sein Äußeres machte er sich keine Illusionen. Das Profil eines Raubvogels und die Gestalt einer Vogelscheuche. So zumindest Pedro, vor vielen Jahren und sicherlich zu Recht. Immerhin besaß er eine gewisse Geistesschärfe. Aber weder Geld noch Gut. Weder Mut noch Anmut, seiner Meinung nach. Und schon gar keine Glaubensstärke. Wie also hätte Ixkukul sich ausgerechnet in ihn verlieben sollen?

Verzagt dachte er darüber nach. Eine weitere Frage, auf die es keine gute Antwort gab. Dennoch machte er im Geist die Gegenrechnung auf. Wenn sie ihn nicht liebte, warum hatte sie ihn dann nach Tayasal gelockt?

Einen Moment lang lauschte er nach draußen. Als schwebten die Lösungen aller Rätsel über dem heiligen Platz. Doch das einzige, was dort schwebte, waren Schwaden dichten Nebels. Der Regen war verebbt, noch ehe er seinen Tempel erreicht hatte. Sofort wurde es wieder heiß, selbst zu dieser Nachtstunde. Die ganze Stadt dampfte vor Feuchtigkeit. Seine Gedanken kehrten zu Ixkukul zurück.

Vieles sprach dafür, daß der Regengottpriester B'ok-d'aantoj zu den Verschwörern gehörte. Vielleicht sogar ihr Anführer war, der Drahtzieher aller Greuel, die gegen die »weißen Eindringlinge« verübt wurden. Möglich war auch, daß Ixkukul zu den Verschwörern gehörte. Eine Vorstellung, gegen die sich noch immer alles in ihm sträubte. Aber heute hatte er die beiden mit eigenen Augen zusammen gesehen. Bruder Wolke und Schwester Mond. In tropfnasser Vertrautheit, die nur eine Frage offenließ. Was mochte sie verbinden? Liebe? Oder einzig der Plan, die weißen Eindringlinge gewaltsam zu vertreiben? Wie sehr wünschte er sich, beide Fragen verneinen zu können. Aber eine weitere Alternative fiel ihm nicht ein. Also blieb nur die Möglichkeit, daß Ixkukul in die Machenschaften des Regengottpriesters verwickelt war. Deshalb hatte B'ok-d'aantoj den Pferdegottpriester zu ihr bringen lassen. Sicher hatten sie im strömenden Regen besprochen, wie weiter mit ihm zu verfahren sei. Die Vorstellung, daß sie dort heimlich Zärtlichkeiten ausgetauscht hatten, kam ihm auf einmal abwegig vor.

Oder machte er sich etwas vor? Er beugte sich über seinen Altar, wie früher in Beja, wenn er zu dramatischen Abschnitten seiner Predigt kam. Angenommen, Ixkukul sollte ihn damals schon töten, als sie in der Station erschien. Den neuen weißen Missionar, der sich anschickte, das Werk Don Ramóns fortzusetzen. Tatsache war jedoch, daß sie ihn nicht getötet hatte. Weder in der Station noch in San Pedro. Weder in K'ak'as-'ich noch in Ixchel oder einfach irgendwo im Wald. Unzählige Gelegenheiten hätten sich ihr geboten, während er sich mit den Seinen durch den Dschungel kämpfte. Doch sie hatte nicht eine davon genutzt. Im Gegenteil. Sie hatte ihn aus der Ferne beschützt. Sie hatte ihn mit den Insignien ihrer Göttin gelockt, damit er ihr nach Tayasal folgte. Vor allem aber, sie hatte ihre kleine Schwester eingeweiht, damit Ixtz'ak ihm half, in das Königreich zu gelangen. Ausgeschlossen, dachte er wieder, daß Ixtz'ak ihn belogen hatte. Oder daß sie sich von Ixkukul für mörderische Machenschaften mißbrauchen ließ.

Was aber folgte aus alledem? Ixkukul fühlte sich von ihm angezogen, ebenso wie er sich von ihr. Und vielleicht, vielleicht liebte sie ihn sogar. Deshalb hatte sie ihn bis hierher gelockt. Gewiß verhielt sie sich widersprüchlich und ausweichend. Aber nur deshalb, weil sie auf irgendeine Weise in die Pläne der Aufrührer verwickelt war. Es mußte gefährlich und verwirrend für sie sein, einen weißen Mann zu lieben. Während sie zugleich einer geheimen Gruppe angehörte, deren Ziel es war, ihr Land von eben diesen Weißen zu befreien. Gütiger Gott, dachte er wieder, bitte mach, daß kein Blut an ihren Händen klebt.

Doch seine Zuversicht wuchs. Am liebsten hätte er sich gleich wieder zu ihrem Tempel begeben. Heiß wurde ihm, am ganzen Leib, wenn er daran dachte, was die jungen Liebespaare in jenen Nischen getrieben hatten. *Ti-k'ab'a' Ixquic.* Im Namen der Göttin der Liebe und Leidenschaft.

Mittlerweile mußte es tief in der Nacht sein. Bald schon würde der Morgen dämmern. Und bei Aufgang der Sonne gingen auch die Feierlichkeiten weiter. Das Setzen des Jahressteins. Die Verkündung der Vision, die der Canek von den Göttern empfangen hatte. Er mußte schlucken. Was würden die obersten Priester bei dieser Versammlung von ihm verlangen? Welche Gebote und Erwartungen diesmal auf seine Schultern laden? Und wenn schon, dachte er. Ihm würde schon noch etwas einfallen, um seinen Kopf aus der Schlinge zu ziehen. Mit der Hilfe Ixquics.

Morgen mittag, beschloß er, gleich nach dem Ende der Zeremonien, würde er Ixkukul aufsuchen. Sein gestriges Verhalten erklären. Und ihr seine Liebe gestehen. Genug des Schweigens, dachte er. Genug der Irrtümer aus Feigheit und der Mißverständnisse aus Furcht.

Er schlug die Bibel zu. Ohne einen Blick auf das steinerne Pferd ging er von einer Kerze zur anderen, von einer Fackel zur nächsten und löschte sie. Bok-d'aantoj hatte die Bibel in seinen Tempel praktiziert, auch dessen war er sich inzwischen sicher. Es gab keine andere Möglichkeit. Nur die Aufrührer standen in Verbindung zur Außenwelt. Für alle anderen, den Lahkin und sämtliche obersten Priester, schien die Welt nur aus Tayasal zu bestehen. Natürlich konnte auch Ixkukul die Bibel mitgebracht haben, beispielsweise aus San Pedro. Aber er spürte die feindselige Absicht, die sich mit dieser Gabe verband. Ein höhnischer Wink, daß man das Spiel des falschen Pferdegottpriesters durchschaute.

Auch im hinteren Bezirk des Tempelraums brannte eine Kerze. Er konnte sich nicht erinnern, sie angezündet zu haben. Vorsichtshalber zog er eine lodernde Fackel aus ihrer Wandnische. Dann trat er hinter dem Altar hervor und ging in den Bereich der Tempelbesucher.

Er fand die Kerze auf dem Boden, am Rand der hintersten Reihe. Dort hockte eine schmale Gestalt, in schwarzer Tunika. Zusammengesunken auf einem Schemel, den Kopf auf der Brust. Aber Fray Cristo schlief nicht. Anscheinend brütete er über dem Schicksal, das sie in diese Satansstadt geführt hatte. Seit Tagen schon beobachtete Diego, wie der kleine Taufpriester sich quälte. Er haderte mit seinem Schöpfer. Warum hatte sein gütiger Gott ihn hierher verschlagen, in das Reich des Teufels? Ein ebenso großes Rätsel mußte für ihn das Verhalten des verehrten Paters sein. Wieso nur war Fray Diego scheinbar bereitwillig in die Rolle des Pferdegottpriesters geschlüpft? Es war ärgste Blasphemie. Diego sah ihm an, daß für Cristo eine Welt zusammengebrochen war.

Glaubst du, mir ginge es anders, kleiner Mönch? Der Pater verbiß sich diese Frage. Er steckte die Fackel in eine Halterung an der Wand. Sank in einen Sessel neben dem Taufpriester und wartete, daß der andere das Wort ergriff. Er kannte im voraus alle Fragen, die Cristo ihm stellen konnte. Und wußte nicht eine Antwort darauf.

Er lehnte sich in seinem Sessel zurück. Von hier aus sah das Pferd geradezu majestätisch aus. Kaum vorstellbar, daß seinem Blick irgendein Menschenwerk entging. Und wäre es die nichtigste Tat. Die hervorquellenden Augen waren groß wie Säuglingsschädel. Die zum äußersten gefletschten Zähne verfolgten ihn allnächtlich bis in den Traum.

Fray Cristo schwieg noch immer. Der Pater wandte sich zur Seite und blickte ihn an. Bemüht um eine gütige Miene. Wie oft hatte er sich über Cristóbal geärgert, seine strahlende Frömmigkeit. Doch jetzt tat ihm der kleine Taufpriester leid. »Sicher fragst du dich, Fray Cristo, warum ich dich und Hernán hierher geführt habe.« Er wartete. »Weshalb ich es auf mich nehme, in diesem Teufelstempel zum Lobpreis des abscheulichen Pferdegötzen zu predigen.« Eindringlich sah er den Taufpriester von der Seite an. »Diese Fragen martern dich, Fray Cristo, ich weiß es doch. Und mich selbst quält es, daß ich dich so lange im ungewissen gelassen habe.«

Endlich sah Cristóbal auf. Noch immer schweigend, seine Augen verschleiert von Tränen.

»Nun, das alles hat, wie du dir denken kannst, einen ganz besonderen Grund.« Diegos Stimme hallte in dem weiten Tempelraum. Er räusperte sich. Unglücklicherweise hatte er nicht die leiseste Ahnung, wie er fortfahren sollte.

Fray Cristo wartete. Seine Augen gerötet, sein Gesicht bleicher denn je. Diego bemerkte einige Barthaare, die auf der Oberlippe des jungen Priesters sprossen. Unwillkürlich griff er sich ans Kinn. Mein verschwundener Bart, dachte er, ein weiteres Rätsel. Die Bartstoppeln raschelten, als er mit der Hand darüberfuhr. Und Fray Cristo wartete immer noch.

»Natürlich hätte ich dich seit langem eingeweiht, wenn die Angelegenheit nicht streng geheim wäre.« Inwiefern geheim? Er improvisierte. »Der Vatikan, Frater, du verstehst …«

Cristóbals Gestalt spannte sich. Im Sitzen nahm er Haltung an. Legte die Hände flach auf die Knie und sah konzentriert geradeaus, als erwarte er einen Befehl.

Na also, dachte Diego, anscheinend war dies der richtige Weg. »Nachdem Don Ramón, gnade ihm, auf so tragische und mysteriöse Weise aus dem Leben geschieden ist …«

Der kleine Mönch zuckte zusammen. Langsam wandte er den Kopf zu Diego. Seine Lippen bebten. »Ihr wollt sagen, ehrwürdiger Pater, daß Don Ramón, gnade seiner Seele, nicht die Todsünde der Selbstentleibung begangen hat?«

»Wahrscheinlich nicht.« Diego seufzte. Cristóbal schien nicht zu bemerken, wie zweideutig seine Antwort war. Er beließ es dabei. »Auch Pater Ramón hat gegen den Satan gekämpft, auf seine Art. Sein Tod erfüllt den Vatikan mit brennender Sorge. Selbst der Heilige Vater …«

Manche Sätze sprach man besser nicht zu Ende. Vor allem dann, wenn man nicht genau wußte, worauf man hinauswollte. Aber Diego spürte nun, daß sich seine Gedanken in eine ergiebige Richtung bewegten.

Fray Cristo starrte ihn an. »Der Papst, ehrwürdiger Pater?« Auf seinen Wangen bildeten sich Flecken, kreisrund und fiebrig rot.

»Ein geheimer Auftrag.« Er senkte seine Stimme zu einem Flüstern. »Für einen aufrechten Gottesmann.« Verwundert horchte er seinen Worten nach. »In das Zentrum des Satansreichs vorzustoßen. Unter einem listig gewählten Vorwand. In den Kreis der obersten Satanspriester einzudringen. Sie für sich zu gewinnen und …«

Er verstummte. Bis hierher hatte ihn der Fluß seiner Worte, das Raunen seiner Stimme getragen. Doch nun wußte er nicht weiter. Welche noch so geheime vatikanische Mission konnte rechtfertigen, daß man als christlicher Priester die Messe für einen Pferdegötzen las? Nein, keine. Er war am Ende. Ausweglos in seine Lügen verstrickt.

»Verzeih mir, Fray Cristo, daß ich dich ...« Schon wieder belogen habe, wollte er sagen, da fiel ihm der Taufpriester ins Wort.

»Bitte sprecht nicht weiter.« Seine Stimme klang unterwürfig. »Ich verstehe schon, ehrwürdiger Pater. Ich sollte *Euch* verzeihen?« Er schluchzte auf. »Ihr müßt *mir* vergeben, ich flehe Euch an! Einem törichten kleinen Mönch, der an Euch gezweifelt hat.« Er schlug die Hände vors Gesicht.

»Na, na«, brummte der Pater, »was soll denn das.« Er tätschelte Cristóbals Schulter. »Du hast also verstanden, Frater? Das ist gut. So ersparst du mir, das Geheimnis zu verraten. Aber sag doch«, fuhr er fort, »nur damit keine neuen Mißverständnisse entstehen. Was glaubst du also, warum ich hierher gesandt worden bin?«

Er beugte sich über den kleinen Mönch und sah ihn an. Welches Ziel konnte für einen Frömmler wie Cristóbal rechtfertigen, daß man einem Pferdegott huldigte?

»Missionieren«, wisperte Fray Cristo. Seine Augen leuchteten. »Die obersten Priester zum Christentum bekehren. Mit der Kraft Eures Glaubens und der Botschaft des Erlösers. Diesen Auftrag hat Euch der Heilige Vater erteilt.« Die roten Flecken auf seinen Wangen glühten. »Habe ich recht, ehrwürdiger Pater?«

Für einen langen Augenblick sah Diego ihn einfach nur an. Auf alles war er gefaßt gewesen. Und bereit, ihn in jedem Irrtum zu bestärken, wenn der kleine Mönch nur seinen Seelenfrieden wiederfand. Selbst wenn Cristo spekuliert hätte, er solle den Canek nach Rom entführen, hätte er zugestimmt. Ebenso der Behauptung, er sei beauftragt, die Bücherpyramide mitsamt allen Satansschriften in Brand zu setzen, wie schon Diego de Landa im Jahr 1524 – halt! Sein Herz begann rascher zu schlagen. Das war es. Besser, viel besser als alles, was er bisher ersonnen hatte, um seine Begnadigung zu erzwingen. Seine Gedanken wirbelten. In seinem Geist bildeten sich die Umrisse eines ungeheuerlichen Plans. Die Begnadigung und vielleicht ein wenig mehr. Sein berühmter Vornamensvetter war zum Bischof von Yucatán ernannt worden. Wieder mußte er schlucken. Er würde darüber nachdenken. Sorgfältig und gewissenhaft. Aber nicht jetzt.

Immer noch sah Fray Cristo ihn an, voller Zuversicht. Diego hätte lachen mögen oder den kleinen Taufpriester umarmen, doch er tat nichts davon. »Wie gesagt, Fray Cristo, meine Lippen sind versiegelt.« Er gab seiner Stimme einen verschwörerischen Ton. »Aber was du bereits erraten hast, darf ich sicherlich auch zugeben. So vernimm also, daß ich in der Tat beauftragt worden bin, diese Heiden zu bekehren.«

Es war die blanke Wahrheit. Aus keinem anderen Grund hatten sie ihn angewiesen, Don Ramóns Nachfolge anzutreten. Was konnte er dafür, wenn Cristóbal seine Worte auf die obersten Priester Tayasals bezog? Das Gesicht des Taufpriesters leuchtete vor Frömmigkeit. Seine Augen strahlten. Plötzlich erklang ein scharrendes Geräusch.

»Was war das?« Diego flüsterte es, so leise wie im Traum.

Fray Cristos Augen wurden eng. Über die Schulter des Paters hinweg sah er zum Eingang des Tempelraums. »Eine Frau, glaube ich, in silberfarbener Robe ...«

Noch während er es sagte, sprang Diego auf. Er riß die Fackel aus der Halterung und hastete zwischen Sesseln und Schemeln zur Tür. Ixkukul! Sie war gekommen. Weil sie ihn liebte. Warum sonst?

Abrupt hielt er inne. Wie lange mochte sie dort schon gestanden haben, nahe der Eingangstür? Hatte sie etwa gehört, was er und Fray Cristo sprachen? Aber sie konnte kein Spanisch! Und wenn sie sich verstellt hatte, damals in der Mission?

»Schwester Mond!« Er schrie es. »So wartet doch, ich flehe Euch an!« Endlich war er bei der Tür. Nichts. Er rannte den abschüssigen Gang hinunter, durch den steinernen Pferdehals. Auf der Treppe vor dem Tempel verharrte er. Noch immer schwebten Nebelschwaden über dem heiligen Platz. Wild sah er um sich. Dort unten, dachte er, nahe der Straße zum Hafen, war das nicht ein silbriger Schimmer? Doch als er noch einmal hinsah, war dort gar nichts, nur wallender Dunst.

Noch während er um sich sah, begannen sich die Nebel golden zu färben. Ahau Kinich stieg aus dem großen See auf. Morgendämmerung über Tayasal.

5

»Zahlreich sind die Götter. Zahlreich die Leben, die sie ihren Geschöpfen schenken. Tod und Verwandlung. Schlaf und Erwachen. Vollendung und Neubeginn. So verlangt es das göttliche Gesetz. Und deshalb werden auch wir in einem Tun unser Königreich verlassen und weiterziehen in das Neue Reich.«

Im Morgengrauen hatten sie sich im Kreis der Jahressteine versammelt. Zwei Dutzend oberste Priester, ein zweiter, engerer Kreis mit dem Lahkin als ihrem Mittelpunkt. Wieder hielt der Hohepriester eine feierliche Rede, seit fast einer Stunde schon. In altertümlichem Itzaj Maya, dem Diego nur mühsam folgen konnte, rühmte er die überlieferten Gebote und Gebräuche. Pries die Sitte, zum Ende jeden Jahres einen Tun zu setzen. Und beschwor abermals das göttliche Gesetz, nach Vollendung des Baktun in ein Neues Reich zu ziehen. Eintönig strömte seine Rede. Der Hohepriester wirkte heute noch hinfälliger als beim gestrigen Neujahrsfest. Als hätte er mit dem Leben der Opfer auch seine letzten Kräfte den Göttern geschenkt.

Bald schon, dachte Diego, würden die himmelblauen Priester wieder vor den Mauern auf- und niedersteigen, um den Götterkalender einzurichten für den neuen Tag. Noch aber waren Gerüste und Leitern im ganzen Kalenderturm verwaist. Zwischen den mannshohen Stelen war es so düster, daß er nur mühsam die Umstehenden unterschied. Den obersten Bücherpriester, leicht zu erkennen an seiner ausladenden

Gestalt. Zu seiner Rechten Ajxoka'nal, den obersten Kalenderpriester, hager und gramgebeugt. Auch B'ok-d'aantoj war zugegen, noch grimmiger dreinblickend als sonst. Unglücklicherweise stand der oberste Priester Cha'acs direkt neben Ixkukul.

Lange sah Diego die oberste Priesterin Ixquics an. Sie stand ihm gegenüber, zur Linken B'ok-d'aantojs, der ihr immer wieder finstere Blicke zuwarf. Dabei sah Ixkukul einfach zauberhaft aus. Ihre silberne Robe schimmernd im Halbdunkel, blaß und geheimnisvoll wie der Mond. In ihrem schwarzen Haar schwamm die silberne Mondsichel, wie ein Boot, in dem das silberne Kaninchen dahintrieb. Ihm fiel die Geschichte ein, die Ixtz'ak ihm damals erzählt hatte, so eindringlich, daß er selbst im Traum zu Huhnapú geworden war. Ein Jaguarzwilling, furchtlos und stark. Wie der Fledermausgott ihm den Kopf abgerissen hatte. Wie er, als Kopf auf den Pfahl gespießt, sich selbst gesehen hatte, seinen Leib, den sein göttlicher Bruder über das Spielfeld trug. Noch immer schauderte ihn, wenn er daran dachte. Ixbalanqué. Die Erinnerung hatte sich in sein Gedächtnis eingebrannt, wie etwas wirklich Erlebtes. Sogar das Kaninchen sah er noch vor sich, seine bebende Nase, als es vor den Todesgöttern davonstob.

Er lächelte Ixkukul zu. Doch sie stand mit gesenktem Kopf neben B'ok-d'aantoj, in trotziger Haltung, wie ihm schien. Als läge sie mit dem Regengottpriester im Streit. Diego warf dem Hohepriester einen raschen Blick zu. Noch immer strömte seine Rede, feierlich und monoton. Aber selbst diese Zeremonie mußte irgendwann zu Ende sein. Anschließend würden sie in den Palast des Canek hinüberziehen. Dort würde der König den obersten Priestern verkünden, welche Botschaft die Götter ihm übermittelt hatten. Danach aber, dachte der Pater, würde er zu Ixkukul gehen. Mit ihr sprechen. Sie umarmen. Ihr erklären, daß er sie liebte, seit damals, als sie aus den gelben Nebeln getreten war.

»Elf Edznab Eins Pop ist sein Name.« Unvermittelt verfiel der Lahkin in einen melodischen Singsang. Beide Arme erhoben, trat er aus dem Zirkel der obersten Priester und schritt

auf die Lücke im Kreis der Jahressteine zu. Außerhalb des Kreises lag die dreihundertneunundneunzigste Stele bereit. Offenbar war der Zeitpunkt gekommen, den Jahresstein einzusetzen. *»Eins Pop ist sein Tag«*, sang der Lahkin. *»Eins Pop ist seine Nacht.«*

Der Pater horchte seinen Worten nach. In den letzten Tagen hatte er geglaubt, daß er die Denkweise der Maya zu verstehen begann. Aber der Sinn dieses Singsangs blieb dunkel für ihn.

»Dies ist der Wahn der Besessenheit.« Mit schwankender Stimme sang der Hohepriester weiter. Seine viel zu große Tunika schlotterte bei jeder Bewegung. *»Ein Zauberer bin ich, mit Zauberkraft befehle ich: Jahresstein, stehe auf!«*

Vier kräftige Sonnenpriester traten auf das schwarze Podest. Sie gingen in die Knie und umfaßten die liegende Stele. Die Muskeln auf ihren Armen schwollen an, als sie den Tun in die Höhe stemmten. Eine wuchtige Säule, bedeckt mit Zahlzeichen und Glyphen in leuchtendem Gelb und Rot.

»Der Wahn der Nacht, der Wahn des Tages.« Immer lauter sang der Lahkin. Die Arme erhoben, mit dem Rücken zu den obersten Priestern im Innern des Steinkreises. *»Der Wahn dessen im Himmel, der Wahn dessen in den Wolken.«*

In der Lücke zwischen den Jahressteinen klaffte ein rundes Loch im Boden. Die vier jungen Priester wuchteten den Fuß des neuen Tun hinein. Doch das Loch war viel zu groß. Diego spürte die Unruhe, die einige oberste Priester ergriff. Um den Fuß der Stele verblieb ein Hohlraum. Die niederen Priester mußten den Stein stützen, damit er aufrecht stehen blieb.

Vor allem B'ok-d'aantoj schien der Zwischenfall zu erzürnen. Er durchbohrte die Sonnenpriester mit zornigen Blicken. Andere Priester sahen einander voller Angst und Sorge an. Nur Ixkukul beobachtete das Mißgeschick anscheinend ungerührt.

Ein Zeichen des Lahkin, und ein weiterer Sonnenpriester eilte mit einem Krug herbei. Er kniete vor der Stele nieder. Aus seinem Krug strömte eine graue Masse in den Hohlraum und füllte ihn aus.

»Was ist das?« Diego flüsterte es, und ebenso leise antwortete der oberste Kalenderpriester:

»Flüssiger Stein.«

Der junge Sonnenpriester strich die graue Masse am Fuß der Stele glatt. Flüssiger Stein, dachte Diego. Es schien die gleiche steinartige Substanz zu sein, die alle Straßen und Hausfassaden in Tayasal überzog. Ebenso wie die unbegreiflichen Saccabés draußen im Wald. Die heiligen Wege. Bis heute hatte er nicht recht verstanden, wozu sie dienten. Offenbar besaßen die Maya weder Wagen noch Kutschen, weder Zug- noch Reittiere. Obwohl ihnen das Prinzip des Rades wohlbekannt war. Aber laut Ajxoka'nal spielten allenfalls Kinder mit Rädern. Erwachsene Männer schritten auf ihren Füßen einher, wie die Götter selbst, wenn sie die Menschenwelt besuchten. Wozu also diese Straßen von neunzig Fuß Breite, mitten durch den Wald?

Wieder machte der Lahkin ein Zeichen mit der Hand. Die Sonnenpriester ließen die Stele los und wichen zurück. Ein Raunen ging durch die Versammlung. Der Jahresstein bedurfte nun keiner Stütze mehr. Aufrecht stand die Stele da.

Diego trat näher heran, um zu sehen, was am Fuß der Säule geschehen war. Der flüssige Stein war erstarrt. Eine erstaunliche Technik, dachte er. In der Alten Welt gab es nichts Vergleichbares, soweit er wußte. Aber mehr als das Geheimnis des flüssigen Steins verwirrten ihn die Worte des Lahkin. Hatte der Hohepriester nicht eben behauptet, er werde die Stele durch Zauberkraft heben? *»Ein Zauberer bin ich, mit Zauberkraft befehle ich: Jahresstein, stehe auf!«* Dann aber war die Stele durch simple Muskelkraft bewegt worden. Und nicht Zauberei, sondern der flüssige Stein hatte den Tun im Boden fixiert. Eine beeindruckende Methode, ohne Zweifel, doch ebenso offenkundig keine Magie.

Rätselhaft, dachte der Pater. War es möglich, daß die Mächtigen Tayasals diesen Widerspruch nicht bemerkten? Daß es für sie keinen Unterschied zwischen Magie und Technik gab? Zwischen übernatürlicher Macht und menschlicher Kunstfertigkeit? Der Gedanke beunruhigte ihn. Magie und Technik, dachte er. Es erinnerte ihn an die verstümmelten Opfer in San Benito und K'ak'as-'ich. Eine verwirrende Mischung aus Raffinesse und Barbarei. Nach archaischem Ritus geschlachtet, doch ein kunstvoller Balsam schützte die Leichname vor Verwesung.

»Vier Tage steht er so, vor der Schlange der Schöpfung.« Mit greisenhaft dünner Stimme sang der Lahkin noch immer seinen Zauberspruch.

»Eins Pop ist sein Tag, Eins Pop ist seine Nacht.
Nach vier Tagen kehrt er zurück und dringt ein.
Ist gepflanzt in dir, der Wahn der Besessenheit.
Da steht er! Ihr Götter! Tod und Verwandlung! Da!«

Mit beiden Händen deutete der Lahkin auf den Jahresstein. Sein schmaler Rücken, dem Priesterrat zugewandt, bebte. Vor Anstrengung oder Ergriffenheit. Ich begreife gar nichts, dachte Diego. Doch da sang der Lahkin schon weiter.

»Die Männer bewegen sich, nur die Männer
Sie sind die Besessenheit der Schöpfung,
der Wahn der Dunkelheit.
Die Männer sind es, wild und besessen.
Wer war es, Mann, der dich erschuf?«

Wieder hielt der Hohepriester inne. Die Arme noch immer vorgestreckt, wandte er sich zu den obersten Priestern um. Zu Diegos Erstaunen antwortete ihm die Versammlung im gleichen Singsang:

»Kinich Ahau war es, der mich erschuf.
Der Große Herr der Sonne.
Der Zerstörer des Auges des Tages.
Der Zerstörer des Auges der Nacht.
Er war es, der mich erschuf.«

Diego warf Ixkukul einen Blick zu. Ihre Miene, ihre ganze Haltung verrieten, wie angespannt sie war. Der bullige Priester Cha'acs hatte mit dröhnender Stimme mitgesungen. Breitbeinig stand er neben ihr, seine Augen leuchteten. Und

Ixkukul? Hatte auch sie in die rituelle Antwort eingestimmt? Ihre Stimme hatte er nicht gehört. Wie sehr mußte die Zeremonie sie demütigen. In dem Sermon des Lahkin kamen die Frauen anscheinend gar nicht vor. Sowenig wie Göttinnen. Allein der Mann wurde gepriesen, als Geschöpf der männlichen Götter. Nur an ihn richteten sich auch die gesungenen Fragen des Lahkin.

»Dort erblühtest du in der Hand der Sonne.
In der Hand des Zerstörers der Augen von Tag und Nacht.
In ihren wilden Händen, bis du groß und aufrecht warst.
Wer war es, Mann, der dich erschuf?«

Der Lahkin keuchte vor Anstrengung. Schweiß lief ihm über die eingefallenen Wangen. Der Gegensatz zwischen der Herrlichkeit, die er besang, dachte Diego, und seiner eigenen Schwäche könnte kaum größer sein.

Wieder antwortete der Rat der obersten Priester im Chor:

»Die Spitze der Opferklinge.
Die Spitze des aufgerichteten Gliedes.
Sie geben mir meine Hitze.
Sie schreiben es mit rotem Blut.
Sie waren es, die mich erschufen.«

Ixkukuls Lippen bewegten sich, im selben Rhythmus wie die Münder der anderen. Diego beobachtete sie, verstohlen und beschämt. Ihre Augen funkelten. Wie wenig diese Teufelspriester die Frauen zu achten schienen. Und wie maßlos sie alles Männliche verherrlichten. Er senkte den Kopf. In der Alten Welt war es kaum anders. Auch wenn die Bibel den Mann mit weniger drastischen Hervorhebungen pries als der heidnische Hohepriester. *Die Spitze des aufgerichteten Gliedes. Sie schreiben es mit rotem Blut.* Wie barbarisch, dachte er. Aber wieso eigentlich Blut? Das ergab keinen Sinn. Es sei denn, man marterte das Fleisch.

Diego schauderte. Auf einmal fielen ihm die Greuel wieder ein, von denen Hernán ihm erzählt hatte. Wie der Regengottpriester in ihr Dorf gekommen war. Wie sein Messer den Phallus der kleinen Opfer zerfetzt hatte, zum Wohlgefallen Cha'acs. Er sah zu dem bulligen Priester mit dem grauen Haar hinüber. Cha'ac. Alle Blutspuren schienen zu dem Regengott zu führen. Genauer gesagt, zu seinen Priestern. Offenbar wurden die furchtbarsten Greuel im Namen Cha'acs verübt. *Sie schreiben es mit rotem Blut.* Als ob sie den Weibern ihr Monatsblut neideten, dachte er wieder. Oder als ob sie versuchten, das Mysterium des Mondblutes mit der Opferklinge nachzuahmen.

»Eins Pop ist sein Tag, Eins Pop ist seine Nacht.
Der Wahn der Nacht, der Wahn des Tages.
Wer bist du, Mann, den er erschuf?«

Die Arme des Lahkin sanken herab. Verstohlen wischte er sich über Stirn und Wangen. Seine Augen flackerten. Währenddessen sang der Chor der obersten Priester:

»Ich bin die wilde Besessenheit.
Ich, der Mann, den er erschuf.
Ich bin das singende Blut des Wahns.
Ich, der Mann, den er erschuf.
Ich bin das harte, blutspeiende Glied.
Ich, der Mann, den er erschuf.
Ich bin die Schlange der Nacht.
Ich, der Mann, den Kinich Ahau erschuf.«

Der Hohepriester taumelte. Offenbar war er mit seinen Kräften am Ende. Mit der Schulter suchte er Halt an dem soeben gesetzten Jahresstein. Diego hielt den Atem an. Doch nichts Mißliches geschah. Unbeugsam ragte die Stele empor, wie es den Göttern wohlgefiel.

Mit krächzender Stimme sang der Lahkin die abschließenden Verse:

»So werde ich es sein, der dich begräbt.
Durch meinen Zauber wirst du im Himmel schlafen,
durch meinen Zauber wieder erwachen in der Mayawelt.
Denn Eins Pop ist mein Tag, meine Nacht und mein Wahn.

Lasse das Blut von der Opferklinge rinnen.
Lasse das Blut aus der Spitze deines Gliedes fließen.
Schreibe meinen Namen mit rotem Blut.
Ich bin es, Mann, der dich erschuf.«

Abrupt verstummte der Lahkin. Zwei niedere Sonnenpriester eilten herbei und stützten ihn. Schweratmend stand er da, und sein Blick ging ins Leere.

Wieso ruhte die Macht über Tayasal in derart schwacher Hand? Auch diese Frage stellte sich Diego nicht zum ersten Mal. War das Königreich so stark, daß es sich einen greisen Lenker leisten konnte? Oder verbarg die harte, prachtvolle Fassade vielleicht nur seine innere Hinfälligkeit? So oder so, die Schwäche des Lahkin erschreckte ihn. Für ihn selbst konnte sie nur üble Folgen haben. Was würde sein, wenn der alte Mann über Nacht starb? Zwar beschwor er bei jeder Gelegenheit die Güte der Götter, die ihren Günstlingen neues Leben schenkten. Aber es war sicher nicht zu erwarten, daß der Lahkin sich ungesäumt wiederverkörpern würde. Und wie es sein Nachfolger mit dem Pferdegottpriester halten würde, wußte der Satan allein.

Ixkukul riß ihn aus seinen Gedanken. Sie ging an ihm vorbei, so nahe, daß er den Duft ihrer Haare roch. Offenbar war die Zeremonie beendet. Die obersten Priester strömten auf die Lücke im Jahreskreis zu. Sie war so schmal, daß die Priester einzeln hindurchschreiten mußten. Soeben zwängte sich der Bücherpriester durch, mit eingezogenem Bauch und mächtigem Schnaufen. Als nächste war Ixkukul an der Reihe. Diego eilte hinter ihr her. Da schob sich der oberste Priester Cha'acs vor ihn. Ixkukul glitt durch die Lücke. Schon schritt sie draußen auf den Stufen der schwarzen Plattform hinab. Breitbeinig stand B'ok-d'aantoj vor der Lücke und gab vor, die gemeißelten Zeichen in der neuen Stele zu studieren.

»Gebt bitte den Weg frei, Bruder Wolke.« Beunruhigt sah Diego, daß nur er und der bullige Priester Cha'acs im Steinkreis zurückgeblieben waren.

Der Mann in der grauen Tunika gab keine Antwort. Die Fäuste auf die Hüften gestemmt, betrachtete er den Jahresstein.

»B'ok-d'aantoj, würdet Ihr mich freundlicherweise vorbeilassen.« Diego seufzte. Er versucht mich einzuschüchtern, dachte er. Aber er wird mich nicht ernsthaft angreifen.

Starr stand der Regengottpriester vor ihm. Als wäre er selbst, sein stämmiger Leib, die vierhundertste Stele, die im Jahreskreis noch fehlte. Schließlich wurde es dem Pater zu dumm. »Verzeiht, Bruder Wolke.« Er versuchte sich Rücken an Rücken hinter B'ok-d'aantoj vorbeizuzwängen.

Ein Fehler. Er erkannte es im selben Moment. Der Regengottpriester hatte nur darauf gewartet. Er warf sich nach hinten. Sein breiter Rücken preßte Diego gegen den Jahresstein.

Dem Pater blieb die Luft weg. Seine Brust wurde schmerzhaft gegen die Stele gedrückt. »Nehmt Vernunft an, Bruder Wolke.« Er keuchte. Nur mühsam brachte er die Worte hervor. »Ich beschwöre Euch, laßt das sein.« Seine Lippen berührten beinahe den Tun, gegen den ihn B'ok-d'aantojs Rücken drückte. Die älteste Stele im ganzen Jahreskreis, der Stein des Jahres Eins von Tayasal.

Der Regengottpriester drückte ihn gegen den Stein, als ob er ihn zerquetschen wollte. Diego wurde der Atem knapp. Seine Lungen brannten. Sterne begannen vor seinen Augen zu tanzen.

Da endlich wich die Last von seinem Rücken. B'ok-d'aantoj wandte sich zur Seite und stürmte durch die Lücke zwischen den Stelen davon. Taumelnd folgte Diego ihm nach. Hinaus aus dem Kreis der Jahressteine, die Stufen der schwarzen Plattform hinunter und nach draußen auf das Dach der Pyramide.

Vor dem Kalenderturm wartete Julkin. »Die Götter seien mit Euch.« Der junge Bücherpriester verneigte sich.

Mit unsicheren Schritten, eine Hand auf die Brust gepreßt, taumelte Diego auf ihn zu. Erschrecken malte sich in Julkins Miene, als er sah, wie der Pferdegottpriester zugerichtet war.

»Bei den Göttern!« Er dämpfte seine Stimme. »Hat der oberste Priester Cha'acs Euch zugesetzt? Ich sah eben, wie er dort hinabstürmte.« Er deutete auf die westliche Treppe der Pyramide. »Erlaubt mir eine Frage. Wodurch habt Ihr B'ok-d'aantojs Zorn erregt?«

Diegos Blick glitt über die schlanke Gestalt in der jadegrünen Tunika. Aus irgendeinem Grund erinnerte ihn Julkin an seine eigene Novizenzeit. »Ich weiß es selbst noch nicht genau.« Er hielt inne. Forschend sah er den jungen Bücherpriester an. Sein offener Blick, die großen, wißbegierigen Augen gefielen ihm. Es war dieser Moment, in dem er beschloß, Julkin zu vertrauen. Zumindest so weit, wie es ratsam war. »Kannst du schweigen, Julkin?«

Der Bücherpriester nickte. Wortlos, als ersten Beweis seiner Verschwiegenheit. Aufmerksam sah er Diego an.

»Ich glaube, daß B'ok-d'aantoj beabsichtigt, die Macht über Tayasal an sich zu reißen. Wahrscheinlich befürchtet er, daß ich seine Pläne durchkreuzen könnte. Und zu Recht.«

Er verspürte einen jähen Schwindel. Für einen Moment schloß er die Augen. Die Pyramide schien unter seinen Füßen zu schwanken. Er öffnete die Augen wieder. Vertrauensvoll sah Julkin ihn an. »Wenn erst das Neue Reich errichtet ist, hat B'ok-d'aantoj ausgespielt.«

6

»Leert diesen Becher, göttlicher Canek. Die höchsten Herren werden ...«

Diego lauschte angestrengt. Doch mehr war nicht zu verstehen. Sie befanden sich im Palast des Canek, in einem weiten Saal. Ebenso wie die anderen obersten Priester lag er bäuchlings vor dem Königsthron im Staub. Seine Brust schmerzte. Weit mehr beunruhigte ihn, daß B'ok-d'aantoj ihn überhaupt angegriffen hatte. Und dazu auf so rüde, verachtungsvolle Art. Ohne ein Wort, selbst ohne ihn anzusehen.

Er hob den Kopf ein wenig höher. Der König thronte auf einem Podest aus schwarzem Stein. Wie stets trug er eine Tunika aus schillernd schwarzem Schlangenleder. Sein Gesicht sah fahl und ausgezehrt aus, kein Wunder nach dem gestrigen Blutverlust. Neben ihm stand der Lahkin, einen Becher in der Hand, und flüsterte ihm ins Ohr. Mit düsterer Miene hörte der Canek zu. Endlich nickte er. Der Hohepriester reichte ihm den Becher, und der junge König trank ihn aus.

»Begebt Euch nun, göttlicher Canek, in das Zwischenreich des Traums.«

Verdrossen sah der Canek um sich. Er wirkte wacher, als Diego ihn bisher erlebt hatte. Wach und angespannt. Als rechnete er mit einem Zwischenfall. Vorgebeugt saß er auf seinem Thron. Die Schlangenrobe spannte sich über seiner breiten Brust. Ein schwarzes Stirnband zähmte sein Haar. Die Augen des Canek waren weit geöffnet. Sein Blick glitt über die Priester, die vor ihm auf dem Boden lagen.

Diego ließ den Kopf wieder sinken. Er ahnte, worin das Problem des Canek bestand. Sicher mußte er sich aufs neue in Trance versetzen, damit er die Vision wiedergeben konnte, die er gestern empfangen hatte. Aber aus irgendeinem Grund war der Geist des Canek hellwach.

»Geruht nun, göttlicher Canek, uns die Botschaft zu übermitteln, die Ihr von den höchsten Herren erhieltet.«

Der Trunk, den der Lahkin ihm gereicht hatte, schien seine Wirkung zu verfehlen. Unruhig sah der König in dem weiten Saal umher. Diego folgte seinem Blick, so gut es ging, ohne den Kopf zu bewegen. Auf einmal erkannte er, was den Canek beunruhigte.

Ein Riß in der Mauer. In der linken Stirnseite des Saales, fünfzig Schritte vom Thron des Königs entfernt. Zwei hünenhafte Wächter bewachten die Stelle. Immer wieder glitt der Blick des Canek dorthin. Steinbrocken lagen im Umkreis des Risses am Boden. In Fetzen hing die Tapete herab. Die Mauer dahinter sah sonderbar aus. Weißer Stein, mit grauen Flecken übersät. Wie mit einem Ausschlag.

Wieder faßte Diego den jungen Gottkönig in den Blick. Der Canek schielte zu dem Mauerriß hinüber, als fürchte er, daß der Palast über ihren Köpfen zusammenbrechen würde.

Warum ließ er sich durch diesen kleinen Schaden so beunruhigen? Waren die Maya nicht Baumeister von einzigartiger Kunstfertigkeit? Vermochten sie nicht Pyramiden und Tempel in schwindelnde Höhen aufzutürmen? Irgend etwas stimmte hier ganz und gar nicht.

Abermals ließ Diego seinen Blick umherschweifen. Der Thronsaal war wenigstens siebzig Schritte lang. Kunstvolle Mosaiken bedeckten den Boden. Ein riesenhaftes Krokodil, schwimmend in jadegrünem Wasser. Auf dem Panzer der Echse erhob sich die Mayawelt. Wälder wuchsen aus ihren Schuppen. Jaguar und Ozelot streiften durch das dichte Grün. Zwischen den Schultern des Krokodils ragte eine Stadt auf. Tayasal. Ein Labyrinth aus Tempeln und Pyramiden, Straßen und Gassen, Türmen und Palästen, so phantasievoll wie präzise ausgeführt. Jetzt erkannte er auch, daß sich das Kunstwerk auf den Saalwänden fortsetzte, bis zur Decke hinauf.

Webtapeten spannten sich über die Wände, bedeckt mit Dschungelmotiven. Die heilige Ceiba ragte bis zum Himmel auf. Männer mit Äxten kletterten auf Zapotebäume, um das kostbare Gummiharz zu ernten. Affen schwangen sich in den Wipfeln umher. Durch die Luft schwebten Quetzalvögel mit leuchtend grünem Gefieder. Hirsche standen auf Lichtungen, den Kopf majestätisch erhoben. Jäger und Fallensteller schlichen durchs Unterholz. Auf Saccabés, die im Sonnenlicht schimmerten, schritten Priester in würdevoller Prozession einher. Scharen von Kriegern und Priestern versammelten sich an einem heiligen Cenote. Dort harrten schon die Opfer ihres Schicksals, in schmachvoller Nacktheit, die Gesichter zerflossen in Scham und Todesangst.

Diego schauderte. Verstohlen hob er seinen Blick zur Decke. Ein nachtblauer Himmel, übersät mit Sternen. Zwischen den Gestirnen ringelte sich eine gigantische Schlange, grün gefiedert, so groß wie der Kosmos selbst. Ihr Leib umwand Sterne und Planeten. Kein Zweifel, dies war Kukulkán. Die kosmische Himmelsschlange. Einer der mächtigsten Götter von Tayasal. Und überdies der Vater des göttlichen Canek, der Schwarzen Schlange, die sich jeweils im König von Tayasal verkörperte. So zumindest der oberste Kalenderpriester. Und das Grauen in den Augen des Canek erlaubte keinen Zweifel an den Erklärungen Ajxoka'nals.

Offenbar schickte sich die Himmelsschlange an, in die Mayawelt hinabzusteigen. Auf der linken Stirnwand des Saales wuchs ihr von der Erde ein himmelhoher Baum entgegen. Yax. Die blaugrüne Weltenachse, der Baum der Götter, täuschend echt gemalt. Das Schlangenhaupt sah bereits aus der Krone des Weltenbaums hervor. Die Augen schillernd in allen Farben. Die gespaltene Zunge, von fleischiger Röte, züngelte in der Luft. Genau über dem Schlangenhaupt aber klaffte der Mauerspalt.

Ein waagrechter Riß, armbreit und drei Fuß lang. Es sah wahrhaftig beängstigend aus. Nicht wegen des Schadens in Mauer und Gemälde. Der ließ sich gewiß leicht beheben. Der Riß verlief quer durch die Krone des Weltenbaumes. Er schied die Götterhimmel von der Menschenwelt. Und er trennte das Haupt der gefiederten Himmelsschlange von ihrem Leib. Was den Canek so beunruhigte, dachte Diego, war kein einfacher Riß in der Wand. Sondern ein Abgrund, der zwischen den Welten klaffte. Ein Hieb, furchtbar und rätselhaft, mit dem sein göttlicher Vater enthauptet worden war.

Behutsam verlagerte Fray Diego sein Gewicht. Noch immer lag er bäuchlings auf dem Boden, wie die anderen obersten Priester auch. Noch immer sah der Canek unruhig um sich, weit entfernt von Trance und Vision. Weiterhin stand der Hohepriester neben seinem Thron, fast gläsern vor Erschöpfung, und flüsterte auf den König ein. Wie gerne, dachte Diego, würde ich noch Stunden hier im Staub liegen, wenn nur Ixkukul an meiner Seite wäre. Doch sie befand sich irgendwo rechts von ihm, etliche Schritte entfernt. Neben ihm lag der Bücherpriester, ein Gebirge aus Fleisch. Und wo war der oberste Priester Cha'acs? Er spähte nach links und rechts. Seine Brust schmerzte. Eine Rippe unter dem Herzen. Von B'ok-d'aantoj war nichts zu sehen.

»Wählen wir den bewährten Weg, göttlicher Canek.« Die Stimme des Lahkin, in brüchigem Flüsterton. »Der Mund der Götter. Ich öffne ihn ...«

Vom Thron her erklang ein Gurgeln. Diego hob den Kopf. Eben noch sah er, wie der Hohepriester einen schwarzen Dolch aus seinem Gewand zog. Der Canek war auf seinem Thronsessel zurückgesunken. Seine ganze kraftvolle Gestalt zerfloß in Ergebenheit. Der Lahkin beugte sich über ihn. Im Liegen konnte Diego nur undeutlich erkennen, was dort oben geschah. Doch ihm schien, als ob der Lahkin die königliche Tunika öffnete, über der Gürtelschärpe. Etwas Rotes kam zum Vorschein, auf der rechten Brust des Königs. Diego unterdrückte ein Stöhnen. Jene Wunde, er erinnerte sich, wie sie gestern geleuchtet hatte. Die Ränder entzündet, als ob man sie künstlich hinderte, sich zu schließen. Fiebrig rot und wie üppige Lippen geformt. Der Mund der Götter.

Diego schloß die Augen. Er ahnte, was nun geschehen würde. Der Lahkin würde die Wunde in der Brust des Königs öffnen, mit seinem Opfermesser aus Obsidian.

Wieder erklang vom Thron her ein gurgelnder Laut. Der Pater sah auf. Blut sickerte aus der Brust des Königs, ein rotes Rinnsal. Das Gesicht des Canek war verzerrt, sicher vor Schmerzen. Doch seine Augen waren noch immer weit geöffnet. Wieder und wieder spähte er zu dem Riß in der Mauer, der das Haupt der gefiederten Himmelsschlange von ihrem Leib trennte.

Abermals beugte sich der Lahkin über ihn. Seine Rechte vollführte eine drehende Bewegung, als ob er sein Messer in die Wunde schraubte. Als er sich wieder aufrichtete, waren seine Hand, sein goldener Ärmel mit Blut befleckt. Der Canek röchelte. Ein fadendünner Strahl sprang aus seiner Brust. Mit einer Schale fing der Lahkin das Blut auf. Plötzlich erklang von der schadhaften Wand her ein Malmen. Alle obersten Priester hoben die Köpfe. Der Canek richtete sich auf seinem Thron auf. Grauen in den Augen, während sich faustgroße Steinbrocken aus dem Mauerriß lösten. Er machte eine Bewegung, als wolle er von seinem Thron aufspringen.

Auf einmal stand B'ok-d'aantoj vor ihm. Eine wuchtige Gestalt, die Beine gespreizt, den rechten Arm leicht erhoben. Ungewiß, ob er dem König helfen wollte, sich aufzurichten. Oder ihn zurückdrücken auf seinen Thron.

Der Canek sackte in seinen Sessel. B'ok-d'aantoj hatte ihn nicht berührt. Wie erstarrt stand er da, mit dem Rücken zu den am Boden liegenden Priestern. Wo kam er auf einmal her? Diego hatte nicht gesehen, daß er auf das Podest gesprungen war. Also hatte sich der Regengottpriester hinter der Rückenlehne des Throns verborgen? Anders konnte es nicht sein. Es sei denn, B'ok-d'aantoj verfügte über Zauberkraft.

Sein Auftritt schien Eindruck zu machen. Selbst der Lahkin sah ihn nur an, mit einer Miene voll Erschöpfung und Ergebenheit. Der bullige Regengottpriester trat zur Seite. Diego sah, daß die Wunde in der Brust des Canek kaum mehr blutete. Und der König von visionärer Trance weiter entfernt schien denn je.

Weitere Mauerbrocken lösten sich aus der Saalwand und kollerten zu Boden. »Kukulkán!« Der Canek schrie den Namen seines göttlichen Vaters, mit einer Stimme, die seine Qual verriet. Wieder starrte er zu dem Mauerriß. Gezackte Löcher verunzierten die Krone des Weltenbaums. Der Spalt in der Wand hatte sich verbreitert. Ein Gespinst feiner Risse ging von ihm aus.

Auch der Pater spähte neuerlich zu der schadhaften Wand. In gewisser Weise verstand er das Grauen des Canek. Ein symbolisches Drama spielte sich dort ab. Nach irdischem Maß mochte der Riß nur ein belangloser Schaden sein. Doch für den König, die Wiederverkörperung eines Gottes, wog die Symbolik des Geschehens weit schwerer als ihre irdische Dimension. Sicher glaubte er nicht, daß Kukulkán, sein göttlicher Vater, wahrhaftig enthauptet worden sei. Aber weit weniger konnte er glauben, daß es ein zufälliges oder bedeutungsloses Ereignis war. Der Riß im kosmischen Gemälde war eine Botschaft, unheilvoll und drohend, die man auf keinen Fall mißachten durfte. Die man vielmehr entziffern, deren

Gebote man umgehend ausführen mußte, damit nicht der Zorn der Götter über Tayasal hereinbrach.

Erbittertes Wispern riß Diego aus einen Gedanken. Zwischen dem Lahkin und B'ok-d'aantoj war ein Streit entbrannt. Der Hohepriester klammerte sich an die Armlehne des Thrones. Wie müde er wirkte, auch wenn er mit der blutbesudelten Rechten gestikulierte. Und wie kraftvoll dagegen der Regengottpriester, der wie ein Felsbrocken zur Linken des Canek stand. Auch der Lahkin und B'ok-d'aantoj sahen immer wieder zu dem Mauerriß. Auch sie deuteten den Vorfall gewiß als Botschaft der Götter. Doch mehr als diese Botschaft selbst mußte sie bestürzen, daß sich der Canek dem priesterlichen Willen nicht unterwarf.

Der Pater sah zu ihnen empor, seine Gedanken wirbelten. In diesen Momenten wurde ihm vieles klar. Die obersten Priester, dachte er, verehrten ihren Canek als Wiederverkörperung eines Gottes. Aber letztlich war der Canek für sie nur ein Instrument. Das Sprachrohr der Götter. Durch seinen Mund verkündeten die höchsten Herren ihre Botschaften. Doch allein der Hohepriester entschied, wann der Canek mit den Göttern in Kontakt trat. Und allein ihm oblag es, die göttlichen Visionen zu deuten und zu verkünden, wie sie auszulegen waren. Heute jedoch widersetzte sich der Canek dem Willen des Lahkin. Er weigerte sich, in Trance zu sinken und die empfangene Botschaft zu übermitteln. Anstatt seine Pflichten als verkörperter Gott zu erfüllen, gebärdete er sich als Mensch und machte den Priestern ihre Privilegien streitig.

Diese unerwartete Rebellion, dachte Diego, war für den Lahkin viel bedrohlicher als die Botschaft des Mauerrisses. Sie untergrub seine Macht. Die offenbar nur darauf beruhte, daß er den Canek, das Sprachrohr der Götter, unter seinen Willen zu zwingen vermochte. Wenn B'ok-d'aantoj tatsächlich die Herrschaft über Tayasal an sich bringen wollte, dachte Diego, hätte er kaum einen günstigeren Zeitpunkt wählen können. Entriß er dem Canek die Botschaft der Götter, so war er der Herr über Tayasal.

»Die Spitze der Opferklinge.« Sogleich dämpfte B'ok-d'aantoj seine Stimme wieder. Flüsterte unerbittlich auf den Lahkin ein. Der Hohepriester wollte ihm ins Wort fallen. Da vergaß B'ok-d'aantoj neuerlich, seine Stimme zu senken. »... vorhin selbst gesungen, alter Mann? Sie schreiben es mit rotem Blut.«

Der Lahkin schien geschlagen. Mit hängendem Kopf wich er vom Thron zurück. Zusammengesunken lag der Canek in seinem Sessel. Der neuerliche Blutverlust mußte ihn noch mehr geschwächt haben. Doch seine Augen waren noch immer weit geöffnet. Eine senkrechte Falte auf seiner Stirn zeigte, wie angespannt er war. Ein Werkzeug der Priester, dachte Diego, das seinen eigenen Willen zu entdecken beginnt.

Auf einmal griff B'ok-d'aantoj unter seine Robe. Schon kehrte seine Hand zurück, unfaßbar rasch. Ein Messer aus Obsidian. Die Klinge gebogen und gezähnt. Der Canek schrie auf. *»Kukul ...«* Die graue Gestalt des Regengottpriesters warf sich auf ihn wie ein Alp. Ein scharfes Reißgeräusch. Die Schlangenrobe des Canek, dachte Diego. Was genau dort oben geschah, war nicht zu erkennen. Er wagte es nicht, sich weiter aufzurichten. Soviel zumindest sah er. B'ok-d'aantoj gebärdete sich wie ein Rasender.

Der Canek rutschte von seinem Sessel, auf das Thronpodest. Ungewiß, ob B'ok-d'aantoj ihn heruntergezerrt hatte. Der oberste Priester Cha'acs kniete neben dem König, über seine Mitte gebeugt. Seine Rechte mit dem Messer machte schneidende Bewegungen. Der Canek stöhnte. Diego sah, wie er sich aufbäumte, doch B'ok-d'aantoj drückte ihn zurück auf das Podest. Auf einmal hatte er die Schale in der Hand. Ein perlendes Geräusch. Offenbar von einer Flüssigkeit, die in die Schale tropfte. Blut? Wieder stöhnte der Canek. Abermals machte der Priester sägende Bewegungen, handbreit über dem liegenden Leib. Das Perlen wurde zum Plätschern. Der Canek knirschte mit den Zähnen. Das Blut, oder was auch immer, rann in die Schale, in stetigem Strahl. Der Lahkin machte eine matte Geste, als wolle er den Regengottpriester vom Podest drängen. B'ok-d'aantoj sah nicht einmal auf.

Unseliger Canek, dachte Diego. Für diese obersten Priester war der Gottkönig wahrhaftig nur ein Instrument. Sie marterten sein Fleisch. Sie zapften sein Blut ab. Sie verfügten über jeden Zoll seines Leibes. Unerbittlich spielten sie auf der Klaviatur seiner Schmerzen, bis endlich die Botschaft der Götter ertönte. Aus seinem Mund, doch ohne seinen Willen.

»Dunkles Wasser. Schwarzer, stiller See.« Unvermittelt begann der Canek zu sprechen. Mit dumpfer Stimme, doch nicht dröhnend wie gestern, als die Götter aus ihm sprachen. Es klang, als ob er weit entfernt wäre, hinter Mauern oder in der Tiefe eines Grabes. *»Schwarzes Wasser, voller Leben. Ufer des Jaguars. Der gefleckte Muan kreist über dem See.«*

Der Canek hielt inne. Als warte er, daß sich der Regengottpriester endlich entfernte. B'ok-d'aantoj schob das Messer unter seine Robe. Abermals beugte er sich über den Liegenden. Offenbar zog er die zerfetzte Robe des Königs zurecht. Dann erhob er sich und trat zur Seite. Seine Gebärden drückten Demut aus. Der gesenkte Kopf, die gefalteten Hände. Aber Diego war sicher, daß B'ok-d'aantoj innerlich jubilierte.

»Eine Insel, tief im dunklen See.« Mit dumpfer Stimme sprach der Canek weiter. *»Folge dem Muan mit deinen Augen, mit dem Langboot der Krieger. Folge Kinich Ahau, dem goldenen Ball. Spitz ragt die Insel aus dem Wasser. Hoch steigt der Fels in den Himmel auf. Doch glatt sind seine Wände, ebenmäßig die Formen. Wie bei einer Pyramide, errichtet vor aller Zeit.«*

Wieder hielt der Canek inne. Er keuchte. Jetzt erst erkannte der Pater, was B'ok-d'aantoj angerichtet hatte. Ein Blutbad. Die Tunika des Königs war zerfetzt und blutgetränkt. Er lag in einer roten Lache, Neben ihm stand die Schale auf dem Boden, bis zum Rand mit Blut gefüllt.

»Kinich Ahau, Gott des Lichtes, der Wärme, des goldenen Lebens.« Der Canek erschauerte, wie von einem Frosthauch gestreift. *»Die Insel ist sein. Das schwarze Wasser sein. Dort gründet eure Stadt. Dort errichtet die Tempel. Den größten Tempel für die mächtigste Gottheit. Kinich Ahau. Herrscher des alten und*

des neuen Baktun. Die Insel ist sein. Das schwarze Wasser sein. Dort sei euer Neues Reich.«

Diese letzten Worte brachte der Canek nur noch murmelnd hervor. Kaum hatte er *Neues Reich* gesagt, da sank sein Kopf zur Seite. Seine Augen schlossen sich. Ungewiß, ob er ohnmächtig war oder tot.

Angespannt hatte Diego gelauscht. Der gemarterte Canek tat ihm leid. Wichtiger aber war im Moment sein eigener Hals. Wie würde der Priesterrat die Prophezeiung aufnehmen? Wie ließ sich aus der reichlich vagen Vision folgern, wo sich die Stätte des Neuen Reichs befand? Der Lahkin, dachte er, würde es sich nicht nehmen lassen, die göttliche Botschaft auszulegen.

Hochaufgerichtet stand der alte Mann auf dem Podest, neben der Blutlache, die sich immer noch zu vergrößern schien. Sein Blick durchbohrte den obersten Regengottpriester auf der anderen Seite des Thrones. B'ok-d'aantoj war geschlagen, zumindest für den Moment. Die Götter selbst hatten für den Lahkin Partei ergriffen. In diesem Punkt war ihre Botschaft klar. Ahau Kinich war die mächtigste Gottheit, im alten wie im neuen Baktun. In der Hand seines obersten Priesters ruhte folglich die Macht. Über Tayasal ebenso wie über das Neue Reich.

»Bruder Pferd, Ihr habt die Botschaft der Götter vernommen.« Unerwartet geschmeidig sprang der Lahkin vom Thronpodest hinab. »Bitte erhebt Euch, Brüder.«

Einundzwanzig oberste Priester und eine oberste Priesterin richteten sich auf. Mit ausgebreiteten Armen kam der Hohepriester auf ihn zu. Erstaunlich, dachte Diego, wie viel neue Kraft sein Sieg über B'ok-d'aantoj dem Lahkin verlieh.

»Ihr wurdet uns von den Göttern gesandt, um das Neue Reich zu errichten, Bruder Pferd. An Euch ist es also, die Botschaft auszulegen. Zu welchem der Bacabes sollen wir die Weihepriester aussenden, wie es vorgeschrieben ist?«

Aller Blicke richteten sich auf ihn, in maßloser Erwartung. Diego mußte schlucken. Weitere Steinbrocken lösten sich aus dem Riß in der Wand. Der Lahkin sah nicht einmal hin.

Ruhig bleiben, mahnte sich Diego. Auf einmal klopfte ihm das Herz bis zum Hals.

»Nun sprecht also, Bruder Pferd. Wo befindet sich die Insel, die der Canek geschaut hat?«

Ein aberwitziger Einfall kam ihm in den Sinn. Was wäre, wenn der Canek Tayasal geschaut hätte? Wenn der spitze Fels aus seiner Vision nichts anderes wäre als die Große Pyramide, draußen auf dem heiligen Platz? Und das dunkle Wasser am Fuß der Pyramide? Er erschauerte. Nein, das konnte er nicht wagen. Es war allzu kühn.

Noch immer sah ihn der Lahkin erwartungsvoll an. Ebenso die anderen obersten Priester, doch ihre Mienen beginnen sich zu verdüstern.

»Verzeiht mir, Bruder Sonne, wenn ich Eure Fragen nicht sofort beantworten kann.« Der Priester des Pferdegottes räusperte sich. »Gestattet mir, mich in meinen Tempel zurückzuziehen. Dort will ich die mächtige Pferdegottheit bitten, mir Erleuchtung zu schenken.«

Der Lahkin starrte ihn an. Seine Arme sanken herab. Entsetzen malte sich in seinen Zügen. Flackerte da nicht auch Argwohn in seinen Augen? Die obersten Priester wechselten Blicke voller Bestürzung. Nur die Priesterin Ixquics schaute gleichmütig drein.

»Fleht den Pferdegott an«, sagte der Lahkin. »Betet bei Tag und Nacht, Bruder Pferd. Drei Tage seien Euch gewährt. Könnt Ihr bis dahin nicht Antwort geben, müssen wir aufs neue die Götter befragen. Nach der Stätte des Neuen Reiches. Und nach Eurem Schicksal.«

Diego verneigte sich. Das Herz hämmerte ihm in der Brust. Seine Beine fühlten sich wie Gallert an. Ein Zeichen des Lahkin, und vier Palastwächter traten in den Saal. Hünen, selbst nach kastilischem Maß.

»Der Priester des Pferdegottes wünscht sich zurückzuziehen.«

Sie schoben ihn aus dem Saal. Auf der Schwelle wandte er sich noch einmal um. Zu Ixkukul, die ihn anlächelte, wenngleich mit sorgenvollem Blick. Zum Lahkin, der sich auf

Ajxoka'nals Arm stützte. Zu dem bedauernswerten Canek, der noch immer wie tot in seiner Blutlache lag.

Die Spitze der Opferklinge, dachte Diego. *Sie schreiben es mit rotem Blut.* Da waren sie schon draußen, in der Mittagssonne, die den heiligen Platz erglühen ließ. Die Wächter geleiteten ihn zu seinem Tempel. Mit einer Marschordnung, die ehrenvoll sein mochte, aber mehr noch Mißtrauen verriet.

Zwei Wächter standen auch vor dem steinernen Pferdemaul. Die Äxte geschultert, Dolche im Gurt. Diego sah sie erst, als er auf die Stufen vor seinem Tempel trat. Kraftvolle Gestalten, nackt bis auf das Schamtuch vom gleichen Rappenschwarz wie seine Tunika. Meine Beschützer, dachte er, für einen Moment getröstet, beinahe stolz. So schlimm konnte es nicht um ihn stehen, solange er selbst Bewaffnete auf seiner Seite hatte.

Erst als er an ihnen vorbei in den Tempel treten wollte, erkannte er die beiden wieder. Der eine von stämmiger Gestalt, der andere schlank und sehnig. Auf der Schwelle blieb Diego stehen. Nie würde er vergessen, wie der Stämmige über Ixquic gesprochen hatte. *Eine Gottheit für die Weiber.* Verachtung, gewürzt mit Lüsternheit.

Die Palastwächter drängten ihn weiter, in den Rachen des steinernen Pferdes. Was bin ich für ein Narr, dachte er. Die beiden Bewaffneten standen nicht vor seinem Tempel, um ihn zu beschützen. Es waren ihre Wächter aus dem Verlies des Lahkin.

Neun

1 »Um Himmels willen, wo kommt Ihr her?« Er starrte sie an. Im Morgenlicht stand sie vor ihm, *über* ihm, am Rand seines Bassins. Er mußte den Kopf weit zurücklegen, um ihr Gesicht zu sehen. »Warum sagt Ihr nichts?« Ein Geist, dachte er, ein wunderschöner Dämon.

Unverwandt sah sie hinab zu ihm. Sonderbar scheu, wie ihm schien. In eine weiße Tunika gewandet, ihre Füße zum Greifen nah. Er hob eine Hand aus dem Wasser und ließ sie gleich wieder sinken. Nein, das ging nicht. Er wagte es nicht, ihren Fuß zu berühren. Schon gar nicht, solange er selbst in diesem Sündenzuber lag. Aber noch weniger konnte er dem Bad entsteigen, unter ihrem aufmerksamen Blick.

Mit einer fließenden Bewegung ging sie in die Knie. Ihr spöttisches Lächeln. Er erinnerte sich an alles, das Funkeln ihrer Augen, ihre kundigen Hände auf seiner Haut. »Wie geht es Euren Beinen, weißer Mann?«

Ihr Blick versuchte die Oberfläche des Wassers zu durchdringen. Glücklicherweise nur ihr Blick. Rasch bedeckte er seine Lenden mit einem Schurz aus Schaum. »Besser als je …«

Ein silberner Schimmer. Die Worte erstarben ihm in der Kehle. Gebannt sah er auf ihre Hand, die sie ihm entgegenstreckte. Neun, dreizehn, zweiundzwanzig Silberfäden. Von der Mondsichel herabfunkelnd, eine Kaskade schieren

Lichts. Mondlicht, dachte er, Sonne der Nacht. »Wo habt Ihr das her?«

Sie gab keine Antwort. Ihre Hand schwebte über dem Wasser. Spott funkelte in ihren Augen. Unverwandt sah sie ihn an.

»Ich fürchtete schon, diesen Mond nie mehr …«

Ein weiterer Satz, der unvollendet blieb. Unvermittelt öffnete sie ihre Hand. Der Mond stürzte ins Wasser, mit schimmerndem Schweif in seinen schütteren Schurz aus Schaum.

»Wie ungeschickt von mir.« Ihr Lächeln strafte ihre Worte Lügen. Aufmerksam sah sie zu, wie er nach dem Mond zwischen seinen Schenkeln fischte und zugleich neuen Schaum auf seine Lenden schob. »Wenn Ihr bei Eurer Suche nach der Mondgöttin nur häufiger solchen Eifer zeigen würdet.« Sie lächelte noch immer. Doch der tadelnde Unterton war nicht zu überhören.

Endlich bekam er den Mond zu fassen und zog ihn aus den Fluten empor. Schaum und Wasser rannen an der Sichel und ihrem silbernen Schweif hinab. Lange sah er das Kleinod an. Ein Sinnbild meines Schicksals, dachte er. Die funkelnden Fäden hatten ihn tiefer und tiefer in den Dschungel gezogen. Wie Zauberfesseln, von Siedlung zu Siedlung, von der Mission nach San Pedro, von dort nach K'ak'as-'ich und über Ixchel bis hierher, nach Tayasal.

»Habt Nachsicht mit mir, Ixtz'ak.« Er mußte sich räuspern. »An Eifer, meine Göttin zu finden, hat es mir sicher nicht gefehlt. Wäre ich sonst bis hierher gelangt?«

Sie öffnete ihren Mund und schloß ihn wieder. Ihr Blick glitt durch sein prachtvolles Privatgemach. Beschämt senkte er den Kopf. Um Ixkukuls willen war er nach Tayasal gekommen. Doch seit er hier eingetroffen war, schien er die silberne Frau fast vergessen zu haben. Zumindest mußte es für Ixkukul und ihre Schwester so aussehen, als bekümmerten ihn nur noch der Kult um das göttliche Pferd und seine eigene Macht im Priesterrat.

»Erinnert Ihr Euch, was ich in Ixchel zu Euch gesagt habe, weißer Mann?«

»Ihr habt vieles gesagt, Ixtz'ak. Nicht eines Eurer Worte habe ich vergessen.«

»Eines schon. Und ausgerechnet das wichtigste.« Auf einmal klang ihre Stimme matt. Müde und trauervoll. »Ixkukul wartet auf Euch. Seit vielen Jahren schon.«

Erstaunt sah er auf zu ihr. Mit vielem hatte er gerechnet, mit diesem Tadel nicht. »Auch diese Worte habe ich mir gemerkt. Aber ich hielt sie für eine Redensart. Unergründlich, wenn man nach ihrem tieferen Sinn sucht. Eben deshalb dachte ich, daß sie keine tiefere Bedeutung hätten.«

Jetzt erst sah er das Glitzern in ihren Augen. Bestürzt ließ er zu, daß sie ihm das Schmuckstück aus der Hand nahm. In diesem Moment schien es ihm möglich, daß sie einfach gehen würde, ohne ein weiteres Wort. Weil er Ixkukuls nicht würdig war. Findig in den Finten des Überlebenskampfes, aber ein Versager in Dingen der Liebe.

»Steh auf.« Ihre Stimme klang ein wenig rauh. Zum ersten Mal hörte er die Ähnlichkeit. Ixkukuls Stimme, nur etwas jünger. Und weniger gebieterisch.

Er gehorchte dennoch. Vor Verwirrung vergaß er sogar, sich seiner Nacktheit zu schämen. Auch Ixtz'ak erhob sich. Obwohl sie auf dem Beckenrand stand, war sie fast einen halben Kopf kleiner als er.

»Du mußt sie erkennen. Niemand darf dir dabei helfen, weißer Mann.«

Sie erkennen. Das Blut stieg ihm in die Wangen. *Und Adam erkannte Eva.* Wieder sah er die jungen Mondpriesterinnen vor sich, ihrem Liebesspiel hingegeben zu Ehren Ixquics.

»Niemand darf dir beistehen. So verlangt es das göttliche Gesetz.«

Er spürte ihren Atem an seinem Kinn. Immer heißer wurde ihm. Wie durch einen Nebel sah er, daß sich Ixtz'ak vorbeugte. Ihre Hände berührten seinen Bauch. Etwas Kühles legte sich um seine Hüften. Er vernahm ein Klirren. Silberhell und leise, wie ein Kichern aus winzigem Mund.

»Mach es wie sie, mein Freund. Ixkukul hat dich bereits erkannt. Obwohl es nicht ganz einfach war.«

»*Mich* erkannt?« Jäh wurde er sich seiner Nacktheit bewußt. Er wollte zurückweichen. Der Boden des Bassins war glitschig. Er taumelte und rang um sein Gleichgewicht. Ringsum schwappte das Wasser. Schaumflocken stoben durch die Luft. An seinen Lenden klirrte der silberne Mond.

Unbeholfen wandte er sich um und stieg aus dem Bassin. Auf einem Sessel lag seine Teufelsrobe. Er warf sie über, mit bebenden Fingern und ohne sich abzutrocknen. Noch immer pochte die Hitze in seinen Schläfen. Um seine Hüften, unterhalb des Nabels, spürte er Ixkukuls Silber. Wie eine kundige Umarmung. *Ixkukul hat dich erkannt.* Seine Gedanken wirbelten. Sein erster Abend im Tempel des Pferdegottes, genauer gesagt, die erste Nacht. Was war damals geschehen? Wieder und wieder hatte er sich den Kopf zermartert. Doch es fiel ihm einfach nicht ein. Als hätte ein Zauber jene Stunden aus seinem Gedächtnis getilgt.

Er wandte sich um. Zu seiner Verblüffung stand Ixtz'ak vor ihm, so nahe wie sein eigener Schatten.

»Ixkukul hat sogar den Pelz aus deinem Gesicht entfernt.« Sie erhob sich auf die Zehenspitzen. Mit der Hand tätschelte sie seine Wange, aus der längst neue Stoppeln sprossen. Dazu wieder ihr Lächeln, das Funkeln ihrer Augen, fürsorglicher Spott. »Um ganz sicherzugehen. Und damit du dir ähnlicher wirst, mein Freund.«

Er starrte sie nur an. Die Tropfen rannen ihm über Brust und Rücken, an den Beinen hinab. Erregend spürte er die silbernen Schnüre Ixkukuls, um seine Lenden geknüpft. Bei jeder Bewegung schwang die Mondsichel unter seinem Nabel hin und her. »Ähnlicher?« Seine Stimme klang belegt. »Ich begreife gar nichts.«

»Du wirst es verstehen, bald schon«, sagte sie. »Aber du mußt ihr vertrauen. Rückhaltlos.«

Ixkukul vertrauen. Wie gern würde ich das tun, dachte er. Doch der Kazike von San Pedro und der Zauberer von K'ak'as-'ich hatten beide versichert, daß Ixkukul zu den Aufrührern gehörte. Zu den Rebellen, die in den Siedlungen der Weißen Blutbäder anrichteten, zu Ehren des Regengottes

Cha'ac. Und hier in Tayasal hatte er sie mit eigenen Augen zusammen gesehen. Ixkukul und B'ok-d'aantoj, den obersten Priester Cha'acs und mutmaßlichen Drahtzieher der Rebellion. Wie konnte er ihr da rückhaltlos vertrauen?

»Als ich in San Benito ankam …« Er wich Ixtz'aks Blick aus. Der Mut wollte ihm schwinden. Wenn ich sie jetzt nicht frage, dachte er, fressen sich Zweifel und Mißtrauen immer weiter fort. Er holte Luft und sah sie an. »Dreizehn Männer wurden dort ermordet. Auf abscheuliche Art. Später erfuhr ich, daß es im ganzen Land Massaker wie dieses gab. Und ich vermute …« Er mußte schlucken. Und wenn auch Ixtz'ak zu den Rebellen gehörte? »Manches spricht dafür, daß B'ok-d'aantoj dahintersteckt.«

Jetzt war es heraus. Er horchte seinen Worten nach. Forschend sah er Ixtz'ak an. Aber die Miene der Heilerin blieb unbewegt.

»Verstehst du, was ich sagen will?« Er wandte sich um und begann, am Rand des Beckens auf und ab zu gehen. Bei jedem Schritt schwang die Mondsichel unter seinem Nabel. Mit silberhellem Klirren. »Mujanek hat behauptet, daß auch Ixkukul …«

Er brachte es nicht fertig, sie offen zu verdächtigen. Aber es war auch nicht nötig. Ixtz'aks Blick verriet, daß sie verstanden hatte. Er hielt inne und wartete. Gleich wird sich alles aufklären, dachte er. Ixtz'ak würde ihm versichern, daß ihre Schwester mit den Verschwörern nichts zu schaffen hatte. Daß sie keinen Haß gegen die Weißen hegte und kein Blut an ihren Händen klebte.

Doch Ixtz'ak sah ihn nur schweigend an. Mit düsterem Blick, voller Zorn und Trauer, wie ihm schien. »Glaube deiner Seele«, sagte sie endlich, »nicht dem Augenschein.«

Es klang beschwörend. Was konnte er erwidern? Natürlich wollte er Ixkukul glauben. Auf der ganzen Welt wünschte er sich nichts sehnlicher, als ihr vertrauen zu dürfen. Aber warum klärten sie ihn nicht einfach auf? Warum versicherte Ixtz'ak ihm nicht ohne Umschweife, daß ihre Schwester mit den Greueltaten der Aufrührer nichts zu schaffen hatte?

»Du willst wissen, wie ich zu deinem Halbmond kam?« Auf einmal stand sie wieder vor ihm. Ihre Hände fuhren über seine Robe, dort, wo sich die Silberschnüre um seine Hüften schlangen. »Ixo'om hat ihn mir gegeben. Die junge Frau, die dir in K'ak'as-'ich das Silber Ixquics stahl.«

Die Entstellte. So jäh sah er sie vor sich, daß sich ihm die Haare sträubten. Ihr verstümmeltes Gesicht. Ihre Zunge ein plumper Stummel. Ihr ganzer Körper voller Narben und Geschwüre, als sie sich über ihn beugte und er in den Ausschnitt ihrer Tunika sah. Ixo'om hieß sie also? *Kochende Frau.* Er schauderte. Ein Name von diabolischer Zweideutigkeit.

»Warum hast du mir damals nicht von ihr erzählt?«

»Ich weiß es nicht.« Wieder wich er zurück vor ihr. »Aus Unbehagen, vielleicht auch aus Scham.« Er versuchte es zu erklären. Mujanek hatte behauptet, er könne Tote zum Leben erwecken, indem er ihr Fleisch öffnete und die Keime der Fäulnis herauszog. »Ein Verrückter. Furchteinflößend nur, solange man seinen Prahlereien Glauben schenkt.«

»Prahlerei?« Sie warf ihm einen Blick zu. »Du hattest uns noch nicht lange verlassen, als Ixo'om nach Ixchel kam. Mehr tot als lebendig. Am ganzen Körper mit Wunden übersät. Aber trotz allem, was Mujanek ihr angetan hat, leugnete sie, aus K'ak'as-ich geflohen zu sein. Statt dessen behauptete sie, daß Mujanek sie geschickt habe. Zu uns nach Ixchel und weiter nach Tayasal. Unablässig wiederholte Ixo'om ihre *heilige Wahrheit,* wie sie es nannte.«

»Was für eine Wahrheit?« Unruhe stieg in ihm auf. Bald schon würde der Lahkin hier in seinem Tempel erscheinen. Aber nicht der Hohepriester ängstigte ihn in diesem Moment. Weit mehr fürchtete er Ixtz'aks Antwort. Die Worte der Entstellten. Ihre *heilige Wahrheit.*

»Daß sie tot gewesen sei und Mujanek sie wieder zum Leben erweckt habe mit seiner Kunst.«

Er starrte sie an. Auf einmal erinnerte sie ihn an Isabel. So sehr, daß er ein Brennen in der Kehle spürte. Sehnsucht und Schuld. In ihrer weißen Tunika stand sie vor ihm, wie damals die Señorita in ihrem Engelhemd. Hinter ihr brach das Licht der gestiegenen Sonne durch die Fenster und sprenkelte ihr Gold ins Haar.

»Daß er ihr Fleisch geöffnet und die Keime der Fäulnis herausgezogen habe. Woraufhin sie wieder zum Leben erwacht sei. Nur ihre Zunge konnte er nicht retten. Weil in ihrem Mund die Verwesung schon zu weit fortgeschritten war.«

»Aber du glaubst ihr nicht.« Mit zwei Schritten war er bei ihr und packte sie bei den Schultern. Die silberne Sichel an seinen Lenden klirrte. Er achtete nicht darauf. »Du weißt so gut wie ich, daß Mujanek ihren Geist verwirrt hat. Niemand kann Tote zum Leben erwecken, niemand außer Gott allein.« Diesmal war er es, der in beschwörendem Tonfall sprach. »Sie hat den Verstand verloren, Ixtz'ak! Sie redet irre, das glaubst du doch auch?«

Sie wand sich in seinem Griff. Bestürzt ließ er sie los. Wenn der Satan die Toten erwecken konnte, war der Qualen auf dieser Erde kein Ende mehr. Für ihn war es der gräßlichste Gedanke. Niemals hatte er gewagt, ihn laut auszusprechen. Geschweige denn, dem Teufel auch diese Macht noch zuzumessen. Die Macht, Leben zu schaffen und damit neue Qual.

»Ich muß gehen, mein Freund. Du erwartest mächtigen Besuch.«

»Woher weißt du, daß der Lahkin …?«

Sie legte einen Finger auf die Lippen. Er verstummte.

»Nach uralter Überlieferung waren unsere Priester einst in das Geheimnis eingeweiht.« Noch während sie sprach, ging sie zur Tür. Er folgte ihr, benommen und bestürzt. »Das Geheimnis der Verwandlung. Leben und Sterben. Tod und Wiederverkörperung. Aber unsere Ahnen, heißt es, waren dieses Mysteriums nicht würdig. Sie spielten mit dem Gesetz, anstatt es zu achten. Brüsteten sich der Herrschaft über die Todesgötter, obwohl die höchsten Gewalten ihnen nur einen Zipfel des Geheimnisses gezeigt hatten. Und so wurde ihnen das Wissen wieder entzogen.« An der Tür zum vorderen Gemach blieb Ixtz'ak stehen und wandte sich um zu ihm. »Seither haben dreiste Geister wie Mujanek immer wieder versucht, das Geheimnis zu enträtseln. Den Tod aus sterbenden Leibern zu vertreiben. Dem Leichnam Leben einzublasen mit ihrer Zauberkraft.«

»Dreiste Geister wie Mujanek.« Er wiederholte es mechanisch. »Und wie B'ok-d'aantoj?«

Da eilte Ixtz'ak schon durch das vordere Gemach. Ausgerollte Matten und verstreute Gegenstände bewiesen, daß auch dieser Raum mittlerweile bewohnt war. In einer Ecke lag der Fallensteller im Schlaf. Auch Cristóbal und Hernán pflegten hier zu nächtigen. Doch ihre Schlafstellen waren leer. Anscheinend waren der Mönch und der Mestize schon wieder in der Stadt unterwegs.

Mit wehender Robe hastete Diego hinter der Heilerin her. Das Silber an seinen Lenden klirrte. Die Mondsichel schwang unter seinem Nabel. Obwohl Ixtz'ak viel kleiner als er war, bewegte sie sich erstaunlich rasch.

Erst im Tempelraum blieb sie noch einmal stehen. Sie wartete, bis er nahe vor ihr stand. »Traue deiner Seele, mein Freund.« Sie sprach leise, in abschließendem Ton. »Und vertraue Ixkukul. Du mußt sie erkennen. Alles andere fügt sich von selbst.«

Eindringlich sah sie ihn an. Er nickte nur, ratlos und ein wenig enttäuscht. Er hatte sich klarere Worte erhofft. Ixkukul erkennen. Was zum Teufel meinte sie damit?

»Möge die Mondgöttin dich beschützen.« Sie umarmte ihn. »Augen zu«, flüsterte sie an seiner Brust.

Er gehorchte, in der Hoffnung auf weitere Liebesgaben von Ixkukul. Sie löste ihre Arme von ihm. Lange stand er so in seinem Tempel, mit geschlossenen Augen vor dem schwarzen Altar. Endlich hörte er Schritte, mühevoll und schleppend, vom Eingang her.

Er hob seine Lider. Ixtz'ak war verschwunden. Eben trat der Lahkin in den Tempel des Pferdegottes ein.

2 *»Großes Roß, wir danken dir.«* Mit dröhnender Stimme pries der Pferdegottpriester die vierhufige Gottheit. Er stand hinter seinem Altar, eine Faust auf der schadhaften Bibel. Das Lied verschaffte ihm noch ein wenig Aufschub.

Lange würde sich der Lahkin nicht mehr hinhalten lassen. Der Hohepriester war mit großem Gefolge erschienen. Eine Demonstration seiner Macht, zweifellos. Doch im Kreis seiner Mönchssoldaten sah er nur noch hinfälliger aus. Eine ausgemergelte Gestalt in schlotternder Sonnenrobe. Hunderte junger Priester waren hinter ihm in den Tempel geströmt. Auf jedem Sessel saß, auf jedem Schemel hockte ein Sonnengottpriester. Ihre Gewänder erfüllten den Raum mit goldenem Glanz. Doch ihre Mienen blieben düster, während sie dem Gesang des Pferdegottpriesters lauschten.

Niemals hatte er den Gegensatz stärker empfunden. Zwischen dem dunklen, auftrumpfenden Glanz des Goldes und der geheimnisvollen Leichtigkeit des Silberscheins. Er spürte, wie der Mond unter seinem Nabel erzitterte. Hitzige Wunschbilder wollten in ihm aufsteigen. Doch es war ein unpassender Moment. Ihm gegenüber, in einem gewaltigen schwarzen Sessel, saß der Lahkin. Sonnengleich. Ein goldener Punkt in der unendlichen Schwärze des Alls. Alles an ihm wirkte hinfällig und greisenhaft. Nur seine Augen nicht, die unverwandt auf den Pferdegottpriester gerichtet waren.

»Holder Hengst, wir rühmen dich.« Er schmetterte Strophe um Strophe. Sein Blick schweifte durch den Tempelraum. Erstaunlicherweise war außer dem Lahkin kein oberster Priester erschienen. Weder Ajxoka'nal noch der oberste Bücherpriester, dessen Namen er immer wieder vergaß. Weder der blutrot gewandete Priester des Kriegsgottes noch sein Widersacher mit der wolkengrauen Tunika, B'ok-d'aantoj. *Zorniger Tapir.* Anscheinend wollte der Lahkin verhindern, daß der oberste Priester Cha'acs nochmals die Macht an sich zu reißen versuchte. Aber er war nicht stark genug, B'ok-d'aantoj aus dem Priesterrat zu verstoßen. Deshalb hatte er nicht nur den Regengottpriester, sondern den gesamten Priesterrat aus-

geladen und sich allein hier eingefunden. Ein geschickter Schachzug, dachte Diego. Der aber die Entscheidung im Machtkampf zwischen ihm und B'ok-d'aantoj bloß verschob.

Der Pferdegottpriester verstummte. Weitere Strophen zu Ehren des großen Rosses fielen ihm beim besten Willen nicht mehr ein. Er fixierte eine Säule im Hintergrund des Tempelraums. Wie so häufig in den letzten Tagen beschwor er die Landkarte in seiner Erinnerung herauf. Eine Skizze von Abt Pedros Hand, beigelegt einem seiner stets lehrreichen Briefe. Die wichtigsten Siedlungen und Landschaftsmerkmale des Petén. Im Westen wurde er durch den Usumacinta begrenzt, im Osten durch das Meer. Im Süden ging der Dschungel nach und nach in Hügelland über. Dort befand sich eine spanische Siedlung. Vor allem aber ein großes Fort. Kastilische Soldaten, eine beträchtliche Armee. Abt Pedro hatte die Stätte durch ein Kreuz gekennzeichnet, über dem eine stilisierte Pistole schwebte.

Diego räusperte sich. Er sah die Landkarte vor sich, so deutlich, als ob er sie in Händen hielte. Den Strom und die Weiten der Wälder. Die südlichen Hügel und auf ihren Ausläufern das spanische Fort. Falls seine Erinnerung ihn nicht trog. Alles kam darauf an, daß seine angebliche Vision mit der Wirklichkeit übereinstimmte.

»Drei Tage und Nächte fastete ich und betete um Erleuchtung. Endlich gewährten mir die höchsten Gewalten die Gnade eines Gesichts.« Er sah den Lahkin an. Die zusammengesunkene Gestalt straffte sich. Hoffnung erhellte die Miene des Hohepriesters. Oder täuschte er sich? *»Im Traum sah ich das göttliche Pferd. Es saß auf einem hohen und erhabenen Thron. Der Saum seines Gewandes füllte den ganzen Tempel aus.«* Er sprach mit sonorer Kanzelstimme. Ohne es recht zu bemerken, paßte er die vertrauten Worte den Erfordernissen an. *»Geflügelte Rösser flogen um seinen Thron. Jedes hatte sechs Flügel. Mit zwei Flügeln bedeckten sie ihr Gesicht. Mit zwei Flügeln bedeckten sie ihr Geschlecht. Mit zwei weiteren Flügeln flogen sie. Dabei riefen sie einander zu: ›Heilig, heilig ist der Hengst der Herde. Von seiner Herrlichkeit ist die ganze Erde erfüllt.‹«*

Hatte wirklich er diese Worte gesagt? Schaudernd horchte er dem Klang seiner Stimme nach. »Sodann geruhte der göttliche Rappe, meine Bitte zu erfüllen. Er befahl einem der geflügelten Pferde, mir den Weg zu zeigen, der von Tayasal ins Neue Reich führt. Ich schwang mich auf den Rücken des Rosses, das sich mit mir in die Lüfte erhob.«

Es war die seltsamste Predigt, die er jemals gehalten hatte. Aber anscheinend war er auf dem richtigen Weg. Ein Raunen ging durch die Menge der Tempelbesucher. Hunderte golden gewandeter Priester sahen ihn an. Erfüllt von Hoffnung und Vertrauen, wie ihm schien.

»Das geflügelte Pferd trug mich dem Gelben Bacab des Südens entgegen. In gedankenschnellem Flug über unwegsamem Wald. Wir überquerten einen Fluß, der vom Roten Bacab des Ostens zum Schwarzen Bacab des Westens fließt. Wir flogen über einen Sumpf, der sich im Süden des Flusses erstreckt. Schließlich jagten wir über einem Hohlweg dahin, der zwischen hohen Felswänden verläuft. Dahinter lichtete sich der Wald. Der Boden wurde hügelig.«

Er beugte sich ein wenig vor, wie stets, wenn er zu einer dramatischen Predigtstelle kam. Die Mondsichel unter seiner Robe klirrte, doch so leise, daß kein Sonnengottpriester es vernahm. »Und ich sah den blaugrünen Spiegel, leuchtend im Herzen des Hügellandes. Ein See, so gewaltig wie der Haltuna. Aus seinen Tiefen erhob sich eine Insel. Ein Berg ragte inmitten der Insel auf. Von spitzer Gestalt, mit ebenmäßigen Flanken, wie eine Pyramide geformt. Das geflügelte Pferd bedeutete mir, daß dies die Stätte des Neuen Reichs sei. Zwanzig Tagesmärsche von Tayasal entfernt. Denn Zwanzig ist die heilige Zahl, mit der jedes Reich der Maya entsteht und vergeht.« Er holte Luft und trat näher an den Altar. Klirrend schlug die Mondsichel gegen den schwarzen Stein. »Gelobt sei das Pferd! Amen.«

Von jähem Schwindelgefühl erfaßt, schloß er die Augen. Als er sie wieder öffnete, stand der Lahkin vor ihm, auf der anderen Seite des Altars.

»Zwanzig Tagesmärsche?« Der Hohepriester sprach leise. Doch anscheinend nicht aus Schwäche. Seine Stimme klang drängend. »Unsere Zeit wird immer knapper, Bruder Pferd. Bis Eins Ahau muß die Stätte des Neuen Reichs gewählt und geweiht sein nach dem Willen der Götter. In siebenunddreißig Tagen. Die Such- und Weihepriester sind bereit. Noch heute werden sie sich auf den Weg machen. Und dennoch ...«

Er ließ den Kopf sinken, als sammle er seine letzte Kraft. Diego wartete schweigend. Endlich sah der Lahkin wieder auf. »Seid Ihr ganz und gar sicher, daß Ihr die Botschaft der vierhufigen Gottheit nicht mißverstanden habt?«

»Vor Irrtümern, Bruder Sonne, ist kein Sterblicher gefeit.« Auch Diego dämpfte seine Stimme. Hinter dem Lahkin saßen die Mönchssoldaten auf ihren Sesseln und Schemeln, so starr, als wären es Figuren aus Gold. »Aber ich habe mich gewissenhaft geprüft. Und mir scheint, daß ich alles so wiedergegeben habe, wie das geflügelte Roß es mir zeigte.« Mit einer kleinen Ausnahme. Er wagte kaum daran zu denken. Wenn der Lahkin wüßte, welcher Anblick seine Gesandtschaft am Ende jenes Hohlwegs erwartete ...

»Wenn sie kurz vor dem Ziel zurückkehren müßten.« Dem Lahkin versagte die Stimme. Fast flehentlich sah er zu dem Pferdegottpriester auf. »Wenn sie auf ein unüberwindliches Hindernis stoßen. Es wäre furchtbar, Bruder Pferd. Der Zorn der Götter ...«

Konnte dieser gebrechliche kleine Mann vielleicht Gedanken lesen? Für einen Moment schien es ihm möglich. Unsinn. Der Lahkin hatte einfach eine naheliegende Sorge geäußert. Natürlich konnte er nicht wissen, daß sich hinter dem Hohlweg tatsächlich ein solches Hindernis befand. Das kastilische Fort. Zumindest laut Abt Pedros Karte. Eine gewaltige Festung. Wie ein Riegel, umschlossen von Sümpfen und Bergen, versperrte sie den Weg zwischen dem Dschungel und dem südlichen Hügelland. Unmöglich, dort vorbeizukommen. Doch unglücklicherweise lag die Stätte des Neuen Reichs, die der Pferdegottpriester in seiner Vision geschaut hatte, etliche

Meilen hinter dem Fort. Die Such- und Weihpriester würden unverrichteter Dinge umkehren müssen. Und dann …

»Die Götter würden Tayasal vernichten, Bruder Pferd!« Die Stimme des Hohepriesters, krächzend und kraftlos, riß Diego aus seinen Gedanken.

»Gelobt sei Eure Weisheit. Ihr habt recht, edler Lahkin. Das geflügelte Pferd hat mir den Weg ins Neue Reich gezeigt, wie die Götter ihn schufen zum Anbeginn der Zeit. Seitdem kann vieles geschehen sein. Frevlerische Hände können Hindernisse aufgetürmt haben, die ich in meiner Vision nicht zu schauen vermochte. Auch ich habe daran schon gedacht.«

Er warf dem Lahkin einen Blick zu. Für einen Moment wollte ihm der Mut schwinden. Konnte er es wagen? Ja, es mußte sein. Unzählige Male hatte er seinen Plan in Gedanken durchgespielt. »Am besten«, fuhr er fort, »verstärkt Ihr die Gesandtschaft um Eure schnellsten Laufboten. Die Boten sollen gestaffelt entlang des Weges warten, jeder eine Tagesreise vom nächsten Läufer entfernt. Wenn die Priester auf ein Hindernis stoßen, sollen sie unverzüglich einen Boten in Bewegung setzen. Die Läufer sollen einander die Nachricht übergeben. Jeder soll so rasch wie irgend möglich laufen. Auf diese Weise muß uns die Nachricht nach zehn Tagen oder noch früher erreichen, selbst wenn die Gesandtschaft erst kurz vor dem Ziel auf ein Hindernis stößt.« Er hatte sich alles bis ins kleinste zurechtgelegt. Allzu gründlich vielleicht. Mußte der Lahkin nicht Verdacht schöpfen? Jetzt gab es kein Zurück mehr.

»Nach zehn Tagen?« Die Miene des Lahkin verdüsterte sich. »Einen ganzen Uinal für die Reise der Gesandtschaft. Weitere zehn Tage, bis wir ihre Botschaft erhalten. Dann bleiben gerade noch sieben Tage von der Frist, die uns die Götter gesetzt haben. Sieben Tage, Bruder Pferd! Wie wollt Ihr in dieser Zeit erreichen, was unseren Gesandten in dreißig Tagen nicht gelungen ist?«

»Nur im ungünstigsten Fall.« Der Pferdegottpriester bleckte die Zähne. »Der höchstwahrscheinlich nicht eintreten wird. Und wenn doch, werden wir abermals die Hilfe der Götter erflehen. Ihr selbst sagtet doch so trefflich, Bruder Sonne: Zu jedem Gebot, das uns die Götter auferlegen, senden sie uns auch die Mittel, die wir zu seiner Erfüllung benötigen. Euer Glaube ist auch meiner, Bruder Sonne.«

Bei diesen Worten erschauerte er so heftig, daß das Silber unter seiner Robe vernehmlich klirrte. Der Lahkin runzelte die Stirn. Sein Blick schweifte an der Gestalt des Pferdegottpriesters hinab. Diego erstarrte. Der Lahkin beugte sich über den Altar. Seine Hand kroch über die schwarze Fläche. Diego wollte zurückweichen, doch vergeblich, mit einem Mal versteinert wie im Traum. Sein Herz begann zu rasen. Was würde geschehen, wenn der Hohepriester herausfand, daß er die Insignien Ixquics trug? Und würde der Lahkin sich allen Ernstes vergewissern, was der Pferdegottpriester unter seiner Robe verbarg?

Auf der Bibel kam die Hand des Lahkin zur Ruhe. »Eigentümliche Zeichen.« Mit Mühe zog er den Folianten auf seine Seite des Altars. »Wie Mücken in einer Pfütze.« Er musterte die aufgeschlagene Seite. *Sechs Seraphim schwebten um den Thron des Herrn.* »Erstaunlich, daß Ihr dies entziffern könnt, Bruder Pferd. Aber ich wollte Euch noch etwas anderes sagen.« Seine Stimme verlor sich in einem Murmeln. »Etwas, das mich mit tiefer Sorge erfüllt.« Aus wäßrigen Augen sah er zu Diego auf. »Vor drei Tagen sank unser göttlicher Canek in den Schlaf. Er ist noch nicht wieder erwacht.«

Für einen Moment sahen sie einander über den Altar hinweg an. Voller Sorgen und Argwohn, doch nicht ohne Sympathie.

»Die Such- und Weihepriester müssen unverzüglich aufbrechen.« Der Hohepriester wandte sich dem Ausgang zu. »Ich werde Euren Rat befolgen, Bruder Pferd. Zweiundzwanzig Boten sollen unsere Such- und Weihepriester, Krieger und Späher begleiten. Vielleicht nehmt währenddessen auch Ihr einen Ratschlag von mir an.«

Beunruhigt sah Diego zu ihm hinab. »Welchen?«

»Übt Euch in den magischen Talenten, die Euch die Götter verliehen haben. Nur mit Hilfe Eurer Zauberkraft kann es uns gelingen, das Neue Reich zu errichten.«

»Und mit Hilfe Eurer Baumeister.«

»Baumeister?« Der Lahkin schnaubte, beinahe wie ein kleines altes Pferd. »Habt Ihr nicht gesehen, wie baufällig sogar der Palast des Canek ist? Nur noch die Fassaden aus flüssigem Stein halten unsere Bauwerke zusammen. Als unsere Vorfahren den Zauber des flüssigen Steins entdeckten, glaubten sie, das alte Wissen sei überflüssig geworden. Heute beherrscht in Tayasal niemand mehr die Kunst des Palast- oder Pyramidenbaus.«

Er winkte zwei junge Sonnenpriester herbei. Auf ihre Arme gestützt, schleppte er sich zum Ausgang des Tempels. Hinter ihm strebten seine Mönchssoldaten aus dem Altarraum, ein goldener Strom.

Am Ausgang des Tempels wandte sich der Hohepriester noch einmal um. »Niemand mehr im ganzen Königreich.« Seine Stimme krächzte. »Außer Euch, Bruder Pferd!«

3 Endlich wieder frei, dachte Diego. Beschwingten Schrittes eilte er über den heiligen Platz. Die Sonne stand im Zenit. Ahau Kinich spie seinen Glutatem über die Stadt. Er sputete sich, in die Allee am Rand des Platzes zu gelangen. Schon troff ihm der Schweiß wieder in den Kragen und tränkte seinen Stoppelbart. Doch heute konnte ihn keine Schwüle verdrießen. Sowenig wie die Ahnung, daß seine Freiheit vielleicht von kurzer Dauer war. Und zu einem hohen Preis erkauft. *Großes Roß, wir loben dich.* Er trällerte die Satansverse, im Takt der Mondsichel, die unter seiner Robe schwang.

Sein Erscheinen auf dem heiligen Platz erregte Aufsehen. Eine Gruppe von Sonnenpriestern unterbrach ihr Gespräch und neigte die Häupter vor ihm. Hoheitsvoll schritt Diego vorbei. Zwei junge Bücherpriester sahen von ihren Faltbüchern auf und verbeugten sich, so tief, daß ihre Köpfe fast den Boden berührten. Nicht nur ein freier Mann, dachte er, sondern überdies hochgeehrt. Er schwebte wie auf Wolken.

Offenbar hatten sich die Neuigkeiten in der Priesterschaft rasch verbreitet. Die vierhufige Gottheit hatte den Pferdegottpriester erleuchtet. Noch am heutigen Morgen hatte der Lahkin die Gesandten beauftragt, die Stätte des Neuen Reichs zu suchen und zu weihen, wie es das Gesetz befahl. Nun eilten sie bereits dem herrlichen Ziel entgegen, das der Pferdegottpriester in seiner Vision geschaut hatte.

Diego seinerseits strebte auf die Straße zu, die vom heiligen Platz hinab zum Hafen führte. Zu seiner Rechten ragte die Bücherpyramide auf. Julkin, dachte er. Der junge Bücherpriester würde ihm Einlaß in die Teufelsbibliothek verschaffen, bald schon. Aber heute nicht. Heute würde er endlich mit Ixkukul sprechen. Ihr seine Liebe gestehen. Sie *erkennen*, was immer dieses Wort für sie bedeuten mochte. Sein Herz machte einen Sprung.

Neben der Bücherpyramide erhob sich, nebelgrau und klobig, ein Bauwerk von sonderbar unbestimmter Form. Die Ecken gerundet, die Konturen verschwommen, als wäre es eine riesige Wolke aus Stein. Hoch oben auf dem First thronte ein kugelgestaltiger Tempelbau, leuchtend in der Farbe frischen Bluts. Der Tempel des Regengottes. Zumindest laut Ajxoka'nal. Und das Zeichen über dem Eingang des schädelförmigen Tempels erlaubte keine Zweifel an seinen Worten. Die Rüsselnase Cha'acs, eine leuchtend rote Säule, obszön in den Himmel ragend.

Diego bog in die abschüssige Straße ein. Im Mittagslicht glänzte tief unter ihm die Mole. Bis zu den Horizonten dehnte sich der Spiegel des Sees. *Yax ha*. Blaugrünes Wasser. Ein Anblick, der ihm immer aufs neue den Atem benahm. Die düstere Schönheit Tayasals. Er beschleunigte seine Schritte.

Eine strenge Aura umgab auch die Häuser an dieser Straße. Mönchische Stille. Hinter den Fenstern junge Priester, über ihre Faltbücher gebeugt. Hier und dort sah einer von ihnen auf und blickte auf die Straße hinaus. Jaguargesichter. Ihre fliehenden Stirnen, die schrägen Augen, schwarz und unbewegt. Doch dann ihre Gebärden der Demut, wenn sie den Pferdegottpriester bemerkten. Manche sprangen auf, um sich tief vor ihm zu verneigen. Andere legten die Hände vor der Brust zusammen und sahen starr zum Himmel hinauf. *Möge Ahau Kinich mit Euch sein.*

Kein oberster Priester würde sich dazu herablassen, den Gruß eines gemeinen Mönchssoldaten zu erwidern. Soviel hatte er mittlerweile gelernt. Mit steinerner Miene schritt der Pferdegottpriester die Straße hinab. Wenn es darauf ankam, konnte auch er dreinschauen wie aus dem Fels gehauen. Dann jedoch riß er die Augen auf. Aus einer Tür zu seiner Linken trat eine schmale Gestalt. Mit bleichem Gesicht, das über der rappenschwarzen Tunika noch fahler wirkte. Cristóbal.

»Wo bist du gewesen, Frater?« Diego winkte ihn zu sich her. Er war wirklich erstaunt.

»Verzeiht mir, ehrwürdiger Pater.« Gesenkten Kopfes trat Fray Cristo auf ihn zu. Er wirkte verlegen. Beschämt und verwirrt. »Es war nicht meine Idee, diese Teufelspriester zu besuchen. Hernán hat mich bedrängt, seit Tagen schon. Bis ich endlich einwilligte. Aber es ist …«

Er suchte nach Worten. Sein Blick glitt über seine Schulter, zurück zu der Tür, aus der er eben gekommen war. Hinter den Fenstern glaubte Diego Schatten tanzen zu sehen, mit Verrenkungen wie auf apokalyptischen Gemälden. Oder wie im Traum, wenn ihn die höllischen Heere besuchten.

»Wahrhaft teuflisch, ehrwürdiger Vater. Ich finde kein anderes Wort dafür. Bitte verlangt nicht, daß ich Euch schildere, was ich dort erlebt habe.« Er erbebte. »Hernán ist noch drinnen. Seine Augen *glühen*, verehrter Pater. Sicher versteht Ihr, was ich sagen will. Manchmal wirkt Hernán, als ob er …« Das Rinnsal seiner Rede versiegte.

Diego wartete, doch Cristóbal blieb stumm. »Als ob er besessen wäre.« Er murmelte es, tief in Gedanken. »Vielleicht hast du recht. Hernán müßte es hier wohl behagen.« Als er

Cristóbals Blick spürte, wechselte er das Thema. »Komm mit, Frater.« Er legte dem kleinen Taufpriester einen Arm um die Schultern. »Ich wünsche, daß du mich begleitest.«

»Wohin, verehrter Pater?«

Er spürte, wie sich Cristóbal versteifte. »In einen Tempel. Dort wird nichts Teuflisches geschehen, das verspreche ich dir.« Und er zog den Widerstrebenden mit sich, die Straße hinab.

Eine Gruppe sonnengelb gewandeter Priester machte ihnen den Weg frei, unter Verbeugungen. Die Verkäufer an den Straßenecken erstarrten, ihre Gesichter zur Sonne erhoben, die Hände vor der Brust zusammengelegt. *Möge Ahan Kinich Euch erleuchten.* Raschen Schritts kamen ihnen zwei Jäger entgegen, muskulöse Gestalten, nackt bis auf den dschungelgrünen Schurz. Als sie den Pferdegottpriester bemerkten, wechselten sie scheue Blicke. Dann warfen sie sich vor ihm in den Staub. Beinahe hätte Diego aufgelacht. Doch er bezwang sich. An seiner Seite seufzte Fray Cristo. Noch immer hielt Diego seine Schultern umfaßt. Ohne Federlesens zog er den kleinen Taufpriester mit sich, in die düstere Gasse, an deren Ende der Tempel Ixquics stand.

Die Enge dieser Gasse. Im Tageslicht wirkte sie noch beklemmender als neulich bei Nacht. Zumal er heute erst sah, wie verkommen die Häuser hier waren. Von den Fassaden bröckelte der flüssige Stein. Das Mauerwerk dahinter sah modrig aus. Von Nässe zerfressen. Hier und dort waren Steinbrocken herabgestürzt. Durch Löcher in den Mauern flogen Vögel aus und ein. Überreste hölzerner Verschläge hingen schief in Fensterlöchern, wie schadhafte Zähne.

»Hier soll ein Tempel sein, ehrwürdiger Pater?« Cristóbal fragte es mit kleiner Stimme, wie ein verirrtes Kind.

»Der Tempel einer Gottheit von geringem Ansehen.« Dürre Worte, dachte Diego, die einen furchtbaren Sturz umschrieben. Wie sehr mußte die Mehrheit der obersten Priester Ixquic und ihren Kult verachten, daß sie die Mondgöttin hierher verbannt hatten. Verachten und fürchten. Ixquic selbst und ihre Priesterinnen um Ixkukul.

Der Tempel Ixquics. Beim Anblick des Gemäuers sank ihm der Mut. Eine Ruine, dachte er. Die Fassade rissig, zerbröckelt, das Mauerwerk fast gänzlich entblößt. Schwarz wie fauliges Fleisch unter aufgeplatzter Haut.

»Es sieht aus wie …« Abermals sprach Cristóbal seinen Satz nicht zu Ende. Doch Diego achtete kaum auf ihn. Im Innern des Tempels glaubte er Gesang zu hören. Silberhelle Stimmen, die beschwörende Verse sangen. Er ließ Fray Cristos Schultern los und schob die Tür auf.

Der Vorraum, schmal und kahl wie in seiner Erinnerung. Dort unter dem Fenster war er zu sich gekommen, nachdem B'ok-d'aantojs Priester ihn niedergeschlagen hatten. Er lauschte. Der Gesang war von hier aus deutlicher zu hören. Beschwörend und silberhell.

Er deutete auf die zweite Tür, die weiter ins Innere führte. »Dort entlang.«

Folgsam ging Fray Cristo in die angezeigte Richtung. Vor dem Türblatt erstarrte er. Sein Gesicht auf einmal übergossen mit Röte. Diego trat neben ihn. Auch dieses Gemälde hatte er neulich im Dunkeln nicht bemerkt. Eine Vulva, riesenhaft und fleischig, umgeben von einem Strahlenkranz geschwollener Satansglieder. Die Drastik des Bildes trieb auch dem Pferdegottpriester das Blut in die Schläfen. Warum hatte er Cristóbal mit hierher genommen? Vielleicht nur aus Feigheit. Doch nun war es zu spät. Er warf Cristo einen aufmunternden Blick zu, schob die Tür auf und trat ein.

Zuerst mochte er seinen Augen kaum trauen. Als hätte er diesen Raum nur für einen Moment verlassen. Als wären nicht vier Tage vergangen, seit er zuletzt in Ixquics Tempel war. Die steinernen Nischen, darin die gepolsterten Bänke. Die riesenhaften Phalli, aus den Wänden brechend, die Eichel schwellend rot. Fünf, sieben, neun Priesterinnen Ixquics, wie für immer ins Liebesspiel mit ihren Freiern vertieft. Ihre nackten Leiber, jung und geschmeidig, ihre Gesichter, in Ekstase zerfließend. Mondsilber, flirrend auf ihrer Haut. Hände, die das Geschlecht des Geliebten umfaßten. Schenkel, die sich um Hüften schlangen. Seufzer, Küsse, Schreie der Lust.

Auch Cristóbal an Diegos Seite stieß einen Schrei aus, qualvoll und halb erstickt.

Wieder faßte Diego den kleinen Taufpriester um die Schultern. Zwischen den Nischen der Liebespriesterinnen steuerte er Fray Cristo auf die hintere Schmalwand zu. Eine weitere Tür. Ihm war, als erklänge von dort der silberhelle Gesang. Federleicht und beschwörend zugleich. Wie ein Gemälde, getupft aus Silberlicht und Blut. Er stieß die Tür auf. Die Schnüre unter seiner Robe klirrten. Wie erstarrt blieben die beiden Fratres auf der Schwelle stehen.

Ein weiter Raum, kreisrund, von fahlem Licht erhellt. In seiner Mitte stand Ixkukul, neben ihr eine jüngere Priesterin. Sie beide in silbernen Roben, die Arme ausgebreitet und bis zu den Schultern erhoben. Offenbar hatten sie jene Verse gesungen, beschwörend und silberhell. Beim Anblick der weißen Männer erstarb ihnen der Gesang auf den Lippen. Langsam ließen sie die Arme sinken, beide zugleich. Ihre Münder schlossen sich. Die Fratres stolperten in den Raum. Hinter ihnen glitt die Tür zu. Die Laute der Leidenschaft verebbten.

»Ixkukul.« Er räusperte sich, doch seine Stimme blieb belegt. »Ich bin gekommen ...« Sie machte ihm ein Zeichen mit den Augen. Er unterbrach sich. Nur am Rande nahm er wahr, daß sich die kleine Priesterin Cristóbal näherte. Sie ergriff seine Hände und zog ihn tiefer in den Tempelraum.

Diego mußte schlucken. Zaghaft trat er auf Ixkukul zu. Atmete den würzigen Geruch ihres Haars. Endlich faßte er sich ein Herz. »Weil ich dich liebe.« Er nahm ihre Hände in seine. »Frau Welle. Mehr als alles ...«

Warum sah sie ihn so sonderbar an? Auffordernd und ängstlich zugleich. Abermals verstummte er. Ihre Augen flehten. Um was nur? Er machte einen taumelnden Schritt und schloß sie in die Arme. Ihre zierliche Gestalt. Schmiegsam und stark. Sein Herz raste. Niemals in seinem ganzen Leben hatte er eine Frau in Armen gehalten. Er tauchte sein Gesicht in die Flut ihres Haars. Seine Hände strichen über ihren Rücken. Da erst wurde ihm bewußt, daß sie seine Umarmung nicht erwiderte.

Er ließ die Arme sinken. Auf einmal furchtbar ernüchtert. Du alter Narr. Hast du wirklich geglaubt, sie könnte dich lieben? Vor seinem inneren Auge tauchte die Gestalt B'okd'aantojs auf. Er knirschte mit den Zähnen. Diesen teuflischen Schlächter zog sie ihm also vor? Er wollte zurückweichen. Sie verlassen, für immer, ohne ein weiteres Wort.

Diesmal war sie es, die ihn bei den Händen faßte. Die Zärtlichkeit ihres Blicks. Ein Strom silberner Liebe. Sie zog ihn an sich. »Seit wann?«

Er verstand nicht. Starrte in ihre Augen. Schwarze Seen, darin silbern sich spiegelnd der Mond.

Wie flehend ihr Blick neuerlich wurde. Beschwörend, doch verdüstert durch Furcht. »Seit wann liebst du mich?« Ihre Stimme wurde drängend, ihre Lippen so dicht an seinem Ohr, daß er ihren Atem spürte. »Es ist wichtig, daß du dich erinnerst. Wichtiger als alles andere auf der Welt.«

Warum sollte das so wichtig sein? Er verstand immer noch nicht. Aber wenn das der Quell ihrer Sorgen war, konnte er sie beruhigen. »Vom ersten Augenblick an«, sagte er. »Seit du bei der Missionsstation aus den gelben Nebeln tratst.«

Ihre Arme sanken herab. Ihre Augen füllten sich mit Tränen. Bestürzt wollte er sie wieder an sich ziehen. Doch Ixkukul schüttelte den Kopf. »Du mußt mich erkennen. Verstehst du das nicht?« Ihre Stimme klang gepreßt. »Erst dann darf ich dich erhören. Erst dann darfst du mich berühren. So will es das göttliche Gesetz.«

»Dich erkennen? Was zur Hölle soll das heißen?«

»Bitte, du mußt jetzt gehen.« Sie deutete zur Tür. Ihr Gesicht überströmt von Tränen. »Wir müssen das Gebot der Götter achten. Sonst wird etwas Furchtbares geschehen!« Sie wandte sich ab und verschwand im düsteren Hintergrund des Tempelraums.

Noch niemals hatte er sie so verängstigt, so hoffnungslos gesehen. Noch niemals hatte er selbst sich so durcheinander, so hilflos gefühlt. Diese Satansgötter! Er zermalmte den Fluch zwischen den Zähnen. Wandte sich um und ging auf die Tür zum Raum der Liebesnischen zu. Nur am Rande nahm er das Bündel wahr, das unweit der Tür am Boden lag. Ein Durcheinander aus entblößter Haut und zerwühlten Haaren, aus Gewändern in Silber und Schwarz. Keuchende Laute entrangen sich dem Bündel. Silberhelles Lachen. Küsse, so gierig, wie ein Verdurstender Wasser schlürft.

Fray Cristo und die kleine Priesterin Ixquics? Entgeistert dachte er darüber nach. Da taumelte er schon durch den Raum der Liebespriesterinnen, auf Beinen so weich wie Gallert. *Du mußt mich erkennen.* O mein Gott. Niemals hatte er dieses Satansreich mehr gehaßt. Und niemals seine Liebe brennender empfunden als in diesen Augenblicken, da er zurück zu seinem Tempel wankte. Ihre Liebe, ihrer beider Einsamkeit.

4

»Bitte folgt mir hier entlang. Vorsicht, Herr, die Gänge sind dunkel und eng.« Mit ehrerbietigen Gebärden führte Julkin den Pferdegottpriester durch den Büchertempel. »Ajna'at-ju'um erwartet Euch bereits. Der oberste Bücherpriester schätzt sich glücklich, Euch in seiner Pyramide begrüßen zu dürfen.«

In der Bibliothek der Maya. Der Bücherei des Teufels. Dem Archiv der Hölle. Er fröstelte. Zugleich brannte er vor Gier, endlich eines dieser berüchtigten Mayabücher in Händen zu halten. Die es eigentlich gar nicht geben konnte, nach Überzeugung des Papstes und der gesamten Christenheit.

Hinter Julkin tappte er durch den Saal. Ein quadratisches Gebäude, fünfzig auf fünfzig Schritte, dabei höchstens zwanzig Fuß hoch. Wuchtige Gestelle bedeckten die Wände bis zur Decke hinauf. Dutzende weiterer Gestelle unterteilten den Raum in schmale Flure. Im ersten Moment hatte Diego geglaubt, Regalreihen vor sich zu sehen wie in einer abendländischen Bibliothek. Doch die Gestelle in diesem Büchertempel bestanden aus massivem Stein. Zwischen deckenhohen Säulen, dick wie Titanenschenkel, spannten sich steinerne Borde, ähnlich den Liebesbänken im Tempel Ixquics. Tönerne Krüge standen darauf, mannshoch, mit Schriftzeichen, Götzenbildern bemalt. Die meisten dieser Krüge waren verpicht und versiegelt. Und sie alle enthielten, wie Julkin erklärt hatte, Faltbücher oder Schriftrollen aus Rindenbast.

Wie düster es hier war, zwischen den hohen Steinregalen. Unmöglich, in diesem Raum zu lesen. Dabei befanden sie sich auf dem First der Bücherpyramide, siebzig Schritte über dem heiligen Platz. Draußen gleißte die Sonne. Hier drinnen aber konnte man kaum die Hand vor Augen sehen. Warum ließen diese Priester nicht einfach ein paar Fenster in ihre kolossalen Gemäuer schlagen? Weil sie fürchteten, daß gleich das ganze Bauwerk über ihnen zusammenbrechen würde? Oder weil ihre Katzenaugen selbst die Finsternis der Hölle durchdrangen?

Drei Schritte vor ihm glitt Julkin durch den Gang. Wie seine Augen gestrahlt hatten, als sie vorhin auf der Straße fast zusammengestoßen waren. Das war sicher keine zufällige Begegnung, dachte Diego. Der junge Bücherpriester stellte ihm regelrecht nach. Die Begeisterung in seinen Augen. Die Gier, mit der er jedes Wort, jede Geste des Pferdegottpriesters aufzusaugen schien. Unheimlich, dachte Diego. Doch zugleich erinnerte ihn Julkin immer wieder an seine eigene Novizenzeit. Wie sehr hätte er sich damals einen Vertrauten gewünscht. Einen Priester oder Mönch, älter als er selbst, der ihm den rechten Weg gewiesen hätte. Durch die Wüsten seiner Zweifel, die Sümpfe der Begierden, die Nebel der Unwissenheit. Nun schien Julkin in ihm, dem älteren Priester, einen solchen Leitstern zu sehen. Aber warum gerade in ihm? Warum nicht in Ajna'at-ju'um, dem obersten Priester des Kultes, dem er selbst angehörte?

Hinter Julkin trat er aus dem Gang zwischen den Steinregalen. Ein weiter Raum, erfüllt von feierlicher Stille. Luken in den Wänden ließen gedämpftes Tageslicht ein. An niederen Tischen saßen Dutzende Schreiber in jadegrünen Gewändern, Federkiele in den Händen, über Schriftrollen gebeugt. Becher und Schalen standen auf den Tischen, mit leuchtenden Tinkturen gefüllt. Weitere Bücherpriester saßen auf Sesseln oder lagen auf Matten am Boden. Bedächtig wendeten sie die Seiten ihrer Faltbücher, die mit bunten Zeichen und Bildnissen bedeckt waren. Außer dem Kratzen der Federn, dem Wenden der Blätter und gelegentlichem Räuspern eines Priesters war kein Laut zu hören. Bis Ajna'at-ju'um sich aus seinem Sessel erhob.

Der oberste Bücherpriester thronte auf einem Podest über den Schreibern und Lesern. Schnaufend stemmte er sich von seinem Thron empor, einem prachtvollen Schnitzwerk mit Intarsien aus Jade. Sein Bauch wogte unter der Robe, als er die Stufen von seinem Podest hinabschritt. »Die Götter mögen Euch erleuchten, Bruder Pferd.«

»Die Götter seien mit Euch, Bruder Buch.« Die Götter und die Göttinnen. Unbeholfen erwiderte Diego die Gebärde des Bücherpriesters. Die Hände vor der Brust zusammengelegt, den Kopf weit zurückgebeugt.

Lange verharrte Ajna'at-ju'um in der frommen Gebärde. Diegos Nackenmuskeln begannen zu schmerzen. Er unterdrückte einen Seufzer. Notfalls, dachte er, würde er noch ganz andere Verrenkungen auf sich nehmen. Sich beispielsweise auf alle viere niederlassen wie das göttliche Pferd, dessen Kult er verkörperte. Er mußte das Vertrauen des obersten Bücherpriesters gewinnen, um jeden Preis. Nur wenn er freien Zugang zu seiner Satansbibliothek erhielt, konnte er hoffen, das Schriftstück zu finden, von dem sein Leben abhing. Einen heiligen Text der Maya, der bei geschmeidiger Auslegung bewies, daß die Götter unter gewissen Umständen von ihrer Forderung absehen würden, ein Neues Reich zu errichten.

Unter welchen Umständen? Nun, das würde sich zeigen. Als katholischer Priester verstand er sich zumindest auf die sinnreiche Auslegung heiliger Texte. Es war das einzige Handwerk, das er wirklich gelernt hatte. Die Frage war nur, ob es in diesem Teufelsarchiv überhaupt ein Schriftstück gab, das sich für seinen Plan verwenden ließ. Und ob es ihm gelingen würde, diesen Text zu finden, ehe die von den Göttern gesetzte Frist verstrichen war. Noch fünfunddreißig Tage. Eigentlich nur noch achtundzwanzig. Spätestens dann würden die Boten der Gesandtschaft mit der furchtbaren Nachricht zurückkehren. Tausende weißer Männer, bewaffnet mit Flinten und Kanonen, versperrten den Zugang zur Stätte des Neuen Reichs.

Endlich ließ Ajna'at-ju'um Kopf und Hände wieder sinken. Der Pferdegottpriester tat es ihm nach. »Verzeiht meine Wißbegierde, Bruder Buch.« Verstohlen rieb er sich den Nacken. »Nirgendwo fand ich jemals solche Schätze der Weisheit aufgehäuft wie hier. In keiner der Welten, in die mich die Götter bisher entsandten.«

Julkin warf ihm einen begeisterten Blick zu. Der oberste Bücherpriester zuckte zusammen, dann neigte er sein Haupt. »Die Götter selbst schicken Euch, Bruder Pferd. Wie könnte ich daran zweifeln? Nur mit Eurer Hilfe können wir das Gebot der Götter erfüllen. Der Büchertempel steht Euch offen. Wann immer Ihr mich besuchen wollt, Ihr seid mir willkommen. Welches Schriftstück auch immer Ihr benötigt, ich persönlich werde eilen, es für Euch herbeizuholen.«

Diesmal war es Diego, der zusammenfuhr. Er wandte sich um zu den steinernen Regalen. Dutzende Reihen, zwanzig Fuß hoch, die Tausende Amphoren bargen. An verschiedenen Stellen hingen Strickleitern von der Decke herunter. Die Vorstellung, daß Ajna'at-ju'um seinen tonnenförmigen Leib dort emporwuchten könnte, erschreckte ihn. »Ich bin sicher«, sagte er, »daß die Götter von Euch ein solches Opfer nicht erwarten. Im Gegenteil. Ihr seid der Geist und das Gedächtnis dieses Tempels, Bruder Buch. Eure heilige Pflicht ist es, Euer Leben und Eure Gesundheit zu schonen.« Ajna'at-ju'ums Miene begann sich zu verfinstern. Oder bildete er sich das ein? »Nur um eines bitte ich Euch, Bruder Buch.« Er deutete auf Julkin. »Stellt mir diesen niederen Priester hier zur Verfügung. So werde ich Euch nicht zur Last fallen. Und Ihr selbst braucht kein größeres Opfer zu bringen, als die Götter von Euch erwarten.«

Mit weit geöffneten Augen sah Julkin den Pferdegottpriester an. Ein ekstatisches Lächeln verklärte seine Züge. Während Ajna'at-ju'ums Miene noch finsterer wurde. Drohend wie die Götterfratzen von K'ak'as-'ich.

»So sei es, Bruder Pferd.« Die Rechte des obersten Bücherpriesters schnellte vor. Er packte Julkin bei der Schulter. Stieß ihn in Diegos Richtung, so heftig, daß der junge Bücherpriester das Gleichgewicht verlor. Julkin fiel zu Boden. »Er gehört Euch.«

Ajna'at-ju'ums Stimme klang gleichmütig, beinahe träge. Er wandte sich um, ohne ein weiteres Wort. Schnaufend stieg er wieder auf sein Podest und sackte auf seinen Thron. Die Schreiber und Leser senkten die Köpfe über ihren Büchern.

Sacht stieß Diego die jadegrüne Gestalt zu seinen Füßen an. »Steh auf, Julkin.« Der Bücherpriester erhob sich. Diego zog ihn mit sich, zurück in die Düsternis zwischen den Regalen. »Als erstes wirst du mir eure Schrift erklären. Dann will ich wissen, welche Arten von Schriftstücken sich hier befinden und wie sie angeordnet sind. Aber zuvor sag mir, warum hebt ihr eure Bücher in Krügen auf?«

»Die Hitze, Herr. Die Hitze und die Feuchtigkeit. Sie zersetzen das Bastpapier. Sie versengen die Farben. Ohne die Krüge würden unsere Bücher nur wenige Tuns überstehen.«

»So ist das also.« Ein Gefühl der Befriedigung durchströmte ihn. Seit langem lag sein abendländischer Stolz zermalmt am Boden. Nun hob er sein Haupt aus dem Schmutz, noch immer tödlich verwundet, doch vor Genugtuung röchelnd. Daß diese Teufelsjünger überhaupt Bücher besaßen, war demütigend genug. Aber zumindest waren es Machwerke von geringer Haltbarkeit.

»Hole ein Buch herbei, Julkin«, befahl er. »Dann führe mich an einen Ort, wo es ein wenig Licht gibt. Dort wirst du mir erklären, aus welchen Zeichen Eure Schrift besteht.«

»Alles, alles, Herr, was Ihr befehlt.« Julkins Augen leuchteten. Heller, brennender, dachte Diego, als selbst Fray Cristos Augen in frömmster Ekstase. Kein Zweifel, Julkin verehrte ihn wie einen Gott.

»Wenn Ihr so gnädig sein wollt, mir zu folgen.« Wieder schritt der junge Bücherpriester voran, durch ein Labyrinth aus Gängen und Fluren. Endlich blieb er stehen. »Sicherlich wünscht Ihr, bei Euren Studien nicht gestört zu werden.« Er trat näher an Diego heran. »Ich kenne einen Ort, wo niemand Euch behelligen wird.«

»Wo befindet sich dieser Ort?«

Zu seinem Erstaunen deutete Julkin auf den Boden. Genauer gesagt, auf eine steinerne Platte, quadratisch und schwarz, die am Ende des Ganges in den Boden eingelassen war. »Dort unten.« Er flüsterte es.

»Im Innern der Pyramide?« Argwohn stieg in Diego auf. Eine Falle, dachte er. Wollten sie ihn etwa in diesem Steinkoloß einmauern, bei lebendigem Leib?

»So ist es, Herr. Auch die kostbarsten Schriftstücke werden dort unten aufbewahrt.« Julkin kniete nieder und wuchtete die Platte aus ihrer Umfassung. »Im Tempel der inneren Pyramide, um genau zu sein. Man sagt, daß sie bereits hier gestanden habe, als unsere Vorfahren an diesem Ort eintrafen, um Tayasal zu errichten.«

Eine innere Pyramide? Vor Verblüffung vergaß Diego seinen Argwohn. Bis heute war er nicht einmal auf die Idee gekommen, daß künstliche Berge wie dieser einen Hohlraum enthalten könnten. Geschweige denn, weitere Tempel und Pyramiden, ineinander geschachtelt wie titanisches Gaukelspiel. Doch am meisten erstaunte ihn, was Julkin über das Alter der inneren Pyramide gesagt hatte.

Hinter dem Bücherpriester zwängte er sich durch das Bodenloch. Eine schmale Treppe, steil in die Tiefe führend. Schon nach wenigen Stufen wurde es finster. Doch Diego nahm es kaum wahr. Seine Hände lagen auf Julkins Schultern. Seine Gedanken wirbelten. Wie war es möglich, daß die innere Pyramide älter war als Tayasal?

Julkins Stimme riß ihn aus seiner Grübelei. »Wir sind am Ziel, Herr. Im Vorraum des Tempels der inneren Pyramide.«

In tiefer Verblüffung sah sich Diego um. Ein Gemach, wie geschaffen für einen Gelehrten. Aus unsichtbaren Quellen sickerte Tageslicht ein. So reichlich, daß man sogar schreiben oder lesen konnte, ohne das Auge zu ermüden. Angenehm kühl war es hier. Steinerne Regale bedeckten die Wände, mit

Bücherkrügen gefüllt. In der Mitte des Raumes stand ein niederer Tisch zwischen zwei Schemeln.

»Seid so gnädig, dort Platz zu nehmen, Herr.«

Diego gehorchte. Mit der flachen Hand strich er über die Tischplatte, als könne er nicht glauben, daß es kein Traumgebilde war.

Julkin setzte sich auf den zweiten Schemel, ihm gegenüber. »Man sagt auch, daß es mit der inneren Pyramide nicht sein Bewenden habe.« Seine Augen strahlten. Seine Stimme klang noch heller, noch heiserer als sonst. »Manche behaupten, daß es in der inneren eine weitere Pyramide gebe. Und in dieser vielleicht sogar eine vierte. Und auf jeder von ihnen einen Tempel voll heiliger Bücher.« Er beugte sich vor und bedeckte Diegos Hand mit Küssen.

Erschrocken zog der Pferdegottpriester seine Hand zurück. »Na, na«, brummte er, »was soll denn das.«

Als Julkin sich wieder aufrichtete, war sein Blick glasig. »Von der innersten Pyramide heißt es, daß Kukulkán selbst sie geschaffen habe. Die kosmische Himmelsschlange. In ältesten Zeiten, als Kukulkán noch in der Mayawelt weilte.« Sein ganzes Gesicht leuchtete vor Begeisterung. Seine Lippen bebten. »Damals hatte Kukulkán die Gestalt eines Mannes«, rief Julkin aus. »Von hohem Wuchs, Herr, und mit weißer Haut wie Ihr!«

5

Kampfgeräusche schreckten ihn aus dem Schlaf. Benommen sah er um sich. Vor den Fenstern bleigraue Morgendämmerung. Wie spät mochte es sein? Sicher noch vor der Prim. Er mußte lächeln. Ein Wort aus versunkener Zeit.

Abermals erschallten dumpfe Laute, wie von einem Kampf. Diego sprang auf. Wer mochten die Angreifer sein? B'okd'aantojs graue Priester oder die goldenen Horden des Lahkin? Er traute ihnen beiden eine solche Hinterhältigkeit zu. Zumindest im Prinzip. Momentan aber würden sie es nicht wagen, den Pferdegottpriester zu attackieren.

Er stürzte in das vordere Gemach. Dort waren nur der Mestize und Cristóbal. Beide nackt bis auf das Schamtuch. Der kleine Taufpriester lag rücklings am Boden. Auf seinem Bauch hockte, weit vorgebeugt, Hernán.

Der Mestize drückte die Arme seines Gegners auf den Boden, offenbar mühelos. »Hat sie so und so und so gemacht?« Er kreischte, mit hexenhafter Stimme. Bei jedem so sprang er in die Höhe und ließ sich zurückfallen, wie ein Reiter im Galopp.

Fray Cristo schrie und strampelte. Sein Gesicht war mit roten Flecken übersät. Er warf sich nach links und rechts, aber der Mestize ließ sich nicht abwerfen.

»Oder habt ihr's wie die Hunde getrieben?« Hernán stemmte die Knie auf den Boden. Er packte den kleinen Mönch bei den Schultern und drehte ihn um. »So vielleicht, so, so?«

»Aufhören. Auf der Stelle.« Erst als der Pater neben die beiden trat, ließ Hernán von Cristo ab. Diego öffnete den Mund und schloß ihn wieder. Er hatte den Mestizen tadeln wollen. Jetzt sah er, daß Hernán weit übler zugerichtet war. »Steht auf. Sofort.«

Sie rappelten sich auf. Cristóbals magere Brust hob und senkte sich wie ein Blasebalg. Schweiß troff ihm aus allen Poren. Er keuchte und hustete. Noch immer war sein Gesicht flammend rot. Doch außer einigen Abschürfungen schien der kleine Mönch unversehrt. Sonderbar, dachte Diego. Er hatte immer geglaubt, daß Hernán weit stärker als Cristo sei. Tatsächlich stand der Mestize gelassen neben ihm. Das Gerangel schien ihn nicht einmal erhitzt zu haben. Und doch war er am ganzen Leib mit Wunden übersät.

»Wo hast du das her?« Er packte den Mestizen bei den Schultern und zog ihn zum Fenster. Schnittwunden. Offenbar mit einem Messer beigebracht. Dutzende Schnitte zählte er. Auf Brust, Bauch und Schenkeln. Von der Form sich windender Schlangen und allenfalls einige Tage alt.

»Nicht von ihm.« Mit dem Kinn deutete Hernán zu Cristóbal, der auf eine Matte gesunken war. »Aus dem Haus der

Novizen, Herr. Wir waren mehrmals dort, in den letzten Tagen. Bei den angehenden Priestern vom Kult Cha'acs. Alle in meinem und Cristos Alter, Herr. Sie tanzen dort, bei Tag und Nacht. Zu unbegreiflicher Musik. Man hört sie in seinem Kopf, man spürt sie im ganzen Leib. Die Trommeln, die Flöten. Dabei ist niemand zu sehen, der auf Trommeln schlägt oder in Flöten bläst. Sonderbare Musik. Um sie zu hören, muß man eine Zigarre rauchen. Keine gewöhnlichen Zigarren, Herr. Nur für Cha'acs Priester bestimmt. Der Rauch fährt in die Glieder und füllt den Kopf.«

Aufmerksam hörte Diego ihm zu. Ihm fiel ein, was Hernán ihm damals in K'ak'as-'ich erzählt hatte. Wie der Regengottpriester in ihr Dorf gekommen war. Wie er seine kleinen Opfer geschlagen und mit Messern verstümmelt hatte. Ist es auch bei dir soweit, Hernán? Beginnt auch in deinen Adern das Blut deiner Ahnen zu singen? Unruhe stieg in ihm auf. Doch sein Mitleid überwog. Er mußte versuchen, den Mestizen aus dem Bann der Teufelsjünger zu befreien. Ehe es zu spät war.

»Dann verteilen sie die Messer, Herr. Man tanzt und hört die Musik im Kopf. Im Takt der Musik schneidet man sich mit dem heiligen Messer in die Haut. Hierhin.« Er zeigte auf seine Brust. »Dorthin.« Auf seine Beine. »Blut fließt, Herr, viel Blut. Zu Ehren Cha'acs. Je wilder sie tanzen, desto schneller fließt das Blut. Die Leiber wirbeln. Geruch von Schweiß, Herr. Niemand spricht. Niemand singt. Man hört nur die Musik im eigenen Kopf. Und das Keuchen aus hundert Mündern. Sie werfen die Beine, schleudern die Arme empor. Rollen mit dem Kopf. Schlitzen sich die Brust auf, die Seiten, die Schenkel. Und dann, Herr, schneiden sie sich dort.« Er deutete auf seinen Unterleib. »Jetzt schreien sie. Stöhnen. Winden sich am Boden. In Pfützen aus Blut und anderen Säften. Wie es ihrem Gott wohlgefällig ist.«

Diego schauderte. Derart blutigen Geschichten würden seine Nerven nie gewachsen sein. Behutsam atmete er aus und ein. »Ich verbiete euch«, sagte er, »dieses Haus noch einmal aufzusuchen. Dir, Hernán, und ebenso, Fray Cristo, dir.«

Natürlich wußte er, daß Cristóbal den Mestizen nur unter Zwang begleitet hatte. Und daß Hernáns *So, so, so* sich nicht auf Ausschweifungen im Haus der Novizen Cha'acs bezog. Sondern auf Cristóbals unerwarteten Sündenfall mit der kleinen Priesterin Ixquics. Auch darum würde er sich kümmern, dachte Diego. Noch an diesem Vormittag würde er Fray Cristo die Beichte abnehmen. Der Lahkin hatte den obersten Priesterrat in den Königspalast geladen. Zur Stunde des Adlers, wenn die Sonne im Zenit stand. Bis dahin war noch genügend Zeit.

Schon wollte er den kleinen Mönch mit sich in den Altarraum ziehen. Da erklang in einem Winkel des Raums ein gurgelnder Laut. Jetzt erst bemerkte er, daß auch der Fallensteller zugegen war. Wenn auch nur mit seinem Leib. Yaxtuns Gesicht verzerrte sich und zerfloß. Seine Augen quollen hervor. Er wand sich auf seiner Matte, unbegreifliche Laute winselnd.

Diego trat einige Schritte auf ihn zu. Mitten im Raum blieb er stehen. Warum hatte er nicht eher daran gedacht? Beinahe hätte er laut aufgelacht. Nur mit Rücksicht auf Cristóbals Armesündermiene blieb er ernst. Yaxtun krümmte sich auf dem Boden. Den Fallensteller einbeziehen, dachte er, in das Ritual des Pferdegottes. Natürlich mußte er ihn ein wenig vorbereiten. Damit die »Stimmen der Götter« die rechte Botschaft aus Yaxtuns Mund dröhnten. Beispielsweise, daß die Teufelsgötzen unter gewissen Umständen auf die Errichtung eines Neuen Reichs verzichten würden. Prachtvoll. Er zeigte Yaxtun seine Zähne. Eine neue Angewohnheit, passend zu seinem Rang. Doch der Fallensteller sah ihn nicht. Seine Augen, weiße Bälle, stierten ins Nichts. Schaum quoll aus seinem Mund. Schaum und heiliger Silbenbrei.

»Fray Cristo und ich ziehen uns in den Altarraum zurück. Hernán, ich befehle dir, in diesem Gemach zu bleiben, bis Cristóbal zurückkommt. Achte darauf, daß auch Yaxtun den Raum nicht verläßt.«

Er warf Hernán einen drohenden Blick zu. Dann wandte er

sich um und eilte in den vorderen Teil des steinernen Pferdes, gefolgt von Cristóbal.

Im Altarraum zog er zwei Schemel hinter eine Säule. Gewiß war es kein angemessener Ort für eine katholische Beichte. Doch zumindest war von hier aus das göttliche Roß nicht zu sehen. Er deutete auf einen Schemel und nahm selbst auf dem zweiten Platz.

»Ehrwürdiger Pater, ich habe gesündigt. Was ich getan habe, ist furchtbar. Nicht einmal Gott der Herr …« Cristóbal stieß einen Schluchzer aus. Mit hängendem Kopf saß er vor dem Pater und wagte nicht aufzusehen. »Ich weiß nicht, was in mich gefahren ist, Vater. Oder vielmehr, ich weiß es nur zu gut.«

Diego wartete.

»Schon wie sie mich ansah, war es um mich geschehen. Sie heißt *Siyil. Das Geschenk*. Ein Zauber von einem Namen.« Cristóbal flüsterte. »Sie nahm meine Hände in die ihren. Sie küßte mich. Wir umschlangen einander. Es war …« Nun sah er auf, mit weit geöffneten Augen. Doch sein Blick ging an Diego vorbei. »Es war so *anders*, Pater. Anders, als ich es mir jemals vorgestellt habe. Innigkeit. Verschmelzung. Beinahe so, wie unsere heiligsten Männer die mystische Vereinigung geschildert haben.« Ein Schauder überlief ihn. Er verschränkte die Arme. »Natürlich schien es mir nur so, in jenen Momenten der Verwirrung. In Wahrheit war es Todsünde, Teufelswerk. Für alle Ewigkeit ist meine Seele besudelt. O ehrwürdiger Vater, was soll ich nur tun?« Ein Strom von Selbstanklagen brach aus seinem Mund.

Diego hörte ihm zu, ohne ein Wort. Widerwille stieg in ihm auf. Wie kam es nur, daß ihm der zerknirschte Fleischessünder noch weniger gefiel als der strahlende Frömmler Cristóbal? Nun, die Antwort lag auf der Hand. Und mit Fray Cristo hatte sie viel weniger zu tun als mit ihm selbst.

Schließlich unterbrach er Cristóbals reuevolle Rede. Er untersagte ihm kurzerhand, jemals wieder mit jener Siyil zu sprechen, geschweige denn sündigen Umgang mit ihr zu pflegen. Zur Buße erlegte er ihm einen umfänglichen Katalog von

Avemaria und anderen Gebeten auf, drei Wochen lang täglich siebenmal zu wiederholen.

»Außerdem wirst du Gelegenheit zu tätiger Reue erhalten.« Er legte Cristóbal seine Hände auf die Schultern. »Bald schon, Frater. Eigentlich ist die Sünde, die du begangen hast, unverzeihlich. Aber ich verspreche dir, dich vor dem Höllenfeuer zu retten. Wenn du mir fortan aufs Wort gehorchst.«

Cristóbal nickte. Seine Augen begannen zu strahlen. Die Schultern unter Diegos Händen bebten.

»In die näheren Einzelheiten weihe ich dich in einigen Tagen ein. Heute nur soviel schon.« Diego legte eine Pause ein. Forschend sah er Cristóbal an. Als er weitersprach, verlieh er seiner Stimme einen so feierlichen wie verschwörerischen Ton. »Du bist ausersehen, die Kirche Christi zu retten. Du allein, Fray Cristo, kannst den furchtbaren Plan des Teufels noch vereiteln.«

Der Taufpriester schluckte. »Welchen Plan, Pat…?«

»In der Bücherpyramide.« Diego beugte sich vor und wisperte in Cristos glühendes Ohr. »Die Offenbarungen Satans. Anleitungen zur Steigerung der Wollust. Handreichungen zur Vervollkommnung der Marterqualen. Um nur die harmlosesten dieser Höllenbücher zu nennen. B'ok-d'aantoj und seine Jünger wollen diese Schriften überall in der Neuen Welt verbreiten. Wenn das geschieht, wird die ganze Schöpfung in Haß und Sünde untergehen. Und nur du, Fray Cristo, kannst diesen Triumph des Teufels noch verhindern.«

»Aber wie, ehr…?«

»Indem du aus Tayasal fliehst und dich bis zu Abt Pedros Kloster durchschlägst. Dort übergibst du den Agenten des Heiligen Vaters einen Brief, in dem sie alles dargelegt finden. Den teuflischen Plan. Und meinen bescheidenen Rat, wie sie die Ränke vereiteln können.«

»Verehrter Pater, wie ich Euch bewun…!«

»Kein Wort mehr, Fray. Zu niemandem – auch nicht zu Hernán!« Und er segnete Cristóbal, der mit verklärtem Lächeln zu ihm aufsah.

6

Mein göttlicher Vater. Noch immer hallten die bizarren Worte in ihm nach. Ebenso wie seine eigene Antwort: *Seid ohne Sorge. Ich verlasse Euch nie.* Für einen Moment schloß er die Augen. Doch das Raunen und Rufen in der Tiefe blieb.

Er stand oben auf der monumentalen Freitreppe vor dem Palast des Canek. Eben war die Versammlung der obersten Priester zu Ende gegangen. Unter ihm füllte sich der heilige Platz mit Menschen. Aus allen Straßen, Tempeln, Palästen strömten sie herbei. Bunte Punkte, aus dieser Höhe gesehen. Die leuchtenden Roben der Priester. Die braunen Leiber der Pflanzer und Jäger aus den Dörfern am See. Dazwischen die weißen Tuniken der Handwerker und Fischer, die aus der Unterstadt herbeieilten.

Wie hatten sie nur so schnell davon erfahren? Neuigkeiten verbreiteten sich unfaßbar rasch in Tayasal. Eben erst war das Mirakel im Palast des Canek geschehen. Und schon drängten sich die Menschen auf dem heiligen Platz, um ihre Verehrung zu bezeugen.

»Sohn der Götter, wir lieben dich!« Galt dieser Ruf wirklich ihm? »Priester des Pferdes«, rief die Menge, »Retter der Maya! Erlöser von Tayasal!«

Er verspürte ein jähes Schwindelgefühl. Auf einmal fiel ihm der Traum ein, aus dem er heute früh erwacht war, bestürzt und mehr noch erregt. Mit Ixkukul hatte er die heilige Ceiba erstiegen. Hand in Hand standen sie droben, auf einem starken Ast, himmelhoch über jenem Cenote. Ixkukul trug ihr enganliegendes Silbergewand, wie damals, als sie vom Wipfel der Ceiba herabgeflogen war. Sie lächelte ihn an. *Ich habe Angst,* wollte er sagen, doch da stürzten sie bereits in die Tiefe, kopfüber, auf den jadegrünen Spiegel zu. Der Cenote verschlang sie. Schon trieben sie in der Unterwelt. Wasser umschloß sie wie grüner Nebel, weich und warm. Diego schaute in Ixkukuls Augen, zwei dunkle Spiegel, und auf einmal verstand er. *Ixkukul erkennen, mit ihren Augen sehen.* Im Traum schien ihm alles vollkommen klar.

Die Rufe der Menge wurden lauter. Er nahm sie nur am Rande wahr. »Priester des Pferdes! Retter von Tayasal!« Tausende drängten sich unter ihm auf dem heiligen Platz. Er hob die Arme, mit päpstlicher Gebärde. Doch in Gedanken war er bei seinem Traum.

Mit seinem Blick drang er in Ixkukuls Augen ein. Behutsam, doch beharrlich. Gemeinsam hatten sie den Spiegel des Cenote durchstoßen. Nun mußte er noch den Spiegel ihrer Augen durchdringen. Sein ganzer Leib war ein einziger Blick, pochend und hart. Liebe strömte aus Ixkukuls Augen. Sie umfing seinen Blick und sog ihn in sich hinein. Tief und immer tiefer. Bis er ganz und gar von ihr verschlungen war. Für einen Moment sah er wahrhaftig mit ihren Augen. Nie zuvor war er derart erregt gewesen. Erregt und bestürzt. Er sah sich selbst, einen Fremden. Sie umarmte ihn. Er berührte sie und fühlte ihre Berührung, vor Begierde erbebend. Sie küßte ihn. Ihre Lippen fuhren an seinem Leib herab. Mit ihren Augen sah er die glänzende Spur auf seiner Haut. Der Haut eines Fremden, kakaobraun und glatt.

»Seht nur, welche Verehrung Euch die Menschen entgegenbringen.« Der Lahkin war neben ihn getreten. »Hört nur, wie sie Euch feiern, Bruder Pferd.« Seine Stimme klang gleichmütig. Aber seine Miene sah angespannt aus. Nicht mehr lange, dachte Diego, und er wird mich hassen. Weil sein Volk den Pferdegottpriester mehr verehrt als ihn selbst.

Hinter dem Lahkin waren die obersten Priester hinaus auf die Treppe getreten. Murmelnd sprachen auch sie über das Wunder, das sich soeben im Palast des Canek ereignet hatte. Nur zwei Stimmen fehlten. B'ok-d'aantoj war nicht zur Ratsversammlung erschienen. Sowenig wie Ixkukul. Niemand schien sich über die Abwesenheit zweier oberster Priester zu verwundern. Diego wagte nicht, den Lahkin nach ihrem Verbleib zu fragen. Aus Furcht, sich zu verraten. Mehr noch aus Scham.

»Führe uns ins Neue Reich, Bruder Pferd! Priester des Pferdes, Erlöser von Tayasal!«

Lauter und lauter wurden die Rufe. Wie würden sich all diese Verehrer gebärden, dachte Diego, wenn sie erst erkannten, daß er keinerlei göttliche Kräfte besaß? Ein Schauder überlief ihn. Dabei stand Ahau Kinich schon wieder hoch am Himmel. Man schrieb den 28. Juni 1696 A. D. Falls er sich nicht verrechnet hatte. Im Grunde war es egal, wie die Christenheit dieses Datum nannte. Bedeutsam war allein, wie es im Kalender der Maya hieß. Sechs Cimi Neun Pop. Noch einunddreißig Tage. Bis dahin mußte die Stätte des Neuen Reichs gewählt und geweiht worden sein. Sonst wäre es um Tayasal geschehen.

Zumindest aber um meinen Kopf. Er faßte sich an die Kehle. »Habt die Güte, edler Lahkin, mich durch einige Eurer Priester zum Tempel des Ajna'at-ju'um geleiten zu lassen. Ihr seht, auch ich befolge Euren Rat. Das Studium der alten Schriften wird meine magischen Kräfte vervollkommnen.«

Der Lahkin sah an ihm vorbei, mit steinerner Miene. »Eben im Palast schienen sie schon vollkommen zu sein.« Mit der Hand machte er seinem Gefolge ein Zeichen.

Sechs hünenhafte Sonnenpriester eilten herbei. In ihrer Mitte schritt Diego die Treppe zum heiligen Platz hinab. Vollkommen? dachte er. Vollkommen ist nur meine Verwirrung. Seine Gedanken kehrten zurück zu seinem Traum. Warum hatte er sich selbst dort als Fremden gesehen? Und warum gerade in jener Gestalt? Schlank, anmutig, jung. Und mit kakaofarbener Haut. Mit B'ok-d'aantoj zumindest hatte dieser Traumgeliebte Ixkukuls keine Ähnlichkeit. Von allen Maya, die ich kenne, ähnelt er am ehesten Julkin.

Unsinn! Beinahe hätte er aufgelacht. Im Gleichschritt mit seinen Wächtern trat er von der Treppe auf den heiligen Platz. Hände streckten sich ihm entgegen. Laute Rufe erschallten. Für einen Moment sah er ein Durcheinander aus glänzenden Augen, erhobenen Armen, aufgerissenen Mündern. Dann schloß sich um ihn wieder die goldene Wand. Im Gleichschritt ging es weiter, durch eine Gasse in der Menge, quer über den Platz.

Unheimlich, dachte er wieder. Im Traum habe ich jenen Fremden ganz genau gesehen. Mit Ixkukuls Augen. Und überdies gefühlt. Mit seinen Händen, seiner Haut. Bebend vor Begierde, als sie mich berührte. Ihn. Mich. Ihn. Seinen Leib, die braune Haut. Wie kann das sein?

»Priester des Pferdes, wir lieben dich! Günstling der Götter!«

Die Menge ringsum schrie und tanzte. Er achtete kaum darauf. Im Traum ein braunhäutiger Fremder, dachte er. Im Wachen gleich darauf ein weißer Gott. Kein Wunder, daß er sich heute so durcheinander fühlte.

»Priester des Pferdes, führe uns ins Neue Reich!«

Nun, genau das würde er nicht tun. Oder allenfalls im übertragenen Sinn. Er sah um sich. Zwanzig Schritte vor ihnen ragte die Bücherpyramide auf. Doch einmal mehr steckten sie in der Menge fest. Seine Wächter in den goldenen Roben fluchten. Mit donnernden Stimmen befahlen sie den Leuten, den Weg freizugeben. Mittlerweile mochten sich Tausende auf dem heiligen Platz drängen. Im Moment ging es weder vor noch zurück.

»Bruder Pferd, du hast den Canek gerettet!« rief die Menge. »Wirke ein weiteres Wunder und rette auch uns!«

Ein Wunder? dachte Diego. Vielleicht auch nur ein Zufall. Oder eine Fügung. Ob sie günstig war und für wen, mußte sich erweisen. Zur Stunde des Adlers hatten sich die obersten Priester im Thronsaal versammelt. Mit fahlem Antlitz lag der junge König auf seinem Lager. Ohne Bewußtsein, reglos, wie aufgebahrt. Im ersten Moment hatte Diego geglaubt, daß er tatsächlich gestorben sei. Dann sah er, daß sich die Brust des Canek hob und senkte. Wenn auch nur langsam und flach.

Einer nach dem anderen traten sie an das Lager des Königs. Der Lahkin schien entschlossen, die Macht aller Götter zu erproben. Zum Wohl des Canek. Und vielleicht auch zur Klärung schwelender Konflikte. Doch B'ok-d'aantoj war gar nicht erst erschienen. Daß auch Ixkukul ferngeblieben war, beunruhigte Diego mehr, als er sich eingestehen mochte. Wieder mußte er an seinen Traum denken. Ixkukul hatte einen Mann mit brauner Haut umschlungen und zärtlich geküßt.

Benommen sah er zu, wie die obersten Priester einer nach dem anderen ans Lager des Canek traten. Beschwörungen murmelnd. Bizarre Gebärden vollführend. Aromatische Essenzen versprühend. Laute erzeugend, der eine wie ein Affe, der andere wie Hund oder Huhn. Doch der Canek kam nicht zu sich. Mit wächsernem Antlitz lag er da, in seiner Schlangenrobe, die Haare durch ein schwarzes Stirnband gezähmt.

Der Lahkin machte Diego ein Zeichen. Erst nach einem Moment des Erschreckens verstand er. Alle obersten Priester hatten die Macht ihrer Götter erprobt. Alle waren gescheitert. Und warteten nun, daß auch er scheitern würde. An seinem eigenen Unvermögen oder an der Schwäche seiner vierhufigen Gottheit.

Gesenkten Kopfes wandelte er an der langen Reihe der obersten Priester vorbei. Viele von ihnen kannte er noch immer nicht beim Namen. Beispielsweise den obersten Priester des Maisgottes, einen jugendlich wirkenden Hünen in maisgelber Tunika. Dessen Anblick in ihm jedesmal den handfesten Messias von San Pedro heraufbeschwor. Er trat an das Lager des Canek. Was sollte er nun beginnen? Törichte Silben in das Ohr des Königs wispern, wie in den Gehörgang eines störrischen Pferdes?

Er beugte sich über den Canek. *»In nomine patris …«* Sicherlich hatte der König noch niemals eine lateinische Liturgie gehört. Und ebenso sicher war, daß der Pferdegottpriester seine Beschwörung nicht in das Ohr des Canek gemurmelt hatte. Sondern aus voller Kraft geschrien.

Welches der beiden Mittel den Ausschlag gab, wer wollte es sagen. Der König hob die Lider. Sein Blick haftete auf dem weißen Gesicht, das über ihm schwebte wie ein bärtiges Gestirn. »Mein göttlicher Vater.« Er sprach mit schwacher Stimme. Seine Lider flatterten. »Bitte, mein Vater, verlaßt mich nicht.«

»Seid ohne Sorge, edler Canek«, erwiderte der Pferdegottpriester. »Ich verlasse Euch nie.«

Wie erstarrt standen die obersten Priester rings um die Lagerstatt. Diego half dem König, sich aufzurichten. Seine eigene Antwort erstaunte ihn mehr als der bizarre Titel, den der Canek ihm zuerkannt hatte. *Göttlicher Vater.*

Er deutete auf die Stirnwand des Saales. Der König schaute in die gewiesene Richtung. Für einen Moment stockte ihm sichtbar der Atem. Dann belebte sich sein Antlitz. Der Canek lächelte. Nie zuvor, dachte Diego, habe ich ihn lächeln gesehen.

Der Lahkin und die anderen obersten Priester starrten den König an. Erleichterung malte sich in ihren Mienen, aber auch Mißbilligung. Der Canek lächelte wie ein Kind. Seine Augen leuchteten. Unverwandt blickte er zur Stirnwand des Saals. Von den Rissen im Mauerwerk war nichts mehr zu sehen. Selbst die Schäden im Gemälde waren ausgebessert worden. Kein Abgrund klaffte mehr zwischen den Götterhimmeln und der Menschenwelt. Und Kukulkáns Kopf saß wieder fest auf seinem Hals. Wie tröstlich, dachte Diego, vielleicht auch für mich. Schließlich hat der Canek soeben geruht, mich als seinen göttlichen Vater anzusprechen. Kukulkán, der einst in Menschengestalt auf Erden wandelte. Hochgewachsen, bärtig, mit weißer Haut. So zumindest Julkin.

»Ich danke den Göttern, daß sie Euch nach Tayasal gesandt haben.« Der Canek sprach mit matter Stimme. »Und ich danke Euch, mein väterlicher Freund.«

Ein Raunen ging durch die Versammlung. Diego spürte, wie der Hohepriester neben ihm erstarrte. *Mein väterlicher Freund.* Er verbeugte sich vor dem König. Weniger tief neigte er sein Haupt vor dem Lahkin. Die obersten Priester beschied er mit einem Kopfnicken. Dann schritt er aus dem Saal. Ohne ein weiteres Wort. Und ohne zu warten, bis der Lahkin die Versammlung beendete. *Mein väterlicher Freund.* Es war der rechte Moment, um dem Hohepriester zu zeigen, daß er seiner Macht nicht unterworfen war. Sondern den Göttern allein.

»Erlöser der Maya! Seht nur, wie weiß seine Haut ist! Göttliche Lichtgestalt – wie einst Kukulkán!«

Endlich setzten sich seine Wächter wieder in Bewegung. Die Menge wich zurück und machte eine Gasse frei. Plötzlich ging es ganz rasch. Schon standen sie am Fuß der Bücherpyramide. Er sah nach oben. Auf halber Höhe wartete Julkin. Mit leuchtenden Augen. Diego erwiderte sein Lächeln, auf einmal wieder tief verwirrt.

Er sieht aus wie der Fremde in meinem Traum. Ixkukuls Traumgeliebter. Mein anderes Ich, hinter dem jadegrünen Spiegel. Mit seinen Händen habe ich sie liebkost. Mit seiner Haut ihre Berührung gefühlt. Aber es kann und kann doch nicht sein.

Wie im Traum tappte er die Stufen empor. Julkin küßte seine Hand. Diesmal ließ er es geschehen. In meinem Traum war ich du, ein junger Maya. Und im Traum des Canek? Ein weißer Gott. Er wandte sich um. Der heilige Platz. Die trunkene Menge. Tausende jubelten ihm zu. Ringsum dehnte und türmte sich, bis zu allen Horizonten, Tayasal.

Er erschrak. Ihm war, als hätte er sich selbst verloren, für immer, zwischen Traum und Satanswahn.

7

»Am Anfang der Zeiten schenkten die Götter den Maya die erste Schrift. Die Eingeweihten nennen diese Schrift auch das Wahre Licht. Sie lesen sie im Dunkeln, in geheimen Räumen. Viele heilige Bücher wurden seit Anbeginn der Zeiten in der Schrift des Wahren Lichtes verfaßt.«

Seit Stunden schon saßen sie am Tisch im Tempel der inneren Pyramide. Der oberste Pferdegottpriester und der junge Bücherpriester. Schulter an Schulter über ein Faltbuch gebeugt, das Julkin für die ersten Lektionen ausgewählt hatte. Der kleine Schriftgelehrte glühte förmlich vor Eifer. Mit heller, ein wenig heiser klingender Stimme las er aus dem Folianten vor.

Zeile um Zeile fuhr Julkins Zeigefinger unter den farbigen Zeichen entlang. Zu Diegos Erstaunen schrieben auch die Maya in waagrechten Zeilen von links nach rechts. Wobei sie allerdings Zeichen verwendeten, die mit abendländischen Lettern keinerlei Ähnlichkeit hatten. Eher mit dem Gekritzel eines fiebernden Porträteurs. Bildnisse von verblüffender Wirklichkeitsnähe schienen wahllos vermengt mit Tupfen, Schlangenlinien, Krakeln. So sehr sich der Pater auch bemühte, er konnte keinerlei System in dieser Schrift entdecken. Geschweige denn, einen Zusammenhang zwischen dem Chaos der Zeichen vor ihm und Julkins Rede, die gleichmäßig strömte.

»Würden die Bücher des Wahren Lichtes aus dem Dunkel hervorgezogen, so müßten die Menschen an ihrem Glanz erblinden. Denn die Schrift der Uralten leuchtet von selbst, wenn ein Kundiger sie lesen will. Und sie verbrennt die Augen derer, die unberufen danach greifen.«

»Das alles steht auf diesem Blatt?« Diego seufzte. »Ich fürchte, ich begreife gar nichts. Aber lies trotzdem weiter. Bis mich die Erleuchtung überkommt.«

»Solange Ihr es wünscht, ehrwürdiger Herr.« Feierlich sah Julkin ihn an. Dann wendete er das Blatt, und sein Finger fuhr aufs neue die Zeilen entlang.

»Die Bücher des Wahren Lichtes werden an geheimen Orten verwahrt, unter der Obhut der obersten Priester. Nur einmal in jedem Tun, zur Zeit der Erneuerung aller Dinge, holen die Hüter sie zu einem großen Fest hervor. Dann werden die Bücher in feierlicher Prozession auf dem Saccabé in den heiligen Wald getragen. Dort besprengen die Priester sie mit scharfen Säften, wie es den Göttern wohlgefällt. Danach kehren sie in die Finsternis zurück, voll heiliger Kraft, an die geheimen Orte tief unter Mauer und Fels.«

Ob damit Orte wie dieser gemeint waren? Im Innern der Pyramiden, klaftertief unter Stein? So still war es hier, daß der kleinste Laut grell ins Bewußtsein drang. Julkins Atem, selbst das Gleiten seines Fingers auf dem Papier. So dicht neben ihm saß der Bücherpriester, daß Diego den Geruch seiner Haut und seines Atems roch. Jung und frisch. Und überaus real. Es erstaunte ihn, wie sehr sein Traum ihn vorhin hatte verwirren können. Ixkukul, die ihren Geliebten umarmte, ihn selbst und Julkin zugleich. Teuflisches Blendwerk, dachte er. Im Traum mochte es so sein, daß eines sich mit dem andern vermengte. Dem Licht des Tages hielt solcher Spuk nicht stand, nicht einmal hier im Herzen des Satansreichs. Niemand konnte sich in einen anderen verwandeln. Und der Teufel mochte die Menschen durch allerlei Gaukelei verwirren. Doch nicht einmal er konnte aus dem Kerker seiner widrigen Identität entfliehen. Ein schwarzer Engel bis in alle Ewigkeit.

»In späterer Zeit entstand die zweite Schrift, genannt die Schrift des Gesetzes. Man sagt, daß sie über Nacht entstanden sei, wie die alte Stadt Uxmal, die der Zauberer Cha'ha in einer Nacht erschuf.«

Gütiger Gott, dachte Diego. Beinahe hätte er aufgestöhnt. Also gab es sogar Legenden, die magische Stadtgründungen verherrlichten? Wie sollte er da die Maya von Tayasal jemals davon überzeugen, daß die Götter in ihrem Fall auf die Errichtung eines Neuen Reichs verzichten würden?

Jetzt erst bemerkte er, daß Julkin verstummt war. »Lies weiter.« Gewaltsam lenkte er seine Aufmerksamkeit auf die Teufelsschrift zurück. Glotzende Götterköpfe. Ganze Reihen voll tanzender Dämonen. Dann wieder obszöne Zeichen, wirres Gekrakel. Und dies alles ohne erkennbare Beziehung zu den Worten, die Julkins Mund entströmten.

»Man sagt auch, daß die Schrift des Gesetzes entstanden sei, indem sich die Schrift des wahren Lichtes verwandelte. Deshalb sind beide Schriften unvergleichlich und gleich. Identisch und grundverschieden. Aus den gleichen Zeichen gefügt, die aber in der Schrift des wahren Lichtes etwas gänzlich anderes als in der Schrift des Gesetzes bedeuten. Als wäre ein und derselbe Mann zugleich alt und jung. Weise und töricht. Gebeugt und anmutig. Einsam und geliebt.«

Voller Unbehagen starrte Diego auf die bunten Krakeleien. Ein und derselbe Mann. Ich und Julkin, in meinem Traum. Alt und jung zugleich. Ixkukuls Geliebter, er, ich. Sein Mund wurde trocken. Wie war es möglich, daß sich dieser Teufelstext auf seinen Traum zu beziehen schien? Oder verlor er endgültig den Verstand?

»Was ist das überhaupt für ein Buch?« Seine Stimme klang gepreßt. »Wer hat es verfaßt?«

Bestürzt sah Julkin zu ihm auf. »Bitte verzeiht mir, ehrwürdiger Herr. Wie konnte ich nur wagen ... Dieses Buch beleidigt Eure Weisheit. Ein Schulbuch, Herr, weiter nichts. Die Novizen lernen damit zu schreiben und zu lesen.« Er klappte es zu. Seine Hände zitterten.

»Aber was tust du, Julkin? Du hast mich mißverstanden. Glaub mir, du hättest nicht besser wählen können.« Diego schlug das Buch wieder auf. Die Blätter fühlten sich hart und doch schmiegsam an, wie lackiertes Leder. »Ich habe nur gefragt, weil ich ... Nun, aus keinem besonderen Grund.«

Noch immer sah der Bücherpriester von der Seite zu ihm empor. Erleichterung malte sich in seinem Gesicht. Aber auch Befremden über den weißen Mann, den er so sehr verehrte und so wenig verstand.

»Lies weiter«, befahl Diego wieder. »Ich glaube, allmählich fange ich an zu verstehen, wie diese Schrift gefügt ist.«

»Mit der Schrift des Gesetzes werden die allgemeinen Gesetze niedergeschrieben. Die Gebote der Götter, wie ihnen zu opfern sei. Ihre Verbote zu lügen, zu stehlen und zu morden. Die Schrift des Gesetzes wird in Steine gemeißelt, die man auf den Plätzen inmitten der Städte und Dörfer aufstellt, damit alle Schriftkundigen mit eigenen Augen lesen, was das Gesetz befiehlt. Und wie es jenen ergeht, die es zu brechen wagen. Wehe ihnen.«

Und wehe mir, dachte Diego. Die Zeichen verschwammen vor seinen Augen. Sein Kopf begann zu schmerzen. In Wahrheit hatte er noch immer nicht die mindeste Ahnung, wie diese Schrift funktionierte. Niemals würde er hier ein Schriftstück aufspüren, das für seine Pläne in Frage kam. Es sei denn, Julkin las ihm sämtliche Bücher aus allen Krügen vor. Tausende Faltbücher in einem Uinal.

»Daneben gibt es noch eine dritte Schrift. Die Schrift des Kalenders und der Rechenkunst. Man sagt, daß diese Schrift entstanden sei, indem sich die Schrift des Gesetzes verwandelte. Wie die Schrift des Gesetzes ihrerseits entstand, indem sich die Schrift des Wahren Lichtes verwandelte. Deshalb lassen sich viele Texte

auf drei Arten lesen. Als Botschaft des Wahren Lichtes, wenn man zu den Berufenen zählt. Als Verkündung oder Auslegung des Gesetzes. Und als mathematische Berechnung oder Bestimmung eines Kalenderdatums.

Denn alle drei Schriften bestehen aus den gleichen Zeichen. Diese aber bedeuten in jeder Schrift etwas gänzlich anderes als in den beiden anderen Schriften. Als wäre ein und derselbe Mensch zugleich Knabe, Mann und Greis. Ungestüm, umsichtig und weise. Täppisch, tapfer und hinterlistig. Unschuldig, wollüstig und gefeit. Oder als wäre ein und derselbe Mensch zugleich lebendig, tot und wieder erwacht. In der Mayawelt, in Xibalbá und im Vorhimmel der Väter.

Aber siehe, diese Gleichzeitigkeit ist ebensosehr Wahrheit wie Schein. Alles dreht sich beständig im Kreis. Eines folgt auf das andere, für die einzelne Seele. Alles geschieht gleichzeitig, von den Göttern aus gesehen. So ist es auch mit den Schriften. Wer alle drei lesen kann, versteht.«

Ingrimmig sah Diego auf die bunten Zeichen. »Drei Schriften also?« Er knurrte es. »Drei Bedeutungen in einem Text? Satz für Satz, Zeichen für Zeichen?« Er sprang auf. Julkin starrte ihn an, offenbar nichts begreifend. »Was du eben vorgelesen hast, Julkin – in welcher Schrift war das verfaßt?«

Julkin räusperte sich. »Nun, es ist ein Schulbuch, wie gesagt. Das Gleichnis der Schriften ist wohl hauptsächlich zu Übungszwecken aufgeführt. In einfachen Worten, die sich häufig wiederholen. Da so wenige verschiedene Zeichen verwendet werden, erkennen die Novizen schnell, wie die Schrift funktioniert. Die Schriften, besser gesagt. In Wirklichkeit sind es natürlich sehr viel mehr als drei.« Er lächelte. »So wie natürlich jedes Wesen, jedes Ding sehr viel mehr als drei Bedeutungen hat. Verzeiht, wenn ich Euch mit Allerweltsweisheiten langweile.«

»Du langweilst mich keineswegs.« Diego fuhr sich mit der Zunge über die Lippen. Machte sich dieser kleine Gelehrte vielleicht lustig über ihn? Jeder ihrer Texte ließ sich auf unzählige Arten lesen? Sein Kopf dröhnte. Aber er würde nicht aufgeben. »Sehen wir uns also die einzelnen Zeichen näher an. Eine ausgezeichnete Idee.«

Er kehrte zu seinem Schemel zurück. Abermals vertiefte er sich in das Teufelsbuch. Blätterte vor und zurück. Götterköpfe. Krieger im Profil. Stilisierte Mutterbrüste. Ein Priester mit vasenförmigem Schädel. Dann wieder ein Gewirr aus Punkten, Linien, wirres Gekrakel. Schließlich deutete er auf eine beliebige Zeile. »Diese beiden Glyphen, was bedeuten sie?«

Die erste Glyphe stellte den Kopf eines jungen Mannes im Profil dar. Seine breite Stirn, das schräge Auge erinnerten an einen Jaguar. Aus seinem Scheitel wuchs eine Pflanze, längliche Blätter, die einen sonnengelben Kolben umschlossen. Diego ahnte, wen dieses Bildnis darstellen sollte. Den jungen Maisgott, genannt »Herr Acht der göttlichen Fruchtbarkeit«. Bereits in San Pedro hatte er diesen handfesten Messias kennengelernt. Rechts neben seiner Glyphe war eine abstrakte Figur aufgeführt, die an zweierlei erinnerte. An eine Messerklinge und an ein aufgerichtetes männliches Glied. Darauf war ein Kreuz aus zwei diagonalen Linien gezeichnet.

»Acht Edznab«, sagte der junge Bücherpriester. »Ein Tag im Tzolkin, dem Ritualkalender. Ein heiliger Tag. Wie alle Tage, ausgenommen Uayeb. Seine beherrschenden Gottheiten sind der junge Maisgott, der die Ziffer Acht regiert, und der Gott des achtzehnten Tages, Kukulkán.« Er unterbrach sich. Seine Wangen glühten. »Verzeiht mir. Wie töricht von mir, Euch, ausgerechnet Euch ... von Kukulkán ...« Er senkte den Kopf und verstummte.

»Sprich nur weiter.« Diegos Geduld drohte zu versiegen. »Sei ohne Scheu, Julkin. Ich möchte diese Schrift verstehen. Du sollst sie mir erklären. Nichts anderes zählt jetzt.«

»Wie Ihr befehlt, Herr. Habt Dank für Eure Nachsicht.« Abermals verlor sich seine Rede in einem Strom gemurmelter Entschuldigungen. Endlich straffte sich seine Gestalt, und Julkin fuhr fort: »Acht Edznab ist der Tag der Fruchtbarkeit, die durch Blutopfer angeregt wird. An diesem Tag opfern die Priester den Göttern alle Kreaturen, in deren Leibern frisches

Blut fließt. Kinder und junge Tiere. Und jeder Maya opfert von seinem eigenen Blut, zur Stunde des Hahns und zur Stunde der Eule.«

»Wie wird dieses Blutopfer ausgeführt?« Beunruhigt sah Diego auf das Bildnis der Klinge hinab. »Indem man sich selbst mit einem Messer schneidet?« Ihm fiel ein, was der Lahkin während des Rituals der Steinsetzung gesungen hatte. *»Die Spitze der Opferklinge. Die Spitze des aufgerichteten Gliedes. Sie schreiben es mit rotem Blut. Sie waren es, die mich erschufen.«*

»Ja, Herr. Mit dem Messer. In die Zunge und die Ohren. In Brust und Schenkel. Unter den Priestern ist es außerdem üblich, sich dort zu öffnen.« Er deutete auf seinen Unterleib.

Diego schauderte. Auch Hernán hatte ihm heute früh von derartigen Verirrungen erzählt. Wollust durch Schmerzen, dachte er. Trance durch fehlgeleitete Begierde. Nirgendwo zeigte der Satan seine Fratze unverhüllter als hier.

»Das also«, fuhr Julkin fort, »ist die Schrift des Kalenders, wie das Gleichnis sie nennt. In der Schrift des Gesetzes besagen die beiden Zeichen folgendes: Alles, was lebt, wird sterben. Alles, was tot ist, wird sich aufs neue verkörpern, wie der junge Maisgott, der sich alljährlich opfert und wiederaufsteht.«

»Und in der Schrift des Wahren Lichtes? Was bedeuten die Zeichen dort?«

»Ich bin nur ein kleiner Bücherpriester, Herr. Das Wahre Licht ist nicht für meine Augen bestimmt. Aber nach dem, was Ajna'at-ju'um uns lehrte, ist die Bedeutung dieser Zeichen in der Schrift des wahren Lichtes ungefähr diese …«

Julkin ballte die Fäuste auf dem aufgeschlagenen Buch und öffnete sie wieder. Abermals sah er den Pferdegottpriester von der Seite an. Diego wollte seinen Blick erwidern. Doch Julkin schloß die Augen.

»Wer mit der Obsidianklinge enthauptet wird, den belohnen die Götter. Er kann sich rascher wiederverkörpern als jeder andere. Und überdies in einem Körper seiner Wahl.«

8 Wolken jagten über den nachtschwarzen Himmel. Draußen auf dem See tobte ein Sturm. Noch war er weit von der Stadt entfernt. Aber hier unten, am Rand der Insel, war seine Macht schon zu spüren. Welle um Welle donnerte gegen den Kai. Wieder und wieder sprühte Gischt empor, in mondhellen Fontänen. Jetzt erst wich Diego zurück, bis auf die Haut durchnäßt.

Wie lange mochte er hier gestanden haben? Wohl mehr als eine Stunde. Im Stockdunklen, auf die Kaimauer gestützt. Eingehüllt in das Heulen des Sturms und das Tosen der Flut. Gebannt von dem Laut, mit dem die Wellen an der Hafenmauer zerbarsten. Wie Schläge auf nackter Haut.

Erinnerungen an Acarena. Die Schreckensherrschaft der Mönche. Mit Prügeln und Drohungen hielten sie die Novizen in Schach. *Kehre um, oder du verfällst Satans Macht.* Wie begierig sie diese Macht ausgemalt hatten. Die Martergeräte des Teufels. Seine Kunst der Quälerei. Spezielle Instrumente für verschiedene Körperregionen. Jeder Sünde entsprach eine Marter. Und die Mönche kannten sie alle, die Sünden ebenso wie die Qualen.

Seltsam, dachte er, warum diese Erinnerungen, gerade jetzt? Wahrscheinlich wegen Julkin. Aus rätselhaften Gründen erinnerte ihn der junge Bücherpriester immer wieder an seine eigene Novizenzeit. Er wandte sich um. Der Wind schob ihn auf das Haus zu, durch dessen Tor die Wächter sie damals getrieben hatten. Wie lange war das her? Seitdem war er nie mehr hier unten gewesen. In Gedanken rechnete er nach. Fünf Wochen. Die Wellen klatschten. Er blieb stehen, mitten auf dem Platz, die Schultern gegen den Sturm gestemmt. Fünf Wochen? Es erschien ihm lachhaft kurz. Und unglaublich lang. So vertraut fühlte er sich inzwischen in Tayasal. Und noch immer so fremd.

Der Wind schob ihn weiter, auf das hohe maisgelbe Haus zu. Der Kontor der königlichen Hafenverwaltung, wie er mittlerweile wußte. Die Bauern und Jäger, Fischer und Fallensteller des ganzen Reiches lieferten hier einen großen Teil ihrer Ernte oder Beute ab. Zum Wohl der Götter und Priester von Tayasal. Auf einmal begann es zu regnen. Tropfen so groß wie Taubeneier. Wände aus Wasser. Der Sturm brüllte. Mit einem Sprung rettete sich Diego in das mittlere Tor. Tropfen rannen ihm aus Bart und Haaren. Rinnsale liefen ihm in den Nacken, an seinen Beinen hinab. Er fröstelte. Unter anderen Umständen hätte er die Erfrischung begrüßt. Aber nicht heute, nach einer ganzen Stunde in der kühlen Gischt des Sees.

In Gedanken verfluchte er B'ok-d'aantoj. Von der Bücherpyramide aus war er vorhin auf geradem Weg zu Ixkukuls Tempel gegangen. Doch er hatte vergeblich angeklopft. Die Tür unter dem Zeichen des Halbmondes war verschlossen. Niemand öffnete ihm. Kein Laut drang nach draußen. Nie war ihm der Tempel Ixquics verwahrloster, fragwürdiger erschienen. Niemals hatte er sie stärker begehrt als in dieser Nacht. *Ich fange an zu verstehen.* Er hatte es ihr ins Ohr flüstern wollen, während sie in seinen Armen lag. Die frohe Botschaft zärtlich schreiben, mit dem Finger auf ihre nackte Haut.

Aber in welcher Schrift? Er lachte auf. Draußen klatschte der Regen auf den Platz. Braune Tropfen spritzten bis in das Torhaus, sein notdürftiges Obdach. Schon bildeten sich Pfützen auf dem Bodenmosaik, das er damals wie durch einen Nebel wahrgenommen hatte. Die gefiederte Schlange. Der rüsselnasige Götze. Kukulkán. Cha'ac. Heute kannte er sie alle, oder doch viele ihrer Satansgötter. Auch wenn er sie bis heute nicht verstand. Weder die Götzen noch die Menschen, die sie verehrten.

Und doch hatte er an diesem Abend einen Zipfel des Geheimnisses erhascht. Zum ersten Mal ahnte er, wie die Maya von Tayasal dachten und empfanden. Wie sie zu denen geworden waren, die sie heute waren. Sie selbst und Tayasal. Ein verirrtes Volk. Ein ganzes Reich auf abschüssiger Bahn. Niedergedrückt von einem Götterkult, der, satanisch oder nicht, so versteinert war wie Tayasal selbst. Oder vielmehr, steinern die Fassaden, baufällig die Mauern dahinter. Die kolossale Baukunst ihrer Vorfahren, dachte Diego, geschrumpft zur Technik des flüssigen Steins. Eine erstaunliche Technik, aber nur für Flickwerk und Fassaden. Zur Errichtung der eigentlichen Bauten taugte sie nicht. Und war es nicht mit allem so in Tayasal? Zeremonien, deren einstige Bedeutung vielleicht niemand mehr kannte. Um so peinlicher wurden sie ausgeführt. Gesetze, deren Sinn sich seit langem verdunkelt hatte. Um so furchtsamer befolgte man sie. Es sei denn, ein Gebot erwies sich als unausführbar. Wie der Befehl der Götter, Tayasal zu verlassen und eine neue Stadt im Dschungel zu erbauen.

Aus flüssigem Stein? Abermals lachte er auf. Mit verdoppelter Kraft stürzte der Regen hinab. Donner grollte, dann zuckten Blitze über den Himmel, wirr wie die Zeichen in Julkins Buch. Für einen kurzen Moment leuchtete der See im Dunkel auf, ein Chaos aus weißer Gischt und höllenschwarzer Flut. Der Pater verschränkte die Arme vor der Brust. Das Wasser zu seinen Füßen stieg. Die Tunika klebte ihm auf der Haut, klamm und kalt. Er schauderte. Aber das Unwetter war zu arg. Er mußte noch warten, bis es sich erschöpft hatte. Dann würde er sich auf den Rückweg machen, hinauf zum heiligen Platz. Mit einem Abstecher in die Gasse Ixkukuls.

In Gedanken sah er sie vor sich. Ihre schlanke, hochgewachsene Gestalt. Ihr Lächeln, immer wieder ihr Lächeln, damals, als sie aus den gelben Nebeln trat. Wie gern hätte er ihre Stimme gehört. Mit ihr gesprochen, sie so vieles gefragt. *Ich fange an zu verstehen.* Wie er heute auch endlich verstanden hatte, nach langen Mühen Julkins, was es mit der Schrift der Maya auf sich hatte. Daß man sie nicht einfach lesen konnte, Zeichen für Zeichen, wie man das Radwerk einer Uhr zusammensetzt. *Nur der Berufene kann sie lesen,* so Julkin. *Um ein Buch lesen zu können, muß man in gewissem Sinn schon vorher wissen, was darin steht.*

Wahnwitzige, niederschmetternde Botschaft. Dennoch hatte er bis tief in die Nacht über dem Teufelsbuch gebrütet. Schulter an Schulter mit Julkin, der unermüdlich bemüht war, ihm die Mysterien der Mayaschrift zu offenbaren. Bis es dem Pferdegottpriester tatsächlich gelungen war, ein erstes

Textlein zu entziffern. *Vom Fall der Göttinnen in alter Zeit.* Stotternd hatte er den Titel vorgelesen. Von Bewunderung erfüllt, aber nicht für sich selbst. Nicht nur Julkins Geduld war rühmenswert. Sondern mehr noch sein Geschick bei der Auswahl der Lektionen.

Unvermindert toste der Regen hinab. Donner ließ die Erde erbeben. Die himmlischen Gewalten Cha'acs. Diego rieb sich die Arme. Das Wasser leckte ihm an den Fußknöcheln. In Gedanken entzifferte er noch einmal die Legende aus Julkins Satansbuch.

In alter Zeit herrschten die Göttinnen gleichberechtigt mit den Göttern. Doch bald schon entstand zwischen ihnen ein Streit. »Wir sind es«, sagten die Göttinnen, »die lebendige Kreaturen erschaffen. Mit der Kraft des Wassers, der Erde und der Nacht.« Und sie beriefen sich auf ihre oberste Göttin, auf Mam, die Uralte, die vielgestaltige Ixmucané.

»Wir sind es«, beteuerten dagegen die Götter, »die alles Leben erschaffen und stets wieder erneuern. Mit der Kraft des Windes, des Lichtes und des Tags.« Und sie beriefen sich auf ihren obersten Gott, den ehrwürdigen Schöpfer, das Krokodil des Himmels, auf Itzamná.

Die Göttinnen aber gaben nicht nach. »Ist es denn nicht das Wasser, das Leben aller Art gebiert? Die Schildkröte, die Muschel, den Fisch? Sprießt der heilige Mais nicht aus der Erde, aufs neue in jedem Tun? Und sind es nicht die Weiber, zwischen deren Schenkeln das Leben hervorquillt? Das Wasser des Lebens, das heilige Mondblut, die lebendige Kreatur?«

Solche Rede empörte die Götter. »Aus dem Wasser, sagt ihr, Frevlerinnen? Aus der Erde, ihr Närrinnen? Hört, wie Kukulkán spricht, die kosmische Himmelsschlange: Leben ist Geist. Leben ist Luft. Leben ist Licht. Nur durch die schaffende Kraft der Männlichkeit wurde die Mayawelt belebt. Mit Pflanzen, Menschen und Tieren. Es ist die Schlange zwischen den Schenkeln der Männer, die Leben speit. Sie und einzig sie. Gelobt sei die Schlange. Nach meinem Bilde wurde sie erschaffen. Sie speit den weißen Saft des Lebens in den Leib der Weiber. Sie speit den roten Saft des Lebens, den Saft des Kriegers, des Helden.

Das ist das Geheimnis des Lebens: Wer sein Blut für die Götter verspritzt, erfährt göttliche Gnade. Wer aber die Gnade der Götter besitzt, bedarf des Weibes niemals mehr. Aus dem Vorhimmel der Väter kehrt er geradewegs in die Mayawelt zurück, verkörpert in dem Krieger oder Priester, den er selbst sich erwählt hat.«

Die Göttinnen waren geschlagen. Wie sie auch klagten, die Götter verstießen sie aus ihren zweiundzwanzig Welten. Für Ixmucané, die Uralte, das Mütterchen, bewahrten sie ein freundliches Andenken. Doch unter allen Göttinnen blieb allein Ixquic vor dem Sturz aus den dreizehn Himmeln bewahrt. Die junge Mondgöttin, die Gottheit der Weiber, der Liebeleien und trächtigen Leiber, der Begierde und Brunst. Wenig Ansehen genießt sie seither, so wenig wie alles Leben, das aus den Bäuchen der Weiber kommt. Statt aus der Gnade der Götter, dem Strahl der Schlange, männlichem Opfermut.

Gurgelnde Laute rissen Diego aus seinen Gedanken. Wo eben noch die Straße vom heiligen Platz zum Hafen verlief, toste ein Gießbach. Braune Fluten schossen die Straße hinab, wälzten sich durch das Torhaus, ergossen sich vorn auf den Platz am Hafen. Wenn das so weitergeht, dachte er, muß ich zum Tempel des Pferdegottes schwimmen. Aber selbst das war unmöglich. Gegen diese Strömung kam niemand an.

Zum ersten Mal wurde ihm bewußt, welches Unheil der flüssige Stein anrichten konnte. Genauer gesagt, die Gewohnheit der Maya, jede freie Fläche mit der hellgrauen Substanz zu versiegeln. Plätze und Gassen. Wege und Straßen, selbst draußen im Wald. Normalerweise wäre das Regenwasser im Erdreich versickert. So aber verwandelte es Plätze in Seen und Straßen in reißende Flüsse. Und dieses Torhaus in eine Todesfalle.

Er preßte sich gegen die Wand. Kniehoch wälzte sich das Wasser dahin. Die Gewalten Cha'acs. O nein, dachte er, verfluchter Regengottpriester, deinen Tücken erliege ich nicht. Er wandte sich nach rechts und stapfte bergan. Das Wasser zerrte an seinen Knöcheln. Jetzt wurde ihm angst und bange.

Er stieß einen Schrei aus. Das Wasser brüllte. Der Sturm tobte. Eng an die Wand gepreßt, kämpfte er sich bis zum Ausgang des Torhauses vor.

Dort draußen wirkte das Unwetter noch furchterregender. Blitze zuckten über den Himmel, wie Geäder einer weltengroßen Götterhand. Vor ihm toste das Wasser vom heiligen Platz hinab, urgewaltig wie der Wasserfall von Ixchel. Er klammerte sich an die Mauerecke. »Zu Hilfe!« Er rief es auf kastilisch, wie einst als Kind.

Niemand weit und breit. Bei diesem Wetter wagte sich kein Mensch auf die Straße. Höchstens ein weißhäutiger Gott. Er lachte. Im selben Augenblick riß ihn die Flut von den Füßen. Er stürzte. Für einen gräßlichen Moment war sein Kopf unter Wasser. Als er wieder auftauchte, hustend und keuchend, sah er die Tür.

Ein schmaler Spalt, versteckt im Mosaik der Wand. Dahinter Schatten, mattes Licht. Hände, die ihm eine Stange entgegenstreckten. Verzweifelt versuchte er sie zu packen. Zu spät sah er den Mauerbrocken, wirbelnd in der Flut. Ein schrundiger Stein, groß wie ein Schädel. Wieder schrie er auf. Vergeblich versuchte er auszuweichen.

9

»Sieh nur, wie weiß seine Haut ist, Ixmu'uk.«

»Und wie groß seine Gestalt. Ein weißer Hüne.«

Er hörte jedes ihrer Worte. Aber er konnte sie nicht sehen. Zwei junge Frauen, dachte er. Dunkle Stimmen, von betörender Ähnlichkeit. Schwestern vielleicht.

»Wie einst Kukulkán.«

»So erzählen die Priester, Ixlitz.« Die eine Frau lachte leise. »Ihnen zu glauben ist eines. Etwas ganz anderes, den weißen Mann mit eigenen Augen zu sehen.«

Er versuchte seine Augen zu öffnen. Vergeblich. Seine Lider schwer wie Blei. Wie war er hierher geraten, zu diesen jungen Frauen? Das Torhaus, die Flut, der Stein. Wie zum Beweis pochte in seinem Kopf ein Schmerz.

»So wie es eine Sache ist, jemanden nur zu sehen.« Ixlitz' Stimme wurde heiser. »Und eine andere, ihn anzufassen.« Eine Hand legte sich auf seinen Arm. »Gütige Götter, wie naß er ist!«

Eine zweite Hand fuhr über seine Wange. Wunderbar weich und warm. Jetzt erst spürte er, wie kalt ihm war. Am ganzen Leib. Die beiden mußten ihn gerettet haben, dachte er. Also war er nun im Innern des maisgelben Hauses?

»Und wie kühl seine Haut ist. Glaubst du, er friert?«

»Bestimmt, Ixlitz. Gib ihm zu trinken. Einen Becher vom Trunk der Götter. Und dann hilf mir, ihm die Tunika auszuziehen.«

Diego fuhr zusammen. Öffnete die Lippen, um zu protestieren. Da spürte er den Becher an seinem Mund. Kakaoschnaps. Ixlitz goß ihm den Trunk in die Kehle. Der vertraute Geschmack, modrig und übersüß. Vor Abscheu riß er die Augen auf. Und sah in die grell geschminkten Gesichter zweier junger Huren.

Er lag rücklings auf dem Boden. Die beiden Frauen knieten zu seinen Seiten, über ihn gebeugt. Sie befanden sich in einer kleinen Kammer. Keine Möbel, doch der Boden über und über mit Fellen belegt. Ein Liebesnest, dachte er, wahrscheinlich direkt hinter der versteckten Tür im Torhaus. Seine Gedanken verwirrten sich. Der Trunk war unerwartet stark. Kein gewöhnlicher Kakaoschnaps. Oder war es der Schlag auf seinen Kopf, der ihm derart zusetzte?

Die Gesichter der beiden Mädchen tanzten vor seinen Augen. Fleischige Münder, von feuchtem, leuchtendem Rot. Ihre Augen schwarze Brunnen, schwindelerregend tief. Ixlitz und Ixmu'uk, dachte er. Fischerin und Taucherin. Auf einmal mußte er lachen. Ohne im mindesten zu ahnen, warum. Sein Kopf ein schwebender Ballon, von Heiterkeit erfüllt. Die beiden Frauen lachten zurück. Ihre Münder verzogen sich zu Grimassen. Wie eifrige Tiere sprangen ihre Hände auf seinem Leib herum.

Was wollten sie von ihm? Ah, er verstand. Sie zerrten an seiner Tunika. Unter Kichern und Lachen schälten sie ihn aus der rappenschwarzen Robe.

»Sieh nur den Pelz auf seiner Brust.« Ixmu'uk kicherte. Mit der Hand fuhr sie durch sein Brusthaar.

»Und sieh dir das erst an!« Wie ehrfürchtig Ixlitz auf einmal klang. Er vernahm ein leises Klirren. Mit den Augen folgte er ihren Blicken. »Die Zeichen Ixquics.« Die Fischerin flüsterte es, erregt und erschrocken, wie ihm schien. »Was hat das zu bedeuten, Ixmu'uk?«

»Hände weg, kleine Schwester. Der weiße Gott ist Ixkukul versprochen. Der obersten Priesterin Ixquics.«

Sie wichen zurück vor ihm. Aber das durften sie nicht. Nicht ausgerechnet jetzt. Niemals hatte er sich so leicht, so sorglos gefühlt, so sehr erfüllt von Wollust und Wohlbehagen. »Versprochen, na und?« Er lallte. Endlich gelang es ihm, sich aufzurichten. Selbst im Sitzen schwankte er hin und her. »Ihr habt mich gerettet. Laßt uns fröhlich sein.«

Auf einmal hatte Ixmu'uk eine weiße Tunika in der Hand. Gegen seinen Protest streiften sie ihm das Gewand über. »Viel zu klein.« Seine Stimme klang verwaschen, selbst in seinen eigenen Ohren. »Wenn auch nicht so klein wie eure Kleider.«

Wieder mußte er lachen. Tatsächlich trugen die beiden recht knappe Hemdchen. Wie appetitlich sie waren. Ihr Lächeln, ihre mädchenhaften Brüste, die schwarze Flut ihres Haars.

Er zog sie an sich. »Oder muß man euch auch erst erkennen?« Sie schmiegten sich in seine Arme. Die Silberschnüre an seinen Lenden klirrten. »Vielleicht könnt ihr mir überhaupt mal erklären, was das bedeuten soll. Erkennen, meine ich.« Seine Stimme wurde heiser vor Erregung. Wie Feuerbälle fühlte er die Brüste der beiden Mädchen an seiner Brust. »Erkennen, bevor man berühren darf. Was soll das heißen?«

Ixmu'uk kicherte. »Uns erkennen? Ixlitz und mich? Wir sind nur kleine Huren, werter Herr. Nicht der Erinnerung wert.« Sie schmiegte sich noch enger an ihn. Ihre Hand tastete nach den Zeichen Ixquics. »Erkennen, das ist nur für die edle Priesterschaft. Nur sie erinnert sich an frühere Baktuns.«

An frühere Baktuns. Wie Donner hallten die Worte in ihm nach. Sein Geist arbeitete schwerfällig, benebelt vom Göttertrunk. »Und einander erkennen heißt, sich an gemeinsame frühere Leben erinnern?«

»So ist es, werter Herr.« Ixlitz nahm seine Hand und legte sie auf ihre Brüste.

»Aber Ihr scheint es mit der Erkenntnis nicht allzu eilig zu haben.« Ixmu'uk spielte mit der Silbersichel unter seiner Tunika.

Das Blut toste in seinen Adern. Verführerisch schmiegten sich die beiden an ihn. Für einen Moment vergaß er alles. Ixkukul ebenso wie seinen Argwohn vor den Listen Satans. Ungewiß, wie tief er in den Fluten der Leidenschaft versunken wäre. Ohne die Hilfe des Herrn, der ihm beistand in seiner Not.

Ein krachendes Geräusch. Diego fuhr auf, wirren Bartes. Die Tür war aufgeflogen. Darin stand ein junger Mann, von schmaler Gestalt, nackt bis auf den Schurz der einfachen Leute. Netz und Seile über der Schulter, offenbar ein Fischer, am ganzen Leib tropfnaß. Als wäre er selbst in den See hinabgetaucht, um mit eigener Hand seine Beute aus der Flut zu ziehen.

»Was willst du hier?« Ixinu'uk seufzte. »Ajsät, unser Bruder. Bitte habt Nachsicht mit ihm, werter Herr. Ein unsteter Geist haust in seinem Leib. Und verläßt ihn stets im unpassendsten Moment.«

»Aber er kann nichts dafür, der Arme«, fügte ihre Schwester hinzu. »Schließlich gelangte er an Zehn Cimi in diese Welt.«

Am Tag der Ohnmacht und Absenzen, beherrscht von Todesgott Ahpuch. Wie zum Beweis wurde Ajsäts Blick auf einmal leer. Seine Kiefer bewegten sich malmend. Doch er brachte kein Wort hervor. Er trottete in eine Ecke der Kammer und hockte sich auf den Boden.

»Hoffentlich war es nicht mein Anblick, der deinen Geist vertrieben hat.« Diego erhob sich. »Bei mir war es jedenfalls umgekehrt.« Er lächelte dem jungen Fischer zu. »Durch dein

Erscheinen hat mein Geist in meinen Leib zurückgefunden. Ich danke dir, Ajsät.«

Mit stumpfer Miene hatte der Fischer seiner Rede gelauscht. Ungewiß, ob er sie aufgenommen hatte. Doch sein Blick folgte Diego, der mit unsicheren Schritten zur Tür ging. In seinem Kopf noch immer das Brausen des Göttertrunks, vermischt mit pochendem Schmerz. Und mit der Stimme seines Gewissens, das ihn mannigfaltiger Todsünden zieh.

»Und ich danke euch, Ixlitz und Ixmu'uk.« Er trat hinaus und schloß hinter sich die Tür.

Das Unwetter war vorüber. Nur noch einige Pfützen auf dem Bodenmosaik erinnerten an das reißende Gewässer von vorhin. Rasch schritt er den Berg hinauf, dem heiligen Platz entgegen. Der Morgen dämmerte schon. Von zwei Huren vor der Flut gerettet, dachte er. Und aller Hoffnung beraubt.

Mitten auf der Straße blieb er stehen. Jetzt erst begriff er wirklich, was die Erklärung der beiden Mädchen für ihn bedeutete. Für ihn und Ixkukul. Wie konnte er sich an ein früheres Leben erinnern, in dem er schon einmal mit ihr zusammen gelebt hatte? Sein eigenes Gedächtnis reichte allenfalls dreißig Jahre zurück. Und ihres? Wie konnte Ixkukul allen Ernstes behaupten, daß sie sich an ein gemeinsames Leben erinnere, verbracht mit ihm in ältester Zeit? O ihr Götter, dachte er. Wenn das die Bedingung ist, haben Ixkukul und ich nicht den Schatten einer Chance.

Wie müde er sich auf einmal fühlte. Zu mutlos, um an ihre Tür zu pochen. Mit taumelnden Schritten ging er weiter bergan, ohne auch nur einen Blick in ihre Gasse zu werfen.

Zehn

1

»Wenn Ihr geruhen würdet, heute ein ganz besonderes Buch zu lesen, ehrwürdiger Herr. Ich glaube, daß seine Botschaft Euer Interesse verdient. Und es ist leicht zu entziffern.«

»Leicht?« Diego unterdrückte einen Seufzer. Wieder saß er am Studiertisch im Tempel der inneren Bücherpyramide. Fackeln flackerten in Mauernischen. Es war früher Morgen, noch weit vor der Stunde des Hahns.

»Aber Ihr beherrscht die Schriften schon meisterlich!« Julkins leises Lachen klang selbstbewußt und stolz. »In zehn Tagen habt Ihr gelernt, wofür andere Jahre brauchen.«

Diego zuckte nur mit den Schultern. Schläfrig sah er zu, wie der junge Bücherpriester einen Tonkrug aus dem steinernen Wandregal zog. In der Morgendämmerung war Julkin im Tempel des Pferdegottes erschienen. »Ihr befahlt mir, Euch abzuholen, ehe Ahau Kinich erwacht.« Diego konnte sich beim besten Willen nicht erinnern, einen solchen Befehl erteilt zu haben. Einen Moment lang war er versucht, Julkin für seine Eigenmächtigkeit zu tadeln. Doch dann erhob er sich von seiner Lagerstatt. Rasch streifte er seine neue Robe über, geschneidert von Hernán. Die erste Tunika des Pferdegottpriesters war unten am Hafen zurückgeblieben, im Liebesnest von Ixlitz und Ixmu'uk. Jedesmal, wenn er an sie dachte, begann das Blut in seinen Adern zu rauschen.

Behutsam ließ Julkin die Amphore zu Boden gleiten. Seine Hand fuhr unter seine Robe. Als sie zurückkehrte, blitzte eine schwarze Klinge im Fackellicht. Der Pater hielt den Atem an. Ein solches Messer, die Klinge gezähnt und gebogen, hatte auch B'ok-d'aantoj gezückt, ehe er sich auf den Canek stürzte. *Sie schreiben es mit rotem Blut.*

Julkin beugte sich über den Bücherkrug. Mit der Spitze der Klinge beschrieb er einen Kreis auf dem Wachssiegel, das die Amphore verschloß. »Viele Jahre sind vergangen, werter Herr, seit dieser Krug zuletzt geöffnet wurde.« Er löste das Siegel. Darunter kam ein Pfropf zum Vorschein, gefertigt aus Pech und Bienenwachs. Julkin zog ihn heraus. »Ajna'at-ju'um sieht es nicht gern, wenn ein Priester sich mit den Schriften des inneren Tempels beschäftigt. Aber verboten ist es nicht.«

Bis zur Schulter fuhr Julkin mit einem Arm in den Krug. Als er sich aufrichtete, hielt er ein schmales Büchlein in der Hand, nur wenige Blätter stark. »Man sagt, daß ein Sonnengottpriester dieses Werk verfaßt habe, vor mehr als dreihundert Tun.« Er erhob sich und legte das Buch vor Diego auf den Tisch.

Aufmerksam sah der Pater das Büchlein an. Der Einband, goldfarbenes Leder, war stark verwittert. Die Schriftzeichen darauf waren ausgebleicht. Mit Mühe entzifferte er den Titel. *Glaube und Klage.* »Setz dich neben mich, Julkin.«

Der junge Bücherpriester glitt auf den Schemel zu seiner Linken. Diego wies ihn an, das Büchlein zu öffnen. Aus irgendeinem Grund wagte er nicht, es zu berühren.

Julkin schlug die erste Seite auf. Gemeinsam beugten sie sich darüber. Die Stille dieser Kammer. Eine steinerne Ruhe, wie unter klaftertiefem Fels. Nur ihrer beider Atem war zu hören und das leise Fauchen der Fackeln an der Wand.

Das Innere des Buches war weit besser erhalten als der Einband. Eines nach dem anderen faßte Diego die Schriftzeichen in den Blick. Bewunderung stieg in ihm auf. Die Schreiber der Maya waren allesamt auch geübte Zeichner. Ihre Schrift, ein Labyrinth aus winzigen Bildnissen und grammatischen Zeichen, verlangte es. Doch der Priester, der diese Zeilen geschrieben hatte, war weit mehr gewesen. Ein Künstler von hohem Rang.

»Unsere ältesten Ahnen kannten das Geheimnis.« Zaghaft las er die erste Zeile vor. Im Augenwinkel sah er, wie Julkin nickte. In den letzten Tagen hatte er die Hilfe des Bücherpriesters immer weniger benötigt. Nur selten mußte Julkin ihn noch verbessern. Dennoch schwankte Diego, was seine Entzifferungskünste anging, weiterhin zwischen Verzweiflung und Euphorie. Die Vieldeutigkeit der Zeichen verwirrte ihn. Er fühlte sich wie ein Wanderer ohne Weg. Bei jedem Schritt stieß man auf eine Kreuzung. In alle Richtungen zweigten Pfade ab. Die sich ihrerseits schon nach dem nächsten Schritt neuerlich verzweigten.

In manchen Momenten zweifelte er sogar, ob die Bücher wirklich die Sätze und Wörter enthielten, die er mit Julkins Hilfe herauslas. Nicht, daß er den Bücherpriester verdächtigte, die Botschaft zu verfälschen. Doch manchmal argwöhnte er, daß diese Teufelswerke überhaupt keine unveränderliche Bedeutung besaßen. Daß vielmehr ein jeder in ihnen fand, was er erhoffte oder befürchtete.

Wohlan, dachte er, so werde auch ich einen Satanstext finden, der mir hilft, meinen Kopf zu retten. Wenn schon nicht meine unsterbliche Seele. Neuerlich lenkte er seine Aufmerksamkeit auf das Blatt.

»Glaube und Klage. Unsere ältesten Ahnen kannten das Geheimnis. Vortrefflich war ihre Weisheit, wundersam die Fülle ihrer Gaben. Mit der blutgetränkten Spitze schrieben sie die Zauberzeichen. Und siehe, der Leichnam regte sich. Mit der Obsidianaxt schlugen sie das Haupt des Helden ab. Und siehe, seine Seele kehrte schnell zurück. Zur vorbestimmten Stunde, in den vorbestimmten Leib.

Wie Ahau Kinich flog der Kopf des Kriegers durch den Himmel, wie der goldene Götterball. Weit geöffnet seine Augen im Flug. Unermüdlich wiederholte er die Formel der Wiederkehr. Sein Blick spannte die Brücke von Leben zu Leben. So daß er erwachend all die Seinen wiedererkannte, von denen er geschieden worden war. Ach, nur für kurzen Traum.

Denn der Tod ist nur ein Schlummer zwischen dem Heute und dem Morgen. So sprachen die Alten in ihrer Weisheit, und gläubig sprechen wir seither ihre Worte nach. Doch ihr kostbarstes Wissen ist vor langer Zeit versunken. Verloren sind ihre göttergleichen Gaben. Zerfallen die heiligen Bücher, in denen die Ahnen ihre Weisheit aufbewahrten. Die Formel der Wiederkehr, auf welchem Blatt ist sie verzeichnet? Das Geheimnis, das Leben mit Leben verbindet, in welchem Krug ist es verwahrt?«

Diego blickte auf. »Habe ich richtig gelesen?« Sein Mund fühlte sich trocken an.

»Vortrefflich, Herr.« Mit leuchtenden Augen sah Julkin von der Seite zu ihm empor. »Ajna'at-ju'um selbst hätte diesen Text nicht besser entziffern können.«

Schmeichelhafte Worte. Doch Diego nahm sie kaum wahr. Er erhob sich. *Glaube und Klage.* »Warum denkst du, daß mich die Botschaft dieses Buches interessiert?«

Julkin senkte den Kopf. »Verzeiht, ehrwürdiger Herr.« Seine Finger spielten mit dem Einband des Buches. »Sollte ich mich geirrt haben, so bitte ich um Nachsicht. Aber ich habe so sehr gehofft, daß Ihr ...« Er stockte.

»Nun, Julkin?« Wieder drohte seine Geduld zu versiegen. Doch er hielt an sich. »Was hast du gehofft?«

Endlich hob der Bücherpriester den Kopf. Seine Stimme vibrierte vor Eifer. »Die Brücke von Leben zu Leben, Herr. Einst beherrschten unsere obersten Priester diesen kostbarsten Zauber. Die Formel der Wiederkehr, unsere Ahnen haben sie gekannt. Doch das Wissen ging verloren, vor so langer Zeit. Bis heute glauben wir Maya an die Wiederkehr von Leben zu Leben, an den Flug unserer Seelen. Der Tod ist nur ein Tor. Man fliegt hindurch und hinab nach Xibalbá, wie einst Huhnapú und Ixbalanqué. Damals haben die Todesgötter ihre Macht verloren, durch den Sieg der göttlichen Zwillinge. Die Seele fliegt weiter, hinauf in die überirdischen Götterwelten. Dort oben, im Vorhimmel der Väter, ruht sie während einer vorbestimmten Frist. Dann aber kehrt sie in die Mayawelt zurück. In neuem Leib, für ein neues Leben.«

Aus traurigen Augen sah Julkin zu Diego empor. »Aber wann die Seelen zurückkehren, in welche Körper, niemand kann es mehr sagen. Wer sie einst waren, im früheren Leben, nur wenige erinnern sich, in Trance oder Traum. Und noch weit weniger Wiedergekehrte vermögen jene wiederzuerkennen, die einst ihre Nächsten waren. Seit alten Zeiten spielen unsere Krieger beim großen Ballspiel den Flug der Seelen nach. In zwei Tagen könnt Ihr den Ball fliegen sehen, im Stadion der Krieger, beim göttlichen Turnier. Den Ball, das Haupt, die Götterkugel, wie sie schwebt von Welt zu Welt. Ihr kommt doch, lieber Herr?«

Diego nickte. Wie ist das, wollte er fragen, mit der Rückerinnerung in Trance oder Traum. Ob auch Ixkukul sie beide auf diese Art geschaut hatte – vereint in einem früheren Leben? Aber der kleine Bücherpriester sprach schon weiter.

»Im feierlichen Spiel«, sagte Julkin, »gedenken wir ihrer bis heute. Der Formel der Wiederkehr. Doch niemand kennt sie mehr. Viele glauben, daß die Götter sie uns wieder genommen hätten, weil unsere Ahnen die geliehene Weisheit mißbrauchten. Verloren für immer, heißt es, sei sie seither.« Er erhob sich. Seine Augen begannen zu glänzen. Fiebrige Röte überzog sein Gesicht. »Ich aber glaube, daß die alten Schriften nicht verloren sind, ehrwürdiger Herr. Ich glaube, daß die Bücher unserer Ahnen bis heute an einem geheimen Ort verborgen sind. In wohlverwahrten Krügen, irgendwo hier in Tayasal.«

»Und ich soll dir helfen, sie zu suchen?« Diego sah ihn an. Etwas in der Stimme, im Blick des kleinen Bücherpriesters rührte ihn an. Wenn du ahntest, dachte er, daß ich mir nicht einmal selbst helfen kann. Geschweige denn, dir oder irgendwem auf dieser Welt.

Julkin trat hinter dem Tisch hervor. Mit zwei Schritten war er bei Diego und sank vor ihm auf die Knie. »Wer sonst könnte uns retten, Gesandter der Götter, wenn nicht Ihr?«

Auf einmal wurde ihm die Kehle eng. Er mußte schlucken. Und wenn doch beides das gleiche war? Geheimnisvoll verbunden, wie im Gleichnis von den Schriften oder wie in meinem Traum? Julkin helfen, mir helfen, dachte er. Den jadegrünen Spiegel durchstoßen.

»Seit Ihr zum ersten Mal geruhtet, Euren Blick auf mich zu richten, brennt in mir eine Hoffnung, lieber Herr.« Julkins Stimme klang noch heller, noch heiserer als sonst. Mit leuchtenden Augen sah er zum Pferdegottpriester auf. »Die Hoffnung, daß Ihr den Fluch von uns nehmen werdet. Daß wir dank Eurer Führung das Wissen wiederfinden, das unsere Ahnen einst besaßen. Das Gesetz der Wiederverkörperung. Der Öffnung des Geistes. Des Brückenbaus von Leben zu Leben. Die heilige Mathematik der Wiederkehr.« Er umfaßte Diegos Rechte und preßte seine Stirn darauf.

»Laß das, ich bitte dich.« Behutsam machte sich Diego los. Julkins Stirn fühlte sich heiß an. Er redet irre, dachte Diego. Julkin fiebert. Oder nicht? Ein Gedanke schoß ihm durch den Kopf, so unerwartet und bizarr, daß ihm der Atem stockte. Konnte es sein, daß der Heilige Vater …? Unmöglich. Oder doch nicht? Daß der Vatikan von den uralten Heidenbüchern gewußt hatte, damals schon, als er die Neue Welt zu missionieren befahl? Von heidnischen Schriften, die ein Gesetz offenbarten, das es nach christlicher Lehre gar nicht geben konnte? Die Formel der Wiederkehr, das Gesetz der Wiederverkörperung? Diegos Gedanken wirbelten. War das der verschwiegene wirkliche Grund für die Verbrennung von Tausenden Mayabüchern, die Diego de Landa 1542 A. D. befahl? Und war de Landa deshalb wenig später zum Bischof von Yucatán befördert worden: weil er eine furchtbare Bedrohung von der Kirche Christi genommen hatte? Wenn sich das »Gesetz der Wiederverkörperung« überprüfen, gar beweisen ließe, dachte Diego. Wenn es wahrhaftig eine »Mathematik der Wiederkehr« gäbe …

Ihm wurde schwindlig. Er wagte kaum weiterzudenken. Der Atem stockte ihm, ebenso sein Geist. Die Lehre vom Jüngsten Tag, dachte er, die Wiederauferstehung des Fleisches. Alle Fundamente christlichen Glaubens wären zerstört. Der Vatikan vernichtet, die Kirche Christi zertrümmert für alle Zeit und Ewigkeit.

Die Formel der Wiederkehr. Teuflischer Unsinn! Schluß jetzt! Er fuhr sich mit einer Hand übers Gesicht. Auch seine eigene Stirn fühlte sich heiß an. Fieberte auch er? Er versuchte es mit Logik. Natürlich war es vollkommen unmöglich, daß ein solches Gesetz existierte. Neuerlich regten sich in ihm Stimmen des Zweifels. Warum sollte es unmöglich sein? Wieso weniger wahrscheinlich (oder unwahrscheinlich) als die Verheißungen der Bibel? Sprach nicht vieles, allzu vieles dafür, daß die Maya in ältester Zeit tatsächlich eine Formel der Wiederkehr besaßen? Ihre Mathematik, ihr labyrinthischer Götterkalender, dachte der Pater, ihre komplizierten Zeremonien der Wiederkehr. Heute war dies alles herabgesunken auf die Stufe des Zaubers, der Rituale, die allesamt versagten und die niemand mehr verstand. Was aber, wenn es wahrhaftig Überreste ältesten Wissens waren, geoffenbart am Anbeginn der Zeit?

Noch immer lag Julkin vor ihm auf den Knien. Gesenkten Kopfes, so daß Diego sein Gesicht nicht sehen konnte, nur sein verworrenes Haar. Ixkukul, dachte er. Konnte es sein, daß sie recht hatte? Frau Welle und er, miteinander vertraut aus früheren Leben, füreinander bestimmt seit ältester Zeit? Ein Schauder überlief ihn. Also wäre es auch möglich, daß ich sie erkenne, mich aus früheren Leben ihrer erinnere, wie es die Götter befehlen?

»Steh auf, Julkin.« Er sprach leise, beinahe flüsternd. Der junge Bücherpriester erhob sich. »Irgendwo in Tayasal, sagst du?« Diego bleckte die Zähne. »Gewiß hast du dir längst Gedanken gemacht, wo deine Suche beginnen sollte.«

»Ja, Herr.« Julkin schluckte. »Mein Plan steht seit langem fest.« Seine Augen glänzten wie im Fieber.

»Warum hast du ihn nicht längst alleine ausgeführt?«

»Der Schatz des Wissens, lieber Herr.« Julkin trat so nahe an ihn heran, daß Diego seinen heißen Atem spürte. »Er muß dort unten sein.« Er deutete auf den Boden. »Im Innern dieser Pyramide. Oder noch tiefer. Der Bann der Götter verschließt diese Stätte, unüberwindlicher als Stein. Furchtbare Strafen drohen dem Frevler. Häutung bei lebendigem Leib.

Knochen um Knochen abgeschabt sein Fleisch. Mit der Opferklinge, wie es meinem Vater geschah.«

»Deinem Vater?« O mein Gott.

Julkin erbebte. »Niemand, niemand darf dort hinabsteigen. Er wäre denn von den Göttern gesandt, lieber Herr. Mächtig wie der Lahkin. Keinem Menschen untertan, wie Ihr.« Er taumelte gegen Diegos Brust. »*In nomine patris* … Bitte helft mir, ich flehe Euch an!«

2

Finsternis umfing sie, so undurchdringlich, als wären sie klaftertief unter der Erde. Finsternis und Modergeruch. Dabei saßen sie auf der obersten Stufe einer Pyramide, die sich fünfzig Schritte über die Erde erhob. Und die allerdings von einer noch gewaltigeren Pyramide umschlossen war. Der Bücherpyramide Ajna'at-ju'ums.

Grabesstille. Nicht der leiseste Laut drang von draußen herein. Nur die Fackeln in ihren Händen fauchten. Ab und an sprühten Garben gelber Funken aus den Flammen und verglommen gedankenschnell im Dunkeln. Eine Nacht aus Stein, dachte Fray Diego. Er hob seine Fackel und wandte sich im Sitzen um.

Der innere Büchertempel. Hinter ihnen ragte er, ein schwarzer Quader, auf dem First der Pyramide auf. Dort hatten sie einen großen Teil der zurückliegenden Tage verbracht. Und dort drinnen, bei den Teufelsbüchern, dachte Diego, wäre ich besser auch geblieben. Aber Julkin hatte gefleht und gebettelt. Mit brüchiger Stimme, unter Strömen von Tränen. Bis sich der Pferdegottpriester erweichen ließ.

Julkin war aufgesprungen, mit strahlendem Lächeln. Ehe sich Diego versah, hockte der kleine Priester vor dem Wandregal und schob Bücherkrüge beiseite. Der Pater trat neben ihn, auf einmal von Unruhe erfüllt. Was hatte Julkin vor? Der Bücherpriester machte sich an der Mauer zu schaffen. Sein Daumen fuhr in eine steinerne Höhlung. Mit der anderen Hand drückte er in eine Mulde. Ein leises Malmen erklang, Reiben von Stein auf Stein. Dann schwang in der Wand eine niedere Tür auf. Ein Loch nur, kaum kniehoch. Doch eben groß genug, daß man hindurchkriechen konnte.

Hinaus auf den First der inneren Pyramide. Den zu betreten bei gräßlichster, schmachvollster Strafe verboten war. Häutung bei lebendigem Leib. Diego schauderte. Was würde geschehen, wenn Ajna'at-ju'um ihnen auf die Schliche kam? Laut Julkin würde es der oberste Priesterrat nicht wagen, den weißen Götterboten zu bestrafen. Dem Pater schien dies weit weniger gewiß. Der Lahkin würde ihn schonen, solange er ihn brauchte. Und sich seiner entledigen, sobald sich ihm eine Gelegenheit bot.

Ohne ein weiteres Wort hatten sie sich durch das Wandloch gezwängt. Erst Julkin, dann Diego, der mit Armen und Hüften schmerzhaft an Mauerkanten stieß. Von draußen hatte Julkin die steinerne Tür wieder in ihre Leibung geschoben. So würden Ajna'at-ju'ums Gehilfen im inneren Tempel keine verdächtigen Spuren finden, wenn der oberste Bücherpriester nach ihnen suchen ließ.

Zumindest laut Julkin. Der Pater war auch in diesem Punkt weit weniger zuversichtlich. Im Sitzen wandte er sich wieder nach vorn. Seine Fackel flackerte. Schatten zuckten über ihnen an der Mauerschräge, so nah und riesig, daß er sich unwillkürlich duckte.

Kaum einen Schritt über ihren Köpfen verlief die gewaltige Mauer. Die westliche Flanke der Bücherpyramide. Riesenhafte Quader, so präzise verfugt, daß zwischen den Steinen kaum eine Ritze zu sehen war. Wie sonderbar, sich vorzustellen, dachte Diego, daß hinter dieser Mauer der heilige Platz lag, erglänzend im Morgenlicht. Über die Treppe an der Außenseite war er in den letzten Tagen ein dutzendmal zum Büchertempel hinaufgestiegen. Die Innenseite dieser Mauer aber war eine schräge Fläche von vollkommener Ebenheit. In einem Abstand von fünf Fuß verlief sie über der inneren Pyramide, schwindelerregend steil wie diese selbst. Und wie die Treppe, auf deren oberster Stufe sie saßen.

»Hier müssen wir hinunter, lieber Herr.« Julkins Stimme hallte. Mit seiner Fackel deutete er in den Abgrund zu ihren Füßen. »Der geheime Eingang befindet sich dort unten, am Fuß der westlichen Flanke. So steht es in den Aufzeichnungen meines Vaters.«

Diego ließ seine Fackel sinken und zog die Knie an. Er hatte gehofft, daß die Dunkelheit sein Schwindelgefühl dämpfen würde. Das Gegenteil war der Fall. Zu ihren Füßen verlor sich die Treppe in der Finsternis. Die Stufen waren schmal und verwittert. Wenn er sich auch nur vorstellte, auf dieser Stiege in den schwarzen Abgrund hinabzuschreiten, begann sein Puls zu rasen. Glücklicherweise verlief die Mauer der äußeren Pyramide so nahe über ihren Köpfen, daß kein hochgewachsener Pferdegottpriester die Treppe aufrecht beschreiten konnte.

»Und dein Vater hat den Eingang dort unten wirklich gesehen?« Einen geheimen Zutritt in die innere Pyramide. Nicht in ihren Tempel, sondern in den kolossalen Pyramidenleib selbst. Auf einmal kam ihm Julkins Plan wieder ganz abwegig vor. Gar nichts würden sie dort unten finden, dachte er. Keine Formel der Wiederkehr und gewiß auch kein Schriftstück, das die Maya von dem teuflischen Gebot freisprach, alle vierhundert Jahre eine neue Stadt zu errichten. Das einzige, was es hier gab, war Finsternis und Modergeruch. Und eine verwitterte Treppe, die seit Jahrhunderten ummauert war.

»Mit eigenen Augen«, sagte Julkin. »In seinem Notizbuch hat Tat genau beschrieben, was er herausfand. Tag für Tag, von Nans Tod bis zu seiner Verhaftung durch die obersten Priester. Der Lahkin befahl, ihn auf den Marteraltar zu werfen. Dort aber hat Tat kein Wort gesagt. Wie sehr sie ihn auch quälten, er gab das Geheimnis nicht preis.«

Der Pater sah Julkin von der Seite an. Eine skeptische Entgegnung lag ihm auf der Zunge. Doch er sprach sie nicht aus. »Hier kann uns niemand hören«, sagte er. »Nun rede offen, Julkin. Wie hat dein Vater von der Formel der Wiederkehr erfahren? Und warum hat er so fieberhaft danach gesucht?«

Anstelle einer Antwort legte Julkin seine Fackel neben sich auf die Treppe. Für einen langen Moment verbarg er sein Gesicht in den Händen. Der Pater wartete. Nur das Fauchen der Flammen war zu hören und Julkins gepreßter Atem.

»Nan starb bei meiner Geburt. Sie verblutete.« Der Bücherpriester ließ die Hände sinken. »Das ist nichts Ungewöhnliches. Viele Frauen sterben auf diese Art.« Seine Augen glitzerten. »Ungewöhnlich war nur, daß Tat sich nicht einfach eine neue Frau suchte. Er liebte Nan so sehr, daß er ohne sie nicht leben mochte. Und so machte er sich auf die Suche nach ihr.«

»Aber deine Mutter war gestorben!« Diego rief es, laut vor Empörung. »Wie konnte er da hoffen, sie wiederzufinden in dieser Welt?« Das Echo widerhallte von den Mauern. *Nan und Tat*, dachte er. So nannten kleine Kinder ihre Eltern.

»Wer stirbt, kehrt zurück«, sagte Julkin. »So lehren es die Priester. Mein Vater selbst war ein niederer Bücherpriester wie heute ich. Aber in welchen Büchern er auch suchte, welche Priester und Schriftgelehrten er befragte, niemand konnte ihm sagen, wann Nan zurückkehren würde. An welchem Ort und in welcher Gestalt. Welche Zeichen ihre Wiederkehr ankündigten. Welche Vorkehrungen man zu treffen hatte, damit die Wiedervereinigung der Liebenden gelang. Damals begriff er, wie unwissend unsere Priester in Wahrheit sind. Daß selbst die höchsten Glaubenshüter von dem Geheimnis der Götter kaum mehr wissen als die einfältigsten Pflanzer draußen im Reich.«

Diego horchte auf. Julkins Stimme klang auf einmal dunkler, als spräche ein anderer aus ihm. »Da änderte Tat seinen Plan. Um Nan wiederzufinden, mußte er erst die verlorene Formel der Wiederkehr aufspüren. In vielen Büchern ist überliefert, daß die Priester dieses Geheimnis einst kannten. Ihr selbst habt Euch davon überzeugt, werter Herr. Und bald schon stieß er auf Hinweise, daß die Formel bis heute an einem geheimen Ort aufbewahrt wird.« Die Fackel neben Julkin loderte auf. Funken verglommen im Finstern. Er legte seine heiße Hand auf Diegos Arm. »An *diesem* Ort, im Innersten der Bücherpyramide von Tayasal.«

Nachdenklich sah der Pater ihn an. Die Formel der Wiederkehr. Unmöglich, dachte er wieder. Es mochte ja sein, daß die Priester der Maya in alter Zeit diesem Irrglauben verfallen waren. Versuche, die Mathematik Gottes zu entschlüsseln, hatte es auch in der Alten Welt immer wieder gegeben, von der jüdischen Kabbala bis zu den mystischen Zahlenlabyrinthen der Christenheit. Aber all diese Versuche waren gescheitert, im Abendland und sicherlich auch hier. Weshalb die Priester wohl irgendwann jene Legende in Umlauf brachten: Einst hätten ihre Ahnen das Geheimnis gekannt. Doch sie trieben Mißbrauch mit der kostbaren Formel, worauf die Götter ihnen das Wissen wieder nahmen. Eine Legende, die den Glauben an die Wiederverkörperungslehre stärkte. Und damit auch die Macht der Priesterschaft. Die alten Bücher aber wurden seither an geheimen Orten verwahrt. Nichts mußten die Priester mehr fürchten als die Entdeckung dieser Schriften, die nur ein Mysterium bargen. Das Geheimnis ihres Scheiterns. Ihrer Verblendung und Unwissenheit. Julkins Vater, dachte Diego, war gewiß nicht deshalb gemartert und getötet worden, weil er im Begriff war, die Formel der Wiederkehr ans Licht zu ziehen. Sondern damit den Maya verborgen blieb, daß ihre Priester diese Formel niemals gekannt hatten. Weder in alter noch in ältester Zeit.

»Wie lange habe ich auf diesen Tag gewartet.« Julkins Hand krampfte sich in Diegos Arm. »Ich war zwölf, als mein Vater im Opferfeuer starb. Kurz darauf fand ich seine Aufzeichnungen und las sie in einer Nacht. Damals schwor ich mir, sein Werk zu vollenden. Ich trat als Novize in den Orden der Bücherpriester ein. Unablässig schmiedete ich Pläne. Ihn zu rächen. Tat wiederzufinden. Das Geheimnis zu lüften, dem er auf der Spur war. Aber ich bin nicht mutig, Herr. Auf eigene Faust in die innere Pyramide vorzudringen hätte ich nie gewagt. So vergingen die Jahre. Seit neun Tuns flehe ich die Götter an, mir einen Verbündeten und Schutzherrn zu senden. Euch, lieber Herr. Ich bitte Euch, laßt uns nun gehen. Dort hinunter. Zu dem geheimen Eingang, der in das Innerste führt.«

Julkin nahm seine Fackel auf und erhob sich. So niedrig war die Mauerschräge über ihnen, daß selbst der kleine Bücherpriester nur vorgebeugt stehen konnte.

»Eines noch.« Im Sitzen sah Diego zu ihm empor. »Ist es Brauch bei euch, Pyramiden auf diese Art zu errichten – indem man ältere Bauten mit einer neuen Pyramide umschließt?«

»Seit ältester Zeit, lieber Herr. In ganz Tayasal gibt es keine Pyramide, die nicht wenigstens ein älteres Bauwerk enthält. Jeder König, jeder oberste Priester kennt seine Pflicht. Die Götter fordern, sie durch immer prachtvollere Monumente zu ehren. Die alten Tempel und Pyramiden einzureißen wäre jedoch Frevel. Auch die Stätten der Verehrung sind durch göttliche Weisung festgelegt. Nur durch die Sitte, alte Pyramiden und Tempel mit neuen zu überbauen, können wir die einen Gesetze erfüllen, ohne die anderen zu brechen.«

Der Pater runzelte die Stirn. »So ist das also.« Die Auskunft verwirrte ihn. »Und wann wurde die letzte Pyramide auf diese Weise erbaut?«

Die Miene des jungen Bücherpriesters wurde düster. »Vor einem halben Baktun oder mehr. Unsere Baumeister haben die Kunst des Pyramidenbaus verlernt. Aber in der Anfangszeit Tayasals wurden viele Pyramiden immer aufs neue umbaut. In kurzen Abständen, zu Beginn jedes zweiten oder dritten Katuns.«

»Alle vierzig oder sechzig Jahre?« Der Pater riß die Augen auf. Allmählich verstand er gar nichts mehr. »Aber warum glaubst du, daß es sich hier bei der Bücherpyramide anders verhält? Daß diese innere Pyramide schon gestanden hat, als eure Vorfahren Tayasal gründeten – sagtest du nicht so?«

»Viele sagen es, ehrwürdiger Herr. Auch wenn niemand sich offen zu diesem Glauben bekennt. In einer Überlieferung heißt es, die Such- und Weihepriester seien tief bestürzt gewesen, als sie gegen Ende des letzten Baktuns hier auf der Insel eintrafen. Dem Anschein nach war es die Stätte ihres Neuen Reiches, wie der Canek sie in einer Vision geschaut hatte. Und doch stand bereits eine Pyramide auf dem höchsten Punkt der Insel. Wie konnte es da die von den Göttern gewünschte Stätte sein?«

Julkin verstummte, doch Diego bemerkte es kaum. Seine Gedanken überschlugen sich. Wenn diese Legende wahr wäre, dachte er. Wenn schon Tayasal kein neu begründetes Reich war, errichtet im unberührten Dschungel. Sondern erbaut am Ort einer alten, aufgegebenen Stadt. Gedankenverloren sah er auf die Stufe neben sich. Dort zuckten Julkins Füße, vor Ungeduld, endlich die Treppe hinabzusteigen.

Ohne es recht zu bemerken, packte der Pater einen braunen Fußknöchel und umschloß ihn mit der Faust. »Wie geht die Geschichte weiter?«

Der Bücherpriester sank in die Hocke. »Wie es heißt, beschloß damals die obere Priesterschaft, die alte Pyramide für immer zu verbergen. Auf bewährte Art, indem man sie mit der heutigen Bücherpyramide umfaßte. Als die niederen Priester und das gemeine Volk hier in Tayasal eintrafen, war von der alten Pyramide nichts mehr zu sehen. Dennoch besteht seit damals die Legende, daß Tayasal am falschen Ort errichtet worden sei.« Sein Gesicht verzerrte sich. »Bitte, Herr, Ihr tut mir weh.«

»Verzeih mir.« Bestürzt ließ Diego den Fuß des kleinen Priesters los. »Ich war in Gedanken.« Wenn die Legende stimmte, zumindest im Kern, überlegte er wieder. Ließ sie sich nicht für seine Zwecke gebrauchen? Konnte man sie mit etwas Geschick so auslegen, daß die Götter niemals befohlen hatten, zu jedem Baktun ein neues Reich zu errichten?

Julkins Stimme riß ihn aus seinen Gedanken. »Viele glauben es, werter Herr. Daß unser Volk damals abgeirrt ist von dem vorbestimmten Pfad. Daß Tayasal nicht dort errichtet wurde, wo die Götter es wünschten. Es würde so vieles, ja alles erklären. Den Fluch, der seit langem auf uns liegt. Den Niedergang unser Baukunst. Die Vielzahl der Überschwemmungen und Dürrekatastrophen. Schrecken und Düsterkeit, die auf unserer Welt lasten, soweit ich zurückdenken kann.«

Narr! wollte Diego ihn anfahren. Doch er verbiß sich jeden Tadel. Julkin war in seiner Welt, ihren Gleichnissen und Gesetzen, befangen. Ging es ihm selbst denn anders? War sein Denken etwa frei? Unsinn.

»Es erklärt etwas ganz anderes.« Er sprach in Gedanken, weniger zu Julkin als zu sich selbst. »Wenn diese Pyramide schon hier gestanden hat, als Tayasal begründet wurde, kann Tayasal niemals ein Neues Reich gewesen sein. Bis dahin gebe ich dir recht. Aber es besteht noch immer, nach fast vierhundert Jahren, in Schönheit und Pracht.«

Jetzt erst sah er Julkin an. Seine Stimme widerhallte von der Mauer über ihnen. »Wie ist das möglich? Kannst du mir das erklären, Julkin? Heißt es nicht, das Gebot, mit jedem Baktun ein Neues Reich zu begründen, sei das wichtigste Gesetz, das die Götter euch auferlegt haben? Predigen eure oberen Priester nicht unablässig, daß die Götter Tayasal vernichten werden, wenn ihr gegen dieses Gebot verstoßt? Wie kann es da sein, daß Tayasal noch immer besteht? Mit manchen Sorgen und Problemen, gewiß. Aber das sind nur geringe Plagen, verglichen mit der angedrohten Strafe. Erkennst du nicht den Widerspruch?«

Er hielt inne. Julkin stand weit vorgebeugt, wie in Demut erstarrt. Aus geweiteten Augen sah er zu Diego hinab. »Welchen Widerspruch, lieber Herr?«

Der Pater holte Luft. »Entweder die Götter sind zu schwach, um ihre Drohung wahrzumachen. Oder das Gebot, zu jedem Baktun ein Neues Reich zu errichten, besteht gar nicht in Wirklichkeit. Nicht im Himmel und nicht in der Unterwelt. Sondern einzig in euren Köpfen.«

Auch Diego erhob sich nun, die lodernde Fackel in der Hand. Obwohl er sich weit vorbeugte, stieß er mit Kopf und Schultern an die Mauerschräge. Julkins Gesicht drückte Bestürzung aus. Ich verwirre ihn genauso, dachte Diego, wie er mich verwirrt. Im Traum hatte er selbst sich in Julkin verwandelt. Den Geliebten Ixkukuls, der ihren Leib mit kakaofarbenen Armen umschlang. Umgekehrt schien Julkin ihn, bewußt oder nicht, immer unverhohlener zu imitieren. Seine Sprechweise, seine Gesten. Oder bildete er sich das nur ein? Wohl kaum, dachte Diego. Schließlich hatte Julkin vorhin sogar *In nomine patris* ausgerufen. Die Zauberformel des Pferdegottpriesters. Kein Zweifel, dieser kleine Priester war regelrecht besessen von ihm.

»Nur in unseren Köpfen, ehrwürdiger Herr? Was bedeutet das?«

»Später, Julkin. Die Köpfe und die Herzen der Menschen sind die besten Verstecke überhaupt. Sehen wir erst einmal nach, was diese Pyramide verbirgt.« Seine Stimme klang belegt. Jäh kehrte das Schwindelgefühl zurück. Er setzte sich wieder auf die Stufe. »Du gehst voran. Ich folge, so schnell es glücken mag.« Im Sitzen wandte er sich um. Die Fackel in der Linken, begann er rückwärts die Treppe hinabzukriechen.

Nach wenigen Augenblicken war ihm Julkin enteilt. Leichtfüßig sprang der Bücherpriester die Stufen hinab. Seine Schritte hallten in der Tiefe. Doch der Pater nahm sie kaum wahr. Stufe um Stufe kroch er die Treppe hinunter, wie ein großes schwarzes Insekt. Qualm stieg von der Fackel auf und trieb ihm Tränen in die Augen. Mehrmals legte er eine Pause ein, bis sich seine Muskeln gelockert hatten. Die dreizehnte Stufe, dachte er. Die neununddreißigste, die zweiundfünfzigste. Bald mußte er am Ziel sein.

Auf einmal wurde ihm bewußt, wie klamm sich die Stufen hier unten anfühlten, nahe dem Fuß der Pyramide. Glitschig und feucht. Grundwasser, dachte er. Wenn durch das Fundament Wasser eingedrungen ist, finden wir dort drinnen nichts Brauchbares mehr. Keine Bücher, keine Formel der Wiederkehr. Ein sorgsam verpichter Bücherkrug mochte der Nässe einige Zeit standhalten. Aber nach und nach sickerte das Wasser durch die Poren des Tons. Und zersetzte die Bücher darin zu Brei.

Die unterste Stufe. Ächzend hockte sich Diego darauf und fuhr gleich wieder hoch. Feucht und weich. Mit der Fackel leuchtete er hin. Moos bedeckte die Stufe, grünschwarz und dicht wie ein Vlies. Jetzt hörte er auch das leise Murmeln, wie von einem Bach, der geschäftig dahinfloß.

»Wasser. Davon hat Tat in seinem Tagebuch nichts erwähnt.« Julkins Stimme klang bestürzt. »Als er vor neun Jahren hier unten war, muß dies alles noch trocken gewesen sein.« Während er sprach, machte er sich an einem Mauerstück zu schaffen. Einem mannshohen Steinquader neben der Treppe, der am Fuß der Pyramide handbreit aus der Wand vorsprang. Wieder schob er seine Finger in Höhlungen. Drückte mit der Faust in Mulden, bis abermals ein Malmen erklang. Stein rieb auf Stein. Unter lautem Knirschen glitt in der Pyramidenmauer eine Tür auf.

Julkin leuchtete in das Türloch hinein. Das Murmeln und Glucksen war lauter geworden. Unverkennbar kam es aus dem Innern der Pyramide. Es klang nun wie das Strömen eines Flusses, ein unterschwelliges Tosen, durch Echos verstärkt.

Der Bücherpriester stand wie erstarrt. Funken sprühten von seiner Fackel und erloschen zischend in Nässe und Moos. Diego trat neben ihn, vor die offene Tür. Ihre Silhouetten spiegelten sich auf dem Boden der inneren Pyramide. Wasser, durch die Türschwelle gestaut. Behutsam tauchte er einen Fuß hinein. Es fühlte sich warm an, schleimig, wie mit Schlamm vermengt. Als sein Fuß festen Boden berührte, stand er bis zum Schienbein in der Flut.

»Gehen wir hinein«, sagte er. »Wenn es hier drinnen Bücherkrüge gibt, stehen sie bestimmt nicht auf dem Boden. Sondern auf Sockeln oder in Regalen, wo das Wasser sie nicht erreichen kann.«

Julkin gab keine Antwort. Nur sein gepreßter Atem verriet, wie angespannt er war. Diego setzte auch den zweiten Fuß ins Wasser und watete einige Schritte weit in die Pyramide hinein. Hier drinnen war der Modergeruch fast unerträglich. Irgendwo tief unter ihnen toste die Strömung. Das ist nicht einfach Grundwasser, dachte er, sondern ein unterirdischer Fluß. Er machte einen weiteren Schritt. Sein rechtes Bein fuhr bis zum Knie ins Wasser. Er fuchtelte mit den Armen, um das Gleichgewicht nicht zu verlieren. Eine Stufe, dachte er. Die Fackel flackerte. Bizarre Schatten zuckten über die Wände. Jetzt erst erkannte er, wo sie sich befanden.

Ein schmaler Vorraum, kaum mehr als eine breitere Stufe. Er riskierte einen weiteren Schritt. Wieder eine Stufe. Nun reichte ihm das Wasser bis zu den Schenkeln. Kein Zweifel, dies war eine Treppe, die in steilem Gefälle unter die Erde führte. Und bis zur obersten Stufe überflutet war.

»Ich fürchte, ich habe mich geirrt.« Er wandte sich um. »Wir kommen zu spät, Julkin. Laß uns umkehren. Was immer sich dort unten befinden mag ...«

Er brachte seinen Satz nicht zu Ende. Mit einem erstickten Schrei drängte sich der Bücherpriester an ihm vorbei. Seine Fackel fiel ins Wasser und erlosch. Bis zum Gürtel versank Julkin in der fauligen Flut. Diego hörte, wie er seine Lungen mit Atemluft füllte. Dann tauchte der kleine Priester unter. Wo er eben noch gestanden hatte, war nur noch weißer Schaum auf dem Wasser zu sehen.

Für einen langen Moment stand Diego einfach nur da. Die Fackel fauchte. In der Tiefe toste die Strömung. Endlich teilte sich vor ihm wieder der schwarze Spiegel. Julkin kehrte zurück. Die Haare klebten ihm am Kopf, die Kutte am Leib. Sein Gesicht, seine Hände schlammverschmiert. Er hustete und keuchte. In den Armen hielt er eine große Amphore, so behutsam wie eine Geliebte.

Atemlos stapfte Julkin die Stufen hinauf. Diego folgte ihm, hinaus auf die äußere Treppe der Pyramide. Der Bücherpriester schien außer sich. Mit bebenden Händen setzte er den Krug auf eine bemooste Stufe. Fortwährend murmelte er unverständliche Worte, in einem Tonfall, als lege er heilige Schwüre ab.

Der Pater trat neben ihn, wortlos. Er hielt seine Fackel tiefer, so daß ihr Licht auf die Amphore fiel. Ein bauchiger Krug, drei Fuß hoch. Auf den ersten Blick wirkte er unbeschädigt. Doch jeder Zoll des tönernen Gefäßes war mit Schimmel und Schlamm bedeckt.

Noch immer murmelte Julkin unbegreifliche Schwüre. Mittlerweile zitterte er am ganzen Leib. Tränen strömten ihm über die Wangen, als er sein Messer unter der Tunika hervorzog. Er beugte sich über den Krug. Die gezähnte Klinge beschrieb einen Kreis auf dem Siegel, das den Hals der Amphore verschloß.

Dann löste er das Siegel. Mit kundigen Griffen zog er den Pfropf heraus. Ein Schwall widerwärtigen Gestanks brach aus dem Gefäß. Modergeruch, süßlich und nebelzäh.

Julkin schluchzte auf. Seine Hand näherte sich dem Hals der Amphore. Gewöhnlich holte er die Bücher hervor, indem er mit einem Arm bis zur Schulter in den Krug fuhr. Doch nun zögerte er. Endlich nahm er den Krug in beide Arme und wendete ihn um.

Für einen langen Moment geschah überhaupt nichts. Im Fackelschein standen die beiden Priester da und starrten auf den Krug in Julkins Armen.

Julkin sah zum Erschrecken aus. Seine Haare, sein Gesicht mit Schlamm gesprenkelt. Seine Augen unnatürlich weit. Die Tunika schwarz vor Nässe und Moder. Die Amphore hielt er an seine Brust gepreßt, kopfüber, wie einen Gegner in erbittertem Kampf.

Auf einmal tropfte es aus dem Hals des Kruges. Eine formlose Masse, teigig und bleich. Bunte Tupfer schwammen darauf, wie Aaskäfer schillernd. Verwesendes Fleisch, dachte Diego. Die Überreste eines Körpers, der seit Jahren in diesem Krug verfault.

Julkin stand wie erstarrt. Auf dem Boden unter dem Krug hatte sich eine zähe Pfütze gesammelt. Weißlicher Schleim. Zögernd trat Diego näher. Die Tupfer darauf waren keine Käfer. Er unterschied einen leuchtend gelben Ball, eine schwarze Axt, eine silberhelle Sichel.

Konnte es sein …? Er hielt den Atem an und ging neben der Pfütze in die Knie. Schriftzeichen, dachte er, kein Zweifel. Bunte Glyphen, schwimmend im Gallert. Edznab, das Opfermesser. Ein gezähntes Tor, das Zeichen für Xibalbá. Die gefiederte Himmelsschlange. Ein kühn geschwungener Bogen, die Brücke von Welt zu Welt. Dazu ein Strom von Ziffern und Zahlen. Dreihundertsechzig. Neun. Fünf. Dreizehn. Dann maisumrankt die heilige Acht der Wiederkehr …

Auf einmal klopfte ihm das Herz bis zum Hals. Er sah auf. *Die Formel*, wollte er sagen, Julkin, *sieh doch*. Sein Blick blieb an der Amphore haften, ihrem tönernen Hals. »Paß auf!«

Aber zu spät. Ein Schwall madenweißen Schleims quoll aus der Amphore. Die Fackel in Diegos Hand blakte. Der Schwall ergoß sich in die Pfütze. Der Pater riß die Augen auf. Von den Zeichen war nichts geblieben als ein Chaos bunter Spritzer auf dem bleichen Brei zersetzten Bastpapiers.

3

»Ehrwürdiger Lahkin, löbliche Priesterschaft, ich danke Euch, daß Ihr meinem Ruf gefolgt seid. Eure Pflichten sind zahlreich, Eure Zeit ist knapp. Um so glücklicher bin ich, daß Ihr alle meiner Bitte entsprochen habt.«

Fast alle. Der Blick des Pferdegottpriesters schweifte durch den Altarraum. Der gesamte oberste Priesterrat war in seinem Tempel erschienen. Nur B'ok-d'aantoj fehlte. Und Ixkukul. Er spürte einen schmerzhaften Stich. Später, dachte er. Noch am heutigen Tag würde er herausfinden, welches Geheimnis den obersten Priester Cha'acs und Ixkukul verband. Verschwörung oder Leidenschaft. Mord oder Liebe.

Er stemmte seine Hände auf den Altartisch. Vorerst galt es, in diesen Seelen die Saat des Zweifels zu säen. Und einer neuen Hoffnung. Er beugte sich vor. Die Silbersichel klirrte unter seiner Robe. »Ehrwürdige oberste Priester, ich erflehe Euren Rat. Vergangene Nacht, zur Stunde des Jaguars, ereilte mich eine weitere Vision. Ihr alle seid weise Männer, erfahren in der Zwiesprache mit den Göttern. Ich bitte Euch, helft mir, das Gesicht zu deuten, das mir der Pferdegott in dieser Nacht gesandt hat.«

Genau vor ihm, auf dem schwarzen Sessel in der vordersten Reihe, saß wieder der Lahkin. Nur drei Tage waren vergangen, seit sie zuletzt zusammengetroffen waren, im Palast des Canek. Dennoch schien es Diego, als sei der oberste Sonnengottpriester seitdem noch hinfälliger geworden. Sein Leib noch hagerer, seine Wangen noch eingefallener, das ganze Gesicht gläsern vor Müdigkeit. Nur die Augen des Lahkin glühten, zwei brennende Sterne in der Weite des Alls. Unablässig fixierte er den Pferdegottpriester, als ahne er, welchen Frevel der weiße Mann plante.

»Aufs neue entführte mich die Vision in den Thronsaal des göttlichen Pferdes. Wiederum durfte ich die geflügelten Rösser schauen, die um seinen Thron schweben. Unablässig riefen sie einander zu: ›*Heilig, heilig ist der Hengst der Herde. Von seiner Herrlichkeit ist die ganze Erde erfüllt.*‹ Und abermals fand ich mich auf dem Rücken eines geflügelten Pferdes, das mich gedankenschnell durch die Lüfte trug. Über Wald und Fluß, über Schlucht und Berg, bis wir wieder den großen See erreichten. Aus Wolkenhöhe sah ich hinab auf den blaugrünen Spiegel. In seiner Mitte erhob sich die Insel. Bis dahin, ehrwürdige Priester, war alles wie in der Vision, die mir das göttliche Pferd zu Sechs Cimi gesandt hatte.«

Er hielt inne. Der Blick des Lahkin durchbohrte ihn. Alle obersten Priester sahen ihn an. Voller Erwartung, in die sich bereits wieder Angst zu mischen schien. Grauen vor den Launen der Götter. Ihrem Wankelmut und Zorn.

»Das geflügelte Roß flog nun tiefer, der Insel im See entgegen. Inmitten der Insel ragte der Berg auf. Ich erkannte seinen spitzen Gipfel, die ebenmäßigen Flanken. Das geflügelte Roß ließ sich noch tiefer sinken. Und da sah ich, daß nicht der Berggipfel selbst von spitzer Gestalt ist. Oben auf dem Berg erstreckt sich vielmehr ein Plateau, löbliche Priester, flach und weit wie ...« Er hielt inne. »Der heilige Platz von Tayasal.«

Der Blick des Lahkin loderte. In Ajxoka'nals Miene malte sich Bestürzung. Als hätten die Worte des Pferdegottpriesters ihm sämtliche Kalendergötter durcheinander gewirbelt. Diego holte Luft und sah an der versammelten Priesterschaft vorbei, auf eine Säule im Hintergrund des Altarraums.

»Das Roß flog so tief, daß wir fast den Boden streiften. Ich sah alles ganz genau. Nicht der Berggipfel selbst ist spitz. Auf dem Plateau erhebt sich ein Bauwerk. Eine gewaltige Pyramide, von Menschenhand erbaut. ›*Dies ist die Stätte, die der Canek geschaut hat*‹, rief mir das geflügelte Roß zu. ›*Auf dieser Insel, Priester des Pferdegottes, errichtet Euer Neues Reich!*‹«

Abrupt legte er die Hände vor der Brust zusammen und wandte sich um. So verharrte er, mit dem Rücken zum Altarraum. In Verehrung des Pferdegottes, der ihm diese neue Vision geschenkt hatte.

Der Rappe glotzte auf ihn hinab. Die schädelgroßen Augen hervorgequollen, die Zähne zum äußersten gebleckt. Hinter ihm erhob sich Murmeln und Raunen. »Eine Pyramide?« hörte er. »Unmöglich!« Er unterschied den grämlichen Bariton des obersten Kalenderpriesters und den samtenen Baß jenes jugendlichen Hünen, der den Kult um den Maisgott hütete. Dazwischen immer wieder die kurzatmige Stimme Ajna'at-ju'ums, der ihm gestern bedeutet hatte, daß Julkin fiebernd darniederliege. Armer Julkin, dachte er. Die Entdeckungen des Vortags mußten ihn an Leib und Seele erschüttert haben. Die Zeichen im Gallert, wie sie aus der Amphore getropft waren, Für einen Moment hatte er selbst geglaubt, daß es die Formel der Wiederkehr sei. Blendwerk des Satans, dachte er nun. Auch um den kleinen Bücherpriester würde er sich später kümmern. Zunächst mußte er weitere Vorkehrungen treffen, um seinen eigenen Hals zu retten. Mit der Hilfe des Herrn.

Die Stimmen hinter ihm wurden lauter, der Tonfall erregter. Nur vom Lahkin war nichts zu hören. Sein Schweigen beunruhigte Diego mehr als die hitzigsten Einwürfe anderer oberster Priester. Seine Muskeln begannen sich zu verkrampfen. Langsam ließ er die Hände sinken und wandte sich wieder um.

Der Lahkin saß wie vorhin auf dem schwarzen Sessel, der viel zu groß schien für seine Gestalt. Sein Blick bohrte sich aufs neue in Diegos Augen. Mühsam erhob er sich und trat vor den Altar. Alles Raunen und Murmeln verstummte. Die obersten Priester spitzten die Ohren.

»Eine Pyramide, sagtet Ihr, Bruder Pferd?«

Der Pferdegottpriester nickte. »Ein gewaltiges Bauwerk, so alt wie ein Baktun. Womöglich noch älter.«

Für einen langen Moment sah ihn der oberste Sonnengottpriester nur wortlos an. Mit Augen voller Angst und Müdigkeit. Er raffte seine goldene Tunika über der Brust, als ob er fröstele. Endlich trat er einen Schritt zurück. »Unsere Gesandten.« Er rief es, mit krächzender Stimme. »Die Such- und Weihepriester, Bruder Pferd. Wenn Eure zweite Vision zutrifft, wurden sie falsch unterrichtet. Sie werden glauben, in die Irre gegangen zu sein. Niemand hat sie darauf vorbereitet, an der Stätte des Neuen Reichs ein Bauwerk vorzufinden. Was schlagt Ihr vor? Ihnen Boten nachzusenden, um sie von der neuen Lage zu unterrichten? Oder sollen wir annehmen, daß Ihr die jüngste Botschaft Eures Gottes mißverstanden habt?«

Sein Ton war schneidend geworden, seine Miene noch finsterer als sonst. Zwanzig Augenpaare fixierten den Pferdegottpriester.

Diego bemühte sich, die Blicke gleichmütig zu erwidern. »Kein Sterblicher ist vor Fehlern gefeit. Wie ich schon einmal zu Euch sagte, Bruder Sonne. Aber diesmal scheint mir ein Irrtum fast ausgeschlossen. Diese zweite Vision wurde mir doch offenbar gesandt, damit die Botschaft des ersten Gesichtes deutlicher werde. Eben deshalb trug mich das geflügelte Roß diesmal tiefer zur Stätte des Neuen Reichs hinab.«

Wieder erhob sich in der Priesterschaft ein Raunen. Verstohlen sah Diego nach rechts. Auf der Schwelle zur Sakristei hockte der Fallensteller. Doch Diego zögerte, ihm das bewährte Zeichen zu geben. *Fahr zur Hölle.* Julkins Worte fielen ihm ein. *Ich bin nicht mutig, Herr.* Ich auch nicht, dachte er, im Gegenteil. Ich bin feige wie ein geprügelter Hund.

»Ein altes Bauwerk auf der Stätte des Neuen Reichs«, ließ sich Ajna'at-ju'um vernehmen, »wie soll das zusammenpassen?« Schnaufend erhob er sich auf seinem Sitz hinter dem Lahkin. Die jadegrüne Tunika spannte sich über seinem Bauch.

Der Pferdegottpriester hob und senkte die Schultern. »Dazu vermag ich nichts zu sagen, Bruder Buch. Eben darum, löbliche Priester, erflehe ich Euren Rat. Ich bin nur ein Gesandter der Götter, wenig vertraut mit Eurer Überlieferung. Doch mir will scheinen, als enthalte dieses zweite Gesicht auch eine symbolische Botschaft. Als wollten die Götter uns daran gemahnen, daß sich alles Leben im Kreis bewegt. So daß wir das Neueste im Ältesten finden, das Morgen im Gestern, Leben im Tod.« Er hielt inne. »Heißt das aber nicht, daß uns auch die Suche nach Neuen Reichen im Kreis führt, über das Heute zurück in die Vergangenheit?«

Die obersten Priester wechselten verwirrte Blicke. Der Lahkin öffnete den Mund und schloß ihn wieder. Mit schleppenden Schritten kehrte er zu seinem Sessel zurück. Dort verharrte er längere Zeit, wortlos, das Kinn in eine Hand gestützt.

»Vielleicht habt Ihr recht, Bruder Pferd.« Wie dürftig die Stimme des Lahkin klang, scheppernd vor Alter und Müdigkeit. »Diese Botschaft Eures Gottes könnte ein solches Zeichen sein. Gewiß nicht das erste Zeichen dieser Art. Ein Wink der Götter, daß sich der Kreis der Maya schließt.« Er richtete sich in seinem Sessel auf. »Achtet auf weitere Zeichen, Bruder Pferd. Prägt Euch jede Einzelheit der Gesichte ein, die Eure Gottheit Euch schickt. Gerade auf die Einzelheiten kommt es an.«

Der Pferdegottpriester nickte ihm zu, weit über seinen Altar gebeugt. Wieder empfand er Sympathie für den alten Mann. Die Zähigkeit des Lahkin war bewundernswert. Unbeugsam trotzte sein Geist der Schwäche des Fleisches. Die Denkweise des Hohepriesters aber war ihm noch immer fremd. Welche Einzelheiten meinte der Lahkin? Hatte er überhaupt verstanden, welche Botschaft die angebliche zweite Vision des Pferdegottpriesters barg? Und wenn ja, war er bereit, eine solche Wendung zu akzeptieren? Was der Hohepriester über den Kreis der Maya gesagt hatte, dachte Diego, klang nach unerwarteter Zustimmung. Wenn dieser Kreis sich schloß, verschmolzen Gestern, Heute und Morgen. Und das Alte und das Neue Reich wurden eins. Wie am Jüngsten Tag.

»Das dunkle Wasser, Bruder Pferd.« Die Stimme des Lahkin riß ihn aus seinen Gedanken. »In dem ersten Gesicht, das Euch der Pferdegott sandte, erhob sich das Pyramidengebilde aus einer dunklen Flut. Habt Ihr diese Flut auch in Eurer jüngsten Vision gesehen?«

Diego erschauerte. Jetzt verstand er, was der Lahkin mit den Einzelheiten meinte. Die dunkle Flut. Er fuhr sich mit der Zunge über die Lippen. »Ihr habt recht, Bruder Sonne. Diese Einzelheit vergaß ich zu erwähnen. Auch diesmal sah ich das dunkle Wasser. Es umspülte die Flanken der Pyramide.« Angst kroch in ihm hoch. Sein Mund fühlte sich auf einmal wie verdorrt an. »Um welche Fluten es sich handelt, ich weiß es nicht. Der See war nicht über die Ufer getreten, soweit ich sah. Und die Pyramide steht hoch oben auf dem Berg. Kein Hochwasser könnte sie erreichen. Sowenig wie der Haltuna jemals den heiligen Platz von Tayasal überschwemmen kann.«

Hatte er sich zu weit vorgewagt? Der Lahkin sah ihn argwöhnisch an. Mit einer Miene, als sei ihm plötzlich klar geworden, wie es um den Priester des Pferdegottes stand. Die anderen obersten Priester wechselten Blicke voller Mißtrauen und Furcht. Furcht vor dem Zorn der Götter. Mißtrauen gegenüber dem bärtigen weißen Mann. Der sich seiner heiligen Pflicht durch frevlerische Reden zu entwinden suchte.

»Wollt Ihr sagen, Bruder Pferd, es sei der Wille der Götter, daß wir *kein* Neues Reich begründen?« Der oberste Bücherpriester erhob sich abermals aus seinem Sessel. »Daß wir in Tayasal bleiben – in diesem Baktun, im nächsten und bis zum Ende dieser Zeit? Ist das Eure Botschaft, weißer Mann – *daß wir die Gesetze unserer Götter brechen sollen?*«

»Nicht meine Botschaft«, sagte Diego. Weiter kam er nicht. Alle obersten Priester hatten sich von ihren Sitzen erhoben. Im Halbkreis kamen sie auf seinen Altar zu. Alle redeten erregt durcheinander. Der Lahkin verharrte als einziger auf seinem Platz. Mit dünner Stimme rief er unverständliche Befehle. Niemand achtete auf ihn.

Es war dieser Moment, in dem sich Diego entschloß, sein Nebenorakel einzusetzen. Hinter dem Altartisch machte er dem Fallsüchtigen ein Zeichen. Das umgekehrte Kreuz. *Fahr zur Hölle.* Augenblicklich heulte Yaxtun auf, so laut, daß die obersten Priester zusammenfuhren. Alle starrten den Fallsüchtigen an. Seine stämmige Gestalt, nackt bis auf das schwarze Schamtuch. Schon wälzte er sich auf dem Boden, vor der Tür zur Sakristei. Seine Kiefer malmten. Seine Augen weiße Bälle, schaurig anzusehen.

»Häupter der Helden – fliegen!« Er gurgelte. Die Zunge zuckte ihm im Mund. »Trunk der Götter – rot! Blut aus Hälsen – fließt!« Seine Finger krallten sich in sein eigenes Fleisch. Er kratzte sich die Brust blutig, den Bauch. »Dunkle Flut – strömt! Heiliger Platz – voller Blut!« Er heulte es hervor. Schaum troff von seinen Lippen. »Zu Ehren der Götter – seht nur, schlürfen das Blut!«

Die obersten Priester standen wie erstarrt. Sie alle sahen auf den Fallsüchtigen, der sich in Krämpfen auf dem Tempelboden wand. Sein Schamtuch zerrissen, Brust und Bauch blutüberströmt. »Heilige Raserei«, murmelte einer. »Stimmen der Götter«, ein anderer. Noch immer stammelte Yaxtun Weissagungen. Zu verstehen war nichts mehr.

Diego trat zu ihm und beugte sich über den Tobenden. Gewaltsam hielt er seine Hände fest und flüsterte ihm die Formel ins Ohr. *»Weiche von mir, Satan. Denn mein ist die Seele des Herrn.«*

Der Fallensteller winselte es ihm nach. Mit greller Stimme, hechelnd und atemlos. Augenblicklich wich der Krampf. Yaxtun sank in sich zusammen. Seine Augen schlossen sich. Reglos lag er da. Auf der Seite, ein wenig eingekrümmt zu der Form eines Halbmondes.

Der Pferdegottpriester richtete sich auf. »Wie sehr Ihr recht hattet, Bruder Sonne.« Er ging auf den Lahkin zu. Wie Wasser teilte sich vor ihm die Menge der obersten Priester. »Auf die Einzelheiten kommt es an. Die Götter haben zu uns gesprochen. Durch den Mund meines niederen Priesters Yaxtun. Die dunkle Flut. Sie umspült die Pyramide.« Er deutete zum Ausgang des Tempels. Dahinter lag im Mittagslicht der heilige Platz. »In einem Meer von Opferblut versinkt das Alte Reich.« Er erschauerte, so heftig, als hauche der Satan selbst ihn mit frostigem Atem an. »Und aus den dunklen Fluten«, rief er, »steigt das Neue Reich!«

4 Die Stunde des Adlers. Ahau Kinich blies seinen Glutatem über die Stadt. Die Luft flirrte vor Hitze. Wer es irgend vermeiden konnte, setzte um diese Tageszeit keinen Fuß vor die Tür. Nur der Pferdegottpriester irrte seit Stunden durch Tayasal.

Innere Unruhe trieb ihn voran. Weiter und weiter. Zum Hafen hinab, durch ein Gewirr von Gassen, ziellos im Kreis. Schneller und schneller. Dabei klopften ihm Hitze und Erschöpfung schon in den Schläfen. Und seine Kehle war wie verdorrt.

Dennoch eilte er weiter. Grußlos, blicklos, durch Gassen und Straßen, wo er nie zuvor gewesen war. In Gedanken kehrte er immer wieder zu Ixkukul zurück. Unsere Liebe, dachte er. O ihr Götter. Uns bleibt nicht die geringste Chance.

Vorhin, nach dem Ende der Ratsversammlung, war er abermals zum Tempel der Mondgöttin geeilt. Diesmal war die Straßentür offen gewesen. Im Vorraum eine niedere Priesterin Ixquics, in silbernem Gewand.

»Melde mich bei Ixkukul. Ich muß sie sehen. Sofort.« Er zwang sich, in beiläufigem Ton zu sprechen. Das Mädchen anzulächeln, was ihm allerdings leichtfiel. Sie sah bezaubernd aus. Ihre mädchenhaften Brüste unter der Tunika. Ihre geschwungenen Lippen, glänzend und überaus rot.

»Die oberste Priesterin hat sich zur Meditation zurückgezogen. Vor Tagen schon. Wir dürfen sie nicht stören, unter keinen Umständen, ehrwürdiger Herr.«

»Außer wenn ich sie sprechen muß. Laß mich ein.«

Er wollte sich an ihr vorbeidrängen, zur inneren Tür. Die kleine Priesterin sprang ihm förmlich in den Weg. Sie preßte sich mit dem Rücken an das Türblatt. Ihr Atem ging stoßweise. Diego starrte auf ihre Brüste, die sich unter dem silbernen Stoff hoben und senkten.

»Laß mich vorbei.« Er hob eine Hand und ließ sie wieder sinken. Jetzt erst erkannte er, wer dieses Mädchen war. Siyil. *Das Geschenk.* Cristóbals Sündenfall. Das Blut begann in seinen Adern zu rauschen.

»Ihr dürft mich küssen.« Selbst ihre Stimme klang silbrig. Flirrend wie der Halbmond in der schwarzen Flut ihres Haars. »Ihr dürft mich umarmen, Herr. Aber Ihr dürft nicht durch diese Tür. So befiehlt es Ixkukul.«

Er sprang sie regelrecht an, mit seinem Blick. In diesen Momenten wahrhaftig Satan untertan. Ein würgendes Gefühl in seiner Kehle. Ein Wühlen und Wüten in den Lenden. Das wilde Zeichen unter seiner Robe, nur notdürftig verdeckt. Siyils Lächeln. Ihre Hände, die sich ihm entgegenstreckten. Beinahe hätte er sie ergriffen, beinahe.

Dann wandte er sich um und rannte davon, durch die verwahrloste Gasse, zwischen Scherben, Vogelkadavern, Geröll. Sein Atem ging keuchend. Seine Wangen brannten. Er taumelte durch Gassen, über sonnenverglühte Plätze, ohne auf den Weg zu achten.

Du mußt mich erkennen. In Gedanken hörte er Ixkukuls Stimme, gebieterisch und hell. *Erst dann darf ich dich erhören. So will es das göttliche Gesetz.* Beinahe hätte er aufgelacht. Sie erkennen? Es hätte wahrhaftig nicht viel gefehlt, dachte er, und ich hätte die kleine Siyil erkannt. Wenn auch im biblischen Sinn des Wortes. Sie besprungen mit der Brunst eines Keilers. In ihren Leib eingedrungen, wie die Satansschlange in ihre Höhle schießt.

An einer Straßenecke blieb er stehen. Wischte sich den Schweiß von der Stirn, aus dem Kragen. Sah um sich. In diesem Teil der Stadt war er noch nie gewesen. Der Anblick erschreckte ihn. Niedrige Häuser, nachlässig erbaut. Fensterlöcher, aus denen Armut glotzte. Die Straße eng, löchrig, mit Schmutz und Kot bedeckt.

Unter einem Binsendach hockten Händler zu dreien und boten die übliche Ware feil. Bunte Tücher. Stapel von Tortillas. Gedünstete Maiskolben. Krüge voll schäumenden Biers, auf einem Tischchen aufgereiht. Beim Anblick des weißen

Priesters legten sie ihre Hände vor der Brust zusammen und die Köpfe ins Genick. Verehrungsvoll. *Ahau Kinich sei mit dir, Priester des Rosses.*

Diego neigte den Kopf. Beugte sich zu ihnen hinab und nahm einen Krug Maisbier auf. Er fischte eines der Jadeplättchen aus der Tasche, die den Maya als Münzen dienten. Doch die Händler wollten es nicht nehmen. »Gewährt uns die Gunst, Retter der Maya, Euch dieses Labsal zu schenken.«

Er goß sich das Bier in die Kehle und machte, daß er wegkam. *Retter der Maya.* Lachhaft, grauenhaft, dachte er. Nichts und niemanden würde er retten, nicht einmal die eigene nackte Haut. Er fühlte sich einsamer denn je. Verloren, verirrt. Die Zeit zerrann ihm zwischen den Fingern, und er kam nicht vom Fleck. Oder wenn doch, dann in die falsche Richtung. Noch rascher dem Abgrund entgegen.

Nichts, dachte er, nichts ist mir geglückt, seit ich zum Priester des Pferdegottes wurde. Als wollte der Herr mich strafen für meinen Frevel. Wie würden der Lahkin und die anderen obersten Priester aufnehmen, was er ihnen vorhin eröffnet hatte? Seine angebliche zweite Vision. Schlau erdacht, um den Priesterrat einzustimmen auf seine kühne, allzu kühne Auslegung des göttlichen Gebotes. Für die er bis heute nicht den Schatten eines Beweises aufgetrieben hatte. Kein Buch, kein noch so kümmerliches Schriftstück. Würden sie seine unerhörte Botschaft glauben – daß das Neue Reich auf geheimnisvolle Weise mit Tayasal identisch sei? *In einem Meer von Opferblut versinkt das Alte Reich.* Hatte wirklich er vorhin diese Worte ausgerufen? Wieder erschauerte er. *Die dunkle Flut.*

Er blieb stehen und sah um sich. Den Bierkrug in der Hand, war er weitergegangen, ohne auf den Weg zu achten. Eine abschüssige Gasse hinab, zurück zum großen See. Er stellte den leeren Krug in ein Fenster und trat auf den Kaiweg. Vor ihm dehnte sich, blaugrün und unbewegt, der Haltuna. Linker Hand lagen Langboote an der Pier vertäut. Rechts säumten schmale Fischerhäuser den Kai. Dahinter, vielleicht dreihundert Schritte weit, erhob sich der breite maisgelbe Bau. Die königliche Hafenverwaltung.

Diego entschloß sich, nach rechts zu gehen. Vor Erschöpfung glaubte er fast zu schweben. Bei jedem Schritt summte und pochte es in seinem Kopf. Was auch immer in der inneren Bücherpyramide geruht haben mochte, dachte er, das Wasser hatte alles zerstört. Julkins Träume und meine eigene Hoffnung dazu. Die Müdigkeit verstärkte noch die Mutlosigkeit, die ihn erfaßt hatte. Alles vergebens, dachte er. Niemals werde ich Ixkukul umarmen, niemals die obersten Priester davon überzeugen, daß ihr Neues Reich nirgendwo anders ist als hier. In Tayasal, der Stadt meines Schicksals. Die von den Göttern gesetzte Frist würde verstreichen. Die obersten Priester würden erkennen, daß er keinerlei Zauberkraft besaß. Daß ihn nicht die Götter gesandt hatten. Daß er nur deshalb nach Tayasal gekommen war, weil er die Priesterin einer Gottheit von geringem Ansehen liebte. Eine Priesterin überdies, die seine Liebe nicht erwidern durfte. Weil es den Teufelsgötzen so gefiel.

An der Kaimauer machte ein Boot fest, einige Schritte voraus. Diego blieb stehen. Mechanisch wischte er sich mit dem Ärmel über Wangen und Stirn. Er lehnte sich an die Mauer. Aus dem Boot stieg ein Fischer aus. Ein junger Mann noch, von kräftiger Gestalt, nur mit dem Schamtuch bekleidet. Er sprang auf den Kai und beugte sich noch einmal hinab zu seinem Boot. Ich kenne ihn, dachte Diego, aber woher? Der junge Fischer richtete sich auf. Die Muskeln an seinen Armen schwollen an, als er ein Netz über die Mauer zog. Fische zappelten darin, zu Hunderten, silbrige Leiber, in der Sonne glänzend.

Ajsät, dachte Diego, hieß er nicht so? Er setzte sich wieder in Bewegung. Sein Herz klopfte rascher. Dabei wußte er noch immer nicht, wer dieser junge Fischer war. Er beschleunigte seine Schritte. Der Fischer warf sich das pralle Netz über den Rücken. Tief gebückt stapfte er über die Straße, auf eines der schmalen Fischerhäuschen zu.

»Ajsät?«

Schon auf der Schwelle, wandte sich der Fischer zu ihm um. Trübe Augen, stumpfe Miene. Wie eine Tafel, die gänzlich leer gewischt worden war. Sein Blick streifte Diego. Kein

Zeichen des Erkennens veränderte sein glattes Gesicht. Er packte sein Netz fester und stapfte ins Haus.

Er ist es, kein Zweifel, dachte Diego. Der Bruder von Ixlitz und Ixmu'uk. Als ich in der Kammer bei ihnen lag, stolperte er herein. Ohne sich zu besinnen, überquerte er die Straße und eilte hinter Ajsät her.

Die Türschwelle war unerwartet klobig. Er stolperte darüber und taumelte in einen schmalen Flur. Von Ajsät keine Spur mehr. Er sah um sich. Links und rechts zweigten Türen ab, ebenso am Ende des Gangs. Er öffnete die linke Tür. Eine Kammer, eng und düster. Gestank nach verwesenden Fischen. Rasch zog er die Tür wieder zu. Von der rechten Kammer erwartete er nichts Besseres. So eilte er weiter, zum Ende des Flurs.

Diese Tür war verschlossen. Er pochte. Keine Antwort. Er klopfte stärker. Niemand kümmerte sich um ihn. Da legte er eine Schulter ans Holz und drückte das Türblatt ein. Dahinter ein Innenhof, eng und langgestreckt. Diego durchquerte ihn. Mittlerweile pochte ihm das Herz bis in den Hals. Warum nur? Er wußte es nicht. Und ahnte es noch immer nicht, als er die Tür am anderen Ende des Hofes öffnete.

Ein weiter Raum, hell und doch angenehm kühl. Die Wände bedeckt mit Regalen. Darin tönerne Amphoren, Stapel von Faltbüchern, losen Bastpapieren. Weitere Bücher lagen umher, auf dem Boden und einem niederen Tisch.

An der Wand, in einer Hängematte, lag ein junger Mann, gehüllt in eine einfache weiße Tunika. Nicht Ajsät, der Fischer. Auch von Ixlitz und Ixinu'uk war nichts zu sehen.

Der junge Mann schien zu schlafen. Erst als er sich in seiner Matte umwandte, erkannte Diego, wer es war. Der Anblick erstaunte ihn so sehr, daß er lächeln mußte. Leise trat er näher. »Julkin.«

Der Bücherpriester öffnete die Augen. In der Hand hielt er ein Blatt, bedeckt mit Zeichen in gleichmäßigen Reihen. Rasch versuchte er das Blatt vor dem Pferdegottpriester zu verbergen.

Diego nahm es ihm aus der Hand. »Laß sehen.« Er starrte auf das Blatt. Die Zeichen verschwammen vor seinen Augen.

Wieder und wieder las er, was Julkin säuberlich aufgeschrieben hatte.

»Der Herr saß auf seinem hohen und erhabenen Thron.
Der Saum seines Gewandes füllte den Tempel aus.
Seraphim standen über ihm. Jeder hatte sechs Flügel.
Mit zwei Flügeln bedeckten sie ihr Gesicht,
mit zwei Flügeln bedeckten sie ihre Füße,
mit zwei Flügeln flogen sie. Sie riefen einander zu:
›Heilig, heilig ist der Herr der Heere.
Von seiner Herrlichkeit ist die ganze Erde erfüllt.‹«

Endlich ließ er das Blatt sinken. »Wo hast du das her?« Er war immer noch fassungslos.

»Verzeiht mir, werter Herr.« Julkin richtete sich in seiner Hängematte auf. Sein Gesicht glühte, vor Fieber und Scham. Und wohl auch vor Stolz. »Was ich getan habe, ist unverzeihlich. In den Nächten bin ich in Euren Tempel eingedrungen und habe heimlich das Buch auf Eurem Altar studiert. Die Heilige Schrift des Pferdegottes.«

Der Pater schüttelte den Kopf. Beinahe hätte er laut aufgelacht. Dieser Büchernarr. Julkin hatte wahrhaftig einen lateinischen Text abgeschrieben, und überdies in Fraktur. »Weißt du überhaupt, was du da geschrieben hast?«

»Ich … bin nicht sicher, lieber Herr.« Julkin glitt aus der Hängematte. »*Seraphim*, sagt doch, was soll das sein?«

»Geflügelte Pferde.« Diego antwortete, ohne nachzudenken. Erst dann fuhr er innerlich zusammen.

»Und mit dem ›Herrn‹ ist natürlich der Pferdegott gemeint?«

Diego sah ihn durchdringend an. Nicht zum ersten Mal argwöhnte er, daß sich der kleine Schriftgelehrte über ihn lustig machte. »Der göttliche Rappe«, brummte er schließlich, »wer sonst.«

»Und Ihr verzeiht mir?« Julkin sank vor ihm auf die Knie. »Bitte, lieber Herr.« Mit heißen Händen umfaßte er die Rechte des Pferdegottpriesters und bedeckte sie mit Küssen. »Heute morgen, im Traum, ereilte mich eine Vision.« Seine

Stimme klang fiebrig. »Noch einmal kehrten wir in die innere Pyramide zurück. Ihr und ich, ehrwürdiger Herr.«

Endlich gelang es Diego, ihm seine Hand zu entziehen. Der Bücherpriester erhob sich taumelnd. Seine Augen glänzten. »Das Gewölbe stand unter Wasser, wie wir es gestern sahen. Gemeinsam tauchten wir hinab.« Aufs neue versuchte er Diegos Hand zu packen. Der Pater wich zurück und verschränkte die Arme. »Dort unten fanden wir eine weitere Amphore, wohlverwahrt unter der Wasserlinie. Ich öffnete den Krug. Das Buch darin war unversehrt. Aber ich konnte seine Botschaft nicht lesen, werter Herr. Jemand trat ins Zimmer und weckte mich aus meinem Traum.«

»War es Ajsät?« fragte Diego.

Julkin sah ihn gleichmütig an. »Ajsät, lieber Herr? Wer soll das sein?«

»Der junge Fischer. Er wohnt dort vorn, am anderen Ende des Hofes.« Er deutete zur Tür.

»Durch diesen Hof seid Ihr gekommen?« Julkins Miene drückte Erstaunen aus. »Seit langer Zeit hat niemand diesen Weg benutzt. Ich selbst und alle, die mich besuchen, nehmen stets diese Tür.« Er wies auf einen weiteren Eingang, der zwischen den Regalen halb verborgen war. »War die Tür an der Hafenseite nicht verriegelt? Vor vielen Jahren ließ mein Vater sie verschließen. Zu meinem Schutz, wie er sagte. Da dort eine Sippe mit verderbten Sitten eingezogen sei.«

»Verderbt?« Der Pferdegottpriester räusperte sich. »Nun, wie dem auch sei. Um auf deine Vision zurückzukommen, Julkin – sobald du wieder bei Kräften bist, sollten wir nachsehen, ob in der inneren Pyramide nicht doch noch ein leserliches Buch zu finden ist.«

»Bei Kräften?« rief Julkin. »Ich beschwöre Euch, laßt uns eilen!« Noch während er sprach, streifte er seine Tunika ab und griff nach der jadegrünen Robe des Bücherpriesters.

»Morgen«, sagte Diego. »Hole mich zur Stunde des Hahns in meinem Tempel ab.« Für heute war es genug. Ohne eine Antwort abzuwarten, nickte er dem Bücherpriester zu. Dann trat er durch die Tür zwischen den Regalen nach draußen.

Er fand sich in einer wohlbekannten Gasse wieder. Zwischen verwahrlosten Häusern, Ruinen fast. Fassaden, von denen flüssiger Stein bröckelte. Durch Löcher in den Mauern flogen Vögel aus und ein. Auf dem Boden häuften sich Scherben, Unrat, Tierskelette.

Erstaunt sah Diego um sich. Hier wohnte Julkin? Ein Verdacht stieg in ihm auf, ungreifbar, nebelhaft. Es war die Gasse des Tempels der Mondgöttin.

5 Die Dinge entglitten ihm. Zumindest schien es ihm so. Er fühlte sich wie ein Narr. Diesmal wurde ihm nicht einmal die Straßentür aufgetan. Wie heftig er auch mit der Faust dagegen schlug.

Die oberste Priesterin hat sich zur Meditation zurückgezogen. Warum hatte er sich vorhin abspeisen lassen mit diesem Spruch? Eine Lüge, dachte er, so offensichtlich wie dreist. Weshalb aber ließ sich Ixkukul vor ihm verleugnen? Weil die Götter geboten, daß er sie erst erkennen, sich ihrer erinnern mußte aus früheren Leben? Oder weil sie unterdessen heimlich mit B'ok-d'aantoj zusammentraf?

Er knirschte mit den Zähnen. »Aufmachen! Ich befehle es!« Er hämmerte mit beiden Fäusten gegen die Tür. »Im Namen …« Welchen Gottes? Er verstummte. Schlug sich mit der Hand auf die Stirn. Narr! Viel zu lange hatte er gezögert. Aus Feigheit, warum sonst. Aus Furcht vor B'ok-d'aantoj, dem Nebenbuhler. *Zorniger Tapir.* Oberster Priester Cha'acs. Drahtzieher grausigster Massaker. Und Liebhaber Ixkukuls dazu?

Wieder ballte er die Fäuste. Ein letztes Mal hieb er gegen die Tempeltür. Niemand antwortete, niemand öffnete. Da wandte er sich um und ging davon. Durch die Gasse, zurück zu der hellen Straße zwischen Hafen und heiligem Platz. Die Pyramide des Regengottes, dachte er. Lange genug hatte er sie gemieden. Allzu lange. Nun würde er B'ok-d'aantoj zur Rede stellen. Sein Magen krampfte sich zusammen. Zur Rede oder zum Kampf.

Die Straße hinauf zum Platz lag im schrägen Nachmittagslicht. Schon von weitem faßte er B'ok-d'aantojs Festung in den Blick. Ein Steinkoloß, von unbestimmter Form, wolkenhaft, höher noch als die Bücherpyramide daneben. Auf ihrem First der Tempel Cha'acs, ein riesenhafter Schädel, leuchtend rot. Und über seinem Eingang die Rüsselnase des Regengottes, dreist in den Himmel ragend.

Außer Atem erreichte er den heiligen Platz. Priester wandelten durch die Alleen, in Bücher oder Gespräch vertieft. Heute hatte er keinen Blick für sie, ihre feierliche Pracht. Er ließ die Bücherpyramide links liegen. Vor ihm ragte das Bauwerk des Regengottes auf.

Stufen wie für Riesen. Sogleich machte er sich an den Aufstieg. Ohne zu verschnaufen, ohne sich zu besinnen, als fürchte er zu erkennen, daß sein Mut nur vorgespiegelt sei. So wie er vorhin geargwöhnt hatte, daß Julkin nur vorgab, den jungen Fischer nicht zu kennen. Aber warum hätte er es leugnen sollen? Und weshalb bin ich Ajsät überhaupt in jenes Haus gefolgt? Wie sonderbar, dachte er, Stufe um Stufe erklimmend. Und wie seltsam, daß ich am Ende des Hofes auf Julkin stieß. Es war wie ein Wirrwarr von Bildern im Traum. Ohne Logik zusammengefügt. Oder von höherer Hand.

Der Schweiß lief ihm in den Kragen. Immer wieder sah er nach oben, darauf gefaßt, daß ihm Tempelwächter entgegentraten. Doch niemand kümmerte sich um ihn. Hinter ihm, unter ihm dehnte sich der heilige Platz. Er wagte es nicht, sich umzudrehen, aus Angst vor jähem Schwindelgefühl. Was sollte er sagen, wenn er gleich vor B'ok-d'aantoj stand? Ihn mit Vorwürfen überschütten? Ihn fragen, ob die Priesterin Ixquics in seinem Tempel sei? Das sicher nicht. Ihm auf die Stirn zusagen, welcher Verbrechen er ihn verdächtigte?

Nun, es würde sich weisen. Er trat auf den First der Pyramide. Einen Moment mußte er nun doch verschnaufen, die Hände auf die Hüften gestemmt. Die Stärke des Windes erstaunte ihn, wie jedesmal, wenn er eine Pyramide erklomm. In diesen Höhen wirbelte die Luft bei Nacht und Tag.

Endlich beruhigte sich sein Atem. Er straffte sich und ging auf den Tempel Cha'acs zu. Der ganze Bau war wie ein riesiger Götterschädel geformt. Das Tor ein überbreites Maul, verschlossen und schwarz. Zu beiden Seiten tellerrunde Fensterlöcher, von solcher Größe, daß ein Mann aufrecht darin stehen konnte. Oder deren drei. In jedem Fenster tauchten nun nebelgraue Wächter auf. Für die Dauer eines Lidschlags standen sie starr in Cha'acs Augenhöhlen. Dann sprangen sie hinaus auf den First. Sechs bullige Gestalten, die Arme vor der Brust verschränkt. Sie umringten ihn, ohne ein Wort. Sechs, fiel ihm ein, die Zahl Cha'acs.

»Ein wenig freundlicher Empfang.« Seine Stimme klang brüchig. »Meldet mich bei B'ok-d'aantoj. Sagt ihm, daß der oberste Priester des Pferdegottes ihn sprechen will.«

Sie drängten ihn zurück zur Treppe, noch immer wortlos. Arme rempelten ihn, Hände schoben, Knie trieben ihn zum Rand. Wollten sie ihn etwa die Stufen hinabstoßen? Er sah in ihre Gesichter. Sechs junge Fratzen, glatt und leer. Rasch wandte er sich um. Eine Treppe wie ein Berghang, so steil und hoch. In der Tiefe der heilige Platz, erstrahlend im Licht des frühen Abends. Wer hier hinabstürzte, war tot und zerstückt, lange bevor sein Körper unten aufschlug. Aber sie würden es nicht wagen.

Ein Schlag auf seinen Rücken. Er strauchelte. »Zum Teufel, laßt das sein!« Weitere Hiebe. Er taumelte die Stufen hinab. Noch immer hatten sie kein Wort gesprochen. Nicht untereinander, nicht zu ihm. Mit Knien und Schultern stießen sie ihn treppab. Stufe um Stufe. Mehrfach versuchte er innezuhalten, sich umzuwenden. Jedesmal prasselten Fäuste auf seinen Rücken, seine Arme ein. Gleichmäßig, schmerzhaft. Bis er es aufgab. Und die Treppe hinunter rannte wie ein geprügelter Hund.

Erst am Fuß der Pyramide wagte Diego innezuhalten. Sein Atem ging keuchend. Sein Rücken brannte. Verfluchter Teufelspriester, dachte er, das büßt du mir. Jeden einzelnen Hieb. Doch ärger als die Schläge brannte in seinem Innern die Schmach.

Er wandte sich um. Sein Blick irrte die Pyramide hinauf. Sonderbar. Von den sechs Tempelwächtern war auf der ganzen himmelhohen Treppe nichts zu sehen. Wo hatten sie sich verborgen? Und zu welchem Zweck? Die Pyramidentreppen waren wie gigantische Bühnen. Den Blicken preisgegeben, was immer sich dort abspielte. Hunderte Priester auf dem heiligen Platz mußten beobachtet haben, was auf B'okd'aantojs Pyramide geschehen war.

Diesmal bist du zu weit gegangen, Zorniger Tapir. Alles in ihm schrie nach Rache. Er würde in den Tempel des Lahkin eilen, auf der Stelle, und verlangen, daß der oberste Regengottpriester bestraft würde. Unter diesem Gedanken wandte er sich wieder dem Platz zu.

Ihm gegenüber, in einer Entfernung von dreihundert Schritten, erhob sich der Tempel des Sonnengottes, die gewaltige Säulenhalle auf ihrem eigenen Plateau. Diego blinzelte in die Abendsonne. Ein Traum, dachte er. Teuflisches Blendwerk. Doch es war kein Traum und auch kein Trug. Der ganze weite Platz war menschenleer.

»Feige wie die Franziskaner.« Er murmelte es auf Kastilisch. Der Spruch aus alten Zeiten schürte seinen Zorn nur noch mehr. Mit wehender Kutte eilte er über den Platz. In hundert Höhlen verkrochen, dachte er, aus Angst vor dem obersten Priester Cha'acs. Aus tausend Fensterlöchern mochten sie nun nach ihm schielen, sich weiden an seiner Schmach. Etwas schrie auf in ihm. Allein, mein Leben lang allein! Verlassen, verloren, immer schon. Gebraucht, benutzt, doch nie geliebt. Von Menschen nicht und nicht von Geistern. Er stürmte über den Platz. Nicht zum Tempel des Lahkin. Wie töricht, dachte er, auch nur einen Moment zu glauben, daß der alte Mann mir beistehen würde. Gegen B'ok-d'aantoj, den der Hohepriester wahrscheinlich noch mehr fürchtet als ich selbst.

Noch immer kochte er vor Zorn. Sein Rücken, seine Schultern schmerzten. So hastete er auf seinen Tempel zu, die Stufen empor zu dem pferdegestaltigen Bau. Das schwarze Maul verschlang ihn. Er eilte den Gang hinauf. Erst im Altarraum wurde er ruhiger. Kühle umfing ihn, Dämmerlicht. Er sank in einen Sessel. Lange verharrte er so. Reglos, gedankenlos. Bis ihm bewußt wurde, wo er saß. In dem schwarzen Sessel des Lahkin.

Er sprang auf. Wieder ergriff ihn Unruhe. Es war nicht der erste Angriff B'ok-d'aantojs. Aber der erste Hieb, den der Regengottpriester vor aller Augen gegen ihn geführt hatte. Niemand war ihm zu Hilfe geeilt. Beim nächsten Mal würde sich B'ok-d'aantoj nicht damit begnügen, ihn von seiner Pyramide zu verjagen.

Was sollte er tun? Aus Tayasal fliehen? Sein Scheitern eingestehen? Unmöglich. Nicht nur, weil er aus der Alten Welt verbannt war. Tayasal war sein Schicksal. Längst war er Ixkukul verfallen, ihrem Lächeln, ihrem Silberglanz. Er mußte bleiben. Mit ihr leben, bis zum Ende seiner Tage. Oder ohne sie sein Leben verröcheln. Auf dem Altar der Opferpriester, in kaum mehr als einem Uinal.

Er trat hinter seinen Altar. In seinem Rücken spürte er die Präsenz des kolossalen Pferdes. Sein Blick schweifte über den Altartisch. Die schadhafte Bibel, aufgeschlagen bei der Vision des Propheten Jesaja. Daneben stand ein wohlgefüllter Krug. Er setzte ihn an die Lippen. Goß sich den Kakaoschnaps in die Kehle. Für einen Moment fürchtete er, sich erbrechen zu müssen. Dieser grauenvolle Geschmack, ranzig und übersüß. Trunk der Gottessöhne. In seinem Kopf begann es zu brausen. Abermals setzte er den Krug an und leerte ihn bis zur Neige.

Ein Rascheln aus den hinteren Gemächern. Er horchte auf. Wer konnte das sein? Gewiß nur Yaxtun. Oder waren Hernán und Cristo zurückgekehrt? Die beiden mieden den Tempel seit Tagen. Er eilte in die Sakristei. Von den Schlafgemächern her erklang ein Kichern, leise und silberhell. Eine Frau? Er stürmte in den vorderen Schlafraum. Nichts. Die Lager von Hernán und Cristóbal verwaist. Nur Yaxtun lag in seinem Winkel, in tiefem Schlaf wie beinahe stets.

Abermals das silberhelle Lachen. Aus meinem Gemach, kein Zweifel, dachte er. Auf Zehenspitzen schlich er zur Zwischentür. Ixtz'ak? Oder war Ixkukul zu ihm gekommen? Verlangte sie nicht länger, daß er ein satanisches Gebot erfüllte, das für Menschen unerfüllbar war? Erwartung durchströmte ihn. Vermischte sich mit dem Zorn, der noch immer in ihm glühte. Und mit dem Göttertrunk in seinem Geist. Er verharrte auf der Schwelle. Ein wenig taumelnd. Lange starrte er sie an. Ohne zu begreifen, wen er vor sich sah.

Sie stand mitten im Zimmer, den Rücken ihm zugewandt. Die silberne Robe umspannte ihre schlanke Gestalt. Die Flut ihres Haars floß auf ihre Schultern. An einer Seite ihres Kopfes schwebte der silberne Halbmond, schaukelnd wie in leichter Strömung. Das Zeichen Ixquics.

Wieder lachte sie leise auf. Legte die Hände auf die Hüften und schüttelte den Kopf, als könne sie nicht glauben, was sie sah. Das Mosaikbild auf dem Boden. Den fliegenden Gaul, der dem Betrachter seine Hinterpartie darbot. *Engelarsch.* Wie in Trance ging er auf sie zu. Für einen Augenblick hatte er wirklich geglaubt, daß sie gekommen wäre. Aber sie hatte wieder nur ihre kleine Gehilfin geschickt. Siyil. Sein Herz begann hart und hämmernd zu schlagen. Das Blut brauste ihm in den Ohren. Der Göttertrunk toste ihm durch Geist und Glieder. Seine Kehle plötzlich wie verdorrt. Er legte eine Hand auf ihre Schulter. Sie fuhr zusammen. Ehe sie etwas sagen konnte, legte er seine Linke auf ihren Mund. Er zog sie an sich. Mit der Rechten umschlang er ihre Hüfte. So drängte er sie zu seiner Lagerstatt.

Sie fiel auf das weiche Gewirr aus Decken und Fellen. Sofort wandte sie sich um zu ihm, leise lachend. Etwa über ihn? Eine rote Woge rollte in ihm empor. Er keuchte. Wie durch einen Schleier sah er das Mädchen, ihre Lippen, ihre Brüste, wippend unter dem Silberkleid. Im nächsten Moment war sie nackt. Die Tunika in Fetzen. Er lag auf ihrem Leib. In seiner Mitte eine ungeheure Hitze, ein glühender Dolch. Edznab, das Opfermesser. Es ragte aus seinen Lenden. Spitz und pochend, hart und glühend, ein Zauberding, das sich nach eigenem Willen regte. Ihn unterwarf, verwandelte, bis er selber nur noch Messer war. Erfüllt von zorniger Begierde. Lüsternem Schmerz. So stieß er zu, wieder und wieder. Seine

Hände kneteten ihr Fleisch. Sein Mund stammelte Klagen, Unflat. Sie wand sich, schreiend, doch er nahm es kaum wahr. Siyil. Geschenk der Götter. Der Dolch in seiner Mitte verwandelte sich. Wurde zur Schlange, Satansschlange, Zauberschlange, die in raschen Garben Feuer spie. Flammenzungen, Lavaströme, Glut.

Auf einmal begann sie zu lächeln. Engelhaft, silberhell. Wie wenn der Mond aufgeht in schwarzer Nacht. Ihre Arme umschlangen ihn. Ihre Hände streichelten ihn. Sein Kopf sank auf ihre Brust. So blieb er liegen. Langsam beruhigte sich sein Atem. Sein Geist war leer. Sein Leib ermattet. Seine Seele schreckensstarr.

Er hielt es für Frieden. Die Sinne schwanden ihm. Diego Delgado schlief ein.

6

»Ich bin gekommen, werter Herr, wie Ihr befahlt.«

Nur langsam sickerten die Worte in sein Bewußtsein. Er öffnete die Augen. Hinter seinen Schläfen pochte ein Schmerz. In seiner Seele nistete ein Schrecken, starr und namenlos.

Der kleine Bücherpriester stand über ihn gebeugt, mit absonderlicher Miene. »Ihr wieset mich an, Euch zu wecken zur Stunde des Hahns. Und Euch in die Bücherpyramide zu geleiten.« Seine Stimme klang anders als gewöhnlich. Feierlich und ernst. Vor Erwartung vibrierend. Und zugleich dunkel vor Schmerz.

Warum nur? Etwas Gräßliches war geschehen, in dieser Nacht. Aber was? Er erinnerte sich nicht. Nicht mit seinem Geist. Nur mit seiner Seele, die vor Schrecken wie versteinert war.

Er sah um sich. Sein Schlafgemach. Er lag auf seiner Bettstatt. Auf den ersten Blick sah alles aus wie stets. Fahles Morgenlicht erfüllte den Raum. Er setzte sich auf. Julkin wich zurück. Sein junges Gesicht angespannter denn je. Diego stemmte die Hände hinter sich auf sein Lager. Jetzt erst bemerkte er, daß er weder Tunika noch Schurz trug. Was hatte das …? Scham schoß in ihm empor, eine siedendheiße Woge. Auf einmal fiel ihm alles wieder ein. Als hätte der Wind eine Luke aufgedrückt. Bilderfetzen wirbelten durch seinen Geist, zerstückte Klänge. Siyil. Ihr silberhelles Lachen. Ihr weicher Leib. Wie sie sich wand. Wie sie schrie und schrie. Der Feuerdolch in seinen Lenden. Die Schlange, wie sie Flammen spie. Siyils Lächeln. Dunkelheit.

Sein Blick glitt an seinem Leib hinab. Er stöhnte auf. *Sie schreiben es mit rotem Blut.* Er schloß die Augen. Ihm war, als stünde er an einem Abhang, weit unten schon. Die Füße in den weichen Grund gedrückt. Und rutschte dennoch immer weiter, immer rascher hinab. Dem Schlund der Hölle entgegen.

Er öffnete die Augen wieder, doch sein Blick blieb gesenkt. O mein Gott. Was hatte er getan? Es war unverzeihlich. Niemals würde er Gnade finden. Weder vor dem Herrn des Himmels noch vor sich selbst. Wie hatte er es wagen können, Fray Cristo Vorwürfe zu machen? Siyil hatte den Taufpriester verführt. Ich aber, dachte der Pater – wie ein wildes Tier bin ich über sie hergefallen. Berauscht vom Trunk der Teufelsgötzen. Erfüllt von Zorn auf B'ok-d'aantoj. Und von Bitterkeit gegenüber Ixkukul. Sie hatte ihn abgewiesen. Und er? Er hatte seine Begierde an irgendeinem Weib gestillt, das ihm durch blinde Fügung in die Fänge fiel.

Er stutzte. Fügung? Was hatte Siyil überhaupt bei ihm gesucht? Konnte es sein, daß Ixkukul sie deshalb vorgeschickt hatte …? Abscheuliche Verdrehung! Halte ein, Frater, so entkommst du weder Schuld noch Schmach.

Blindlings tastete er nach seiner Robe und streifte sie über. Er sprang auf. Julkin wich zurück bis zum Rand des Bassins. Angespannt beobachtete er jeden Schritt des Pferdegottpriesters. Stolz und Furcht malten sich in seiner Miene. Trauer und Triumph. Oder bildete er es sich nur ein?

Nun, das würde sich zeigen. Und zwar sofort. Mit zwei Schritten war er bei ihm. »Du weißt, was heute nacht geschehen ist?« Die Silbersichel klirrte. So nahe trat er vor Julkin, daß der Bücherpriester den Kopf in den Nacken legen mußte. »Die kleine Priesterin Ixquics – du kennst sie?« Julkin wich seinem Blick aus. »Sieh mich an. Und antworte mir!« Er packte Julkin bei den Schultern. Wieder stieg jener Verdacht in ihm auf. Ungeheuerlich, doch ungreifbar. »Was spielst du für ein Spiel? Und in wessen Auftrag? Wofür versuchst du mich einzuspannen? So rede schon!« Er versetzte Julkin einen Stoß.

Der Bücherpriester fiel rücklings in das leere Bassin. Auf dem Mosaik der Krokodile und Wasserschlangen blieb er liegen. Die Augen geöffnet, mit furchtsamem Blick. »Ich ... verstehe nicht, lieber Herr.«

»Ob du Siyil kennst. Ein Mädchen aus dem Tempel der Mondgöttin. Wenige Häuser neben deiner Unterkunft.«

»Ja, Herr.« Julkin rappelte sich auf. Doch er blieb unten im Bassin stehen, in sicherer Entfernung. »Ich kenne sie.«

»Und du kennst auch Ixkukul.«

»Die oberste Priesterin Ixquics? Ehrwürdiger Herr, ich bin nur ein niederer Bücherpriester. Wie könnte ein Glühwurm behaupten, er kenne den Mond?«

»Ein hübscher Vergleich. Aber bleiben wir bei Siyil.«

»Nur allzu gern, lieber Herr.«

War es möglich, daß der kleine Bücherpriester bei diesen Worten errötet war? Natürlich! »Du liebst sie?«

Julkin errötete noch tiefer. »Mehr als mich selbst.« Er näherte sich dem Rand des Beckens.

»Aber wenn es sich so verhält, warum hast du sie ...« Er räusperte sich. »... mir dann zugeführt?«

Da ging ein Strahlen über das Gesicht des Bücherpriesters. »Eben deshalb, wunderbarster Herr. Weil meine Liebe zu Siyil nur durch eines übertroffen wird. Durch die Verehrung, die ich Euch entgegenbringe.« Er warf sich auf die Knie.

Diego sah hinab auf sein verworrenes Haar. Julkin schien aufrichtig zu sprechen, wenn auch mit dem Überschwang der Jugend. Aber mein Mißtrauen, dachte er, gilt ohnehin viel mehr mir selbst. Nur zu gern würde ich glauben, daß das Mädchen aus freien Stücken zu mir kam. So hätte ich sie zumindest nicht gegen ihren Willen umarmt. Wenn auch verdunkelten Geistes. Es beschämte ihn mehr als alles andere. Daß er in jenen Momenten die Herrschaft verloren hatte. Über seinen Willen, die Schlange, seinen Leib.

Julkin seufzte auf. Seine Hände umschlangen den rechten Fußknöchel des Pferdegottpriesters. »Bitte verzeiht mir. Ich wollte nur eines, seit langem träume ich davon. Die beiden Menschen vereinen, die für mich das Kostbarste auf dieser Welt sind. Euch, Herr, und Siyil. Das ist alles, ich schwöre es. Vergebt mir, ich flehe Euch an!« Er preßte seine Stirn auf Diegos Fuß.

Wundersame Wendung. Eben noch ertappter Schurke, blutbesudelt, die Seele geschwärzt von Schuld und Schmach. Eben noch weit unten am Abhang, der Hölle entgegen gleitend. Und nun? Nun stand er schon wieder oben, auf dem höchsten Punkt des Abhangs, und an seiner Stelle lag ein anderer im Staub. »Ich vergebe dir«, sprach der Pater. »Und nun steh auf.«

Die Stunde des Hahns. Der Schrecken zitterte noch in seiner Seele, als er neben Julkin aus dem Tempel trat. Schrecken und Scham. Doch seltsam, sie verblaßten schon. Verdampften wie die Nebelschwaden über dem heiligen Platz. Ahau Kinich stieg aus dem großen See. Herr Sonnengesicht. Jede trübe Ahnung verging unter seinen Strahlen. Jede Rücksicht, jedes Schuldgefühl. Zum ersten Mal verstand Diego die Verehrung, die die Maya ihrem Sonnengott entgegenbrachten. Den Geist des Kriegers brachte er zum Strahlen, den bedenkenlosen Heldenmut. Die Kleinmütigen aber, die Bedächtigen und Zögernden versengte seine Glut.

7

»Alles ist vorbereitet, Herr.« Julkin zog ein schmales Paket unter seiner Robe hervor. »Zwei kleine Fackeln und Schwefelhölzer, umhüllt mit Wachspapier. So müßten sie das Wasser trocken überstehen.«

»Im Gegensatz zu uns.« Der Pater bemühte sich um einen leichten Ton. Dabei war ihm selten weniger nach Scherzen zumute gewesen.

Wieder standen sie am Fuß der inneren Pyramide. Julkin hatte den geheimen Zutritt bereits geöffnet. Mit ihren Fakkeln leuchteten sie in die Pyramide hinein. Finsternis und Modergeruch. Ein Schauder überlief Diego, wenn er sich vorstellte, was ihnen bevorstand. Eine Tauchpartie in die Katakomben unter der Pyramide. Die schmale Treppe hinab, in faulige Finsternis. Ungewiß, was sie dort unten erwartete. Und ob sie rechtzeitig zurückkehren könnten, über die Wasserlinie, falls es in dem Gewölbe keine Atemluft gab.

Ihre Silhouetten spiegelten sich im Wasser zu ihren Füßen. In der Tiefe war wieder jenes Tosen zu hören, wie von einer mächtigen Strömung. Eigenartig, dachte Diego. Das Wasser vor ihnen, in der Pyramidenkammer, schien unbewegt. Auch der faulige Geruch deutete darauf hin, daß es seit langem stockte. Wie aber war es überhaupt in das Gewölbe gelangt? Wie konnten sich dort unter der Pyramide solche Fluten stauen, daß der Pegel bis zur Erdlinie stieg? Schließlich befanden sie sich auf dem höchsten Punkt der Insel. Dreißig Schritte über dem Spiegel des Sees.

Julkin lehnte seine Fackel an den Fuß der Pyramide und legte das Wachspaket daneben. »Gestern kam ich kaum mehr diese Treppe hinauf.« Er deutete in die Pyramidenkammer. »Die Kleidung saugt sich voll und wird schwer wie Stein.« Im Handumdrehen hatte er Tunika und Schurz abgestreift und zu Boden geworfen.

»Langsam, Julkin.« In Diegos Ohren begann es zu tosen. Die Stimme in seinem Innern zischte: *Gefahr!* »Wie hoch steht dort unten das Wasser? Versuche dich zu erinnern. Kann man in dem Gewölbe atmen?«

Der Bücherpriester senkte den Kopf. »Ich weiß es nicht, Herr. Es ist finster dort. Und ich war außer mir vor Sorge, zu spät gekommen zu sein. Ich tauchte hinab und stieß auf diesen Krug. Ohne nachzudenken, packte ich ihn und schwamm zurück.«

Julkin deutete auf die umgestürzte Amphore. Sie lag am Fuß der Treppe, neben dem zersetzten Bastpapier. Es sah widerwärtig aus. Gallert, bunt gesprenkelt, der sich bereits mit Schimmel überzog.

Der Pater unterdrückte ein Seufzen. Er löschte seine Fackel und legte sie auf die Treppe. »Also gehen wir.« In unser Verderben oder wohin auch immer. Er streifte seine Robe ab und warf sie neben Julkins Tunika. Dann trat er über die Schwelle, in die Pyramidenkammer.

Wie widerlich sich das Wasser anfühlte. Modrig und warm. Abscheu benahm ihm den Atem. Er stapfte durch die Flut. Die Stufen hinab. Schon reichte ihm das Wasser bis zur Hüfte. Er wartete, bis Julkin herbeigewatet war, das Wachspaket in der Hand. Dann füllte er seine Lungen und tauchte hinab.

Dunkelheit umgab ihn. Eine Nacht aus Faulwasser und Schlamm. Mit den Beinen stieß er sich in die Tiefe. Seine Finger tasteten nach den Stufen im Moder. Drei, sieben, neun. Tiefer ging es nicht. Seine Hände glitten über ebenen Boden.

Einige Schritte weit schwamm er in das Gewölbe hinein. Dann änderte er die Richtung und tauchte nach oben. Die Hände empor gereckt, um nicht mit dem Kopf anzustoßen. Wie hoch das Wasser hier stand. Wenn es bis zur Decke dieses verfluchten Gewölbes reicht, ist es aus mit mir. Krampfhaft stieß er sich mit den Beinen nach oben.

Endlich durchbrach er den Wasserspiegel. Seine Lungen brannten. Seine Brust hob und senkte sich. Er keuchte und hustete.

Finsternis umgab ihn. Zu sehen war gar nichts. Er tastete in die Höhe. Die Gewölbedecke. Schrundiges Gemäuer, handbreit über seinem Kopf. Gerade hoch genug, daß man Luft bekam.

»Ehrwürdiger Herr?« Julkins Stimme hallte im Dunkeln. »Seid Ihr wohlauf?«

»Mehr oder minder.« Er vernahm ein Plätschern. Dann spürte er eine Hand an seinem Arm.

Auch Julkin atmete keuchend. »Zum Glück gibt es hier Luft zum Atmen. Aber sie ist knapp.«

»Und von übler Beschaffenheit«, ergänzte der Pater. »Zünde die Fackeln an.«

Verwesungsgeruch stieg aus dem Wasser auf, direkt unter ihren Nasen. Diego fühlte sich benommen. Das konnte von der Anstrengung des Tauchens kommen. Oder von dem Brodem, der das Gewölbe erfüllte.

»Ich beeile mich, werter Herr. Aber es ist nicht leicht.« Den Geräuschen nach zu urteilen, machte Julkin stampfende Bewegungen im Wasser. Zugleich hielt er das Wachspaket in die Höhe, um es in dem schmalen Raum zwischen Wasser und Decke zu öffnen.

Endlich glomm ein Schwefelholz auf. Schemenhaft erkannte Diego die beiden Fackeln in Julkins Hand. Er nahm sie an sich. Das Schwefelflämmchen strich über die verpichten Köpfe der Fackeln. Fast gleichzeitig leuchteten sie auf. Die Helligkeit explodierte in seinen Augen. Für einen langen Moment sah er nur gleißende Punkte, Garben unerträglich weißer Funken in der Finsternis.

Dann begannen sich seine Augen an das Licht zu gewöhnen. Er gab Julkin eine Fackel. Beide leuchteten sie in dem Gewölbe umher.

Ein Raum von ungewisser Ausdehnung. Rauch trieb über das Wasser und vermengte sich mit dem Modergeruch. Die Linke mit der Fackel erhoben, paddelte der Pater umher. Ziellos und verzagt. Das Gewölbe war viel kleiner, als er erwartet hatte. Vielleicht sieben Schritte lang und ebenso breit. Keine Papiere, keine Bücherkrüge schwammen in der brackigen Flut. Was immer hier einmal versteckt worden war, es war längst weggeschafft worden. Oder von den Fluten zerstört.

Neben ihm schwamm Julkin. »Das stinkende Wasser, wir müssen es entfernen, Herr. Die Schriften der Ahnen. Ich bin sicher, daß sie dort unten verborgen sind.«

»Das Wasser entfernen? Wie stellst du dir das vor?« Diego keuchte. Der Verwesungsgeruch war grauenhaft. Wenn ich nicht bald hier herauskomme, dachte er, falle ich in Ohnmacht.

»Es ist nur eine Idee, lieber Herr. Mir scheint sie triftig. Bitte hört mich an.« Auch Julkins Atem ging immer noch unruhig und rasch. »Das Wasser muß aus dem See emporgestiegen sein. Unter den meisten Pyramiden verlaufen Schächte, lotrecht hinab bis zum Grundwasserspiegel. In alten Zeiten sollen sie als Ziehbrunnen gedient haben. Bis heute benötigt man sie, damit die Fundamente nicht unterspült werden. Hebt sich der Wasserspiegel im Boden, so steigt das Wasser in den Schächten empor. Ohne im Untergrund Schaden anzurichten.«

»Und momentan steht das Wasser eben hoch.« Dem Pater schwanden nicht nur die Kräfte. Sondern ebenso die Geduld. »Schließlich haben wir Regenzeit. Wie also könnten wir es aus diesem Gewölbe entfernen? Vielleicht, indem wir den See vergrößern?« Julkin mochte ja recht haben, dachte er. Tief unter ihnen toste die Strömung. Offenbar floß durch den Haltuna ein Strom. Sein Bett verlief anscheinend auch unter der Insel. Während der Regenzeit schwollen die Gewässer gewaltig an. Und solange Strom und See Hochwasser führten, würde das Wasser auch in den unterirdischen Schächten stehen. Was war da zu machen?

Wassertretend tanzten sie voreinander auf und ab, die lodernden Fackeln erhoben.

»Nein, Herr. Nicht den See vergrößern.« Julkin keuchte. »Nur diesen Schacht. Ich glaube, daß er durch irgend etwas verstopft ist. Das Wasser kann nicht zurückfließen. Nur deshalb steht es bis hier oben im Gewölbe. Viel zu hoch. Die Regenzeit hat ja gerade erst begonnen. Und dann dieser Geruch. Ich glaube …«

Der Gestank nach Verwesung. Jetzt verstand er, worauf Julkin hinauswollte. »Ein toter Körper.«

»Ja, Herr. Ein verendetes Tier. Anders kann es nicht sein. Der Kadaver verstopft den Schacht. Wir müssen hinabtauchen und das Aas aus dem Weg schaffen.«

»Oder den Leichnam.« Eine Eingebung. Er hatte leise gesprochen, mehr in Gedanken als zu Julkin.

Ungewiß, ob der Bücherpriester ihn gehört hatte. Sie starrten einander an, keuchend in der eklen Flut.

»Also meinetwegen«, sagte der Pater endlich. »Aber rasch, solange ich noch halbwegs bei Kräften bin.«

In der Decke fanden sie eine waagrechte Höhlung und schoben die Fackeln hinein. Diesmal war es Julkin, der als erster seine Lungen füllte. Hinter ihm tauchte der Pater in die Bracke hinab. Sofort umschloß ihn wieder Dunkelheit.

Zwei Schritte unter ihm tauchte Julkin, ein Schemen im Schlamm. Der Pater versuchte ihn im Blick zu behalten. Der Bücherpriester schwamm mit raschen, kraftvollen Zügen. Wie ein Pfeil schoß er, beinahe lotrecht, auf den Grund des Gewölbes zu.

Nach wenigen Zügen gab es Diego auf, mit ihm mitzuhalten. Immer tiefer sanken sie nach unten. Es erschreckte ihn, wie tief diese Kammer anscheinend war. Oder befanden sie sich schon in dem Schacht, der dreißig Schritte abwärts führte, geradewegs hinab zum Haltuna?

Er streckte die Arme ein wenig zur Seite. Wahrhaftig, seine Hände fuhren hier wie dort über Stein. Der Schacht. Senkrecht tauchten sie unter der Pyramide hinab.

Auf einmal prallte er gegen etwas Warmes, Fleischiges. Er tastete hin. Ein angewinkeltes Bein. Julkin. Er verstand nicht. Was machte der kleine Priester dort?

Diego schwamm noch näher heran. Jetzt erkannte er es. Julkin hatte sich gegen die linke Schachtwand gestemmt. Ihm gegenüber, in der rechten Mauer, mündete ein enger Stollen in den Schacht. Etwas steckte darin. Ein Bündel, gestaltlos und bleich. Wie ein übergroßes Daunenkissen sah es aus. Oder wie ein aufgequollener Kuhkadaver. Mit dem einen Ende steckte es im Stollen fest. Die weit überwiegende Masse aber wucherte in den Schacht hinein. Ein Pfropfen, riesenhaft und formlos, der den Wasserschacht verschloß.

Mit beiden Händen zerrte Julkin daran. Diego glitt neben ihn. Zaghaft ergriff er einen Zipfel, der aus dem Bündel hervorstand. Gewebter Stoff, dachte er. Leintuch, wie von Tuniken. Was immer in diesem Pfropf stecken mochte, ein Kadaver war es nicht.

Gemeinsam zogen sie jetzt an dem Ballen. Waagrecht in den Schacht geklemmt. Das Herz hämmerte Diego in der Brust. Lange halte ich es nicht mehr aus, dachte er. Erbittert zerrte er an der nachgiebigen Masse. Was mochte es nur sein? Endlich begann sich der Pfropf zu lockern. Zwischen dem Bündel und der Schachtwand bildeten sich Ritze. Wasser rann hindurch und vergrößerte die Öffnungen. Schließlich strömte das Wasser in kräftigem Strahl abwärts, über die Priester und das Bündel hinweg. Das Gewölbe über ihnen begann sich zu leeren.

Diegos Lungen brannten. Weiße Lichter kreisten vor seinen Augen. Er pochte auf Julkins Arm und deutete nach oben. Der Bücherpriester nickte. Mit letzter Kraft stieß sich Diego von der Schachtwand ab. Da erst erkannte er, in welcher Gefahr sie schwebten. Je mehr der Pfropf unter ihnen nachgab, desto stärker wurde die Strömung. Nicht mehr lange, und die aufgestauten Fluten würden abwärts donnern, mit der Gewalt eines Wasserfalls. Und sie beide mit sich reißen, dreißig Schritte tief im lotrechten Schacht.

Mit krampfhaften Bewegungen schwamm Diego aufwärts. Ich schaffe es nicht, dachte er. O gütiger Gott, mach, daß wir nicht in diesem Höllenschlund zerschmettert werden. Seine Beine fühlten sich wie Gallert an. Mit den Schultern stieß er sich an den Schachtmauern blutig. Mit seiner allerletzten Atemluft tauchte der Pater aus der fauligen Flut empor.

Über ihm flackerten die Fackeln in ihrer Nische. Von allen Seiten stürzte das Wasser auf ihn zu. Rauschend und gurgelnd. Wie in einem riesigen Bassin, dessen Abfluß geöffnet worden war. Schlamm spritzte durch die Luft. Mauerbrocken wirbelten im Wasser umher.

Keuchend schwamm Diego auf die Treppe am Ende des Gewölbes zu. Schon tauchten die obersten Stufen aus der Flut. Betäubender Fäulnisgeruch erfüllte die Luft. So rasch sank jetzt das Wasser, daß er schon wieder aufrecht stehen konnte. Und so ungestüm floß es ab, daß die Strömung ihn beinahe von den Füßen riß.

Er sank auf die Treppe, die eben noch überflutet gewesen war. Seine Lunge stand in Flammen. Seine Kehle wie mit Asche gefüllt. Moder bedeckte die Stufe unter ihm, schleimig und warm. Es war ihm egal. So saß er lange Zeit. Besudelt und nackt. Er fühlte sich erschöpfter als je in seinem Leben. Sein ganzer Leib ein Klumpen Schmerz, umwunden von Ixquics Silberschnüren.

Um ihn herum rauschte und gurgelte das Wasser. Schließlich rann und tropfte es nur noch. Irgendwann kehrte Stille ein.

Diego blickte auf. Wie ruhig es auf einmal war. Nur weit unten, in der Tiefe, war noch das Tosen der Strömung zu hören. Selbst sein Atem hatte sich beruhigt. Und sein holperndes Herz.

Weiter hinten im Gewölbe, von den Fackeln beschienen, hockte Julkin. Mit Moder bedeckt auch er. Er kauerte vor einer Nische, die zwei Fuß über dem Boden in der Wand klaffte. »Seht doch, lieber Herr.«

Diego erhob sich. Schwerfällig stapfte er durch den Schlamm. Jeder Zoll seines Leibes tat weh. Neben Julkin beugte er sich nieder. Der kleine Bücherpriester balancierte eine Steinplatte vor sich auf den Knien. Aufmerksam sah Diego sie an. Die Platte glänzte, aber nicht vor Nässe. Wachs, dachte er. Mit dem Finger fuhr er darüber. Die ganze Platte war mit Wachs versiegelt. Offenbar hatte Julkin sie soeben aus der Wand gelöst. An ihren Rändern klebten noch wächserne Streifen, glitzernd gelb.

In der Wandnische stand eine kleine Amphore. Ein schmaler Krug, mit Wachs bedeckt auch er. Julkin nahm ihn heraus, so sachte wie im Traum. Er erhob sich. Seine Augen leuchteten. Er wiegte die Amphore in den Armen, zärtlich wie ein kleines Kind.

Auch der Pferdegottpriester rappelte sich wieder auf. In seinem Kopf summte es vor Erschöpfung. Noch immer war die Luft gesättigt mit Fäulnisgeruch. »Bring die Amphore hinaus«, sagte er. »Nichts wie fort von diesem schauerlichen Ort.«

»Wie Ihr befehlt, lieber Herr.« Julkin lächelte. Sein ganzes Gesicht strahlte wie in Ekstase. Schon wandte er sich der Treppe zu, hinauf zur Erdlinie. Auf einmal verdüsterte sich seine Miene. »Der Schacht, ehrwürdiger Herr. Vielleicht möchtet Ihr noch einen Blick hineinwerfen. Jenes Bündel.

Zuerst dachte ich, es wäre ein Ballen weißes Tuch. Die herabströmenden Wasser haben es entblättert. Kein Ballen, lieber Herr.«

Der Pater reckte sich zur Decke. Jetzt, da das Wasser abgeflossen war, hatte er Mühe, die Fackeln in der Nische zu erreichen. Er zog eine heraus und trat an den Rand des Schachtes. Augenblicklich begann es in seinen Ohren zu tosen. Der Abgrund zog wie mit tausend Händen an ihm. Für einen Moment schloß er die Augen. Behutsam atmete er aus und ein. Dann hob er die Lider wieder. Kniete sich an den Rand des Schachtes und leuchtete hinein.

O mein Gott. Der Atem stockte ihm. Er starrte hinab. Das konnte nicht sein. Ein Trugbild, dachte er. Teuflisches Blendwerk. Doch es war kein Trug.

Wie lange sie dort unten gelegen hatte, wer hätte es sagen mögen. Eingewickelt in Dutzende weißer Tuniken und Tücher, wie eine riesenhafte Raupe in ihren Kokon. Die herabstürzende Flut hatte den Kokon mit sich gerissen. Nur der Leichnam, fahl und gedunsen, war zurückgeblieben. Mit den Beinen in dem seitlichen Stollen steckend. Von den Hüften aufwärts in den Schacht ragend, der unter ihr lotrecht in die Tiefe ging.

Unter ihrem Rücken. Denn ihr Gesicht blickte aufwärts. Verzerrt in namenlosem Entsetzen. Die Augen geweitet, der Mund geöffnet zu einem stummen Schrei.

Gütiger Gott, nimm ihre Seele gnädig auf. Niemals würde er vergessen, wie er sie zum ersten Mal gesehen hatte. In K'ak'as-'ich. Ihr verstümmeltes Gesicht. Ihre Zunge ein unförmiger Wulst. Ihr ganzer Leib mit Narben bedeckt, als sie sich über ihn beugte. »Ixo'om.« *Kochende Frau.* Er wandte sich zu Julkin um. Seine Stimme hallte. »Wie kommt sie hierher? Ihr Leichnam. Wohin führt der seitliche Stollen überhaupt?«

»Zur benachbarten Pyramide, lieber Herr.« Julkin war neben ihn getreten. »Die Schächte unter den Pyramiden werden stets auf diese Weise verbunden. Durch waagerechte Tunnel. So kann sich das Wasser gleichmäßig verteilen und steigt in keinem Schacht zu hoch. Natürlich nur, wenn sich kein Pfropf bildet, wie in diesem Fall.« Er wiegte die Amphore in seinen Armen. »Die arme Frau. Ihr kennt sie, Herr?«

»Ich bin ihr einmal begegnet.« Er murmelte es, tief in Gedanken. »Der Tunnel führt zur Nachbarpyramide, sagst du?« Er sah zu Julkin empor.

Der Bücherpriester neigte den Kopf. »Gewiß, Herr. Zur Pyramide Cha'acs.«

8

Zwischen den deckenhohen Steinregalen eilten sie durch den äußeren Büchertempel. Julkin lief voran, die Amphore in den Armen. Der Pater folgte ihm, taumelnd vor Erschöpfung. Am Ende des Flures sah er schon den Ausgang, ein gleißender Fleck im Düstern. Da vernahm er ein wohlbekanntes Schnaufen.

»Wo seid Ihr gewesen, Bruder Pferd?« Aus einem Seitengang trat der oberste Bücherpriester und versperrte ihnen den Weg. Bei ihrem Anblick riß er die Augen auf. »Ich habe Euch überall suchen lassen.« Er rümpfte die Nase. Kein Wunder, dachte Diego. Von Moder und Schlamm hatten sie ihre Gesichter und Leiber notdürftig gereinigt. Aber der Gestank, den sie verströmten, war grauenvoll.

»Wo sollen wir gewesen sein, Bruder Buch? Im inneren Tempel, wie an jedem Tag.«

»Das ist nicht wahr.« Ajna'at-ju'um versuchte nicht einmal mehr, seinen Argwohn zu verbergen. »Ihr lügt, weißer Mann. Meine Priester haben mehrfach den inneren Tempel aufgesucht. Niemand war dort. Weder Ihr noch dieser ...« Er machte einen Schritt auf Julkin zu und hob eine Hand.

Rasch trat Diego dazwischen. »Ihr laßt mir nachforschen, Ajna'at-ju'um? Aus welchem Grund?«

»Ihr mißbraucht mein Vertrauen. Ich ahnte es sofort, als Ihr zum ersten Mal in meinen Tempel kamt. Niemand darf die innere Pyramide betreten. Auch Ihr nicht – Gesandter der Götter!« Sein Schnaufen klang verächtlich.

Diego legte einen Arm um Julkins Schultern. »Wir haben nichts getan, was den Göttern mißfallen könnte. Und nun gebt den Weg frei.«

Breitbeinig stand der oberste Bücherpriester vor ihnen, die Arme vor der Brust verschränkt. Mit Schultern und Schenkeln berührte er fast die Regale an beiden Seiten des Flurs. Er starrte den Pferdegottpriester an. Dann wanderte sein Blick zu der Amphore in Julkins Armen. »Was ist das für ein Krug? Niemand ist befugt, eine Amphore aus meinem Tempel zu entfernen.«

»Es sei denn, der oberste Pferdegottpriester wünscht es so. Ich rate Euch, bedenkt, wer vor Euch steht. Der väterliche Freund des Canek.«

Ajna'at-ju'um schluckte. Die Drohung war angekommen. Doch der dicke Priester machte weiterhin keine Anstalten, den Weg freizugeben.

Da versuchte es Diego mit einem vertraulichen Ton. »Tag und Nacht arbeite ich an der Vervollkommnung meiner magischen Kräfte. Zur Rettung Eures Volkes, Ajna'at-ju'um.« Er hielt inne. »Soeben empfing ich eine weitere Vision meines Gottes. Der göttliche Rappe befahl mir, mich geradewegs in seinen Tempel zu begeben. Mit dieser Amphore.« Er deutete auf den Krug in Julkins Armen. »Welche Bewandtnis es damit hat, ich weiß es nicht. Noch nicht. Aber ich verspreche Euch, Ihr sollt der erste sein, der es erfährt.«

Ajna'at-ju'um schien noch immer nicht überzeugt. Er starrte den Pferdegottpriester an. Sein Mund öffnete und schloß sich wieder. Endlich ließ er die Arme sinken und trat zur Seite. Diego neigte den Kopf. Ohne ein weiteres Wort zwängte er sich an Ajna'at-ju'um vorbei und eilte auf den Ausgang zu.

Julkin folgte ihm. Sie traten hinaus auf den First. Für einen Moment blieb Diego stehen und blinzelte ins Licht. Die Vormittagssonne war stechend hell, nach den langen Stunden im Dunkeln. Weit unangenehmer war der Gedanke, was Ajna'at-ju'um nun unternehmen würde.

»Rasch, Herr.« Julkin sprach leise, fast flüsternd. »Hinunter auf den heiligen Platz. Bevor Ajna'at-ju'um es sich anders überlegt.«

»Besser, du kommst mit mir. In den Tempel des Pferdegottes. Dort werden sie nicht wagen, ohne meine Erlaubnis einzudringen.« Er versuchte zuversichtlich zu klingen. Abermals legte er einen Arm um Julkins Schultern. Eine beschützende Gebärde, die zugleich seine eigene Schwäche verbarg. Ohne eine Antwort abzuwarten, zog er den kleinen Priester mit sich zur westlichen Treppe.

Eilends machten sie sich an den Abstieg. Hinter ihnen, im Büchertempel, erschallten die Stimmen Ajna'at-ju'ums und seiner oberen Priester. Wahrscheinlich, dachte Diego, hatte Ajna'at-ju'um kaum erst begriffen, was überhaupt in der Pyramide geschehen war. Wie der Pferdegottpriester und Julkin in den »verbotenen Bezirk« eingedrungen waren. Was sie dort gesucht und was sie gefunden hatten. Vielleicht würden es Ajna'at-ju'ums Priester gar nicht wagen, nun ihrerseits die innere Pyramide zu betreten. Der Bann der Götter verbot es. Und Ajna'at-ju'um selbst? Unvorstellbar, daß er seinen ausladenden Leib auch nur durch die Luke in den inneren Tempel zwängte.

Sie eilten die Pyramide hinab. Mit jedem Schritt wuchs Diegos Erschöpfung, doch ebenso seine Zuversicht. Was sollte der oberste Bücherpriester schon gegen sie unternehmen? Sich beim Lahkin über den Priester des Rosses beschweren? Und wenn schon. Bei der inneren Pyramide würden sie nur ein paar verwischte Spuren finden. Die Amphore, aus der das zersetzte Feigenpapier gequollen war, hatte Julkin in der Wandnische verborgen. Die Steinplatte hatten sie wieder eingesetzt, die Tür zum Gewölbe verschlossen. Außer jenem gesprenkelten Gallertklumpen am Fuß der inneren Pyramidentreppe war dort unten nichts Ungewöhnliches mehr zu sehen.

Ausgenommen die Tote im Seitenschacht. Ixo'om. Die Kehle wurde ihm eng. Vor Mitleid, wenn er an die Entstellte dachte. Mehr noch vor Angst. B'ok-d'aantoj. Ein Grauen ging von dem Regengottpriester aus. Er spürte, daß sie bald schon zusammenprallen würden. Im zerreißenden, alles entscheidenden Kampf.

Mit beiden Armen umschlang Julkin die Amphore. Wie der Bücherpriester ihm versichert hatte, durften sie den Krug nicht ohne weiteres öffnen. Vorher mußten sie sich einer rituellen Reinigung unterziehen. An Leib und Seele. Nun, dachte Diego, ihre Leiber bedurften ohnehin der Säuberung. Und was seine unsterbliche Seele betraf ... Damals, als er in der Neuen Welt eintraf, hatte er beschlossen, sie unbefleckt zu bewahren. Als stärkste Waffe, seinen letzten Trumpf. Wie sehr hatte er sie seither besudelt. Er verspürte einen schmerzhaften Stich.

Mit gleichmäßigen Schritten stieg Julkin die Pyramide hinab. Noch immer stützte sich Diego auf seine Schultern, schwer vor Schwäche und Müdigkeit. Doch der kleine Bücherpriester schien die Last kaum zu spüren. Diego sah ihn von der Seite an. Julkins Augen glänzten. Sein Mund war ein wenig geöffnet, als werde er gleich in Lachen ausbrechen oder in jubelnden Gesang.

Vor ihnen lag der Platz im Licht des späten Morgens. Zu Hunderten wandelten Priester aller Kulte durch die blühenden Alleen. Ein Anblick, der Diego stets aufs neue berührte. Die mönchische Gemeinschaft der Schriftgelehrten. Ihre würdevollen Bewegungen, wenn sie in ernstem Gespräch dahinschritten oder die Köpfe über den Büchern neigten. Satanspriester, dachte er, das sagte sich so leicht. Doch was der Geist mit gutem Grund verdammte, konnte die Seele gleichwohl zuinnerst berühren. Wie eine Erinnerung, ungreifbar und bestürzend, ein vorüberwirbelndes Bild aus frühester Zeit.

Sie ließen die Treppe hinter sich und eilten über den Platz. Hier und dort sahen Priester von ihren Büchern auf und schauten den so ungleichen Gestalten nach. Dem hochgewachsenen weißen Mann und dem um zwei Köpfe kleineren Bücherpriester. Der eine bärtig, der andere glatt. Desto jünger wirkte Julkin neben dem Priester des Pferdes. Und doch schien irgend etwas die beiden zu verbinden. Ein Geheimnis. Eine rätselhafte Gemeinsamkeit. Diego las es in den Gesichtern der Priester, an denen sie vorübereilten. Julkin gehörte zu ihm. Er würde ihn beschützen. Nun erst recht, da Ajna'atju'um auf Rache sann.

»Du bleibst bei mir im Tempel«, sagte er. »Bis auf weiteres. Ich will es so.«

Julkin lächelte ihn von der Seite an. »Wie Ihr befehlt, werter Herr.«

Die Treppe vor dem schwarzen Tempel erklomm Diego aus eigener Kraft. Der steinerne Rachen verschlang sie. Sie eilten den Gang hinauf und traten in den Altarraum. Julkin deutete eine Verbeugung an, in Richtung des ungeheuren Rosses.

»Yaxtun!« Diego klatschte in die Hände. »Herbei mit dir!« Er eilte zur Sakristei, gefolgt von Julkin, der die Amphore in seinen Armen wiegte.

Im Gemach der Gehilfen trafen sie nicht nur den Fallensteller an. Auch Hernán war zugegen. Ebenso Cristóbal. Auf den Anblick des kleinen Mönches war Diego nicht gefaßt gewesen. Seit Tagen wich der Taufpriester ihm aus. Nun schauten alle drei ihn voller Verblüffung an. Ihn und den Bücherpriester. Gewiß sahen sie erschreckend aus. Schlammspritzer in Gesicht und Haaren. Weitaus widriger war der Gestank, der von ihnen ausging.

»Heiz die Therme unter dem Bassin ein«, befahl der Pater. »Rasch, Hernán.« Er wandte sich an Yaxtun. »Und du füllst Wasser ein. Gib reichlich von den aromatischen Essenzen hinzu.«

Die beiden machten sich an die Arbeit. Nur Fray Cristo blieb stehen und sah den Pater an. Mit brennendem Blick. Hatte er bereits erfahren, was letzte Nacht geschehen war? Diego wurde es heiß vor Scham. Er muß gehen, sofort. Die Worte hallten durch seinen Geist. Gehen. Sofort. Aus vielerlei Gründen.

Er bedeutete Julkin, ihm vorauszugehen. Ohne eine Erklärung für Cristóbal schritt er weiter auf sein Gemach zu. Doch er spürte den Blick des Taufpriesters in seinem Rücken. Auf der Schwelle drehte er sich um. »Frater?«

»Ja, ehrwürdiger Vater?«

»Geh heute nicht mehr aus dem Tempel«, sagte Diego. »Halte dich bereit. Nachher werde ich dich zu mir rufen.«

Einen Moment lang sah er den kleinen Mönch schweigend an. Er mußte schlucken. Ein Fehler, dachte er. Ich darf ihn nicht wegschicken. Es wäre ein Eingeständnis des Scheiterns. Eine Niederlage. Und doch konnte er nicht anders. Um seiner selbst willen. Aber auch zu Cristóbals Schutz. Die Lage hier in Tayasal wurde bedrohlich.

Cristóbal senkte den Kopf. Kein Zweifel, er wußte, was die Stunde für ihn geschlagen hatte. Vergeblich bemühte sich Diego um ein Lächeln. Sein Gesicht auf einmal wie erstarrt. Er schob Julkin in sein Gemach und schloß hinter ihnen die Tür.

Im Bassin rauschte das Wasser. Würzige Gerüche erfüllten die Luft. Hernán und Yaxtun eilten hin und her, um das Bad nach dem Geschmack ihres Herrn zu bereiten.

Diego trat an den Tisch unter dem hohen Fenster. Er wies Julkin an, in das Becken zu steigen und das vorgeschriebene Ritual zu vollziehen. Er selbst würde sich später reinigen, zumindest seinen Leib. Danach würden sie untersuchen, welche Schätze die Amphore barg.

Die beiden Gehilfen zogen sich zurück. Julkin setzte die Amphore am Beckenrand ab und entledigte sich seiner Robe. Während sich der Bücherpriester im Schaumbad ausstreckte, strich Diego am Tisch einen Bogen Bastpapier glatt. Noch immer pochte überall in seinem Leib die Erschöpfung. Doch sein Geist arbeitete mühelos und klar, Für einen Moment mußte er sich auf das gregorianische Datum besinnen. Dann spitzte er die Adlerfeder und tunkte sie in eine leuchtend grüne Tinktur.

Tayasal,
am 7. Julius 1696 A. D.

Ehrwürdiger Abt,
mein geliebter Fray Pedro,
mit diesen Zeilen schicke ich Dir den wackeren kleinen Cristóbal zurück. Gönne ihm ein wenig Ruhe, und dann laß Dir von ihm berichten. Dein fehlbarer Frater Diego ein Werkzeug der Vorsehung – wer hätte das gedacht? Ich selber am wenigsten, doch Du wirst sehen: Die Zeichen sind klar.

Bitte leite den eingelegten Brief eilends weiter zum Heiligen Stuhl. Die Monsignori werden alles Erforderliche daraus ersehen.

Bete für mich, Pedro. Bald wird sich entscheiden, wer in diesem Kampf obsiegt. Wir oder …

Gedankenverloren sah Diego auf. Im Bassin hatte Julkin seine Hände zu einer Doppelschale zusammengelegt. Schaumgestalten schwebten darauf, glitzernd und knisternd. Julkin murmelte rituelle Formeln. Sein Atemstrom zerblies die Schaumgebilde in seinen Händen. Tropfen sprühten empor, in allen Farben des Regenbogens.

Diego tunkte die Adlerfeder ein.

Löbliche Monsignori,
im Herzen der Region, die unter dem Namen Petén bekannt ist, lebt frei und unbehelligt ein Heidenvolk. Die Maya von Tayasal. Durch unerforschlichen Ratschluß wurde ich an diesen Ort gesandt, um das letzte Teufelsreich auf Erden zu zerschlagen. Wohlan, so sei es. Wie könnte der Hammer sich sträuben, wenn die Hand des Herrn ihn ergreift?

Edle Monsignori, unter größten Mühen und Gefahren ist es mir gelungen, das Vertrauen der hiesigen Satanspriester zu gewinnen. Nicht mehr lange, und sie werden sich zum wahren Glauben bekehren. Das Lob des Erlösers auf den Lippen, werden sie eigenhändig ihren Büchertempel in Brand setzen, ein gewaltiges Bauwerk, angefüllt mit Zehntausenden Satansbüchern jener Art, wie der verewigte Diego de Landa sie 1562 A. D. verbrennen ließ. Für dieses köstliche Ziel arbeitet bei Tag und Nacht

das unwürdigste Werkzeug des Allmächtigen,
Euer untertänigster Diener,
Pater Diego Delgado

Er verschloß den römischen Brief mit Wachs und legte ihn in das äußere Blatt ein. Anstelle eines Siegels ritzte er seine Initialen ein. *D.D.*

»Die Amphore, lieber Herr«, ließ sich Julkin vernehmen. Offenbar war sein Ritual schon beendet. »Ich zittere bei dem Gedanken, sie zu öffnen. Bei der Vorstellung, was sie enthalten mag.«

Diego hörte ihn wie aus weiter Ferne. Gedankenverloren siegelte er den äußeren Brief. *D.D.* Mit dem Daumennagel ritzte er einen Ring um die wächsernen Versalien. Den Kreis versah er mit Strahlen. Fünf, neun, dreizehn.

Er erhob sich, den Brief in der Hand. »Sieh nach, was die Amphore enthält«, wies er den Bücherpriester an. »Niemand wird dich hier stören. Dafür trage ich Sorge. Aber bleibe auf jeden Fall in diesem Zimmer, Julkin. Was auch geschehen mag.« Er sah den Bücherpriester an. Nur Julkins Kopf schaute aus dem Schaum hervor. Wasser lief ihm über Stirn und Wangen. Winzige Spitzen glitzerten auf seinem triefend nassen Haar. Teufelshörner, sichtbar für einen Moment. Dann schon zu Schaum zerstoben.

Mit gespreizten Fingern fuhr sich Julkin durch sein Haar. »Sorgt Euch nicht, werter Herr. Alles soll geschehen, wie Ihr es befehlt.«

9

Er brauchte sich nicht einmal zu verstellen. Der Abschied fiel ihm wirklich schwer. Aber es ging nicht anders.

»Fray Cristo. Der Tag ist gekommen. Komm, setze dich zu mir.«

Der Taufpriester näherte sich zögernd. Diego wartete, bis Cristóbal neben ihn auf den Stuhl geglitten war. Mit Bedacht hatte er für ihr Gespräch den Altarraum gewählt. Denselben Ort, gedeckt durch eine Säule, wo Cristóbal sein Herz in der Beichte erleichtert hatte.

In aufrechter Haltung saß Cristóbal da. Starr sah er geradeaus, ohne den Blick des Paters zu suchen. Wie ein Soldat, der im Begriff war, Befehle entgegenzunehmen. Still blickte Diego ihn von der Seite an, sein bleiches Gesicht, die schmächtige Gestalt in der rappenschwarzen Robe. Was bin ich nur für ein Beschützer, dachte er wieder.

Mußte es wirklich sein, daß er Cristóbal in die Wildnis schickte? Jagte er ihn nicht doch nur aus eigensüchtigen Gründen fort – weil der kleine Frater ihn an seine eigene Schuld erinnerte? Und weil er verhindern wollte, daß Cristóbal von seinem Sündenfall mit Siyil erfuhr? Nein, dachte Diego, so einfach war es nicht. Gewiß, der Anblick des kleinen Priesters wurde ihm widriger mit jedem neuen Tag. Seine Armesündermiene, das zerknirschte Büßertum, zu dem seine Frömmigkeit sich verdüstert hatte. Und ebenso gewiß war es besser, wenn Cristóbal niemals erfuhr, was zwischen dem verehrten Pater und dem Heidenmädchen vorgefallen war. Aber allein aus solchen kleinlichen Motiven, sagte sich Diego, würde er Fray Cristo niemals zurück in die Wildnis schicken. Mutterseelenallein. Auf eine Reise, zwölf Tagesmärsche durch die grüne Hölle, die Cristóbal Leib und Leben kosten konnte. Und dennoch, es mußte sein.

Der Pater räusperte sich. »Sieh mich an, Frater. Hier ist der Brief, von dem ich sprach.« Cristóbal wandte ihm seinen Kopf zu, so langsam, als könne er sich nur mit Mühe bewegen. Diego schwenkte den Brief. »Morgen in aller Frühe brichst du auf. Ich sorge dafür, daß du ungesehen aus der Stadt kommst. Den Brief bringst du zu Abt Pedro, auf dem schnellsten Weg.« Cristóbal nickte. Er öffnete den Mund, doch Diego beeilte sich weiterzusprechen. »Der Abt wird höchst erstaunt sein, nach so langer Zeit von uns zu hören. Und wie beglückt erst, dich leibhaftig wiederzusehen.« Diesmal gelang es ihm sogar, Cristóbal anzulächeln.

Doch die Miene des Taufpriesters blieb angstvoll und angespannt. »Der ehrwürdige Abt.« Seine Stimme klang brüchig. »Wie recht Ihr habt, verehrter Pater. Seine Freude wird groß sein.« Fray Cristos Lippen zitterten. Seine Augen begannen zu glitzern. »Und es gibt wirklich keine andere Möglichkeit? Daß ich doch noch bei Euch bleiben darf? Oder daß zumindest jemand mit mir geht? Yaxtun oder selbst Hernán? O Gott! Bitte, verzeiht mir!« Er schlug die Hände vors Gesicht.

»Na, na, beruhige dich«, brummte der Pater. »So schlimm wird es nicht werden. Immerhin kennst du nun den Weg. Und bist mit dem Urwald vertraut.«

Er hielt inne. Cristóbal ließ die Hände wieder sinken. Doch seine Augen wichen dem Blick des Paters aus.

»Geh auf geradem Weg nach Ixchel«, wies ihn Diego an. »Frage dort nach der Heilerin Ixtz'ak. Erhole dich ein wenig unter ihrer Obhut, falls es not tut. Vielleicht findest du in Ixchel auch einen kundigen Begleiter für den weiteren Weg. Aber vergeude keine Zeit. Reise so rasch wie möglich weiter. Mache einen Bogen um Mujaneks Dorf. Und denke immer daran, Frater: Schon in San Pedro beginnt die christliche Welt.« Er seufzte. »Für dich, du Glücklicher. Während ich in dieser Heidenstadt ausharren muß. Auf unbestimmte Frist. Und unter äußersten Gefahren für Seele und Leib.«

Fray Cristos Blick haftete an dem Brief in Diegos Hand. »Ehrwürdiger Vater?«

»Was hast du noch auf dem Herzen? Sprich, Cristóbal.« Er bemühte sich um einen leichten Ton. Es gelang besser als erwartet. Das lichte Panorama, das er soeben entworfen hatte, tat seine Wirkung, zumindest auf ihn selbst. Eine Wanderung von einigen Tagen, dachte er. Mühsam, doch durch vertrautes Gelände. Mit behaglicher Rast bei alten Bekannten. Ixtz'ak in der Siedlung am Wasserfall. Dem Kaziken in San Pedro. Eine Reise, die alles in allem nur geringe Gefahren barg. Während er selbst mit jedem Tag ärger um sein Leben bangen mußte.

»Als Ihr mir die Beichte abnahmt.« Cristóbal sprach leise, fast flüsternd. »Da verhießet Ihr mir, daß ich mich von meiner Sünde reinwaschen könnte. Wenn ich Euren Auftrag ausführe, wie Ihr es von mir verlangt.« Er schluckte. »Ich habe viel darüber nachgedacht. Bei Tag und bei Nacht, ehrwürdiger Vater. Argwöhnt nicht, daß ich an Euren Worten zweifelte. Nichts trifft weniger zu. Aber bitte sagt mir, Pater. Wenn es sich so verhält, wie Ihr es mir erklärt habt. Wenn ich meine Seele vor dem Höllenfeuer retten kann, indem ich den Auftrag ausführe …«

Das Rinnsal seiner Rede verebbte. Der Kehlkopf des kleinen Mönches bewegte sich krampfhaft, als würge er an einem Klumpen purer Furcht und Schuld.

»Nun, Frater?«

»Steht es so verzweifelt um die Christenheit?« Cristóbal riß die Augen auf. »Ist überhaupt noch Hoffnung? Bitte sagt mir doch, ehrwürdiger Vater, können wir den Sieg noch erringen? Oder ist unsere heilige Kirche ...« Wieder schluckte er. Offenbar wagte er kaum, den furchtbaren Gedanken auszusprechen. »Sind wir in alle Ewigkeit verloren?«

Diego sah ihn an, mit feierlicher Miene. »Alles, alles hängt jetzt von dir ab, Frater. Du mußt Abt Pedro dieses Schreiben übergeben.« Wieder schwenkte er den Brief, noch immer hielt er ihn fest. »Nur so können wir den Satan noch besiegen.« Er dämpfte seine Stimme. »Meine Mission hier in Tayasal ist fast vollendet. Der Lahkin ist beinahe gewonnen. Denke nur, Frater, wenn erst der Hohepriester sich zu unserem Glauben bekennt, werden fast alle seinem Vorbild folgen. Aber noch zögert er. Mächtige Widersacher drohen gegen uns aufzustehen.«

Cristóbal lauschte, die Augen weit aufgerissen. Rote Flekken prangten auf seinen Wangen. Sein Mund war ein wenig geöffnet, und sein Atem ging pfeifend, als sauge er die Worte des verehrten Paters ein.

»Du kennst ihre Namen«, fuhr Diego fort. »B'ok-d'aantoj. Und nun auch Ajna'at-ju'um. Der oberste Bücherpriester sinnt auf Rache. Du hast gesehen, was wir vorhin hierher in den Tempel gebracht haben. Eine Amphore. Ich glaube, daß sie eines jener Teufelsbücher enthält, die ich unlängst erwähnte. Schriften voller Sünde, deren Verbreitung wir um jeden Preis verhindern müssen. Damit nicht die ganze Schöpfung in Haß und Zerstörung untergeht. Dafür erbitte ich deine Hilfe. Im Namen des Herrn.«

Er überreichte Cristóbal den Brief. Ein jäher Schreck durchfuhr ihn. Handelte er übereilt? War es wirklich klug, die Agenten des Heiligen Vaters einzuweihen? Klang sein Schreiben an die Monsignori nicht allzu unbestimmt? Würden sie sich mit der Rolle begnügen, die er ihnen zugedacht hatte – Beobachter in der Ferne, die ihm alle Mühen und Gefahren, aber auch allen Ruhm überließen? Fragen, die er seit vielen Tagen um- und umgewendet hatte. Ohne jemals zu einem Ergebnis zu kommen. Aber wie auch immer, dachte er. Bis Cristóbal sich zum Kloster durchgeschlagen hatte, bis der eingelegte Brief die Kurie erreicht hatte, bis man dort entschieden hatte, wie man weiter verfahren wollte, würden Monate vergehen. Es war eine Rückversicherung für alle Fälle, mehr nicht.

Mit bebender Hand nahm Cristóbal den Brief entgegen. Er streifte die versiegelten Blätter mit einem Blick voller Ehrfurcht, dann versorgte er sie unter seiner Robe.

»Der Herr sei mit dir, Frater.« Diego segnete ihn. Cristóbal senkte sein Haupt. Er wirkte nun recht gefaßt, fand Diego. Nicht nur in sein Schicksal ergeben, sondern überzeugt, zu einer bedeutenden Mission ausersehen zu sein. Als Retter der Christenheit.

Diego wollte sich erheben. Doch Fray Cristos bittender Blick hielt ihn noch auf seinem Platz fest.

»Gestattet mir eine allerletzte Frage, ehrwürdiger Vater. Jener Julkin – traut Ihr ihm?«

Deinem Nachfolger, kleiner Priester? Beinahe hätte er aufgelacht. »Er hat mir geholfen, die Amphore mit dem Satansbuch aufzufinden. Julkin gehört zu uns.« Für einen Moment hielt er inne. Wieder stieg jener Verdacht in ihm auf. Ungreifbar, nebelhaft. »Ich traue ihm, ohne jeden Vorbehalt«, sagte er rasch und stand nun wirklich von seinem Stuhl auf. »Sei bereit, Frater. Im ersten Morgengrauen nehmen wir Abschied.«

ELF

1 Der Pfahl stand in der Mitte des Feldes. Auf seiner Spitze der Kopf, ein wenig zur Seite geneigt. Das Gesicht erstarrt in Entsetzen und Schmerz. Blut lief unten aus dem Halsstumpf und den Pfahl hinab. Doch die Augen schienen noch immer zu leben.

Rastlos rollten sie in ihren Höhlen. Spähten nach dem Bruder, der am Rand des Platzes hockte, neben dem enthaupteten Rumpf. Verfolgten den Lauf des Kaninchens, das über das Feld jagte und im Gebüsch unter der Eiche verschwand. Schielten hinab zu den Herren, die sich um den Pfahl versammelt hatten. Siebenundzwanzig an der Zahl und gräßlich anzusehen.

Die Herren bewegten sich um den Pfahl, mit widrigen Gebärden. Einstod und Siebentod, Blutflügel und Knochenbrecher, Eiterspeier und Blutzahn und all die anderen. In Lumpen gehüllt, die Haut bedeckt mit Fäulnisflecken. Einander an den Händen haltend wie zum Tanz, doch es war kein Tanz. Gliedmaßen schwenkend, die Haut zerplatzt, darunter schwärend das brandige Fleisch. Mit zuckenden Leibern, und zwischen den Lumpen stach blankes Gebein hervor. Rippenbögen, Schulterkugeln. Sie taumelten im Kreis. Ächzend und keuchend. Einer der Herren spie Auswurf, in ergiebigem Strahl. Ein zweiter hustete rasselnd. »Zilitz, zilitz!« Sie krächzten es im Chor. Dann lachten alle siebenundzwanzig

Todesherren, und es klang, als ob Säcke voller Knochen geschüttelt würden.

Sie ließen einander los und stellten sich im Halbkreis auf. Den beiden Gestalten am Feldrand zugewandt, vor Gelächter bebend. So schritten sie auf die Zwillinge zu. »Nun, ihr Erbärmlichen, seid ihr bereit?« Ihre Hohnworte schallten über den Platz.

Der Pater vergaß fast zu atmen. Unverwandt sah er auf das Spielfeld hinab, wo Priester den Mythos nachspielten. Mit feierlichen Gebärden, ihre Leiber und Gesichter täuschend echt bemalt.

Es war alles wie damals, in seinem Traum. Und wie in Ixtz'aks Erzählung, die er träumend nacherlebt hatte. Nur daß er diesmal nicht in Ixchel lag, im Heilhaus der Männer. Sondern eingepfercht stand, zwischen Tausenden von Priestern, auf der Südseite der Tribüne, die das monumentale Ballstadion umschloß.

Gebannt sah er auf die Todesherren hinab. Er glaubte den Fäulnisgeruch zu atmen, der ihren Schwären entströmte. Seine Seele war von Schrecken erfüllt. Als wäre sein eigener Schädel dort unten auf den Pfahl gespießt. Als stünde er selbst dort unten, enthauptet und von den Herren verhöhnt.

Das mochte auch an der Zigarre liegen, die ihm vor Augenblicken gereicht worden war. Novizen verschiedener Orden liefen auf den Tribünen umher, mit brennenden Kienspänen und Körben voll duftenden Rauchwerks. Zum wiederholten Mal sog Diego den Rauch ein. Ein Geschmack nach Pilz und Moos. Seine Beine wurden leicht, ebenso seine Arme. Er vernahm ein Trommeln in seinem Innern, rhythmisch und gedämpft. Auf einmal fielen ihm die Worte des Mestizen ein. *Keine gewöhnlichen Zigarren, Herr. Der Rauch fährt in die Glieder und füllt den Kopf.* Zu seinen Seiten standen seine beiden Gehilfen. Hernán und der Fallensteller. Er hob die Ellbogen und stützte sich auf ihre Schultern. So war es besser. Wieder sog er an der Zigarre.

Die Zwillinge kauerten direkt unter ihm, am Rand des Spielfelds. Im Halbkreis schritten die Todesherren auf sie zu, taumelnd und hinkend. Er beugte sich vor, um sie besser zu sehen. Da hob Einstod den Kopf. Der oberste Todesherr. Von seinen Wangen hing die Haut in Fetzen. Knochen sahen hervor und brandiges Fleisch. Sein Blick bohrte sich in Diegos Augen, wie Dolche aus Obsidian. Der Pater prallte zurück, in den Augen ein stechender Schmerz. Nur für einen Moment. Dann war der Schmerz verblichen. Und seine Seele vor Grauen wie erstarrt.

Ixbalanqué erhob sich, ein jugendlicher Hüne. Auch Huhnapú richtete sich nun auf, mühevoll. Seine Hand suchte Halt an der Schulter des Bruders. Zaghaft bewegte er das Kürbishaupt auf seinem Hals. Sein eigener Kopf schaute ihm zu, von der Höhe des Pfahls. Mit starrem Lächeln, die Augen geweitet vor Schmerz.

Furchtlos trat Ixbalanqué den Todesherren entgegen. Sein helles Haar wehend im Wind, sein kraftvoller Leib bis auf den Schurz entblößt. »Ihr habt recht, die Wucht meiner Würfe zu fürchten«, höhnte er.

Unter ihren Lumpen trugen alle Todesherren die Rüstung der Ballspieler. Lederne Prellschützer an den Armen, um Hüften und Hals. »Ihr seid jetzt schon besiegt!« rief Knochenbrecher.

Einstod hob den Ball empor. »Stellt euch zum Kampf. Sofort!« Die Gummikugel, schädelgroß und golden, erglänzte im Morgenlicht.

»Legt nur Euren Ball beiseite, Ihr Herren.« Dumpf erklangen die Worte aus dem Kürbismund von Huhnapú. »Nehmt statt dessen meinen Kopf. Ich spüre schon keine Schmerzen mehr.«

Ein Wink von Einstod, und einige Todesherren jagten mit dem Ball zurück zum Pfahl. Blutzahn sprang empor und riß den Kopf herab. Eiterspeier warf den Ball an den Rand des Spielfeldes. Knochenbrecher zog den Pfahl aus dem Boden und schleuderte ihn hinterher. Dann begann das Spiel. Ixbalanqué allein gegen siebenundzwanzig Herren. Der Kopf flog hin und her, mit wehenden Haaren. Die Todesherren sprangen und lachten. So wuchtig prallte der Kopf gegen die

Schulter von Ixbalanqué, daß der göttliche Zwilling taumelte. Doch er versetzte dem Haupt einen Drall, daß es davonflog, der Eiche entgegen.

Der Kopf kollerte ins Gebüsch. Das Kaninchen sprang hervor, eine silberhelle Kugel. Es verschwand im Wald. Lärmend und schreiend rannten alle siebenundzwanzig Todesherren hinter ihm her.

Da lief Ixbalanqué geschwind auf die andere Seite des Feldes. Aus dem Gebüsch unter der Eiche zog er Huhnapús Haupt hervor. Schon kehrte er zurück, den Kopf mit den flatternden Haaren in der Hand. Wieder beugte sich Diego über den Tribünenrand. Die Augen waren geschlossen, er sah es ganz genau. Wie damals, in seinem Traum.

Mit der Linken nahm Ixbalanqué den Kürbis vom Hals des Bruders. Seine Rechte setzte ihm das Haupt wieder auf. Und Huhnapú öffnete die Augen. Dem Pater stockte der Atem. Wie war das möglich? Das war kein Spiel mehr, es war Zauberei. Lächelnd sah Huhnapú um sich. Nahm den Kürbis und murmelte eine Beschwörung. So daß die Frucht wahrhaftig aussah wie ein Ball.

Diego sog an der Zigarre. Sein Blick schweifte durch das Stadion. Tausende Priester aller Götterkulte waren versammelt. In scharf abgegrenzten Blöcken füllten sie die Tribünen. Die jadegrüne Schar der Bücherpriester. Das himmelblaue Heer der Kalenderpriester. Die Truppe der Kriegsgottpriester in feuerroter Tunika. Gebannt starrten sie alle auf das Spielfeld hinab. Die beiden Mächtigsten des Reiches thronten an den Längsseiten, in kleinen Tempeln hoch über dem Platz. Im Osten der Canek, im Westen der Lahkin. Dessen Priesterschaft bildete den gewaltigsten Block, ein unabsehbares goldenes Heer. Doch auch die Regengottpriester waren zu Hunderten erschienen. Eine nebelgraue Horde, aufgereiht auf der Osttribüne, gegenüber den Priestern des Lahkin. Nur von den Priesterinnen Ixquics war nichts zu sehen. Kein silbriger Schimmer weit und breit.

Ein Raunen ging durch das Stadion. Das Spiel war vorangeschritten. Die Zwillinge tanzten den Jaguartanz. Herrlich waren sie anzusehen, ihre geschmeidigen Körper, die lachenden Gesichter, das helle, wehende Haar. Huhnapú griff in die Brust seines Bruders und zog ihm das Herz heraus. Und reckte es triefend, auf flacher Hand, den Herren entgegen. Diego sah es ganz genau. Wie war das möglich? Das ist kein Spiel, dachte er wieder, es ist wahrhaftig Zauberei.

Wie die Todesherren nun glotzten. Im Tanzen schob Huhnapú das Herz zurück in die Brust des Bruders. Strich mit der Hand darüber, und die Wunde schloß sich. Sie beide lachten jetzt und tanzten und rissen sich Glieder und Köpfe ab und öffneten einer des anderen Fleisch.

Der Pater starrte zu ihnen hinab. Er glaubte zu träumen und wußte doch, es war kein Traum. *Sie kennen das Geheimnis. Wie in ältester Zeit.*

Vor den Augen der Todesherren wirbelten Arme und Beine der Brüder durch die Luft. Ihre Köpfe und Herzen, triefend vor Blut. Und dann setzten sie alles wieder an seinen Ort. Und lachten.

Einstod hob bittend die Hände. »Tut es auch bei uns!«

»Öffnet unsere Brust!« rief Siebentod.

»Wie Ihr wollt. Und danach sollt Ihr wieder erstehen. Wie denn sonst?« Noch wilder tanzten die Zwillinge. »Gibt es denn Tod für Euch, die Ihr Herren des Todes heißt?«

Sie packten Einstod und Siebentod, seinen Vertreter. Rissen ihnen das Herz heraus. Und dann tanzten sie den Tanz der Schnitter und zerstampften die Herzen der beiden Herren. Lachend tanzten sie, mit wirbelnden Gliedern und wehendem Haar. Unter ihren Füßen zuckten die Herzen. Und zerplatzten zu blutigem Brei.

»Niemals mehr, niemals mehr!« Ihre Stimmen hallten über das Feld. Sie tanzten und wirbelten. »Niemals mehr, niemals mehr sollen Einstod und Siebentod erweckt werden.«

Die geringeren Todesgötter warfen sich vor ihnen zu Boden. Bäuchlings, im Halbkreis um die Zwillinge aufgereiht.

»Eure Leben wollen wir schonen. Doch kein reines Blut sollt ihr künftig mehr schlürfen. Die Söhne des Lichtes werden niemals mehr Euer sein.« Immer noch tanzend, packten die Brüder einander bei den Händen. Um sie entstand ein Glanz, ein Strahlen, immer heller, immer herrlicher, und hüllte die Zwillinge ein. Der Pater riß die Augen auf. Rieb sich mit den Händen über Stirn und Schläfen. Es konnte und konnte nicht sein. Und geschah doch vor aller Augen, am hellichten Tag.

Die göttlichen Zwillinge entschwebten. In goldenen Schein gehüllt. Einander bei den Händen haltend, den dreizehn Himmeln entgegen. Gleißendes Licht ging von ihnen aus, so strahlend wie die Sonne selbst.

Diego hob sein Gesicht empor, wie Tausende Priester auf den Tribünen. Huhnapú war heimgekehrt. Dort oben schwebte er. Zum mächtigsten Gott der Maya verklärt. Ahau Kinich, glanzvoller Herr Sonnengesicht.

Nur nebenher bemerkte er, daß bei der Himmelfahrt ein Zwilling verloren gegangen war. Er sog an seiner Zigarre. Und legte die Hände vor der Brust zusammen, wie die Tausende anderer Priester. *Goldener Adler. Mächtiger Huhnapú.*

2

Auf einmal stand ein junger Priester vor ihm, in jadegrüner Robe. Julkin, dachte er, doch es war einer der Novizen. Diego beugte sich vor und nahm eine neue Zigarre aus dem Korb. Der Novize reichte ihm den brennenden Span. Julkin, dachte der Pater, saß im Tempel über dem vermaledeiten Buch. Unverwandt, am Tisch des Pferdegottpriesters, seit gestern früh. Zeichen aus uralter Zeit, so jedenfalls der Bücherpriester. Bisher war es ihm nicht geglückt, ihre Botschaft zu enträtseln.

Diego sog an der Zigarre. Wieder begannen die Trommeln in seinem Kopf zu dröhnen. Seine Gedanken verwirrten sich. Seltsam, dachte er. Seine Beine, sein ganzer Leib fühlten sich so leicht an, als wäre er von Kopf bis Fuß aus Luft und Licht. Er schaute an sich hinab und sah, daß seine Beine tanzten. Zuckend bewegten sie sich, im Rhythmus der Trommeln, die in seinem Kopf erklangen. Und nicht nur in seinem Kopf. Er sah um sich. Das ganze Stadion tanzte. Tausende von Priestern. Ihre Beine zuckten. Ihre Arme fuhren durch die Luft. Die Dolche in ihren Händen glitzerten. Tausende schwarzer Klingen, gezähnt und gebogen, aus Obsidian.

Opfermesser. O mein Gott. Wild sah Diego um sich. Die Roben der Priester hingen in Fetzen, wohin er auch schaute. Die Priester tanzten. Ihre Glieder wirbelten. Ihre Klingen fuhren in graue Gewänder, goldene Roben, himmelblaue Tuniken. Sie versetzten sich Schnitte, in die Schenkel, die Seiten, die Brust. Im Rhythmus der Trommeln, die anscheinend in allen Köpfen erdröhnten.

Oder bildete er sich das nur ein? Diego rieb sich die Augen. Er warf einen Blick nach links, und da tanzte der Mestize, das Messer in der Hand. Die rappenschwarze Robe kreuz und quer zerschnitten. Seine Brust sah hervor, glitzernd vor Schweiß und Blut. Seine Schenkel, stampfend im Takt, mit Wunden übersät. Der Pater stöhnte auf. Rasch wandte er sich ab, und sein Blick fiel auf Yaxtun. Der Fallensteller lag zu seinen Füßen, auf der steinernen Tribüne. Die Augen weit aufgerissen, so starrte er zu ihm empor. Auf einmal verzerrte sich sein Gesicht. So gewaltsam, als säße in seinem Kopf ein kleiner Teufel, der ihm die Knochen auseinanderbog. Krampfhaft bewegten sich Zunge und Kiefern. Seine Augen traten hervor, weiße Bälle, von einem Wirrwarr roter Adern umgarnt. Er gurgelte und malmte. Auch seine Arme begannen zu zucken. Jetzt erst sah der Pater, daß Yaxtun ein Messer in der Hand hielt.

Neben dem Fallsüchtigen ging er in die Knie, schwankend. Sein Geist war benebelt. Sein Leib noch immer wie schwerelos. Vor seinen Augen tanzte das Messer, erschreckend nah. Yaxtun versetzte sich Schnitte, in die Schenkel, den Bauch. Schon strömte Blut aus hundert Wunden, und immer wilder tanzte der Dolch. Ein Alptraum, dachte Diego. Er versuchte Yaxtuns Handgelenk zu packen. Die Klinge tanzte ihm über den Arm. Eine lange, gezackte Wunde. Er sah das Blut hervortropfen, doch er spürte nicht den leisesten Schmerz.

Mit der Faust umschloß er nun Yaxtuns Handgelenk. Das Messer fiel hinab. Er legte die Linke auf Yaxtuns Schulter.

Der Fallensteller zuckte und bebte. Auf einmal schnellte sein Leib empor, so heftig, als bräche unter ihm ein großes Tier hervor. Seine Augen verengten sich. Er sah Diego an, und in seinem Gesicht malte sich Grauen. »Der bärtige weiße Mann … da ist er …« Er deutete auf den Pater.

Diego warf sich auf ihn. Unter seiner Brust spürte er den Mund Yaxtuns, der krampfhaft auf- und zuschnappte. Die Finger des Fallenstellers scharrten ihm über Hals und Wangen, wie Krallen so scharf. Dann umschlangen ihn Yaxtuns Arme, mit furchtbarer Kraft. Lichter tanzten vor seinen Augen. Er riß an Yaxtuns Armen. Nur mit äußerster Anstrengung gelang es ihm, den Griff zu sprengen. Seine Robe ging zuschanden, mit scharfem Reißgeräusch. Er richtete sich auf, hustend und keuchend.

Sofort begann der Fallensteller wieder Weissagungen zu schreien. »Verrat und Täuschung!« Er heulte es hervor. »Der Untergang von Tayasal!«

Der Pater sah um sich, zu Tode erschrocken. Hoffentlich hatte niemand das Gestammel gehört. Neben ihm zuckten die Beine des Mestizen, von unsichtbaren Trommeln angespornt. Er sah wieder nach unten. Yaxtuns Augen waren geschlossen. Die Schaumbläschen auf seinen Lippen hoben und senkten sich. Der Anfall war vorüber, dem Herrn sei Dank. Der Fallensteller schlief.

Diego tastete über sein Gesicht. Mit den Fingern fühlte er die Wunden, die Yaxtun gekratzt hatte. Noch immer empfand er keinen Schmerz. In seinem Kopf ein Sausen. Sein Körper fühlte sich fremd an, so leicht wie aus Nebel und Licht geformt. Wieder sah er um sich. Weiter tanzten überall die Priester, im ganzen Stadion. Ihre Beine stampften. Ihre Arme fuhren durch die Luft. Wieder und wieder stießen die Messer hinab. Wie Adler, dachte Diego. Die Klingen bissen in Haut und Fleisch. Viele Priester trugen nur noch Fetzen. Goldene Lappen, maisgelbe oder graue. Blaue Fetzen oder jadegrüne. Die tanzenden Leiber leuchteten. Gehüllt in ihr eigenes Blut.

Novizen aller Orden liefen zuhauf auf den Tribünen umher. Statt Körben voll duftender Zigarren trugen sie nun tönerne Krüge. Feierlich schritten sie von einem Priester zum nächsten. Fingen mit bunten Bändern das Blut auf, das aus den Wunden rann, und lenkten es in ihre Krüge. Die Amphoren, dachte Diego, sahen keinen Deut anders aus als die Krüge, in denen die Maya ihre Bücher aufbewahrten. *Sie schreiben es mit rotem Blut.*

Auf einmal stand Ixkukul vor ihm. Umgeben von drei, fünf, acht niederen Priesterinnen Ixquics, und sie alle sahen ihn voller Kummer an.

»Was habt Ihr getan, Bruder Pferd?« Ixkukuls Stimme klang besorgt. Und vorwurfsvoll. Ihr Blick glitt an seiner Gestalt hinab. Er folgte ihm, mit tastenden Händen und Augen. Seine Wangen, sein Hals, mit Wunden übersät. Seine Robe, über der Brust in Fetzen. O mein Gott.

»Ihr – ihr mißversteht das, Schwester Mond.« Flehentlich sah er sie an. Sie erwiderte seinen Blick, wortlos. Ihre Augen voll Trauer und Zorn. Er wollte es ihr erklären. Doch er brachte kein Wort mehr hervor. *Ich habe nicht wie die anderen getanzt. Nicht mit dem Messer.* In Gedanken sprach er auf sie ein. Unablässig. Beschwörend. *Du mußt mir glauben. Bitte. Um unser beider willen.*

Unverwandt sah sie ihn an. Ohne ein Lächeln, ohne ein Wort. Da ertrug er ihren Blick nicht länger und wandte sich ab. Er sah um sich, und der Atem stockte ihm. Unmöglich, dachte er. Teuflischer Trug, was sonst? Er fuhr sich über Stirn und Augen. Wo endete der Trug, wo begann die Wirklichkeit?

Reglos standen die Priester aller Orden auf den Tribünen. Im Westen die goldenen Sonnenpriester, ihnen gegenüber die graue Heerschar Cha'acs. In kleineren Blocks dazwischen die Priester der anderen Kulte, rot und grün und gelb und blau. Hoch über ihnen allen, in ihren Tempeln, thronten die Mächtigen Tayasals. Der Canek und der Lahkin. Alles war wie vor Stunden, zu Beginn des Spiels. Nicht einer der Tausende von Priestern bewegte sich. Starr wie Skulpturen standen sie da. Niemand tanzte. Niemand schwang ein Opfermesser. Keine Robe war in Fetzen, außer der seinen. Kein Priester trug blutende Wunden, außer ihm selbst.

Aufmerksam sahen die Priester auf das Spielfeld hinab. Das Drama war zu Ende. Soeben verließen die Mysterienspieler den Platz. Diegos Blick irrte zwischen ihnen und Ixkukul hin und her. Was nur war mit ihm geschehen? Eine Vision, dachte er, empfangen in Trance. Der Tanz der tausend Opfermesser. Aber welche Wesenheit hatte ihm dieses Gesicht gesandt? Ein Frösteln überlief ihn. Der Herr dieser Welt. Heute war ich Ihm wahrhaftig untertan.

Ixkukul trat neben ihn, in die vorderste Reihe der Zuschauer. »Gleich beginnt das heilige Ballspiel.« Sie vermied es, ihn anzusehen. Starr sah sie auf das Spielfeld hinab. Seltsam aufgeregt, wie ihm nun schien.

Seine Verwirrung wuchs. So dicht stand sie neben ihm, daß er den Duft roch, der ihrer Haut entströmte. Die silberne Sichel glänzte in der Flut ihres Haars. Warum hast du mich so lange Zeit gemieden? Wo warst du in all den Tagen? Etwa bei ihm? So vieles wollte er sie fragen, noch immer brachte er kein Wort hervor. Liebst du ihn? Hast du gemordet mit ihm? Seine Kehle war wie zugeschnürt.

Die Ballspieler betraten den Platz. Zweimal sieben an der Zahl. Muskelstarrende Gestalten, mit ledernen Prellschützern gerüstet.

»Mein Bruder Chacbalam.« Sie sprach so leise wie im Traum. »Er ist dort unten auf dem Platz. Zusammen mit sechs anderen Jägern. Der Lahkin befahl es so. Weil Chacbalam und seine Freunde angeblich Spottreden gegen ihn geführt haben.« Unvermittelt wandte sie sich ihm zu. »Chacbalam hat dieses Spiel noch nie gespielt! Sowenig wie die anderen in seiner Mannschaft.« Sie drückte seinen Arm. Ihre Hand fühlte sich heiß an. Noch immer sprach sie im Flüsterton. »Es ist ein Spiel der Priester. Sie aber sind Jäger. Ihre Waffen sind Pfeil und Speer, nicht Bücher und Ball. Wie sollen sie in diesem ungleichen Kampf bestehen?«

Er sah sie nur an, wortlos. Wie wunderschön sie war. Bitte nimm deine Hand nicht fort von mir. Niemals mehr.

»Ihre Gegenspieler sind Sonnengottpriester«, flüsterte Ixkukul, »seit vielen Jahren im heiligen Ballspiel geübt.« Ihre

Augen glitzerten. Noch näher neigte sie sich zu ihm, so dicht, daß er ihren warmen Atem spürte. »Du weißt doch, Diego, was den Verlierern geschieht?«

Ihre Lippen bewegten sich vor ihm, kühn geschwungen und überaus rot. Er mußte sich bezwingen, um sie nicht einfach auf ihren Mund zu küssen, besinnungslos.

»Der Lahkin läßt sie enthaupten«, wisperte Ixkukul. »Morgen schon, alle sieben. *Hilf!*«

3

Die Spieler rannten über den Platz. Sie rempelten und rangen. Jagten dem Ball hinterher, der schädelgroßen Gummikugel. Zweimal sieben heilige Spieler, durch die Farbe ihrer Stirnbänder unterschieden. Goldene Bänder für die Priester des Lahkin. Kalkweiße für die Jäger um Chacbalam. Ihren Bruder. O gütiger Gott.

Hilf! Ixkukuls Stimme hallte in ihm nach. Ihr Bild stand noch immer vor ihm, wie in seine Augen eingeritzt. Dabei war sie gegangen, ehe das Spiel begann. »Niemand soll uns zusammen sehen, Diego. Es ist besser so. Zu deinem eigenen Schutz.« Ihr kummervolles Lächeln. Noch einmal hatte sie seinen Arm gedrückt, mit fiebrig heißer Hand. Dann war sie verschwunden, umringt von ihren Priesterinnen. Er hatte ihnen nachgesehen, bis sich der silberhelle Schimmer in der Menge verlor. *Hilf!*

Sein Blick schweifte über das Spielfeld. Dort hinten lief er. Chacbalam. Eine kraftvolle Gestalt, höher gewachsen als alle anderen auf dem Platz. So groß wie er selbst. Und wie Ixkukul. Er erinnerte sich, Ixtz'ak hatte seinen Namen erwähnt. Damals, im Heilhaus der Männer, als sie ihm eine Tunika ihres Bruders gab. Er beugte sich vor. Soeben rannte Chacbalam auf ihn zu, vier Schritte unter ihm. Unfaßbar, dachte er. Weder Ixtz'ak noch Ixkukul hatten jemals angedeutet, wie ähnlich sich die Geschwister sahen. Ixkukul und Chacbalam. Frau Welle und Roter Jaguar.

Er hatte Mühe, sich auf das heilige Spiel zu konzentrieren. Sie hatte es ihm erklärt, mit hastigen Worten. Als könnte er

Chacbalam nur retten, wenn er das Spiel verstand. Die Regeln verboten, die Kugel mit Händen oder Füßen zu berühren. Es erstaunte ihn, wie mühelos die Priester den Ball mit Schulter oder Schenkel bewegten. Die Kugel flog durch die Luft und landete auf dem Oberarm eines goldenen Spielers. Für Augenblicke stand sie scheinbar reglos, um die eigene Achse rotierend. Der Priester riß den Arm hoch, und der Ball flog der Sonne entgegen, senkrecht über dem Stadion. Für einen langen Moment schienen beide verschmolzen. Dann stob der Ball zur Erde zurück, wie die Seele, die aus den Himmeln wiederkehrt, in ein neues Leben.

Ein zweiter Priester stand bereit. Die Kugel prallte auf seinen Schenkel und schoß auf den Steinring zu. Das heilige Ziel. Auch *Tor der Wiederkehr* genannt, laut Ixkukul. Vier Schritte über dem Spielfeld ragte es aus der Stadionmauer. Ein steinerner Ring, bemalt in leuchtendem Blau. So hoch über dem Feld angebracht, so klein und eng, daß es kaum möglich schien, die Kugel durch die seitliche Öffnung zu treiben.

Und dennoch, es sah so leicht aus, als wäre nichts dabei. Der Ball prallte gegen die Mauer, Handbreit unter dem Ring. Er trudelte zurück ins Feld, ein Priester fing ihn wahrhaftig zwischen den Schultern auf. Die Arme gespreizt wie ein Vogel im Flug, den Rumpf ein wenig vorgebeugt. Die Kugel rollte sein Rückgrat hinab. Mit dem Gesäß versetzte er ihr einen Stoß, und wieder stob der Ball in den Himmel empor.

Auf den Leibern der Spieler glitzerte der Schweiß. Bis zur Tribüne hinauf war ihr Keuchen zu hören. Hundert Schritte in der Länge mochte das Spielfeld messen und fünfzig in der Breite. Ein steinernes Rechteck, in der Sonne glühend. Die Schritte klatschten auf dem harten Boden. Dröhnend schlug der Ball auf, und wieder rannten die Spieler hinter ihm her.

Mit beiden Händen fächelte sich der Pater Luft zu. Bei dem bloßen Gedanken, dort unten auf und ab rennen zu müssen, wurden ihm die Knie weich. Und dabei liefen diese armen Teufel buchstäblich um ihr Leben. Sowie eine Mannschaft den Ball durch das Tor der Wiederkehr trieb, war das

Spiel zu Ende. Die Verlierer wurden Ahau Kinich geopfert, am folgenden Tag.

Ein Raunen ging durch das Stadion. Zum ersten Mal hatte die Mannschaft um Chacbalam die Kugel errungen. Unbeholfen stieß einer der Jäger den Ball empor. Schon standen zwei, vier, fünf goldene Spieler bereit, ihn abzufangen. Doch Ixkukuls Bruder warf sich dazwischen. Mit dem Schenkel stieß er den Ball auf das heilige Ziel zu. Tausende von Priestern hielten den Atem an. Die Kugel prallte in den Ring. Für die Dauer eines Lidschlags tanzte sie in der steinernen Umfassung. Dann trudelte sie zurück und fiel zu Boden.

Ein gellender Schrei aus vielen hundert Kehlen. Die goldene Heerschar auf der Westtribüne riß die Arme hoch. *Ahau Kinich sei Dank.*

Der Pater wischte sich den Schweiß aus dem Kragen. Diese Aufregung war zuviel für seine Nerven. Unablässig beobachtete er Chacbalam. Die gleichen Augen, groß und ein wenig schräg. Seine hohe Gestalt, die gebieterischen Gebärden. Alles wie bei ihr. Nur härter und herber.

Längst hatten die goldenen Spieler den Ball wieder errungen. Nun liefen sie alle sieben, in langgezogener Reihe, auf das heilige Ziel zu. Ihre Beine hoben und senkten sich, unfaßbar rasch. Die Kugel sprang auf ihren Schenkeln, von einem Spieler zum andern, scheinbar mühelos. Die Spieler mit den weißen Bändern waren abgeschlagen. Ihre Kräfte schienen erschöpft. Nur Chacbalam rannte hinter den Widersachern her, ein halbes Dutzend Schritte zurück. Er ruderte mit den Armen. Die Kugel stob empor. Chacbalam warf sich voran. Der Ball flog dem Ring entgegen. Mit einem ungeheuren Satz schoß Chacbalam in die Höhe. Aber zu spät. Die Kugel flog durch das heilige Ziel. Für die Dauer eines Lidschlags schwebte sein Kopf vor dem Tor der Wiederkehr. Dann stürzte Chacbalam zurück auf den Boden.

Reglos blieb er liegen. Auf der Seite, ein wenig nach innen gekrümmt. Seine Gefährten schlichen zu ihm. Ihre Mienen verrieten, daß ihnen das Entsetzliche bewußt war. Ihr Leben war verwirkt.

Die goldenen Spieler jubelten. Sie reckten die Arme in die Höhe und sangen, keuchend vor Erschöpfung und Glück.

»Kinich Ahau war es, der mich erschuf.
Der Große Herr der Sonne.
Der Zerstörer des Auges des Tages.
Der Zerstörer des Auges der Nacht.
Er war es, der mich erschuf.«

Von allen Tribünen strömten nun die Zuschauer hinab auf das Spielfeld. Die Priester des Lahkin beglückwünschten ihre Ordensbrüder, die den Sieg errungen hatten. Zu Ehren von Ahau Kinich und dem Lahkin. Die Priester der anderen Kulte mischten sich unter sie und besprachen lebhaft die Wendungen des Spiels. Die einzelnen Farben, eben noch streng getrennt auf den Tribünen, mischten sich zu einem bunten Wirrwarr auf dem ganzen weiten Platz.

Nur um die Gruppe der Verlierer blieb ein freier Raum. Die Priester streiften sie mit scheuen Blicken. Das weiße Band um ihre Stirnen kennzeichnete sie schon als todgeweiht. Durch Enthauptung sein Leben zu opfern, galt als größte Ehre, als heldenhafter Tod. Wer sich zum Ruhm der Götter köpfen ließ, durfte auf rasche Wiederverkörperung hoffen, auf Ehre und Macht im neuen Leben. So zumindest die Verheißungen der Priester, dachte Diego. Aber sie selbst schienen ihrer Botschaft nicht recht zu trauen. Wenn sie die unterlegenen Spieler überhaupt eines Blickes würdigten, malte sich Mitleid in ihren Mienen, Bestürzung oder blanke Angst.

Auch der Pferdegottpriester hatte die Tribüne verlassen und sich hinab aufs Spielfeld begeben. Er fühlte sich innerlich ermattet nach den Ausschweifungen dieses Vormittags. Erschöpft und verwirrt. Noch immer überlief ihn ein Frösteln, wenn er an die Vision dachte, die der Satan ihm vorhin gesandt hatte. Er bahnte sich einen Weg durch die Scharen der Priester. Das Mysterienspiel, dachte er, und das heilige Ballspiel. Hier wie dort wurde die Offenbarung aus uralten Zeiten nachgestellt. Das Geheimnis der Wiederkehr. Doch niemand verstand es mehr.

Ausgenommen Julkin, vielleicht. Der Pater war sich keineswegs sicher, was das uralte Buch aus der Amphore betraf. Vielleicht enthielt es ganz andere Botschaften, als Julkin erhoffte. Oder vielleicht würde es allen Versuchen trotzen, die Zeichen in seinem Inneren zu entziffern.

Er trat in den freien Raum. In seinem Rücken vernahm er ein Murren und Raunen. Er bekümmerte sich nicht darum. Chacbalam hockte am Feldrand, von seinen Mitspielern umgeben. Der Pater warf einen Blick in die Höhe. Genau über ihnen befand sich das heilige Ziel. Von hier aus schien es ganz unmöglich, einen Ball mit Arm oder Hüfte dort oben hindurch zu treiben.

Diego kauerte sich neben Chacbalam. Deutete eine Verneigung an, wortlos. Aus dieser Nähe war die Ähnlichkeit noch überwältigender. Er räusperte sich. »Ixkukul und Ihr seid Zwillinge, habe ich recht?«

Der junge Jäger nickte. Aufmerksam sah er den Pferdegottpriester an. Sein Gesicht ließ weder Erschöpfung noch Todesangst erkennen. »Wie Ixbalanqué und Huhnapú.« Seine Stimme war tief und melodisch.

»Sind die göttlichen Zwillinge nicht zwei Brüder?« Diego mußte lächeln. Vor Erstaunen, doch ebenso vor Sympathie.

»Die Sonnengottpriester haben Brüder aus ihnen gemacht. Aber das ist eine Verfälschung.« Chacbalam gab sich keine Mühe, seine Stimme zu dämpfen.

Diego starrte ihn an. »Was wollt Ihr damit sagen?«

»Nach der ursprünglichen Überlieferung war Ixbalanqué eine Frau. Die Zwillingsschwester von Huhnapú.« Chacbalam zuckte mit den Schultern. »Und seine Geliebte.«

Seine Geliebte? Bedeutete das etwa …? Er drängte den Gedanken beiseite. Zumindest für den Moment. »Das also sind die Spottreden, deren Ihr bezichtigt wurdet?«

Wieder nickte der junge Jäger. »Der Lahkin nennt es Spott, ich nenne es Wahrheit.« Sein Gesicht verdüsterte sich. »Der Zwilling an Huhnapús Seite war eine Frau. Sie rettete ihm das Leben. Mit ihrer Hilfe besiegte er die Todesherren. Sie beide wurden daraufhin zu Göttern verklärt. Herr Sonne und Frau Mond.«

Der Pater starrte ihn an. Seine Gedanken wirbelten. Wieder und wieder stieß er sich an dem Wort, das Chacbalam leichthin ausgesprochen hatte. *Seine Geliebte.*

»Ich begreife, daß dem Lahkin diese Wahrheit nicht gefällt«, fuhr Chacbalam fort. »Und doch werde ich sie wiederholen, solange mein Kopf noch auf diesem Hals sitzt.« Er faßte sich an die Kehle. Angst glomm in seinen Augen auf, nur für einen kurzen Moment. Er sprang auf. »Priester von Tayasal!«

Auch Diego erhob sich. Er sah um sich, von Furcht erfüllt. Chacbalam zieht mich mit in sein Verderben, dachte er. Doch für einen Rückzug war es zu spät.

»Priester von Tayasal!« Chacbalams Stimme hallte durch das Stadion. »Ihr alle sollt wissen, warum der Lahkin beschlossen hat, mich und meine Gefährten zu opfern.« Er hielt inne. Tausende von Priestern auf dem ganzen Platz starrten ihn an. Ihn und den Pferdegottpriester, der als einziger neben dem todgeweihten Frevler stand. »Wir sollen sterben«, rief Chacbalam, »weil wir gewagt haben, die Wahrheit zu sagen. Die Priester des Sonnengottes haben den Glauben der Maya verfälscht. Die Botschaft der Götter und die Überlieferung unserer Ahnen.«

Von allen Seiten eilten nun Sonnengottpriester auf ihn zu. Chacbalam ließ sich nicht beirren. Seine Stimme, tief und samten, dröhnte über den Platz. »Die Priester des Sonnengottes behaupten, daß Ixbalanqué und Huhnapú Brüder seien. Das ist nicht wahr. Es sind Zwillingsgeschwister. Ixbalanqué ist die Schwester von Huhnapú. Sie beide wurden zu Göttern gleichen Ranges verklärt. Ixquic und Ahau Kinich. Auch der obersten Priesterin Ixquics gebührt daher der gleiche Rang wie dem Lahkin. Der gleiche Rang und die gleiche Macht.«

Zwei Sonnengottpriester stürzten sich auf ihn. Chacbalam schüttelte sie ab wie Fliegen. Diego war zurückgewichen. Das Herz klopfte ihm bis zum Hals. Rasch warf er einen Blick hinauf zum Tempel des Lahkin. Der Hohepriester saß reglos auf seinem Thron. Sein Blick schien über den Todgeweihten hinwegzugehen, der ihm seine Wahrheit entgegenschrie.

»Ehrwürdiger Lahkin! Im Namen Ixquics fordere ich Euch auf: Gesteht, daß unser Glaube verfälscht wurde!« Chacbalams Stimme überschlug sich. »Huldigt der Mondgöttin! Erklärt vor aller Augen, daß Ixquic und Ahau Kinich gleichen Ranges ...«

Weiter kam er nicht. Ein halbes Dutzend Sonnengottpriester warfen sich auf ihn. Goldene Hünen, die ihn zu Boden rissen und unter sich begruben.

»Der Canek ...« hörte Diego ihn noch rufen, »Ixkukul zur Hohepriesterin erheben ... angesehen und mächtig wie Ihr selbst!«

Mehr war nicht zu verstehen. Chacbalam gurgelte. Die Priester des Lahkin schlugen auf ihn ein. Einmal bäumte er sich noch auf. Dann traf ihn ein Knüppel mitten auf die Stirn. Sein Kopf sank zur Seite. Auf dem Band um seine Stirn erschien ein Wirrwarr von Zeichen, unleserlich und leuchtend rot.

4

»Haltet still, Herr. Nur eine Wunde noch.«

Diego saß auf einem Stuhl im Privatgemach des Pferdegottpriesters. Hernán tänzelte um ihn herum, das rote Hütchen auf dem Borstenschopf. Mit weichem Pinsel tupfte er ihm Tinkturen auf die Wangen, Salben auf Hals und Arm.

Widerwillig ließ Diego ihn gewähren. Was bekümmerten ihn Schnitt- oder Schürfwunden? Der wundersame Rausch war längst verflogen. Sein Körper nicht länger aus Licht und Nebel gebildet, sondern wieder aus Fleisch und Blut. Seitdem spürte er auch die Verletzungen, die Yaxtun ihm zugefügt hatte. Aber er achtete kaum darauf.

Seine Geliebte. Die Worte schmerzten weit ärger als der Messerschnitt in seinem Arm. Seine Seele stieß sich wund an ihnen. Sein Geist malte ihre Bedeutung aus, in verworfenen

Szenen. Bruder und Schwester, nach dem Bild ihrer Götzen buhlend. Vieles, allzu vieles sprach dafür, daß mehr als Geschwisterliebe sie verband. Wie sorgsam sie den Zwillingsbruder vor ihm verborgen hatte, ihr männliches Ebenbild. Wie flammend der Bruder ihre Rechte verteidigt hatte, vor der gesamten Priesterschaft von Tayasal. Und er opferte sich für sie, ging für die Geliebte in den Tod! Für seine »Wahrheit«, wie Chacbalam beteuert hatte. Doch diese Wahrheit, dachte Diego, für die der Bruder so leidenschaftlich eintrat, war eine Wahrheit des Herzens, nicht unbedingt des Geistes.

Auf einmal sah er sie vor sich, Ixkukul und Chacbalam, im Tempel Ixquics. In jenem Raum der steinernen Nischen, ihre geschmeidigen jungen Leiber, einander umschlingend im Liebesspiel. So plötzlich stiegen die Bilder in ihm auf, daß ihm der Atem stockte. Die Hitze schoß ihm in die Schläfen. Hernán wedelte mit einem Tuch vor seinem Gesicht herum. Er bemerkte es kaum. Ixkukul und Chacbalam, dachte er. Das Ideal eines Liebespaares, und mehr noch. Zwillingsseelen, einander bespiegelnd, als wäre der mythenalte Traum wahr geworden. Als wären sie einer im anderen, der ureinige Mensch, Mann und Frau zugleich.

Aber Ixkukul hatte beteuert, daß sie ihn liebe – ihn, Diego Delgado, ihn, ihn! Er knirschte mit den Zähnen. Was für ein Spiel wurde hier mit ihm gespielt? Neuerlich stieg ein Verdacht in ihm auf. Ungeheuerlich, ungreifbar. Er fühlte sich gelenkt, wie eine Fadenpuppe. Aber von wem? Ixkukul? Julkin? Wer war der Puppenspieler, der seine Schritte zu leiten versuchte? Verfolgten sie einen gemeinsamen Plan? Und welche Rolle spielte bei alledem der oberste Priester Cha'acs? Ixkukul, was erwartest du von mir? *Seine Schwester. Und seine Geliebte.* Wieder vernahm er die widrigen Worte, erklingend in Chacbalams melodiösem Baß.

Hernán wickelte einen endlosen Verband um seinen Arm. Diego sah an ihm vorbei, zum Fenster. Dort saß Julkin, wie seit vielen Stunden, über das Buch gebeugt. Der Tisch vor ihm übersät mit Bastpapier, Tintenschalen, Adlerfedern. Nun sah er auf, grau vor Müdigkeit. Sein Blick ging durch Diego hindurch. Auf einmal nahm er eine Feder, tunkte sie ein und begann wie rasend zu schreiben.

»Danke, Hernán. Das reicht.« Der Pater erhob sich. »Ich muß gehen.« Er warf dem Mestizen einen scharfen Blick zu. »Halte die Augen offen. Keiner von euch verläßt den Tempel, bis ich zurück bin.«

Er beugte sich über eine polierte Steinplatte, die ihnen als Spiegel diente. Hernán hatte auch seine Robe wieder zusammengeflickt. So kunstvoll, daß Flicken oder Nähte kaum zu sehen waren. Sein Gesicht aber sah noch immer entstellt aus, geradezu dämonisch. Zwei, drei, fünf fingerlange Kratzwunden, leuchtend unter seinem wirren Bart.

Er war schon an der Tür, als Julkin die Feder sinken ließ. »Die Zeichen, ehrwürdiger Herr, sie beginnen sich zu öffnen.«

»Das wäre wunderbar.« Und paßt nur allzu gut zu meinem Verdacht. »Gönne dir etwas Ruhe, Julkin.« Er bemühte sich um einen gleichmütigen Ton. »Warum hast du es mit der Entzifferung denn so eilig?«

»Ihr fragt ...?« Julkin wich seinem Blick aus. »Nun, ich ... die Formel ... Sie zu entziffern ist das eine, werter Herr.« Er straffte sich. »Morgen sollen die unterlegenen Ballspieler enthauptet werden. Eine günstige Gelegenheit, um die Wirksamkeit der Formel zu prüfen. Wenn es uns gelingt, eines der Opfer einzuweihen ...«

»Zum Beispiel Chacbalam?«

»Ich kenne ihre Namen nicht, werter Herr.« Weiterhin vermied es Julkin, ihn anzusehen.

»Du hast recht, Julkin. Es wäre eine Gelegenheit, die so rasch nicht wiederkehrt.« Er versuchte noch immer gelassen zu klingen. Dabei sträubten sich ihm buchstäblich die Haare, im Nacken und das Rückgrat hinab. »In wessen Leib soll er sich wiederverkörpern? Hast du auch darüber schon nachgedacht?«

»N-nein, Herr, noch nicht.« Nun erst sah der Bücherpriester auf zu ihm. In seiner Miene malte sich Erschrecken.

Erschrecken weshalb? Weil er ertappt worden war? Oder weil sich der Pferdegottpriester so sonderbar verhielt? Plötzlich kam sich Diego wie ein Narr vor. Was für ein Unfug, sie zu verdächtigen. Ixkukul und Julkin. Meine einzigen Vertrauten. Ausgerechnet sie.

Vertraute? echote es in ihm. Sind sie das wirklich? Traust du Julkin? Vielleicht ein wenig noch. Was weißt du von Ixkukul? So gut wie nichts.

»Ich muß mich sputen«, sagte er. »Der Priesterrat tagt, in der Kalenderpyramide.« Er nickte Julkin zu und eilte davon.

Im schrägen Licht des Nachmittags ging er über den heiligen Platz, tief in Gedanken. Ein metaphysisches Komplott, dachte er wieder, zur Rettung des Geliebten, konnte das sein? Er versuchte es mit ihren Augen zu sehen. Hatte nicht sogar er selbst begonnen, die Möglichkeit der Wiederverkörperung in Betracht zu ziehen? Für Ixkukul stand die Wahrheit dieser Lehre außer Zweifel. Ebenso für Julkin. Für sie mußte es nur natürlich sein, darauf ihren Plan zu errichten. Falls es einen solchen Plan tatsächlich gab.

Seit wann befand sich Chacbalam eigentlich in der Gewalt des Lahkin? Das mußte er in Erfahrung bringen. Und wie lange schon wußte Ixkukul, daß der Hohepriester ihren Bruder opfern wollte? *Seine Geliebte.* Er knirschte mit den Zähnen. Hatte Ixkukul ihn womöglich nur deshalb nach Tayasal gelockt: damit er die Amphore mit der Formel der Wiederkehr zu beschaffen half?

Er eilte über den Platz, ohne nach links oder rechts zu sehen. Nur mit meiner Hilfe, dachte er, konnten sie sich des alten Buches bemächtigen. Als Gesandter der Götter war ich für den Lahkin und für Ajna'at-ju'um unantastbar. Zumindest lange genug, um mit Julkin den Schatz zu bergen. Und wenn er die Formel erst entziffert hat?

Abrupt blieb er stehen, schon am Fuß der Kalenderpyramide. Ixkukul empfand wirklich Zuneigung für ihn, das spürte er. Nun erst begann er zu verstehen, aus welcher Quelle diese Sympathie entsprang. Wie oft hatte er darüber nachgedacht, vergeblich. Was suchte, was fand sie an ihm? Dem weißen Mann mit der knochigen Gestalt, dem wirren Bart? Dabei lag die Antwort so nahe, wenn man es mit ihren

Augen sah. Für Ixkukul, dachte er, bin ich das ausersehene Gefäß, in dem sich die Seele ihres Geliebten wiederverkörpern soll.

Er hatte es kaum gedacht, da schien es ihm schon wieder abwegig. Beinahe hätte er aufgelacht. Ixkukul liebte nur seinen Körper, nicht seine Seele? Teuflische Verdrehung! Er sah Chacbalam vor sich, seinen prachtvollen, kraftstrotzenden Leib. Warum hätte sie gerade mich erwählen sollen, als neues Gefäß für Chacbalams Seele?

Nun, auch hierauf gab es eine Antwort. Er machte sich an den Aufstieg. An der Seite des weißen Pferdegottpriesters könnte Ixkukul die Macht und das Ansehen erringen, die der Lahkin ihr so beharrlich verwehrte. Ihr selbst und ihrer Göttin des Mondes.

Er trat auf den First der Kalenderpyramide. Die Priesterin Ixquics und der Pferdegottpriester, dachte er. Auf einmal sah er es ganz genau vor sich. Ihr gemeinsames Leben, wie Ixkukul es erdacht haben mochte. Die Seelen der Zwillingsgeschwister wieder innig verbunden, in ihrem und meinem Leib. Und ich selbst? Die Frage wehte ihn an wie ein eisiger Hauch. Er zog die Tür zum Kalendertempel auf. Meine Seele, dachte er. Von ihrem Leib getrennt wie Huhnapús Haupt von seinem Rumpf. Umherirrend, unbehaust für alle Zeit und Ewigkeit.

5

Ein junger Kalenderpriester trat ihm entgegen. »Mögen die Götter mit Euch sein.« Eine stämmige Gestalt in himmelblauer Tunika. Er kam dem Pater bekannt vor. Aber woher?

Eilends geleitete der junge Priester ihn durch den Tempel. Ringsum an den hohen Wänden stiegen wieder Hunderte Kalenderpriester auf und nieder, wie beinahe zu jeder Stunde des Tages. Die Gerüste ächzten, die Seile stöhnten. Malmende Laute erklangen, wenn die Priester einen Götterkopf aus seiner Höhlung zogen oder in die Mulde schoben, die ihm für diese Stunde vorbestimmt war.

Heute hatte Diego kaum einen Blick für das Göttertheater. Vor der Treppe hinauf zu den Jahressteinen blieb er stehen. »Warte einen Augenblick. Kasasak, so heißt du doch?«

Der Kalenderpriester wandte sich um, mit ausdrucksloser Miene. »Ja, Herr.«

»Damals, als ich in den Priesterrat aufgenommen wurde.« Diego dämpfte seine Stimme. »An jenem Tag kamst du mit Julkin, mich im Tempel des Pferdegottes abzuholen. Sag doch, Kasasak, seid ihr befreundet?«

»Julkin und ...?« Erschrecken flackerte in seinen Augen auf, nur für einen Moment. »Nein, Herr. Unsere Wege kreuzen sich selten.« Er lächelte düster. »Den Göttern sei Dank.«

»Du meidest ihn? Warum?«

Unbehaglich bewegte Kasasak die Schultern. »Meiden? Ich weiß nicht, Herr. Er ist anders. Voller Geheimnisse. Man sagt, daß ...« Unvermittelt verebbte sein Redefluß.

»Nun, Kasasak? Was wird über ihn geredet? Sag es mir.«

Der stämmige junge Priester trat von einem Bein aufs andere. »Daß er von Euch besessen sei«, platzte er heraus. »Und es ist wahr, Herr. Er spricht wie Ihr. Er bewegt sich wie Ihr. Unlängst hörte ich jemanden sagen: Der Pferdegottpriester muß eine große Seele haben.«

Diego verstand nicht. Er sah den Kalenderpriester an. Von oben waren nun Stimmen zu hören, gedämpft durch die Jahressteine. »Was meinte er damit?«

»Daß Eure Seele sich in zwei Körpern zugleich aufhält. Verzeiht, Herr, ich gebe nur wieder, was jener Priester sagte.«

»Keine Sorge. Ich trage es dir nicht nach.« Doch er spürte, wie sich die Unruhe in ihm verstärkte. »Hat jener Priester sonst noch etwas gesagt?«

»Ja, Herr. Aber es ist wenig ehrerbietig.«

»Sage es mir trotzdem, Kasasak.« Er zwang sich zu lächeln.

»Daß Ihr auf diese Weise am Leben bleiben würdet, selbst wenn Ihr ...« Kasasak riß die Augen auf. Jetzt erst schien er zu bemerken, auf wie abschüssige Bahn er geraten war.

»Sprich weiter. Ich befehle es.«

Kasasak schluckte. »Selbst wenn Ihr den Göttern geopfert würdet.« Er murmelte es. »Mit diesem oder jenem Leib.«

Ohne eine Antwort des Pferdegottpriesters abzuwarten, stieg er eilends die schwarze Treppe empor. Diego folgte ihm. Zwei Körper, eine Seele, dachte er. Hatte er nicht vorhin genau dasselbe gedacht? Nur daß in seinen Gedanken Chacbalam die »große Seele« war und er selbst der besessene zweite Leib. Was für ein teuflisches Tohuwabohu.

An Kasasak vorbei trat er in den Kreis der Jahressteine. Die anderen obersten Priester standen im Halbkreis, allesamt ihm zugewandt. Nur der Lahkin saß auf einem Sessel, zum Zeichen seiner Würde, mehr noch seiner Gebrechlichkeit.

»Die Götter seien mit Euch.«

Die obersten Priester antworteten murmelnd. Diego trat näher. In den meisten Mienen las er Abneigung, wenn nicht gar Haß. Auch B'ok-d'aantoj war zugegen. Breitbeinig stand er neben dem Lahkin, die Arme vor der Brust verschränkt. Er musterte den Pferdegottpriester mit finsterer Miene. Dann rümpfte er die Nase und wandte sich ab.

An einem Jahresstein im Hintergrund, fast zur Gänze verdeckt durch Ajna'at-ju'um, lehnte Ixkukul. Stumm erwiderte sie seinen Blick. Sie sah elend aus, ausgezehrt vor Kummer und Angst.

»Die Versammlung der obersten Priester ist eröffnet.« Der Lahkin hob eine Hand. »Um es kurz zu machen, ich habe den Rat nur aus einem Grund einberufen. Während des heiligen Ballspiels ereilte unseren göttlichen Canek eine Vision.« Er sah Diego an, mit einem Blick, der Unheil verhieß. »Der König schaute unsere Delegation, Bruder Pferd, auf dem Weg zur Stätte des Neuen Reichs. Sie sind auf ein Hindernis gestoßen, das nicht nur unüberwindlich ist.« Er hielt inne. Sein Atem ging rasselnd. Feiner Schweiß glitzerte auf seiner Stirn. Dabei war es so kühl zwischen den Jahressteinen, daß Diego fröstelte. »Nicht nur unüberwindlich«, fuhr der Lahkin fort, »sondern auch eine Quelle großer Gefahren. Für die Delegation und für ganz Tayasal.«

»Was für ein Hindernis soll das sein?« Diego räusperte sich. »Als ich auf dem Rücken des geflügelten Pferdes dahinflog, war auf dem ganzen Weg nichts dergleichen zu sehen.«

»Bleiche Männer, zu Hunderten.« Der Lahkin sagte es mit dumpfer Stimme, als sprächen die Götter selbst aus ihm. »Rohre in den Händen, aus denen Feuer schießt. Sie alle auf Rössern reitend.«

Dem Pater stockte der Atem. Das hatte der König tatsächlich in einer Vision gesehen?

»Auf Rössern, Bruder Pferd!« Ajna'at-ju'um schnaufte. »Es handelt sich also um Priester Eures Kultes!« Seine Brust wölbte sich vor Empörung. »Wollt Ihr wirklich behaupten, Ihr als oberster Priester hättet nichts von diesem Heiligtum Eures Pferdegottes gewußt?«

»Bei allen Göttern der dreizehn Himmel.« Diego wurden die Knie weich. Die kastilische Festung, mit ihren Hunderten Berittenen, ein Tempel des göttlichen Pferdes? So also faßten sie es auf? Warum hatte er nie an diese Möglichkeit gedacht? Nun war es zu spät. Das Blut wich ihm aus den Wangen. »Ich schwöre Euch ...«

»Schweig still, bleicher Lügner!« donnerte B'ok-d'aantoj. »Ich sage Euch, Brüder, dieser Mann wurde uns nicht von den Göttern gesandt. Er ist ein Verräter!«

Zweiundzwanzig Augenpaare starrten den Pferdegottpriester an. Totenstille herrschte auf einmal im ganzen Kalendertempel. Auch die niederen Priester auf den Gerüsten hielten inne und sahen gebannt auf das Rund der Jahressteine hinab.

»Ihr habt gehört, wessen Bruder Wolke Euch bezichtigt.« Die greisenhafte Gestalt des Lahkin schien noch weiter in sich zusammenzufallen. Er sah Diego an. »Verteidigt Euch, wenn Ihr könnt. Entkräftet seinen Verdacht.«

Diego schluckte. Aus und vorbei, dachte er. Jetzt packen sie dich und werfen dich auf den Opferaltar. Die Knie zitterten ihm so sehr, daß er glaubte, keinen Moment länger stehen zu können. Erbärmlicher Feigling, schalt er sich. Aber es half nichts. In seinem Geist war kein einziger Gedanke, nur ein lautes Brausen der Angst.

Endlich blieb sein umherirrender Blick an Ixkukul haften. Hochaufgerichtet stand sie da. Er sah sie an, fragend, flehentlich. Sie bejahte mit den Lidern. *Sage es.*

»Ehrwürdige Ratsversammlung.« Er folgte ihr, ohne sich zu besinnen. »Es ist wahr, ich habe Eure Geduld lange beansprucht. Doch die Götter wollten es so.«

Er stockte. Sein Mund war so trocken, als hätte er Sand geschluckt. Aufs neue suchte er Ixkukuls Blick. *Weiter so.* Sie sagte es mit den Augen.

»Heute aber darf ich sprechen, edler Lahkin. Mein Mund ist nicht länger versiegelt. Vieles wird sich nun aufklären. Auch die scheinbaren Widersprüche in meinen Worten, über die Bruder Wolke sich so empört hat. Ich trage es ihm nicht nach.«

Er fuhr sich mit der Zunge über die Lippen. B'ok-d'aantoj sah ihn an, so konzentriert und grimmig, als arbeite er im Geiste detailreiche Mordpläne aus.

»Löblicher Rat, die Götter haben mich zu Euch gesandt, damit Euch das Wissen offenbart werde, das Ihr seit langem schmerzlich entbehrt. Eure Ahnen besaßen es schon einmal. Doch sie trieben Mißbrauch damit, und so wurde es ihnen wieder entzogen.«

Abermals hielt er inne. Der Lahkin starrte ihn an, den Mund so weit geöffnet, daß Diego seine wenigen verbliebenen Zähne sah. Auch die anderen obersten Priester blickten ihn mit entgeisterten Mienen an. Nur Ixkukul lächelte. Ermutigend.

»Oberste Priester von Tayasal.« Er sprach nun mit festerer Stimme. »Die Götter haben Euch verziehen. Nach ihrem Willen soll morgen ein neuer Bund geschlossen werden, zwischen den dreizehn Himmeln und Eurem Volk.« Schwindelgefühl ergriff ihn. Er schloß die Augen. »Zum Zeichen dieses Bundes soll Euch auch das Geheimnis wieder offenbart werden. Von Gnaden der Götter. Aus meinem Mund.« Er öffnete die Augen. Seine Arme hoben sich, zu segnender Gebärde, wie von selbst. »Maya von Tayasal«, rief er, »die Zeit Eurer Buße ist vorbei! Ich bringe Euch die Formel der Wiederkehr!«

6 Der Abend kam, die Nacht. Vor Stunden war Diego in den Tempel des Pferdegottes zurückgekehrt. Innerlich aufgewühlt wie nie zuvor in seinem Leben. Nur mit äußerster Anstrengung gelang es ihm, seine Gefühle zu verbergen.

Noch immer saß Julkin über dem Buch aus der Amphore. Ein paarmal hatte der Pater ihm über die Schulter geschaut, nichts begreifend. Ein Wirrwarr von Zeichen, ähnlich denen, die er in den zurückliegenden Wochen zu deuten gelernt hatte. Doch diese Zeichen wirkten um vieles grober, auch diffuser, wie Fußspuren im Schlamm. Manche Zeichen glaubte er wiederzuerkennen. Die Brücke, die Silbersichel, das Profil eines Priesters mit vasenförmig geöffnetem Schädel. Aber wenn er sie im Zusammenhang zu lesen versuchte, entstanden Sätze ohne Sinn. Oder mit einer Bedeutung, die ihm verschlossen blieb. Zweifellos handelte es sich um ein uraltes Buch. Wie alt, wagte er nicht einmal zu schätzen. Sicherlich weitaus älter als ein Baktun. Das Bastpapier verwittert, an den Rändern zerfasert, die Tinte ausgebleicht. Der Einband aus klobigem Leder, schwarz und daumendick und sonderbar drahtig behaart. Als wäre er aus der Haut eines Wesens gefertigt worden, das in finsterster Vorzeit auf dieser Erde wandelte.

Diego hatte es bald schon aufgegeben, Julkin bei der Entzifferung zuzusehen. Rastlos ging er im Altarraum auf und ab, Stunde um Stunde. Fackeln loderten in den Wandnischen. Der Pater zählte sie mechanisch, indem er an ihnen vorüberschritt, wieder und wieder im Kreis. Vom Altartisch in den Bereich der Besucher, von dort zum Eingang und zurück zum Altar.

Julkin durfte nicht bemerken, auf keinen Fall, wie sehr er selbst nach der teuflischen Formel lechzte. Daß er dem Priesterrat bereits angekündigt hatte, ihnen das Geheimnis der Wiederkehr morgen zu offenbaren. Vor dem Altar blieb er stehen. Das schwarze Roß glotzte auf ihn herab, mit höhnisch gebleckten Zähnen. Er schlug sich an die Stirn. Wie hatte er nur so töricht handeln können? Sein eigenes Leben abhängig machen von einem satanischen Zauberspruch, den es höchstwahrscheinlich gar nicht gab? Und falls es Julkin tatsächlich glückte, die wundersame Formel zu enträtseln – glaubte er selbst denn an ihre – wie Julkin es genannt hatte – »Wirksamkeit«? Glaubte er, Pater Diego Delgado, allen Ernstes, daß sich der Flug der Seelen steuern ließ durch mathematische Berechnung und magisches Gemurmel? Daß die Seelen sich überhaupt wiederverkörperten, entgegen der Verheißung Jesu? Und überdies auf gewaltsame, heldenhafte Art, wie es der Glaube der Maya vorsah: indem die kriegerische Seele in einen Leib fuhr und die darin hausende Wesenheit vertrieb?

Nun, er glaubte nicht daran, natürlich nicht. Starr erwiderte er den Blick des kolossalen Rosses. Oder vielleicht doch, ein ganz klein wenig? Immerhin, dachte er, was die Maya Wiederverkörperung nannten, war auch im Abendland ein wohlbekanntes, wenn auch übel gelittenes Phänomen. Die Kirche nannte es Besessenheit durch Dämonen. Christliche Priester exorzierten die höllischen Wesenheiten, mit Weihrauch und Gebeten. Beschwörungen auch das, allerdings mit gegenläufigem Ziel. Vertreibung aus dem betreffenden Leib. Die Formel der Maya dagegen trieb die Wesenheit in den ausersehenen Leib hinein. Zielgenau wie im heiligen Spiel, wenn der Ball durch den steinernen Ring flog. Das Tor der Wiederkehr.

Angenommen, nur einmal angenommen, dachte er. Nur als Gedankenspiel. Gewaltsam riß er seinen Blick von dem Idol des Pferdegottes los. Er wandte sich um und begann abermals, im Kreis zu gehen. Aufs neue zählte sein Geist die brennenden Fackeln ab. Erste Fackel: Angenommen, die Formel existiert tatsächlich und erweist sich in gewisser Weise als »wirksam«. Wie kann das sein? Er trottete weiter. Zweite Fackel: Selbstverständlich nicht deshalb, weil diese Heidenpriester die Seelen im Himmel zu beschwören vermöchten. Sondern? Nachdenklich schritt er voran. Dritte Fackel: Weil sie mit dem Satan verbündet sind, noch weitaus inniger als bislang gedacht. Was folgt daraus? Vor der vierten Fackel blieb er stehen und starrte auf die tanzenden Flammenzungen: Wenn sie tatsächlich Seelen beschwören können, dachte er, dann nur solche, die in der Gewalt des Teufels sind. Die bereits in den Sälen der Verdammnis schmachten oder Ihm schon zu Lebzeiten angehören. Dem Herrn dieser Welt.

Abrupt wandte er sich ab. Bestürzung erfüllte ihn. Dem Satan verfallen, dachte er. Traf das nicht längst auch auf ihn zu? In die grüne Hölle gezogen, um den Teufel zum Kampf zu fordern. Wie rasch war er Seinen Listen erlegen! Seiner Schläue und meiner eigenen Schwäche dazu. »Fray Cristo.« Er flüsterte es. »Niemals hätte ich dich in die Wildnis schicken dürfen.« Auf einmal schien es ihm, als wäre gerade dies sein entscheidender Fehler gewesen. Die Verstoßung seines eigenen Gewissens, der heiligsten Seiten seiner Selbst. Die Preisgabe seiner unsterblichen Seele. Die endgültige Hinwendung zu Ihm. Dem Engel der Schöpfung.

Für einen Moment erwog er wahrhaftig zu fliehen. Vor seinem eigenen Verderben. Hinaus in die Wildnis, um sich selbst zu retten und Fray Cristo dazu. Aber es war zu spät, er wußte es. Nicht nur, weil der Lahkin abermals zwei Wächter vor seinen Tempel befohlen hatte. Weit mehr noch, weil er diesen Kampf hier zu Ende führen mußte, nur hier beenden konnte, in Tayasal.

Der Satan hat seine Krallen schon in meine Seele geschlagen, dachte er. So wie Yaxtun seine Fingernägel in meine Wangen gegraben hat. Ich bin gezeichnet. Ich hänge ihm buchstäblich an der Angel, dachte er. Wieder sträubten sich ihm die Haare. Laufe ich davon, so helfe ich dem Teufel nur, mir die Seele herauszureißen. Tief in seinem Innern empfand er einen scharfen Schmerz. Als zerre die Satanskralle an den fleischigen Fäden, die seine Seele mit seinem Leib versponnen.

Erschöpfung befiel ihn. Zugleich fühlte er sich so angespannt, daß er an Schlaf nicht einmal denken konnte. Er rief nach Hernán und erfuhr, daß Julkin noch immer über dem Buch saß. Der Mestize brachte ihm einen Krug vom Göttertrunk. Diego leerte ihn in einem Zug, an seinen Altar gelehnt. Der Geschmack war grauenvoller denn je. Dennoch ließ er sich einen weiteren Krug bringen und wenig später einen dritten. Dazu tischte der Mestize Enchiladas auf, schmackhaft zubereitet, doch der Pater rührte sie kaum an. Kopf und Zunge wurden ihm so schwer, wie sein Herz bereits war.

Er schlang einen Arm um Hernáns Schultern. Der Mestize schleppte ihn in sein Privatgemach. Diego sackte auf seine Lagerstatt. Er schlief schon, bevor sein Kopf das Jaguarfell berührte.

Er schlief unruhiger denn je. Wälzte sich in furchtbaren Träumen. Selbst im tiefsten Schlaf vergaß er nie, daß Julkin im Zimmer war. Zwei Kerzen auf dem Tisch, dazwischen das aufgeschlagene Buch und Stapel hastig beschriebener Papiere. Die Feder kratzte. Im Traum wurde es zum Kratzen der Satanskralle, die über Diegos Seele scharrte. Seine Seele aber war ein aufgeschlagenes Buch aus reinem Licht. Er versuchte darin zu lesen, doch immer wieder scharrte die Teufelshand darüber, eine siebenfingrige Pfote, schwarz und drahtig behaart.

Als er erwachte, war es noch tief in der Nacht. »Wie kommst du voran?« fragte er.

Julkin saß am Tisch und rieb sich die Augen. »Nicht mehr lange, lieber Herr. Die Zeichen haben sich geöffnet. Morgen, wenn Ihr erwacht, wird alles fertig sein.«

Er fühlte sich so erleichtert, daß er alles andere vergaß. Seinen Argwohn, selbst seine Teufelsträume.

Julkin stand auf und streckte sich. »Ich wollte ohnehin eine Pause einlegen. Wenn Ihr mögt, erzählt noch ein wenig aus Eurem früheren Leben. In Acarena.«

Die Bitte erstaunte ihn, wenn auch nur für einen Moment. Es war keineswegs das erste Mal, daß Julkin ihn nach der Alten Welt befragte. Erstaunlich war indessen, daß er seine Bitte auf Kastilisch vorbrachte. Diego begann zu erzählen. Mit murmelnder Stimme beschwor er die frühen Jahre herauf. Bald schon befiel ihn aufs neue Müdigkeit. Irgendwann schlief er wieder ein.

Als er abermals zu sich kam, war es heller Tag. Sein Blick ging als erstes zum Tisch. Von Julkin keine Spur, ebenso von dem Wirrwarr bekritzelter Blätter. Nur zwei Bögen lagen noch auf der Platte, säuberlich beschrieben, daneben das schwarze Buch. Traumbilder huschten durch Diegos Geist. Die Satanskralle, über seine Seele scharrend, ein Buch aus reinem Licht. Ein Schauder überlief ihn.

Unwillkürlich wandte er sich ab. Sein Blick fiel auf das Bassin. Der Mestize hatte ihm bereits ein Bad bereitet. Wohlgetan, dachte Diego. Er freute sich auf die Erfrischung nach den Stunden stickigen Traums. Rasch erhob er sich, warf seine Kleidung ab und glitt in das Bassin.

Behaglich streckte er sich im Wasser aus. Schaum bedeckte die Oberfläche, knisternd und in allen Farben schillernd. Die Schrammen auf seinen Wangen fielen ihm ein, von Yaxtuns Krallenhänden. Neben ihm war eine kreisrunde Stelle im Wasser, die nicht mit Schaum bedeckt war. Er beugte sich darüber, um sein Spiegelbild anzusehen.

Der Atem stockte ihm. Für einen langen Moment starrte er sein Spiegelbild an, ohne zu begreifen. Dann fuhr er zurück. Aus dem Wasser brach ein Kopf, die Augen weit aufgerissen, schnaubend und keuchend. Tropfen rannen ihm aus den Haaren, die Wangen hinab. Die Gestalt sprang auf, ein schlanker Leib, braun wie Kakao. Sie watete durch das Wasser, mit rudernden Armen. Sprang mit einem Satz aus dem Becken und hüllte sich in eine bereitliegende Tunika. Erst dann wandte sie sich um zu ihm.

»Julkin!« Schreckensstarr saß der Pater im Bassin. Das Herz klopfte ihm bis in die Kehle. Ein übles Vorzeichen, dachte er. Als wäre jener Traum wahr geworden, in dem er sich in Julkin verwandelt hatte. Diesmal hatte er sein eigenes Spiegelbild gesucht und Julkins Antlitz gefunden. Wie eine Schaumgeburt war der Bücherpriester aus dem Wasser hervorgebrochen. Und es war nicht einmal im Traum gewesen, sondern in der Wirklichkeit.

»Verzeiht, Herr.« Julkin schien ebenso erschrocken wie er selbst. Noch immer lief ihm das Wasser über Stirn und Wangen. Die Tunika klebte ihm am Leib. »Euer Diener hat mir erlaubt, mich rasch in Eurem Bad zu erfrischen, ehe Ihr erwachtet. Ich war eben untergetaucht, als Ihr ins Wasser stieget. Ich wollte Euch nicht erschrecken.«

»Natürlich nicht.« Der Pater versuchte gleichmäßig aus- und einzuatmen. »Was ist mit dem Buch, Julkin? Du hast es entziffert?«

»Ja, lieber Herr!« Julkins Augen strahlten. »Sie ist uns zurückgegeben. Dank Eurer Hilfe. Die Formel der Wiederkehr.«

7

Unsere Toten kehren zurück: Ahpuch und die verstorbenen Wesen sind verbunden.

Unsere Toten kehren zurück: Ahau und Ixquic gewähren den Schatz der Wiedergeburt im Vorhimmel der Ahnen.

Unsere Toten kehren zurück: Ahpuch und der beschwörende Priester sind verbunden. Gott des Totenreichs, gib unsere verstorbenen Wesen frei.

Unsere Toten kehren zurück: Die Welt unter dem Mond erwartet sie. Die Brücke leuchtet. Die Seele sieht.

Licht der himmlischen Mächte: Wir vergießen unser Blut für die Wiederkehr unserer Toten.

Schatten der himmlischen Mächte: Wir geloben zwanzig mal zwanzig Geschlachtete für die Wiedererzeugung. Unser edelstes Blut zu vergießen zum Ruhm der Schlange und zur Erneuerung der Welt unter dem Mond.

Unsere Toten kehren zurück: Die beschworenen Toten im Vorhimmel der Ahnen schützen uns.

Unsere Toten kehren zurück: Die totgeborenen Zwillinge in der Welt unter dem Mond gewähren das magische Wort. Den Donner der Wiederkehr. Den Blitz der Erinnerung. Den Regen der Befruchtung für ein neues Leben.

Unsere Toten kehren zurück: Die Formel, von den himmlischen Mächten geliehen. Fünf heilige Zahlen. Zahlen des Tzolkin. Hier.

Die Zahl deiner Ankunft in der Welt unter dem Mond. Sprich sie. Laut, leise, immerzu. Opfere den Göttern deiner Zahl, was ihnen gebührt.

Die Zahl deines Abschieds. Heilige Zahl. Sprich sie. Laut, leise, immerzu. Opfere den Göttern deiner Zahl, was ihnen gebührt.

Die Zahl des Menschen, der dir bestimmt ist für alle Welten, alle Zeiten, seit Anbeginn. Finde sie heraus. Die Zahl seiner Ankunft in der Welt unter dem Mond. Sprich sie. Laut, leise, immerzu. Opfere den Göttern seiner Zahl, was ihnen gebührt.

Die Zahl des Leibes deiner Wiederkehr. Zahl des Tzolkin. Finde sie heraus. Die Zahl seiner Ankunft in der Welt unter dem Mond. Sprich sie. Laut, leise, immerzu. Opfere den Göttern seiner Zahl, was ihnen gebührt.

Die Zahl deiner Wiederkehr. Heilige Zahl. Magische Zahl. Von den totgeborenen Zwillingen dir gewährte Zahl. Rechne zur Zahl deines Abschieds die Zahl aller Welten hinzu. Dies ist die Zahl deiner Wiederkehr. Opfere den Göttern deiner Zahl, was ihnen gebührt.

Sprich sie. Laut und klar. Wenn das schwarze Beil in dein Genick beißt. Rufe sie. Heilige Zahl. Zahl deiner Wiederkehr. Die Augen weit geöffnet. Rufe sie, murmle sie, sprich sie, immerzu. Wenn dein Haupt emporfliegt, tanzend auf der Fontäne, die aus dem Halsstumpf schießt. Wenn dein Haupt emporfliegt, wie Ahau am Anfang des Tages, wie Ixquic zu Beginn der Nacht. Wenn deine Seele emporfliegt, in den Vorhimmel der Ahnen.

Unsere Toten kehren zurück: über die Brücke zwischen den Welten, Brücke der Wiederkehr, Brücke zwischen dem Vorhimmel der Ahnen und der Welt unter dem Mond.

Unsere Toten kehren zurück: Die Wiederverkörperten jubeln. Die Götter haben den Ruf vernommen und sind hinabgestiegen in die Welt unter dem Mond.

Himmlische Mächte, wir werfen uns vor Euch nieder. Dank der großen Mondgöttin, Ixquic, der Silbernen Herrin unserer Welt. Dank dem großen Sonnengott, Ahau Kinich, dem Goldenen Herrn unserer Welt.

Unsere Toten sind zurückgekehrt. Wahrhaftig, sie sind wieder da.

Er saß am Tisch in seinem Privatgemach. Vor sich die beiden Blätter, beschrieben in Julkins säuberlicher Schrift. Er zwang sich, die Sätze noch einmal zu lesen. *Die Formel, von den himmlischen Mächten geliehen.* Schauder überliefen ihn, wieder und wieder. Er war auf verworrene Sprüche gefaßt gewesen, Rezepturen der üblichen abergläubischen Art. Nun aber das. Dunkle Worte, dachte er, doch eine große Kraft ging von ihnen aus. Die Kraft des Glaubens im Anbeginn der Zeit.

»Die Formel, werter Herr. Was sagt Ihr?«

Diego blickte auf. Der Bücherpriester saß ihm gegenüber auf einem Schemel. Seine Augen umschattet vor Erschöpfung, doch sein Blick strahlte.

Ob ich an diese Formel glaube oder nicht, dachte Diego, spielt überhaupt keine Rolle mehr. Ich muß sie erproben, heute noch, an Chacbalam. »Wohlgetan, Julkin«, sagte er. »Wie rasch und geschickt du die Botschaft entziffert hast. Bewundernswert. Ob die Formel wirksam ist, wird sich sehr bald erweisen.«

Wenn dein Haupt emporfliegt, tanzend auf der Fontäne … Ein Frösteln überlief ihn. Wenn sie versagt, dachte er, läßt mich der Lahkin den Göttern opfern. Erweist sie sich als wirksam, dann reißt mich der Satansspruch aus meinem irdischen Leib heraus und stürzt meine Seele für immer in Verdammnis. Wie es auch endet, Diego Delgado, dein Schicksal ist besiegelt.

Unter diesen Gedanken stand er auf. Es war früher Morgen, wenig nach der Stunde des Hahns. In den Wunden auf seinen Wangen pochte es schmerzhaft. »Uns bleibt wenig Zeit, Julkin«, sagte er. »Ich muß mir Zutritt zum Verlies des Lahkin verschaffen, um mit einem der Todgeweihten zu sprechen. Wenn ich es recht verstehe, müssen wir herausfinden, wann er geboren wurde und wann der ihm liebste Mensch zur Welt gekommen ist. *Der Mensch, der ihm bestimmt ist,* wie es dort heißt.« Julkin nickte. Er öffnete den Mund, aber Diego ließ ihn nicht zu Wort kommen. »Wann er Abschied nimmt, ist klar. Heute. Ebenso der Tag seiner Wiederkehr. Dreiundzwanzig Welten, dreiundzwanzig Tage.« Er hielt inne. In Gedanken rechnete er nach. »Wie sonderbar, Julkin. Heute ist Vier Cabán. Der Tag, an dem Ahau und Ixquic gemeinsam regieren. Der Sonnengott als Regent der Zahl, die Mondgöttin als Herrscherin über den Tzolkintag. Und an Eins Ahau soll der Todgeweihte wiederkehren. Dann regieren wiederum Sonnengott und Mondgöttin. Nur diesmal Ahau als Herrscher des Tzolkintages und Ixquic als Regentin der Zahl.«

Er grübelte darüber nach. Gedankenverloren ging er auf und ab. Falls sich die Formel der Wiederkehr wahrhaftig als wirksam erwies, würde in Tayasal nichts mehr sein, wie es in den letzten vierhundert Jahren war. Der Lahkin, dachte Diego, würde gar nicht anders können, als die Forderung zu erfüllen, für die er Chacbalam nun opfern ließ. Die oberste Priesterin Ixquics würde fortan die gleiche Macht und das gleiche Ansehen genießen wie der Lahkin, im Rang einer Hohepriesterin. Das uralte Buch sprach der Mondgöttin ebensoviel Bedeutung wie dem Sonnengott zu, wenn nicht sogar mehr.

Für einen Moment empfand er einfach Freude. Wie herrlich, daß wir diese Botschaft entdeckt haben, dachte er. Wie wunderbar für Ixkukul, wenn es die Zeit ihrer schmachvollen Unterdrückung beendete. Was für ein Erwachen würde das sein, für ihr ganzes Volk, aus Jahrhunderte währender Erstarrung. Aus Angst und Düsterkeit. Als rege sich unversehens neues Leben hinter den steinernen Fassaden. Neue Hoffnung, neue Liebe. Aber ach, dachte er dann, nicht für mich.

»Bitte hört doch, Herr.«

Er sah um sich. Vor ihm stand Julkin, ein Blatt Bastpapier in der Hand.

»Wie sehr Ihr recht habt, werter Herr. Die Stunden eilen dahin. Aber die Zahlen, die Ihr erwähntet, ich habe sie schon.«

Der Bücherpriester reichte ihm das Blatt Papier. Diego blinzelte. Zuerst mochte er seinen Augen kaum trauen. Aber da stand es wirklich, in Julkins akkurater Schrift:

Chacbalam		
Ankunft	4 Ahau 18 Ceh	(18. Februar 1674)
Abschied	4 Cabán 0 Uo	(9. Juli 1696)
Wiederkehr	1 Ahau 3 Zip	(1. August 1696)
Ixkukul		
Ankunft	4 Ahau 18 Ceh	(18. Februar 1674)

Unheimlich, dachte Diego. Julkin hat wahrhaftig sogar die gregorianischen Kalenderdaten notiert. Er ist wirklich besessen von mir. Weit unheimlicher war, wie sich sein Argwohn nun bestätigte. Julkin versuchte nicht einmal mehr zu verbergen, daß er mit Ixkukul verbündet, in ihren Plan eingeweiht war. Ein metaphysisches Komplott zur Rettung des Zwillingsbruders. Nur eine der fünf heiligen Zahlen fehlt noch, dachte der Pater. Wieder überlief ihn ein Frösteln. Mein Geburtsdatum, umgerechnet in den heiligen Tzolkin. Wenn sie diese Zahl kennen, können sie Chacbalams Seele in meinen Leib lenken. Wie den Ball in das heilige Ziel.

Jetzt erst sah er auf. Das Blatt in seiner Hand zitterte. »Wie kommst du gerade auf Chacbalam?«

»Gestern erwähntet Ihr den Namen, Herr.«

»Und du hattest ihn noch nie gehört. Heute weißt du schon, daß er Ixkukuls Bruder ist.«

Julkin sah ihn an. Seine Miene verriet Bestürzung. »Nein, Herr, ich wußte es nicht. Bis Itzek aus dem Verlies zurückkam. Einer der Wächter, die der Lahkin gestern vor Euren Tempel befahl.« Vertrauensvoll schaute er zum Pferdegottpriester auf. »Heute in aller Frühe trat ich vor den Eingang. Ich wollte ein wenig frische Luft atmen. Eben hatte ich die Botschaft entziffert. Ich war so erschöpft, Herr, ich hätte weinen mögen. Und so glücklich, daß mir zum Jubeln war. Draußen vor dem Tempel dösten die Wächter. Ich überlegte, ob ich wagen dürfte, Euch zu wekken. Die Zeit drängte. Auf einmal fiel mir der Name ein, den Ihr gestern erwähnt hattet. Chacbalam. Es war eine Eingebung. Einen der Wächter, eben jenen Itzek, kenne ich recht gut, aus unserer Kindheit. Ich bat ihn, hinüber in das Verlies des Lahkin zu eilen und jenem Chacbalam die gewünschten Zahlen zu entlocken. So geschah es. Das ist alles, lieber Herr.«

Diego musterte ihn, voller Argwohn. Was Julkin gesagt hatte, klang einleuchtend. Auch hatte der kleine Priester voller Eifer gesprochen, nicht wie jemand, der sich listig verstellte. Dennoch konnte alles ganz anders gewesen sein.

»Lassen wir das«, brummte er. »Eine Zahl fehlt. Hat Chacbalam nichts dazu gesagt? Welcher der Leib seiner Wiederkehr sein werde?«

»Nein, Herr. Er ließ lediglich ausrichten, daß Euch die Zahl rechtzeitig zukommen wird. Dem beschwörenden Priester, wie es in der Botschaft heißt.«

Zukommen? Vielleicht durch eine Vision? Beinahe hätte er aufgelacht. In dieser Satanswelt schien ihm mittlerweile alles möglich. Wie anders könnte der Canek Ereignisse schauen, die tatsächlich geschehen waren, zwanzig Tagesreisen entfernt? Und die Vision, dachte Diego, die ich selbst empfing? Der Tanz der tausend Opfermesser. Die leuchtenden Leiber, gehüllt in ihr eigenes Blut. Wieder überlief ihn ein Frösteln.

»Nun gut. Noch können wir warten.« Er schob das Blatt mit den heiligen Zahlen in seine Robe. »Laß mich ein wenig allein, Julkin. Ich will mich in diesen Text versenken, damit die Beschwörung nachher auch gelingt. Zur Stunde des Muan. Bereite derweil die Opfergaben vor, die wir benötigen. Goldstaub für Ahau. Silber für Ixquic. Du weißt es besser als ich. Aber bleibe im Tempel.«

Julkin verließ den Raum und schloß die Tür. Diego kehrte an den Tisch zurück. Mit einem Schauder schob er das uralte Buch beiseite. Die schwarze Lederhaut, ihre rauhe Behaarung flößten ihm Abscheu ein. Wie ein Stück gegerbtes Satansfell, dachte er.

Er versuchte sich zu beruhigen. Seine Lage mit nüchternem Blick zu sehen. Selbst wenn die Formel wirksam sein sollte, dachte er, solange sie mein Geburtsdatum nicht kennen, könne sie mir nichts anhaben. Und wie wollen sie es herausfinden, gegen meinen Willen? Unmöglich, dachte er. Und erstarrte im selben Moment vor Schreck. In Ixchel, dachte er, damals, als ich im Heilhaus der Männer lag. Ixtz'ak hatte ihm von Zotz erzählt, dem Fledermausgott. Daß Zotz einen Uinal im Sonnenjahr der Maya regiere. Sie hatten nachgerechnet, in welchen Uinal sein Geburtstag fiel. Spaßeshalber, wie er damals glaubte. Lachend, als sich zeigte, daß er tatsächlich zu Zotz geboren war. An Vier Cimi Vier Zotz.

Ixtz'ak, dachte er nun, kleine Schwester, auch du? Nein, er mochte es nicht glauben. Niemandem in der ganzen Mayawelt vertraute er rückhaltloser als ihr. Zufall, beschloß er, daß wir damals auch über Geburtstage sprachen. Niemals hätte Ixtz'ak mich ausgehorcht.

Neuerlich vertiefte er sich in die Formel der Wiederkehr. *»Ahpuch und der beschwörende Priester sind verbunden. Gott des Totenreichs, gib unsere verstorbenen Wesen frei ...«*

8

Auf einmal vernahm er helle Rufe, Kampfgeschrei. Hernán, dachte er, vorn im Altarraum. Er sprang auf. Stieß mit dem Knie an den Tisch und eilte fluchend zur Tür. Hinter ihm fiel etwas zu Boden, mit dumpfem Klang. Er wandte sich um. Das uralte Buch. Es lag neben dem Tisch, aufgeblättert, bäuchlings. Wie ein urzeitliches Tier sah es aus, Frosch oder Kröte, schwarz und rauh behaart.

Diego rannte weiter. Das Gemach der Gehilfen. Niemand war zugegen. Die Rufe vorn wurden greller. Er hastete durch die Sakristei. Die Silbersichel unter seiner Robe klirrte. Auf der Schwelle zum Altarraum sah er um sich.

Vorn in der Eingangstür standen Hernán und Yaxtun. Ihnen gegenüber zwei Männer in grauen Gewändern, einer lang und hager, der andere von bulliger Gestalt. Der Atem stockte ihm. Priester Cha'acs.

»Im Namen des Regengottes, laßt uns ein!« Der bullige Priester packte Hernán bei den Schultern.

»Wir haben Befehl, euren Herrn abzuholen.« Der Hagere schwang die Faust vor Yaxtuns Gesicht.

»Und wir haben Befehl, niemanden einzulassen!« Hernáns Stimme war heiser vor Erregung. Er schüttelte die Hände seines Widersachers ab. »Der Pferdegottpriester empfängt heute keine Besucher mehr.«

»Besucher?« Der Priester Cha'acs grunzte. »Wir sind Wächter, seine Ehrengarde. Meldet ihm das, sofort.«

»Schert euch zum Teufel!« Hernán spie seinem Widersacher ins Gesicht.

Ein wildes Gerangel hob an. Der Mestize sprang seinem Gegner an die Kehle. Yaxtun hob sein Knie und stieß es dem hageren Priester in den Bauch. Sie stürzten zu Boden, fluchend und keuchend.

»Auseinander. Sofort.« Unbemerkt war Diego nähergetreten. »Wer wagt es, den Tempel des Pferdegottes zu entweihen?«

Der bullige Priester rappelte sich auf. Er keuchte und rieb sich die Kehle. »Wir sind gekommen, Euch zur Opferstätte zu geleiten.« Sein Blick durchbohrte den Pater. »Folgt uns.«

Wenig ehrerbietige Worte. Diego musterte die beiden Männer. Auch der hagere Regengottpriester hatte sich erhoben. Finster starrten sie ihn an, die Arme vor der Brust verschränkt. Warum waren gerade sie ausgesandt worden? Warum keine Priester des Lahkin? Ein weiteres schlechtes Vorzeichen, dachte er. Einen Augenblick erwog er, die beiden wieder wegzuschicken. Aber es war nicht ratsam.

Yaxtun und der Mestize sahen ihren Herrn an. Anscheinend warteten sie nur auf seinen Befehl, sich neuerlich auf die Graukutten zu stürzen. Diego machte ihnen ein beschwichtigendes Zeichen. Dann zog er Hernán zur Seite. »Wo ist Julkin?«

»Dort, Herr.« Der Mestize zog eine Grimasse. »Unter dem Altar.«

Der Pater wandte sich um. Wahrhaftig, dort kauerte der kleine Bücherpriester. Nur seine Augen, weit vor Schrekken, leuchteten im Dunkeln. Beinahe hätte Diego aufgelacht. Gewiß nicht vor Heiterkeit. »Keiner von euch verläßt den Tempel«, wies er den Mestizen an. »Und ihr laßt weiterhin niemanden ein.«

»Nein, Herr.«

Hernán klang bedrückt, dachte der Pater. Auch seine Miene war sorgenvoll. So habe ich ihn selten gesehen. Da eilte er bereits durch den abschüssigen Gang, hinab zum Maul des steinernen Pferdes.

Sie traten hinaus auf die Stufen über dem heiligen Platz. Zu seinen Seiten schritten die beiden Priester Cha'acs, wortlos. Der Tag neigte sich schon. Stunden mußte er über der Formel verbracht haben, ohne zu bemerken, wie die Zeit verrann. Er tastete über seine Brust. Die Bastblätter in seiner Tasche raschelten. Kein beruhigendes Geräusch, dachte Diego. Es klang wie das Scharren der Satanspfote in seinem Traum.

Sie stiegen die Stufen zum heiligen Platz hinab. Unten drängten ihn die Wächter in die ostwärts führende Allee. Seine Unruhe wuchs. »Wohin gehen wir? Wo findet die Zeremonie überhaupt statt?«

Der bullige Regengottpriester deutete zum unteren Rand des Platzes. Vor dem blutroten Abendhimmel ragte die Bücherpyramide auf. Daneben erhob sich B'ok-d'aantojs Festung, ein Koloß. »Auf der Pyramide Cha'acs«, sagte der graue Priester. »Heute ist Null Uo. Der Monat des Regengottes beginnt. Wußtet Ihr das nicht?«

Sie überquerten den heiligen Platz. Tief unter ihnen spannte sich die ungeheure Fläche des Haltuna, erglänzend im Abendlicht. Seltsam, wie gesprächig der bullige Priester auf einmal wurde. Uo war der Frosch, soviel wußte auch Diego. Der Frosch aber war ein Geisttier des Regengottes, wie ihm sein Begleiter erklärte. Zu Uo stieg Cha'ac folglich in die Menschenwelt hinab. Es war die Zeitspanne seiner größten Macht im ganzen Sonnenjahr. Der Uinal der Frösche, Kröten, Tümpeltiere. Während Uo war der Regengott mächtiger noch als Ahau.

Sie erklommen die Pyramidentreppe. Vor wenigen Tagen erst, dachte Diego, hatten andere Priester Cha'acs ihn diese Stufen hinabgejagt. Seine heutigen Begleiter aber wurden immer zugänglicher, zumindest redseliger, je höher sie gelangten.

Auch der hagere Regengottpriester mischte sich nun in die Belehrungen ein. »Während Uo finden alle bedeutenden Zeremonien hier bei uns statt. In Cha'acs Heiligtum. So kann sich der Regengott auch an jenen Opfern laben, die hauptsächlich anderen Göttern zugedacht sind.«

»Die Zeremonie wird ein wenig angepaßt«, ergänzte der bullige Priester, »Ihr werdet schon sehen. Die Opfer sind ja eigentlich für Ahau Kinich bestimmt. So aber behagen sie auch Cha'ac.«

Angepaßt? Diego war zu sehr außer Atem, um seine Begleiter zu befragen. Und zu bestürzt. Schwindelgefühl peinigte ihn. Die Wunden auf seinen Wangen pochten. Schweigend brachten sie die letzten Stufen hinter sich und traten auf den First der Pyramide.

Der gesamte oberste Priesterrat war versammelt, vor dem übermannshohen Tor zum Tempel Cha'acs. Das Tor war geschlossen, darüber flatterte im leichten Abendwind ein großes graues Tuch. Diego bemerkte es kaum. Seine Augen suchten Ixkukul.

Die Priesterin Ixquics stand in der hintersten Reihe, wie es ihrem Rang entsprach. Der hünenhafte Priester des jungen Maisgottes verdeckte sie fast zur Gänze. Nur mit Mühe gelang es Diego, einen Blick von ihr aufzufangen. Ein Flackern, erschöpft und kummervoll. Einen Moment lang sah er sie eindringlich an. Alles wird gut. Ungewiß, ob sie verstanden hatte. Und wenn ja, ob sie sich täuschen ließ. Nie war er weniger zuversichtlich gewesen. Niemals auch hatte er weniger gewußt, was er überhaupt wünschen sollte. Ihr und sich selbst. Tod oder Leben für Chacbalam. Das Versagen der satanischen Formel. Oder ihre Wirksamkeit.

Der Lahkin saß auf einem goldenen Thron. Zusammengesunken, greisenhafter denn je. Neben ihm stand B'ok-d'aantoj, breitbeinig, die Arme in die Hüften gestemmt. Es war offenkundig, dachte Diego, wer von den beiden die Fäden in Händen hielt.

Wirklich nur für einen Uinal? Oder hatten die beiden Priester ihm Lügen aufgetischt? Hatte B'ok-d'aantoj die Macht über Tayasal an sich gerissen? Es sah nur zu sehr danach aus, dachte Diego. Er trat näher. Erstaunt musterte er die Mienen der obersten Priester. Auf Argwohn war er gefaßt gewesen, selbst auf Feindseligkeit. Aber was er nun in den meisten Gesichtern las, war Grauen und Angst.

Angst wovor? Grauen weshalb? Hatte er ihnen nicht verkündet, daß die Zeit ihrer Buße vorüber sei? Er fand keine Zeit, darüber nachzudenken. B'ok-d'aantoj machte dem Lahkin ein Zeichen. Lieber überließ er seinem Nebenbuhler das Wort, dachte Diego, als den verhaßten Pferdegottpriester zu begrüßen.

Der Lahkin erhob sich. »Gesandter der Götter. Wir danken für die Gnade Eures Erscheinens.« Selbst um diese Stunde war es noch brütend warm auf der Pyramide. Doch der Hohepriester schien zu frösteln. Er raffte sein viel zu weites Gewand über der Brust. »Eure gestrige Ankündigung, Bruder Pferd. Wie Ihr Euch denken werdet, hat sie uns alle in freudige Aufregung versetzt. Das Geheimnis der Wiederkehr, Ihr werdet es uns heute offenbaren?«

»So entspricht es dem Willen der dreizehn Himmel.« Prüfend sah Diego den Hohepriester an. Seine angstvolle Miene paßte überhaupt nicht zu den Worten, die er eben gesprochen hatte. Irgend etwas stimmte hier ganz und gar nicht. »Vor Euer aller Augen werde ich die Beschwörung vollziehen, die Formel der Wiederkehr sprechen. Zum Zeichen des Neuen Bundes zwischen den Göttern und Euch.« Suchend sah er um sich. »Aber sagt, Bruder Sonne, wo befinden sich die heiligen Spieler, die als Opfer ausersehen sind?«

Da hob B'ok-d'aantoj einen Arm. »Enthüllt sie!« Er sah den Pferdegottpriester an, und seine Augen glühten auf vor Hohn.

Hinter dem Halbkreis der obersten Priester erklang ein knatternder Laut. Zwei niedere Priester Cha'acs zogen das Tuch über dem Tempeltor herab.

Der Anblick war so abscheulich, daß es Diego den Atem verschlug. Er verspürte den Drang, sich auf B'ok-d'aantoj zu stürzen, ihm die Faust ins Gesicht zu schlagen. Aber er stand nur reglos da, von dem teuflischen Anblick wie gebannt.

Die Rüsselnase Cha'acs. Über dem Tempeltor stach sie schräg in den Himmel empor. Fünf Fuß lang, dick wie ein Stamm und leuchtend rot. Die Opfer hingen daran, eines neben dem anderen, sieben an der Zahl. Kopfüber baumelten sie herab, in schmachvoller Nacktheit, die Gesichter ihm zugewandt.

Diego setzte sich in Bewegung, fast ohne es zu bemerken. Die obersten Priester wichen zur Seite. Ihre Blicke gingen zwischen ihm und B'ok-d'aantoj hin und her. Doch Diego achtete nicht auf den Priester Cha'acs. Er trat vor das Tempeltor, ein schwarzes Maul. Zu beiden Seiten glotzten die runden Fensterhöhlen, aus denen unlängst die Wächter gesprungen waren. Darüber ragte der abscheuliche Rüssel.

Er legte den Kopf in den Nacken. Die sieben Gesichter sahen ihn an, mehr als mannshoch über dem Boden. Qualvoll öffneten und schlossen sich ihre Münder. Darunter rollten die Augen in ihren Höhlen. Die Haare hingen herab, ebenso die gebundenen Arme.

Chacbalam hing zuunterst in der Reihe. Seine Hände berührten beinahe Diegos Gesicht. Seine Augen waren geöffnet. Krampfhaft bewegten sich die Lippen. »Das Beil«, verstand Diego. »Nicht wie B'ok-d'aantoj …«

Was sollte das bedeuten? Noch weigerte er sich, die gestammelte Botschaft zu verstehen. Doch die Haare sträubten sich ihm. Er wandte sich um und kehrte zu seinem Platz zurück, im Kreis der obersten Priester. »Nehmt sie herunter. Auf der Stelle. Ich verlange es.« Er zwang sich, B'ok-d'aantoj ins Gesicht zu sehen.

Der oberste Priester Cha'acs zuckte mit den Schultern. »Er verlangt es. Habt Ihr gehört, Bruder Sonne?« Der Lahkin war wieder auf seinen Thron gesunken. Vertraulich beugte sich B'ok-d'aantoj zu ihm hinab. »Er verlangt, daß ich gegen die Gebote meines Gottes verstoße. Wie kann er da ein Gesandter der Götter sein?«

Er richtete sich auf. Sein Blick bohrte sich in Diegos Augen. »Weiß denn nicht jeder Priester in Tayasal, daß Cha'ac genau diese Art des Opferns gebietet? Daß man die Leiber genau so anordnen muß, um den großen Regengott zu ehren? Kopfüber gehenkt, nicht unter das Beil gebeugt. Haut und Fleisch sorgsam aufgebrochen, mit den vorgeschriebenen Schnitten, wie seit ältester Zeit. Denn einer Wolke gleicht der Menschenleib!« Er donnerte es auf den heiligen Platz hinab. »Bricht die Wolke auf, so strömt der Regen nieder und befruchtet Wald und Feld. Wohlan, so lasset Blut aus vielen Wolken regnen – zum Ruhm des großen Cha'ac!«

Wieder hob er einen Arm. Hinter ihm sprang knarrend das Tempeltor auf.

9

Ungläubig sah Diego auf die Gestalten, die einer nach der anderen aus schwarzer Tiefe schritten. Riesen, dachte er, fast zweimal so groß wie ich selbst. In knöchellangen grauen Kutten traten sie aus dem Tempel, drei, vier, sieben an der Zahl. Wie sonderbar sie sich bewegten. Die viel zu dünnen Arme ruderten. Die Beine stakten. Und wie kümmerlich die kleinen Köpfe, schwankend auf überlangen Leibern. Diego erschrak. Monstren, dachte er, erschaffen durch B'ok-d'aantojs Zauberkraft. Für einen Moment schien es ihm möglich. Dann sah er auf den Boden. Klumpfüße, unter den Gewändern stampfend. Der Wind wehte den Saum einer Tunika empor. Einen schwarzen Klotz entblößend, darüber den hölzernen Pfahl. Stelzen! Die Priester stakten auf Stangen einher! Beinahe hätte er aufgelacht. Doch das Lachen erstarb ihm in der Brust.

Schweigend reihten sich die Riesenpriester vor dem Tempeltor auf. Neigten die Köpfe vor der ehrwürdigen Versammlung. Jetzt erst bemerkte Diego, daß sie von unterschiedlicher Größe waren. In absteigender Linie geordnet, jeder Riesenpriester einen Fußbreit kleiner als sein rechter Nebenmann.

Niemand sprach ein Wort. Hinter den Stelzenmännern hingen die Opfer von der Rüsselnase herab, auch sie in abfallender Linie. Die sieben Priester wandten sich um. Jeder zu dem Opfer, das ihm zugemessen war. Jedes Stelzenpaar war so berechnet, daß der Bauch des Opfers genau in Augenhöhe des Priesters war.

Alle sieben Stelzenmänner hoben nun den rechten Arm. Messer blitzten in ihren Händen. Diego hielt den Atem an.

Die Klingen fuhren hinab. Die Opfer stöhnten. Sorgsam fuhr jedes Messer am rechten Bein des Opfers entlang. In schlängelnder Linie, vom Fuß über Schienbein und Knie bis zum Schenkel hinab. Dann ebenso zurück, in spiegelverkehrter Spur. Blut troff hervor. Die Messer tanzten. Bissen in das linke Bein des Opfers, wanden sich hinauf und wieder hinab. Auf zweimal sieben Beinen entstand ein Wirrwarr leuchtend roter Linien, die sich vermehrten, überkreuzten, ineinander verschlangen, unfaßbar rasch.

»Haltet ein! Sofort.« Diego hob beide Arme. »Ich befehle es. Als Gesandter der Götter.«

B'ok-d'aantoj öffnete den Mund und stemmte die Fäuste in die Hüften. Doch der Pferdegottpriester ließ sich jetzt nicht mehr unterbrechen. Oder einschüchtern. Nun ging es um alles. Um Chacbalams Leben. Um Ixkukul, ihre Liebe, seinen eigenen Hals. Viel Zeit blieb ihm nicht. Er holte Luft.

»Die Formel der Wiederkehr. Ich versprach, löblicher Rat, sie Euch heute zu offenbaren. So soll es nun geschehen. Doch das Mysterium erfordert, daß zumindest eines der Opfer nicht nach dem Ritual des Regengottes geschlachtet wird. Sondern nach der Zeremonie Ahaus. Mit dem Opferbeil. Nur so kann die Wiederkehr gelingen.« Jäh überkam ihn Schwindelgefühl. Er schloß die Augen. *»Wenn das Haupt emporfliegt, tanzend auf der Fontäne, die aus dem Halsstumpf schießt. Wenn das Haupt emporfliegt, wie Ahau am Anfang des Tages, wie Ixquic zu Beginn der Nacht.«*

Ein Raunen erhob sich. Rasch hob er die Lider wieder. Da traf ihn B'ok-d'aantojs Blick. Glühend vor Hohn. »So sei es. Wählt nach Gutdünken – bleicher Götterbote!« Der oberste Priester Cha'acs spie auf den Boden. Dann wandte er sich um.

Immer wilder tanzten die Klingen der Stelzenmänner. Auch ihre hölzernen Beine bewegten sich nun wie im Tanz. Stakend und stampfend. Die viel zu schmächtigen Arme ruderten in der Luft. Die kümmerlichen Köpfe über den Riesenleibern schwankten hin und her. Die Messer zuckten und wirbelten. Über Bauch und Brust, über Arme und Beine der

Opfer. Chacbalam und die Seinen stöhnten. Noch schienen sie bei Bewußtsein. Doch das Blut rann an ihnen herab. Es troff aus hundert Wunden. Es regnete aus ihnen heraus, in die Bodenmulde unter ihren Häuptern. Ihre Leiber leuchten, dachte Diego, gehüllt in ihr eigenes Blut.

Widerstrebend näherte er sich abermals dem Tempeltor. Der Blutgeruch bereitete ihm Übelkeit. Er mußte sich zwingen, an B'ok-d'aantoj vorbeizugehen. Vor Angst und Abscheu vermochte er kaum mehr zu atmen. Geschweige denn, einen klaren Gedanken zu fassen.

Er trat neben den kleinsten Stelzenmann. Deutete auf Chacbalam. »Diesen da. Nehmt ihn herunter. Rasch. Ehe er das Bewußtsein verliert. Oder wollt ihr den Zorn der Götter schüren?«

B'ok-d'aantoj nickte. Der Priester hob sein Messer zu dem Seil über Chacbalams Füßen. Die Klinge sauste herab. Ixkukul schrie auf. Diego trat gegen eine Stelze, mit voller Wucht. Schmerzen flammten durch seinen linken Fuß. Der Priester stürzte zu Boden. Alles lief und schrie nun durcheinander, die Stelzenmänner, die obersten Priester. Diego sank in die Knie, unter dem Gehenkten. Sein Fuß brannte grauenvoll. Als sinke er mit einem Bein schon in das Höllenfeuer ein. Er breitete die Arme aus. Chacbalam fiel auf ihn. Das Gewicht riß ihn vollends zu Boden. Er stöhnte vor Schmerzen. Und vor Atemnot. Chacbalam lag auf ihm wie ein Alp.

»Tragt ihn hinter den Tempel. Zum Opferaltar.« B'ok-d'aantojs grollender Baß.

Zwei Priester Cha'acs nahmen den reglosen Leib von seiner Brust. Diego hob die Lider. Über ihm schaukelten die sechs anderen Opfer. Ihre Augen geschlossen, die Gesichter blutüberströmt. Blut troff aus ihren Haaren, Blut rann über die herabhängenden Arme. Blut quoll selbst aus ihren Fäusten, die geballt waren im Todeskampf. Vor ihnen standen die sechs Stelzenmänner, jeder vor seinem Opfer, das schwarze Messer in der Hand. Gleichmütig sahen sie auf Diego herab. Offenbar warteten sie nur, daß der Pferdegottpriester endlich verschwand. Das Opfern mußte weitergehen.

Gewaltsam wandte Diego seinen Blick ab. Die obersten Priester strömten bereits auf die andere Tempelseite, angeführt von B'ok-d'aantoj und dem Lahkin. Ixkukul war die letzte des Zuges. Eben wandte sie sich um. Ihre Blicke trafen sich. Starr sah sie ihn an. Diego nickte ihr zu. Niemals hatte er sie angespannter gesehen. Ihr Gesicht eine Maske aus Willen und Schmerz.

Er rappelte sich auf, und Flammen zuckten durch seinen Fuß. Gebrochen, dachte er. Neben ihm lagen die Stelzen des Priesters, den er umgerissen hatte. Er nahm eine Stange, stemmte sie auf den Boden und richtete sich auf. Ächzend und stöhnend. Die Schmerzen loderten hinauf bis in sein Knie. Auf die Stelze gestützt, humpelte er hinter den obersten Priestern her. Am Tempeltor vorbei, und Unheil schien aus dem Dunkel zu wabern. Um den schädelförmigen Tempel herum, und bei jedem Schritt flammten die Schmerzen in seinem linken Spann. Er knirschte mit den Zähnen. Lichter kreisten vor seinen Augen. Endlich hatte er die Rückseite des Tempels erreicht.

Der Abend dämmerte. Tief unter ihnen tauchte Ahau Kinich in den See. Weiter oben am Himmel aber schwebte silberfahl die Sichel des Mondes. Für einen Moment sah Diego zu ihr auf. Ixquic.

»Alles ist bereit.« B'ok-d'aantojs dröhnende Stimme riß ihn aus seiner Träumerei. »Das Opfer und das Beil. So tritt näher, fahler Götterbote.«

Widerstrebend gehorchte Diego. Die Priester standen im Kreis. Eine Gasse öffnete sich für ihn. Auf die Stelze gestützt, humpelte er hinein. Hinter ihm schloß sich die Lücke wieder. Er bemerkte es kaum.

Mitten im Kreis hockte eine riesenhafte Kröte, aus schwarzem Stein. Hochaufgerichtet, den plumpen Kopf emporgereckt. Eine Ausgeburt von so grauenvoller Häßlichkeit, daß er den Anblick kaum ertrug. Uo. Hinter dem Scheusal kniete Chacbalam auf dem Boden. Ihr Bruder, ihr Geliebter. Nackt und zerschunden, todgeweiht. Für einen Moment schloß Diego die Augen.

Chacbalam wandte ihm den Rücken zu. Seine Arme waren um den Leib der Kröte geschlungen, die Hände vor ihrem Rumpf verschnürt. Bauch und Becken preßten sich gegen ihren Hinterleib, als wollte er die Kröte begatten. Nur Kopf und Hals des Opfers ragten über das Untier empor. Scharf wie ein Scherenschnitt zeichnete sich die Silhouette vom Abendhimmel ab. Das edel geformte Profil, darunter der Krötenrumpf, ein Klumpen purer Ungestalt.

»Seid Ihr bereit, Bruder Pferd?« Der Lahkin, ihm gegenüber im Kreis, raffte die Tunika über der Brust.

Diego nickte. »Sogleich, Bruder Sonne. Nur eine Vorkehrung bleibt mir noch. Dann spreche ich die Formel.« Auf die Stelze gestützt, trat er dicht neben Chacbalam. Er beugte sich über den Bruder, den blutigen Leib. »Hört Ihr?« Er flüsterte es.

Chacbalams Haupt neigte sich über dem Krötenrumpf.

»Die heiligen Zahlen, wißt Ihr sie?«

»Ja, Herr. Aber meine Sinne schwinden. Beeilt Euch, ich flehe …«

»Nur eines noch.« So nahe beugte er sich über den Sterbenden, daß sein Mund Chacbalams Schläfe streifte. »Die Zahl des Leibes der Wiederkehr.« Wie lautet sie? Er verbiß sich die Frage. Plötzlich erfüllt von der Furcht, Ixkukul Unrecht zu tun. Sie durch seinen Verdacht für immer zu verlieren. »Hört genau hin. Die Zahl des Leibes der Wiederkehr. Sie lautet …« Er wisperte es, scharf und zischend. »Zehn Cimi!«

Er ließ den Atem ausströmen und richtete sich auf. Warum gerade diese Zahl? Eine Eingebung. Blitzartig hatte ihn die Erinnerung durchzuckt. Ajsät. Der tumbe Fischer. Die beiden Huren hatten damals seinen Geburtstag genannt. Von unten spähte Chacbalam zu ihm empor. Offenbar verwirrt. Doch zu geschwächt, um die Wende zu verstehen.

Mit bebender Hand zog Diego die Blätter aus seiner Robe. Der Schmerz in seinem Fuß brannte wie alle Feuer der Verdammnis. »Priester von Tayasal, ich bringe Euch die Formel der Wiederkehr.« Sein Mund war wie verdorrt. »Zum Zeichen, daß die Götter Euch verziehen haben.«

So düster war es mittlerweile, daß er die Zeichen kaum mehr entziffern konnte. Seine Unruhe steigerte sich, zu schierer Konfusion. »Aber die Zeit drängt«, fuhr er fort. »Das Mysterium verlangt, daß das Opfer im Angesicht Ahau Kinichs dargebracht wird.« Er deutete auf das Sonnengesicht, das bis übers Kinn im Wasser versunken war. »Also zögert nicht länger, löblicher Rat. Wo ist der Priester, der das Opfer aus dieser Welt geleiten soll?«

»Ihr selbst seid es.« B'ok-d'aantoj trat auf ihn zu. Auf seinen vorgestreckten Händen ruhte eine Axt. Die Klinge breit wie ein Männerfuß, der Stiel länger noch als die Stelze unter Diegos Arm. »Niemand von den Anwesenden ist imstande, eine Opferzeremonie nach dem Ritual Ahau Kinichs zu vollziehen.« B'ok-d'aantojs Stimme vibrierte vor Hohn. »Oder wollt Ihr dem greisen Lahkin zumuten, mit eigener Hand das Beil zu schwingen? So bleibt also, wenn der Neue Bund gelingen soll, niemand außer Euch – Gesandter der Götter!« Er drückte Diego den Beilgriff gegen die Brust.

Überrumpelt packte Diego zu, mit beiden Händen. Die Stelze polterte zu Boden. Die Blätter flatterten davon. Als er mit dem wunden Fuß auftrat, fuhr ihm der Schmerz bis ins Gehirn. Lichter explodierten vor seinen Augen. Er sah um sich. Ixkukul. Dort stand sie, ihr Gesicht wie erstarrt. Aber starr weshalb? Vor Schrecken? Vor Erwartung? Er wußte es nicht. Fand keine Zeit, sich zu besinnen. Die Sonne sank. Das Licht verging. Die Priester starrten ihn an. Zu seinen Füßen seufzte Chacbalam. Warte nur.

Wofür Blätter, er kannte die Formel, die Beschwörung, Wort für Wort. Er murmelte sie, mit dumpfer Stimme. Ihm selbst schien es, als sprächen die Götter aus ihm. Oder Satan höchstselbst.

»Unsere Toten kehren zurück: Ahpuch und die verstorbenen Wesen sind verbunden.« Er spürte keinen Schmerz mehr, keine Zweifel, keine Angst. Sah und hörte nicht mehr, was um ihn geschah. Den Kopf hoch erhoben, stand er neben dem Krötenstein, in einer Hand das Beil, die andere auf dem Haupt

des Opfers. *»Gott des Totenreichs, gib unsere verstorbenen Wesen frei.«*

Er erbebte, als sich der Blick des Totengottes in seine Augen bohrte. Nun sind wir wahrhaftig verbunden. Mit dumpfer Stimme sprach er die Beschwörung. Über Tayasal schwebte Ixquic. Ahau Kinich versank im Haltuna.

»Unsere Toten kehren zurück: Die Zahl deiner Ankunft in der Welt unter dem Mond. Sprich sie.«

Chacbalam gehorchte. »Vier Ahau.« Er murmelte es, mit matter Stimme, doch unverwandt. »Vier Ahau. Vier Ahau.«

Und Diego nahm zwei Fingerspitzen voll Goldstaub aus seiner Robe und ließ sie in der Luft zerstieben, als Opfer für Ahau. *»Die Zahl deines Abschieds. Heilige Zahl. Sprich sie.«*

»Vier Cabán. Vier Cabán. Vier Cabán ...«

Und Diego nahm je eine Fingerspitze voll Gold- und Silberstaub aus seiner Robe. Opfer für Ahau und Ixquic, die Regenten des Abschiedstages. *»Die Zahl des Menschen, der dir bestimmt ist für alle Welten, alle Zeiten, seit Anbeginn. Die Zahl seiner Ankunft in der Welt unter dem Mond. Sprich sie.«*

»Vier Ahau. Vier Ahau ...« Immer matter wurde Chacbalams Stimme. Doch Diego bemerkte es kaum. Mit gemessenen Bewegungen nahm er abermals zwei Fingerspitzen Goldstaub aus seiner Robe. Opfer für Ahau am Geburtstag der Zwillinge.

»Die Zahl des Leibes deiner Wiederkehr. Zahl seiner Ankunft in der Welt unter dem Mond. Sprich sie.«

»Zehn Cimi. Zehn Cimi. Zehn Cimi ...« Er flüsterte es, doch laut genug, daß die Umstehenden es hörten. Ixkukul schrie auf. Der Pferdegottpriester nahm zwei Fingerspitzen voll Ruß aus seiner Robe und ließ den schwarzen Staub in der Luft zerstieben. Opfer für Ahpuch, den Todesgott, doppelten Regenten des Leibes seiner Wiederkehr. Ajsät.

»Die Zahl deiner Wiederkehr. Heilige Zahl. Magische Zahl. Von den totgeborenen Zwillingen dir gewährte Zahl. Sprich sie. Laut und klar.«

»Eins Ahau. Eins Ahau. Eins Ahau ...«

Ixkukul schrie noch immer. Mehrere Priester Cha'acs hielten sie zurück. Diego bemerkte es kaum.

Mit feierlichen Gesten ließ er je eine Fingerspitze Gold und Silber in der Abendluft zerstieben. Dann hob er das Beil. Der Schmerz in seinem Fuß loderte. Auch ihn bemerkte er kaum. *»Die Zahl deiner Wiederkehr!«* Er rief es, aus voller Kraft. *»Heilige Zahl! Magische Zahl. Wenn das schwarze Beil in dein Genick beißt. Rufe sie!«*

»Eins Ahau. Eins Ahau. Eins Ahau ...«

Wie von Zauberhand flog das Beil empor. Und stieß hinab und biß in den Nacken des Bruders. Ixkukul schrie und schrie. Chacbalams Haupt stob in den Himmel empor, die Augen weit geöffnet.

Mit dem Blick verfolgte Diego den Flug. *Wenn dein Haupt emporfliegt, wie Ahau am Anfang des Tages, wie Ixquic zu Beginn der Nacht.* Ihm war, als höre er noch immer Chacbalams Stimme, murmelnd die Zahl seiner Wiederkehr.

Rasch sprach er die Formel zu Ende. *»Dank der großen Mondgöttin, Ixquic, der Silbernen Herrin unserer Welt. Dank dem großen Sonnengott, Ahau Kinich, dem Goldenen Herrn unserer Welt. Unsere Toten sind zurückgekehrt. Wahrhaftig, sie sind wieder da.«*

Das Beil fiel ihm aus den Händen. Dröhnend schlug es auf dem Pyramidendach auf. Jetzt spürte er auch wieder die Schmerzen, lodernd in seinem linken Fuß. Er sah nach unten. O Herr im Himmel. Was hatte er getan? Seine Hände, seine Robe, übergossen mit Blut. Zu seinen Füßen der enthauptete Rumpf, zusammengesunken über der Kröte. Blut pulste aus dem Halsstumpf und ergoß sich auf den Satansstein.

Neben dem Leichnam sank er nieder. O gütiger Gott, dachte er. Mit beiden Händen hielt er die Rechte des Toten umfaßt. Er liebkoste sie, ohne es zu bemerken. Was nur habe ich getan? Sie bat mich, ihm zu helfen. Und ich? Ich habe ihn geschlachtet, mit eigener Hand. Ihren Bruder. Er weinte. Wie bin ich dir verfallen, Satan, ganz und gar.

Zwölf

1 »Es war am zwölften Tag, ehrwürdiger Canek. Die Delegation folgte dem vorgeschriebenen Pfad. Sie gelangten in eine Felsschlucht. Dahinter erhebt sich, von hohen Mauern umschlossen, das Heiligtum des Pferdegottes. Es zu umgehen erwies sich als unmöglich. Sümpfe bis zum Horizont. Kein Pfad, kein Grat, edler Canek. Und so baten unsere Delegierten die Pferdegottpriester um Erlaubnis, ihr Heiligtum zu durchqueren.«

Der Bote hielt inne. Ein Jüngling von rehhaftem Wuchs, im schlangenledernen Schurz der königlichen Läufer. Er kniete vor dem Thron des Canek, seine Brust hob und senkte sich. Vor Augenblicken erst war er eingetroffen, nach zehnstündigem Lauf. Sofort war der Priesterrat einberufen worden, in den Königspalast.

»Die weißen Männer öffneten das Tor. Unsere Such- und Weihepriester traten ein. Sogleich sahen sie sich umringt, von Hunderten heiliger Pferde. Bleiche Männer saßen darauf, Rohre in den Händen. Die Rohre spien Feuer. Unsere Priester ergriffen die Flucht. Die Pferdegottpriester jagten sie durch die Schlucht, zurück in den Wald.«

Der Bote hob die flachen Hände vor die Brust. »Ein Weihepriester wurde verwundet. Das Feuerrohr brannte ihm ein Loch in den Arm. Die Pferdegottpriester lachten. Ihre Rösser trommelten mit den Füßen und stießen schrille Schreie aus. Unsere Delegierten waren sehr verängstigt. Erst im unwegsamen Wald konnten sie ihre Verfolger abschütteln. Sofort setzten sie die Läufer in Bewegung. Ich bin der letzte in der Staffel, ehrwürdiger Canek. Die Botschaft der Delegierten, hier ist sie.« Der Läufer hob den Kopf. Seine Augen waren geschlossen, das Gesicht der Saaldecke zugewandt. *»Die Priester des Pferdegottes verschließen uns den Weg ins Neue Reich.«*

Der Canek winkte dem Läufer, sich zu entfernen. Zwei Palastwächter führten ihn hinaus. Im Knien wandte sich Diego um und sah dem Boten nach. Wie federnd er sich bewegte. Läufer sein, dachte der Pater, auf glatter Bahn dahinfliegen, unfaßbar rasch.

Er dagegen konnte sich nur noch mühevoll fortbewegen. Hinkend wie der Bocksfüßige selbst. Es beunruhigte ihn mehr, als er sich eingestehen mochte. Zumal in der jetzigen Lage. Noch immer war sein linker Fuß unförmig angeschwollen, fast zwei Wochen nach dem Zusammenprall auf der Pyramide Cha'acs. Der Knochen war nicht gebrochen, so zumindest Hernán. Aber die Schwellung wollte nicht weichen, sowenig wie der Schmerz. Gerade jetzt pochte er wieder stärker. Was allerdings kein Wunder war:

Wie die anderen obersten Priester kniete er vor dem Königsthron. Das Haupt gesenkt, die Füße einwärts verdreht. Über ihnen thronte der Canek. Diego spürte seinen Blick, der immer wieder den Pferdegottpriester suchte. Kein Zweifel, der junge König litt.

Neben ihm auf dem schwarzen Sockel stand B'ok-d'aantoj. Eine Hand auf der Rückenlehne des Throns, zum Canek hinabgebeugt. Mit gedämpfter Stimme sprach er auf den König ein. Zu verstehen war nichts. Wonach der Regengottpriester trachtete, stand gleichwohl außer Zweifel. Der Lahkin lag krank darnieder, wie es hieß. Nun mußte B'ok-d'aantoj nur noch den Pferdegottpriester aus dem Weg räumen, seinen letzten Widersacher. Dann war ganz Tayasal in seiner Hand.

Der Pater spähte zum Thron empor. B'ok-d'aantoj fuchtelte mit der Faust. Der Canek sah ihn an, dann schüttelte er den Kopf. Mit einer Miene, die Zorn und Entschlossenheit verriet. B'ok-d'aantoj richtete sich auf. Die graue Tunika spannte sich über seiner breiten Brust. Eine fleischgewordene Unwetterwolke, dachte Diego, die beim leisesten Windhauch explodiert. Sein Herz begann rascher zu schlagen.

»Ihr habt die Botschaft vernommen, Brüder. Unserer Delegation wurde der Weg verwehrt. Von den niederen Priestern dieses Mannes!« Mit der Faust deutete B'ok-d'aantoj auf Diego. »Weit ärger noch, er selbst hat unsere Delegation auf diesen Irrweg geschickt. Der oberste Pferdegottpriester! Wohlwissend, daß dieser Pfad nicht in unser Neues Reich führt.« B'ok-d'aantojs Gesicht verzerrte sich. »Sondern in Gefilde, die beschmutzt und entweiht sind. Besiedelt und besudelt, Brüder! Durch die weißen Eindringlinge, seine Gefolgsleute – die Priester des Pferdes!«

Im Halbkreis der obersten Priester erhob sich ein Raunen. Die weißen Eindringlinge, dachte Diego. Seit langem hatte er es geahnt, jetzt war es heraus. B'ok-d'aantoj ließ die Maske fallen. Er versuchte nicht einmal mehr zu verbergen, wie sehr er die weißen Männer haßte.

Der Canek hob eine Hand. Sogleich erstarb das Raunen und Wispern. Sein Blick schweifte zur Stirnwand des weiten Saales, dem Abbild Kukulkáns. Die kosmische Himmelsschlange, hinabsteigend in die Menschenwelt. »Haltet ein, Bruder Wolke.« Die dunkle Stimme des Canek hallte durch den Saal. »Wollt Ihr neuen Groll der Götter auf uns herabbeschwören? Hat der Pferdegottpriester uns nicht die Botschaft der himmlischen Mächte gebracht? Ihr großmütiges Anerbieten eines Neuen Bundes mit uns?« Er erhob sich von seinem Thron. Das schwarze Haar floß ihm bis auf die Schultern. Aus überlegener Höhe sah er auf den obersten Priester Cha'acs hinab. »Wie könnt Ihr es wagen, den Gesandten der Götter zu kränken?«

B'ok-d'aantoj stand wie erstarrt. Noch immer deutete er mit der Faust auf Diego. Wie zum Spott auf ihn hob nun der Canek eine Hand. Er zeigte auf eine Lücke im Rund der obersten Priester. »Niemand außer dem Lahkin darf sich dem Thron des unsterblichen Canek nähern! Hinab, Bruder Wolke, auf die Knie!«

Diego wagte kaum mehr zu atmen. Der Regengottpriester starrte den König an. Für einen Moment schien das Ungeheuerliche möglich. Dann zerfloß B'ok-d'aantojs Miene, in Furcht und Ergebenheit. Der Canek war die Verkörperung eines Gottes. Sich seinem Befehl zu widersetzen hieß, gegen die Götter selbst aufzubegehren. Der Priester Cha'acs senkte den Blick. Er sprang vom Thronsockel und kniete nieder, zwischen dem obersten Priester des Kriegsgottes und Ajna'at-ju'um.

Hochaufgerichtet stand der junge König vor seinem Thron. Sein Blick ruhte auf dem Pferdegottpriester, und es schien Diego, als ob das Antlitz des Canek innerlich erstrahle. Seine Schlangenrobe war über dem Gürtel aufgeglitten. Erstaunt musterte Diego seine Brust. Der Mund der Götter, dachte er. Die Wunde im Fleisch des Canek hatte sich fast geschlossen. Von den fiebrig roten Wülsten waren nur zwei blasse Narben geblieben.

»Ehrwürdiger Canek, erlaubt mir noch ein Wort.« Ajna'at-ju'um hob eine Hand. Der König nickte, doch sein Gesicht verdüsterte sich erneut. »Nach dem Willen der Götter«, sagte der Bücherpriester, »muß die Stätte des Neuen Reichs bis Eins Ahau geweiht worden sein. In neun Tagen, edler Canek! Wie soll das nun noch gelingen? Unsere Delegierten sind auf dem Rückweg, ergebnislos. Werden die Götter uns nicht zürnen? Wird ihr Angebot, einen Neuen Bund zu schließen, sie nicht gereuen?«

»Das Gegenteil trifft zu.« Diego erhob sich. Seine Knie schmerzten, wie sehr erst sein Fuß. Ein wenig schwankend stand er da. Ajna'at-ju'um starrte ihn an, vor Empörung schnaufend. Das Herz schlug Diego nun bis zum Hals. Aber er mußte es wagen.

»Edelster Canek, Sohn des großen Kukulkán. Gestattet, daß ich das Wort ergreife. Lange habe ich geschwiegen. Doch nun drängt es mich, ein Mißverständnis aufzuhellen, das den Geist einiger Priester zu verwirren scheint. Die Götter haben mich gesandt, den Neuen Bund zwischen ihnen und Euch zu schließen. Es bedeutet, löblicher Rat, daß Eure Buße vorüber ist. Die Himmelsmächte haben Euch verziehen. Ihr seid wiederaufgenommen, gnadenvoll.«

Eindringlich sah er von einem zum anderen. In ihre düsteren, abweisenden Mienen. Er schluckte. Nun galt es. »Priester von Tayasal, das Gebot, zu jedem Baktun ein Neues Reich zu errichten, gehört nicht zu den unveränderlichen Gesetzen. Es war eine Strafe für den Mißbrauch, den Eure Ahnen mit dem Geheimnis der Wiederkehr trieben. Aber sehet, diese Strafe ist Euch nicht länger auferlegt.«

Er hielt inne. Die obersten Priester sahen zu ihm empor, noch immer kniend. Grauen malte sich in ihren Gesichtern, Entsetzen, abgründige Angst. Verstanden sie nicht? Glaubten sie ihm nicht? Er setzte von neuem an, in werbendem Ton. »Begreift doch, löbliche Priester, ich durfte es nicht gleich bei meiner Ankunft offenbaren. Erst sollte ich Euch noch einmal prüfen. Die Götter wollten es so. Die Prüfung ergab, daß Ihr ehrlichen Herzens versuchtet, das Gebot zu erfüllen.« Er erhob die Stimme. »Und so darf ich Euch nun verkünden, Edle von Tayasal, daß das Gebot aufgehoben ist. Die Götter gewähren Euch die Gunst, in Tayasal zu bleiben, solange Ihr es wünscht.«

Wieder sah er von einem zum andern. Ihre Gesichter wie versteinert vor Abweisung und Angst. Mit einem Mal verstand er. Niemals würden sie seine Botschaft annehmen. Niemals würden sie glauben, daß die Götter ihnen eine Fron erließen. Zumindest nicht, ohne dafür noch größere Opfer zu verlangen, noch grausamere Gesetze aufzuerlegen. Denn Götter der Liebe, des Verzeihens gab es nicht in ihrer Welt.

Sein Blick schweifte zum Canek empor. Auch das Gesicht des Königs drückte Bestürzung aus. Doch seine Augen, dachte Diego, strahlten. Als habe seine Seele die Botschaft vernommen, der sein Geist sich noch verschloß.

»An Eins Ahau wird sich alles entscheiden«, fuhr Diego fort. »In neun Tagen schon wird sich zeigen, wer den Ratschluß der Götter richtig gedeutet hat. Der oberste Priester Cha'acs oder ich.« Er sah B'ok-d'aantoj an. »Seid Ihr im Recht, Bruder Wolke, so wird an Eins Ahau der Zorn der Götter auf Tayasal herabkommen. Ich aber sage Euch, an diesem Tag wird Euch ein weiteres Zeichen der Gnade zuteil. An Eins Ahau nämlich wird ein Toter zu Euch zurückkehren. Erstmals seit Menschengedenken. Wiederverkörpert in einem Leib seiner Wahl. Erfüllt von Erinnerung an sein früheres Leben.« Ein Schauder überlief ihn. »Ihr alle seid eingeladen«, rief er, »mit mir an Eins Ahau den Wiedergekehrten zu begrüßen. Dann wird sich zeigen, daß die Götter Euch wahrhaftig verziehen haben.«

Wieder sah er von einem zum anderen. Niemand antwortete ihm. Ihr Schweigen, dachte Diego, war vernichtender als Häme und Hohn. *Die Himmelsmächte haben Euch verziehen.* Auch für ihn selbst klangen seine Worte auf einmal hohl.

Die Ratsversammlung war beendet. Der Canek machte den Priestern ein Zeichen, sich zu erheben. Diego humpelte zur Tür. Hinter sich spürte er die Blicke der anderen obersten Priester. Er war ihnen im Weg, buchstäblich.

In der Vorhalle lehnten seine Krücken an der Wand. Hernán hatte sie gefertigt, ein sinnreiches Konstrukt. Zwei Stöcke, an den oberen Enden verbunden durch ein Seil. Es verhinderte, daß die Krücken zu Boden fielen, wenn man sich nicht darauf stützte. Der Pater hängte sich das Seil um und schob die Krücken unter seine Arme.

Die obersten Priester strömten an ihm vorbei. Im Vorübergehen warf B'ok-d'aantoj ihm einen finsteren Blick zu. Die anderen vermieden es, ihn anzusehen, auch Ajxoka'nal. Allmählich, dachte Diego, wird es wirklich gefährlich. Der Lahkin war offenbar entmachtet. Ixkukul verließ ihren Tempel nicht mehr. In der Meditation, hieß es, suche sie Verbindung zu Chacbalam. Nur der Canek hält seine Hand noch über mich. Aber wie lange noch?

Er humpelte nach draußen, ins gleißende Mittagslicht. Die Stunde des Adlers. Vor ihm falteten sich die hundert Stufen der königlichen Freitreppe hinab zum heiligen Platz. Diego sah um sich. Mit den Krücken war der Abstieg beschwerlich, und gefahrvoll dazu.

Im Schatten, ein wenig abseits, hockte der königliche Läufer, an eine Säule gelehnt. Mit der Krücke winkte ihn Diego zu sich. »Hilf mir die Treppe hinunter.«

Der Läufer erhob sich. »Wie Ihr gebietet, Herr.« Er trat aus dem Schatten, auf den Fußballen federnd. »Stützt Euch nur auf mich. Ich bin stark.« Offenbar begann er Vertrauen zu fassen. Oder die Aufgabe weckte seinen Stolz.

Diego ließ die Krücken fahren. Jetzt bewährte sich Hernáns Erfindungsgabe. Das Seil hielt die Stöcke fest. Er schlang einen Arm um die schmalen Schultern des Boten. »Warum hast du mich eben so angestarrt?«

Aus großen Augen sah der Bote zu ihm auf. »Es … es war nur … Nie zuvor habe ich einen weißen Mann gesehen!« platzte er heraus.

Stufe um Stufe stiegen sie hinab. Diego spürte, wie sich die Muskeln des Läufers unter seinem Arm bewegten. Und die Gedanken hinter der jungen Stirn. »Sprich nur weiter«, ermunterte er ihn.

»Vielleicht sind es ja nur Gerüchte, Herr.« Wieder sah ihn der Bote von unten herauf an. »Die Jäger draußen im Wald behaupten, daß die Welt außerhalb von Tayasal voll weißer Männer sei. Priester des Pferdes, Herr, wie Ihr. Bitte sagt doch, ist es wahr?«

Die letzte Stufe. Diego ließ die Schulter des Jungen los. Er keuchte vor Anstrengung. »Eine Welt außerhalb von Tayasal?« Schwer stützte er sich auf seine Krücken. Für einen Moment mußte er sich wahrhaftig besinnen. »Mag sein.«

Er ließ den Läufer stehen und humpelte auf den Tempel des Pferdegottes zu.

2

»Wie konnte das geschehen? Habt ihr euch nicht gewehrt?« Fassungslos sah Diego um sich. – Er stand in seinem Privatgemach, einer Trümmerhalde. Vom Altarraum bis zu seiner Lagerstatt zog sich eine Spur der Verwüstung. Als wäre ein Unwetter durch den Tempel gerast. Die Gewalten Cha'acs.

»Sie waren zu sechst, Herr. In grauen Kutten.« Mit hängendem Kopf stand Hernán vor ihm. Sein rechtes Auge war zugeschwollen. Auf seinem Mund klebte verschorftes Blut. »Sie begehrten Einlaß, kaum daß Ihr mit den anderen gegangen wart. Wir verriegelten die Tür. Sie schlugen sie mit der Axt ein. Wir forderten sie auf, den Tempel zu verlassen. Aber wir konnten nichts tun, Herr. Wir waren nur zu zweit. Yaxtun und ich.« Er hob und senkte die Schultern. »Die Priester Cha'acs prügelten uns, mit Fäusten und Knüppeln, bis wir das Bewußtsein verloren.«

Auf seine Krücken gestützt, schaute sich Diego nach allen Seiten um. Noch immer konnte er kaum glauben, was er sah. Türen und Tische zertrümmert. Die Decken auf den Lagern, die Tapeten an den Wänden aufgeschlitzt. Sogar der Boden war aufgebrochen, in der Sakristei und am Rand des Bassins. Geschändet selbst die Heilige Schrift, vorn auf dem Altartisch. Das Ledergewand herabgerissen, der blanke Bibelleib durchbohrt. Es erschreckte ihn mehr als alles andere. »Und Julkin?« fragte er. »Wo war er, als die Priester Cha'acs kamen?«

Der Mestize fletschte die Zähne. »Unter dem Altartisch, Herr. Dort hockte er, als Ihr gingt. Dort saß er noch immer, als sie die Tempeltür in Stücke schlugen.«

Diego seufzte. »Aber dann kam er hervor, um euch zu helfen.«

»Yaxtun schrie ihm zu, er solle uns beistehen.« Hernán deutete zum Bassin. Dort hockte der Fallensteller am Boden, die Beine angewinkelt, die Stirn auf den Knien. Sein Haarschopf war blutverklebt. »Julkin weigerte sich. Er rief: ›Mich suchen sie, Dummkopf, mich müßt ihr beschützen!‹ Wie meinte er das, Herr?«

Diego sah ihn an, von Mitgefühl erfüllt. Der Mestize war furchtbar zugerichtet. »Ich weiß es nicht«, sagte er.

»Wie auch immer.« Wieder zuckte Hernán mit den Schultern. »Wir konnten ohnehin niemanden beschützen. Ihn nicht und nicht uns. Als ich zu mir kam, lag ich im Altarraum am Boden. Alles zerstört, Herr. Die Graukutten auf und davon. Und mit ihnen Julkin.«

»Mit ihnen? Du meinst, daß sie den Bücherpriester verschleppt haben?«

»Ich weiß nicht, Herr. Ich war nicht bei mir. Auch Yaxtun hat nicht gesehen, wie sie gingen. Ich habe ihn gefragt. Aber ich glaube nicht, daß sie wegen Julkin gekommen waren.«

Der Pater erwiderte nichts darauf. Er humpelte zum Rand des Bassins. Sie hatten ein Loch in den Boden gehackt, knöcheltief. Es lag auf der Hand, was sie gesucht hatten.

Das uralte Buch.

Er hatte es sorgsam versteckt. Noch an jenem Abend, als die Ballspieler geopfert worden waren. Er war sicher, daß die Graukutten es nicht gefunden hatten. Beinahe sicher. Unruhe stieg in ihm auf. Doch er zwang sich, nicht einmal in die Richtung des Verstecks zu sehen. Nicht, solange Hernán und Yaxtun in seiner Nähe waren.

Mit der Krücke stocherte er in dem Loch. Yaxtun hob den Kopf und sah benommen um sich. Besser, dachte Diego, wenn niemand von dem Versteck erfuhr. Es war zu gefährlich. Sicher war der Bücherpriester Hals über Kopf davongelaufen, als die Horden Cha'acs in den Tempel einbrachen. Er wird schon zurückkommen, sagte sich Diego, wenn er sich beruhigt hat. Es war nicht das erste Mal, daß Julkin ausblieb, für Stunden oder Tage. Ohne nachher zu erklären, wo er gewesen war. Bei Siyil? Im Tempel Ixquics? Konnte er Julkin überhaupt noch trauen? Der Pater wußte es weniger denn je. Das Buch jedenfalls war sein letztes Unterpfand. Solange er es besaß, würden sie sein Leben schonen.

»Yaxtun. Hernán.« Er sah den Fallensteller an, dann den Mestizen. »Ihr habt tapfer gekämpft. Ich danke euch. Ruht euch ein wenig aus. Und dann versucht hier etwas Ordnung zu schaffen. Ich gehe nach vorn, in den Altarraum. Laßt mich allein. Ich muß nachdenken.«

Er humpelte zurück, in das Heiligtum des Pferdegottes. Auf einen Angriff B'ok-d'aantojs, dachte er, war ich seit langem gefaßt. Dennoch erschreckte es ihn, wie rücksichtslos die Graukutten vorgegangen waren. Ihr Überfall zeugte nicht nur von maßlosem Haß. Sehr viel mehr noch von Konfusion. Wenn nicht gar von Panik. Anscheinend hatte B'ok-d'aantoj erkannt, daß das uralte Buch seine Pläne durchkreuzen konnte. Also mußte er es in seinen Besitz bringen, um jeden Preis.

Diego trat hinter den Altar. Vor ihm lag die geschändete Bibel. Er ließ die Krücken fahren und stützte sich auf den schwarzen Tisch. Zerfetzt, dachte er, mit Messern durchbohrt. Als hätte ich die Heilige Schrift ausgehöhlt, um das Teufelsbuch darin zu verbergen! Er knirschte mit den Zähnen. Ein abwegiger Verdacht. Und nur allzu triftig, wenn man ihn als Gleichnis nahm.

Sein Blick schweifte durch den verwüsteten Altarraum. Es drängte ihn, sich augenblicklich zu überzeugen, ob das Buch noch in seinem Versteck war. Aber er wagte es nicht. Die Eingangstür war zertrümmert. Jederzeit konnten die Graukutten zurückkehren. Überdies befand sich das Versteck an einem auffälligen Ort. Schwer zu erreichen, zumal mit seinem verletzten Fuß. Wenn man mich dort ertappt, dachte er, ist es um das Buch geschehen. Und um meinen Kopf. Er faßte sich an die Kehle.

Nur die Ruhe, mahnte er sich. Er mußte versuchen, die Dinge mit B'ok-d'aantojs Augen zu sehen. Was wußte er über den Regengottpriester? B'ok-d'aantoj wollte die Macht über Tayasal erringen und die weißen Männer aus seinem Land verjagen. Er träumte davon, die alten Zeiten wiederzuerwecken. Den Glanz der frühen Königreiche und die magische Kraft der Ahnen. Dabei schreckte er selbst vor Greueln nicht zurück. Um die »weißen Eindringlinge« zu vertreiben, veranstaltete er Massaker. Auf der Suche nach den alten Zauberkünsten machte er abscheuliche Versuche jener Art, wie Mujanek sie in K'ak'as-'ich unternahm. Versuche, die Verwesung des Leichnams aufzuhalten. Das Fleisch zu öffnen und die »Keime der Fäulnis herauszuziehen«, wie Mujanek es genannt hatte. Sicher trachtete auch B'ok-d'aantoj, Tote durch Zauberkraft wiederzuerwecken, wie die göttlichen Zwillinge im Mythos.

Die Entstellte, dachte er. Warum hatte Mujanek sie zu B'ok-d'aantoj geschickt? Noch immer schauderte es ihn, wenn er an ihr verstümmeltes Antlitz dachte, den zuckenden Zungenwulst. Und an ihren Leichnam, unter der Bücherpyramide, gehüllt in den weißen Kokon. Kein Zweifel, dachte er, Mujanek hatte sie zu B'ok-d'aantoj gesandt, um sich mit seiner Zauberkunst zu brüsten. Und der Priester Cha'acs? Was hatte er mit ihr angestellt, in den Gewölben unter seiner Pyramide? Ein Wirrwarr von Bildern huschte ihm durch den Kopf, zerstückte Szenen unsagbarer Qual. Wieder überlief ihn ein Schauder. Was auch immer, dachte er, am Ende war sie tot. Und das hieß, B'ok-d'aantoj war gescheitert. Wie sehr er sich auch bemühte, die Zauberkraft, Tote wiederzuerwecken, blieb ihm versagt.

Diegos Blick schweifte durch den Altarraum. Über zertrümmerte Stühle, zerfetzte Sessel. Er nahm sie kaum wahr. In seinem Rücken spürte er die Präsenz des steinernen Rosses. Er mußte sich zwingen, um sich nicht zu dem riesenhaften Idol umzudrehen. Was mag B'ok-d'aantoj empfunden haben, dachte er, als auf einmal das uralte Buch auftauchte? Genauer gesagt, Julkins Entzifferung auf den Feigenbastblättern. Er sah die Szene wieder vor sich. Wie ihm die Bögen entglitten waren, an jenem Abend auf der Pyramide Cha'acs. B'ok-d'aantoj hatte ihm das Opferbeil in die Hände gedrückt. Nachher war er viel zu durcheinander, um an die Papiere zu denken.

Sicher hatte der Regengottpriester sie an sich genommen. *Unsere Toten kehren zurück* ... Die Erfüllung seiner magischen Träume, einerseits. Und auf der anderen Seite, dachte der Pater, ein vernichtender Schlag. Das Ende seiner Träume von Macht und Pracht. Denn das uralte Buch hatte aus B'ok-d'aantojs Sicht einen furchtbaren Makel: Es pries die Bedeutung von Ahau Kinich und Ixquic. Doch die Gottheit, der er selbst diente und die seine Macht begründete, kam darin nicht vor. Das Mysterium der Wiederkehr vollzog sich ohne Cha'ac.

B'ok-d'aantoj hat also gar keine Wahl, sagte sich Diego. Er muß das Buch verschwinden lassen. Der einzigen Abschrift hatte er sich schon bemächtigt. Wenn auch das Buch in seine

Hand fiel, konnte er behaupten, daß es eine Fälschung sei. Oder eine bloße Vorspiegelung des Pferdegottpriesters. Er konnte die Formel der Wiederkehr herauslösen und die restliche Botschaft der Götter unterdrücken. Verschwand das Buch, so konnten die Priester des Sonnengottes, geschweige die Priesterinnen Ixquics, niemals Machtansprüche daraus ableiten. Niemand kann bezeugen, dachte Diego, daß es dieses Buch überhaupt gibt. Außer mir.

Und Julkin. Er erschrak. Vier Dinge braucht B'ok-d'aantoj, dachte er, um seinen Plan zu verwirklichen. Das Buch. Die entzifferte Abschrift. Julkins Leben. Und meines. Wie viele davon fehlten ihm noch? Drei? Zwei? Oder nur eines noch – das Leben des Pferdegottpriesters?

Wieder faßte er sich an den Hals. Nein, länger ertrug er die Ungewißheit nicht. Ohne das Buch bin ich schon so gut wie tot.

Er trat hinter dem Altar hervor und humpelte in den Bereich der Tempelbesucher. Mit seinem verletzten Fuß war es eine mühselige Arbeit. Ein halbes Dutzend Male hinkte er hin und zurück. Suchte Stühle und Sessel aus den Trümmern und schleppte sie hinter den Altar. Er türmte die Möbel zur Säule. Prüfte mehrfach die Haltbarkeit der Konstruktion. Einmal humpelte er zur zertrümmerten Eingangstür und lauschte. Nichts. Der Gang dämmrig und still. Nur das Blut sang in seinen Ohren. Er schleppte sich zurück. Sein Fuß schmerzte. Seine Kräfte schwanden. Dabei stand ihm die größte Mühsal noch bevor.

An der knarrenden Säule kletterte er zum Idol des Pferdegottes empor. Genauer gesagt, zu seinem kolossalen Maul. Sechs Schritte über dem Boden blähte es die Nüstern und bleckte das ungeheure Gebiß. Ein Spalt klaffte zwischen den Zahnreihen, schmal und tief. Mit der Hand fuhr der Pater hinein.

O gütiger Gott. Beinahe hätte er aufgelacht. Vor Erleichterung. Mehr noch, weil er dem Herrn im Himmel gedankt hatte. Für die Erhaltung des Satansbuchs. Mit den Fingerspitzen tastete er über das rauh behaarte Leder. Dann machte er, daß er wieder nach unten kam. Die Verletzung pochte. Schwindelgefühl befiel ihn. Behutsam setzte er den rechten Fuß auf dem Boden auf.

Der Heilige Vater, dachte er auf einmal, und der oberste Priester Cha'acs. Was für eine sonderbare Allianz. Er trug die Stühle zurück an ihre Orte, fast ohne es zu bemerken. Seine Gedanken wirbelten.

Im vorigen Jahrhundert hatte der Papst Scharen von Missionaren in die Neue Welt gesandt. Höchstwahrscheinlich nur aus einem Grund. Hundertfünfzig Jahre später sandte der oberste Priester Cha'acs seine grauen Horden aus. Ihr Ziel war das gleiche. Das uralte Buch aufzuspüren, das dort oben im Maul des Rosses lag. Es zu vernichten, zumindest verschwinden zu lassen, für alle Zeit.

Den untersten Stuhl aus der Säule ließ Diego stehen, wo er stand. Schwer sank er darauf. Ixkukul und Julkin, dachte er. Die Missionare und Agenten des Papstes. Der oberste Priester des Teufelsgötzen Cha'ac. Warum waren sie alle derart versessen auf das Buch?

Er ließ sich Zeit. Erwog das Für und Wider. Lange sträubte er sich. Endlich gestand er es sich ein. Auf diese Frage gab es nur eine sinnvolle Antwort.

Weil die Formel der Wiederkehr wahrhaftig wirksam war.

3

Fünf Tage später hockten sie noch immer zwischen Schutt und Scherben. Zerstörte Gotteshäuser säumen meinen Weg, dachte der Pater. Von der niedergebrannten Missionskapelle zum zertrümmerten Pferdeheiligtum. Eine eigentümliche Laufbahn. Es erheiterte ihn nicht im mindesten. Im Gegenteil. Allmählich wurde ihre Lage verzweifelt.

Er saß in seinem Privatgemach, an dem Tisch, den Hernán notdürftig instandgesetzt hatte. Nur noch drei Tage bis Eins Ahau, dachte er. Das sollte doch durchzustehen sein? Er versuchte sich anzuspornen. Drei kurze Tage noch. Dann mußte sich B'ok-d'aantoj geschlagen geben.

Wenn sich die Formel dann als wirksam erwies. Wenn die grauen Horden bis dahin das Buch nicht gefunden hatten. Wenn er selbst dann immer noch am Leben war. Wenn, wenn, wenn. Es waren zu viele Bedingungen. Und mit jeder Stunde wurde es weniger wahrscheinlich, daß sie auch nur diesen Tag noch überstehen würden.

Die grauen Horden lauerten, überall. Sie kauerten draußen, auf den Stufen vor seinem Tempel. Sie hockten im Altarraum, auf den wenigen Stühlen, die ihrem Zerstörungsdrang entgangen waren. Den Durchgang von der Sakristei in die Privatgemächer hatte Hernán mit Brettern verrammelt. Die Priester Cha'acs unternahmen auch keinen Versuch mehr, in die hinteren Räume vorzudringen. Ein dürftiger Trost. Der Altarraum war in ihrer Gewalt, und damit auch der Rachen des Rosses. Stunde um Stunde hockten sie davor. Irgendwann würde einer von ihnen auf die Idee kommen, im Maul des Idols nachzusehen.

Der Pater knirschte mit den Zähnen. Er ballte die Faust und schlug auf den Tisch, daß es krachte. Die innere Anspannung wurde mehr und mehr zur Qual.

Hernán riß die Tür auf, ein Messer in der Hand. Als er den Pater am Tisch sitzen sah, bekreuzigte er sich. Mit dem blanken Dolch. »Verzeiht, Herr. Ich dachte nur …«

»Schon in Ordnung. Du bist ein guter Diener, Hernán. Bringe mir etwas zu essen.«

»Wir haben nichts mehr.« Der Mestize schob das Messer in den Gürtel. »Nicht eine Tortilla mehr, nicht einen Kolben Mais.« Er zeigte seine Handflächen vor. »Wenn Ihr mich fragt, Herr, sie wollen uns aushungern.«

Aber es wird ihnen nicht gelingen, dachte der Pater. Er sah in das runde Gesicht des Mestizen. Wie auf einer Tafel erblickte er vor sich die schmählichen Bilder. Wie sie sich nach draußen schleppten, um Wasser und Fladen flehend. Alles, alles versprechend, wenn man ihnen nur ein paar Brosamen gab.

Nein. Soweit durfte es nicht kommen. Sie mußten handeln, sofort. Diego erhob sich. Und stöhnte auf. Der vermaledeite Fuß. Die Schwellung wollte und wollte nicht schwinden. Obwohl Hernán ihn unablässig mit Tinkturen traktierte. Es war das erste Mal, daß seine Heilkunst versagte. Und gewiß weder Zufall noch Mißgeschick, dachte Diego. Die Zeichen häuften sich. Sie kamen näher und näher. Sie begannen schon, sich in seinen Leib zu graben. Die Zeichen seiner Verfallenheit an Ihn. Den Herrn dieser Welt.

Hernán reichte ihm seine Krücken. Schwer stützte sich Diego darauf. »Du erinnerst dich doch«, sagte er, »wie ihr mich damals durch den Wald trugt. Nachdem Mujanek meine Beine verzaubert hatte. Eine solche Trage brauchen wir noch einmal. Geht das?«

Der Mestize überlegte, das Hütchen aus der Stirn gerückt. Endlich nickte er. »Seile statt Lianen. Stuhlbeine statt Ästen. Hirschleder statt Palmenblättern. Es wird eine behagliche Trage werden, Herr. Beinahe eine Sänfte.«

Der Pater mußte lächeln. Zum ersten Mal seit vielen Tagen. Seit Julkin verschwunden war. »Aber macht rasch«, sagte er. »Wir unternehmen noch heute einen kleinen Ausflug.«

Hernán machte sich an die Arbeit. Diegos Gedanken kehrten zu Julkin zurück. Der Bücherpriester war nicht wieder aufgetaucht. Warum nicht? Hatte Julkin ihn nur benutzt, um an die Amphore zu gelangen? Oder war er tatsächlich in der Gewalt B'ok-d'aantojs? Wie sehr wünschte Diego, beide Fragen verneinen zu können. Und wußte doch, daß es nicht möglich war.

Zur Stunde der Eule war alles bereit. Überrumpelung, dachte der Pater, unsere letzte Chance. Sie schleppten ihn in die Sakristei. Er lag rücklings auf der Trage, wie seinerzeit bei Ixchel. Hinter dem Bretterverschlag hörten sie das Murmeln der grauen Priester.

Auf sein Zeichen hin trat Hernán die Brettertür ein. Holz splitterte und ächzte. Fackellicht fiel in die dunkle Sakristei. Im Altarraum sprangen die Wächter auf. Erregte Rufe. Einige Graukutten zückten Messer oder Knüppel.

»Aus dem Weg!« Hernán griff hinter sich und hob die Trage an. Yaxtun, am anderen Ende, tat es ihm gleich. »Der oberste Pferdegottpriester ist erkrankt!« Schwankend setzte sich ihr kleiner Zug in Bewegung. »Platz da! Wir müssen eilends einen Heiler aufsuchen.«

»Das geht nicht.« Ein Priester Cha'acs trat ihnen in den Weg. Der dröhnenden Stimme nach ein kräftiger Mann, nicht mehr ganz jung. »Ihr dürft den Tempel nicht verlassen.«

Die Trage schaukelte bedrohlich. Als hätte der Priester Hernán einen Stoß versetzt. Sehen konnte Diego ihn nicht. Seine Augen waren geschlossen. Reglos lag er da. Es war besser, wenn sie ihn für ohnmächtig hielten.

»Aber sein Leben ist in Gefahr!« rief der Mestize. »Er ist ein heiliger Mann!«

»Unsere Befehle ...«

»Befehle? Seht ihn an! Den Gesandten der Götter! Was hat er mit Euren Befehlen zu schaffen?« Hernáns Stimme klang schrill. »Wollt Ihr, daß er stirbt? Wollt Ihr diese Schuld wirklich auf Euch nehmen, Priester Cha'acs? Den Zorn der Götter? Die Wut des Canek, dessen Vertrauen der heilige Mann genießt?«

Für einen Moment herrschte Schweigen. Diego versuchte unter seinen Wimpern hindurch zu spähen. Flackerndes Licht und unförmige Schatten. Mehr war nicht zu sehen.

»Na, meinetwegen«, brummte endlich der Priester Cha'acs. »Wenn es wirklich so ernst steht ...«

Die Trage setzte sich in Bewegung. Wenige Schritte nur, dann erschallte abermals die Stimme. »Halt! Zumindest müssen wir Euch durchsuchen.«

Die Trage wurde abgesetzt, reichlich unsanft. Den Lauten nach entstand ein Gerangel. Offenbar wurden Hernán und Yaxtun von Kopf bis Fuß durchsucht. Der Pater hörte Keuchen und Flüche. Auf einmal tasteten grobe Hände über seinen Leib. Beinahe wäre er zusammengefahren. Mit Mühe bezwang er sich.

Endlich erdröhnte aufs neue der Baß. »Es ist gut. Laßt sie ziehen. Sie haben nichts.«

Es schien ihm wahr, auf niederdrückende Weise. Nichts. Die Trage wurde angehoben. Schwankend setzte sie sich wieder in Bewegung. Durch den Altarraum und den Gang hinab, zum Rachen des steinernen Pferdes. Vor seinen Lidern sah er die Fackeln flackern. Dann waren sie draußen. Die feuchte Hitze traf ihn wie ein Hieb. Niemals würde er sich daran gewöhnen, dachte er. Behutsam hob er die Lider, nur einen Spalt. Der Himmel leuchtete. Rotgoldenes Abendlicht. Die Silhouetten der Pyramiden und Tempel. Es war überwältigend. Auch daran würde er sich nie gewöhnen. An die Schönheit dieser Welt, ihre düstere Anmut.

Unten auf dem Platz bog Hernán nach links, wie sie es besprochen hatten. Zum Tempel Ixquics. Dabei war Diego keineswegs sicher, ob Ixkukul sie aufnehmen würde. Im Gegenteil. Manchmal glaubte er, daß sie ihn verstoßen habe, für immer. Den Schlächter Chacbalams. Ihres Bruders, ihres Geliebten. O mein Gott. Niemals würde er verwinden, was an jenem grauenvollen Abend auf der Pyramide Cha'acs geschehen war. Chacbalams Leben hätte er nicht retten können. Er sagte es sich wieder und wieder. Als das Beil in meinen Händen niederfuhr, war der Bruder schon so gut wie tot. Und dennoch. Darum ging es nicht. Er selbst hatte ihn getötet. Oder hatte er Chacbalam gerettet, wie von Ixkukul erfleht? *Hilf!* Hatte er der Zwillingsseele zum Flug der Wiederkehr verholfen? Oder hatte er Chacbalam umgebracht? Geopfert. Gerettet. Geschlachtet. In Gedanken probierte er die Wörter wieder und wieder aus. Teuflisches Tohuwabohu.

Hatte sie selbst es so gewollt? Daß er ihrem Zwillingsbruder den Kopf abschlug? Manchmal schien es ihm möglich. Aber auch wenn sie es gewollt hatte, dachte er. Und auch wenn sich die Formel der Wiederkehr als wirksam erweisen würde. Wenn, wenn. Die Trage schaukelte. Über seinem Kopf schnaufte Yaxtun. Daß sich Chacbalam, dachte er, in dem tumben Fischer Ajsät wiederverkörpern würde, hatte sie sicher nicht gewünscht.

Unter halb geöffneten Lidern spähte er nach links und rechts. Die Straße menschenleer. Hinter den Fenstern Mönchssoldaten, ihre jungen Gesichter, ernst und unbewegt. Er hob ein wenig den Kopf. Vor ihm schaukelte Hernáns Rücken.

Tief unter ihnen der weite See, erstrahlend im Licht des Abends. Die Kehle wurde ihm eng. Wie lieb ihm diese Welt geworden war. Und immer noch, wie fremd.

Sie bogen in die Gasse Ixquics ein, linker Hand. Schlagartig wurde es düster. Die Mauern so eng, daß oben die Dächer fast zusammenstießen. Unsichtbare Vögel, trübe girrend. Der Boden bedeckt mit Unrat, Trümmern, winzigen Skeletten. Gestank quoll aus Ritzen und Löchern. Verwahrlosung, Verfall.

Die Tempeltür. Mit der Faust schlug Hernán dagegen. Die Tür glitt auf, im selben Moment.

Siyil. In silberner Robe stand sie vor ihnen, im Halbdunkel des Vorraums. Der Pater richtete sich auf. Nie zuvor hatte er sie so bekümmert gesehen. Und nie bemerkt, wie sehr sie Ixkukul ähnelte. Oder bildete er sich das nur ein?

Er tastete nach seinen Krücken. Nestelte sie von der Trage los und stemmte sich hoch. »Ixkukul. Melde mich bei ihr. Ich muß sie sprechen, sofort.«

Draußen in der Gasse erklangen Rufe. Derbe Stimmen. Priester Cha'acs? Hernán schloß die Tür.

»Wie gerne würde ich Euch melden, Herr. Wie lange schon warten wir auf Euch.« Ein kummervolles Lächeln erhellte ihr Gesicht. »Erinnert Ihr Euch nun? Erkennt Ihr sie? Hoffentlich nicht zu spät.« Siyils Lippen bebten. »Vor neun Tagen hat sich Ixkukul in Trance versetzt. Seither ist sie nicht zurückgekehrt.« Die Priesterin wandte sich um und öffnete die Tür zu den inneren Räumen. »Ihre Seele, wo ist sie jetzt? Kommt nur, Herr.«

Die Gehilfen blieben im Vorraum zurück, ebenso die Trage. Diego humpelte hinter Siyil her, wie betäubt. Nicht zurückgekehrt? Was sollte das bedeuten?

Der Raum der Liebesnischen. Siyil eilte ihm voraus. Wie still es hier war. Drückend. Drei, fünf, sieben niedere Priesterinnen Ixquics kauerten in den Nischen, jede für sich. Ihre jungen Gesichter erstarrt vor Kummer und Angst. Er spürte einen Klumpen in der Kehle. Heilung hatte er sich erhofft, von Ixkukul? Und dabei lag sie selbst darnieder, zerrüttet von Sehnsucht und Schmerz.

An der Tür zum Altarraum der Mondgöttin blieb Siyil stehen. Legte ein Ohr ans Türblatt, einen Finger auf die Lippen und lauschte. Diego glaubte silberhellen Gesang zu vernehmen. Einsetzend, verwehend. Eine Täuschung? Sie schob die Tür auf. Hinter ihr humpelte er hinein, mit lärmenden Krücken. Die Tür glitt zu.

Dämmerlicht. Es dauerte einen Moment, bis sich seine Augen umgestellt hatten. Er erinnerte sich. Ein weiter Raum, kreisrund. Dort vorn hatte Cristóbal gelegen, bei seinem überraschenden Sündenfall. Siyil ergriff seinen Arm. Zog ihn tiefer in den Raum. *Dort, Herr.* Ihre Lippen formten die Worte, lautlos. Er ließ sich mitziehen, humpelnd, so leise es gehen mochte.

Dann sah er sie. Frau Welle. Sein Herz setzte für einen Schlag aus. Niemals war sie ihm schöner erschienen. Gebettet in die Flut ihres schwarzen Haars. Aber wie bleich sie war. Wie schmal ihr Gesicht. Fast durchscheinend ihre Haut. Schimmernd wie der Mond.

Sie lag auf dem Rücken, bewegungslos. Ruhend auf einem runden Gebilde, halb Lagerstatt, halb Altar. Er begriff, daß es so sein mußte. Daß Ixquics Altar zugleich ein Liebeslager war. Er ließ die Krücken fahren und beugte sich über sie. Ihre Augen waren geschlossen. Für einen furchtbaren Moment schien es ihm, als wäre sie tot. Aber nein. Sie atmete. Er stammelte ein Dankgebet.

Auf einmal war ihm, als hätten sich ihre Augen geöffnet. Auch der silberhelle Gesang hatte wieder eingesetzt, leise und fern. Unverwandt schien Ixkukul ihn anzusehen. Ihre Augen schwarze Schächte. Er stürzte hinein. Lichter wirbelten um ihn herum. Ihm war, als fliege er, gedankenschnell. Der Gesang wurde lauter. Liebliche Stimmen, volltönend und hell. Engel, dachte er. Aber es waren keine Engel. Er sah um sich. Eine Waldlichtung, kreisrund. Hunderte silberner Priesterinnen, die Arme erhoben, die Gesichter dem Himmel zugewandt. Der Gesang strömte aus ihren Mündern. Und stieg auf, in die Höhe, zum silbernen Rund des Mondes. Und eine der Priesterinnen war sie. Er selbst stand am Rand der

Lichtung, zwischen die Zuschauer gepfercht. Er rief ihren Namen. »Ixkukul!« Sie schaute ihn an, lächelnd. Und sah doch so fremd aus. Wie aus einer anderen Welt …

Als er zu sich kam, lag er am Boden. Es dauerte einen Moment, bis er begriff. Das silberfarbene Gebilde neben ihm war Ixquics Altar. Er mußte das Bewußtsein verloren haben.

Siyil beugte sich über ihn. Sie lächelte unter Tränen. »Ihr habt sie gesehen, Herr? Ihr rieft ihren Namen.«

Benommen sah Diego zu ihr auf. »Ich sah sie. Ja.« In seinem Kopf sauste es.

»Oh, ich wußte es«, sagte Siyil. »Ihr allein vermögt es, Herr. Das gleiche Wunder zu wirken, mit dem Ihr die Seele des Canek aus den Götterwelten zurückgeholt habt.«

Ein Mißverständnis, dachte er. Ich habe sie gesehen. Aber nicht dort, wo ihre Seele jetzt sein mag. Er sagte es nicht. Noch immer war er tief erstaunt über seine Vision. Wieder sah er sie vor sich. Die singenden Priesterinnen. Ixkukul. Er hatte sie erkannt. Auch wenn es unmöglich war. Sie und sich selbst, in einem früheren Leben.

Auf einmal schien ihm alles so klar. Der Flug der Seelen, dachte er. Sie ist bei ihm. Es versetzte ihm einen Stich. Bei ihrem Zwillingsbruder. »Kümmert euch gut um sie«, sagte er zu Siyil. »Aber sorgt euch nicht. Ixkukuls Seele wird zurückkehren. An Eins Ahau.«

Sie sah ihn an, voller Entzücken. »Ja, Herr. Ich will es allen Priesterinnen sagen.«

Er stemmte seine Krücken auf den Boden. Unbeholfen richtete er sich auf. Nun spürte er auch wieder den Schmerz in seinem Fuß. Es ernüchterte ihn. Schweigend schaute er auf die Schlafende hinab. Ihre Augen waren geschlossen, natürlich. Der Flug der Seelen, dachte er, ein gemeinsames früheres Leben. Wie leicht sich der Geist doch verführen ließ. Auf einmal kam es ihm wieder ganz abwegig vor. Aber der Gesang der Priesterinnen? dachte er dann. Ihr Lächeln, als er ihren Namen rief? Alles nur Satansspuk?

Auf seine Krücken gestützt, humpelte er nach draußen, in den Raum der Liebesnischen. Siyil eilte ihm voraus, mit heller Stimme trällernd. Noch ehe er heran war, hatte sie die Botschaft verkündet. Drei, fünf, sieben Priesterinnen Ixquics sprangen von ihren Lagern auf, lachend und jubelnd.

»Wie können wir Euch nur danken, lieber Herr?« Siyil strahlte ihn an.

Danken wofür? dachte der Pater. Schließlich hatte er nichts getan. In seinem Fuß pochte der Schmerz. Unwillkürlich sah er nach unten.

Siyil folgte seinem Blick. »Eure Verletzung. Ich lindere sie. Zumindest das.«

Er wollte sich sträuben, vergebens. Schon lag er in einer Nische, auf der weichen Matte, von den Priesterinnen umringt. Er sah nach oben, zu dem leuchtend roten Stein. Die Hitze stieg ihm in die Wangen. Er schloß die Augen. Sanfte Hände streiften seine Sandale ab, den Verband. Er seufzte. Die Hände verschafften ihm Linderung. Wie viele waren es? Die Priesterinnen wisperten. Sie strichen und rieben. Wieder seufzte er. Da verspürte er einen scharfen Stich.

»Wie reichlich es fließt«, flüsterte eine Priesterin.

»Warum ist er so spät gekommen?«

Ja, warum? Er hätte schreien mögen, vor Erleichterung. Pure Lust war es, sich den kundigen Händen zu ergeben. Zu spüren, wie die Schwellung wich. Und mit ihr Spannung und Schmerz.

Er war nahe daran einzuschlafen. Seltsam, dachte er, Siyil sieht Ixkukul ja überhaupt nicht ähnlich. Sie ist viel kleiner, ihre Gestalt rundlich, die Augen schräg. Was hatte er sich da nur wieder eingebildet? Schläfrig dachte er darüber nach. Es liegt an Siyils Haltung, dachte er dann. An ihren Gesten, ihrem Tonfall. Kein Zweifel, sie ahmt ihre Herrin nach. Julkin und Siyil, was für ein Liebespaar … Lächelnd glitt er in den Schlaf …

»Herr, wacht auf.« Siyil, über ihn gebeugt. Ihre Augen geweitet vor Schreck. »Der oberste Priester Cha'acs steht vor der Tür. Er sucht Euch. Bitte – Ihr müßt fliehen!«

Diego fuhr hoch. Wild sah er um sich. Der Raum war voller Menschen. Zwei, fünf, acht Priesterinnen Ixquics, dazu

Yaxtun und Hernán. Eine Falle, dachte er. Fliehen, wohin? Wenn B'ok-d'aantoj schon vor der Tür stand?

»Schnell, Herr.« Siyil zog ihn auf die Füße. Die Krücken klapperten gegeneinander. Erst als er aufrecht stand, wurde ihm das Wunder bewußt. Die Stöcke hingen an dem Seil um seinen Hals. Sein linker Fuß trug ihn, fast ohne zu schmerzen. Er schaute an sich herab. Von der Schwellung war nur noch wenig zu sehen.

Vom Vorraum her erschallten laute Stimmen. »Laßt uns ein, ihr Mondhuren! Sonst treten wir die Tür ein!«

»Hier entlang. Kommt rasch.« Siyil zog ihn zur hintersten Nische. Sie warf Matten und Decken beiseite. Ein quadratisches Brett wurde sichtbar, in die Steinbank eingepaßt. Diego half ihr, es herauszuheben. Er begann zu begreifen.

Unter dem Brett kam ein lotrechter Schacht zum Vorschein. Rohe Stufen, die sich nach wenigen Schritten in der Finsternis verloren.

»Hinein mit Euch«, wisperte Siyil. »Keine Sorge, Ihr könnt nicht irregehen. Der Gang unten ist nur ein paar Dutzend Schritte lang. Dann kommt wieder eine Treppe, hinauf in einen Innenhof. Am Ende des Hofs findet Ihr eine Tür. Sie führt in ein Haus. Geht hindurch. Auf der anderen Seite ist der Kaiweg. Dort seid Ihr in Sicherheit.«

Während sie sprach, waren Yaxtun und Hernán bereits in den Schacht gestiegen, mitsamt der leeren Trage. Ihre Schritte hallten in der Tiefe. Siyil hielt das Brett schon bereit, um den Geheimgang wieder zu verschließen.

»Ich danke dir, Siyil.« Diego kletterte in den Schacht. »Eines noch. Das Haus unten am Kai. Wie heißt der Mann, der darin wohnt?«

Vorn hämmerten die grauen Priester gegen die Tür. Flüche erschallten. Das Türholz ächzte.

»Der junge Fischer?« Siyil zuckte mit den Schultern. »Ajsät, glaube ich. Und nun sputet Euch. Die Mondgöttin sei mit Euch!«

4 Die Stufen hinab, der stockfinstere Gang. Er tappte ihn entlang. Von seinem Hals hingen die Krücken herab, klappernd wie Kastagnetten. Schon auf der Treppe hinauf wurde ihm sein Fuß wieder weh.

Du mußt dich entscheiden. Zwischen den Weibern und dem Erlöser. Warum fiel ihm dieser Spott gerade jetzt ein? *Beider Liebe richtet einen Mann auf. Die eine für Minuten, die andere für die Ewigkeit.* Eine Losung von Pedro, hämisch und salbungsvoll zugleich. Sein Fuß begann zu pochen. Er schleppte sich die Stufen hinauf.

Endlich war er oben. Eine hölzerne Falltür, beide Flügel aufgeklappt. Er schob sich hindurch. Hernán und Yaxtun, mit der Trage. Der schmale Innenhof, wie damals, als er Ajsät gefolgt war. Und Julkin gefunden hatte. Es erstaunte ihn noch immer.

Er sah um sich, auf die Krücken gestützt. Yaxtun und Hernán hatten die Trage schon bereitgestellt, zu seinen Füßen. Warum zögerte er noch? Die Nacht brach herein. Die grauen Priester verfolgten sie. Sie hatten noch nichts zu essen gefunden und keine sichere Bleibe. Worauf also wartete er? Er wußte es selbst nicht recht. Aber er spürte, daß an diesem Ort irgend etwas aus den Fugen war.

Der Hof mochte fünfzehn Schritte lang sein. Sie befanden sich etwa auf halber Strecke. Er sah nach links. Die Tür dort, am Ende, führte in Julkins Zimmer. Er wandte sich um. Dort, am anderen Ende, war die Tür zu Ajsäts Haus.

Mit einer Krücke deutete er nach links. »Wir werfen einen Blick dort hinein. Aber unser Weg geht dort entlang.« Er deutete nach rechts.

Hernán und Yaxtun sahen sich an, wortlos. Der Pater humpelte auf Julkins Tür zu. Mochten sie glauben, daß er den Verstand verlor. Aber er spürte, daß irgend etwas hier nicht stimmte.

Mit einem Rück öffnete er die Tür. »Julkin?«

Der bekannte Raum, im fahlen Licht des späten Abends. Regale voller Bücherkrüge, lose Papiere auf dem Boden und dem niederen Tisch. Vor der Wand gegenüber die Hängematte. Ein junger Mann lag darin, mit dem Rücken zu ihnen. Nackt bis auf das Schamtuch, von stämmigem Wuchs. Julkin war es nicht.

Und dennoch, dachte Diego, alles ist ganz genau wie damals. Er humpelte durch den Raum. Mit dem wehen Fuß stieß er gegen eine Amphore. Er stöhnte auf. Da fuhr der Schläfer in seiner Matte herum. Und öffnete die Augen.

»Ajsät?« Es erstaunte ihn nicht einmal. Obwohl er im ersten Moment überhaupt nicht verstand, wie es möglich war. »Wo ist der Bücherpriester?«

Ajsät sah ihn an. »Ich weiß es nicht«, sagte er. Seine Stimme war tief und melodiös. »Seit Stunden warte ich auf ihn.« Durchdringend schaute er den Pferdegottpriester an. »Warum sucht Ihr Julkin?«

Der Pater prallte förmlich zurück. Das war nicht Ajsät! Genauer gesagt, es war seine muskelstarrende Gestalt, ebenso sein Gesicht, das noch immer recht einfältig aussah. Aber diese Stimme? Und die gebieterische Kraft, die aus seinem Blick sprach …

»Nun, es ist nicht so wichtig. Die Götter seien mit dir.« Verwirrt wandte sich Diego ab.

Chacbalams samtener Baß, dachte er. Aber wie konnte es sein? Oder war es wieder nur Einbildung? Gaukelspiel des Satans?

Die beiden Gehilfen warteten im Innenhof. »Die Priesterinnen Ixquics«, sagte der Mestize, »haben uns mit Nahrung versorgt. Genug für einige Tage.« Er klopfte auf ein Bündel, das Yaxtun geschultert trug. Köstliche Gerüche wehten hervor. Düfte von frischen Tortillas und gebratenem Fleisch.

»Dann nichts wie nach Hause.«

»Nach Hause, Herr?«

»Ich meine natürlich, in den Tempel des Pferdegottes. Aber wählt abgelegene Wege.«

Der Pater streckte sich auf der Trage aus. Hernán und Yaxtun setzten sich in Bewegung. Er versuchte das Schaukeln zu ignorieren, ebenso das Klopfen in seinem Fuß. Ixkukul, dachte er, in meiner Vision. Kann es denn sein …? Und dann auch noch Ajsät, in Julkins Zimmer, mit einer Stimme, die nur zu sehr nach Chacbalam klang. Hatte Julkin nicht behauptet, er kenne den Fischer nicht? Sonderbar.

Er dachte noch darüber nach, als sie den heiligen Platz erreichten. Mittlerweile war es dunkle Nacht. Der Himmel hinter Dunst verborgen. Hernán hatte absichtlich einen Umweg eingeschlagen, um Verfolger abzulenken. So gelangten sie von Nordosten her, oberhalb der Bücherpyramide, auf den Platz.

Sie verharrten am Fuß der Pyramide. Diego richtete sich auf der Trage auf. Jetzt erst sah er, daß Hunderte von Fackeln den Tempel des Pferdegottes erhellten, auf der anderen Seite des Platzes. Fackeln flackerten hinter den Fensterlöchern. Lichter tanzten selbst auf dem Dach des Tempels, zu Dutzenden. Die Priester Cha'acs, dachte er. Sie suchen noch immer.

Hernán und Yaxtun setzten sich in Bewegung, auf den Tempel zu. Ein Fehler. Diego erkannte es nach wenigen Dutzend Schritten, und doch vielleicht zu spät. Offenbar waren sie schon bemerkt worden. Ebenso offenkundig war die Stimmung dort drüben gereizt. Rufe wurden laut. Die Fackeln schwankten aus dem Tempel und die Stufen hinab. Schon eilten sie über den weiten Platz, auf den Pferdegottpriester zu, ein Strom lodernder Flammen in der Nacht.

Fieberhaft sah Diego um sich. Das Ende? So erbärmlich? Wie Hunde erschlagen, im Dunkel der Nacht? »Macht schnell! Um die Pyramide herum und hinten hinauf! Keinen Laut!«

Wild schaukelte die Trage. Hernán und Yaxtun rannten zurück in die Gasse. Wie breit die Pyramide war. Endlos liefen sie an ihrer Flanke entlang. Dann der Gang an der Hinterseite, schmal und schwarz. Einen Moment verharrten sie, keuchend. Schritte trappelten über den heiligen Platz. Rufe erklangen.

Diego stieß den Mestizen an. *Los, hinauf.* Er klammerte sich fest. Die Trage wurde wieder angehoben. Hernán und Yaxtun tappten die Stufen hinauf, blindlings im Finstern.

Unter ihnen rannten die Graukutten durch die Gasse. Ihre Schritte hallten. Ihre Lichter gaukelten durch die Nacht, wie verirrte Seelen.

Dem Pater klopfte das Herz bis zum Hals. Die Finsternis, dachte er, unsere einzige, unsere allerletzte Chance. In ihrem Schutz können wir unentdeckt nach oben gelangen, in den Büchertempel, wo sie uns vielleicht am wenigsten vermuten. Die Trage machte einen Satz. Der Mestize zerquetschte einen Fluch zwischen den Zähnen. Wenn Yaxtun und Hernán nicht vorher im Dunkeln straucheln, dachte Diego. Wenn wir nicht die Pyramide hinunterstürzen. Wenn Ajna'at-ju'um seinen Tempel nicht auch bei Nacht bewachen läßt. Wenn, wenn, wenn. Zu viele Bedingungen, schon wieder. Aber diesmal hatten sie wirklich keine Wahl.

Das Dach der Pyramide. Hernán machte zwei taumelnde Schritte und brach in die Knie. Yaxtun tat es ihm gleich. Beide atmeten stoßweise. Beide versuchten verzweifelt, ihr Keuchen zu unterdrücken. Jeder Laut, auf einer Pyramide erzeugt, donnerte tausendfach verstärkt zu Tal.

Wieder nahmen sie die Trage. Tappten auf die Rückseite des Büchertempels zu. Dort schwenkten sie nach links und folgten der Fassade. An jeder Ecke verharrend, ins Dunkel lauschend und spähend. Keine Wächter.

Endlich die Vorderfront. Von hier aus übersah man den ganzen heiligen Platz. Hunderte von Fackeln schwankten dort unten umher, ein Wirrwarr irrender Lichter in der Nacht.

Vor dem Eingang ließ Diego die Trage absetzen. Sacht drückte er gegen das Türholz. Eine Falle? Die Tür glitt auf. Er stützte sich auf seine Krücken und humpelte hinein. Die Gehilfen folgten. Hinter ihnen fiel die Tür wieder zu. Mit leisem Klang, der ihm wie Donner in den Ohren hallte.

Ein Kienspan wurde entzündet. Eine Fackel loderte auf. Wächter? Waren sie ertappt? Aus und vorbei? Ergeben wandte sich Diego um.

»Ein Notlicht, Herr.« Hernán flüsterte es. Seine Augen glühten. »Versteckt im Gestänge der Trage.« Er reichte Yaxtun die Fackel. »Er leuchtet. Ich kämpfe. So halten wir Wache, während Ihr ruht.« Er zog sein Krummesser unter der Robe hervor.

»Langsam, Hernán.« Auch der Pater dämpfte seine Stimme. »Ich werde nicht schlafen. Nicht hier. Wir sind noch lange nicht am Ziel.«

»Nicht, Herr?« Der Mestize rollte mit den Augen. »Dann anders.« Er nahm Yaxtun die Fackel wieder weg und reichte sie dem Pater. »Wir tragen Euch, Ihr leuchtet uns.«

»So soll es sein.« Die lodernde Fackel in der Hand, hockte sich Diego rittlings auf die Trage. Wieder setzten sie sich in Bewegung. »Nach links, Hernán«, wisperte er. »Den ersten Gang. Leise. Und behutsam. Achte auf eine schwarze Platte im Boden. Dort müssen wir hinab.«

Sie tappten durch Gänge und Flure, zwischen den hohen Steinregalen. Diego hielt die Fackel in die Höhe. Schatten bauchiger Krüge huschten über Boden und Wände. Wie groß die Amphoren in diesem Gang waren, übermannshoch. Sie mußten gewaltige Bücher bergen. Früher war es ihm nie aufgefallen. Der falsche Gang? dachte er. Gingen sie in die Irre?

Auf einmal hörte er Schritte, fern und hallend. Stimmen, eine, zwei, in murmelndem Gespräch. Tempelwächter. Er stieß den Mestizen an. »Die Fackel«, flüsterte er. »Löschen, sofort.«

Sie setzten die Trage ab. Hernán sah an den Regalen empor. Bücherkrüge in endlosen Reihen. Kleine, große. Er tastete über die Hälse der Amphoren. Zog an einem Pfropf, an einem zweiten. Was um Himmels willen …? dachte der Pater. Ehe er sich versah, hatte Hernán die Fackel an sich genommen. Und kopfüber in den Bücherkrug gesteckt. Dunkelheit. Mit dumpfem Laut glitt der Pfropf in den tönernen Hals zurück. Diego schluckte. Bestimmt war ein Buch in der Amphore, dachte er. Es schmerzte ihn in der Seele. Aber Hernán hatte recht gehandelt. Anders ließ sich die Fackel nicht verbergen.

Gleichförmig murmelten die Stimmen. Noch hatten die Wächter anscheinend nichts bemerkt. Doch ihre Schritte kamen immer näher.

Wohin nur? Wo konnten sie sich noch verkriechen? »Zurück!« Er zischte es. Eine Eingebung. »In den Gang mit den großen Krügen, rasch.«

Die Trage wurde emporgerissen. Krampfhaft hielt sich Diego an dem Gestänge fest. Im Stockfinstern tappten sie zurück, in den Gang der Riesenamphoren. Hernán hatte offenbar schon begriffen. Kaum stand die Trage am Boden, hörte Diego ihn wispern: »Wartet, Herr, ich öffne sie.«

Der Pater hielt den Atem an. Ein Scharren wie von Krallen. Hernáns Fingernägel, kratzend auf einem tönernen Hals. Diego stellte sich vor, wie der Mestize an der Riesenamphore emporkletterte, katzengleich. Dann der dunkle Klang seiner Klinge, die durch den Wachspfropf schnitt. Der Pfropf glitt heraus.

Näher und näher kamen die Schritte. Die Wächter lachten. Offenbar trugen sie Fackeln oder Kerzen bei sich. Schon wich die Finsternis ringsum einem lichten Grau. Diego sah um sich. Die Konturen von Hernán und Yaxtun. Wie gewaltige, hochschwangere Frauen standen die Krüge in den Regalen.

»Yaxtun, faß an. Und Ihr, Herr, haltet euch fest.«

Mitsamt der Trage hoben sie ihn an. Dann schoben sie ihn, die Füße voran, in die Riesenamphore. Nur Stirn und Augen sahen noch hervor. Sein Atem hallte in dem tönernen Hals. Seine Füße tasteten über den Untergrund. Leder, dachte er, und Papier. Ein eigentümlicher Geruch stieg aus dem Krug auf, würzig und kühl.

Währenddessen hatten Hernán und Yaxtun zwei weitere Amphoren geöffnet, zu beiden Seiten des Paters. Eben glitten sie hinein, an die tönernen Hälse geklammert. Die Augen des Fallenstellers glänzten im Halbdunkel, seltsam milchig, als hätte er sie verdreht. Ein Schauder überlief Diego. Wenn der Fallsüchtige ausgerechnet jetzt einen Anfall erlitt. Es wäre das Ende.

Er hielt den Atem an. Die beiden Wächter bogen in ihren Gang ein. Fackeln in den Händen, noch immer im Gespräch. Wie gierige Zungen zuckten die Schatten der Flammen über Boden und Regale. »Glanz und Macht der Maya«, verstand

Diego. »Wie im Anfang des Weltzeitalters«, bekräftigte der zweite Wächter. Dann waren sie vorbei.

Fast vorbei. Plötzlich blieben sie stehen. Diego duckte sich tiefer in seinen Krug. Sie wandten sich um. Hoben die Fakkeln in die Höhe und sahen einander an. Was hatten sie gehört? Vielleicht nur eine innere Stimme.

»Hier war doch was«, sagte der eine Wächter. Er trat näher an das Regal heran. So dicht, daß Diego ihn atmen hörte, auf der anderen Seite der tönernen Wand. Die Fackel in seiner Hand fauchte.

»Gaukelgeister«, sagte sein Gefährte. »Sehen wir zu, daß wir weiterkommen. Schließlich ist heute Elf Cabán. Kein gutes Datum. Du weißt doch, was die Kalenderpriester sagen: Verwirrung droht.«

»Uh, Ahpuch herrscht.« Der erste Wächter machte ein schmatzendes Geräusch mit der Zunge. »Du hast recht. Diese Amphoren hier sehen wir uns morgen an. Im Licht Ahaus.«

Ihre Schritte verhallten. Die Dunkelheit wuchs. Mit leisem Zischen ließ Diego seinen Atem ausströmen. Dem Todesgott sei Dank.

5

Die Stunde der Fledermaus. Diego saß auf dem First der inneren Bücherpyramide, stumm und erschöpft. Ihr nacktes Leben, dachte er, hatten sie noch einmal gerettet. Was aber nun? Wie sollten sie hier je wieder herauskommen? Ohne daß sich die grauen Horden auf sie stürzten, wie Wölfe auf das Lamm. Er fühlte sich unsäglich müde. Verlassen und verloren. Lebendig begraben, dachte er, unter tausend Tonnen Stein. Seine Augen tränten.

In einigen Schritten Entfernung kauerten die Gehilfen. Neben ihnen stand der Bücherkrug. Qualm stieg daraus auf, grau und nebelzäh. Hernán hatte den Krug geholt, nachdem die Wächter verschwunden waren. Die Fackel darin war nicht mehr zu gebrauchen, eine Säule aus Asche und Glut. So hatten sie den ganzen Krug mit hinab ins Dunkel genommen.

Aber das kokelnde Buch erzeugte mehr Qualm als Helligkeit. Und in Diegos Seele einen beißenden Schmerz. Es schien ihm ein weiteres Zeichen. Tiefer und tiefer rutschte er hinab. Schlächter, Bocksfuß, Höllenknecht. Der für den Teufel das Feuer schürte.

Zumindest hatten sie ihren Hunger stillen können. Gierig waren die Gehilfen über die Speisen der Priesterinnen hergefallen. Der Pater hatte nur ein paarmal in eine Tortilla gebissen. Vor dem Geruch des kalten Fleischs ekelte ihn. Lieber hatte er sich an den Krug Maisbier gehalten, der aus dem Bündel aufgetaucht war, mit Tüchern umwunden und sorgsam verpfropft. Wohlgetan, Siyil. Er hatte den Krug in zwei Zügen geleert. Sein Durst war gelöscht, doch die Spannung in seinem Innern blieb.

»Gehen wir.« Seine Stimme widerhallte von der Mauerschräge über ihnen. »Die Stufen hinab. Achtet auf eure Köpfe.«

Und auf eure Seelen. Er sagte es nicht. Yaxtun schulterte das Bündel. Der Pater hockte sich auf die Trage. Hernán reichte ihm die Amphore. Mit dem Qualm stieg ein widriger Geruch auf, nach Moder und Staub. Als schmore eine Mumie am Grund des Krugs.

Die Trage wurde angehoben. Hernán und der Fallensteller sprangen die Stufen hinab. Leichtfüßig noch immer, ihre Köpfe kaum gesenkt. Für ihre Statur war die Mauer über ihnen nur wenig zu tief. Bloß ich stoße hier überall an, dachte der Pater. Vogelscheuche, Holzmensch. Kein Wunder, daß sie dich verabscheuen und verfolgen. Selbsthaß quoll in ihm empor, wie der übelriechende Qualm in der Amphore.

Am Fuß der inneren Pyramide. Wieder wurde die Trage abgesetzt. Hernán und Yaxtun sahen sich um. Wechselten Blicke, zuckten mit den Schultern. Als stünde nun vollends fest, daß ihr Herr nicht mehr bei Sinnen war. Eine Falle, mußten sie denken, ausweglos. Stufen, die nirgendwo hinführten. Klafterdick ummauert. Und selbst wenn es in dieser Mauer ein Schlupfloch nach draußen gab, dort lauerten die grauen Horden. Aus und vorbei.

Diego las die Gedanken von ihren Gesichtern, wie von einer Tafel. Zumindest schien es ihm so. Er reichte Hernán den qualmenden Krug und erhob sich. Der Schmerz in seinem Fuß pochte ärger denn je. Er humpelte zu der Stelle am Pyramidenfuß, wo Julkin den geheimen Zugang geöffnet hatte. Schob Finger in Höhlungen, legte die Hand in eine Mulde, wie er es beim Bücherpriester gesehen hatte.

Endlich das Knirschen von Stein auf Stein. Der Einlaß öffnete sich. Modergeruch schlug ihm entgegen. Aber er spürte auch einen Strom frischer Luft, hinaufwehend vom See.

Der Schacht unter dem Gewölbe, dreißig Schritte tief. Wenn er nur daran dachte, wurden ihm die Knie weich. Einen Augenblick verharrte er im Eingang, an den Mauerpfosten gelehnt.

Dann winkte er die beiden Gehilfen herbei. »Nehmt die Trage mit. Ins Gewölbe hinab gehe ich allein. Dort unten sind wir in Sicherheit.« Ein Schauder überlief ihn. Sicher wie im Grab. »Zumindest für diese Nacht«, sagte er. »Laßt uns ein paar Stunden schlafen. Dann sehen wir weiter.«

Er stolperte hinab. Eine Schlammschicht bedeckte noch immer den Grund. Schimmelgeruch. Nur widerwillig schien sich die Feuchtigkeit zurückzuziehen.

Es war ihm gleich. Augenblicke darauf lag er auf der Trage, müder als je zuvor in seinem Leben. Doch der Schlaf floh ihn. Drei Schritte linker Hand klaffte der Schacht, hinab zum See. Stöhnend fuhr der Wind darin auf und nieder. Tief unter ihnen toste das Wasser. Aus dem seitlichen Stollen, hinüber zur Pyramide des Regengottes, ragte noch immer der Leichnam hervor. Die Entstellte. Er hatte nachgesehen, ehe er sich niederlegte. Ein Fehler. Ihr starres Gesicht, ihm zugewandt. Eine fahle Scheibe, darin die Brunnen ihrer Augen. Mehr war im Halbdunkel nicht zu sehen.

Es war übergenug. Er lag auf dem Rücken, an die Trage geklammert wie an ein Floß. Dort müssen wir hinab, ich weiß, dachte er. Morgen erst. Nicht daran denken. Aber es half nichts. Wenn er die Augen schloß, sah er den gestirnten Himmel vor sich. Und jeder Stern trug ein Gesicht mit Ixo'oms

Zügen, totenstarr und qualverzerrt. Rasch machte er die Augen wieder auf.

In einem Winkel, nahe der Treppe hinauf zur Erde, schnarchte Yaxtun. Neben ihm lag Hernán, auf der Seite, wie eine Schnecke zusammengerollt. Und Fray Cristo, dachte der Pater auf einmal, wo mochte er nun sein? Ein Uinal war vergangen, seit er den Taufpriester weggeschickt hatte. Zwanzig Tage, nach der Zählweise der Alten Welt. Sicher war Cristóbal längst wohlbehalten im Kloster eingetroffen. Und mein Brief an die Kurie? Es versetzte ihm einen Stich. Ein Fehler, dachte er, so oder so. Selbst wenn die römischen Monsignori die Bedeutung seiner Botschaft erkannten. Selbst wenn sie papistische Agenten aussandten. Selbst wenn sie sogar die Soldaten des kastilischen Königs in Marsch setzten, gen Tayasal. Wenn, wenn, wenn – sie würden frühestens in Wochen hier eintreffen, oder gar in Monaten erst. In drei Tagen aber, dachte Diego, bin ich ein toter Mann. Oder ein lebender Gott.

Im ersteren Fall, dem tausendmal wahrscheinlicheren, kämen sie zu spät, viel zu spät, um ihn vor den Beilen der Opferpriester zu bewahren. Und wenn die zweite Möglichkeit eintraf? In Gedanken lachte er auf. Wenn sich die Formel der Wiederkehr bewährte. Wenn die Maya ihn daraufhin als Überbringer der Götterformel verherrlichten. Wenn er und Ixkukul Seite an Seite über Tayasal herrschten … Sein Herz begann rascher zu schlagen. Er starrte in die Dunkelheit. Wenn, wenn, wenn – nichts käme ihm dann weniger gelegen als ein vatikanischer Agent oder eine kastilische Armee. Sie würden ihm alles zerstören. Seine Liebe, seine ganze Welt.

Ixkukul. Auf einmal sah er sie vor sich, so deutlich, als wäre sie wahrhaftig bei ihm. Und er bei ihr, aber nicht hier, in Tayasal, sondern dort, in unerhörter Vergangenheit. Der Wald, Mondlicht, in Zweigen flirrend. Silbern gefiederte Ceibas, himmelhoch. Das weite Rund der Lichtung. Der Kreis der Priesterinnen, wie sie sangen, die Hände emporgehoben, die Gesichter zum Himmel gewandt. Zu ihr. Ixquic. Göttin des Mondes. Es waren Hunderte Priesterinnen, dachte er, und Tausende am Rand der Lichtung sahen ihnen zu. Voller Ehrfurcht, doch ohne Furcht. Ergriffen, aber voll Vertrauen. Wie mächtig Ixquic und ihre Priesterinnen waren. Damals. Dort. Doch ihre Macht entsprang der Liebe, nicht der Angst.

Er lauschte in die Nacht. Tief unter ihm toste das Wasser. Der Wind heulte. Die Tote starrte und schwieg. Woher diese Bilder, dachte er, auf einmal? Diese Gewißheiten, Gesänge, aus welchen Quellen strömten sie? Erinnerung? Wer erinnert sich da? Ich? Wer ist das? Wo war dieses zweite Ich verborgen, in all den Jahren? In einer Falte meiner Seele? Wie viele Falten, Leben gibt es noch in mir?

Erschöpfung übermannte ihn. Schlafen, endlich schlafen. Er schloß die Augen. Abermals sah er den Himmel voll Gestirne. Nein, dachte er, nicht noch einmal das Entsetzliche, tausendfach. Aber er konnte seine Augen nicht öffnen. Die Gestirne sahen ihn an. Millionen und Milliarden von Gesichtern, funkelnd und silberhell. Und sie alle lächelten. Er mochte es kaum glauben. Sein Blick irrte über den Himmel. Lächelnde Sterne, wohin er auch sah. Und in ihrer Mitte, groß, heller, am strahlendsten, schwebte der runde Mond. Die Göttin der Nacht. Mit den Zügen Ixkukuls. Ihren großen Augen, den geschwungenen Lippen. Unverwandt lächelte sie ihn an. »Halte durch, Diego.« Ihre Stimme hallte vom Himmel herab. »Noch zwei Tage, dann sind wir vereint.«

Er schlief ein, lächelnd. Und lächelte noch, als er wieder zu sich kam. Wie lange mochte er geschlafen haben? Nicht zu entscheiden. Dunkelheit umschloß ihn, dick wie Stein. Aber er fühlte sich wundersam gekräftigt.

»Hernán.«

»Ja, Herr. Ich bin bereit.« Sofort war der Mestize auf den Beinen. Scharrende Geräusche. Ein Schwefelspan flammte auf. Schon krochen wieder fahle Schimmer aus der Amphore, umwirbelt von grauem Rauch.

Diego erkannte die Umrisse des Mestizen. Hernán kauerte auf dem Boden. Vor ihm stand der Bücherkrug. Mit der Hand schob er etwas hinein.

Eine furchtbare Ahnung stieg in Diego auf. »Was machst du da?«

»Nun, Herr.« Der Mestize hüstelte. »Ich sah voraus, daß die Flammen das erste Buch rasch verzehren würden.«

»Und da hast du weitere Bücher mitgenommen? Von oben, aus dem Büchertempel?« Er erhob sich. Ah, der vermaledeite Fuß. Der Schmerz brachte ihn noch mehr auf. Im Halbdunkel stolperte er auf den Mestizen zu. »Nun sag schon, wie viele Bücher hast du geraubt?«

»Zu wenig, Herr, für ein Höllenfeuer. Gerade genug für ein wenig Licht.«

Hernán hatte nicht einmal aufgesehen. Sein gleichmütiger Ton brachte den Pater zur Besinnung. Einen Moment lang starrte er auf den rauchenden Krug hinab. Dann zuckte er mit den Schultern. »Du hast recht. Es geht nicht anders.«

Er hinkte zurück zu seiner Trage. Daneben lagen die Krükken am Boden. Er hob sie auf und stützte sich darauf. »Also höre, was geschehen soll. Wir müssen dort hinab.« Er deutete zu der Öffnung im Boden.

Hernán trat an den Rand des Schachtes. Er hielt den Krug darüber, ein wenig schräg. Dann fuhr er zurück. »Die Frau aus K'ak'as-'ich.« Scharf zog er Luft durch die Zähne ein. »Wie ist sie dort hingelangt? Wer hat sie umgebracht, Herr?«

Diego überging die erste Frage. Es war besser so. Zumal er selbst noch keine Gewißheit hatte. »B'ok-d'aantoj, nehme ich an. Oder einer seiner Priester.«

Der Blick des Mestizen ging zwischen dem Pater und der Toten in der Tiefe hin und her. »Dort hinab, Herr? Ihr seid verletzt. Aber mit der Trage geht es nicht. Wir bräuchten Stufen.«

»Es muß gehen.« Er schwang eine Krücke durch die Luft. »Denk nach, Hernán. Ich vertraue auf dein Geschick.«

Auch Yaxtun war inzwischen zu sich gekommen. Er hockte in seinem Winkel und sah benommen von einem zum andern. Nun sprang er auf und trat neben Hernán, an den Rand des Schachtes. Als er die Tote sah, ihr starrendes Gesicht, knirschte er mit den Zähnen. »Nicht dorthin.« Er begann zu stammeln. »Schlund des Unheils … Abgrund der Verfallenen.« Er streckte einen Arm von sich, die Handfläche erhoben. Mit der anderen Hand bedeckte er seine Augen. »Krater der Hölle …« Er schrie jetzt. »Brunnen voll Schwärze … Schlamm und Verdammnis …«

Wie versteinert stand Diego da, zwei Schritte hinter Yaxtun. Der Fallsüchtige taumelte am Rand des Schachtes, nicht Herr seiner selbst. Er torkelte hin und her, schreiend, die Augen verdeckt, als könne er den Anblick nicht ertragen. Dabei quollen doch die grausigen Bilder aus seinem Innern empor.

Der Mestize stellte den Bücherkrug auf den Boden. Dann packte er Yaxtun um die Hüften und versuchte, den Tobenden vom Abgrund wegzuziehen. Vergebens. Ohnehin verfügte der Fallensteller über gewaltige Kräfte. Während seiner Anfälle aber war er so stark wie ein Riese. Unablässig heulte er Weissagungen. Diego sah auf seinen Rücken. Wie Seile schwollen die Muskeln unter seiner Haut. Seile, widerhallte es in ihm. Ein Seil verband seine Krücken, daumendick und zwei Fuß lang. Er streifte es sich über den Kopf. Packte die Krücken an ihren unteren Enden und warf Yaxtun das Seil um den Leib. Mit scharfem Ruck zog er es an. Yaxtun und Hernán wurden förmlich zurückgerissen. Ineinander verschlungen kollerten sie über den Boden. Auch Diego taumelte mehrere Schritte zurück. Die Krücken fuhren ihm aus den Händen. Lärmend sprangen sie über den Steinboden. Er fuchtelte mit den Armen, um sein Gleichgewicht wiederzuerlangen.

Die Krücken, dachte er dann, wo sind sie? Suchend sah er um sich. Sein Blick schweifte zu der Öffnung im Boden. Ein Stock lag quer darüber. Und der zweite? Doch nicht etwa …? Vorsichtig hinkte er näher heran. Durch den Aufprall war das Seil verrutscht. Von der Mitte der liegenden Krücke hing es hinab in den Schacht. Darunter schwang die zweite Krücke, hin und her. Wie das Pendel einer Uhr, dachte der Pater. Zwei Ellen über dem starren Gesicht der Toten.

Hernán war neben ihn getreten, den qualmenden Krug im Arm. »Yaxtun muß hier zurückbleiben. Er schläft wieder, Herr. Die Dämonen haben ihn verlassen.«

Der Pater sah um sich. Tatsächlich lag der Fallensteller in seinem Winkel, anscheinend in tiefem Schlaf. Und ich? Wann lassen die Dämonen von mir?

Als er sich wieder umwandte, kauerte Hernán zu seinen Füßen, über den Schachtrand gebeugt. »Eine gute Idee, Herr. So gelangt Ihr sicher hinab.« Der Mestize sah zu ihm auf. Seine Augen glühten, wilder fast als die Glut im Krug.

Diego erwiderte seinen Blick. Die Haare sträubten sich ihm. »Du meinst – an Seil und Stock hinab?«

»Gewiß, Herr. Wie Ihr es vorgesehen habt. Wenn wir unten sind, stützt Ihr Euch auf mich. Sind es weite Wege – dort?« Mit dem Kinn deutete er in die Tiefe.

Schaudernd sah Diego hinab. »Ich weiß es nicht«, sagte er.

6

Seine Hände krampften sich um das Seil. Mit den Schenkeln klammerte er sich an die Krücke darunter. Sein keuchender Atem widerhallte in der Enge des Schachts. Wild pendelte er hin und her. Wie ein Glockenschwengel, dachte er. Wenn nur das Seil hält. Und die Knoten, die es mit den Krücken verknüpfen.

Ruckweise glitt er nach unten. Das Seil scheuerte ihm die Handflächen auf. Der Stock scharrte schmerzhaft über seine Beine. Und doch ging es besser, als er erwartet hatte. Solange er nicht an den Abgrund unter sich dachte. Und an die Tote, die mit starrem Blick zu ihm aufsah.

Er schaute nach oben. Dort kauerte der Mestize, über den Schachtrand gebeugt. Nur seine gespreizten Knie sahen hervor, dazwischen das runde Gesicht, die gebleckten Zähne. Neben ihm stand der Krug. Flammen tanzten darüber. Dieses Buch brannte ergiebiger als das erste. Hernán hat recht, ohne Licht wären wir ganz verloren, dachte Diego. Dessen Zehen in diesem Moment etwas Weiches, Kaltes berührten. O mein Gott. Ixo'om. Ihr Gesicht. Er zappelte mit den Beinen. Die Krücke über ihm ächzte. Er tastete mit den Füßen umher.

Nur ruhig. Seine Hände umklammerten nun den unteren Stock. Rasch rutschte er an dem glatten Holz hinab. Seine

Füße schwebten über ihrem Leib. Noch wagte er nicht, sein Gewicht von den Armen zu verlagern. Unter ihrem Rumpf war nichts als dreißig Schritte Luft. Doch seine Kräfte schwanden. In Gedanken bat er Ixo'om um Verzeihung. Dann brachte er seine Beine in die Waagrechte und glitt über sie, hinein in den seitlichen Gang.

Der Tunnel war enger als erwartet. Unter sich spürte er, kalt und weich, den Körper der Toten. Mit dem Rücken lag er auf ihr, mit den Händen stieß er sich an den Wänden ab. Ihre Nacktheit beschämte ihn. So rasch es gehen mochte, robbte er rücklings über den Leichnam.

Endlich war er über sie hinweg. Keuchend wendete er sich um. Jetzt lag er auf dem Bauch, mit dem Kopf bei ihren Füßen. Einen Moment erwog er ernsthaft, den Leichnam hinabzustoßen. Dann wäre der Weg frei für Hernán. Und für ihren Rückweg, falls sie die Flucht ergreifen mußten. Aber er brachte es nicht über sich.

Der Mestize. Augenblicke später war er über ihr. Den lodernden Krug im Arm. Er mußte mit einer Hand hinabgehangelt sein, affengleich. Rücklings glitt er über den Leichnam.

Diego war tiefer in den Stollen zurückgewichen. Auch Hernán drehte sich jetzt auf den Bauch. So krochen sie, die Füße voran, durch die Dunkelheit. Eine deutliche Steigung, dachte Diego, wie er es vermutet hatte. Es erklärte, warum Ixo'om den Tunnel hinabgerutscht war. Ihr Leichnam und die Dutzende Tuniken, in die sie damals eingewickelt war, wie in einen Kokon. Zugleich ließ ihn die Steigung hoffen, daß der Gang direkt in das Gewölbe unter Cha'acs Pyramide führte. Wenn es auch dort drüben einen senkrechten Schacht gibt, dachte er, kommen wir nicht weiter.

Direkt vor seinem Gesicht bewegten sich Hernáns Füße auf und ab. Das Buch in der Amphore brannte prasselnd, wie trockenes Laub. Viel zu laut, dachte Diego. Sie hören uns von weitem. Plötzlich schlug ihm das Herz bis zum Hals.

Mit den Händen fuhr er wieder und wieder über die Seitenwände. Wie alt mochte dies Gemäuer sein? Roh behauen, verwittert und zerklüftet. Auf einmal faßte er ins Leere. Keine Seitenwände mehr. Der Stollen war zu Ende.

Vorsichtig tastete er mit den Füßen umher. Steinerner Untergrund, wie bisher. Kein Schacht, der sich auf einmal unter ihm öffnete, dreißig Schritte tief. Er kroch zur Seite und wartete.

Hernán. Da kam er schon. Die Augen des Mestizen glühten. Die Flammen tanzten über dem Krug. Vorsichtig richteten sie sich auf. Tatsächlich, dachte Diego, der Gang hatte sie direkt unter B'ok-d'aantojs Pyramide geführt. In ein Gewölbe, ähnlich dem unter der Bücherpyramide. Er nahm Hernán die Amphore ab und leuchtete umher.

Eine Treppe, wenige Stufen, steil hinauf. Oben eine Tür, in den Rahmen gelehnt. Vielleicht hat Ixo'om noch gelebt, dachte er. Vielleicht ist sie hierher geflohen, unter die Erde, mit letzter Kraft. Oder die Priester Cha'acs haben den Haufen alter Tuniken hier hinein geworfen und den Leichnam darin nicht bemerkt.

Ein Frösteln überlief ihn. »Gehen wir.« Er schlang seinen linken Arm um die Schultern des Mestizen. So stiegen sie die Treppe empor. Stießen droben die Tür auf, handbreit, und spähten.

Ein weiter Raum, schwindelnd hoch und ungewiß erhellt. An den Wänden bauchige Behältnisse, wohin man auch sah. Es mußten Hunderte sein. Fahler Lichtschein ging von ihnen aus, ein gräuliches Rot. Amphoren, dachte Diego. Aber wieso leuchten sie?

Er schob die Tür weiter auf und hinkte einige Schritte in den Raum, Hernán mit sich ziehend. Der Mestize hatte ihren Bücherkrug an der Tür abgestellt. Diego bemerkte es kaum. Riesenkrüge, dachte er, wie gestern im Büchertempel. Sie zogen den Blick im Kreis und bis in schwindelnde Höhe empor. Sie bedeckten alle Wände, gedrängt in Steinregalen, übereinander gestaffelt, nebeneinander aufgereiht. Und sie alle erglühend in fahlem Rot.

Wieder und wieder sah er um sich. Was hatte das zu bedeuten? Es war unheimlich, unbegreiflich. Und wie warm es hier drinnen war. Stickig heiß. Ein widriger Geruch erfüllte die Luft. Unmerklich zuerst, doch das Innerste aufwühlend. Ein fettiger Brodem, wie von siedendem Tran.

Auf Hernáns Schultern gestützt, humpelte der Pater näher an ein Regal heran. Scharf faßte er einen Krug in den Blick. Soweit das düstere Licht es erlaubte. Und die ungeheure Hitze. Der Schweiß rann ihm über die Stirn und tropfte ihm in die Augen. Er blinzelte. Trat noch näher heran. Kein Zweifel, dachte er, der ganze tönerne Leib glüht. Dabei war die Amphore verschlossen. Ein Pfropf steckte in ihrem Hals, versiegelt und verpicht. Unmöglich, daß in ihrem Innern ein Feuer brannte.

Er legte eine Hand auf den Bauch des Kruges. »Ah! Verdammnis!« Er fuchtelte mit der Hand, um den Schmerz zu lindern. Der Krug war heiß wie ein Backofen. Wie konnte das nur sein?

Sein Blick ging an der Amphore hinab, zu ihrem Fuß. Jetzt begann er zu verstehen. Der Krug stand in einem steinernen Becken. Dessen Wände verjüngten sich nach oben, so daß zwischen den Rändern und der Amphore nur ein schmaler Spalt blieb. Der Pater spähte hindurch. Ein Kohlenbecken, gefüllt mit roter Glut.

Sein Unbehagen wuchs. Was mochten diese Krüge nur enthalten? Alle Amphoren, soweit er sehen konnte, schienen in solchen Kohlenbecken zu stehen. Hunderte von Riesenkrügen, allesamt rotglühend erhitzt. Wozu nur?

Der Pater wich einen Schritt zurück, auf den Mestizen gestützt. Die Hitze, die von den Amphoren ausging, war kaum zu ertragen. Noch weniger der fettige Gestank.

»Seht doch, Herr!« Der Mestize wisperte es. »Da. Und da!« Er deutete auf mehrere Krüge, scheinbar wahllos.

Diego sah in die gewiesenen Richtungen. Und riß die Augen auf. Es konnte nicht sein. Wieder humpelte er näher heran, Hernán mit sich schleifend wie einen Stock. Ein Schimmer ging von den Krügen aus, ein unbegreiflicher Glanz. In rötlichem Grau wie vorher, doch jetzt wie Tropfen glitzernd. Fahlrot und nebelzäh.

Mit bebendem Finger fuhr Diego über den Krug. Eine tranige Substanz. Sie klebte an seiner Fingerkuppe, fettig und heiß. Er führte den Finger an seine Nase. Augenblicklich würgte ihn Brechreiz. Er streifte mit dem Finger über den rauhen Regalboden, um sich zu reinigen. Aber die Schmiere blieb haften, zäh wie Leim.

Die Hitze schien immer noch zuzunehmen, ebenso der grauenvolle Gestank. Dennoch versuchte er nachzudenken. Was hatte all das zu bedeuten? Die Pyramide Cha'acs, dachte er, enthielt kein inneres Heiligtum, weder Tempel noch Ruinen. Der ganze kolossale Innenraum barg einzig diese vielen hundert Krüge. Abgesehen von einem Verschlag auf der anderen Seite des Raumes, flach und langgestreckt wie ein Hühnerstall. Zu welchem Zweck diente all das? Was um Himmels willen sickerte aus den Amphoren? Was wurde den tönernen Leibern abgerungen durch die Höllenglut? Vor allem aber ...? Er zögerte, die Frage auch nur zu denken. Womit mochten die Teufelspriester die Riesenkrüge füllen, ehe sie die Glut schürten?

Tief beunruhigt sah er um sich. Abermals zogen die Hunderte glühender Krüge seinen Blick bis zur Decke empor. Die Antwort, dachte er, lag nur allzu nahe. Aber sie war zu grauenvoll. Er weigerte sich, sie in Betracht zu ziehen. Und wußte doch, daß es keine andere Antwort gab.

Der Schweiß troff ihm in den Kragen. Der zähe Gestank würgte ihn in der Kehle. Er wandte sich um, zur Mitte des Raumes hin. Und fuhr zusammen. Nein, es durfte nicht sein. Unter seinem Arm erstarrte der Mestize. Sie wechselten einen Blick. Aus und vorbei.

Wie lange sie dort schon gestanden hatten, Diego würde es nie erfahren. Sechs niedere Priester Cha'acs. Fackeln in den Händen, Schulter an Schulter, reglos wie Skulpturen aus grauem Stein. Jetzt traten sie zur Seite, je zu dreien nach links und rechts.

Durch die Lücke schritt B'ok-d'aantoj, die Arme vor der Brust verschränkt. »Ah, Bruder Pferd. Es ist soweit.« Er schien durchaus nicht erstaunt, den weißen Mann in seiner

Pyramide anzutreffen. Weder überrascht noch erzürnt. Sondern erfüllt von jenem grimmigen Ernst, der ihn niemals zu verlassen schien. »Ihr bringt das Buch?«

»Ich bringe es nicht.« Diego versuchte sich freizuräuspern. Doch seine Stimme blieb belegt. »Das Buch ist an einem sicheren Ort. Ihr bekommt es, Bruder Wolke, wenn Ihr Julkin freigegeben habt.« Das Herz schlug ihm bis zum Hals. Auf den Mestizen gestützt, hinkte er einige Schritte auf B'ok-d'aantoj zu. »Der Bücherpriester ist doch hier bei Euch?«

B'ok-d'aantoj starrte ihn an, mit unbewegter Miene. »Behaltet Euer Buch. Ich brauche es nicht.« Er hob eine Hand.

Hinter ihm bückten sich zwei niedere Priester. Machten sich an dem Verschlag zu schaffen und zogen ein verworrenes Bündel hervor. Schwarze Haare, lange Glieder, kakaobraune Haut. Diego nahm den Arm von den Schultern des Mestizen. Wie betäubt hinkte er näher heran. Die Priester zerrten das Bündel zu B'ok-d'aantoj. Richteten es auf. Hielten es an den Armen fest mit rohem Griff. Unter dem wirren Haar kam ein Gesicht zum Vorschein. Die Augen geweitet vor Angst.

O gütiger Gott. War es Julkin? Nein. Und dennoch. Satanische Wahl. Diego stöhnte auf. So jung noch, dachte er, rehhaft. Es war der königliche Läufer, bebend am ganzen Leib.

»Was … habt Ihr mit ihm vor?« Diego streckte eine Hand vor. »Laßt ihn, ich befehle es!«

»Er befiehlt es.« B'ok-d'aantoj wiederholte es, in sachlichem Ton, als stimme er der Anordnung zu. Das Messer mußte schon in seiner Hand verborgen gewesen sein. Mit der Rechten beschrieb er auf der nackten Brust einen raschen Kreis. Der Junge schrie auf. Das Herz quoll aus seiner Brust, in einem Schwall von Blut.

B'ok-d'aantoj riß es heraus. Das Herz zuckte auf seiner Hand, triefend vor Blut. Er streckte es Diego entgegen. »Uo«, sagte er. »Der Mensch ist eine Wolke, und das Herz ist ein Frosch. Wenn es regnet, kommt der Frosch hervor. Wußtet Ihr das, weißer Mann?«

Diego starrte ihn an, das Herz auf seiner Hand. Wie es sich blähte. Ein Alptraum, dachte er. Doch es war kein Traum. Der

Läufer stand noch immer aufrecht vor dem obersten Priester Cha'acs. Dabei konnte kein Leben mehr in ihm sein. Nur die beiden niederen Priester hielten, seine Arme umklammernd, den Leichnam noch aufrecht. Blut pulste aus seiner Brust. Sein Kopf war zur Seite gesunken. Die Augen starrten in die Höhe, verdreht wie auf alten Bildnissen der Seher.

»Schlächter!« Endlich fand er seine Stimme wieder. Doch sein Geist war noch immer wie betäubt. »Wie viele Menschen habt Ihr schon gemordet? Gebt Ihr zu, auch das Massaker von San Benito verübt zu haben? Und Dutzende weiterer Greuel, im ganzen Land?«

B'ok-d'aantoj sah ihn finster an. »Warum fragt Ihr nicht, wie vielen Menschen ich das Leben zurückgegeben habe? Paßt gut auf, weißer Mann.«

Im Hintergrund standen noch immer vier seiner Priester. Fackeln in den Händen, Leiber und Mienen wie aus Stein. Von den Fackeln ging ein Geruch aus, nach Pilzen und Wurzeln, der Diego bekannt vorkam. Aber woher? Er fand keine Zeit, darüber nachzudenken. Ein Zeichen von B'ok-d'aantoj, und einer der Priester zog ein Krüglein aus seiner Robe. Er öffnete die winzige Amphore und trat neben B'ok-d'aantoj.

Ein Schwall grauenvollen Gestanks fuhr daraus hervor. Wieder verspürte Diego ein Würgen. Es war der gleiche Geruch, dachte er, der auch von den glühenden Amphoren ausging.

B'ok-d'aantoj streckte dem niederen Priester seine linke Hand entgegen. Auf seiner Rechten lag noch immer das bluttriefende Herz. Der niedere Priester kehrte die kleine Amphore um. Eine zähe Substanz troff hervor, fettig und von fahlem Rot. Er ließ einige Tropfen auf B'ok-d'aantojs Hand rinnen. Der oberste Priester murmelte eine Beschwörung. Eintöniger Singsang, nicht zu verstehen. Die Priester im Hintergrund schwenkten nun ihre Fackeln, hin und her, wie Weihrauchwedel. Qualm stieg empor, waberte durch die Pyramide.

Wie unter einem Bann sah Diego dem obersten Priester Cha'acs zu. Schwerfällig bewegten sich seine Gedanken. Er empfand überhaupt nichts, weder Empörung noch Trauer. Nicht einmal Todesangst. Die Fackeln, dachte er. Sie haben dem Rauch etwas beigemischt, das Geist und Seele betäubt. Auch dieser Gedanke löste keinerlei Gefühl in ihm aus.

B'ok-d'aantoj beugte sich über den Toten. Mit der Rechten schob er das Herz in den Leichnam zurück, mit der Linken verrieb er die zähe Schmiere auf der Brust des Läufers. Der Pater folgte jeder seiner Bewegungen. Auf einmal schien es ihm möglich. Hatte sich die Wunde schon geschlossen? Hatte sich der Bote nicht geregt? Unablässig verrieb B'ok-d'aantoj den gräulichen Tran auf dem Körper des Toten. Auf seiner Brust. Auf Wangen und Stirn. Er murmelte Beschwörungen. Die Priester schwenkten ihre Fackeln. Diego blinzelte.

Da! jetzt hob der Bote wahrhaftig den Kopf. Oder nicht? Der Blick seiner verdrehten Augen klärte sich. Schon hob er einen Fuß. Seine Gestalt erbebte. Als wolle er gleich auf- und davonlaufen, unfaßbar rasch. Diego nickte ihm zu. Er wollte etwas sagen, dem Läufer einen Gruß zurufen, doch er brachte kein Wort hervor.

»Herr, helft!« Hernáns Stimme, irgendwo in seinem Rükken. Schwerfällig wandte sich Diego um. Er sah eben noch, wie drei niedere Priester den Mestizen davonschleiften, in Richtung der Regale.

Was sollte er jetzt tun? Hinter sich vernahm er einen dumpfen Laut. Er warf einen Blick über die Schulter. Der Bote lag verkrümmt am Boden. Brust und Bauch beschmiert mit Blut und rosa-grauem Tran. Einige Schritte abseits standen die drei anderen niederen Priester. Von B'ok-d'aantoj war nichts mehr zu sehen.

Diego riß sich von dem Anblick los. Wieder wandte er sich um. Hernán schrie und schrie. Er bäumte sich auf. Aber es half nichts. Zwei Graukutten verdrehten ihm die Arme. Der dritte Priester riß ihm die Tunika vom Leib, den Schurz. Nackt stand er da. Jetzt erst begriff Diego. Hinkend setzte er sich in Bewegung. Was konnte er allein unternehmen? Gegen sechs Schlächter B'ok-d'aantojs? Nichts. Es war alles zu Ende. Aber zumindest würden sie kämpfend untergehen.

Zwei Graukutten hielten den Mestizen noch immer fest. Der dritte Priester streckte sich vor einer Amphore, zu ihrem Hals empor. Der Pfropf saß nur lose darauf. Der Priester zog ihn heraus. Die beiden anderen packten den Mestizen bei Schultern und Füßen. Sie stemmten ihn in die Höhe und schoben ihn kopfüber in den Krug.

Für einen Moment hielt Diego inne. Entsetzen und Zorn stiegen in ihm empor, stärker als der betäubende Rauch. Er ballte die Fäuste. Fuchtelte mit den Armen und hinkte mit verdoppelter Eile weiter. Aus dem Innern des Krugs glaubte er Hernáns Schreie zu hören. Dann glitt der Pfropf zurück in den Hals der Amphore. Ein Priester beugte sich über das Kohlenbecken und blies in die Glut. Die beiden anderen sahen ihm entgegen, die Arme vor der Brust verschränkt.

In Gedanken stammelte er ein Gebet. *Herr im Himmel, wenn Du mich noch nicht ganz verstoßen hast. Bitte hilf mir jetzt in meiner Not. Amen.* Er hinkte weiter und weiter. Ohne auch nur zu ahnen, was er beginnen sollte. Wie Unwetterwolken schienen ihm jetzt die glühenden Krüge, unheilvoll über ihm geballt. Gleich würden sie bersten, und dann regnete es Blut. *Der Mensch ist eine Wolke. Wenn es regnet, kommt der Frosch hervor.* Endlich war er heran. Deutlich hörte er jetzt Hernáns Schreie aus dem Innern des Krugs. Mit einer Hand stieß er den Priester zur Seite, mit der anderen fuhr er über den tönernen Leib. Gelobt sei der Herr. Die Amphore fühlte sich warm an, aber nicht glühend heiß. Noch nicht.

In den Augenwinkeln sah er, wie die drei Priester ihn beobachteten. Sie fühlten sich sicher. Was sollten sie auch befürchten? Da spürte der Pater, wie der Geist des Herrn in ihn fuhr. Seine Kräfte verdoppelten sich, ebenso sein Zorn. Er packte die Riesenamphore und stemmte sie empor. Das Kohlenbecken blieb stehen, bis zum Rand gefüllt mit roter Glut.

Er wandte sich um, den Riesenkrug mit Hernán in den Armen. Die Priester glotzten ihn an. Jetzt kamen sie auf ihn zu, alle drei. Mit einem Schrei warf er ihnen die Amphore entgegen. In seinem Fuß loderte der Schmerz auf. Lichter tanzten vor seinen Augen. Die drei grauen Priester stürzten zu Boden. Der Krug zersprang, mit gellendem Klang. Der Mestize kollerte hervor und blieb inmitten der Scherben liegen.

»Hernán, komm zu dir!« Er schrie es, mit fremder Stimme. »Wach auf!«

Der Mestize öffnete die Augen. Benommen sah er um sich. Im Hintergrund des Raumes erhob sich ein Gewirr von Stimmen, Rufen, Flüchen. Dutzende grauer Priester eilten herbei. Schon stürzten zwei Graukutten auf ihn zu, Messer in den Händen. Der Pater holte noch einmal Luft. Dann packte er das Kohlenbecken.

Furchtbarer Schmerz. Er zerbiß seine Hände. Er schlürfte sein Fleisch. Diego schrie seinen Schmerz hinaus. Aber er ließ nicht los. Er wartete, bis die beiden Priester heran waren. Dann schleuderte er ihnen das Kohlenbecken entgegen. Ein Gluthagel prasselte auf die beiden nieder. Sie heulten auf und bedeckten ihre Gesichter, zu spät. Die Glut fraß sich in Wangen und Augen. Ihre Kutten fingen Feuer. Schreiend liefen sie umher. Aber es war noch nicht zu Ende.

Hernán hatte sich aufgerappelt. Sein Gesicht, durch die Schwellung des Auges ohnehin entstellt, sah furchtbar aus. Auf der Stirn, von Schläfe zu Schläfe, prangte ein Feuermal. Lohend rot zog es sich über seinen halben Schädel, flammend unter dem borstenkurzen Schopf.

Diego sah ihn an. Mein treuer Diener, zerschunden und nackt. Sagen konnte er nichts. Seine Kehle wie zugeschnürt. Von allen Seiten stürmten nun graue Priester auf sie zu. Hernán bückte sich, nahm eine Krugscherbe in die Hand. Schnellte empor, stieß sie einem Priester Cha'acs in den Hals. Der graue Mann brach zusammen. Hernán hing schon dem nächsten an der Kehle, dem dritten. Er zerbeißt ihre Hälse, dachte Diego, wie der Fledermausgott Zotz.

In hellen Strömen lief ihm der Schweiß über das Gesicht. Weg von den Regalen, dachte er, den glühenden Krügen. Ich ertrage die Hitze nicht länger. Und den Gestank. Aber zu spät. Ein halbes Dutzend grauer Priester umringte ihn. Mit dem Rücken stand er zu den glühenden Krügen. Immer enger wurde der Halbkreis. Immer näher drängten sie ihn an die Glut heran. Einer zückte ein Messer. Ein zweiter schwang einen Knüppel. Ein dritter den gebogenen Opferdolch.

Vater im Himmel, dachte er, warum? – Da rempelte ihn einer der Priester an. Mit solcher Gewalt, daß Diego taumelte. Schmerz explodierte in seinem Fuß. »Höllenbrut!« schrie er. Mit dem Rücken prallte er gegen einen glühenden Krug. Glut sprühte empor. Diego sprang zurück, mit ihm die grauen Priester. Für einen Moment standen sie alle wie erstarrt. Der Krug prallte gegen die benachbarte Amphore, mit gellendem Klang. Auch sie kippte nun zur Seite, gegen die nächste in der Reihe. Und so ging es weiter, eine die andere rissen sie hinab. Wie titanische Kegel, in der untersten Reihe der Regale, immer rascher herum im weiten Kreis.

Glut wirbelte durch die Luft, brennende Kohlenstücke, rotglühende Scherben. Die grauen Priester rannten schreiend durcheinander. Einige hatten Brandwunden erlitten, alle schienen zu Tode erschrocken. Der Mestize stieß Diego an. Er trug wieder seine Tunika, sogar sein Messer im Gürtel, der Himmel wußte, woher. Mit den Augen deutete er hinüber, zur anderen Seite des Raums. Du hast recht, Hernán, dachte der Pater. Den Verdammten in den Krügen kann niemand mehr helfen. Nicht auf dieser Welt. Dennoch konnte er sich kaum von dem Anblick lösen.

Unablässig stürzten glühende Riesenkrüge aus den Regalen. Die tönernen Leiber zersprangen. Was auf dem Boden zurückblieb, war nicht Seele, nicht Leib. Menschliche Umrisse, gewiß. Hier ein vorgestreckter Arm, dort ein angewinkeltes Bein. Doch die Gestalten eingesotten zu rosa-grauem Gallert.

Auf die Schultern des Mestizen gestützt, humpelte Diego zur anderen Seite des Raumes. Der Verschlag. Ein Käfig, zwanzig Schritte lang und allenfalls drei Fuß hoch. Zu niedrig, um darin auch nur zu sitzen. Hinter den Stäben ein Wirrwarr aus Augen, Haaren, brauner Haut. Wie sie übereinander lagen, kauerten, krauchten. Wie viele? Wie lange schon? Nicht zu sagen, nicht zu raten.

Mit dem Messer sprengte Hernán die Käfigtür auf. Die Verdammten krochen hervor. Packten jeder eine Scherbe und fielen über die grauen Priester her. In das Klirren und Scheppern zerspringender Krüge mischten sich die Schreie der Kämpfenden.

Als letzter kroch Julkin hervor. Sein Gesicht, sein Leib gezeichnet von Schlägen. Er warf sich vor Diego nieder. Der Pater befahl ihm, sich augenblicklich zu erheben.

Sie machten, daß sie davonkamen. Höllisches Inferno. Kampf der Verdammten, mit Scherben, bloßen Fäusten, gegen die Teufelspriester Cha'acs. Unbemerkt erreichten sie die Tür. Selbst der rauchende Bücherkrug stand noch dort. Sie sputeten sich, ins Gewölbe hinabzukommen und in den Gang. Julkin wollte unablässig sprechen, sich stammelnd erklären. Diego verwies es ihm. Wie erschöpft er sich fühlte. Erschüttert über alles erträgliche Maß. Wieder und wieder sah er die Riesenkrüge herabstürzen, zerbersten mit gellendem Klang. Hinüber ins Gewölbe, dachte er. Dort einen Tag noch durchhalten. Dann würde es sich entscheiden.

»Erschrecke dich nicht. Vorn liegt die Tote. Du mußt über sie hinweg.« Es waren die einzigen Worte, die er zu Julkin sprach.

Hernán robbte voran, durch den Stollen, den qualmenden Krug im Arm. Julkin folgte. Diego kroch als letzter hindurch. Er wollte es so.

Die Entstellte. Er verharrte zu ihren Füßen. Nur noch einen Moment, beschloß er. Seine Kräfte waren dahin. Und doch mußte er noch hinauf, ins Gewölbe, an Krücke und Seil. Er lauschte hinter sich, in den Gang. Nichts. Horchte nach vorn und vernahm die Stimmen seiner Gefährten. Yaxtun, voller Sorge. Offenbar waren der Mestize und Julkin schon wohlbehalten hinauf.

B'ok-d'aantoj, dachte er. Der oberste Priester Cha'acs mußte vollkommen vom Teufel besessen sein. Sein Irrglaube bewies es. Furchtbarste Verblendung. Leben schaffen zu wollen durch Schlächterei. Die Lebenden einzusieden wie Gelee. Ihre Essenz als Zaubersalbe. Die Seele als fettige Tinktur. Ein

Schauder überlief ihn. Aber die Toten blieben tot, dachte er, wie inständig B'ok-d'aantoj sie auch mit seinem Zaubertran bestrich.

Er schob sich über die Entstellte. Glaubte für einen Moment, ihre Nacktheit nicht zu ertragen, ihren kalten, weichen Leib. Zumal er diesmal mit Brust und Bauch über sie hinkroch. Er hielt den Atem an. Sein Gesicht schwebte nun genau über dem starren Antlitz der Toten. Er drehte den Kopf zur Seite. Spähte nach oben, und da pendelte die Krücke, keine zwei Ellen über ihm.

»Kommt Ihr, Herr?« Er verdrehte den Kopf noch mehr und sah den Mestizen. Oben am Schachtrand kauernd, sein zugeschwollenes Auge, darüber das Feuermal. Neben ihm stand der Krug. Flammen tanzten darüber.

»Ich komme«, sagte er.

Da gab sie unter ihm nach. Ihr Rumpf knickte nach unten, tiefer in den Schacht. Ihre Beine rutschten aus dem Stollen, und er mit ihr. Er rollte sich zusammen und schwang die Beine nach unten. Über ihm schrie der Mestize. Er selbst blieb still. Sie fiel kopfüber, um Rumpfeslänge ihm voraus. Er folgte, aufrecht stehend in der Luft. So klammerte er sich an ihr fest. Sein Gesicht preßte sich gegen ihren Bauch. Er spürte es kaum. So ist das also, dachte er. Sie fielen und fielen. Den Schacht hinab. Dreißig Schritte tief. Dem großen See entgegen.

Dreizehn

1 Wellen wiegten ihn. Wie weich das Wasser war. Es streichelte seinen Leib, Die Gischt wisperte. Er lag da und lauschte. Ohne zu verstehen. Ohne sich zu fragen. Die Wellen liebkosten ihn, wie mit zehntausend zärtlichen Händen. Vollkommenes Glück. Da vernahm er ein Scharren. Wie wenn Riesenkrallen über Steine kratzen.

Er fuhr auf. Düsternis. Er lag auf dem Bauch, vom Nabel abwärts im Wasser. Benommen sah er um sich. Ein Ufer, milchweißer Sand. Ringsum der See. Er erhob sich. Nackt wie am ersten Tag. In seinem Fuß pochte es. Der Schmerz weckte ihn vollends auf.

Wieder das Kratzen, widriger Laut. Als schiebe sich eine hörnerne Platte über Sand und Stein. Wild spähte er um sich. Wie bin ich nur hierher gelangt, in dunkler Nacht? Ein winziges Eiland, keine sieben Schritte im Kreis. Sand, ein paar Büsche, ein windgebeugter Zapote. Dahinter schon wieder der See. Fahl graute der Morgen. Seit wann hatte er dort am Ufer gelegen? Wie angeschwemmt, dachte er. Wie jener Baumstamm dort, im Sand.

Da! Er bewegt sich! Diego riß die Augen auf. Das war kein Baumstamm. Ein Krokodil jagte auf ihn zu, unfaßbar rasch. Für einen Moment stand er wie gelähmt. Starrte in den Rachen, den die Bestie schon aufriß, zwei Schritte vor ihm. Gezähnter Höllenschlund. Endlich brach der Bann. Er bückte sich und packte einen Steinbrocken. Schleuderte ihn auf die Echse, wandte sich mit derselben Bewegung um und humpelte auf den Zapote zu.

Drei Schritte nur, drei Ewigkeiten. Hinter ihm scharrte der Panzerleib über Sand und Stein. Diego ruderte mit den Armen. Herr im Himmel, hilf. Der unterste Ast. Er faßte ihn in den Blick und sprang. Der Ast ächzte. Das Krokodil schnaubte. Er zog sich empor und reckte sich schon nach dem nächsten Ast, handbreit über seinem Kopf.

Erst auf dem dritten Ast fühlte er sich halbwegs sicher. Erst dort wurde ihm bewußt, was geschehen war. Ein Wunder. Er hockte auf der schwankenden Astgabel, fünf Schritte über dem Boden. Und empfand keinerlei Schwindelgefühl.

Unten am Fuß des Zapote lauerte die Echse. In der Düsternis kaum mehr als ein Schatten. Doch der Schatten scharrte und schnaubte. Wieder und wieder hob sich die spitze Schnauze, witterte zu ihm empor. Der gepanzerte Riesenschwanz hieb auf den Boden, daß es dröhnte. Diego wagte kaum, sich zu bewegen.

Morgendämmerung. Der Horizont begann sich zu verfärben. Er sah um sich. Die Insel war kaum mehr als ein Felsstumpf, handbreit aus dem Wasser ragend. Und dort drüben, bis zu den Hüften im See, lag sie.

Die Entstellte. Sie lag auf dem Rücken, ihr Gesicht starrte zu ihm empor. Ihre Augen, schwarz und bodenlos. Auf einmal fiel ihm alles wieder ein. Der Sturz, den Schacht hinab. Das Tosen in der Tiefe. Die Entstellte in seinen Armen, starr und kalt. Hernáns Schrei, über ihm verwehend. Dann der furchtbare Aufprall. Sein Leib eine Fontäne aus Licht und Schmerz. Die Tote umklammern. Untersinken, tiefer und tiefer. Wie gewaltig die Strömung war. Sie riß ihn mit sich. Keine Luft mehr. Mit den Beinen stieß er um sich. Versuchte nach oben zu gelangen, über Wasser. Aber die Entstellte hielt ihn fest. Zumindest kam es ihm so vor. Ihre Arme umschlangen seinen Hals. Ihre Schenkel umklammerten seinen Rumpf. Ihr Gesicht schwankte vor ihm im Wasser. Er rang mit ihr. Sie zog ihn hinab. Dunkelheit.

Im Lauf des Tages mußten sie hier angetrieben worden sein. Er erinnerte sich nicht mehr genau. Auch nicht, wie er seine Robe verloren hatte und selbst seinen Schurz. Vielleicht, als er auf dem See aufschlug, vielleicht später, in der reißenden Strömung. Nichts gerettet als das nackte Leben, dachte er. Immerhin. Nicht einmal einen Knochen gebrochen, oder doch? Er tastete sich über Arme und Rumpf. Ein silberhelles Klirren. Er mochte es kaum glauben. Ixquics Silberschnüre. Sie gürteten ihn noch immer. Mit einem Finger fuhr er auf den Fäden entlang. Geknüpft an die Sichel des Mondes.

Ein gutes Zeichen, dachte er. Alles verloren, Ixkukul, außer dir. Abermals fiel sein Blick auf die Entstellte. Die Wellen schaukelten ihren Leichnam. Grausiger Anblick. So abrupt wandte er sich ab, daß er beinahe das Gleichgewicht verlor. Er klammerte sich an die Astgabel. Jetzt erst bemerkte er, daß das Krokodil nicht mehr unter ihm saß, am Fuß des Zapote.

Wo hatte sich die Bestie versteckt? Versuchte sie ihn zu täuschen? Er verrenkte sich den Hals, nach allen Seiten. Als er das nächste Mal zu Ixo'om sah, lag das Krokodil neben ihr, im Ufersand.

O mein Gott. Was hatte es vor? Er hatte geglaubt, daß B'ok-d'aantojs Zaubersalbe die Echse von ihr fernhalten würde. In San Benito waren selbst die Aasgeier vor den Toten zurückgeschreckt. Das Krokodil aber schien weniger empfindlich zu sein. Oder der See hatte die Zaubersalbe von dem Leichnam gespült.

Wie ein Baumstamm sah die Echse nun wieder aus. Der spitze Kopf ruhte neben Ixo'oms Haupt im Sand. Der mächtige Leib ragte weit ins Wasser. Diego starrte auf das Krokodil hinab. Er wagte nicht mehr, sich zu bewegen. Bei dem kleinsten Laut, dachte er, fällt das Ungeheuer über sie her.

Endlich ertrug er es nicht länger. Schultern und Beine schmerzten ihm, so verkrampft saß er da. Er bewegte sich zaghaft. Der Ast ächzte. Das Krokodil sprang auf, schnappte zu. Schon glitt es rückwärts ins Wasser, gedankenschnell.

Diego sah auf Ixo'om hinab, voll Entsetzen und Schmerz. Er starrte auf den Schulterstumpf, das zerfetzte Fleisch. Das Untier hatte ihr den linken Arm abgebissen. Genug, dachte er, übergenug. Da war er schon den Baum hinab und kniete bei der Toten. Zumindest ihren Leichnam beschützen, wenn schon die Lebende nicht. Er schob die Arme unter sie und humpelte zum Zapote zurück. Warf sie über den untersten Ast und kletterte hinter ihr her.

Der Ast ächzte bedrohlich. Gebeugt stand Diego darauf. Aufs neue hob er die Tote an. Schwankend stand er auf der schmalen Schaukel. Stemmte den Leichnam empor und wuchtete ihn auf den Ast über seinem Kopf. Sein Atem ging keuchend. Sein Blick fiel nach unten. Das Krokodil war wieder da. Und mit ihm ein halbes Dutzend gepanzerter Kumpane. Rasch kletterte er an Ixo'om vorbei. Erst als er wieder in seiner Astgabel saß, begann sein Herz zu rasen.

Wie eine Puppe hing die Tote unter ihm, vornübergeneigt. Ihre Beine hingen hinab, der eine Arm. Am Fuß des Zapote drängten sich die Krokodile. Die Vorderfüße scharrten an der Rinde. Die spitzen Schnauzen witterten empor. Immer mehr Echsen glitten aus dem Wasser. Tückisch spähten sie umher. Ihre Schwänze hieben auf den Boden. Ihre Panzer scharrten über Sand und Stein.

Augenblicke später war die ganze kleine Insel mit Echsen bedeckt. Ein Gewimmel von Panzern. Dutzende Schnauzen, zu ihm emporgereckt. Gebannt sah Diego zu ihnen hinab. Sie krauchten übereinander hin. Verjagten einander mit Schweifhieben. Versetzten sich Bisse und rempelten einander an. Immer heftiger stießen sie gegen den Zapote. Mit aller Kraft klammerte sich Diego an seine Astgabel. Der Leichnam unter ihm schwang hin und her. Schon begann der ganze Baum bedrohlich zu schaukeln. Gnade uns.

Immer noch tauchten weitere Krokodile aus den Fluten auf. Auf einmal fiel ihm K'ak'as-'ich ein, die Götzengalerie. Götter im Himmel, Götter in der Tiefe. Und die Menschenwelt dazwischen, ein riesiges Krokodil. Man hielt sich an einer Schuppe fest. Irgendwann schwand die Kraft, und man fiel hinab.

Sein Blick schweifte über den See. Wie fern Tayasal von hier aus schien. Eben ging die Sonne auf. Kinich Ahau. Sein Licht vergoldete die gezackte Silhouette der Stadt. Auf der weiten Fläche des Sees trieb ein Boot. Und da noch eins. Dort ein drittes. Die Krokodile unter ihm stampften und schnaubten. Der Zapote knarrte und stöhnte. Die Tote schwang hin und her.

Sieben, elf, dreiundzwanzig Boote zählte Diego. Dann entschloß er sich aufzustehen. Der Baum schaukelte wie ein Schiffsmast bei Sturm. Mit einem Arm umschlang er den Stamm, mit dem anderen begann er zu winken. »Zu Hilfe!« Er schrie es. »Kommt herbei!«

Die Krokodile warfen sich gegen den Baum. Eine Echse schnappte nach der Entstellten und fiel zurück in das Gewimmel der anderen Krokodile. Fischer, dachte Diego, im Morgengrauen ziehen sie aus. Der Baum tanzte. Die Erde dröhnte unter den Sprüngen der Bestien. Er schrie noch immer. Schrie und winkte. Dabei hatten die Männer in den Booten ihn längst gesehen.

Von allen Seiten hielten sie nun auf die Insel zu. Schon nahten die ersten dem Ufer. Mit ihren Rudern hieben sie auf die Krokodile ein, furchtlos. Die Echsen glitten zurück in den See.

Die Fischer sprangen aus den Booten. Diego umklammerte noch immer den Baum. Nun ging er in die Knie. Behutsam wollte er sich auf den Ast unter ihm gleiten lassen. Da stieß er mit dem Fuß die Tote an. Sie stürzte hinab.

Unten stand ein Fischer. Er fing den Leichnam auf, ohne auch nur zu wanken. Vorsichtig ließ er die Tote zu Boden gleiten. Dann sah er zu Diego empor. »Wollt Ihr auch springen, Herr? Nur zu, ich fange Euch auf.«

»Danke, Ajsät, ich schaffe es allein.«

»Dieser Leib gehörte Ajsät. Nun gehört er mir.« Der Mann sah an seiner muskelstarrenden Gestalt hinab, als erstaune ihn der Anblick. »Ich bin wahrhaftig zurückgekehrt.« Seine

Stimme war tief und melodisch. »Dank Eurer Kunst und Gnade, liebster Herr.«

Diego stieg hinab. In seinem Kopf nur sausende Leere. Der Mann warf sich ihm zu Füßen. Mit Ajsäts starken Händen umklammerte er die Fußknöchel des Paters. Mit Chacbalams Stimme stammelte er Dankesworte.

Die anderen Fischer brachen in Jubel aus. Rasch brachten sie einige Tücher herbei, die Blöße des Götterboten und der Toten zu verhüllen. Dann stoben ihre Boote über den See.

Weit langsamer folgte Ajsäts Boot. Diego saß ihm gegenüber, so still wie Ixo'om neben ihm. Ihr Fährmann schien im Gebrauch der Ruder wenig geübt.

Endlich machten sie an der Hafenmauer fest. Da hatte sich die Kunde schon in der ganzen Stadt verbreitet. Eine riesige Menschenmenge erwartete sie am Kai. Es war der Morgen von Eins Ahau.

2

An der Hafenmauer hatten goldene Mönchssoldaten einen großen Halbkreis abgesperrt. Dort war der Priesterrat versammelt, unter einem sonnengelben Baldachin. Der oberste Pferdegottpriester humpelte auf sie zu. Schwer stützte er sich auf die Schulter des Bootsmanns, der überdies den Leichnam trug.

Alle obersten Priester waren erschienen. Mit unbewegten Mienen sahen sie ihm entgegen. Nicht zu erraten, was sie empfanden oder dachten. Auch B'ok-d'aantoj war gekommen und selbst der Lahkin. Er schien noch gebrechlicher geworden. Rücklings lag er auf einer goldenen Trage, wie aufgebahrt. Nur die rastlose Bewegung seiner Augen verriet, daß in seinem greisen Leib noch immer Leben war. Neben ihm stand eine silbrig bespannte Sänfte. Diegos Herz machte einen Sprung. Kein Zweifel, in dieser Sänfte lag Ixkukul. Seit zwölf Tagen schon irrte ihre Seele umher. Auf der Suche nach dem Bruder.

»Ehrwürdiger Lahkin, löbliche Priester.« Er löste sich von seinem Begleiter und humpelte weiter unter den Baldachin.

»Eins Ahau hat begonnen. Der Tag, an dem sich das Schicksal von Tayasal entscheiden soll.« Er wandte sich um und machte dem Bootsmann ein Zeichen.

Aller Augen hafteten an der kraftvollen Gestalt, die zögernd nähertrat, den Leichnam in den Armen. Die Tote glitt zu Boden. Blicklos starrte Ixo'om zu den Priestern empor. »Dies ist das Werk B'ok-d'aantojs«, sagte Diego. »Verstümmelung, Entsetzen, Tod.« Er zog seinen Begleiter zu sich heran. »Und dies ist das Werk der Götter, die sich meiner bedienten: lebendige Wiederkehr.«

In der Menschenmenge erhob sich ein Raunen. Diego bemerkte es kaum. Er wandte sich seinem Begleiter zu. »Sag doch, wie heißt du, mein Freund?«

»Ich bin Chacbalam, ehrwürdiger Herr«, sagte der Fischer mit melodiöser Baßstimme. »Ihr wißt es so gut wie ich. An Vier Cabán schlugt Ihr mir das Haupt ab, auf der Pyramide Cha'acs. Heute bin ich zurückgekehrt, an Eins Ahau, wie Ihr selbst es vorausgesagt habt. Ich bin Chacbalam«, wiederholte er, »der Zwillingsbruder Ixkukuls.«

Der Vorhang über der silberhellen Sänfte glitt auf. Ixkukul saß darin, erschreckend blaß und schmal. Doch ihre Augen strahlten. Wo ist er, fragte ihr Blick. Wo ist mein Bruder, mein Geliebter, daß ich ihn umarme? Unwillkürlich musterte Diego den Wiedergekehrten. Auf einmal sah er ihn mit ihren Augen. Grobe Gestalt, einfältiges Antlitz. Wie schlecht dieses Äußere zu Chacbalams Seele paßte. Es entstellte ihn nicht weniger, als Ixo'om durch Mujaneks barbarische Künste entstellt worden war.

»Wo bist du, Chacbalam?« Ihre Stimme klang besorgt.

»Ich eile herbei, geliebte Zwillingsschwester.« Chacbalam schritt auf die Sänfte zu.

Bei seinem Anblick weiteten sich Ixkukuls Augen. Ihr Mund öffnete sich, als wolle sie schreien. Doch sie bezwang sich, bewundernswert rasch. Lächelnd sah sie den Bruder an. »Chacbalam. Sag mir, wie nanntest du mich, als wir Kinder waren? Du erinnerst dich doch?«

»Ixt'u'ul.« Er antwortete ohne das kleinste Zögern. Und mit Chacbalams samtenem Baß. *Kaninchen.*

Ihr Lächeln wurde strahlender. »Und wie nannte ich dich?«

»Ajmujan.« *Falke.* Inzwischen stand er an ihrer Sänfte.

»So bist du es wirklich. Geliebter Bruder.« Sie flüsterte es. Tränen glitzerten in ihren Augen.

»Ja, Ixt'u'ul. Ich bin es. Preise die Götter. Rühme ihren Boten. Ich bin wahrhaftig zurückgekehrt.«

Er nahm ihre Hand und küßte sie. Beide waren sichtlich bewegt. Aber auch Chacbalam bezwang sich. Er verneigte sich vor Ixkukul und trat zurück, an den Rand des Baldachins. Es ziemte sich nicht, daß er länger im Kreis der obersten Priester verweilte.

»Den Göttern sei Dank. Und ihrem weißhäutigen Boten.« Im Liegen hob der Lahkin beide Arme empor. »Die Formel der Wiederkehr, sie ist uns zurückgegeben.« Seine Hände zuckten, als schreibe er Zahlen in die Luft. »Maya von Tayasal! Die Strafe ist von uns genommen. Die Götter haben uns verziehen. Sie gestatten uns, in Tayasal zu bleiben – bis ans Ende dieser Zeit!«

Für einen langen Moment herrschte Schweigen. Die Menschen in der Menge sahen einander an, versteinert wie ihre obersten Priester. Endlich erhob sich ein Raunen, durchbrochen von einzelnen Rufen. Aber es klang nicht nach Jubel, nicht einmal nach Erleichterung. Götter des Verzeihens und der Liebe, dachte Diego wieder, gab es nicht in ihrer Welt.

»Schwester Mond.« Der Lahkin wandte sich an die oberste Priesterin Ixquics. Seine Stimme bebte. »Gestattet vor aller Ohren ein überfälliges Wort.« Mühsam richtete er sich in sitzende Haltung auf.

Der Anblick berührte Diego. Die goldene Trage, darauf der Greis, der nur durch Willenskraft dem Tod noch trotzte. Neben ihm die Sänfte, silbern wie der Mond, darin Ixkukul, von Schmerz und Sehnsucht ausgezehrt. Und sie beide, dachte er, gezeichnet von einem furchtbaren Kampf, der seit vielen Jahrhunderten währte. Einem Kampf, der die Maya in erhabene Höhen geführt hatte, aber auch in Erstarrung und an den Rand des Untergangs.

»Bitte sprecht, Bruder Sonne.« Sie wandte sich ihm zu, so weit die enge Sänfte es erlaubte. »Wie lange hoffe ich schon auf ein Wort von Euch.«

»Zu lange, ich weiß.« Der Lahkin krächzte es. »Wir beide waren Erben eines uralten Streits. Laßt ihn uns begraben.« Er hüstelte. Längere Zeit war nichts zu vernehmen als Laute der Rührung und Gebrechlichkeit. »Schwester Mond, im Namen aller Priester Tayasals bitte ich Euch um Verzeihung. Kehrt zurück in den Kreis der Edelsten Tayasals. Laßt Eurer Göttin einen neuen Tempel errichten, auf dem heiligen Platz, wie es der großen Ixquic gebührt. Schwester Mond, ich bitte Euch, reicht mir die Hand.«

Er streckte eine ausgemergelte Hand von seiner Trage hinüber zur Sänfte Ixkukuls. Sie schien zu zögern. Ihr Blick streifte den wiedergekehrten Bruder, der mit törichter Miene lauschte. Sie sah Diego an, der ihr zunickte, sie anlächeln wollte. Doch sein Gesicht blieb starr. Unruhe stieg in ihm auf. Warum nur? Jetzt, da sich alles zum Guten wendet?

Auch Ixkukul streckte nun die Hand aus. Ihre Miene wirkte angespannt, wie von einer Vorahnung verschattet. Ihrer beider Hände verschränkten sich, im Leeren zwischen Sänfte und Trage.

»Schwester Mond, auf Weisung der Götter berufe ich Euch zur Hohepriesterin von Tayasal.« Die Stimme des Lahkin vibrierte. »Niemand außer dem göttlichen Canek soll im ganzen Reich mehr über Euch sein. Von Eurem hohen Rang nur einer noch. Der Hohepriester Ahaus. Und nun …«

Laute Rufe unterbrachen ihn. »Aus dem Weg!« Durch die Menge eilte eine schlanke Gestalt. »Macht Platz, ich überbringe eine wichtige Nachricht!«

Bereitwillig wichen die Menschen zur Seite. Ein junger Priester, seine Haut hell, die Robe schwarz. Fray Cristo, dachte Diego, aber was macht er hier? Warum ist er zurückgekehrt?

Am Rand des Baldachins blieb der junge Priester stehen, neben Chacbalam. Ehrfürchtig verneigte er sich in Richtung des Lahkin. Aber das ist nicht Cristóbal, dachte der Pater. Was hatte das zu bedeuten?

Der junge Priester machte eine schlängelnde Bewegung mit dem rechten Arm. Ein Messer glitt aus seinem Ärmel. Er stieß Chacbalam die Klinge bis zum Heft ins Genick. Schon wandte er sich um und stob davon.

Die obersten Priester standen wie erstarrt. Es war alles so rasch geschehen, wie im Traum. Aber es war kein Traum. Endlich gelang es Diego, den Bann abzuschütteln. Er stürzte zu Chacbalam. Der Bruder war zu Boden gesunken. Er lag auf der Seite, neben Ixo'om, eingekrümmt zu der Form eines Halbmondes. Blut sprang aus der Wunde über seinen Schultern, in fingerdickem Strahl. Mit bebender Hand tastete Diego nach seinem Puls.

Er wagte nicht aufzusehen. Aller Blicke spürte er auf sich. Sie drückten ihn nieder. Hielten ihn am Boden fest. Blicke, in die längst wieder Angst gekrochen war. Furcht vor den Göttern. Entsetzen ob ihrer Willkür. Grauen vor ihrer Undurchschaubarkeit.

Er erhob sich, mühevoll, als stemme er eine Last empor. Dort hinten lief der Mörder, schon weit entfernt am Kai. Diego legte die Hände um den Mund. »Haltet ihn! Er ist kein Priester des Pferdes! Ergreift ihn!«

Eine stämmige Gestalt trat dem Fliehenden in den Weg. Starke Hände legten sich um seine Arme.

Der Pferdegottpriester neigte sich zu der Gestalt am Boden hinab und schloß ihr die Augen. Der Wiedergekehrte war tot.

3

Er saß auf dem Dach seines Tempels, seit Stunden schon. Dabei war es viel zu heiß hier oben, selbst unter dem Sonnensegel. Doch drinnen im Tempel war es noch weniger zu ertragen. Eine Trümmerstätte, verwüstet durch die Horden Cha'acs.

Er beugte sich vor, um besser zu sehen. Der heilige Platz, erglänzend im Licht des Nachmittags. Es sah aus, als hätte eine Riesenhand tausend funkelnde Goldklumpen über das weite Rechteck gestreut. Aber es war kein Gold.

Tausend Sonnengottpriester mochten auf dem Platz versammelt sein. Goldene Mönchssoldaten, gewappnet mit Beil und Speer. Hundert oder mehr von ihnen hielten Wache vor dem Palast des Canek. Ebenso viele standen auf den unteren Stufen der Kalenderpyramide. Und immer noch strömten weitere Sonnengottpriester aus dem Tempel des Lahkin.

Die meisten marschierten geradewegs auf die Ostseite des Platzes zu. Die Pyramide Cha'acs. Ein goldener Ring umschloß sie, wie ein Kreis aus purem Licht. Aber es war kein Licht. Es waren Krieger Ahaus.

Vor drei Tagen war der Wiedergekehrte ermordet worden. Keine Stunde nach der Bluttat hatten die sonnengelben Krieger B'ok-d'aantojs Festung umzingelt. Zuvor aber hatten sie den Pferdegottpriester in seinen Tempel verbracht. Es ähnelte einer Verhaftung weit mehr als einer Eskorte. Zwei Dutzend hünenhafte Sonnengottpriester, die ihn zum heiligen Platz hinauftrieben, taub für seine Klagen. Seitdem wütete der Schmerz wieder in seinem Fuß.

Dennoch waren zehn goldene Mönchssoldaten vor seinem Tempel zurückgeblieben. Was befürchteten sie? Daß er die Flucht ergriff, auf einem Bein? Und warum gerade zehn? Es war ein düsteres Vorzeichen. Mittlerweile kannte er die Zahlenmystik der Maya. Zwanzig bedeutete den ganzen Menschen. Zehn nur seine sterbliche Hälfte, den Leib. Zehn war die Zahl des Todesgottes Ahpuch. Zehn Wächter bot man zur Totenwache auf. Es schien, als wäre er schon tot für sie.

Aber warum nur? Welchen Argwohn hegten sie gegen ihn, welchen Groll? Seit drei Tagen zerbrach er sich den Kopf darüber. Hatte er ihnen nicht wahrhaftig die Formel der Wiederkehr zurückgebracht? Glaubte der Lahkin denn allen Ernstes, der Gesandte der Götter habe den Mord an dem Wiedergekehrten befohlen? Es ergab keinen Sinn. Schließlich konnte niemandem entgangen sein, was er selbst auf den ersten Blick gesehen hatte. Der Mörder trug Maske und Kostüm. Unter der hellen Tünche schimmerte die braune Haut hervor. Es war ein Maya, kein weißer Mann. Und gewiß kein Gehilfe des Pferdegottpriesters. Sondern aller Wahrscheinlichkeit nach ein Priester Cha'acs.

Niemand außer dem obersten Regengottpriester hatte einen Grund, Chacbalams Wiederkehr zu fürchten. Das mußte auch der Lahkin erkannt haben, dachte Diego. Warum sonst hätte er seinen goldenen Kriegern befohlen, die Pyramide Cha'acs zu umzingeln? Und weshalb hielt er gleichwohl auch den obersten Pferdegottpriester unter Arrest?

Zornige Rufe rissen ihn aus seinen Gedanken. Eben noch sah er, wie von der Pyramide Cha'acs eine Kugel herabgeschleudert wurde. Ein Steinbrocken, dachte er. Oder ein Menschenschädel. Mit dumpfem Klang schlug die Kugel auf dem heiligen Platz auf. Und zerbarst in einer Fontäne aus Splittern, schimmernd wie Gebein.

Bisher war das Entsetzliche ausgeblieben. Der Ausbruch offener Gewalt. Krieg in Tayasal. Aber lange konnte es nicht mehr gutgehen. Stunde um Stunde stieg dort unten die Spannung. Den Hunderten goldener Mönchssoldaten standen kaum weniger Krieger B'ok-d'aantojs gegenüber. Sie hockten und kauerten überall auf der unförmigen Pyramide. In nebelgrauen Kutten, bis an die Zähne bewaffnet auch sie. Lange konnte es nicht mehr dauern, dachte Diego, bis B'ok-d'aantoj aus seiner steinernen Wolke Pfeile regnen ließ.

Er rückte seinen Schemel tiefer in den Schatten. Was also hatten der Lahkin und die anderen obersten Priester vor? Er versuchte es mit ihren Augen zu sehen. Chacbalams neuerlicher Tod hatte sie alle tief bestürzt. Ihm selbst erging es nicht anders. Kaum war das Wunder der Wiederkehr geschehen, da wurde es schon wieder ausgelöscht, wie Kreide an der Wand. Voller Entsetzen hatten sie alle gesehen, wie die kraftstrotzende Gestalt vor ihren Augen zusammenbrach. Gewiß war auch dem Lahkin klar, daß B'ok-d'aantoj die Bluttat befohlen hatte. Aber warum hatten die Götter diesen Frevel geduldet? Hatten sie nicht ihren weißen Boten gesandt, damit er das Geheimnis der Wiederkehr offenbarte? Weshalb also erlaubten sie, es gleich wieder zu besudeln?

Die Antwort lag auf der Hand, dachte der Pater. Weil sich in diesem Frevel eine weitere Botschaft verbarg. Und die Pflicht des Lahkin war es, sie aufzuspüren und zu deuten.

Unter sich im Tempel hörte er Yaxtun und den Mestizen rumoren. Julkin hatte ihnen den Weg aus der Bücherpyramide gewiesen. Doch er selbst war nicht in den Pferdegotttempel zurückgekehrt. Auf dem heiligen Platz hatte er sich von den beiden getrennt, ohne ein Dankeswort für den Mestizen. Armer Hernán, dachte Diego. Das Feuermal auf Stirn und Scheitel würde er zeitlebens tragen. Leuchtend rot bedeckte es seinen Kopf. Als wäre sein törichtes Hütchen eingewachsen in seine Haut. Ein Zeichen auch dies. Aber ein Zeichen wofür?

Er dachte darüber nach. Doch er kam zu keinem Ergebnis. Ob es dem Lahkin zuweilen auch so erging? Man ahnt, daß sich in einem Geschehnis eine Botschaft verbirgt. Aber wie man auch grübelt, sie erschließt sich nicht. Ob es der Lahkin gerade in diesem Fall so empfand? Ob er sich den Kopf zermarterte, weshalb der Wiedergekehrte vor ihren Augen umgesunken war? O ihr Götter, warum?

Er sann und grübelte. Warum diese Verschlingung von lebendiger Wiederkehr und neuerlichem Tod? Er überlegte und brütete. Wie würde der Lahkin die Botschaft auslegen? Auf einmal war die Antwort da. Sonnenklar. Und verfinsternd wie Regenwolken.

Wiederkehr und Tod, dachte er. Die Götter ließen den Wiedergekehrten vor den Priestern erscheinen. So lösten sie ihr Versprechen ein. Dann aber ließen sie ihn vor aller Augen wieder sterben. Und zwar nicht auf irgendeine Weise. Nicht durch einen Stich ins Herz. Nicht durch Gift oder Sturz. Sondern indem ihm der Dolch ins Genick fuhr. So gemahnten sie an die Gegenleistung, die ihnen die Maya schuldeten. Und die in dem uralten Buch ebenso niedergelegt war wie die Formel der Wiederkehr selbst.

Diego sprang auf. Warum hatte er nicht gleich daran gedacht? Die Haare sträubten sich ihm. Erregt humpelte er auf und ab. Blutdurst, dachte er. Kein Zweifel, so mußte der Lahkin die Botschaft verstehen. Die Götter schenken uns die Formel der Wiederkehr. Aber nur aus einem Grund. Damit wir ihnen noch mehr Opfer bringen, noch mehr Blut vergießen, unerschöpfliche Ströme frischen Blutes. Fortan würde niemand mehr eines natürlichen, unblutigen Todes sterben. Jeder würde danach gieren, enthauptet zu werden. Ein Schauder überlief ihn. Und das Blut würde bis in alle Himmel hinaufschießen, aus Hunderten Halsstümpfen, in schenkeldicken Strahlen.

Am Rand des Daches blieb er stehen. Genau unter ihm, auf der Plattform vor dem Tempel, standen drei, sieben, zehn goldene Wächter, wie Skulpturen so starr. Kein Zweifel, dachte er wieder, so mußte der Lahkin die Geschehnisse deuten. Oder zumindest sehr ähnlich. Der neue Pakt mit den Göttern verpflichtete sie, Unmengen von Blut zu vergießen. Ihr eigenes Blut. Wie hieß es in dem uralten Buch?

Licht der himmlischen Mächte: Wir vergießen unser Blut für die Wiederkehr unserer Toten. Schatten der himmlischen Mächte: Wir geloben zwanzig mal zwanzig Geschlachtete für die Wiedererzeugung. Unser edelstes Blut zu vergießen zum Ruhm der Schlange und zur Erneuerung der Welt unter dem Mond.

Wieder überlief ihn ein Schauder, über Nacken und Rückgrat hinab. Er wandte sich um und humpelte zurück unter das Sonnensegel. *Zwanzig mal zwanzig Geschlachtete,* dachte er. Vierhundert Menschenopfer. Ströme von Opferblut. Und zwar nicht irgendwelche Opfer, die man in den Wäldern einfing oder von den Maisfeldern herbefahl. *Unser edelstes Blut.* Der Adel von Tayasal.

Konnte es sein …? Wie gern hätte er jetzt mit Ixkukul gesprochen. Doch es war unmöglich. Die Kehle wurde ihm eng. Wieder sah er die furchtbare Szene vor sich. Wie Chacbalam vor ihren Augen zusammengebrochen war. Ixkukul hatte einen Schrei ausgestoßen, gellend wie auf der Pyramide Cha'acs. Dann war ihre Hand der Rechten des Lahkin entglitten. Ixkukul war in die Ohnmacht zurückgesunken, aus der sie gerade erst erwacht war. Wie mochte es ihr seither ergangen sein? Vergebens hatte er versucht, zumindest den

Mestizen zum Tempel Ixquics auszusenden. Die goldenen Wächter ließen niemanden hinaus. Auf Fragen antworteten sie sowenig wie das Roß hinter seinem Altar.

Der Schweiß troff ihm in Bart und Kragen. Länger war die feuchte Hitze nicht zu ertragen. Sowenig wie der Anblick der Kriegerscharen unten auf dem Platz. Etwas Furchtbares würde geschehen, bald schon, er fühlte es.

Er war eben im Begriff, durch die Luke hinabzusteigen, als ihn ein Gedanke durchfuhr. War das die Erklärung …? Er spürte, daß es sich so verhielt. Mit der Hand schlug er sich vor die Stirn. Nur deshalb, dachte er, hielt ihn der Lahkin unter Arrest. Nicht weil er den Pferdegottpriester der Ermordung Chacbalams verdächtigte. Sondern weil es seine Pflicht gegenüber den Göttern war. *Zwanzig mal zwanzig Geschlachtete. Unser edelstes Blut.* Wozu zweifellos der gesamte Priesterrat gehörte. Und folglich auch der Priester des Pferdes.

Auf der schwankenden Strickleiter schleppte er sich nach unten. Von den Bodenmosaiken in seinem Gemach war nichts geblieben als bunte Brocken und grauer Staub. Sein linker Fuß brannte bei jedem Schritt, als ob er durch Flammen liefe.

Alles, alles, dachte er, hatten die grauen Priester in seinem Tempel zerstört. Alle Möbel zertrümmert, jeden Fußbreit Boden aufgehackt. Nur das Idol des Pferdegottes hatten sie verschont. Und das uralte Buch in seinem Maul.

Es war sein einziger Trost. Sein allerletzter Trumpf. Die Teufelskarte. Er faßte sich an die Kehle. Mein Leben gegen das Satansbuch.

4

»Die Herrin bittet Euch, sie aufzusuchen.« Silberhelles Wispern. Wer da? Er lauschte. Gewiß nur ein Traum, dachte er.

»Kommt, werter Herr. Sie wartet.«

Knisternd entzündete sich ein Schwefelspan. Er wälzte sich auf den Rücken und blinzelte. Finsternis. Ein Flämmchen zuckte. Dahinter ein Gesicht – Siyil!

»Was tust du hier? Im Dunkeln?«

»Ixkukul«, flüsterte die Priesterin. »Die Hohepriesterin ist zu sich gekommen. Sie bat mich, Euch zu rufen, lieber Herr.«

Das Flämmchen erlosch. Er wälzte sich von seinem Lager. Tastete nach der Krücke. Sie nahm seine Hand. So tappten sie nach draußen, in tiefer Nacht. Ixkukul, dachte er. Nun wird alles gut.

Vor dem Tempel loderten die Fackeln der Wächter. Er zählte sie im stillen. Ahau, Cha'ac, Ahpuch. Vier, sechs, Tod. Starr sahen sie an ihm vorbei. Speere in den Händen, Äxte im Gurt.

Sie traten aus dem Kreis der Fackeln. Dahinter stand die silberne Sänfte, am Rand der Dunkelheit.

Mit der Krücke deutete er darauf. »Dort soll ich hinein?«

Siyil nickte. Sie trat neben die Sänfte und zog den Vorhang auf.

»Und du trägst mich?« Sein leises Lachen widerhallte in der Nacht.

»Wir alle, Herr.« Hinter der Sänfte begann es silbrig zu schimmern. Weitere Priesterinnen Ixquics traten aus der Dunkelheit. Er zählte auch sie. Ixquic, Mam, Maisgott. Eins, fünf, acht, zusammen mit Siyil.

Lächelnd halfen sie ihm in das mondfarbene Gefäß. Er fühlte sich unbeholfen. Fuchtelte mit der Krücke, bis er endlich in der Sänfte saß. Wie eng sie war, wie weich. Er lehnte sich zurück. Die Priesterinnen hoben die Sänfte an, je zu zweien. So schaukelten sie die Stufen hinab.

Überall auf dem heiligen Platz waren Feuer entzündet worden. Stimmen murmelten. Schemen kauerten an den Feuerstätten. Die Flammen prasselten und tanzten.

Die Priesterinnen Ixquics mieden den offenen Platz. Im Schutz der Allee huschten sie dahin. Ihre Last schienen sie ohne Mühe zu tragen. Nicht einmal ihr Atem beschleunigte sich. Doch Diego spürte, wie ihre Besorgnis wuchs. Je näher sie der Pyramide Cha'acs kamen.

Auf dieser Seite des Platzes brannten keine Feuer. Nicht einmal Fackeln erhellten die Nacht. Finsternis verhüllte die

Festung des Regengottes. Im Dunkeln verharrten auch die Krieger Ahaus, Hunderte starrer Schemen am Fuß der belagerten Pyramide. Unheimlich, dachte der Pater. Sein Herz klopfte. Er spürte die Blicke der Krieger. Doch niemand hielt sie auf.

Dann die Straße zum Hafen hinab. Still und menschenleer. Er legte den Kopf zurück. Die Wolkendecke war aufgerissen. Das samtige Schwarz des Nachthimmels. Ein Vorhang, dachte er, milliardenfach durchlöchert, dahinter das gleißende Licht.

Eine Wolke trieb über den Himmel, groß und ungestalt. Sie bewegte sich genau auf Ixquic zu, die Sichel des Mondes. Was würde nun geschehen? Gespannt sah er zum Himmel hinauf. Aber er sollte es nicht erfahren. Schaukelnd bog ihre Sänfte in die Gasse der Mondgöttin ein. Enge. Dunkelheit. Vom Himmel in der Höhe war nichts mehr zu sehen.

Der Tempel Ixquics. Knarrend ging die Tür auf. Sie schwankten hinein. Schon im Vorraum hörte er den silberhellen Gesang. Anhebend, verwehend, wiederkehrend. Wie leicht ihm auf einmal wurde. Als kehre er endlich heim.

Die Sänfte taumelte weiter. Durch den Raum der Liebesnischen, alle verwaist. Die hintere Tür glitt auf. Ihr Heiligtum. Die Sänfte schwebte zu Boden. Diego entstieg ihr, fast ohne es zu bemerken. Ixkukul. Dort saß sie. Auf der silbrig schimmernden Bettstatt, die beides zugleich war, Liebeslager und Altar.

Würzige Düfte erfüllten den Raum. Er bewegte sich auf sie zu, wie schwerelos. Auf dem Äther ihres Lächelns schwebend. Neben ihrem Lager sank er auf die Knie. Ihre Hand, auf der Decke ruhend. Daneben eine silberne Schale, aus der heller Rauch aufstieg. Er preßte seine Stirn auf ihre Hand. »Ixkukul.«

»Sieh mich an, *Winik-'uj.*« Er hob den Kopf. »Sag doch, erkennst du mich nun?«

Winik-'uj. Das Wort widerhallte in ihm. *Mein Mondgemahl.* Er sah sie an. Wieder war ihm, als erklinge jener Gesang. »Ich habe uns gesehen.« Er murmelte es, benommen. »Dich und mich, in alter Zeit.« Sein Atem zerblies die Rauchsäule über der Schale. »Du warst eine Priesterin Ixquics, wie heute. Aber ihr wart zu vielen. Auf einer Lichtung, darüber schwebend der volle Mond.« Wieder sah er es vor sich. Wie sie die Arme hoben, den Kopf zurücklegten. Der silberhelle Gesang erklang. Die Lichtung erstrahlte.

»Die Götter geben uns eine zweite Gelegenheit«, sagte Ixkukul. »Denn damals blieb unsere Liebe unerfüllt. Erinnerst du dich?«

Benommen sah er zu ihr auf. Ihre Augen dunkle Brunnen, hinunter in die alte Zeit. Der Wald, die Lichtung. Er stand am Rand, zwischen anderen Zuschauern. Er rief ihren Namen. »Ixkukul!« Sie sah ihn an. Ihr Lächeln.

»Diego, du mußt dich erinnern! Die Götter fordern es.«

Wie aus weiter Ferne hallte ihre Stimme zu ihm her. Als wäre er dort hinab und bei ihr in alter Zeit.

»Weißt du noch, *Winik-'uj*? Wir waren füreinander bestimmt, seit Anbeginn. Wir beide wußten es. Aber du hast unsere Liebe verleugnet. Wie es dein oberster Priester befahl.«

Ein eisiger Schreck durchfuhr ihn. Was war geschehen?

»Kisin war damals dein Name. O schmerzliche Zeit. Du zogst davon. Siehst du?«

Er schaute an sich herab. »Ja, ich sehe.« Er flüsterte es, von Grauen erfüllt. Der Mann, der ich damals war. O ihr Götter. Die graue Kutte an meinem Leib. Er krallte seine Finger hinein. Ein scharfes Reißgeräusch. Dunkelheit. Als er die Augen wieder aufschlug, lag er rücklings auf ihrem Altar. Ixkukul neben ihm, kniend, halb über ihn gebeugt. Die schwarze Flut ihres Haars strömte auf ihn herab. Er spürte ihre Haare auf seiner Brust. Streichelnd, kitzelnd. Erstaunt tastete er hin. Seine Kutte, gerade erst von Hernán genäht, schon wieder entzwei. Er fuhr den Riß entlang. Bis hinab zum Saum.

Beschämt zog er die Fetzen um seinen Leib. Was war geschehen? Plötzlich fiel es ihm wieder ein. Seine Vision. Er hatte sich selbst gesehen, in alter Zeit. Und versucht, sich die graue Kutte herunterzureißen. Gütiger Herr.

Sie lächelte zu ihm hinab. Kein Kummer, kein Schmerz verdüsterte ihren Blick. Hatte er sich das Furchtbare nur eingebildet? Daß er damals ein Priester Cha'acs war? *Kisin.* Konnte es wirklich sein, daß er einst diesen Namen trug? Ein Frösteln überlief ihn. Und doch war es lachhaft. *Diablo.* Diego. Teuflische Einflüsterung, dachte er. Aber wo endete Erinnerung, wo begann der Trug?

»Es war an Fünf Imix«, sagte Ixkukul. »Damals träumte mir, du seist zurückgekehrt. Wie lange wartete ich schon auf dieses Zeichen.« Ihr Gesicht schwebte über ihm, verborgen hinter dem Vorhang ihrer Haare. Nur ihre Augen schauten zwischen den schwarzen Wellen hervor. »Im Traum sah ich ein großes Boot. Es fuhr über das Wasser. An Fünf Ix würde es die Lagune bei Puuskan erreichen. San Benito, wie es in der Sprache der weißen Männer heißt.«

»So warst du also in San Benito?« Das Herz zog sich ihm zusammen. »Als die *Santa Magdalena* kam?« Als die Schlächter Cha'acs das Blutbad bereiteten? Er fragte es nicht. Fieberhaft rechnete er nach. Fünf Ix. 28. März. Der Tag, als er in San Benito gelandet war.

»Wie gern hätte ich in Puuskan an der Lagune gestanden, als du mit dem großen Boot einliefst.« Ihre Augen leuchteten hinter ihrem Haar. Ihre Lippen bewegten sich, geschwungen und überaus rot. »Aber der Weg war zu weit. Die Vision ereilte mich zu spät. Ich mußte Vorbereitungen treffen. Nie zuvor war ich über Ixchel hinausgekommen. Und es durfte doch niemand in Tayasal davon erfahren. Nur Siyil weihte ich ein.«

»Und Chacbalam.«

»Natürlich«, sagte sie, »wie könnte ich meinem Zwilling etwas verheimlichen? Aber er konnte mich nicht begleiten. So zog ich alleine los. Auf den geheimen Wasserwegen. Schon in ältester Zeit reisten unsere Priester auf diese Art. In schlanken Booten unter der Erde, von Cenote zu Cenote im reißenden Strom.«

Er sah sie nur an, wortlos. Ihre Augen, die Flut ihres duftenden Haars. Seitlich an ihrem Kopf schimmerte die Sichel

Ixquics. So war das also, dachte er. Deshalb war sie damals in den Cenote hinabgetaucht. Die fliegende Frau. Und deshalb hatte niemand sie wieder auftauchen sehen. Wieder und wieder hatte er nach Erklärungen gesucht.

»Unter der Erde kam ich rasch voran«, sagte Ixquic. »Und doch nicht schnell genug. Dort unten ist es finster wie in Xibalbá. Kleinere Flüsse zweigen ab. Einmal fuhr ich in die Irre. Endlich gelangte ich auf den rechten Weg zurück. Aber ich hatte viel Zeit verloren. Es war schon Neun Edznab, als ich jenen Cenote erreichte.«

Sie nahm seine linke Hand in die ihre und hielt sie fest. Wie kühl sie sich anfühlte. Unverwandt sah er sie an. Ihre Augen hinter dem Vorhang ihres Haars. Wie gern wollte er ihr glauben, daß sie damals nicht in San Benito war. Nicht an Fünf Ix, als die Schlächter Cha'acs dreizehn Männer, dreizehn Pferde töteten.

»Niemand hatte mich darauf vorbereitet«, fuhr sie fort, »daß du in einem weißen Leib zurückkehren würdest. Es verwirrte mich sehr, *Winik-'uj*. Zweifel befielen mich, ob du es wirklich warst. Und so beschloß ich, dir ungesehen zu folgen, nachdem die Regengottkrieger euch freigelassen hatten. Dich aus der Ferne anzusehen und nach Zeichen des Erkennens zu suchen. Bei dir und bei mir selbst.«

Er wollte etwas sagen, aber sein Mund gehorchte ihm nicht. Deshalb also, dachte er, hat sie mich in der Missionsstation aufgesucht. Und deshalb war sie damals so betrübt, daß ich ihre Sprache nicht beherrschte. Noch immer fühlte er sich so leicht, als ob er schwebte. Aber sein Geist war benommen. Der silberhelle Rauch, dachte er. Ob sie dem Räucherwerk etwas beigemischt hatte?

Mit einer Hand strich sie sich die Haare zurück. Gebannt sah er sie an. Wie schön sie war. »Meine Zweifel wuchsen«, sagte sie. »Mitten im Wald ließest du ein Haus erbauen, bei der kleinen Ruine. Warum wolltest du dort bleiben?« Sie ließ die Hand wieder sinken. Aufs neue verschwand ihr Gesicht unter der Flut ihres Haars. »Ich verstand es nicht. Warst du nicht gekommen, um mich zu suchen? Den Menschen, der dir bestimmt ist seit Anbeginn der Zeit? Endlich faßte ich mir ein Herz und sprach dich an. Du ließest mich auch bereitwillig in deiner Hütte übernachten. Aber dann flohst du vor mir. Warum? Ich habe die ganze Nacht auf dich gewartet. Warum kamst du nicht?«

Aus Angst, Ihm zu erliegen. Er versuchte nicht einmal, es zu sagen. Unverwandt sah er sie an.

»Heute kenne ich die Antwort«, fuhr sie nach einem Moment des Wartens fort. »Damals verzweifelte ich über der Frage. Im Morgengrauen kam ich in deine Kammer. Du schliefst. Ich entwendete dir dieses Zeichen.« Sie zog ihre Tunika ein wenig auseinander.

Er hielt den Atem an. Sein Kruzifix, an einer silbernen Schnur. Sie beugte sich stärker über ihn. Das Kreuz begann zu schaukeln. Es tänzelte über dem Ansatz ihrer Brüste. Wie in sündiger Ekstase schwang der Gekreuzigte hin und her.

»Statt dessen ließ ich dir dieses Zeichen zurück.« Ihre Hand glitt in den Riß, der seine Robe teilte. Ein Schauer überlief ihn. Wie eine Bugwelle hinter ihren Fingern, die entlang der Silberschnüre fuhren. Und bei der Sichel verharrten. »Auf diese Weise müßtest du dich doch erinnern, sagte ich mir. An die alte Zeit, das frühere Leben, als ich bereits die gleichen Zeichen trug. Das Silber Ixquics. Ich beschloß, dich mit den Silberfäden bis Tayasal zu locken, Schritt um Schritt. Deshalb reiste ich nicht auf den geheimen Wasserwegen zurück. Sondern viel mühsamer, viel langwieriger durch den Wald. Dir immer einige Tage voraus. Aber es ist gefährlich, allein durch den Dschungel zu reisen. Und wie sehr erst für eine Frau, in heutiger Zeit.«

Ihre Finger tasteten über die Silberschnüre. Ihr Mund lächelte hinter dem Vorhang ihres Haars. Wie erstarrt lag er auf ihrem Altar. Und zwang sich zugleich, genau auf ihre Worte zu hören.

»Glücklicherweise«, fuhr sie fort, »traf ich auf einige Männer aus Tayasal. Sie waren wie ich auf der Rückreise. Ihnen schloß ich mich an. Mit ihnen kam ich nach Zac Ceh. Der

Siedlung, die bei den weißen Männern San Pedro heißt. Dort hinterließ ich dir ein weiteres Zeichen.«

Ihre Tunika hatte sich noch weiter geöffnet. Sie warf ihre Haare zurück. Das Kruzifix schwang vor ihren Brüsten. »Diego, *Winik-'uj.*« Sie neigte sich zu ihm herab. Ihre Lippen sanken auf seinen Mund.

Wundersame Berührung. Ihre Haare hüllten sie beide ein. Wie eine Zaubergrotte, dachte er. Zauber. Das Wort hallte in ihm. Er erstarrte.

Sie hob ihren Kopf. »Was hast du?«

»Die Männer aus Tayasal. Wer waren sie?« Er sprach mühsam. Seine Lippen schienen zu glühen. »Mit ihnen warst du auch in K'ak'as-'ich?«

»Priester Cha'acs. Ich habe sie mir nicht ausgesucht.« Sie zuckte mit den Schultern. Das Kruzifix tanzte über seine Brust. »In K'ak'as-'ich haben sie mich vorgeschickt. Zu Mujanek. Dem Finsteren. Du kennst ihn. Ich sollte ihm eine Tinktur ablisten. Es gelang nicht.« Ihr Lächeln schwebte über ihm. »Aber warum fragst du. Laß uns alles vergessen. Außer dir und mir.«

»Und Chacbalam?«

»Was ist mit ihm?« Ihre Stimme klang auf einmal kummervoll.

Es betrübte ihn, an ihren Schmerz zu rühren. Aber er konnte nicht anders. »Wie kannst du ihn lieben – und mich?«

»Wie töricht du fragst. Ja, auch daran erkenne ich dich.« Sie lächelte. »Die Liebe der Zwillinge ist etwas ganz anderes. Keine Leidenschaft der Leiber. Sondern ein Band, das die Seelen verknüpft.«

Auch er lächelte jetzt. Erleichterung durchströmte ihn. Keine Leidenschaft verband sie mit Chacbalam. Keine blutige Verschwörung mit den Priestern Cha'acs. So lange hatten ihn Sorge und Verdacht gequält. Nun löste sich alles auf, in Ixquics mildem Schein. Nur ein Argwohn war geblieben. Der ärgste von allen. Und der sonderbarste dazu.

»Als du aufbrachst, mich zu suchen.« Er kämpfte gegen seine Benommenheit an. »Wieso konnte Chacbalam dich nicht begleiten?«

Sie richtete sich neben ihm auf. »Mein Zwilling, schon wieder? Warum beschäftigt er dich so sehr?« Durchdringend sah sie ihn an. Auf einmal beunruhigt, wie ihm schien.

»Weil es mich erstaunt. Du machst dich auf eine gefahrvolle Reise, und Chacbalam …«

»Er konnte mir nicht mehr helfen. Sein Leben war verwirkt.« Sie sagte es mit tonloser Stimme. Ihr Gesicht sah auf einmal grau aus. Trostlos, hoffnungslos.

Er drang nicht weiter in sie. Nun beschämte es ihn, daß er überhaupt gefragt hatte. Abwegiger Argwohn, dachte er. Daß sie aufgebrochen sei, den Geliebten aus alter Zeit herbeizuholen. Damit die Zwillingsseele sich in ihm verkörpern konnte, nachdem der Bruder auf dem Altar des Lahkin geopfert worden war. Ein metaphysisches Komplott. Es konnte nicht sein. Oder doch?

Wieder neigte sie sich über ihn. Von ihrem Hals hing die Silberschnur mit dem Kruzifix herab. Sie hob die Hände hinter ihren Kopf und löste sie.

Klirrend fiel das Kruzifix zu Boden. Sein Mund wurde trocken. Jetzt erst erkannte er, was es mit der Schnur auf sich hatte. Der dreiundzwanzigste Silberfaden, daran das silberne Kaninchen. Das Geisttier der Mondgöttin. Sie ließ es über seinem Gesicht hin und her schwingen. Lamat. Leidenschaftlich und sanft.

Mit einer raschen Bewegung zog sie die zerfetzte Kutte über seinem Leib auseinander. Sie beugte sich über ihn und nahm seine Silbersichel in die Hand. »Mit den Göttern bist du seit langem verbunden«, sagte sie. »Nun verknüpfe ich dich mit der Menschenwelt.« Sie zog den dreiundzwanzigsten Silberfaden durch das verbliebene Loch in der Sichel und band ihn fest. Dann ließ sie den Mond emporsteigen und setzte sanft das Kaninchen darauf.

5 »Edelste von Tayasal.« Zusammengesunken saß der Lahkin auf seinem Thron, im Tempel des Sonnengottes. »Wir haben Euch hierher gerufen, um den Willen der Götter zu verkünden. Ihren himmlischen Plan zur Erneuerung unserer Welt.«

Es war die Stunde des Adlers. Der greise Hohepriester hob die Arme empor, nach uraltem Brauch. Durch die Kuppel über ihm flutete Sonnenlicht, eine goldene Säule, und hüllte ihn ein. Dennoch schien er zu frösteln. Er ließ die Arme sinken und raffte seine Tunika über der Brust. Sein Blick irrte durch die riesenhafte Tempelhalle Ahaus. Tausende Säulen, hoch wie die heilige Ceiba. Ein steinerner Wald.

Diego beobachtete ihn verstohlen. Zusammen mit den anderen obersten Priestern kniete er am Rand der kreisrunden Lichtung, drei Fuß unter den Thronen. Nur zu gut erinnerte er sich, wie er zum ersten Mal durch diesen Säulenwald geführt worden war. Am Halsband, wie ein Hund. Sein Leben verwirkt. Doch heute war alles anders.

Die ganze weite Halle war mit Menschen gefüllt. Überall zwischen den Säulen knieten sie. Zu Hunderten, die Edelsten von Tayasal. Die obersten Priester und die mächtigsten Krieger. Die besten Gelehrten und die kundigsten Meister. Der Glanz und die Macht der Maya. Nur einer fehlte. B'ok-d'aantoj. Den achten Tag schon hielten die Krieger Ahaus seine Festung umstellt.

Neben dem Thron des Lahkin waren zwei weitere Sockel errichtet worden, gleichfalls aus schwarzem Stein. Auf dem mittleren Sockel thronte der Canek. Zu seinen Seiten saßen die Hohepriester von Tayasal. Der Lahkin und Ixkukul. Immer wieder mußte Diego sie ansehen. Hochaufgerichtet saß die Hohepriesterin auf ihrem Thron, in funkelnder Silberrobe. Wie majestätisch sie aussah. Eine gewaltige Mondsichel schmückte ihr Haar, in dem die Silberfäden flirrten.

Endlich kehrte der Blick des Lahkin aus dem steinernen Wald zurück. »Heute nacht ereilte unseren Canek eine Vision.« Er wollte weitersprechen, doch der König hob eine Hand.

»Ich selbst werde berichten, was ich sah.« Der Canek erhob sich. Sein hünenhafter Wuchs erstaunte Diego noch immer. Weit verblüffender war die innere Wandlung des jungen Königs. Die Klarheit seines Blicks, der früher stets verschleiert schien. Seine gebieterischen Gesten. Als hätten die Götter ihn freigegeben. Seinen Willen und seinen Geist. »Es war zur Stunde der Fledermaus.« Kraftvoll schallte seine Stimme durch die Halle. »Die Götter sandten mir ein Gesicht. Ich schaute die Pyramide des großen Kukulkán, meines himmlischen Vaters.« Er deutete nach draußen, zum heiligen Platz. »Aus dunkler Flut ragte sie empor. Dunkle Fluten strömten ihre Flanken hinab. Dunkle Flut bedeckte den ganzen heiligen Platz. Und die Götter donnerten ihre Botschaft zu mir herab.«

Der Canek breitete die Arme aus. Seine Robe öffnete sich über dem Gürtel. Gebannt sah Diego zu ihm auf. Doch von der Wunde, dem Mund der Götter, war aus dieser Entfernung nichts zu sehen.

»Blut für die Wiederkehr eurer Toten!« Der Canek rief es mit dumpfer Stimme, wie aus der Tiefe der Erde heraus. *»Blut zur Besiegelung des Neuen Bundes. Euer edelstes Blut. Vergießt es zum Ruhm der Schlange. Zur Erneuerung eurer Welt. Verströmt es am Tag der Fledermaus. Und Tayasal sei euer Neues Reich.«*

Auch der Lahkin erhob sich nun. Inmitten der Lichtsäule stand er, ein vergoldeter Greis. »Maya von Tayasal.« Er krächzte es. »Die Formel der Wiederkehr, wir besitzen sie wieder. Die Götter haben sie uns aufs neue geschenkt. Niemals mehr müssen wir auf Wanderschaft gehen. Nicht mehr mit unseren Körpern. Unsere Seelen werden statt ihrer reisen, zum Ende des Baktuns. Den Göttern sei Dank. Und ihrem Boten.« Er hob die Rechte und deutete auf Diego. »Erhebt Euch, Bruder Pferd. Tretet vor die Throne und überreicht mir die Formel der Wiederkehr. Wie die Götter es Euch aufgetragen haben.«

Diego richtete sich auf. Auch Ixkukul hatte sich auf ihrem Sockel erhoben. Feierlich sahen alle drei auf ihn hinab.

Er humpelte auf die Throne zu. In seinem Rücken spürte er die Blicke der Hunderte von Maya, deren Schicksal sich in diesem Moment entschied. Ihres, dachte er, nicht meines. Er hatte geahnt, daß der Lahkin die Botschaft so auslegen würde. Und dennoch, alles würde sich zum Guten wenden. Seit Tagen war diese Überzeugung in ihm gewachsen. Warum sollten sie auch ihn opfern wollen, den Boten der Götter? Und gar noch gegen seinen ausdrücklichen Willen? Nein, sie würden es nicht wagen.

Er tastete nach den Blättern in seiner Robe. Die Formel der Wiederkehr. Ein Sonnengottpriester hatte ihm gestern die Botschaft überbracht. Der Lahkin berief die Versammlung der Edelsten ein. Bei dieser Gelegenheit sollte ihm der Pferdegottpriester die Formel überreichen. Also hatte Diego sie eigenhändig noch einmal aufgeschrieben. Schließlich kannte er sie auswendig, seit jenem Tag. Anfangs hatte sich seine Hand gegen die ungewohnte Schrift gesträubt. Doch mit jeder Zeile war es besser gegangen. Es mußte gehen, auch ohne Julkin.

Er humpelte auf die schwarzen Sockel zu. Die Formel würde er nun überreichen, doch das uralte Buch behielt er zurück. Es war sein letzter Trumpf. Nur für alle Fälle. Aber sie würden sich nicht an ihm vergreifen, dachte er wieder. Sowenig, wie der Lahkin oder der Canek ihren eigenen Nacken unter das Opferbeil beugen würden. Sie würden eine wohlerwogene Auswahl unter den Edelsten treffen. Zur Zufriedenheit der Götter und der Mächtigen von Tayasal.

Wie weit es bis zur Mitte der Lichtung war. Sein Fuß schmerzte. Endlich stand er unter den Thronen. Ernst sahen der Canek und der Lahkin auf ihn herab. Er suchte Ixkukuls Blick, doch vergeblich. Mit halb geschlossenen Augen stand sie vor ihrem Thron, wie in Trance.

Er zog die zusammengerollten Blätter hervor. »Die Botschaft der Götter. Hier ist sie, Bruder Sonne.« Er mußte sich strecken, um die Hand des Lahkin zu erreichen. »Eine Abschrift, genauer gesagt. Aus dem uralten Buch, in dem Euren Ahnen einst das Geheimnis offenbart wurde.«

Der Lahkin nickte. »Ich danke Euch, Bruder Pferd. Im Namen der Priester und der Edelsten von Tayasal. Und nun kehrt an Euren Platz zurück.« Er öffnete die Rolle und begann in den Blättern zu lesen.

»Verzeiht, Bruder Sonne.« Diego mußte den Kopf weit zurücklegen, um das Gesicht des Lahkin zu sehen. Eine unbehagliche Haltung. Als biete er seine Kehle dar. »Nicht nur diese Blätter sollt Ihr erhalten.«

Der Lahkin sah von seinem Blatt auf. Zerstreut blickte er hinab. Als müsse er sich erst besinnen, wer der bärtige Mann dort unten war. »Was also noch ...?«

Unruhe stieg in Diego auf. Der Lahkin schien nicht verstanden zu haben. »Die Götter befahlen mir, Euch auch das Buch zu überreichen. Das Original aus frühester Zeit.« Er mußte schlucken. »Nachdem ihr Gebot erfüllt, der Neue Bund besiegelt ist.« Er verspürte den überwältigenden Drang, sich an die Kehle zu fassen. Doch er bezwang sich.

»Danach?« Die Augen des Lahkin weiteten sich. Einen Moment lang sah er noch auf Diego herab. Dann wandte er sich wieder den Blättern zu.

Diego senkte den Kopf. Was hatte das zu bedeuten? Sein Nacken schmerzte, wie sehr erst sein Fuß. Noch einmal sah er zu den Thronen auf. Dann wandte er sich um und humpelte zu seinem Platz zurück.

Hinter ihm begann der Lahkin aufs neue mit krächzender Stimme zu sprechen. »Denn so befehlen es die Götter.« Er raschelte mit den Blättern. *»Zwanzig mal zwanzig Geschlachtete für die Wiedererzeugung. Unser edelstes Blut zu vergießen zum Ruhm der Schlange und zur Erneuerung der Welt unter dem Mond.«*

Der Lahkin hüstelte. So rasch er konnte, humpelte Diego zurück, zu seinem Platz am Rand der Lichtung. Hunderte unbewegter Gesichter sahen ihm entgegen, an ihm vorbei. Unmöglich zu enträtseln, was sie dachten, empfanden. Er wandte sich um und kniete abermals nieder.

»Edelste von Tayasal!« Der Lahkin schwenkte die Blätter. »Ihr alle, die ihr meinen Ruf befolgt habt, seid auserwählt.

Eure Seelen werden sich auf die Reise begeben. Am Tag der Fledermaus, Sechs Edznab Eins Zotz, wie es die Götter durch unseren Canek fordern.« Er breitete die Arme aus. »Edelste der Maya! Heute in zehn Tagen erheben sich eure Seelen zum Flug der Wiederkehr!«

Totenstille erfüllte die weite Halle. Diego sah zum Lahkin empor. Nur langsam sickerten die Worte in ihn ein. Alle, die hier versammelt waren? Also auch er? O nein, gewiß nicht. Sein Blick schweifte zu Ixkukul. Nie war sie ihm schöner erschienen. Noch immer stand sie vor ihrem Thron, reglos, eine silberne Skulptur. Ihre Augen waren halb geschlossen, als träume sie im Stehen.

»Unser aller Seelen.« Die volltönende Stimme des Canek. Zwischen dem Lahkin und Ixkukul stand er auf seinem Sockel. Jetzt hob er seine Arme und legte sie um die Schultern der beiden Hohepriester. »Damit die Versöhnung auch wahrhaftig gelingt. Kein Schatten soll auf den Neuen Bund der Maya und der Götter fallen. Kein Groll darf zurückbleiben und kein Verdacht. Kein Argwohn und kein Zorn. Deshalb werden wir alle uns auf die Reise der Wiederkehr begeben.«

Noch immer hielt er Ixkukul und den Lahkin umschlungen. Aus überlegener Höhe sah er auf den Greis hinab. »Stimmt Ihr mir zu, Bruder Sonne?«

Der alte Mann erschauerte. Fröstelnd raffte er die goldene Tunika über seiner Brust. »So sei es, Bruder Schlange.«

»Und Ihr, Schwester Mond?« Mit düsterem Lächeln wandte er sich der Hohepriesterin zu. »Seid auch Ihr bereit, die Reise der Seelen anzutreten, an der Spitze der Edelsten von Tayasal?«

»Ja, göttlicher Canek.« Sie flüsterte es. Noch immer waren ihre Augen halb geschlossen. »Nichts soll uns mehr trennen. Gemeinsam werden wir fliegen. Mein *Winik-'uj* und ich.«

Wie betäubt kniete Diego am Rand der Lichtung. *Gemeinsam werden wir fliegen.* Nur langsam drangen die ungeheuerlichen Worte zu ihm durch. Er stemmte seine Krücken auf den

Boden und erhob sich. Auf und davon, dachte er, noch ist es nicht zu spät. Er wandte sich um und humpelte auf den Ausgang zu.

Mühselig arbeitete er sich voran. Überall knieten Maya, die Köpfe gebeugt. Säule um Säule schwankte auf ihn zu. Verwunschener Wald, dachte er. Seine Krücken klapperten auf dem Steinboden. Sein Atem ging keuchend. Wie weit es bis zum Ende der Säulenreihen war. Und wie totenstill noch immer. Niemand sprach ein Wort.

Endlich erreichte er die äußerste Säulenreihe. Dahinter begann schon die gewaltige Freitreppe, hinab zum heiligen Platz.

So nah, und doch zu fern. Sonnenkrieger standen zwischen den Säulen, Schulter an Schulter, die Speere aufgepflanzt. Es mußten Hunderte goldener Priester sein. Jede Lücke in der äußersten Säulenreihe füllten sie aus. Die Edelsten von Tayasal, dachte Diego, allesamt Gefangene Ahaus.

So also soll es enden. Seltsam, wie ruhig er auf einmal wurde. Unbeholfen wandte er sich um. Sein Blick suchte Ixkukul, über Hunderte kniender Priester, kauernder Krieger, gebeugter Köpfe hinweg.

Wie Skulpturen so starr standen die drei Gestalten auf ihren schwarzen Sockeln. In der Mitte der Canek, durch die Entfernung verkleinert und doch ein Riese. Zu seinen Seiten die Hohepriesterin und der Lahkin, ein goldener Zwerg. Ixkukuls Augen waren geöffnet. Unverwandt sah sie ihn an. Voller Liebe, voller Vertrauen. Oder bildete er sich das nur ein? Es war so weit, so furchtbar weit, von ihm zu ihr. Und doch schien es ihm nun, als nicke sie ihm zu. *Gemeinsam werden wir fliegen. Alles wird gut.* Er hörte die Worte, mit ihrer Stimme, als stünde sie neben ihm.

Er erwiderte ihren Blick. So sei es. Da schoß ihm ein Gedanke durch den Kopf, so unerwartet, daß es ihm den Atem benahm. Julkin, dachte er. Herausfinden, wann er zur Welt kam. Die Zahl seiner Ankunft, in diesem Leben.

Tief in Gedanken senkte er den Kopf. Es war, als biete er bereits seinen Nacken dar.

6 Schon von weitem sah Diego den jungen Priester. Mit wehender Robe eilte er über den heiligen Platz. Wie seltsam er sich verhielt. Sah sich um, nach links und rechts, als fürchte er sich vor Verfolgern. Dabei schritten ein halbes Dutzend Sonnengottpriester in geringem Abstand hinter ihm her. Wieder und wieder spähte er hinüber zur Pyramide Cha'acs. Als könne er nicht glauben, was er dort sah. Den goldenen Ring der Belagerer. Die grauen Horden auf den Stufen darüber. Wie eine ungeheure Wolke sah die Festung des Regengottes aus, umfangen von einem Ring aus schierem Licht.

Auf dem Dach seines Tempels beugte sich der Pferdegottpriester vor. Der junge Priester war stehengeblieben, in der gleißenden Sonne mitten auf dem Platz. Ebenso die sechs Goldenen, wenige Schritte hinter ihm. Wie auffällig er war. Mit seiner blassen Haut, dem falben Haar über der schwarzen Robe. Die gleiche Maskerade, dachte Diego, wie der Häscher an Eins Ahau. Aber wozu? Wen versuchten sie diesmal zu täuschen?

Im Grunde war es ihm gleich. Solange er hier oben auf dem Tempeldach saß, bekümmerte ihn kaum etwas. Beinahe zu jeder Stunde zog es ihn nun hier empor. Halbe Tage verbrachte er unter dem Sonnensegel. Über der Verheißung der Wiederkehr meditierend. Im Angesicht Tayasals, seiner düsteren Schönheit, schien ihm die Botschaft der Götter mehr und mehr wahr.

So verrann die Zeit. Die letzten Tage, Stunden vertropften. Die goldenen Krieger bewachten ihn bei Tag und Nacht. Anfangs hatte er noch auf Flucht gesonnen, vor allem in den Nächten. Wenn er schlaflos auf seinem Haufen Lumpen lag, den Überresten seiner Lagerstatt. Oder wenn er aus wirren Träumen auffuhr, schweißüberströmt. *Gefahr!* zischte dann die vertraute Stimme in seinem Innern. Du mußt fliehen! Dein Leben retten, solange es noch geht. Aber es ging ja nicht mehr, schon lange nicht mehr. Ixkukul verlassen? Er brachte die Kraft nicht mehr auf. Und wie auch? Humpelnd, auf Krücken, oder von seinen Dienern durch die Stadt geschleppt? Nein, es war aus. Das Ende, der Neubeginn. Es war vorbei, und es begann erst. Sechs Edznab, dachte er, der Flug der Seelen, übermorgen schon.

Unverwandt sah er auf den heiligen Platz hinab. Nun setzte sich der junge Priester wieder in Bewegung. Aber was war das? Diego erhob sich. Stemmte sich auf seine Krücken und humpelte zum Rand des Daches. Doch zu spät. Eben trat der junge Priester in den Pferdegottempel ein, drei Schritte unter ihm. Die goldenen Krieger, die ihm gefolgt waren, blieben draußen bei den Wächtern zurück.

Was hatte das zu bedeuten? Unruhe stieg in ihm auf. Er humpelte zur Luke und kletterte die Strickleiter hinab, in sein Privatgemach. Die Krücken hingen an ihm herab, klappernd wie Knochen. Keuchend stützte er sich darauf und wandte sich um zur Tür.

Beinahe hätte er aufgeschrien. Vor ihm stand der junge Priester. Ein Schlächter Cha'acs, dachte Diego, gedungen von B'ok-d'aantoj. Er packte seine Krücken fester. Zumindest würde er kämpfen.

Der junge Priester lächelte zaghaft. Er hob eine Hand wie zum Gruß. Seine Augen strahlten.

»Fray Cristo!«

»Ehrwürdiger Pater. Ich bin zurück.«

»Ich – ich sehe es.« Noch immer vermochte er es kaum zu glauben. Er humpelte näher zu Cristóbal. Der kleine Taufpriester warf sich vor ihm zu Boden. Da erst begriff er. Fray Cristo war wirklich zurückgekehrt.

»Aber sagt doch, Vater, was ist Euch geschehen?« Kniend sah Cristóbal zu ihm auf. Schrecken malte sich in seiner Miene, je länger er den Pater musterte. »Euer Fuß. Und dann die Narben auf Euren Wangen – woher?«

»Yaxtun. Ein Anfall. Ich bitte dich, Frater, steh auf.«

Cristóbal erhob sich. Noch immer starrte er den Pater an. So entsetzt, als ob er einen Verwandelten vor sich sähe. Je länger Cristóbal ihn ansah, desto mehr stieg Diegos Bestürzung. Als hätte der Taufpriester ihn aus einem Traum geschreckt. Oder ärger noch. Als hätte Fray Cristo ihn wahrhaftig ertappt, bei den verworfensten Lastern.

»Und all das hier – die Verwüstungen?« Der Taufpriester deutete auf den Boden, die zerhackten Mosaiken.

»Es zeigt, wie nahe ich dem Ziel war. Da aber schlug der Satan zurück.«

»Der Satan, ehrwürdiger Pater?«

»B'ok-d'aantoj. Seine grauen Teufelspriester haben diese Verwüstung angerichtet. Seitdem herrscht beinahe Krieg hier. Ein übler Rückschlag. Schlechte Zeiten für die Botschaft der Liebe.«

Diego erschauerte. Wie geschmeidig er in die frühere Rolle geschlüpft war. Verrat an Ixkukul, unserer Liebe, dachte er. Aber es half nichts. Tief in seinem Innern regte sich die alte Hoffnung. Und wenn es doch noch eine Ausflucht gab? Das nackte Leben zu retten, dem Opferbeil zu entrinnen, im letzten Moment.

»Also berichte, Fray Cristo, warum bist du zurückgekehrt?« Er legte dem Taufpriester einen Arm um die Schultern. »Welche Nachricht bringst du?« Er zog ihn mit sich, ins Gemach der Gehilfen.

»Geradewegs bin ich zum Kloster zurückgekehrt, Vater. Wie Ihr es befahlt. Unter mancherlei Mühen und Gefahren. Doch mit der Hilfe des Herrn kam ich rasch voran. Als wandelte ein Engel vor mir auf meinem Pfad.«

Nahe der Lagerstatt des Fallenstellers blieben sie stehen. Yaxtun lag auf seiner Matte, im Dämmerschlaf wie beinahe stets. Der Mestize aber hockte in seinem Winkel, aufrecht und hellwach. Sein glühender Blick verriet, wie wenig ihm die Rückkehr Cristóbals gefiel.

»Ein Engel, nun gut.« Der Pater hatte Mühe, seine Ungeduld zu bezwingen. »Du erreichtest also das Kloster – was dann?«

»Ich fiel vor dem ehrwürdigen Abt auf die Knie. Gemeinsam beteten wir und sangen zum Lobpreis des Herrn.«

»Wohlgetan. Dann gabst du ihm den Brief. Und was geschah darauf?«

»Der ehrwürdige Abt las Eure Zeilen. In meiner Gegenwart. Er wirkte bestürzt.«

»Bestürzt?« Diego verspürte den Drang, Fray Cristo zu schütteln. »In dem Brief befand sich ein zweites Schreiben. Der Abt sollte es nach Rom senden. Unmöglich kann er von dort schon Antwort erhalten haben. Nun sprich schon! Warum hat Pedro dich zu mir zurückgeschickt?«

»Bitte verzeiht.« Cristóbal wisperte es. »Ich bin nur ein kleiner Mönch. Von den geheimen Dingen weiß ich nichts.« Seine Lippen bebten.

»Schon gut, schon gut«, brummte Diego. »Erzähle einfach, Fray, ich höre zu.«

»Der Monsignore weilte noch im Kloster. Jener Giovanni Batisto, um dessentwillen … Ihr wißt schon, ehrwürdiger Pater …« Er verstummte abermals.

»Ja, ich weiß. Pedro wollte nicht, daß ich mit ihm zusammentraf.«

»So ist es.« Cristóbal errötete. »Der ehrwürdige Abt ließ den Monsignore rufen. Ich wollte mich zurückziehen, doch er befahl mir zu bleiben. In meiner Gegenwart las der Monsignore den Brief. Ein enger Vertrauter des heiligen Vaters, wie im Kloster gemunkelt wird. Und ich glaube es. Wie gebieterisch sein Blick, sein ganzes Betragen. Wie edel seine Gestalt. Wie rasch sein Geist Zusammenhänge erfaßt, von denen unsereins …«

»Er las den Brief. Was dann?«

»Sein Gesicht wurde grau wie Staub. Es war erschreckend anzusehen. Seine Hand mit dem Brief erbebte, doch nur für einen Moment.« Fray Cristo sah zu Diego auf. Seine Augen leuchteten. »Was für ein herrlicher Mann! Ein Streiter Christi. Wie er mich ansah, mit durchdringendem Blick. ›Morgen früh zur Prim‹, befahl er mir, ›brechen wir auf. Du führst mich geradewegs zurück in euer Teufelsreich.‹ Und so geschah es.«

»So geschah es?« Unwillkürlich sah sich der Pater um. »Der Monsignore ist hier in Tayasal?«

»Nein, ehrwürdiger Pater. Es schien uns zu gefährlich. Obwohl uns ein weiterer Streiter Christi begleitete. Auch er ein edler Herr, in schwarzer Tracht. Wenn auch nicht so hochgestellt wie der Monsignore. Kurz vor Ixchel blieben sie zurück. Sie warten auf ein Zeichen von Euch. Und auf das Eintreffen der königlichen Armee.«

»Der Armee?«

»Der Gouverneur von Yucatán ist bereits verständigt, Vater. Eine Armee wird zusammengestellt. In vier Wochen sind sie hier.«

»So spät?« Er flüsterte es. »So bald? Das Ende.«

»Ja, ehrwürdiger Pater. Eure Leiden werden bald beendet sein.«

Cristóbal sprach noch weiter. Doch Diego hörte nicht länger zu. Er ließ den kleinen Taufpriester stehen und humpelte nach vorn, in den Altarraum. In vier Wochen, dachte er, zu spät, viel zu spät. Er spürte, wie etwas in ihm nachgab. Für immer, unheilbar. Er trat hinter seinen Altar und stützte sich darauf.

Wenn die kastilische Armee vor den Toren Tayasals stünde, dachte er. Wenn sie bereit wären einzumarschieren, auf der Stelle, ehe das große Schlachten beginnt. Er beugte sich über den schwarzen Tisch. Wenn, wenn – vielleicht wäre er wirklich noch einmal wankend geworden. Vielleicht hätte er wahrhaftig ganz Tayasal ans kastilische Messer geliefert, nur um seinen Hals zu retten. So aber war es entschieden. Wenn sie in einem Monat kommen, ist es längst vorbei.

Er spürte, wie ihn wieder die große Ruhe überkam. Nur am Rande nahm er wahr, daß Cristo und Hernán in Streit geraten waren. Was bekümmerte es ihn? In seinem Innern wuchs jene Stille, die er in den letzten Tagen immer öfter empfunden hatte. Oben auf dem Tempeldach. Im Angesicht von Tayasal. Versunken in die Verheißung der Wiederkehr.

Alles, alles war ihm aus den Händen geglitten. Woran sollte er sich noch klammern? Es gab nichts mehr. Alles war zerstoben, auch seine allerletzte Hoffnung. Weder die Monsignori noch die Soldaten würden ihn retten. Im Gegenteil. Selbst wenn er doch noch eine Ausflucht fände, um sich selbst und Ixkukul vor dem Opferbeil zu bewahren. Um Tayasal war es so oder so geschehen. Meine Welt, mein Schicksal, dachte er, für immer dahin. Spätestens in vier Wochen würde die königliche Kavallerie Tayasal unterwerfen. Und die letzten freien Maya massakrieren mit Feuer und Schwert.

Lieber will ich sterben unter dem Beil des Satans, als zu töten im Namen des Herrn. Amen.

Er hatte es kaum gedacht, da ertönte vom Gemach der Gehilfen her ein erstickter Schrei. Er packte seine Krücken und humpelte eilends hinüber.

Auf der Schwelle blieb er stehen. Der Anblick war so unerwartet, daß ihm der Atem stockte.

Cristóbal lag rücklings am Boden. Hernán kauerte auf ihm, seine Hände um die Kehle des Taufpriesters gelegt. Fray Cristo bäumte sich auf, wie ein scheuendes Pferd. Aber der Mestize ließ sich nicht abwerfen. Die Schenkel um Cristóbals magere Hüften geklammert, hockte er vorgebeugt auf ihm und drückte ihm den Hals zu.

»Laß ihn los. Auf der Stelle.« So schnell es gehen mochte, humpelte der Pater zu den beiden hin. Er sackte zu Boden. Die Krücken klapperten. Er packte Hernáns Schultern und versuchte ihn wegzuziehen.

Der Mestize schien ihn überhaupt nicht zu bemerken. Seine Armmuskeln waren geschwollen, so gewaltsam drückte er zu. »Was hast du gesagt?« Er schrie es. »Teufelswerk? Der Pater dem Satan verfallen, so wie ich?« Er keuchte und tobte. Seine Finger krallten sich in Cristóbals Kehle. »Humpelnd wie der Leibhaftige? Während du ein kleiner Engel bist, ja?«

Fray Cristo gab ein Winseln von sich. Sein Gesicht war feuerrot angelaufen. Jetzt wurde es grau. Ein Zittern überlief ihn, von den Schultern abwärts, dann sank sein Kopf zur Seite.

Diegos Hand glitt von der Schulter des Mestizen. Er war viel zu bestürzt, um irgend etwas zu denken. Noch immer hielt Hernán die Kehle des Taufpriesters umfaßt. Doch sein Griff war erschlafft. Nun sackte die ganze kleine Gestalt zusammen. Hernáns Kopf sank auf Cristóbals Gesicht hinab. Seine Schultern, sein Rücken bebten.

Reglos kniete Diego neben den beiden und sah sie an. Wirre Bilder schossen ihm durch den Kopf. Wie er im Traum mit Hernán gerungen hatte. Wie er mit dem Taufpriester wahrhaftig gekämpft hatte, im dunklen Schuppen von San Benito. Wie die beiden nebeneinander gestanden hatten, damals, auf der anderen Seite der Schlucht. Wie er zu ihnen hinüber gewandelt, gehangelt war.

Er beugte sich vor und legte Hernán eine Hand auf den Hinterkopf. Als ließe sich so das Feuermal verbergen.

Mein Teufel, mein Engel, dachte er. Nun ist es wahrhaftig vorbei.

7

Und wenn alles ganz anders war? In tiefer Nacht fuhr er aus dem Schlaf. Wenn Ixkukul alles eingefädelt hat, von langer Hand? Wenn sie mich nur deshalb herbeigelockt hat, damit ich sie aus ihrer düsteren Gasse, dem verfallenen Tempel befreie? Damit ich ihr den Weg ebne zum Thron der Hohepriesterin? Konnte es sein? Daß alles, alles abgekartet war – ihre Liebeszeichen, Julkins Hilfe, die Formel der Wiederkehr?

Sein Herz hämmerte. Er starrte ins Dunkel. In wildem Wirbel tanzten die Bilder vor ihm vorbei. Und ordneten sich zu einem Muster des Argwohns, der ihm die Kehle verschnürte.

Wenn sie ihn von der Mission nach Tayasal gelockt hatte, dachte er, nicht weil sie ihn liebte, sich seiner erinnerte aus einem früheren Leben. Sondern einzig deshalb, damit er hier in Tayasal in die Rolle des Pferdegottpriesters schlüpfte? Aber wie hätte sie wissen sollen, dachte er dann, daß ich die bizarre Geschichte überhaupt kannte – von Cortés, dem zurückgebliebenen Pferd, dem Versprechen, es eines Tages abzuholen?

Er überlegte fieberhaft. Doch, es konnte sein. Sie konnte gewußt haben, daß diese Überlieferung in Don Ramóns Notizheft verzeichnet war. Sie konnte sogar dafür gesorgt haben, daß er das Heft in der Kapellenruine fand. Und als er sich dann entschloß, ihr tatsächlich nach Tayasal zu folgen, mußte sie da nicht annehmen, daß er sich auf das alte Versprechen berufen würde, das Hernán Cortés einst dem Canek gegeben hatte?

Ja, dachte er, so kann es gewesen sein. Wahrhaftig. Aber weiter! Selbst wenn sie voraussah, daß ich in die Maske des Pferdegottpriesters schlüpfen würde – woher sollte sie wissen, daß ich auf Julkin treffen würde? Diesmal mußte er nicht einmal überlegen. Die Antwort lag auf der Hand. Julkin wohnte neben dem Tempel Ixquics. Er liebte Siyil, und er kannte Ixkukul. Also konnte sie den kleinen Bücherpriester zu ihm geschickt haben. Mit dem Auftrag, den weißen Mann zu lenken, Schritt für Schritt. Bis hinab in das Gewölbe unter der Bücherpyramide, wo Julkin schließlich das uralte Buch fand. Darin die Botschaft der Götter, die nur zu genau Ixkukuls Hoffnungen entsprach: Ixquic die mächtigste Göttin der Maya, nicht weniger bedeutend als Ahau. So daß dem Lahkin nichts anderes übrigblieb, als Ixkukul zur Hohepriesterin zu erklären.

Was aber hieß das für die Formel der Wiederkehr? Der Schweiß brach ihm aus. Hatte Julkin selbst oder ein anderer Helfer Ixkukuls die Amphore im Gewölbe versteckt? Er mußte schlucken. Grausiger Gedanke. Daß auch die Formel eine Fälschung war. Daß Ixkukul blutig Rache nahm, an der obersten Priesterschaft, dem gesamten Adel Tayasals. Daß sie alles nur ersonnen hatte, damit die Edelsten der Maya sich bereitwillig auslöschen ließen. Daß niemand zurückkehren, kein Geköpfter sich wiederverkörpern würde. Worauf die Macht allein in ihre Hände fiele. Ixkukul, dachte er. Königin der Maya. Hohepriesterin von Tayasal.

Er lag im Dunkeln. Sein Herz raste. Seine Decke war naß vor Schweiß. Konnte es sein …? Oder vielmehr, wie konnte er den furchtbaren Verdacht entkräften? Augenblicklich, ehe er den Verstand verlor?

Wieder dachte er fieberhaft nach. Horchte in sich hinein. Lauschte seiner Erinnerung. Ließ Bilder an sich vorüberziehen und Worte. Alles, was sie je zu ihm gesagt hatte. *Winik-*

uj. War es möglich, daß sie ihn hintergangen, benutzt, verraten hatte, von Anfang an? Alles in ihm sträubte sich gegen diesen Argwohn. Aber es war zuwenig. Er brauchte Gewißheit. Einen unwiderleglichen Beweis. Sofort.

Er zermarterte sich den Kopf. Ajsät, dachte er. Wie Chacbalam von seinem Leib Besitz ergriffen hatte. Das war doch ein Beweis, oder nicht? Selbst wenn Julkin und Ajsät einander gekannt hatten. Selbst wenn es seltsam war, daß der Bücherpriester diese Bekanntschaft abgeleugnet hatte. Selbst wenn sich nicht einmal ausschließen ließ, daß Ajsät durch irgendwelche Umstände die Kindheitsnamen der Zwillinge gekannt haben konnte. Selbst wenn, wenn, wenn, dachte er – eines blieb dennoch unzweifelhaft. Der Fischer hatte mit Chacbalams Stimme gesprochen. Und wie hätte er das anstellen sollen, wenn er nicht wahrhaftig der Wiedergekehrte war?

Er hatte es kaum gedacht, da stieg die Antwort in ihm auf. Er knirschte mit den Zähnen. Die Wahrheit war, daß er niemals gehört hatte, wie Ajsät mit seiner eigenen Stimme sprach. Damals, als er in das Zimmer seiner Schwestern kam, der appetitlichen kleinen Huren, war Ajsät stumm geblieben wie ein Fisch. Und auch Chacbalam, dachte Diego, habe ich nur ein einziges Mal sprechen hören. Und überdies an jenem Tag, als mein Geist von den Zigarren benebelt war.

Es bewies also nichts, überhaupt nichts. Außer seiner eigenen Arglosigkeit. Der grenzenlosen Verführbarkeit seines Geistes.

Lange lag er einfach da. Reglos im Dunkeln. Fröstelnd unter der feuchten Decke. In seinem Kopf sausende Leere. Weder Ixkukul noch Julkin, dachte er irgendwann, konnten ja wissen, daß ich Ajsät als Leib der Wiederkehr erwählen würde. Oder doch? Vergeblich versuchte er sich zu besinnen. Das Ganze noch einmal zu durchdenken. Er war viel zu verwirrt, zu erschöpft.

Seine Gedanken verschwammen, in Müdigkeit, trüben Gefühlen. Sie liebt mich, ich weiß es ja. Niemals würde sie mich verraten. Niemals derartige Rache üben, für welche Schmach auch immer. Und dann: Beugt morgen nicht auch sie ihren Nacken unter das Opferbeil? Wie kann es da Fälschung sein? Nein, dachte er, unmöglich. Ixkukul, meine Liebe. Alles wird gut.

Endlich schlief er wieder ein. Da dämmerte schon der Morgen von Sechs Edznab, dem Tag der Fledermaus.

8

Hand in Hand knieten sie auf dem schwarzen Altar. Sahen einander an, unverwandt. Murmelten die Formel, jeder für sich. Die Hohepriesterin und der oberste Priester des Rosses. Gemeinsam würden sie reisen, gemeinsam wiederkehren. So war es beschlossen. So würde es geschehen.

Die Stunde des Hahns. Hoch droben am Himmel die fahle Sichel des Mondes. Ixquic. Soeben stieg Ahau Kinich aus dem See auf, ein goldener Ball.

Der heilige Platz war mit Menschen übersät. Zu Tausenden waren sie gekommen, um sich mit ihren Edelsten auf die Reise zu begeben. Den Flug der Wiederkehr. Immer noch strömten weitere Opferwillige nach. Die Straße vom Hafen hinauf und durch alle Gassen herbei. Alle, alle folgten dem Ruf.

Auf den Treppen der Pyramide standen sie in langen Reihen. Zehn Opferaltäre waren hier oben auf dem First errichtet worden. Dreimal zehn Nacoms standen bereit, auf ihre Beile gestützt. Haare, Brust und Arme verkrustet mit altem Blut. Die geschwungenen Hauben auf ihren Köpfen glänzten im Licht des Morgens.

Da bemerkte Diego, wie sich unten auf dem See etwas regte. Noch einmal löste sich sein Blick von der Geliebten. Waren sie doch betrogen? Von wem?

Auf den See hinaus glitten Hunderte schlanker Boote, die Horden Cha'acs. Sie stoben über das Wasser. Wie Nebel legte das Grau ihrer Kutten sich über den See. Und da! In einem Boot, kraftvoll rudernd, eine kleine Gestalt. Heller die Haut, doch grau seine Tunika, wie die Kutten der andern. Und bis auf die Pyramide Kukulkáns hinauf leuchtend sein Feuermal.

Hernán. Lächelnd murmelte Diego die Formel. Acht Cabán. Heilige Zahl. Zahl der Ankunft Julkins in der Welt unter dem Mond.

Hinter den grauen Horden jagten die Krieger Ahaus hinaus auf den See. Wie goldene Speere, so flogen sie dahin. Wie Sonnenstrahlen, über das Wasser stiebend, so trieben sie die Grauen vor sich her.

Im Augenwinkel sah er, wie das Beil herabschwang. Sein Blick suchte Ixkukul. Heiligste Zahl. Drei Imix. Zahl unserer Wiederkehr. Er schrie sie. Das Beil biß in sein Genick. Furchtbarster Schmerz. Schwarz.

Epilog

Unter der Führung von Oberst Martin Urzúa sprengten sie durch den Wald, ein halbes Tausend königliche Reiter, dazu zwei schwarzberockte Kirchenmänner: Monsignore Batisto und Pater Tomas, sein kastilischer Gefolgsmann. Man schrieb den 10. September im Jahr des Herrn 1696. Die Mittagssonne flirrte in den Wipfeln. Obwohl sie schnell wie der Wind dahinritten, war es unerträglich heiß.

Seit drei Wochen waren sie unterwegs. Mit der blanken Machete hatten sie sich ihren Weg gebahnt, durch Sümpfe und Schluchten, Dickicht und Gestrüpp. Heute aber, in aller Frühe, waren sie auf diese Straße gestoßen, ein steinernes Band, dreißig Schritte breit, mitten durch den Wald. Seitdem waren die Flüche der Soldaten verstummt. Wie auf Schwingen flogen sie dahin. Der Dschungel widerhallte vom Donnern der Hufe und vom Schnauben der Rösser. Doch mit jeder Meile, die sie vorankamen, wuchs das Unbehagen der Soldaten. Hier ging es nicht mit rechten Dingen zu. Diese Straße war Spuk. Und der einzige, der sich nicht zu grausen, nicht einmal zu verwundern schien, war Monsignore Giovanni Batisto.

Auch Pater Tomas wurde immer beklommener zumute. Zehn Schritte vor ihm ritten der vatikanische Agent und der königliche Kommandant Seite an Seite. Doch dieses Bild vermeintlicher Eintracht trog. Jetzt hob der Oberst eine Hand.

Die Reiter verfielen in Trab. Sie näherten sich einer Siedlung, schon der dritten seit heute früh. Vorsichtshalber ließ Urzúa seine Männer wieder die Waffen ziehen. Dabei wußten sie alle im voraus, daß es nicht nötig war. Die beiden anderen Siedlungen waren verlassen gewesen. Bei dieser hier würde es nicht anders sein.

Das Dorf war nur ein Haufen ärmlicher Hütten im Wald. Wie paßte das zusammen? Die kümmerlichen Unterkünfte, zusammengeflickt aus Ästen und Binsen – und mitten hindurch führte diese Prachtstraße! Und wo zur Hölle hatten sich die Bewohner versteckt? Pater Tomas las die Fragen in den Gesichtern der Soldaten. Fragen, auf die auch er selbst keine Antwort fand. Und wenn er Batisto um Auskunft bat, so verbarg sich der Monsignore hinter geheimnisvollen Floskeln.

Tomas gab seinem Falben die Sporen und schloß zu Batisto und Urzúa auf. »Wenn es nach mir ginge«, hörte er den Oberst grollen, »so könntet Ihr und der andere Schwarzrock geradewegs zum Teufel fahren. Zwei Pfaffen bei einer militärischen Aktion, das kann nur übel enden.«

»Die Hölle ist ohnehin unser Ziel, Oberst.« Der Monsignore lächelte düster. »Wie oft soll ich Euch das noch erklären? Tayasal ist das letzte Teufelsreich auf Erden. Wann werdet Ihr mir endlich glauben? Seht Euch doch diese Prachtallee an! Gebt zu, daß in ganz Kastilien keine Straße dieser hier gleicht.«

»Ihr wißt ja gut Bescheid«, brummte Urzúa. »Dann könnt Ihr mir sicher auch verraten, wohin die braunen Vögel alle ausgeflogen sind.«

»Der Stratege seid Ihr, Oberst. Aber wenn Ihr mich schon fragt – meiner Ansicht nach haben sie alle sich auf ihrer Insel verschanzt. In der ›heiligen Stadt‹, wie es bei ihnen heißt. Wenn wir uns über den See nähern, werden sie uns mit einem Hagel von Pfeilen und Speeren empfangen. Also laßt Euch etwas einfallen, Eisenmann.«

Der Oberst warf seinem Begleiter einen finsteren Blick zu. Im Schrittempo ritten sie durch das Dorf. Batistos schwarzer

Araberhengst tänzelte neben Urzúas breithüftiger Fuchsstute. Nicht weniger als ihre Rosse stachen die Reiter voneinander ab. Der hagere, adlerköpfige Monsignore in enganliegender schwarzer Tracht und der bärenhafte Oberst in der königlichen Uniform. Vielleicht war es unvermeidlich, dachte Pater Tomas, daß die beiden einander unterschätzten.

Batisto galt in vatikanischen Kreisen als scharfsinnig, überaus kundig und skrupellos. Seine Passion waren die Geheimbücher der Heidenvölker, seine Profession war es, sie aufzuspüren, verschwinden zu lassen, mit welchen Mitteln auch immer. Die Stärken von Oberst Martin Urzúa waren anderer Art. Mitte Dreißig wie der Monsignore, hatte er offensichtlich jeder Verfeinerung seines Charakters widerstanden. In der Beichte hatte er Pater Tomas anvertraut, was er in seinem Leben am meisten bedauerte: zu spät geboren zu sein. In seinen Träumen war er einer der furchtbarsten Konquistadoren, unerbittlicher noch als Cortés. So hatten der Monsignore und der Oberst, sinnierte der Priester, doch eines gemeinsam: Sie beide kannten keine Skrupel. Wohl auch deshalb hatte man sie für diese Mission erwählt.

Der Dorfplatz. Wieder hob Urzúa eine Hand. Sie hielten an. Er befahl einem halben Hundert seiner Männer, abzusitzen und die Hütten zu durchkämmen. Aber es war, wie sie vermutet hatten. Ein Dutzend magerer Hunde streunte im Dorf herum. Die Vorratshäuser waren wohlgefüllt mit Mais und gedörrtem Fleisch. Doch in der ganzen Siedlung fanden sie keine Menschenseele.

Zur Vesper erreichten sie das Ufer des großen Sees. Urzúa ließ alle Mann absitzen und befahl, die Pferde für die Nacht zu versorgen. Im Handumdrehen fiel die bange Stimmung von den Soldaten ab. Jeder wußte nun, was zu tun war. Jeder Handgriff war hundertfach geübt.

Die Wachen wurden eingeteilt, die Äxte ausgegeben. Rasch waren die passenden Bäume ausgewählt. Junge Stämme, glatt und dick wie Männerarme. Zweihundert Soldaten machten sich über die Bäume her. Der Wald widerhallte von ihren

Hieben. Noch vor der Abenddämmerung hatten sie genügend Holz gefällt.

Nachdem die Sonne im See versunken war, zündeten sie ein großes Feuer an. Bis Komplet hatten sie die Baumstämme mit zahllosen Lianen zu zwei Flößen zusammengeschnürt. Morgen in aller Frühe würden sie übersetzen, wie geplant.

In dieser Nacht fand Pater Tomas keinen Schlaf. Aus Batistos Andeutungen versuchte er sich zusammenzureimen, was sie morgen dort auf der Insel erwarten mochte. Offenbar glaubte der Agent des Heiligen Vaters, tatsächlich die »Bücherei des Teufels« gefunden zu haben, eine Sammlung höllischer Offenbarungen, deren sich die Kurie seit Jahrhunderten zu bemächtigen versuchte. Das fatalste Kleinod dieser satanischen Bibliothek aber war ein Machwerk, das Batisto mit den unterschiedlichsten Namen zu belegen pflegte. Die »Unheilige Schrift«. Die »Offenbarung der verbotenen Wiederkehr«. Den »faulen Apfel von Eden«.

Der Wald war erfüllt von den Lauten der Nacht. Zäh verrannen die Stunden. Endlich dämmerte der Morgen des 11. September 1696 A. D.

Das erste Floß glitt neben die Hafenmauer. Unbegreiflich, dachte Pater Tomas, kein Verteidiger weit und breit. Das Wasser schwappte gegen den Kai. Die Pferde auf dem Floß rollten mit den Augen. Ein Rappe wieherte. Leise antwortete ein anderes Pferd, draußen auf dem zweiten Floß. Für einen Moment erstarrten sie alle in der Bewegung. Aber nichts Verdächtiges geschah. Der weite Platz am Kai blieb menschenleer. Auch in den hundert Fenstern des maisgelben Riesenhauses war kein Gesicht, keine aufblitzende Klinge zu sehen.

Urzúa machte dem zweiten Floß ein Zeichen. Es glitt heran. Im Handumdrehen waren sie alle an Land. Fünfhundert Berittene, bis an die Zähne bewaffnet. Sogar eine Kanone führten sie mit sich, auf drei Packpferden, sorgsam zerlegt.

Sie saßen auf. Der Hufschlag widerhallte von den Fassaden. Die Hauptstadt des Teufels. Pater Tomas spürte, wie ihm das Herz bis zum Hals schlug. Während der letzten Tage hatte der Monsignore ihm mehr als einmal geschildert, welcher Anblick sie in Tayasal erwartete. Tomas hatte es für Übertreibung gehalten, für seltsame Satansschwärmerei. Jetzt ritt er neben Batisto durch das Tor des maisgelben Gebäudes. Es war gewaltiger als jedes Bauwerk, das er kannte, sei es in der Alten oder in der Neuen Welt.

Der Monsignore an seiner Seite sah aufmerksam nach links und rechts. Es war alles, wie er es vorausgesagt hatte. Düstere Pracht. Stein gewordene Angst. »Wie oft habe ich davon geträumt«, sagte er leise, »die Satansstadt zu finden. Nur eines hätte ich nie erwartet: daß sie menschenleer sein würde.«

Neben Urzúa ritten sie die Straße hinauf. Leer glotzten die Fensterhöhlen. Das Ganze sah nach wohlgeplantem Rückzug aus, dachte Tomas. Nirgends war ein Mensch zu sehen, nicht einmal ein vergessenes Kleinkind, ein zurückgebliebener Greis. Vielleicht hofften die Bewohner, daß die Eindringlinge unverrichteter Dinge wieder abziehen würden. Oder sie hatten einen Hinterhalt gelegt, weiter oben im Herzen der Stadt.

Die Hufe klapperten, die Rösser schnaubten. Ansonsten herrschte Totenstille. Pater Tomas wurde es immer unheimlicher. Er wandte sich um. Tief unter ihnen leuchtete der blaugrüne Spiegel, die riesige Fläche des Sees. Als er sich wieder nach vorn drehte, verhielt sein Wallach soeben am Rand des heiligen Platzes von Tayasal.

Nichtswürdiges Blendwerk, wollte Tomas denken, doch der Anblick verschlug selbst Gedanken. Zu seinen Seiten saßen Urzúa und Batisto in ihren Sätteln, auch sie wie zu Stein erstarrt. Das Maul stand dem Oberst offen, die Augen glotzten. Einen solchen Platz hatten sie alle drei noch nie gesehen.

Zögernd setzten sie sich wieder in Bewegung. Auch die weite Fläche des Platzes war menschenleer. Und doch schien es Tomas auf einmal, als ob sie beobachtet würden. Anscheinend erging es auch Urzúa und Batisto so im selben Moment. Forschend sahen sie sich um. Hinter ihnen trabten die Soldaten den Berg hinauf in langem Zug. Links und rechts des Platzes erhoben sich die gewaltigen Bauten. Himmelhohe Pyramiden, riesenhafte Paläste. Abweisende Mauern, leere Fensterlöcher. Wohin sie auch schauten, von diesen Kolossen spähte niemand zu ihnen herab.

Aber was war das? Im Schritt bewegten sich Urzúa und Batisto auf die größte Pyramide zu, an der Ostseite des Platzes. Pater Tomas folgte ihnen. Die Sonne war emporgestiegen, im schrägen Licht des Vormittags schien die ganze riesenhafte Pyramide zu glitzern. Grell, weiß, blendend fast. Sie ritten näher heran. Auf einmal scheute Batistos Hengst. Er beugte sich vor und tätschelte ihm den Hals. Auch Urzúas Stute wurde unruhig. Sie wieherte, dann blieb sie unvermittelt stehen.

Der Oberst sprang aus dem Sattel. Warf seinem Burschen die Zügel hin, ohne sich umzusehen, und ging geradewegs auf die große Pyramide zu. Batisto und Tomas waren neben ihn getreten. Auch sie sahen nur stumm und starr auf das Bild, das sich ihnen bot.

Hinter ihnen saßen die Soldaten in ihren Sätteln. Ratlos sahen sie einander an. Niemand hatte ihnen den Befehl zum Absitzen gegeben. Niemand wies sie an zu kämpfen, anzugreifen, zu töten. Dabei war es das einzige, was sie auf dieser Welt beherrschten. Das Sterben der anderen. Doch ihre Dienste wurden offenbar nicht benötigt. Nicht mehr, genauer gesagt.

Schweigend sahen sie an der Pyramide empor. Auf dem ganzen schwindelnd hohen Bauwerk standen Stufe für Stufe, in der Höhe und der Breite, Totenköpfe sonder Zahl.

Neunzig Stufen an jeder Seite, dachte Tomas, macht zusammen dreihundertsechzig. Zusammen mit dem Monsignore hatte er die Pyramide einmal umrundet und eigens seine Schritte gezählt. An seinem Fuß war das Bauwerk etwa dreißig Schritte breit, oben am First vielleicht zehn. Im Durchschnitt kamen auf jede Stufe sechzig oder siebzig Totenschädel. Das machte zusammen … Im Schatten der westlichen Pyramidenflanke blieben sie stehen. Mehrmals rechnete der

Pater nach. »Ungeheuerlich«, sagte er. »Es müssen mehr als zwanzigtausend Totenköpfe sein. Was ist hier nur geschehen? Wie mögen all diese Menschen umgekommen sein?«

Batisto sah ihn an. Der Agent wirkte ehrlich erschüttert. Diesmal wird er sprechen, dachte der Pater. Doch da erschallten laute Rufe von der anderen Seite der Pyramide. Sie eilten zurück auf den Platz. Mitten auf der weiten Fläche stand ein junger Mann in weißer Tunika. Kakaobraun seine Haut, die Haare lang und glänzend schwarz. Ein Maya, zweifellos. Aber was rief er nur? Und wie um Himmels willen war es möglich, daß er Kastilisch sprach?

»Das Wunder ist geschehen!« rief er. »Ich bin wahrhaftig zurückgekehrt! Hört nur, liebe Leute, hört auf meine Worte: Ich war tot und bin wiedergekehrt. Im alten Leben wurde ich enthauptet, doch meine Seele ist in diesen neuen Leib geschlüpft. Und seht nur, wie jung!«

Mit strahlendem Blick, die Arme ausgebreitet, ging er auf die Soldaten zu. Als sollten auch sie sich von dem Wunder überzeugen, über das er so außer sich war. Die Soldaten waren inzwischen abgesessen. Sie wechselten scheele Blicke. Einige machten sich an den Packpferden zu schaffen. Einer hatte seinen Säbel gezückt. Pater Tomas vernahm unflätige Vorschläge, wie dem Geschrei des Narren abzuhelfen sei.

Der Soldat mit dem blanken Säbel spie vor dem Maya aus. Da begann Batisto zu rennen. Steifbeinig, die Hände in den Taschen seiner engen Tracht. Tomas folgte ihm, mit wehender Soutane.

»Ein neuer Leib wurde mir gegeben«, rief der Maya in klarem Kastilisch. »Mein früherer Leib war alt und wenig ansehnlich. Aber seht doch, wie mich die Götter diesmal beschenkt haben!«

Inzwischen hatten sich alle Soldaten zu dem seltsamen Fremden umgewandt. Wo war Urzúa? Im Rennen sah sich Tomas nach ihm um, doch vergebens. Die Sonne brannte vom Himmel herab. Er hatte den Eindruck, daß dies alles nicht ganz wirklich sei. Als stolpere er in einem Traum umher. Aber im Traum geriet man nicht derart außer Atem.

Eine Armeslänge vor den Soldaten blieb der junge Maya stehen. Sein Blick war der eines Verklärten. Für einen Moment erinnerte er den Pater sogar an Jesus Christus. So strahlend, so rein.

»Dann laß die Geschenke mal sehen, Affe.« Die rauhe Stimme des Soldaten, der eben ausgespieen hatte. Blitzschnell hob er seinen Säbel und trennte die Tunika des Fremden vom Hals bis zum Saum hinab auf.

Rohes Gelächter belohnte die dreiste Tat. Der Fremde stand vor ihnen, als hätte er nichts bemerkt. Die Arme noch immer ausgebreitet. Weit klaffte die zerfetzte Kutte auf. Darunter kam sein Leib zum Vorschein, schlank und nackt. Um seine Hüften spannte sich ein Geflecht aus Silberschnüren, daran baumelnd ein silberner Mond.

»Nicht schlecht für den Anfang.« Der Soldat beugte sich hinab und packte mit gieriger Hand nach dem Schmuck.

»Finger weg! Ich befehle es.« Batisto trat neben den Maya, offenbar um Gelassenheit bemüht. Doch sein Atem ging keuchend.

»Befehlt Euren Betbrüdern, meinen Männern nicht!« Gewaltig dröhnte die Stimme des Obersten. Alle fuhren herum. Urzúa stand oben auf dem First der Schädelpyramide, die Hände auf den Hüften, ein gedrungener Schattenriß. »Meine Soldaten haben Befehl, jeden braunen Teufel zu töten!« donnerte er. »Und die ausdrückliche Erlaubnis, zu plündern, zu schänden und zu brandschatzen, wie es ihnen behagt.«

Die Männer johlten Zustimmung. Schon beugte sich der Soldat wieder hinab, um dem Fremden die Silbersichel vom Leib zu reißen.

Monsignore Batisto musterte den Fremden mit durchdringendem Blick. Offenbar rang er um eine Entscheidung. Jetzt hob er die Hand. »Halt!« Seine Stimme, kalt und gebieterisch, schallte über den Platz. »Alle anderen könnt Ihr haben, Urzúa. Jeden, den Eure Männer in dieser Stadt finden. Mann oder Frau. Kind oder Greis. Verfahrt mit ihnen, wie es euch beliebt. Aber dieser eine hier gehört mir.« Immer noch sah er den Fremden unverwandt an. »Im Namen des Heiligen Vaters«, rief er. »Ich erkläre dich zum Gefangenen der Kirche Christi.«

Ohne eine Antwort des Obersten abzuwarten, hatte Batisto den Fremden mit sich gezogen, in den Schatten hinter der Schädelpyramide. Pater Tomas war ihnen gefolgt, wie betäubt von den Ereignissen. Nun saßen sie seit Stunden auf der untersten Stufe der Pyramide, zwischen grinsenden Totenköpfen. Die Geschichte, die der Fremde ihnen erzählte, war ungeheuerlich.

Sein Name sei Diego Delgado, geweihter Priester der katholischen Kirche und Mönch vom Bettelorden des heiligen Franziskus. Er sagte das so geläufig, daß an seinen Worten kaum zu zweifeln war. Jedenfalls, wenn man die Augen schloß. Wenn Tomas die Lider hob, war es ein brauner Wilder, mit Teufelszeug gegürtet, der die gottgefälligen Auskünfte gab.

Er sei in Kastilien in Ungnade gefallen, wegen eines Zusammenstoßes mit der Inquisition. Fünf Jahre lang habe er zuvor als Priester in Beja gewirkt. Bis zu seiner Verbannung durch das Kirchengericht von Málaga. Erst im März dieses Jahres sei er in San Benito eingetroffen, an Bord der *Santa Magdalena*. »Prüft meine Angaben getrost nach«, sagte er. »Ihr werdet alles bestätigt finden. Am besten, Ihr fragt meinen alten Freund Pedro Martinez.«

»Den Abt?« Pater Tomas sträubten sich buchstäblich die Haare.

»Gewiß.« Der Mann, der sich Diego Delgado nannte, wikkelte die zerfetzte Tunika um seinen Leib. »Da Ihr der Kurie angehört, Monsignore«, sagte er zu Batisto, »kann Euch meine Botschaft nicht behagen. Dennoch verhält sich alles so, wie ich es Euch geschildert habe. Die Maya von Tayasal besitzen die Formel der Wiederkehr. Es bedeutet, daß sie nach ihrem leiblichen Tod zurückkehren können, durch Wiederverkörperung in einem Leib ihrer Wahl. Ich selbst bin gestorben und zurückgekehrt. Noch immer spüre ich den Schmerz, als mir das Beil in den Nacken fuhr.« Er faßte sich ins Genick. »Aber seht doch, ich bin wieder da.« Er erhob sich. *»Idra crocodrillum penetrans eviscerat illum«*, zitierte er und genoß sichtlich die Verwirrung der beiden Schwarzröcke, *»transiliens mortent Christus tulit inde cohortem.«*

Der Fremde stand vor ihnen. Er deutete auf die Pyramide. »Sie alle«, sagte er, »haben sich auf die Reise begeben. Sie alle werden wiederkehren. Heute, morgen, spätestens übermorgen. Je nach dem, welche die Zahl ihres Abschieds war.«

»Sie alle?« Batisto riß die Augen auf.

Tomas wandte sich um und sah an der Pyramide empor. Schreckensbilder huschten ihm durch den Kopf. Wenn diese zwanzigtausend Toten wahrhaftig zum Leben erwachen, dachte er, ist es um uns geschehen. In der Sonne glänzten die beinernen Köpfe wie poliert. Offenbar waren sie alle enthäutet worden, dachte der Pater schaudernd. Anders ließ sich nicht erklären, weshalb keiner dieser Zehntausende von Schädeln auch nur ein dürftiges Hautfetzchen oder Haarbüschel aufwies. Es würde mich nicht wundern, dachte Tomas, wenn bald schon draußen im Wald ein riesiges Massengrab entdeckt wird. Und noch etwas wurde ihm in diesem Moment klar: Was auch immer in dieser Satansstadt geschehen sein mochte, eine beträchtliche Anzahl Krieger oder Priester mußten das Massaker überlebt haben. Jene nämlich, die die Schädel enthäutet und auf der Pyramide aufgeschichtet und die geköpften Leichname beseitigt hatten.

Der Monsignore zog eine Seidenschlinge aus der Tasche und stand auf. »Leg deine Hände auf den Rücken.« Der Fremde gehorchte überrumpelt. Batisto schlang das Ende der Schnur um die schmalen Handgelenke. »Wie immer dein wahrer Name sein mag, du bist vom Teufel besessen.« Seine Stimme hatte einen Tonfall tückischer Sanftheit angenommen. »Aber schöpfe Mut, denn ich bringe dir Heilung.« Er wandte den Gefangenen um und nahm ihm das Silber ab.

Der Gefangene stöhnte leise auf, doch er sprach kein Wort. Batisto musterte die Mondsichel, das Kaninchen und die Silberschnüre, dann schob er alles in die linke Tasche. Mit der Rechten zog er eine kleine Zange hervor.

Er führte das Instrument vor die Augen des Gefangenen. Es sah widerwärtig aus. Rostig und mit einer rötlichen Kruste, die zumindest den Anschein erweckte, altes Blut zu sein. Batisto klappte die Zange ein paarmal auf und zu. Ein Gewirr von Zacken und seltsamen Rundungen. Mit leisem Quietschen griffen die Backen ineinander und lösten sich wieder. »Ein nützliches Gerät«, sagte er. »Man wählt eine ergiebige Stelle und drückt es ins Fleisch. Natürlich bei geöffneter Quetsche. Dann schließt man die Zange und reißt das Fleisch heraus. So.«

Er führte es vor, wenn auch nur in der Luft. Wieder hatte Tomas jene Empfindung, nicht ganz in der Wirklichkeit zu sein. Vielleicht lag es an den Tausenden von Totenschädeln, die ihnen mit beinernem Grinsen zusahen.

»Ihr droht mir. Weshalb?« Das Gesicht des Gefangenen war fahl geworden. »Ich habe Euch alles gesagt, aus freien Stücken. Warum legt Ihr mich in Fesseln? Was wollt Ihr noch?«

»Das Buch.« Noch immer sprach Batisto leise und sanft. »Du weißt, wo es ist. Bring mich hin, sofort.«

»Was für ein Buch?« Erschrecken malte sich in den Zügen des Fremden. Wie jung er aussieht, dachte der Pater. Aber seine Stimme, seine Augen wirken älter.

Mit einer sachlichen Bewegung schob Batisto die Tunika über der Brust des Gefangenen auseinander. Dann setzte er die Zange an.

»Um Himmels willen, nehmt die Satanskralle weg.« Die Stimme des Gefangenen klang brüchig. »Ich bringe Euch zu dem Buch. Es ist dort drüben, im Tempel des Pferdegottes.«

Er hatte es kaum gesagt, da explodierten Schüsse auf dem heiligen Platz. Batisto packte den Gefangenen beim Arm und zog ihn mit sich, zur Vorderseite der Pyramide. Abermals folgte ihnen Pater Tomas wie betäubt. Zu seinem Erstaunen feuerten die Soldaten wahllos ihre Vorderlader ab, teils in den Himmel, teils gegen Paläste und Pyramiden. Pulvergeruch hing in der Luft. Sogar die Kanone hatten sie aufgebaut, vor dem riesigen Palast an der Südseite des Platzes. Wild fluchten und schrieen die Männer durcheinander. Die Echos der Schüsse widerhallten von den Fassaden und verstärkten sich zu einem Grollen, das wie Donner klang.

Scheinbar ungerührt stand Urzúa inmitten dieses Wirrwarrs, die Hände in die Hüften gestemmt. »Sie fürchten sich vor Geistern und Dämonen«, sagte er zu Batisto. »Nennt sie abergläubisch und töricht. Ich aber sage, wenn sich doch irgendwer in diesen Gemäuern verkrochen hat, wird das Getöse ihn ans Licht treiben. Und dann …«

»Danke sehr«, fiel ihm Batisto ins Wort. »Behaltet die Einzelheiten für Euch, Oberst.« Er drückte Tomas das Ende der Seidenschnur in die Hand. »Folge mir. Und paß gut auf ihn auf.« Nach diesen Worten ging er auf das bizarre schwarze Bauwerk an der Westseite des Platzes zu. Der Pater trottete hinterdrein, den Gefangenen mit sich ziehend.

An die dreißig Schritte waren sie vom Pferdegott-Tempel noch entfernt, als sich die Voraussage Urzúas bewahrheitete. Noch immer feuerten die Soldaten unter wüsten Rufen ihre Vorderlader ab. Auf einmal stand eine junge Frau unter ihnen, mitten auf dem heiligen Platz. Wo kam sie her? Niemand hatte sie herankommen sehen. Sie schien buchstäblich aus dem Erdboden emporgewachsen. Sofort rannten die Soldaten von allen Seiten auf sie zu. Die ersten waren schon bei ihr. Einer riß ihr die Kutte vom Leib, mit gurgelndem Schrei. Andere schossen noch immer in die Luft. Die Echos widerhallten ohrenbetäubend. Die Kanone wurde abgefeuert. Furchtbarer Donnerschlag. Tomas war es, als ob der heilige Platz unter seinen Füßen erbebe. Er spürte einen scharfen Schmerz in seiner Hand. Die Seidenschnur. Schon lief der Gefangene auf die Frau zu, schreiend, die Hände auf dem Rücken verschnürt.

»O verdammt. Bleib stehen!« Auch Tomas schrie jetzt, zumindest glaubte er es. In dem Getöse war nichts zu verstehen, nicht einmal das eigene Wort.

Er und Batisto rannten hinter dem Gefangenen her. Etliche Soldaten hatten sich auf ihre Pferde geschwungen und galoppierten wild über den Platz. Andere feuerten noch immer ihre Gewehre ab. Aufs neue donnerte die Kanone. Die nackte Frau sprang zwischen Pferden und Soldaten hin und her. Alle schrien, die Echos grollten, es war ein Tohuwabohu wie am Ende der Welt.

Auf einmal sackte der riesige Palast an der Südseite des Platzes zusammen. Es sah vollkommen unwirklich aus. Traumhaft verlangsamt. Die Säulen zerknickten. Das flache Dach darüber faltete sich wie Pappe. Ein unheilvolles Malmen. Dann stürzten einzelne Stücke des Daches auf den Platz herab. Zweifach mannshohe Säulen torkelten auf der Stelle, wie Betrunkene, und kippten stocksteif um. Mehrere Soldaten wurden von Trümmerstücken getroffen. Sie schrien auf, vor Schmerz und blanker Angst. Und immer noch gaben Soldaten Schüsse ab, in die Luft, gegen die Fassaden.

Tomas sah um sich. Von dem Gefangenen, der jungen Mayafrau war nichts mehr zu sehen. Nur ihre Tunika lag auf dem Boden, lilienweiß wie ein Engelkleid. Ó Verhängnis, dachte er. Oder war es doch das Werk von Geistern und Dämonen? Beinahe begann er selbst daran zu glauben. Aber nur beinahe. Batisto machte ihm ein wütendes Zeichen. Wieder setzten sie sich in Bewegung. Immer noch stürzten riesige Trümmer des Palastes hinab. Der ganze Platz bebte und zitterte. Der Monsignore rannte, so rasch seine mageren Beine es erlaubten, auf den Tempel des Pferdegottes zu. Pater Tomas taumelte hinter ihm her. Eben sprang Batisto auf die unterste Stufe, als die Beine des steinernen Pferdes umknickten. Staub wirbelte empor. Ein malmender Laut erklang. Dann stürzten der Hals, das Maul des Gauls herab.

Batisto schrie auf vor Zorn. Der Eingang war verschüttet. »Hört auf zu schießen, ihr Idioten!« Er brüllte es, doch niemand hörte auf ihn. »Sodom und Gomorrha!« Selbst wenn sie gehört hätten, sie hätten ihn nicht verstanden. Wie auch? Dabei hatte er höchstwahrscheinlich recht, dachte Tomas. Die Explosionen der Schüsse und die hin und her rollenden Echos brachten die fragileren Bauten zum Einsturz. Den riesigen Palast im Süden, gewiß die Residenz des Heidenkönigs, und den abscheulichen schwarzen Pferdebau.

Noch einmal sah Batisto zu dem Tempel hinauf. »In diesen Trümmerberg zu kriechen wäre Selbstmord!« Er schrie es, seinen Mund dicht an Tomas' Ohr. »Warten wir also, bis sich die Soldaten beruhigt haben. Nachher können sie dann den Schutthaufen beiseite räumen. In der Zwischenzeit fangen wir unsere beiden Flüchtlinge ein.«

Tomas nickte. Er war viel zu durcheinander, um einen klaren Gedanken zu fassen. Ich habe versagt, dachte er. Warum konnte ich den Gefangenen nicht festhalten? Wieder begannen sie zu rennen, den Platz hinab. Die Flüchtlinge würden versuchen, zum Kai zu gelangen, wo Dutzende Boote vertäut lagen. Aber was sollten sie mit den beiden anfangen? Während er hinter dem Monsignore den Berg hinablief, wurde Tomas auf einmal klar, warum Batisto den Fremden um jeden Preis wieder einfangen wollte: weil er davon überzeugt war, daß es tatsächlich der wiederverkörperte Delgado war.

Als er den Kai erreichte, ging Tomas' Atem keuchend. Batisto stand bereits an der Kaimauer, mit dem Rücken zu ihm. Was machte er dort? Der hochgewachsene Monsignore hatte seinen Oberkörper weit vorgebeugt und die Arme auf die Mauer gestützt, als zählte er die Wellen des Sees.

»Die beiden Wilden, Monsignore – habt Ihr sie gesehen?«

Batisto winkte ihn herbei, mit einem Arm, ohne sich aufzurichten oder umzusehen. Es war äußerst sonderbar. Zumal von der Oberstadt her immer noch das Donnern der Kanone, Schüsse und Hufgetrappel erschallten. Doch den Agenten des Heiligen Vaters schien dies alles nicht zu bekümmern. Unverwandt starrte er auf das Wasser hinab.

Am Himmel waren Wolken aufgezogen, schwarz und prall wie die Bäuche trächtiger Kühe. Ein Regenguß käme gelegen, dachte Tomas, schon um die Gemüter der Soldaten dort oben abzukühlen. Er trat neben den Monsignore. Batisto sah nicht einmal auf.

Auch der Pater beugte sich nun über die Hafenmauer. Drei Schritte unter ihm lag ein Boot, am Kai vertäut. Ein einfacher Einbaum, kaum breiter und länger als ein Sarg. Die Wellen wiegten das Boot. Netze und Lumpen lagen darin. Offenbar der Kahn eines Fischers. Aber weshalb starrte Batisto wie gebannt in das Boot hinab?

Das Wasser gluckste. Aus irgendeinem Grund wagte es Tomas nicht, das Schweigen zu brechen. Auch er stützte nun die Arme auf und beugte sich weit nach vorn. Ah, das also, dachte er.

Die beiden lagen im Bauch des Bootes, mehr schlecht als recht versteckt. Zwischen Netzen und Lumpen schimmerte die braune Haut. Anscheinend hielten sie einander umschlungen. Ihre Körper wiegten sich im Takt der Wellen. Jetzt hörte Tomas auch ihr Murmeln, leise, doch in beschwörendem Ton. Gebannt sah er hinab. Die Leiber regten sich nun rascher. Die Lumpen verrutschten. Tomas sah Münder, die sich aufeinander preßten, Hände, die über Brüste fuhren, Arme, die den Leib der Frau umschlangen. Sie ist schwanger, dachte er.

Das Boot begann zu schaukeln. Tomas sah schlanke Schenkel, die sich um den Leib des Mannes spannten. Er vernahm ein Stöhnen, und dann: »Diego, *Winik-'uj*.« Wie in Wellen brandete nun die Leidenschaft durch die Leiber, und für jede Welle hatte der Wiedergekehrte einen Namen, ein törichtes Wort. »Ixkukul. Silberne Frau.« Er stammelte und stöhnte. »Meine Liebe. Frau Welle. Hohepriesterin des Mondes. Fliegende Frau ...«

»Das genügt«, sagte Batisto fast unhörbar. Inzwischen war der Himmel beinahe schwarz. Draußen über dem See regnete es schon. Er machte Tomas ein Zeichen. Das Boot war an Bug und Heck vertäut. Sie beide beugten sich noch tiefer hinab und zogen den Einbaum an den Seilen hinauf. Ehe das buhlende Paar sich versah, war das Boot über die Mauer getaumelt und stand auf festem Land.

»Aussteigen, sofort«, sagte Batisto. Düsteren Blicks sah er zu, wie die beiden unter Netzen und Lumpen hervorkrochen. Ihre Gesichter noch gerötet von der Liebe, die Leiber glänzend vor Schweiß. »Bedeckt euch«, befahl er.

Die Frau sprach anscheinend kein Kastilisch. Eine hübsche Person, eher rundlich als schlank, mit strahlendem Blick auch sie. Eine silberne Mondsichel schmückte ihr Haar. Der Wiedergekehrte machte ihr ein Zeichen. Sie hüllten sich in die Lumpen aus dem Kahn.

Batisto zog eine weitere Seidenschnur aus der Tasche. Sorgsam band er dem Wiedergekehrten die Handgelenke auf dem Rücken. »Versuche nicht noch einmal zu entfliehen. Beim nächsten Mal lege ich dich in Ketten.« Er reichte Tomas das Ende der Seidenschnur.

Ein gewaltiger Donnerschlag zerriß die Luft. Der Gefangene öffnete und schloß die Lippen, zu verstehen war nichts. Im selben Moment begann es zu regnen. Die Tropfen trommelten ihnen auf Kopf und Schultern. Brüllend stürzten die Wassermassen hernieder. Sturm heulte. Wieder ein Donnerschlag. Blitze zuckten durch die Dunkelheit. Es war, als versuche der Satan ihnen wahrhaftig seine Macht zu zeigen, dachte Tomas. Da rannte er bereits über den weiten Platz, vom Sturm geschoben, umtost von Regen, auf den Durchgang in dem maisgelben Riesenhaus zu.

Die Seidenschnur hatte er sich mehrfach um die Hand gewickelt. Schmerzhaft schnitt sie in sein Fleisch. Es war ihm gleich. Diesmal würde er nicht versagen. Hinter ihm stolperte der Gefangene durch das Tor, gefolgt von Batisto.

Von der Frau war weit und breit nichts zu sehen. Draußen toste der Regen, grollte der Donner. Pater Tomas schloß die Augen. Ixkukul, dachte er. Urzúas Männer würden keine Gnade kennen. Verworrene Gefühle stiegen in ihm auf. Mitleid, Begehren, wer weiß. Rasch hob er die Lider.

Ungeachtet des Wolkenbruchs rannten sie die steile Straße wieder hinauf. Als sie oben den heiligen Platz erreichten, waren sie durchnäßt bis auf die Knochen. Der Platz war menschenleer. Die Männer Urzúas hatten sich vor dem Unwetter verborgen. Die meisten waren die monumentale Treppe hinauf in den Sonnengott-Tempel gerannt. Andere hatten ihr Heil in der Bücherpyramide gesucht. Wie sich später herausstellte, waren sie dort über die Amphoren hergefallen, in der Hoffnung auf Schätze, Speisen, Fusel. Doch sie fanden lediglich Bücher, Tausende unleserlich bekritzelter Satansbücher.

Da entzündeten sie ein halbes Dutzend Fackeln und setzten den Bau in Brand.

Flammen brachen schon aus der Tür des Büchertempels, als Tomas die zerlumpte Mayafrau auf dem Dach des Pferdegott-Tempels entdeckte. In einer Hand hielt sie wahrhaftig ein großes, unförmig wirkendes Buch. Für die Dauer eines Lidschlags stand sie wie erstarrt auf dem Dach des zertrümmerten Baus. Dann schob sie das Buch unter ihre Lumpen und sprang mit einem Satz von der rückwärtigen Seite hinab.

Während des restlichen Tages ließen Batisto und Urzúa die ganze Stadt durchsuchen. Doch die Frau, die sich Ixkukul nannte, und das Satansbuch waren wie vom Erdboden verschluckt.

Am Abend dieses unseligen Tages entlud sich die Unruhe unter den Soldaten in schierer Raserei. Wieder explodierten Schüsse, erschallten Schreie auf dem Platz. Inzwischen stand die halbe Stadt in Flammen. Die Männer hatten sich allesamt auf ihre Pferde geschwungen und ritten wild durcheinander. Unablässig gaben sie Schüsse ab und schrieen. »Dämonen«, hörte Tomas, »Geister! Überall! Seht doch! Die Schatten und Schemen! Hinter allen Fenstern! Nichts wie weg!«

Der Pater sah um sich. Unseliger Aberglaube, dachte er zuerst, dann wurde ihm bewußt, daß es wahrhaftig so sein konnte. Sein Blick haftete auf der Schädelpyramide. *Sie alle werden wiederkehren,* hatte der Fremde gesagt.

Waren in den tausend Fensterhöhlen rings um den Platz nicht tatsächlich Gesichter, Schemen, Schatten zu sehen? Wieder wurde die Kanone abgefeuert. In dem Getöse war es unmöglich, einen klaren Gedanken zu fassen. Zumal nun bereits eine wilde Flucht einsetzte. Die Männer Urzúas, alle fünfhundert Mann, stoben in donnerndem Galopp die Straße zum Hafen hinab. Sogar die Kanone ließen sie zurück. Batistos Araberhengst und der Wallach des Paters sprangen wie von Sinnen auf dem Platz herum. Mit Mühe fingen die beiden Kirchenmänner ihre Rösser ein. Batisto warf den Gefangenen bäuchlings über sein Pferd. Dann schwangen sie sich in die Sättel und jagten den Fliehenden nach.

Auch Tomas war äußerst beklommen zumute. Einmal sah er sich um. Da war ihm, als strömten aus allen Pyramiden und Palästen schattenhafte Gestalten hervor. Hunderte, Tausende. Oder waren es nur umherziehende Rauchschwaden? Die meisten Tempel und Paläste brannten lichterloh.

So jedenfalls geschah es, daß sie die Satansstadt eroberten, ohne auf Widerstand zu stoßen, und aus ihr wieder flohen, obwohl niemand sie vertrieb.

Am folgenden Morgen trennten sich der Monsignore und Pater Tomas von Urzúa und seinen Soldaten, um alleine weiterzureisen, zurück zum Kloster San Francisco.

Immerhin blieb ihnen der Gefangene – »der Wiedergekehrte«, wie Batisto ihn in halbem Ernst nannte. Vergeblich versuchte er dem Fremden zu entlocken, wohin jene Ixkukul geflohen war. Selbst die Zange versagte diesmal ihren Dienst. Der Traktierte schrie erbärmlich: »Nicht diesen Fuß, nicht diesen!« Da setzte Batisto die Zange erst recht an seinem linken Fuß an. Denn wie er Tomas erklärte, bewies das Geschrei, daß der Wiedergekehrte gerade dort für Schmerz empfänglich sei. Zwei Zehen verlor er und humpelte seither fürchterlich. Doch er verriet nichts.

»Die Spur ist also verloren.« Batisto gab sich gelassen. »Alles fängt von vorne an. Mögen die Herren in Rom ihn untersuchen und befragen, nach allen Regeln der heiligen Kunst.«

Am siebzehnten Tag gelangten sie zur Vesper an ein großes Wasserloch. »Ein Cenote«, wie Batisto erklärte, kreisrund, die knöchern weißen Wände dreißig Schritte tief. Sie beschlossen, ein Lager für die Nacht zu errichten, und schritten auch sogleich zur Tat. Währenddessen gelang es dem Gefangenen auf irgendeine Weise, sich von seiner Fessel zu befreien.

Sie bemerkten es sofort, und doch zu spät. Mit einem Satz schwang er sich auf einen Baum, den untersten Ast einer

Ceiba. Der Baum war schwindelnd hoch, die federartigen Blätter flirrten im Sonnenlicht. Mit affengleicher Behendigkeit sprang er die Äste hinauf.

Tomas kletterte hinter ihm her, doch viel langsamer, mit hölzernen Bewegungen. Der Gefangene war schon im Wipfel, da krauchte der Pater noch immer auf den unteren Ästen umher. Oben richtete er sich auf und stand ganz ruhig auf einem waagrechten Ast. Batisto, der am Boden geblieben war, mußte seinen Kopf weit zurücklegen und die Augen beschirmen, um ihn in dieser Höhe zu sehen.

Der Baum selbst war wenigstens dreißig Schritte hoch, der Cenote darunter ebenso tief. Es schien ausgeschlossen, daß er dort hinabspringen würde. Der Gedanke kam Batisto nicht einmal, wie er später zugab.

Dabei lag es so nahe.

Der Entflohene begann zu rufen, mit lauter Stimme, Zahlen und Götzennamen aus dem unheiligen Kalender der Maya. Unter der Zange hatte er einiges von der satanischen Beschwörung verraten. So begriff auch Tomas sogleich, daß sein Geschrei mit der »Formel der Wiederkehr« zusammenhing. Wieder und wieder rief er Zahlen und Götzennamen, und als letztes, weit durch den Wald schallend: »Vier Cauac!«

Dann sprang er. Kopfüber. Wie ein Pfeil schoß er vom Baum herab und an Tomas vorbei. Der Pater beugte sich weit nach vorn und sah eben noch, wie der Entflohene tief unter ihm durch den jadegrünen Spiegel brach. Das Krachen des Aufpralls widerhallte an den knochenweißen Wänden, laut wie ein Schuß.

Nachher zogen Tomas und Batisto ihn aus dem Wasser. Er mußte sofort tot gewesen sein. Seine Überreste sahen furchtbar aus. Durch die Wucht des Aufpralls war der Kopf fast zur Gänze abgerissen, »aber nur fast«, wie Batisto betonte. Die knöcherne Verbindung zwischen Haupt und Schultern hatte standgehalten. Noch als sie den Leichnam begruben, schaukelte der Kopf über den Schultern hin und her.

Sie verscharrten ihn an Ort und Stelle, in ungeweihter Erde, denn die Sünde der Selbstentleibung, so Batisto, verzeiht der Herr im Himmel nie.

*

Laute Rufe draußen auf dem Hauptplatz rissen Pater Tomas aus seinen Gedanken. Wie lange mochte er hier gesessen haben, in seinem Kirchlein unter dem Kruzifix? Er sah um sich. Im Altarraum war es so düster, daß man kaum mehr die Hand vor Augen erkannte. Um so deutlicher sah er die Bilder vor sich, die aus seiner Erinnerung emporgestiegen waren. So lange her, dachte er, und doch wie gestern erst. Tayasal. Der 11. September im Jahr des Herrn 1696. Ein einziger Tag, an dem sich mein Schicksal entschieden hat. Er erhob sich und ging mit steifen Beinen auf den Ausgang zu.

Die Rufe draußen wurden immer lauter. Was hatte das zu bedeuten? Von plötzlicher Unruhe erfüllt, zog Tomas die Kirchentür auf. Er trat hinaus auf den Platz. Der Abend dämmerte schon. Man schrieb den 31. März 1710 A. D., einen ganz gewöhnlichen Montag. Zu seiner Verwunderung war das gesamte Dorf auf den Beinen. Männer und Frauen, Kinder jeden Alters und selbst mühsam sich dahinschleppende Greise. Der Platz war bunt vor Menschen, und immer noch strömten aus Wegen und Straßen weitere nach.

Sein Erstaunen wuchs, als er erkannte, daß sie offenbar alle demselben Ziel entgegen strebten. Demselben Ziel wie er. Die meisten trugen Geschenke mit sich. Der Pater sah leuchtend weiße Tuniken, bemalte Amphoren, Teller und Töpfe voll duftender Speisen. »Ixkukul«, hörte er, »die Heilerin.« Die Gesichter lachten. Die Augen strahlten. Wann hatte er diese stets apathisch wirkenden Indios jemals lachen gesehen? »Die weise Frau, seht nur, sie ist zu uns gekommen.«

Mühevoll arbeitete er sich in der Menge voran. Endlich hatte er die ärmliche Gasse erreicht. Die Frau, die sich Ixkukul nannte, stand vor dem Eingang ihrer Hütte. Die Menge umringte sie. Hunderte von Menschen warteten geduldig auf eine Gelegenheit, sie zu begrüßen und mit Speisen oder anderen Gaben zu beschenken. Oder vielmehr, dachte Tomas, ihr zu huldigen. Immer wieder warfen sich Menschen vor ihr nieder. Andere küßten ihre Hand oder den Saum ihrer Tunika. Die mitgebrachten Gaben stapelten sich vor der Hütte, und immer noch eilten weitere Maya herbei, um sie mit Bitten, Gaben, Dankesworten zu überschütten. Hinter ihrer schmalen Gestalt, im Eingang der Hütte, standen ihre beiden Kinder, die halbwüchsigen Zwillingsgeschwister, und beobachteten mit ausdruckslosen Mienen, was dort draußen geschah.

Schrittweise schob ihn die Menge auf Ixkukuls Hütte zu. Dann stand er vor ihr. Sie lächelte ihn an, wortlos. Ergriff seine Hand und zog ihn mit einer unerwartet kraftvollen Bewegung zu sich heran. Plötzlich wurde es still.

»Euer Besuch ehrt mich, Pater.« Ihre Stimme war hell und ein wenig rauh. »Bitte nehmt in meiner bescheidenen Hütte Platz. Ich werde sogleich zu Euch kommen.«

Die Zwillinge hinter ihr wichen zur Seite. Ehe Tomas sich versah, saß er in der düsteren Hütte auf einer Matte am Boden. Ixbalanqué kredenzte ihm Maisbier, mit verzauberndem Lächeln. Huhnapú reichte ihm ein Kästlein köstlich riechender Zigarren. Kaum hatte der Pater eine Zigarre gewählt und angeraucht, da verstrickte ihn der Junge auch schon in ein geistliches Gespräch. »Die Seele, Pater, wohin fliegt sie, wenn unser Leib tot ist? Und wann kehrt sie zurück?«

Tomas räusperte sich. Das Maisbier war wundervoll erfrischend. Allerdings rief es auch ein leises Brausen in seinem Kopf hervor. Oder kam das von der Zigarre? Nun, es war ihm gleich. Selten hatte er sich so behaglich gefühlt. »Mit der unsterblichen Seele, mein Junge, verhält es sich folgendermaßen …«

Nach all den Jahren, die er nun schon in dieser grünen Hölle ausharrte, beherrschte er zumindest die Sprache der Maya. Auch wenn ihm ihre Denkweise fremd geblieben war. Das galt allerdings nicht für Huhnapú. Mit dem Jungen verstand er sich auf Anhieb. Seine Gegenwart, sein wacher Blick wirkten beflügelnd auf ihn. Sätze von ungemeiner Tiefgründigkeit flossen dem Pater förmlich aus dem Mund. Kaum bemerkte er, wie die Zeit verging. Dabei herrschte draußen längst tiefe Dunkelheit, als Ixkukul sich endlich zu ihnen gesellte.

Vor Stunden schon hatten die Zwillinge fünf, neun, dreizehn Kerzen angezündet, auf dem Boden geordnet zu einem langgezogenen Oval. Nun schenkte das Mädchen dem Pater abermals Maisbier ein. Ihr Bruder hielt ihm aufs neue das Zigarrenkästlein hin. Bereitwillig sprach Tomas den Gaben zu. Dann zogen sich die Zwillinge in den Hintergrund der Hütte zurück. Auf einer Matte am Boden, dem Pater gegenüber, saß Ixkukul. Hochaufgerichtet, mit aufmerksamem Blick.

»Warum seid Ihr gekommen, Tomas?«

Abermals räusperte er sich. *Nun, als Hirte von San Pedro ist es meine Pflicht, jedes neue Schäfchen* ... Er war überzeugt gewesen, daß er mit genau diesen Worten antworten würde. Doch zu seiner Verwunderung sagte er: »Weil ich Euch erkannt habe, Ixkukul. Ich wußte, daß Ihr eines Tages auftauchen würdet. Hier oder in einem der anderen Dörfer, die meiner Obhut unterstehen.«

Bestürzt zog er an der Zigarre. Was war nur in ihn gefahren, daß er derart mit der Wahrheit herausplatzte? O Monsignore Batisto, dachte er, habe ich wieder versagt? Immer noch schwieg sie. Er spürte ihren aufmerksamen Blick auf seinem Gesicht, wie kundige Finger, die über eine Unebenheit tasten. Da überkam ihn der Gedanke, daß gerade dies die beste Strategie sei: sie zu überrumpeln mit rückhaltloser Offenheit.

»Seit vierzehn Jahren suche ich Euch«, sagte er. »Euch und das verdammte Buch, das Ihr damals in Tayasal entwendet habt.«

Heftig zog er an seiner Zigarre. Auf eine verrückte Weise, dachte er, war sie die Frau seines Lebens. An keine andere hatte er auch nur annähernd so oft gedacht. Keine andere so sehnsüchtig herbeigewünscht wie sie. Und war sie nicht die einzige Frau, die er jemals in seinem Leben nackt gesehen hatte? Am ganzen Leib entblößt, ihre Haut erhitzt vom Liebesspiel? Der Pater spürte, wie ihm das Blut in die Schläfen stieg.

»Auch ich habe Euch gleich erkannt«, sagte sie. »Obwohl Ihr damals so jung wart, Tomas. Und seht Euch nur heute an. Verbittert und verdorrt. Warum seid Ihr Eurer Kirche treu geblieben, wenn Ihr der Botschaft Christi doch nicht mehr glaubt? Denn Ihr könnt doch an die Verheißungen Eures Heilands nicht mehr glauben, Tomas, habe ich recht? Seit *damals* nicht mehr – seit Ihr dem Wiedergekehrten begegnet seid.«

»Ganz so einfach ist das nicht.« Jetzt war er es, der sich überrumpelt fühlte. »Meine Zweifel sind gewachsen, das stimmt. Aber ich habe niemals aufgehört zu beten, daß sich die angebliche Formel der Wiederkehr doch noch als teuflisches Blendwerk erweist.«

»Wenn dem so ist, seid Ihr ein weiser Mann. Heute sollt Ihr für Eure Glaubensstärke belohnt werden.«

Belohnt? Tomas verstand nicht. Er wollte etwas sagen, doch aus irgendeinem Grund gehorchte ihm seine Zunge nicht. Nur ein Gurgeln drang aus seinem Mund, ein tierischer Laut. Sein Gaumen fühlte sich wie verdorrt an. Er ergriff den Becher und leerte ihn in einem Zug. Abermals zog er an der Zigarre. Wie leicht er sich auf einmal fühlte, schwerelos.

»Um es kurz zu machen, Tomas, der Mann, dem Ihr damals in Tayasal begegnet seid, war nicht Diego Delgado. Viele Jahrhunderte lang haben die alten Mayapriester ein großes Geheimnis um die Formel der Wiederkehr gemacht. Aber die Formel hat in allen Fällen versagt, so auch in diesem.«

Pater Tomas blinzelte. Aber wie …? wollte er fragen. Doch da sprach Ixkukul schon weiter.

»Der junge Maya, der sich vor Euch und dem anderen Schwarzrock damals als Diego Delgado ausgegeben hat, war in Wahrheit ein junger Bücherpriester namens Julkin. In den drei Monaten, die Pater Diego in Tayasal lebte, hatte sich Julkin eng an ihn angeschlossen. Er verehrte den weißen Mann, er war regelrecht besessen von ihm. Unablässig bestürmte er ihn mit Fragen. Alles, was Delgado je erlebt hatte, wollte er in seinem Geist nacherleben. Alles, was Delgado wußte, wollte auch Julkin sich aneignen: Eure Religion, Eure Sprachen, das Kastilische ebenso wie das Latein Eurer Heiligen Schrift. Julkin wollte Diego Delgado sein, versteht Ihr? Und er wurde es auch, soweit das überhaupt möglich ist.«

Ixkukul schwieg für einen Moment. Tomas spürte, wie Erleichterung ihn durchströmte. Unverwandt sah er Ixkukul an. Sein Gesicht fühlte sich seltsam taub an, aber das war ihm gleich. Die höllische Formel hatte versagt, immer schon, nichts anderes zählte. Der Satan ist besiegt, o Herr im Himmel, höre doch, wie meine Seele jubelt. Amen.

»Als das große Opfern begann«, sagte Ixkukul, »beugte Julkin seinen Nacken nicht unter der Axt des Opferpriesters. Sondern versetzte sich mit meiner Hilfe in einen totenähnlichen Schlaf, damit Delgados Seele bei ihrer Wiederkehr in seinen Leib fahren könnte. Und als Julkin dann erwachte, glaubte er wahrhaftig, der wiederverkörperte Delgado zu sein. Er glaubte es so sehr, daß selbst Ihr diesem Irrglauben verfielt. Ich aber«, sagte sie mit veränderter Stimme, »vergaß nicht einen Augenblick, daß er nicht Delgado war, sondern Julkin. So wie ich selbst nicht die wiederverkörperte Ixkukul bin, wie Ihr das bis heute zu glauben scheint.«

Sie lächelte düster. Für einen Moment glaubte Tomas Spottlichter in ihren Augen funkeln zu sehen. Sicher ein Irrtum, dachte er, kein Wunder bei der ungewissen Beleuchtung, die in dieser Hütte herrschte.

»Mein Name ist Siyil«, fuhr sie fort, »damals in Tayasal war ich eine niedere Priesterin in Diensten Ixkukuls, der obersten Priesterin Ixquics. Ich verehrte Ixkukul nicht weniger, als Julkin Pater Diego verehrte. Und so beschloß ich, auch meinen Leib nicht zu opfern, sondern in jenen totenähnlichen Schlaf zu versetzen, damit Ixkukuls Seele bei ihrer Wiederkehr in meinen Körper schlüpfen könnte. Aber als ich am dreiundzwanzigsten Tag an Julkins Seite erwachte, da merkte ich, daß der Zauber versagt hatte: Ich war immer noch Siyil. Julkin war immer noch Julkin. Und Ixkukul und Diego Delgado«, schloß sie, »sind seit vierzehn Jahren tot.«

Wieder war ihre Stimme unvermittelt hart geworden. Tomas starrte sie an. Er versuchte die Zigarre zu seinen Lippen zu führen, aber seine Hand gehorchte ihm nicht. Von plötzlicher Beklemmung erfaßt, lauschte er in sich hinein. Er hatte den Eindruck, daß sich sein Herzschlag verlangsamt hatte. Er versuchte ein Bein zu bewegen, seinen Kopf, den linken Arm, doch kein Muskel, keine Sehne gehorchte ihm. Sein Geist war in seinem Körper gefangen wie in einem toten Stein. Aufrecht saß er da, starr wie eine Skulptur. Nur seine Augen und Ohren verbanden ihn noch mit der Außenwelt. Dabei hätte er sich nichts sehnlicher gewünscht, als nicht mitanhören, nicht mitansehen zu müssen, was nun keine zwei Schritte vor ihm geschah.

Die Frau, die sich Siyil nannte, machte den Zwillingen ein Zeichen. Im Halbkreis ließen sie sich vor den flackernden Kerzen nieder. »Huhnapú«, sagte sie, »Ixbalanqué. Ein neuer Tag beginnt. Euer dreizehnter Geburtstag. Dreizehn, Zahl der Götterhimmel, heilige Zahl. Seit langen Jahren bewahre ich etwas überaus Kostbares auf. Nun ist es an der Zeit, euch diesen Schatz zu übergeben.«

Ihr Sohn und ihre Tochter sahen sie erwartungsvoll an. Sie zog einen unscheinbaren Leinensack zu sich heran, dem sie einen sorgsam verpichten Krug entnahm. Sie öffnete den Krug und zog das Buch hervor. Pater Tomas stöhnte, aber unhörbar. Sein Geist war hellwach, doch sein Leib schien allen Lebens beraubt. Verschiedentlich hatte er schon von solchen Fällen gehört. Die Zauberer des alten Volkes verfügten über Mittel, um einen Menschen in totenartige Starre zu versetzen. Sie hat mich getäuscht, dachte er. Damals der Wiedergekehrte war doch Pater Diego, was immer sie heute behaupten mag. Und sie selbst ist Ixkukul, die wiedergekehrte Teufelspriesterin, niemand anders. O Verdammnis.

»Dieses Buch ist das Vermächtnis unseres Volkes«, sagte Ixkukul. »Euer Vater hat es vor dem Verderben gerettet. Das uralte Bastpapier hat der Feuchtigkeit des Waldes nicht lange standgehalten. Schon vor vielen Jahren ist es zerfallen. Aber ich habe rechtzeitig eine Abschrift angefertigt und in das alte Leder gebunden.«

Sie hob das Buch empor, so daß Tomas den Einband sehen konnte. Das rauhe Leder, darauf in Büscheln das schwarze, sonderbar drahtige Haar. »Heute reiche ich das Buch an euch weiter«, sagte sie. »An dich, Ixbalanqué. Und an dich, Huhnapú.« Sie gab ihnen das Buch.

Pater Tomas schwanden die Sinne. Das Letzte, was er auf dieser Welt sah, war Ixbalanqué, die das Satansbuch aufschlug. Das Letzte, was er hörte, war die murmelnde Stimme Huhnapús:

»Unsere Toten kehren zurück …«

Glossar

Ahau	Herr, Sonnengott (sprich: *Achau*)
Ahpuch	oberster Todesgott (sprich: *Achpútsch*)
Ajmujan	Falke (sprich: *Ahmuhán*)
Ajsäk	weiß (sprich: *ahsök*)
Ajsät	Verlierer, Verlorener (sprich: *Ahsöt*)
Bacabes	Richtungsgötter (sprich: *Bakabe*)
Baktun	400-Jahre-Einheit (sprich: *Baktún*); entspricht zwanzig ➛ Katun oder vierhundert ➛ Tun
B'ok-d'aantoj	Zorniger Tapir (sprich: *B^{e}ok-d^{e}ahntoh*)
Bolon-ti-ku	Heilige Neun, göttliche Unterwelten (sprich: *Bólon-tiku*)
Can	Schlange (sprich: *Kan*)
Canek	König von Tayasal; der Canek (sprich: *Kánek*) galt als Reinkarnation einer Gottheit, die sich jeweils im Herrscher von Tayasal verkörperte
Cenote	Wasserloch (Heiligtum); (sprich: *Zènohte*)
Cha'ac	Donner- und Regengott (sprich: *Tscha^{e}ak*)
Chac	rot (sprich: *tschak*)
Che'	Baum (sprich: *Tschè*)
Ceh	Hirsch (sprich: *Tzee*)
Chel	Regenbogen (sprich: *Tschell*)
Cit Cac Coh	Kriegsgott (sprich: *Zit Zak Zoo*)
D'yos-b'o'tik	Danke (sprich: *D^{e}jos-b^{e}o^{e}-tik*)
Ek	schwarz (sprich: *eck*)

Ha	Wasser (sprich: *Chà*)
Haab	Sonnenkalender (18 → Uinal à 20 Tage sowie fünf »namenlose« → Uayeb-Tage = 365 Tage); (sprich: *Chaab*)
Haltuna	»Bewohntes Wasser« (sprich: *Chaltunà*); Mayaname des Lago de Petén Itzaj im heutigen Guatemala
Huhnapú	Göttlicher Jaguarzwilling (sprich: *Chanachpú*); Bruder von → Ixbalanqué
Ix-	Frau, weiblich (auch: klein); (sprich: *Isch-*)
Ixbalanqué	Göttlicher Jaguarzwilling (sprich: *Ischbalanké*); Geschwister von → Huhnapú
Ixlitz	Fischerin (sprich: *Ischlitz*)
Ixkukul	(Frau) Welle (sprich: *Ischkukúl*)
Ixmucané	Mam, Urgöttin der Maya (sprich: *Ischmukané*)
Ixmu'uk	Taucherin (sprich: *Ischmu^{e}uk*)
Ixo'om	Köchin (sprich: *Ischo^{e}om*)
Ixquic	Mondgöttin (sprich: *Ischkik*)
Ixt'u'ul	Kaninchen (sprich: *Ischt^{e}u^{e}ul*)
Ixtz'ak	Heilerin (sprich: *Ischt^{e}ak*)
Itz	Harz (sprich: *Itz*)
Itzamná	Schöpfergott (sprich: *Itzamná*)
Jul	Pfeil (sprich: *Hul*)
Kaampoj saantoj	Heilige Stätte (sprich: *Kaampoh saantoh*)
K'ak'as-'ich	böser Blick (sprich: *K^{e}ak^{e}as^{e}itsch*)
Kan	gelb (sprich: *kan*)
Katun	Zwanzig-Jahre-Einheit (sprich: *Katún*); → Baktun, Tun
Kax	Huhn (sprich: *Kasch*)
K'ik	Blut (sprich: *K^{e}ik*)
Kin	Sonne, Tag (sprich: *Kin*)
Kisin	Dämon, Teufel (sprich: *Kísin*)
Ko'ten!	Herkommen! (sprich: *Ko^{e}tén*)
Ko'tene'ex!	Alle herkommen! (sprich: *Ko^{e}ten^{e}èsch*)
Kuchiiyoi	Messer (sprich: *Kuchihjòh*)
Kukulkán	Gefiederte Himmelsschlange, Gottheit der Maya (sprich: *Kukulkán*)
K'u-naj	Tempel (sprich: *K^{e}unah*)

de Landa, Diego	Der Franziskanermönch und spätere Bischof von Yucatán ließ im 16. Jahrhundert alle Mayabücher verbrennen und verfaßte seinerseits den »Bericht aus Yucatán«, in dem er Kultur und Gebräuche der Maya ausführlich, wenn auch vielfach verzerrend beschrieb.
Lahkin	Hohepriester von Tayasal (sprich: *Lachkin*)
Lot b'alum	Jaguarzwillinge (sprich: *Lòb^{e} alùm*); (➛ Ixbalanqué, Huhnapú)
Ma	nein (sprich: *mà*)
Mix toj	noch nicht (sprich: *misch toh*)
Mujan	Adler; mythischer Vogel (sprich: *Muhan*)
Nacom	Opferpriester (sprich: *Nakòm*)
Oxlahun-ti-ku	Heilige Dreizehn (sprich: *Oschlachùn-tikù*); Anzahl der himmlischen Götterwelten (und der Kapitel dieses Buches)
Petén	Tiefland im heutigen Guatemala
Pferdegott	1525 stattete der Eroberer Hernán Cortés dem Mayareich ➛ Tayasal einen kurzen Besuch ab. Die Spanier ließen ein lahmendes Pferd zurück, das die Maya, die keine Pferde kannten, als Gott behandelten. Das Pferd verschied. Daraufhin errichteten die Maya eine hölzerne Skulptur zu Ehren des Pferdegottes. Nicht lange vor dem Fall von Tayasal erschienen zwei Franziskaner in der Stadt, die in heiligem Zorn das Roß-Idol zertrümmerten. Wegen dieses Frevels wurden sie von den Maya getötet – einer der historischen Auslöser der Unterwerfung des letzten freien Mayareichs Tayasal.
Puestas en dolce	span. »in Honig setzen«, historische Inquisitionsstrafe
Puuskan	gelber Staub (Schwefel); (sprich: *Puhskán*)
Saccabé	Heiliger Weg (Zeremonialstraße); (sprich: *Sakkabé*)
Siyil	Geschenk (sprich: *Sijil*)

Tayasal	Das letzte freie Mayareich an den Ufern des ➛ Haltuna bestand bis Ende des 17. Jahrhunderts. Ein Besuch des Eroberers Cortés (1525) blieb lange Zeit folgenlos (➛ Pferdegott). Erst 1697 wurde Tayasal (sprich: *Tajasàl*) von den Kastiliern unter Führung von Martin de Urzúa besiegt.
Ti-k'ab'a'	im Namen von (sprich: *tikeabeà*)
Torej	Turm (sprich: *Toreh*)
Tun	Jahr (360 Tage), Stein (sprich: *Tun*); ➛ Baktun, Katun
Tu'ux?	Wohin? (sprich: *tueusch*)
Tzolkin	Heiliger Kalender (13 ➛ Uinal à 20 = 260 Tage); (sprich: *Tzollkin*); ➛ Haab
Uayeb	die fünf letzten – namen- und gottlosen – Tage des Sonnenjahrs (sprich: *Uajèb*) ➛ Haab
Uinal	Zwanzig-Tage-Einheit des Mayakalenders (sprich: *Uihnàl*)
'Uj	Mond (sprich: *eUh*)
Wa'tal!	Halt! (sprich: *Huaetal*)
Winik	Mann (sprich: *Huinik*)
Xibalbá	Unterwasserwelt, Totenreich (sprich: *Tschibalbá*)
Xontal!	Knie nieder! (sprich: *Schontál*)
Yax	blaugrün (sprich: *jasch*)
Zac	weiß (sprich: *tzak*)
Zotz	Fledermaus, Todesgott (sprich: *Tzotz*)